조선 후기 대하소설의 다층적 세계

조선 후기 대하소설의 다층적 세계

저자 **한길연**(韓吉娟, Han Gil-yeon)은 서울대학교 국어국문학과를 졸업하고 동 대학원에서 석사 및 박사학위를 받았다. 서울대학교, 가톨릭대학교, 아주대학교 등에 출강하였으며, 현재는 서울대학교에서 강의교수로 재직 중이다. 고전소설을 전공하고 있으며 그중에서도 대하소설을 주로 연구하고 있다. 석사논문인 「대하소설의 능동적 보조인물 연구」, 박사논문인 「대하소설의 의식성향과 향유층위에 관한 연구」에서는 대하소설의 독특한 서사세계와 향유층위를 규명하였다. 이 밖에도 「장편고전소설에 나타나는 어머니의 존재방식과 모성」, 「『유씨삼대록』의 죽음의 형상화 방식과 의미」, 「몸의 형상화 방식을 통해서 본 고전 대하소설 속 탕녀 연구」 등 현대에도 많은 시사점을 주는 대하소설의 주요 테마들을 연구하였다. 한편, 이러한 고전 대하소설을 일반인도 쉽게 읽을 수 있도록 현대어로 풀이하는 작업도 병행하고 있다.

조선 후기 대하소설의 다층적 세계

초판 인쇄 2009년 7월 20일　**초판 발행** 2009년 7월 25일
지은이 한길연　**펴낸이** 박성모　**펴낸곳** 소명출판　**출판등록** 제13-522호
주소 서울시 서초구 서초동 1621-18 란빌딩 1층
전화 02-585-7840　**팩스** 02-585-7848　**전자우편** somyong@korea.com　**홈페이지** www.somyong.co.kr

값 26,000원

ⓒ 2009, 한길연

ISBN 978-89-5626-411-0 93810

이 저서는 2007년도 정부(교육인적자원부)의 재원으로
한국학술진흥재단의 지원을 받아 수행된 연구임.(KRF-2007-814-A00172)

조선후기 대하소설의 다층적 세계

한길연

소명출판

　시골에서 자라 매일 같은 산과 들판을 바라보아야 했던 필자에게 거의 유일한 즐거움의 대상이었던 책. 새로운 책을 구하기가 쉽지 않던 그 시절, 책의 끝자락을 향해 페이지를 넘길 때마다 필자는 얼마나 아쉬워했던가? 그래서인지 수십 권 혹은 수백 권씩 끝없이 펼쳐지는 대하소설이 필자는 마냥 좋다. 그중에서도 굵직한 역사적 사건을 바탕으로 다양한 인물군상의 인생역정이 몇 대에 걸쳐 유장悠長하게 펼쳐지는 조선 후기 고전 대하소설에서 도저한 삶의 깊이를 느낀다.

　오늘날의 대하소설인 『토지』·『태백산맥』 등의 원류가 되는 이러한 고전 대하소설은 1966년 창덕궁의 낙선재樂善齋에서 발견된 이래로 여러 선학들에 의해 그 베일이 벗겨져 왔다. 그럼에도 고전 대하소설은 아직도 겹겹의 베일에 싸여 있는 듯, 그 실체를 알기가 녹록치 않다. 필자는 박사논문을 통해 그 베일의 한 자락을 들고 고전 대하소설의 의식성향과 향유층위의 다층적 세계를 엿보고자 하였다.

　그런데 이러한 작업은 정말 쉽지 않은 일이었다. 필자는 이런 목표를 설정한 이래로 줄곧 고전소설 전공자라면 누구나 한 번쯤은 가져보았을 엉뚱한 소망을 꿈꾸게 되었다. 그것은 바로 타임머신을 타고 조선시대로 돌아가 고전소설이 창작되고 유통되며 향유되던 상황을 실제로 목도하고픈 꿈이다. 소설을 창작하는 사람들을 만나 이야기도 나누어보고, 소설이 유통되는 과정도 세세히 살펴보며, 독자들 틈에 끼어 소설이 향유되던 모습도 직접 볼 수 있다면 더 이상의 소원이 없을 것 같은 환상을 품어보곤 하였다.

기실 옛것을 연구하는 사람치고 이런 소망을 한 번쯤 가져보지 않은 사람이 누가 있겠는가? 그럼에도 고전소설 연구자들에게 이러한 소망이 더욱 간절할 수밖에 없는 이유는 바로 고전소설 관련 기록의 빈약함 때문이다. 여타의 역사적 기록들은 실록·관문서·개인문집 등 다양한 문헌들로 첩첩이 쌓여 있는데 반해, 고전소설 관련 기록들은 약간의 단편적인 기록을 제외하고는 남아 있는 것이 거의 없다. 수백 편의 고전소설이 현존함에도 불구하고 그중 몇 편의 작품을 제외하고는 작가를 알 수 없으며, 심지어 창작연대조차 추정할 수 없는 작품이 허다하다. 남아 있는 작품의 방대함에 비해 턱없이 부족한 고전소설 관련 기록들, 그것은 고전소설 전공자들에게 늘 채워지지 않는 갈증의 근원일 수밖에 없다. 고작 이삼백 년 전의 일인데도 불구하고 이렇게 도통 알 수 없다니 더욱 답답한 노릇이 아닐 수 없다.

필자 또한 고전소설을 연구하면서 말할 수 없는 답답함을 느꼈다. 더욱이 수십 권, 수백 권의 대하소설을 연구하는 필자로서는 이런 거대 장편을 누가 창작했으며 누가 향유했는지에 관한 물음들이 머릿속에서 끊임없이 맴돌았다. 오늘날에도 쓰이기 만만치 않은 이러한 거대 장편들은 과연 누구에 의해 어떻게 창작되었을까? 그중에도 전체적인 틀은 매우 비슷하면서도 구체적인 내용은 전혀 다른 『창란호연록』·『옥원재합기연』·『완월회맹연』 등의 작품이 산출된 배경은 무엇일까? 과연 대하소설의 향유층은 기존의 견해대로 단순히 상층이라고만 단정 지을 수 있을까? 궁금증은 꼬리에 꼬리를 물었다.

현재로서는 타임머신을 타고 과거로 간다는 것은 어차피 불가능하다.

그렇다면 이 풀리지 않는 궁금증을 어떻게 해결해야만 하는 것일까? 필자는 타임머신 대신 필자의 발을 사용하기로 했다. 지푸라기라도 잡는 심정으로 아직 발견되지 않은 기록을 찾아 전국 곳곳을 헤매었다. 아무런 성과를 거둘 수 없을지도 모르겠지만, 불과 이삼백 년 전 일이라면 혹 이런 작품들에 관련된 기록이 남아 있을지 모른다는 일말의 희망을 가지고 말이다. 논문과 조금이라도 관련 있을 만한 곳이면 어디든지 달려갔다. 옛 문헌을 소장하고 있는 곳이면 종친회, 개인집, 도서관을 막론하고 말이다.

어쩌면 무모할지도 모르는 이러한 노력은 정말 다행스럽게 결실을 맺을 수 있었다. 바로 전주이씨 영해군파寧海君派 가문에서 전해오는 『이가세고李家世稿』·『완산이씨가승完山李氏家乘』 등의 자료를 얻을 수 있었던 것이다. 처음 이 가문에서는 자신의 집안이 사도세자와 관련하여 심각한 정치적 위기를 겪었기에 절대로 조상들의 문집을 보여줄 수 없다며 강력하게 자료 공개를 거부하였다. 그러나 종친회 회장이신 이광철李侊澈 옹翁을 일곱 차례에 걸쳐 방문하여 설득한 끝에 자료를 얻어낼 수 있었다. 이외에도 여러 곳에서 다양한 이본들과 부속 자료들을 얻을 수 있었다.

이러한 자료들을 통해 그간 밝혀지지 않았던 새로운 사실들에 접근할 수 있었다. 우선 영해군파 전주이씨 가문은 바로 『송남잡지松南雜識』에서 『완월회맹연』의 작가로 지목했던, 안겸제安兼濟의 모친 전주이씨의 친정 가문으로서, 『이가세고』 등의 기록을 통해 다음과 같은 성과를 얻어낼 수 있었다. 기존의 전주이씨 작가설을 확정지을 수 있었고, 『옥원재합기연』의 작가에 대해 추론할 수 있었으며, 더불어 대하소설 『백계양문선행록』의 작가인 해평윤씨에 관한 기록도 찾아낼 수 있었다. 이외에 여러 곳에서 얻은 다양한 자료들을 토대로 『창란호연록』의 향유층에 대해서도 알아낼 수 있었다.

이러한 기록들은 작품의 구체적 분석을 위한 탄탄한 토대가 되었다. 작품 자체에 대한 분석만으로는 단순한 추정으로 그쳤을 사항들이 실질적인 기록의 뒷받침에 힘입어 확실한 사실로 자리 잡을 수 있었다. 이를

통해 필자는 마침내 대하소설의 세계가 크게 여항인층閭巷人層의 변화하는
세태를 담아낸 작품, 상층上層 실세층失勢層의 방황과 고심을 담아낸 작품,
상층上層 집권층執權層의 안정과 자부를 담아낸 작품의 세 층위로 축조되고
있음을 밝혀낼 수 있었다. 이는 그간에 대하소설의 의식성향과 향유층위
에 대해 단순히 상층 사대부 계층의 의식을 형상화하고 그 향유기반 또한
막연히 상층이라고 전제한 것과는 변별되는 중요한 성과였다.

　수십 권, 수백 권이나 되는 대하소설을 분석하는 일은 매우 힘들고 어
려운 일이다. 이러한 작품들의 향유 기록을 찾아낸다는 것은 더더욱 어려
운 일이다. 마치 사막에서 바늘을 찾는 듯한 노력이 결실을 맺은 것은
행운이 따른 덕분이기도 했지만, 가끔은 이러한 무모한 시도가 없다면
과연 학문의 발전이란 가능할 수 있을까를 생각해 본다. 학자라면 단 1%
의 가능성이 있더라도 거기에 매진할 수 있는 열정을 지녀야만 한다는
사실을 박사논문을 쓰는 과정에서 체득한 것은 큰 수확이 아닐 수 없다.

　이런 과정을 거쳐 완성된 필자의 박사논문이 이제 한국학술진흥재단
의 도움을 입어 세상에 빛을 보게 되었다. 부족한 점이 많지만 선학들
이 쌓아놓은 커다란 돌탑 위의 작은 돌 하나가 되기를 기대하면서, 또
후학들이 자신의 돌을 얹어 놓을 수 있는 작은 발판이 되기를 기대하면
서 본 논문을 출간하고자 한다.

　이 자리를 빌려 여러 선생님들께 감사의 말씀을 올리고 싶다. 먼저
학부과정 때부터 필자로 하여금 고전소설의 멋과 깊이를 알게 해 주신
이상택 선생님께 감사드린다. 필자가 고전소설을 전공하게 된 것도 선
생님의 큰 가르침이 있었기에 가능했던 것이었다. 늘 따끔한 충고와 따
뜻한 격려를 아끼지 않으시면서 정년퇴임을 하신 뒤에도 항상 부족한
제자를 걱정하며 지도해 주신 선생님께 고개 숙여 감사드린다.

　다음으로 이상택 선생님을 이어 필자를 지도해 주신 정병설 선생님
께 감사의 말씀을 올린다. 필자가 『완월회맹연』을 비롯한 여러 작품들
에 관한 기록을 찾으려고 용기를 낼 수 있었던 것은 선생님의 연구에

힘입은 바 크다. 선생님의 연구에 자극을 받고 그것을 토대로 하여 필자의 연구가 진행될 수 있었다. 늘 꼼꼼하고 엄정한 학문적 태도를 강조하셨던 선생님의 가르침 덕분에 엉성했던 논문이 그나마 체계를 갖출 수 있었던 점, 깊이 감사드린다.

그리고 박사논문을 지도해 주셨던 서대석·박희병·송성욱 선생님께 감사의 말씀을 올린다. 체계적이고 분석적인 논문 쓰기를 지도해 주셨던 서대석 선생님, 조선 후기 사회 및 문화에 대한 깊이 있고 폭넓은 지식을 토대로 당대의 문화사를 세밀하게 알려주셨던 박희병 선생님, 고전소설에 대한 다각도의 참신한 접근법을 일러주시며 필자를 격려해주셨던 송성욱 선생님께 감사드린다. 이 밖에도 고전문학에 대한 심층적인 분석을 통해 학자로서의 전범을 보여주셨던 김진세·민병수·김병국·조동일·권두환 선생님께도 감사의 말씀을 올린다. 그리고 필자가 힘들어할 때마다 같이 고민해 주면서 조언을 아끼지 않았던 동기와 선후배 등 동학들에게도 감사의 뜻을 표한다.

또한, 부족한 원고를 잘 다듬어 출판해 주신 소명출판에도 감사를 드린다. 부족한 논문의 출판을 흔쾌히 허락해 주신 박성모 사장님, 엉성한 원고를 꼼꼼히 교정해 주고 편집해 주신 편집부 식구들께 감사의 말씀을 올린다.

마지막으로 가족들에게 감사의 뜻을 전한다. 엄마 얼굴을 보지도 못한 채 잠이 들면서도 늘 "엄마, 힘내"라고 격려해 주었던 딸 나현이, 주말마다 필자가 마음 놓고 학교에 나가 공부할 수 있도록 헌신적으로 배려해준 남편, 또 멀리 부산에서 물심양면으로 힘을 주셨던 시부모님께 이 자리를 빌려 감사하는 마음을 표한다. 그 누구보다도 매일 밤길을 걸어 이 부족한 막내딸을 위해 기도해 주신 어머님께 이 책을 바친다.

2009년 7월
한길연

차례

제4장 가문 외적 갈등과 정치의식

제1장 서론

1. 연구목적

그간 대하소설은 주로 상층 사대부의 의식[1]을 형상화한 것으로 논의되어왔다. 물론 특정 작품에서 드러나는 독특한 면모에 주목한 연구가 없었던 것은 아니지만, 그러한 논의들이 일관된 틀로 정리된 것은 아니

---

[1] 의식consciousness이란 넓은 의미로는 일체의 심리현상을 뜻한다. 여기에는 감각과 감정, 희망과 의지, 나아가서는 '사고'라고 불리는 추리판단 등이 포함된다. 의식은 기준에 따라 다양하게 나뉠 수 있으나 크게 개인의식과 집단의식으로 양분해 볼 수 있다. 본고에서 논의하고자 하는 것은 후자 즉 집단의식과 관련된다. 이러한 집단의식은 골드만이 말한 '세계관'과도 상통하는 개념이다. 골드만은 "세계관이란 '한 사회 집단'의 구성원들을 서로 맺어주면서 또 이들을 다른 사회 집단의 구성원들과 대립시키는 갈망과 감정과 사상의 총체이다"(루시앙 골드만, 송기형·정과리 역, 『숨은신』, 연구사, 1986, 233면)라고 정의한 바 있다. 그런데 세계관이라는 용어는 대개 집단의 의식보다는 한 개인의 인생관이라는 의미로 더 많이 상용常用될 뿐만 아니라, 개인의 세계관/집단의 세계관이라는 의미 이외에도 초월주의적 세계관/세속적 세계관 등 다양한 의미로 사용되기에 용어사용에 있어 오해의 여지가 있을 수 있다. 따라서 본고에서는 작품에서 드러나는 신분적·문화적 차이에 따른 성향 차이를 중점적으로 다루기 위해 '의식'이라는 용어를 사용하였다. 이는 정확히 말한다면 '계급의식'이라 할 수 있겠다. 다만 본고에서는 계급의식과 관련해서 단순히 사상적 측면만을 다루려는 것은 아니다. "사회적으로 공인된 예술 그리고 각 예술의 장르와 유파, 또는 시대의 위계에 소비자들의 사회적 위계가 상응한다. 이 때문에 취향은 '계급'의 지표로 기능할 수 있는 것이다"(피에르 부르디외, 최종철 역, 『구별짓기』, 새물결, 1995, 21면)라는 논의대로 '문화적 취향'

었다. 이제는 하나로만 생각되었던, 혹은 산발적으로 그 독특한 면이 논의되었던 대하소설에 다양한 의식 층위가 있음을 체계적으로 검토해야 할 때이다. 그리고 이렇듯 다양한 의식 층위가 존재하는 것은 어디에서 기인하는가를 면밀히 고찰할 필요가 있다.

대하소설의 다양한 의식성향 층위를 규명하려는 작업은 대하소설의 창작원리를 탐구하는 문제와도 밀접한 관련을 지닌다. 그간 대하소설의 창작원리에 관한 주요연구들을 살펴보면 이상택이 기능소의 이원적 대칭 관계에 따른 구조적 반복원리를 통해 대하소설의 존재론적 미학원리를 밝혀낸 이래,[2] 임치균은 연작형 삼대록 소설에서 전편과 후편의 구조적 특징 및 장편화 원리를 고찰하였고,[3] 송성욱은 단위담單位譚의 반복적 전개 양상 및 그 결합 원리를 밝혀내었으며,[4] 정병설은 편년의 원리, 순환과 대칭의 원리, 반복의 원리, 확대와 지속의 원리 등 대하소설의 주요 서사원리를 고찰한 바 있다.[5]

이러한 선행연구는 대하소설이 공유하고 있는 창작원리를 밝혀냄으로써 그 공통의 구조 및 존재기반을 추출해내는 성과를 이루었다. 대하소설 전반에 대한 거시적 시각의 틀을 제시함으로써 그 미학적 특징 및 구조적 원리를 해명하는 데 탄탄한 토대를 마련한 것이다. 이제는 대하소설에 대한 하나의 일반화된 원리를 밝혀내는 작업과 더불어 좀 더 미시적인 관점에서 그들 사이에 존재하는 차별화된 존재양태에 주목해야 하며, 그러한 차이가 존재하는 원리는 무엇인가를 검토해야 할 필요가 있다.

까지 고려하면서 계급의식을 보다 폭넓게 다루려는 것이 본고의 목적이다. 따라서 계급의식이라는 한정된 느낌을 주는 용어를 사용하지 않고 '의식'이라는 포괄적인 용어를 사용하고자 한다.

2) 이상택, 「『명주보월빙』 연구」, 서울대 박사논문, 1981; 이상택, 「『보월빙』 연작의 구조적 반복원리」, 『백영정병욱선생화갑기념논총』, 신구문화사, 1982.

3) 임치균, 「연작형 삼대록계 소설 연구」, 서울대 박사논문, 1992.

4) 송성욱, 「혼사장애형 대하소설의 서사문법 연구―단위담의 전개양상과 결합방식을 중심으로」, 서울대 박사논문, 1997.

5) 정병설, 『『완월회맹연』 연구』, 태학사, 1998.

최근 특정 작품이 지니는 문체적 혹은 장면전개의 특징을 규명하여 그 작품의 독특한 특성을 검토한 연구,[6] 동일한 작품에서 이본에 따른 주제의식 및 서술구조의 차이를 고찰한 연구,[7] 유사한 내용을 가진 작품들 간의 비교연구를 통해 각각의 작품의 특성을 밝혀낸 연구[8] 등 대하소설 연구가 점차 미시적인 방향으로 진행되고 있다. 다분히 유형적인 장편소설을 독자들이 애독한 이유를 '구조적 반복'에 숨겨진 '작은 차이'에서 찾아야 한다는 지적대로,[9] 이제는 각각의 작품들의 고유한 특징을 섬세하게 포착해낼 때이며 이를 위해 거시구조가 아닌 미시구조의 차원에서 텍스트를 면밀하게 분석해야 하는 것이다.[10]

일찍이 보리스 토마셰프스키가 모티프를, 사건의 인과관계와 시간적 순서 전체과정에 영향을 미치기에 생략해서는 각 사건 간의 연관성이

---

6) 위의 책; 구본기, 「유가의 출처관과 『옥호빙심』의 구조적 이원성」, 『한국고전소설과 서사문법』 상(양포이상택교수회갑기념논총), 집문당, 1998; 정병설, 「『옥원재합기연』－탈가문소설적 시각 또는 시점의 맹아」, 『한국문화』 24, 서울대 한국문화연구소, 1999.

7) 이상택, 「『창란호연 연작』의 텍스트 교감학」, 『고전문학연구』 15, 한국고전문학연구회, 1999; 이지영, 「『창선감의록』의 이본 변이 양상과 독자층의 상관관계」, 서울대 박사논문, 2003.

8) 송성욱, 「『옥원재합기연』과 『창난호연』 비교 연구」, 『고소설연구』 12, 한국고소설학회, 2001a; 지연숙, 「『소현성록』의 주변과 그 자장」, 『한국문학연구』 4, 고려대 민족문화연구원 한국문화연구소, 2003; 졸고, 「『창란호연』과 『완월회맹연』 비교 연구－가정 내적 갈등을 중심으로」, 『관악어문연구』 28, 서울대 국어국문학과, 2003a; 졸고, 「『옥원재합기연』과 『완월회맹연』 비교 연구」, 『국문학연구』 11, 국문학회, 2004a.

9) 정길수, 「17세기 장편소설의 형성 경로와 장편화 방법」, 서울대 박사논문, 2005, 222면.

10) 채트먼은 미시구조란 서사물의 개별적인 분자들이 어떻게 결합되는가라는 문제와 관련되고 거시구조란 서사물에 관한 일반적인 이론 즉 플롯의 일반적인 구도라고 정의한 바 있으며(S. 채트먼, 한용환 역, 『이야기와 담론－영화와 소설의 서사구조』, 고려원, 1991, 114면), 반 데이크는 텍스트 전체에 바탕하고 있거나 텍스트의 보다 큰 단위에 기초하고 있는 총괄적 구조를 거시구조라 하고, 문구조와 문연속 구조를 텍스트와 구분하기 위해서 미시구조라고 정의한 바 있다(반 데이크, 정시호 역, 『텍스트학』, 민음사, 1995, 73~74면). 이를 토대로 '거시구조'는 텍스트 집합으로서 동일한 총괄적 의미를 지닌 텍스트 간의 동일 구조라고 정의할 수 있고, '미시구조'라 함은 거시구조가 유사한 텍스트들 가운데 개개의 텍스트가 지닌 차별적인 의미소들의 구조라고 재정의할 수 있을 것이다.

혼란스럽게 되는 '관련 모티프bound motif'와 사건의 인과관계와 시간적 순서 전체과정에 영향을 미치지 않기에 생략이 가능한 '자유 모티프free motif'로 나눈 뒤, 작품 전체의 커다란 틀을 정리하는 데에는 전자가 중요하게 기능하지만 작품의 미적 기반 및 분위기를 결정하는 것은 후자라고 논한 바 있듯, 미시구조는 중요하기 때문이다. 자유 모티프는 구체적인 사건, 상세한 묘사, 곁 애기 등 작품의 꼴을 만들어내는 요소들로서 미학성과 한 시대의 문학양식을 규정짓기에 독자의 감흥은 오히려 이 자유 모티프에 의해 더 좌우된다고 보았다.11)

기실 스토리 라인의 거시적 구조보다는 구체적인 형상화 측면 즉 미시구조를 통해 작품의 또 다른 의미를 찾아내는 작업은 비단 대하소설뿐만 아니라 영웅소설 등의 단편소설에서도 이미 이루어진 바 있다. 박일용은 『유충렬전』이 표면적으로는 정적政敵 사이의 갈등을 통한 팽팽한 대결구조의 형식을 취하지만, 인물들의 대화 등 그러한 갈등이 형상화되는 서술시각의 미세한 지점들에 주목함으로써 이 작품이 그 기저에 하층의 의식을 담고 있음을 밝혀낸 바 있다.12)

지면의 한계상 스토리 라인 이외의 장면전개가 활성화되기 어려운 영웅소설에서도 서술구조의 미세한 국면에 따라 작품의 의미가 새롭게 파악될 수 있다면, 중단편소설에 비해 훨씬 더 방대한 지면을 차지하고 있는 대하소설에서는 장면전개가 상당히 활성화되어 있기에 이러한 미시적 국면들을 면밀히 분석하는 작업은 매우 중요하다 할 수 있다. 특히 비슷한 유형의 작품들 간에 이러한 차이점들을 면밀히 고증해낸다면 각각의 작품이 지닌 미학적 특징 나아가 의식성향의 차이를 밝혀내는 데 유효한 지표가 될 수 있을 것이다.

---

11) 보리스 토마셰프스키, 「주제론」, 『러시아 형식주의 문학이론』(빅토르 쉬클로프스키 외, 한기찬 역), 월인제, 1980, 96~142면.
12) 박일용, 「『유충렬전』의 서사구조와 소설사적 의미」, 『고전문학연구』 8, 한국고전문학회, 1993.

본고에서는 이러한 선행연구에 기반하여 송성욱이 제시한 바 있는 '단위담單位譚'의 유형 연구에서 한층 더 세부적으로 파고들어가 유사한 단위담 안에서의 차이에 주목하고자 한다. 송성욱의 연구가 흡사한 단위담 간의 '공통점'을 추출해냄으로써 대하소설 전반의 유형성을 총체적으로 규명한 데 의의가 있다면, 본고의 논의는 흡사한 단위담 간의 '차이점'을 밝혀냄으로써 대하소설의 다양성을 체계적으로 규명하는 데 의의를 두고자 하는 것이다.

대하소설은 하나의 단위담이 하나의 작품을 이루기보다는 두서너 개의 단위담이 하나의 작품을 이루게 된다. 그런 까닭에 전체사건이 모두 동일한 작품이 존재하기보다는 각각의 작품에서 한두 개의 단위담이 흡사한 경우가 대부분이다. 따라서 작품 전체를 비교분석하기에 앞서 먼저 이러한 단위담들을 집중적으로 비교분석해야 할 필요가 있다. 단위담 중심의 비교연구는 거대한 덩어리인 대하소설을 좀 더 손쉽게 또 면밀히 비교연구하는 방편이 될 수 있기 때문이다. 물론 이러한 단위담 간의 비교연구가 단지 작품의 부분적인 차이를 규명하는 것으로 그쳐서는 안 될 것이다. 이를 토대로 작품 전체의 비교연구로 나아갈 수 있는 발판을 마련하고, 종국에는 작품 전체의 차이를 규명하는 데까지 나아가야 한다.

다음으로 흡사한 단위담 간의 차이가 존재한다면 이는 어디에서 연유하는가를 고찰할 필요가 있다. 대하소설을 비롯한 고전소설이 구술적 사유의 전통과 더불어 저작권 개념의 부재 등으로 인해 다분히 유형적이었음은 주지의 사실이다. 그런데 매우 흡사한 유형이 반복되고 있음에도 불구하고 미세한 차이에 따라 각 작품의 의식층위가 달라진다면, 여기에는 작가층의 의식의 투영 혹은 독자층을 고려한 내용의 변개라는 측면을 간과할 수 없을 것이다. 따라서 향유기반에 대한 검토가 필요하다.

그간 대하소설의 향유층은 상층 벌열 혹은 상층 사대부라는 것이 거의 일반적인 정설로 받아들여졌다. 그리고 최근까지 발견된 기록들을 통해 볼 때도 대하소설의 향유층에 관해서는 상층에 관한 언급이 가장 많기에 대하소설의 일반적인 향유층이 상층이라는 대전제는 여전히 유효하다. 그런데 일견 선명한 듯하면서도 다소 성근 이러한 논의로는 대하소설의 다양한 향유층을 모두 포괄할 수는 없다. 따라서 좀 더 세밀하게 대하소설의 향유층에 대해 검토해 볼 필요가 있다.

먼저 대하소설 초기연구에서 정병욱은 대하소설의 작가층은 주로 가난한 선비이고, 그 독자층은 궁중으로부터 서민 일반에 이르기까지 광범위하다고 논한 바 있다.[13] 이 논의는 하나의 가설이긴 하지만 평생 대하소설을 접했던 윤백영 여사의 말[14]에 근거하고 있기에 그 가능성을 고려해 볼 필요가 있다.

최근 전성운의 경우에도 '중간적 지식인층'의 개입에 따른 장편 국문소설의 변모양상에 대해 고찰한 바 있고,[15] 임치균 또한 조선 후기로 가면서 다양한 소설 작품들이 상호 교섭하는 가운데 영웅소설 중에서도 장편으로 이루어진 작품이나 대하소설적(가문소설적) 요소가 드러나는 작품이 있는 점에 대해 논한 바 있다.[16]

---

13) 정병욱, 「조선조말기소설의 유형적 특징」, 『문화비평』 1, 아한학회, 1969, 32면.

14) 윤백영 여사는 "물론 내관 가운데 소설을 쓴 이가 없다 할 순 없으나 대체로 그 작가는 유식하고 한문에 능통한 시골선비, 지체의 상하上下를 다 알고 세상풍정에 밝은 이름 없는 선비가 슬그머니 세책집에 판다"고 말한 바 있다(『중앙일보』 1966년 8월 25일, 5면).

15) 상품화폐 경제 하에서 발생한 중간적 지식인 계층은 조선 후기의 문화·예술을 비롯한 각종 사회 변혁을 추동한 세력이었다는 전제 아래 이러한 중간적 지식인 계층이 장편 국문소설의 창작에 관여했으며, 이러한 장편 국문소설의 다양한 운동 방향 중 어느 한 방향이 영웅소설에 접근해 갔으리라고 보았다(전성운, 「장편 국문소설의 변모와 영웅소설의 형성」, 고려대 박사논문, 2000).

16) "조선 후기로 가면서 다양한 유형의 소설 작품들이 상호 교섭하는 양상의 일단을 찾을 수 있다. 장편으로 이루어진 영웅소설이 있는가 하면(『화산기봉』이 대표적이다), 영웅소설에서도 가문소설적 요소가 함께 드러나기도 한다. 처음에는 이들 작품들의 향유층은 달랐을 것이다. 홍희복의 『제일기언』 서문에서 '심지어 슉향젼 풍운젼의 뉘 가항의 쳔훈 말과 하류의 느즌 글시로 판본에 기간ᄒ야 시상에 미미ᄒ니'라는 언급에

이러한 논의들은 대하소설이 전일專—하게 상층 사대부의 의식을 담고 있다는 논의에 대한 반성적 문제제기로서, 그 밖의 예외적인 면모들에 대해서도 주의를 기울여야 할 필요성을 제시한다. 그러나 이러한 논의들은 체계적으로 정리되지 않은 채 몇 개의 작품에서 드러나는 특징적 국면들에 대한 부분적 고찰에 그친 감이 적지 않다.

본고에서는 대하소설의 향유층위를 총체적으로 살펴보기로 한다. 이를 위해 상층 내부에서의 층위의 분화 가능성, 상층을 벗어난 여항인閭巷人으로까지의 향유층의 확산 가능성에 대해 논의해 보기로 한다. 이러한 제 논의를 통해 대하소설의 의식층위를 향유기반과 관련해서 체계적으로 검토할 수 있을 것이다.

2. 연구방법

본고에서는 『창란호연록』·『옥원재합기연』·『완월회맹연』17) 세 작품을 중심으로 거시구조가 흡사해도 미시구조의 차이에 의해 작품의 의미가 어떻게 달라질 수 있는가를 검토함으로써 대하소설의 다양한 의식층위를 밝혀보고자 한다. 대하소설의 의식성향 층위를 밝히기 위해서는 대하소설 전반을 비교 분석하는 것이 바람직하겠으나 워낙 방대한 작업인 만큼, 이를 밝히기에 적합한 작품들을 대상으로 논의를 진행하고자 하는 것이다.

『창란』·『옥원』·『완월』 세 작품은 '옹서翁壻갈등담'이라는 흡사한

서 일단을 살필 수 있다. 그러나 소설의 상업화가 이루어지면서 서로에게 흥미로울 수 있는 부분을 받아들이면서 교섭하였을 것으로 추정된다."(임치균, 「『한조삼성기봉』 연구」, 『정신문화연구』26, 한국학중앙연구원, 2003년 가을, 18~19면)

17) 이하 각각 『창란』·『옥원』·『완월』이라 약칭略稱하기로 한다.

단위담을 담고 있으면서도 각각의 작품 간에 뚜렷한 차이를 보이고 있다. 세 작품 모두 소인형 인물인 장인과 군자형 인물인 사위가 대립하는 가운데, 장인이 정치적 위기에 처한 사위 집안을 배신하다가 사위 집안이 영화롭게 복귀하자 비굴한 술책으로 사위의 용서를 받으려는 옹서갈등담이 흡사한 양상으로 전개된다. 특히 소인형 장인이 사위 가문의 '적대정치세력의 하수인'으로 등장한다는 점에서 여타의 옹서갈등담과도 차이를 보이면서 옹서갈등담의 여러 유형 중에서도 더욱더 긴밀한 관련성을 지니고 있다.

또한 옹서간의 정치적 갈등이 펼쳐지는 와중에서, 남주인공 가문의 정치적 위기가 심도 있게 그려진다는 점에서도 세 작품은 공통된다. 정치적 위기와 직간접적으로 관련하여 대하소설로서는 흔치 않게 가족이 이산離散하고 남주인공이 유리流離하는 장면이 설정되어 있다. 영웅소설에서나 주로 볼 수 있는 심각한 정치적 위기 국면의 형상화는 이들 작품에서 그려내는 정치적 갈등이 단순치 않음을 보여준다. 일종의 '정치격변담'이라고 할 수 있을 정도로, 정치적 갈등이 밀도 있게 그려지는 가운데 정치적 갈등이 그 자체로 의미를 갖고 서사의 중심축에 놓여 있는 것이다.[18]

이렇듯 세 작품은 매우 유사하게 전개되며, 이는 이들 작품이 창작된 18세기 시대 현실을 적실하게 반영하고 있다는 점에서 공통된 의미를 지닌다. 상층의 특권적인 테두리 속에서 안존하는 상당수의 대하소설에서와는 달리 당파 간의 피비린내 나는 정쟁政爭에 따른 위기의식에 깊이 침윤되어 있으며, 친가와 시댁 양가兩家가 정치적으로 반목하는 경우가 적지 않고 장인에 대한 경시가 만연했던 당대 현실에서 시댁에서 살아가야 하는 입장으로 인한 여성의 '친정親庭에 대한 원죄原罪의식' 또한 심도 있게 반영되어 있다.[19]

---

18) 이에 대해서는 졸고(앞의 글, 2004a)에서 논한 바 있다.
19) 이에 대해서는 졸고(「소인형 장인이 등장하는 옹서대립담 연구」, 『고소설연구』 15, 한국고소설학회, 2003b)에서 논한 바 있다.

　그런데 세 작품의 옹서갈등담을 면밀히 검토하면 상당한 간극이 존재한다. 이러한 차이점들은 단지 부분적인 차이로만 그치지 않고 하나의 의미망으로 규합되면서 각각의 작품 전체의 의미를 차별화시키는 요인으로 기능하고 있다.

　이들 작품 외에도 거시구조는 흡사하면서 미시구조가 다른 단위담을 지닌 작품군이 있을 수 있으나 이 세 작품을 택한 것은 다음과 같은 이유에서이다. 먼저 세 작품처럼 거시구조는 혹사酷似하면서도 미시구조의 차이에 따라 의식성향의 차이를 명확하게 보이는 작품군이 드물기 때문이다.『소현성록』을 둘러싸고 있는 일련의 작품들에서는 주로 인물에 대한 품평이 달라지는 가운데 그 차이를 보인다면,[20] 이 세 작품에서는 '옹서갈등담'이라는 단위담에서의 구조적 편차를 통해 차이를 드러내고 있기에 중요하다. "소설의 인물을 비평하는 것보다는 구조적 차원에서 문제를 제기하여 주제나 작품의 분위기를 문제삼는 구조비평이 훨씬 더 적극적인 상호텍스트성이라 할 만하다"[21]는 지적대로, 이들 세 작품은 유사한 작품 간의 미시적 구조의 편차에 따라 그 의식성향의 차이를 살펴보기에 적합한 대상이다.

　다음으로 옹서갈등담이 대하소설에서 차지하는 중요성 때문이다. 옹서갈등담은 복잡다단한 윤리적 상황, 심화된 정치의식 등을 통해 볼 때 "18세기 장편소설에서 가장 공을 들여 고안한 이야기"[22]라고 평가될 정도로, 비록 빈도수는 높지 않지만 대하장편의 갈등담 가운데 심도 있고 복잡한 갈등양상을 보이는 '문제적인 단위담'이기에 이 세 작품의 비교는 더욱 의미를 가질 수 있다.[23]

---

20) 지연숙, 「『소현성록』의 주변과 그 자장」, 『한국문학연구』 4, 고려대 민족문화연구원 한국문화연구소, 2003.

21) 송성욱, 「18세기 장편소설의 전형적 성격」, 『한국문학연구』 4, 고려대 민족문화연구원 한국문화연구소, 2003a, 25면.

22) 위의 글, 13면.

23) 이외에도 일찍이 양민정(「『옥원재합기연』 연구」, 『고전문학연구』 8, 한국고전문학연

더욱이 '전형성'이라는 것이 단지 양적인 측면에서의 다수를 뜻하는 것이 아니라, 특정한 역사적 단계에 처해 있는 특정한 사회의 성격과 내부적 모순을 가장 잘 드러내 보여주는 대표적인 성질들 혹은 그런 성질을 가지고 있는 요소라고 할 때, 이들 작품들은 조선 후기 사회현실에서 대하소설이 보여줄 수 있는 존재양태들을 가장 적실하게 그려내고 있다고 할 수 있으며, 더욱이 이러한 다양한 국면들을 한 자리에서 체계적으로 고찰할 수 있기에 매우 중요한 것이다.

물론 본고는 옹서갈등담을 주로 하면서도 세 작품 전체를 비교하여 그 의식성향 차이를 밝히려는 것을 목표로 한다. 따라서 유사한 단위담을 중점적으로 연구하면서도 그 밖의 단위담도 아울러 검토함으로써 세 작품 전체의 비교 연구로까지 나가고자 한다.[24]

그간 이들 작품에 대한 연구는 개별 작품론을 통해 상당한 성과가 있었으며,[25] 최근에는 이들 작품 간의 비교연구가 서서히 진행되고 있다.

구회, 1993)은 "옹서갈등 모티프는 '가문의식의 위기'라는 정신사적인 문제제기와 가문소설과 같은 장편 대하소설의 제재와 주제형성에 새로운 가능성을 제시하는 특징으로서 그 의의가 있다"고 보았고, 이지하(『옥원재합기연』 연구」, 서울대 박사논문, 2001)는 옹서갈등담이 여타의 단위담에 비해 훨씬 더 복합적이고 다층적인 갈등양상을 보임을 구체적으로 규명한 바 있으며, 정병설(「조선 후기 정치현실과 장편소설에 나타난 소인의 형상─『완월회맹연』과 『옥원재합기연』을 중심으로」, 『국문학연구』 4, 국문학회, 2000, 231~259면)은 옹서갈등담에서의 소인형 인물의 형상을 조선 후기 정치현실과 긴밀히 상응시켜 논의함으로써 옹서갈등담이 당대 정치현실과 밀접한 관련을 지님을 고찰하였다.

24) 서로 닮은 부분을 통해서는 미세한 차이점을 감지할 수 있지만, 닮지 않은 부분을 통해서는 그 차이점을 더욱 분명하게 살펴볼 수 있다. 특히 하나의 작품 안에 두 개의 주요 단위담이 존재할 때, 그 둘의 관계는 매우 중요하다. 작품의 주제라는 것은 결국 이 두 사건의 상응을 통해 도출되기 때문이다. 따라서 본고에서는 닮지 않은 또 다른 단위담도 비교의 대상에 넣어 살펴보기로 한다. 물론 이 밖에 주변사건의 경우도 함께 비교하기로 한다.

25) 세 작품에 관한 개별 연구로는 다음과 같은 것이 있다. 먼저 『창란』에 관한 연구로는 양영찬, 「『창난호연록』의 애정갈등」, 고려대 석사논문, 1984; 최길용, 「『창란호연록』 연작 연구」, 『고전문학연구』 7, 한국고전문학연구회, 1992; 이상택, 「『창난호연』 연구─연경도서관본을 중심으로」, 『진단학보』 75, 1993; 양민정, 「『창란호연록』에 나타난 양반 가문의 애정혼 고찰」, 『고소설연구』 2, 한국고소설학회, 1996; 양민정, 「『창란호연록』에

『창란』과 『옥원』과의 비교연구,[26] 『창란』과 『완월』과의 비교연구,[27] 『옥원』과 『완월』과의 비교연구[28]를 통해 각 작품 간의 차이가 조금씩 밝혀지고 있다. 그러나 『창란』과 『옥원』이 대장편일 뿐만 아니라 『완월』은 180권 180책의 거대장편으로 세 작품 간의 본격적인 비교 연구가 이루어진 적은 없었다. 실상 이들 작품 간의 비교연구는 이제 막 시작

나타난 옹翁－서壻, 구舅－부婦간 갈등과 사회적 의미」, 『한국가문소설연구논총』 2(이수봉 외), 경인문화사, 1997; 이상택, 앞의 글, 1999; 곽지윤, 「『창란호연』 연구」, 서울대 석사논문, 2001; 이지하, 「『창란호연록』의 갈등 구조와 의미」, 『한국문화연구』 4, 고려대 민족문화연구원 한국문화연구소, 2003; 이지하, 「인물형상화 방식을 통해본 『창란호연록』의 통속성」, 『한국문화』 34, 서울대 한국문화연구소, 2004 등이 있다.

『옥원』에 관한 연구로는 심경호, 「낙선재본 소설의 선행본에 관한 일고찰－온양 정씨 필사본 『옥원재합기연』과 낙선재본 『옥원중회연』의 관계를 중심으로」, 『정신문화연구』 38, 한국학중앙연구원, 1990; 양민정, 「『옥원재합기연』 연구」, 『고전문학연구』 8, 한국고전문학회, 1993; 정병설, 「『옥원재합기연』의 여성소설적 성격」, 『한국문화』 21, 서울대 한국문화연구소, 1998; 정병설, 앞의 글, 1999; 양민정, 「18세기 후반 대하장편 가문소설의 한 유형적 특징－『옥원재합기연』, 『옥원전해』를 중심으로」, 『한국학보』 5, 일지사, 1999; 이지하, 앞의 글, 2001; 엄기영, 「『옥원재합기연』의 작품세계와 연작관계 연구」, 고려대 석사논문, 2001; 지연숙, 「『옥원재합기연』의 역사소설적 성격 연구」, 『고소설연구』 12, 한국고소설학회, 2001; 최호석, 「『옥원재합기연』에 나타난 윤리적 갈등」, 『고소설연구』 15, 한국고소설학회, 2003; 최호석, 「『옥원재합기연』의 남과 여」, 『고전문학연구』 23, 한국고전문학회, 2003 등이 있다.

『완월』에 관한 연구로는 김진세, 「『완월회맹연』 연구(1)」, 『관악어문연구』 2, 서울대 국어국문학과, 1977; 김진세, 「이조 후기 대하소설연구－『완월회맹연』을 중심으로」, 『한국소설문학의 탐구』(한국고전문학연구회 편), 1978; 김진세, 「『완월회맹연』 연구(2)」, 『관악어문연구』 4, 서울대 국어국문학과, 1979; 김진세, 「『완월회맹연』 연구(3)」, 『관악어문연구』 5, 서울대 국어국문학과, 1980; 김진세, 「조선 후기 소설에 나타난 세계관의 변이양상－『완월회맹연』을 중심으로」, 『한국문화』 10, 서울대 한국문화연구소, 1989; 김진세, 「『완월회맹연』」, 『고전소설연구』, 황패강교수정년퇴임기념논총 간행위원회, 일지사, 1991; 정병설, 앞의 책, 1998; 김탁환, 「『완월회맹연』의 창작방법연구(1)－약속과 운명의 변증법」, 『한국고전소설과 서사문학』 상, 1998; 정창권, 「조선 후기 장편 여성소설 연구－『완월회맹연』을 중심으로」, 고려대 박사논문, 1999; 성영희, 「『완월회맹연』의 서사구조와 의미」, 부산대 석사논문, 2002; 이은경, 「『완월회맹연』 인물 연구」, 충북대 박사논문, 2004; 졸고, 「『완월회맹연』의 모티프 활용 양상 연구」, 『성심어문연구』 26, 성심어문학회, 2004b 등이 있다.

26) 송성욱, 앞의 글, 2001a.

27) 졸고, 앞의 글, 2003a.

28) 정병설, 앞의 글, 2000; 졸고, 앞의 글, 2004a.

단계에 접어든 셈이라 할 수 있다.[29]

본고에서는 가문 내적 갈등에서의 윤리의식의 차이, 가문 외적 갈등에서의 정치의식의 차이를 면밀히 검토함으로써 세 작품의 의식성향 차이를 밝혀내고자 한다. 다음으로 세 작품에서의 의식성향 차이를 향유기반의 차이와 관련지어 검토해 보기로 한다.

물론 세 작품에서 형상화되는 옹서갈등담은 재미를 창출하기 위한 하나의 서사적 수법일 수도 있다. 옹서갈등담의 서사적 연원이 주몽신화, 온달설화 등에 닿아 있는 것에서 볼 수 있듯,[30] 이러한 내용은 서사문학에서 주요한 소재로 활용되고 있기 때문이다. 특히 이들 작품에서는 옹서가 갈등하고 이에 따라 부부간에 갈등이 야기되는, 그리고 옹서 간의 정치적 갈등과 가문 내적 갈등이 긴밀하게 맞물려 돌아가는 다양한 갈등들의 교합交合을 통해 새로운 긴장과 흥미가 창출되고 있다. 따라서 세 작품에서의 옹서갈등담은 단지 향유층의 의식의 반영이라는 의미만으로 한정될 수 있는 것은 아니다.

그럼에도 『창란』·『옥원』·『완월』을 비롯한 대하소설에서의 옹서갈등담은 18세기부터 등장하기 시작했으며, 여타의 서사 장르에서 보이는 옹서갈등담과는 차별적인 요소를 지니고 있다는 점에서 시대현실과의 관련을 무시할 수는 없다. 특히 세 작품은 흡사한 옹서갈등담을 다루면서도 그 의식성향이 상당히 다르다는 점에서, 그 근저에는 각기 다른

---

29) 세 작품에 대한 본격적인 비교 연구가 이루어지지 않은 이유 가운데 하나는 『완월』이라는 거작巨作이 주는 부담감 때문이었다. 기실 지금까지의 대하소설 연구는 『완월』을 논외로 한 채 진행된 감이 적지 않다. 근래에 이르러서야 『완월』에 대한 본격적인 작품론이 나올 정도로, 『완월』은 방대한 분량으로 인해 대하소설 연구에서 늘 부담스러운 대상이 되어왔던 것이 사실이다. 마치 외딴 섬처럼 『완월』은 대하소설 영역에서 또 다른 '타자'로 취급되어 온 감이 적지 않다. 그렇기에 다른 작품들과 동렬에 놓고 비교연구가 이루어진 것 또한 극히 최근이다. 이제는 『완월』 또한 대하소설의 연구 영역으로 적극 끌어들여 다른 작품들과 함께 논의해야 하며, 그러할 때 대하소설의 진면목을 더욱 적실하게 고찰할 수 있을 것이다.

30) 이에 대해서는 2장에서 상론하기로 한다.

향유층의 의식이 투영投影되어 있을 가능성을 배제할 수 없는 것이다.

이러한 논의를 위해서는 대하소설의 향유층을 세분해서 좀 더 체계적으로 정리할 필요가 있다. 먼저 상층 내부에서의 분화 가능성에 대해 살펴보면, 그간에는 상층 사대부라는 막연한 틀로써 상층을 규정했으나 상층 내부에서도 집권세력의 핵심을 차지하는 그룹과 그 주변을 차지하는 그룹으로 양분해 볼 수 있을 것이다. 전자를 '상층上層 집권층執權層', 후자를 '상층上層 실세층失勢層'이라고 명명할 수 있을 것이다.31)

이러한 층위로 나눈 것은 별다른 정치적 위기를 겪지 않고 핵심 집권층으로서 존재하는가 아니면 정치적 위기를 겪고 집권층에서 밀려나는가의 차이에 근거한 것이다. 물론 상층 집권층인가, 상층 실세층인가는 자로 잰 듯 획일적으로 구분되는 것은 아니지만, 정치권의 핵심세력으로 집권하고 있는 기간이 더 많은가, 아니면 여기에서 밀려 주변세력으로 퇴각하는 시기가 더 많은가에 따라 구분할 수 있을 것이다.

조선 후기 실질적인 상층에 해당하는 계급은 경화사족京華士族과 재지사족在地士族을 들 수 있다.32) 그런데 경향京鄉이 분기分岐되는 현실을 고려한다면 최상층 사대부 계층이라 할 수 있는 상층 집권 계층에는 경화京華 집권執權 사족士族 즉 경화거족京華巨族이, 그 바로 아래인 상층 실세 계층에는 경화京華 실세失勢 사족士族과 지방에 거주하는 향반층鄉班層인 재지사족在地士族이 해당한다 할 수 있다.33)

---

31) 조르즈 뒤비(성백용 역, 『세 위계―봉건제의 상상 세계』, 문학과지성사, 1997, 539면)는 봉건제의 위계를 논하는 가운데, 신분 말고도 등급 계급 내부에서의 지위, 즉 더 높은 위계major ordo와 더 낮은 위계minor ordo를 참작할 필요가 있다고 보았다. 본고에서는 이러한 논의와 관련해서 상층 내부에서의 더 높은 위계인 상층上層 집권층執權層과 더 낮은 위계인 상층上層 실세층失勢層으로 나누었다.

32) 선행연구에서 조선 후기 실질적인 상층에 속하는 계층으로 경화사족과 재지사족층 두 부류가 있음을 논한 바 있다. 이외에 몰락양반층, 요호饒戶 등은 중간계층에 포함시켜 논하였다(문현아, 「19세기 중엽 조선의 정치통합과 저항에 관한 동태적 분석」, 한국학중앙연구원 박사논문, 2000, 82～94면).

33) 물론 경화 실세 사족과 재지사족은 문화적으로 상당한 차이를 보이나 정치권의 주변 세력이라는 점에서는 공통점을 가지기에 둘 다 상층 실세 세력에 속한다 할 수 있

몰락양반층 즉 잔반층殘班層의 경우에는 이미 상층에서 벗어나고 있기에 상층 실세층에 포함되지 않는다. 본고에서 정의한 '상층 실세층'은 '몰락양반'과는 달리 비록 실세實勢는 아니지만 정치권의 한 자락을 차지하고 있는 계층이다. 몰락양반층이 완전히 실세失勢해서 재기再起할 가능성이 없는 계층이라면 상층 실세층은 비록 실세失勢를 경험하긴 하지만 재기할 가능성이 있고 또 실제로 재기하는 계층을 말한다. 즉 몰락양반층은 거의 평민과 같은 처지로까지 떨어져 이미 상층의 기반을 상실한 계층이라면, 상층 실세층은 여전히 상층으로서의 입지를 지니고 있으며 실질적으로도 상층에 속한 계층으로 서로 층위가 다른 것이다.34)

따라서 상층 집권층과 상층 실세층은 일견 벌열閥閱과 한족寒族의 개념과도 상응하는 것 같으나, 엄격히 따져보면 차이를 지닌다. 벌열은 대대로 벼슬을 하여 번성한 가문이며, 한족은 양반신분은 유지하고 있으나 벼슬을 하지 못하여 한미해진 가문이다.35) 그렇기에 벌열은 상층 집권층과 대응되나, 한족은 상층 실세층과 꼭 대응되지는 않는다. 한족의 개념 속에는 영구히 몰락한 실세층으로서 본래의 사대부로서의 정치적 기능을 거세당하고 오직 독서하는 '사士'로서의 밑천만을 지니게 된 몰락양반층도 포함되기 때문이다.36) 본고에서는 명목상으로뿐만 아니라 실질적으로도 상층인 계층을 상층의 범주에 포함시켜 다루고자 하는 것이다.

이러한 상층 내부에서의 계층을 이들 작품이 창작된 당시의 향유층에 구체적으로 대응시켜 본다면, 이들 작품이 창작된 시기가 18세기라

___

다. 경화 집권 사족과 경화 실세 사족에 대해서는 바로 뒤에서 상론하기로 한다.

34) 몰락양반층은 명목상으로는 상층이지만 실질적으로는 그 처지가 평민과 흡사하기에 상층이 아닌 여항인閭巷人 계층에 포함시켜 논의하기로 한다. 이미 영웅소설에 관한 연구에서도 몰락양반층을 상층 이하의 계층에 속하는 것으로 논의한 바 있고(서대석, 『군담소설의 구조와 배경』, 이화여대 출판부, 1985), 역사학계에서도 몰락양반층은 '중간계층'에 넣어 논한 바 있다(정석종, 『조선 후기 사회변동사 연구』, 일조각, 1983, 264~269면; 문현아, 앞의 글).

35) 차장섭, 『조선 후기 벌열연구』, 일조각, 1997, 23면.

36) 위의 책, 25면.

는 사실을 감안할 때, 상층上層 집권층執權層에는 '경화京華 집권執權 사족士族'이, 상층上層 실세층失勢層에는 '경화京華 실세失勢 사족士族'이 해당된다 할 수 있을 것이다.

『창란』·『옥원』·『완월』세 작품이 창작된 18세기에 대하소설의 주된 향유지로는 서울을 들 수 있다. 당대 경성 부녀자들이 소설을 빌려 보는 일에 탐닉하여 가산家産을 탕진할 정도로 세책방貰冊房[37]을 중심으로 한 대규모의 소설향유가 이루어지고 있었다는 채제공(蔡濟恭, 1720~1799)의 「여사서서女四書序」의 기록[38]과 이덕무(李德懋, 1741~1793)의 『사소절士小節』의 기록,[39] 그리고 세책가를 중심으로 한 이러한 소설향유는 서울에서만 이루어졌다는 모리스 쿠랑의 언급[40] 등은, 18세기 당시 대하소설의 주된 향유 공간은 서울이었음을 잘 보여준다.[41]

---

37) 이 당시 세책가에는 다양한 종류의 책들이 있었다. 그 가운데 소설을 들자면 대하소설이 중요한 부분을 차지고 있었다. "영업이 잘 되기 위해서 세책가 소설은 되도록이면 장편이어야만 했"다는 논의대로(조동일, 「소설의 성장과 변모」, 『한국문학통사』(3판) 3, 지식산업사, 1994, 539면), 대하소설은 그 길이가 길어 이윤을 남기기에 좋은 조건을 갖추고 있었기 때문이다.

38) "가만히 살펴보니, 요즘 세상에 부녀자들이 서로 다투어 가며 일로 삼는 것은 오직 패설稗說 읽는 것이다. 패설은 날로 달로 늘어 그 종류가 수백 수천에 이른다. 쾌가에서는 이를 깨끗이 베껴 빌려 주고는 값을 거두어 이익을 취한다. 아녀자들은 식견도 없이 비녀나 팔찌를 팔거나 또는 빚을 얻어서라도 다투어 빌려와서는 긴 날의 소일거리로 삼는다[窺觀近世閨閣之競以能事, 惟稗說, 是崇日加月增, 千百其種, 儈家以是淨寫, 凡有借覽, 輒收其値以爲利, 婦女無識見, 或賣釵釧, 或求債銅, 爭相貫來, 以消永日]."(채제공蔡濟恭, 『번암선생집樊巖先生集』 33권 「여사서서女四書序」)

39) "언번전기諺飜傳奇를 탐독해서는 안 된다. 집안일을 내버려 두거나 여자가 할 일을 게을리 하며, 더욱이 돈을 주고 빌려 보는 데 빠져들어서는 가산을 기울인 사람도 있다[諺飜傳奇, 不可耽看. 廢置家務, 怠棄女紅, 至於與錢而貫之, 沈惑不已, 傾家産者有之]."(이덕무李德懋, 『사소절士小節』 7권 「부의婦儀」 「사물事物」조)

40) "세책가貰冊家도 상당수 있는 바, 여기에는 특히 소설이나 창가책 같은 범속한 책들의 인본印本 또는 사본寫本이 갖추어져 있고, 대개는 한글로 씌어진 것들이다. (…중략…) 시골에 즉 송도松都, 대구, 평양 같은 대도회大都會에도 이런 세책가가 있다는 얘기를 들어보지를 못했다."(모리스 쿠랑, 박상규 역, 『한국의 서지와 문화』, 신구문화사, 1976, 18면)

41) 정길수 또한 조선 후기 장편소설의 형성을 경화세족京華世族과 관련해서 논의한 바 있다. 17세기에 권력과 부를 차지한 경화거족의 '문화사치품'으로서 장편소설이 태동

물론 19세기에 이르면 18세기의 난숙한 소설문화의 축적을 바탕으로 그 향유층이 지방으로까지도 확산되었을 것이라 생각한다. 그러나 18세기에는 지방에서까지 대하소설이 널리 읽혔다고 보는 것은 무리라 생각한다. 이 시기 혹은 이 시기 이전에도 지방에서의 대하소설 향유가 전혀 없었던 것은 아니지만, 이는 대부분 서울과 문화적 교류가 있던 특수한 집단에 한정되어 있었다.[42) 따라서 18세기에 대하소설의 주된 향유지로는 서울을, 좀 더 넓혀본다면 근기近畿지방까지를 포함하는 서울 중심의 문화권을 들 수 있다.

더욱이 본고에서 주된 대상으로 삼고 있는 『옥원』·『완월』의 경우, 그 향유지역이 그다지 넓지 않았을 것이라는 추정을 하게 한다. 선행

하였다고 보았다(정길수, 앞의 글, 30~52면). 이러한 논의는 대하소설이 형성단계에서 부터 그 주된 향유공간은 서울이었음을 잘 보여준다. 그런데 대하소설의 태동기인 17세기에는 주로 집권층인 경화거족에 의해서 이들 작품이 향유되었다면, 그 난숙기인 18세기에 이르면 향유층이 서울에 거주하는 양반 계층 전체로 확대되었을 것이라 생각한다. 비녀나 팔찌를 팔거나 빚을 내는 등, 가산을 탕진할 정도로 소설 읽기에 탐닉하는 부녀자들이 있었다는 「여사서」·『사소절』의 기록 등은 이들 부녀자층이 단지 경화벌열로 한정되기보다는 서울에 거주하는 양반가문 전체여성들로 확대되었음을 보여주는 예라 할 수 있다.

42) 일례로 해남윤씨海南尹氏 일가를 들어보기로 한다. 최근 해남윤씨 문중의 녹우당綠雨堂에서 발견된, 윤덕희(尹德熙, 1685~1766)가 1762년에 쓴 「소설경람자小說經覽者」란 목록目錄을 통해 볼 수 있듯, 1762년 당시 윤씨 가문은 해남 지방에서 『서주연의』·『삼국지』·『사씨남정기』 등을 비롯한 많은 소설들을 읽었음을 알 수 있다. 그런데 윤덕희는 초년기(1685~1713)에 서울 낙봉駱峰의 서쪽에 위치한 회동에 살다가, 중년기(1713~1731)에는 해남의 백련동白蓮洞에 내려가 살았고, 노년기(1731~1752)에는 다시 상경해서 숙종어진중모肅宗御眞重模에 감동監董으로 참여하기도 하고 사옹원주부司饔院主簿를 제수 받아 관직생활을 하다가, 만년기(1752~1766)에 다시 해남으로 낙향하였다. 이런 점을 고려한다면 윤덕희를 비롯한 윤씨 일가가 해남에서 소설을 향유했던 일은 윤덕희가 단순한 향유鄕儒였다면 어려운 일이었을 것이라 생각된다. 서울에서 많은 기간을 살면서 입수한 소설들을 서울과 해남을 오가면서 해남으로 가져간 것으로 볼 수 있기 때문이다. 그는 일찍이 부친 윤두서尹斗緖로부터 박학博學의 추구와 실사구시적 태도를 전수받기도 하고, 왕가의 종신 남원군南原君, 순의군順義君 등과 문예교류를 하는 등 경화의 문화를 한껏 향유한 인물이었다(이에 대해서는 박재연, 「윤덕희의 소설경람자」,(『문헌과 해석』 19, 문헌과해석사, 2002); 박재연, 「녹우당에서 읽었던 중국소설에 대하여」,(『해남 녹우당의 고문헌』 1(송일기 외), 태학사, 2003)에서 상세히 소개한 바 있다).

연구에 의하면 경북 북부 지방 사족 출신의 여성들이 읽어왔던 대하소설 목록 가운데 『창란』은 들어 있으나 『옥원』·『완월』은 빠져 있다.[43] 이들이 향유한 소설 가운데 『소현성록』·『창선감의록』·『유효공선행록』 등 각종의 대하소설이 포함되어 있는 사실을 감안한다면, 『옥원』·『완월』이 빠져 있는 것은 특이한 일이라 할 수 있다. 이 조사는 근래에 이루어진 것이긴 하지만 대대로 향유된 작품이 축적되어 내려온 점을 감안한다면, 이러한 사실은 18세기 당시에도 그리고 그 이후에도 이들 작품이 이 지역에서는 읽히지 않았을 것이라는 점을 보여준다. 뿐만 아니라 『옥원』의 경우, 연세대 소장본 『옥원재합』의 필사기를 통해 볼 수 있듯 간혹 향촌에서도 읽힌 적이 없는 것은 아니지만,[44] 이 작품에 관한 향유기록은 대부분 서울과 관련된 것이고,[45] 『완월』의 경우 지방에서 읽혔던 기록을 현재로서는 발견할 수 없다. 이러한 점을 고려하더라도 이들 작품은 주로 서울 중심의 문화권에서 향유되었을 것이라 생각되고, 특히 이들 작품이 창작된 시기인 18세기에는 더욱 그러했으리라 추론할 수 있다.

이 당시 서울을 보면 그 경계는 한성부漢城府와 일치하는데, 18세기에 오면 상업발달과 인구증가로 인해 한성부의 범위가 선초鮮初에 비해 상당히 많이 확대된다.[46] 여기에 경기도 개성과 수원, 북한강 상류인 홍천

---

43) 이원주, 「고전소설 독자의 연구―경북 북부 지방을 중심으로」, 『한국학논집』 3, 계명대 한국학연구소, 1980.

44) 연세대본 『옥원재합』 2권의 필사기에는 "궁향窮鄕의 안저 칙 어더보기도 극난極難ᄒ기 노러老來의 심심파적이나 홀가 ᄒ고 시죽ᄒ엿더니"라는 대목을 통해 볼 수 있듯, 조선 후기에 시골 노파가 향촌鄕村에서 책 얻어보는 것이 어려운 상황 속에서 이 글을 필사했다는 기록이 남아 있다. 그런데 이 노파가 이 글을 향유했을 시기는 선행연구에서 이 글의 필사연도인 "셰지 신묘辛卯"(『옥원전해』 9권)년이 1831년 혹은 1891년이라고 밝힌 바 있듯(이지하, 앞의 글, 2001, 18면), 19세기라 볼 수 있다.

45) 심경호, 앞의 글; 「연경당언문책목록演慶堂諺文冊目錄」; 홍희복洪羲福, 『제일기언第一奇諺』 서문序文 등.

46) 서울의 지역적 공간은 세종대에는 도성 안과 도성에서 10리 즉 성저십리城底十里까지를 경계로 삼았다(『세종실록지리지世宗實錄地理志』 「한성부漢城府」). 그런데 18세기

과 남한강 상류인 여주, 그리고 다산 정약용이 거주하던 양주 등의 근기近畿지방까지 포함한다면 18세기 서울을 중심으로 한 문화권은 상당히 넓은 범위에 이른다 할 수 있다.

그런데 이가환李家煥의 「옥계청류권서玉溪淸遊卷序」를 통해 볼 수 있듯,[47] 18세기 당시 서울에는 각 구역에 따라 다양한 계급·계층의 인물들이 거

상품화폐경제 발달에 따른 인구의 확대로 인해 서울은 그 영역이 확대된다. 이에 따라 서울의 지역적 공간은 동계東界는 대보동大菩洞·수유현水踰峴 등에서 중량포中梁浦까지 모두 천류川流를 경계로 삼았으며, 남계南界는 중량포·신촌新村에서 용산까지 하천과 강을 경계로 삼았다. 북계北界는 대조리大棗里·보현봉普賢峰 등에서 석관현石串峴의 서남 합류처까지 모두 산허리를 경계로 삼았으며, 서계西界는 성산망원정城山望遠亭·사천도沙川渡 등에서 마포까지 하천과 강을 경계로 하였다(박경룡, 『한성부 연구』, 국학자료원, 2000; 고동환, 『조선 후기 서울상업발달사연구』, 지식산업사, 2002).

47) "『논어』에 이르기를 '천리마다 풍風이 같지 않고, 백리면 속俗이 같지 않다'고 했거니와 어찌 천리 백리뿐이겠는가? 비록 지척이라도 역시 그러하다. 지금 도성은 사방 십리로 북쪽은 백악산白岳山이, 남쪽은 목멱산木覓山이 있다. 중간에 개천(開川, 오늘날의 청계천)이 있는데, 운종가雲從街가 그것에 가로로 놓여 길거리를 끼고 가게가 늘어서 있기 때문에 그곳 사람들은 시정아치로 이익을 퍽 추구한다. 개천의 남북은 모두 역관譯官과 의사醫司들이 살고 있다. 그들은 높은 벼슬아치가 되는 길이 막혀 있기 때문에 이익을 중시하고 문학을 가벼이 여긴다. 그러나 그들 중에는 세가世家가 있어 자신을 아낄 줄 안다. 경복궁의 남쪽은 육조거리이고 그 서쪽은 좁은 땅이다. 따라서 그곳에는 이서吏胥가 많이 사는데, 일에 숙련된 반면 질박하고 성실한 자는 적다. 도성의 동남은 땅이 낮고 습하며 넓기 때문에 군오軍伍가 거주하고 있는데 남새밭을 가꾸고, 수예手藝로써 먹고 살기 있으니 야인野人과 비슷하다. 도성의 동북쪽은 성균관 지역으로 유생들과 더불어 친하기 때문에 완악하지만 또한 의기가 있다. 서북쪽에는 내시內侍가 살고 있으니 깊은 궁에서 문을 굳게 닫아 집을 잠궈 놓고 지낸다. 서남쪽은 삼문三門에 가까워 미천한 백성들이 조그만 이익을 경영하기를 좋아하는데 사대부들도 이곳에 섞여 살고 있다. 그런데 각각 호오好惡가 있어 같지 아니함이 극히 심하다. 이러한 각각의 사람들은 모두 복식·언어·용모와 행동거지로 변별할 수 있다[語曰, "十里不同風, 百里不同俗." 豈惟千里百里哉? 雖咫尺, 亦然. 今都城方十里, 北白岳, 南木覓, 中有開川, 川之北, 雲從街緯之, 夾街列肆, 故其人市井善射利. 開川南北, 皆象胥醫司也, 以不許顯士, 亦重利輕文學, 緣有世知自愛. 景福宮之南六曹也. 其西隙地家也. 故多吏胥習事, 小愿愨, 城東南地卑洿, 廣衍軍伍居之, 治蔬圃食手藝, 類村野人, 東北泮界也, 與儒士狎狃而頑. 然亦有氣義. 西北有內侍, 深宮固門防閑其家. 西南近三門, 小民喜營錐力, 士大夫錯居, 然各有好惡不同尤甚. 此其人皆可以服色言語容止辨別."(이가환李家煥, 「옥계청류권서玉溪淸遊卷序」) 이 글은 송석원시사松石園詩社의 시화첩의 서문序文으로, 심경호, 「조선 후기 시사와 동호인 집단의 문화활동」(『민족문화연구』 31, 고려대 민족문화연구소, 1998, 103~114면)에서 상세히 검토한 바 있다.

주하고 있었다. 지척의 거리라도 그 풍속이 달랐기에, 언어·복색·용모와 행동거지로써 그 사람이 어디 사람인가를 판별할 수 있을 정도였다.

각각의 계급에 따라서도 다양한 분류가 가능하겠지만,[48] 이 가운데 상층 계급의 경우를 살펴보면 여기에도 단일한 계층만이 존재하는 것은 아니었다. 앞서 살펴본 이가환의 「옥계청류권서」의 기록뿐만 아니라, "북촌에는 문반, 남촌에는 무반이 살았으며, 또 같은 문반의 양반이로되 서촌에는 서인이 살았으며, 그 후(…중략…) 서촌은 소론, 북촌은 노론, 남촌은 남인이 살았다고 할 수 있으나 사실은 소론까지 잡거하되 주로 무반이 살았"[49]다는 또 다른 기록에서도 볼 수 있듯, 당대 서울에는 다양한 계층의 상층 사대부들이 그 거주 지역을 달리하면서 살고 있었다.[50] 따라서 조선 후기 특히 18세기에 서울에 거주한 상층 양반들 즉 경화사족京華士族[51]에 대해 좀 더 세분해서 살펴볼 필요가 있다.

그간 18·19세기 경화사족에 대한 많은 연구가 축적되었다. 선행연구에서 경화세족京華世族(혹은 '경화사족')은 중국 문물의 수입, 도시문화의 발달과 경제적 풍요 등을 기반으로 새로운 문화적 에토스를 가지게 된 그

---

48) 선행연구에서는 조선 후기 서울에 거주하는 다양한 부류의 인물들을 4계층으로 나눈 바 있다. 제1계층에는 지배층 계급인 왕실 종친과 전·현직 고관이, 제2계층에는 상민常民이라고 칭한 기술직 관리, 경아전京衙前, 서울출신 교생校生, 무관이, 제3계층에는 상인, 공인貢人, 하급군병, 성 밖 농민이, 제4계층에는 신양역천身良役賤, 천민 등이 소속된다고 보았다(최영준, 「18·19세기 서울의 지역분화」, 『민족문화연구』 31, 고려대 민족문화연구소, 1998, 37~43면).

49) 「옛날 경성 각급인의 분포상황」, 『별건곤』 1929년 9월호. 이는 20세기 자료이긴 하지만 18세기 당대의 상황과 관련한 내용이 담겨 있다는 점에서 참고자료로서의 가치가 있다.

50) "성내의 주거지 분화는 종로를 경계로 지배층이 주축을 이루는 북촌과 한미한 양반·상인·하층민 등이 주류를 이루는 남촌으로 구분되었다"(최영준, 앞의 글, 44면)는 논의 또한 이를 잘 보여준다.

51) '경화京華' 또는 '경사京師'는 서울을 지칭하는 표현으로서 조선 후기 자료에 흔히 나오고 있다. 조선 후기에 와서 정치·경제·문화 중심지로서 서울의 도시적 발전이 두드러지고 경·향 분기 현상이 심화되면서 지방양반과 구별되는 서울양반의 칭호로 '경화사족京華士族'이란 표현이 또한 널리 쓰이게 되었다(유봉학, 「학계의 경·향 분기와 사상적 추이」, 『연암학과 북학사상 연구』, 일지사, 1996, 24면 참조).

룹으로, 막대한 재력을 바탕으로 청나라로부터 대량의 서적을 수입하여 장서가가 되고 서화고동書畵古董에 대한 취미, 박학博學에 대한 경도의 경향을 보임으로써 향촌의 양반과는 차별화된 문화를 형성하였음을 밝혀내었다.52)

이러한 논의는 18세기 당시 경향 분기가 뚜렷하게 일어나는 가운데 경성에 거주하는 상층 사대부의 특징적인 면모를 확연히 부각시키고 있다는 점에서 상당한 의의가 있다. 조선 후기 서울의 사대부들이 지방과는 다른 한층 세련된 문화를 꽃피울 수 있었고, 정치적 권력에도 보다 용이하게 근접할 수 있었던 지역적 기반을 잘 보여주고 있다. 서울이라는 공간에 위치한다는 사실만으로 경화사족은 문화적으로 또 정치적으로 재지사족에 비해 훨씬 더 많은 혜택을 누릴 수 있었던 것이다. 18세기 당시 서울에서 대하소설이 널리 읽혔던 상황 또한 이런 지역적 특성과 관련된다 할 수 있다. 중국소설의 재빠른 향유, 상업문화의 발달에 따른 세책가의 활성화, 유한계급의 경제적·시간적 여유 등 다양한 조건들이 맞물리는 가운데 서울을 중심으로 한 대하소설 향유문화가 성개盛開할 수 있었던 것이라 생각된다.

그런데 선행연구에서는 이러한 경화사족에 대한 논의가 주로 경화세족京華世族에 한정되어 이루어진 감이 적지 않다. 이런 가운데 경화사족과 경화세족이란 용어가 혼용되어 쓰이기도 하였다.53) 강명관의 경우

---

52) 강명관, 「조선 후기 서적의 수입·유통과 장서가의 출현―18,9세기 경화세족 문화의 한 단면」, 『민족문학사연구』 9, 창작과비평사, 1996; 강명관, 「조선 후기 경화세족과 고동서화 취미」, 『조선시대 문학예술의 생성공간』, 소명출판, 1999; 안대회, 『18세기 한국한시사 연구』, 소명출판, 1999.

53) 여기에서 경화사족과 관련한 제 용어들을 정리해 보면 다음과 같다. 문헌자료들을 찾아본 결과 이런 경화사족과 관련해서 경화사족京華士族, 경화세족京華世族, 경화세족京華勢族, 경화거족京華巨族 등의 다양한 용어들이 쓰이고 있었다. 일례를 들어보면 다음과 같다.

　① 경화사족京華士族

　• (朱炯魯)曰, "如我輩, 雖居峽中, 無所不可, 而至於李琢, 則京華士族, 當此盛世, 何爲往居河東乎?" 奎運曰, "目今世界必不久, 故琢往河東, 吾往尙州. 君亦同我南行

“경화세족은 서울이란 도시를 삶의 근거로 하여 형성된 독특한 문화적
에토스를 가진 양반층을 말한다”[54]라고 하여 경화사족과 흡사한 의미
로 이 용어를 사용했으나, 또 “경화세족은 서울을 주 생활공간으로 하

好矣.”(정조 9년 3월 29일, 『정조실록正祖實錄』 19권)

  • 其一, 楊根所在守禦廳牙兵身布, 比他最重. 依奴牙兵例, 減數定式, 京華士族,
發軔時曳船軍責立實多, 自今道, 邑先生四喪及大臣, 卿宰喪外, 一切防塞事也.(순조
11년 3월 30일, 『순조실록純祖實錄』 14권)

  ② 경화세족京華世族

  • 結茅華陽深洞, 四無人煙, 有李君後望字子久居相近, 相與往來. 君京華世族也.
自言世爲龍仁人, 曾祖藎忠, 官兵曹正郎. 祖榮仁, 師事沙溪金先生, 官郡守, 有王玄
通至行. 父士益, 娶枕流亭黃氏女, 仍居於此云.(송시열宋時烈, 『송자대전宋子大全』 198
권 「학생이군묘표學生李君墓表」)

  • 教曰, “近來朝臣偃便成習, 以鄕爲家, 開政聯翩, 輒曰在鄕. 京華世族之類, 退
步觀望, 不肯居京, 何以許身事君乎? 紀綱所在, 不無飭勵之道. 自今申嚴舊制, 侍從
之臣, 雖遞職, 例付軍職, 及除拜, 若在鄕, 直捧禁推傳旨, 職在耳目者, 先遞職, 因禁
推.”(영조 12년 6월 18일, 『영조실록英祖實錄』 41권)

  • 進士鄭震僑, 生員鄭最寧, 幼學李正華·魚有浩, (…中略…) 金基等疏曰, “(…中略…)
如欲大更張大變通, 則因循襲謬之餘, 必不無岐貳之議. 而臣等所期望, 亦豈在於華顯崇
高之位哉? 惟彼遐裔窮荒, 不知來歷之人, 不問根派, 不惜名器. 而獨於臣等京華世族之
後, 則施之以一切之法. 此所以痛恨欲死者也.”(영조 즉위년 12월 17일, 『승정원일기承政
院日記』 582권)

  • 上曰, “尹東皐何如人耶?” 明翼曰, “東皐, 乃是京華世族, 而屢經守令, 以善治得
名, 戊申變亂時, 亦有善處之事矣.”(영조 12년 6월 18일, 『승정원일기』 828권)

  ③ 경화세족京華勢族

  • 咸昌幼學郭鵬世疏曰, “伏以臣, 嶺外人也. (…中略…) 近來間出頌賦, 而鄕儒亦
不得與選, 何故也? 京華勢族, 一人觀光, 十人隨從, 或以能文而助之, 或以善寫而助
之, 遐方冷儒, 急暑之下, 自作自書, 心惘意促, 未盡人事, 自有司而欲選人才, 則宜乎
取京士而捨鄕儒也. 然以聖上一視遠邇, 廣取人才之盛意推之, 則亦豈有京鄕之別也?
如欲杜用情之路, 開公選之門, 則莫若三司諸臣中擇用素持淸望者, 以爲掌試之官
也.”(영조 3년 10월 30일, 『승정원일기』 648권)

  ④ 경화거족京華巨族

  • “噫! 翰圈吏朗, 京華士大夫之拂鬱已久, 而其行已久, 予志已固, 故莫敢售計, 只擧
于此. 吁嗟! 白首爲京華巨族撓攘, 將爲君乎?”(영조 41년 9월 21일, 『영조실록』 106권)

  이들 용어들을 종합해보면, 경화사족京華士族은 서울에 거주하는 양반이란 뜻으로 주
로 쓰이고, 경화세족京華世族은 서울에 대대로 살았던 양반 혹은 서울에서 권력의 핵심을
잡은 양반이라는 의미로 쓰이는데 후자의 의미로 더 많이 사용되며, 경화세족京華勢族·
경화거족京華巨族은 서울에서 권력의 핵심을 잡은 양반이란 의미로 쓰임을 알 수 있다.

54) 강명관, 앞의 책, 1999, 279면.

는 서울에 세거하는 양반가로서(㉮), 청요직의 획득가능성이 다른 지역에 비해 높고 그 가능성이 사회적 통념으로 공인된 가문(㉯)이 주류를 이룬다(경화세족 중에서 정치권력의 핵심을 장악한 형태를 벌열로 본다). 이 조건을 충실하게 충족시키는 것은 아마 노론 일파가 될 것이다"[55]라고 보았다.[56] 즉 '경화사족京華士族'이라는 용어가 '경화거족京華巨族' 혹은 '경화세족京華勢族'이라는 용어와 거의 동등한 개념으로 인식되는 가운데, 상당히 제한된 개념으로 활용되고 있는 것이다.

이처럼 경화사족에 관해 논의가 주로 경화거족에 초점이 맞추어져 이루어지다 보니 경화사족 전체가 경화거족과 동등한 것처럼 이해된 감이 적지 않다. 물론 이 당시 경화사족 가운데 경화벌열 즉 경화거족이 정치적·문화적 핵으로 떠오르고 있었던 점은 간과할 수 없는 사실이다. 그러나 당대 서울에 살고 있는 사족들을 이렇듯 단일한 층위로만 논하는 것은 위험할 수 있다. 경화거족이 아닌 그 밖의 또 다른 계층의 경화사족에 대한 조망이 필요하다고 생각한다. 이와 관련해서 또 다른 선행연구를 살펴볼 필요가 있다.

> 경화사족 가운데에는 누대에 걸쳐 고위관료를 배출함으로써 경화거족에 이르는 부류가 있었던가 하면, 벼슬길에 전혀 나가지 못하는 잔반한사층殘班寒士層도 있었다. 경제적인 처지도 심각하게 분화되어 부귀를 함께 누리는 계층으로부터 경제력을 매개로 사회적 위상을 상승시켜 간 신흥 경화사족층과 부유층, 또는 몰락한 극빈층까지 다양한 모습을 보이고 있었다.[57]

위에서 볼 수 있듯, 유봉학은 강명관·안대회 등과 같이 경화사족의 정치적·문화적 기반에 대해서는 흡사한 견해를 보이면서도 경화사족

---

55) 위의 책, 279면.
56) 이에 따라 경화사족에 관한 논의는 주로 경화거족인 안동김씨·풍양조씨·연안이씨·경주김씨 등에 국한되는 경향을 보이고 있다.
57) 유봉학, 『조선 후기 학계와 지식인』, 신구문화사, 1998, 116면.

은 경화거족에서부터 잔반한사층殘班寒土層에 이르기까지 다양한 계층이 있었기에 이들 간의 분기가 그리 간단한 것이 아님을 논하였다. 본고에서도 경화사족을 이와 마찬가지로 '지방과 차별되는, 서울에 거주하는 사족'이라는 좀 더 넓은 개념으로 이해하고 그 안에서 정치적 권력 층위에 따라 계층을 나눌 필요가 있다고 생각한다.58)

크게 정치권의 핵심을 이루는 집권 중심세력과 정치권의 핵심에 이르지 못하는 그 주변 세력의 두 층위를 나누어 볼 필요가 있다고 생각한다. 정치권의 핵심을 차지하는 세력, 정치권의 주변을 차지하는 세력, 그리고 아예 상층으로서의 기반을 잃은 잔반층殘班層까지 3부류로도 나눌 수 있겠으나, 잔반층의 경우에는 앞서 논한 바 있듯 생활수준이 거의 평민과 같아 그 계급적 단계가 이미 상층을 벗어나 여항인에 포함되기에 여기서는 제외하고 두 층위로 한정해서 살펴보고자 하는 것이다.

이처럼 18세기 경화사족은 정치권의 핵심을 차지하는 최상층 벌열 집단으로서의 '경화 집권 사족'과 정치권의 주변을 맴도는 가운데 정치적 실세를 경험하는 집단으로서의 '경화 실세 사족'으로 양분해 볼 수 있다.59) 이들은 집권한 계층이든 실세한 계층이든 서울을 중심으로 한

---

58) 기실 그간의 경화사족에 관한 연구는 기본적으로는 '경화사족'이란 용어를 문화적 개념으로서 사용했으나, 결국은 청요직淸要職에 근접할 가능성이 높은 노론벌열층과 주로 관련시켜 이를 논의하고 있다. 이는 곧 경화사족이란 용어가 정치적 개념과 분리될 수 없음을 보여주고 있다.

59) 본고와 유사하면서도 주된 논지는 달리한 견해로 이기대의 논의(「19세기 한문장편소설 연구ー창작기반과 작가의식을 중심으로」, 고려대 박사논문, 2003)를 들 수 있다. 이기대는 19세기 당시 서울과 근기의 지역적 구획에 근거하여 '경화거족'과 '근기사족'을 대등한 관계로 볼 수 없다고 전제한 뒤, 주로 근기사족의 작가를 중심으로 하여 19세기 소설사의 한 단면을 재구해 내려 하였다. 그런데 앞서 「옥계청류권서玉溪淸遊卷序」와 「옛날 경성 각급인의 분포상황」을 통해 볼 수 있듯이 이 당시 도성 안에도 다양한 층위의 사족들이 살고 있었다. 따라서 이러한 구도는 근기사족을 집중적으로 조명해서 다루는 논의로는 적합할 수 있으나, 서울·근기의 사족층을 전체적으로 고찰하는 데는 알맞은 틀이 아니라 할 수 있다. 한편 18세기부터 근기 지방은 경화거족의 별장이 많이 세워지는 등 이미 서울 문화권의 테두리 안에 있었다. "근래의 조정 신하들은 누워서 편히 쉬려는 것이 풍습을 이루어서 시골을 집으로 삼고는 개정開政이 잇대어 끊어지지 않는데도 번번이 시골에 있다고 말을 한다. 경화사족의 부류도 뒷걸음

문화적 혜택을 지방보다는 많이 누리고 있다는 점에서는 공통점을 가진다. 단 정치적으로 권력의 핵심에 위치하는가 혹은 그 주변에 위치하는가의 차이에 따라 구분될 수 있다.[60]

물론 이 두 계층이 확연히 구분되는 것은 아니다. 경화 집권 사족이 경화 실세 사족이 될 수도 있고, 경화 실세 사족이 경화 집권 사족이 될 수 있다. 특히 세도정치로 정치 구도가 고정되는 19세기 이전에는 그 둘 사이에 어느 정도 소통의 가능성이 있다고 할 수 있다. 이런 소통의 가능성을 인정하면서도 크게 보면 18세기 경화사족은 크게 경화 집권 사족과 경화 실세 사족 두 층위로 나뉘게 되는 것이다.

경화 집권 사족으로는 노론이 주를 차지하고, 경화 실세 사족으로는 소론 혹은 남인이 주를 차지한다고 할 수 있겠지만, 당파 간의 구분과 경화 집권／실세 사족의 구분이 자로 재듯 정확히 대응되는 것은 아니다. 주로 노론이 경화 집권 사족이 되겠지만, 노론 가운데서도 실세 사족이 나올 수도 있고, 소론·남인 가운데서도 집권 사족이 있을 수 있다. 노론 가운데서도 김려金鑢와 같은 인물은 경화 실세 사족에 속한다

쳐 관망하면서 기꺼이 서울에 살려고 하지 아니하니, 어떻게 몸을 허락하여 임금을 섬기겠는가?"라는 기록(영조 12년 6월 18일, 『영조실록』 41권)을 통해 볼 수 있듯, 경화세족들이 서울을 벗어나 근기에 거주하는 경향 또한 다분히 보인다. 따라서 서울과 근기를 확연히 구분하는 것이 어렵다고 생각한다. 그간의 선행연구 또한 대부분 서울과 그 주변인 근기 지방을 하나의 지역으로 묶은 뒤 경향 분기에 관해 논의하였다. 본고에서도 근기 또한 서울 문화권의 테두리에 충분히 포섭될 수 있는 공간으로 보고 포괄해서 다루면서 그 안에서 정치적 득세에 따라 경화 집권 사족과 경화 실세 사족으로 나누어 살펴보는 것이 더 바람직하다고 생각한다.

60) 물론 이런 정치적 계층에 따라 문화적 층위도 어느 정도 차이가 나리라 생각한다. 그간 경화세족에 대해 주로 문화적 개념으로 접근하면서도 결국 이런 경화세족의 전형에 해당하는 것은 집권벌열층인 노론이라고 한 데서 볼 수 있듯, 이들이 지닌 문화적 에토스 또한 정치적 권력과 무관하다 할 수 없다. 정치적으로 핵심을 차지하고 있는 인물일수록 연경에 다녀오는 기회도 많았고, 또 이런 정치적 권력과 관련한 경제적 자본의 축적을 통해 고동서화를 수집하는 일도 용이했다. 그렇기에 경화 집권 사족과 경화 실세 사족 간에는 문화적으로도 어느 정도 차이가 있었으리라 생각한다. 그럼에도 이들은 서울에 거주한다는 점에서는 동일한 문화적 조건을 갖추고 있었기에 재야 향촌과는 다른 또 다른 문화적 동질성을 지니고 있었다는 점 또한 간과할 수 없다.

할 수 있고, 남인 가운데서도 채제공蔡濟恭과 같은 인물, 소론 가운데서도 홍양호洪良浩와 같은 인물은 당대 집권 세력으로 경화 집권 세력이 될 수 있다. 따라서 당파에 따라 확연히 구분지을 수 있는 문제는 아니다. 다만 어떤 당파가 각각의 계층에서 많은 비중을 차지하는가를 말할 수 있을 정도이다.

경화 집권 사족의 경우에는 선행 연구에서 많이 논의하였기에 경화 실세 사족의 예를 들어본다면, 이광사李匡師 가문과 서유본徐有本 가문 등을 들 수 있다. 먼저 이광사 가문은 소론少論으로 서각西角 아래 세거世居하였는데, 그 선조대인 이경직李景稷, 이정영李正英, 이대성李大成을 거치면서 문호가 극성하고 그 후대인 이진유李眞儒의 세대와 그 다음 세대인 '광匡'자 항렬에 모두 문사가 있었다. 그런데 영조가 등극한 후 김일경金一鏡 사건에 연루되어 이광사의 부친 이진검李眞儉과 백부 이진유李眞儒는 귀양 가고, 다시 영조 31년 봄에 나주괘서羅州掛書 사건으로 백부가 역률추시逆律追施되며 이광사는 둘째 아들 이영익李令翊과 부령富寧으로 귀양 가고 형 이광정李匡鼎은 길주吉州로 귀양 간다. 이처럼 이광사 가문은 잘 나가던 경화 집권 사족이 경화 실세 사족으로 전락하는 과정을 잘 보여준다.

그럼에도 이광사 가문은 이런 불우한 생활 속에서도 문화적 활동을 지속한다. 이광사는 백부 이진유로 말미암아 을해옥에 연좌되어 부령富寧 등에서 유배생활을 하다가 강화, 고양 등을 거쳐 1735년 가을에는 돈의문敦義門 밖에 세 들어 살았고, 1736년에 다시 강화에서 살다가 1737년 서울로 돌아와 원교員嶠 아래서 끼니를 잇기 어려운 생활을 하였다. 그럼에도 이 시절에 이광사는 한위비탑漢魏碑榻을 많이 수장하고 있던 김광수金光遂와 교유하여 서화書畵를 감평하고 연구하였다.

정제두鄭齊斗의 양명학을 이은 이광신李匡臣 또한 이진휴李眞休의 아들로, 영조 초에 가문의 몰락을 경험한 뒤 서각 집에 정자를 얽어두고 이곳에서 민옥閔鈺, 조진빈趙震彬과 양명학을 논하였다.61) 이처럼 이광사 가문은 심각한 정치적 위기를 겪으면서도 경화 사족으로서의 기반을 잃지 않고 문화적 향유를 지속한다.

이는 서유본 가문의 경우에도 마찬가지이다. 달성서가達城徐家는 영조 10년 이후에 문벌로 성장하였다. 그 가운데 서명응(徐明膺, 1716~1787)은 육조의 판서와 대제학, 수어사守禦使 등 문文·무반武班 고위직을 두루 역임하였으며, 1780년 치사致仕할 때까지 10여 년 동안 규장각을 중심으로 한 정조 주도의 편찬사업에 핵심 인물로 활동하였다. 정조正祖 주도의 편찬사업에는 서명응 이후에도 그의 자손인 서형수(徐瀅修, 1749~1824)·서유구(徐有榘, 1764~1845) 등이 참여한다.

그런데 서호수(徐浩修, 1736~1799)의 장남인 서유본(徐有本, ?~1795)으로 오면, 그는 누차 낙방하고 1805년 가을에 음보로 동몽교관童蒙敎官이 되었으나, 이듬해 중부仲父 서형수徐瀅修가 해도海島로 귀양 갈 때에 연루되어 관직을 빼앗기고, 삼호(三湖, 지금의 '마포')의 행정杏亭에 교거僑居한다. 그런데 서유본이 삼호에 병처屛處하는 어려운 생활 속에서도 그의 부인 빙허각憑虛閣 이씨李氏는『규합총서閨閤叢書』를 찬술하는 등62) 문화적 역량을 보여주게 된다.63) 비록 정치권에서 밀려나 경화 실세 사족이 되나 상층으로서의 기반을 잃지 않고 있는 것이다.

이러한 상층의 계층적 구분에 따라 대하소설의 향유층 또한 나누어 볼 필요가 있으며, 특히 18세기에는 경화 집권 사족과 경화 실세 사족으로 나누어서 그 향유양상을 좀 더 섬세하게 고찰할 필요가 있다. 현실과 문학이 직접적으로 대응되는 것은 아니지만, 이 둘의 관련 또한

---

61) 심경호, 「조선 후기 소설 고증(1)」,『한국학보』15, 일지사, 1989; 장효현, 「이광사론」,『조선 후기 한문학작가론』(정양완 외), 집문당, 1994 참조

62) 서유본徐有本,『좌소산인문집佐蘇散人文集』7권「운룡산인소조기雲龍山人小照記」. 서유본 가문에 대해서는 심경호, 앞의 책, 1998, 147면에서 이미 상론한 바 있다.

63) 서유본의 부인 이씨가『규합총서閨閤叢書』를 찬술한 사례는 경화 실세 사족의 부녀자 가운데 저술활동을 한 예를 볼 수 있다는 점에서 중요하다. 경화 사족 여성의 저술활동이 단지 부유하고 여유로운 때만 이루어지는 것이 아니라 곤핍하고 바쁜 생활 속에서도 가능함을 보여준다. 이는 이후에 살펴볼 경화 실세 사족 여성의 대하소설 창작과도 밀접한 관련을 지니는 대목이라 할 수 있다.

무시할 수 없다. 당대 경화사족이 이처럼 두 개의 층위로 나뉠 수 있다면, 이러한 경화사족이 주로 향유했던 대하소설 또한 하나의 층위로서만 살피는 것은 무리일 수 있다. 역으로 대하소설 내에서의 의식층위가 다양하다면, 특히 상층과 관련해서 두 개의 의식 층위로 나뉠 수 있다면 향유층 또한 하나로 뭉뚱그려 파악하기보다는 둘로 나누어 살펴보았을 때 더 생산적인 논의에 도달할 수 있다. 따라서 대하소설의 의식 층위 혹은 향유층과 관련하여 상층을 두 계층으로 나누는 것은 여러모로 유효하리라 생각한다.

다음으로 고려해 보아야 할 것은 여항인閭巷人[64]으로까지 향유층이 확산되었을 가능성이다. 여항의 아녀자도 『서주연의西周演義』를 읽었다는 기록[65]은 대하소설의 독자층이 여항인으로까지 내려갔을 가능성을 말해주는 기록이라고 할 수 있겠다.[66] 이상택 또한 『창란호연』의 후편인

---

64) '여항인閭巷人'은 넓게는 상층 이하의 계층을 총괄하는 개념으로 사용될 수 있으나, "중인과 경아전京衙前은 상민常民 및 천노賤奴와는 사회신분으로나 생활의식으로 보아 현격히 달랐으므로 구분해서 보아야 역사적인 구체성을 잡을 수 있다"(임형택, 「여항문학과 서민문학」, 『한국문학사의 시각』, 창작과비평사, 1984, 440면)는 논의대로, 주로 "여항의 모든 인간부류에 대한 범박한 지칭이기보다는 서울이란 특정 지역에 거주하는 특정 부류, 곧 경아전과 기술직 중인으로 대표되는 부류"(강명관, 「여항인의 범위와 정의」, 『조선 후기 여항문학 연구』, 창작과비평사, 1997, 25면)를 지칭하는 용어로 사용된다. 본고에서도 여항인을 서울의 중인층을 지칭하는 개념으로 한정해서 사용하면서도 이들 여항인과 밀접한 관련이 있는 부유한 시정인층市井人層, 유녀遊女, 간혹 몰락양반층의 경우도 여기에 포함될 수 있는 가능성을 열어놓기로 한다. 여항인들의 주요한 문화공간이었던 시정 공간에는 이들과 직접적인 관계를 맺는 다양한 인물군상이 존재할 수 있고, 이러한 유사한 문화적 기반하에서 여항인들의 문화가 이들에게까지도 전파될 수 있었기 때문이다.

65) "우리 모친께서는 전에 『서주연의』 십 수 편을 국문으로 베껴 놓으신 것이 있었는데, 그중에 한 책이 빠져 완질이 되지 못해 모친께서는 늘 아쉬워 하셨다. 한참 뒤 어떤 호고가에게서 전질을 얻어 그 빠진 책을 채워 넣어 완질을 이루게 되었다. 얼마 지나지 않아서 한 여항의 여자가 모친께 그 책을 빌려보기를 간청하자 모친께서는 즉시 그 전질을 빌려 주셨다[我慈闈旣諺寫西周演義十數編, 而其書闕一筴, 秩未克完, 慈闈常嫌之, 久而得全本於好古家, 續書補亡完了其秩, 未幾有閭巷女從慈闈乞窺其書, 慈闈卽擧其秩而許之]."(조태억趙泰億, 『겸재집謙齋集』 42권 「언서서주연의발諺書西周演義跋」)

66) 『서주연의』는 중국의 연의소설演義小說이긴 하나 대하장편으로, 이런 작품을 여항의 부녀자들이 읽었다는 것은 조선의 대하소설 또한 여항의 부녀자들이 읽었을 가능성을

『옥란기연』의 필사자 '청계천 수표교 신소저'가 유녀遊女임을 밝힘으로 써,[67] 대하소설의 독자층이 여항인으로까지 내려갔음을 검토하는 데 유 력한 단서를 제공해 주고 있다.[68] 이러한 기록과 논의들은 대하소설의 향유층을 상층이라는 틀 안에만 가두지 말고 여항인층으로까지 넓혀서 보아야 할 필요성을 제기한다 하겠다.

물론 작품과 향유층이 일대일로 대응하는 것은 아니다. 작가층의 경 우에는 작가가 속한 계층을 하나로 규정할 수도 있지만, 독자의 경우에 는 하나의 층위로 규정하기가 곤란하다. 특정 작품을 특정 계층에서만 읽었다고 단정하는 것은 무리한 추론이기 때문이다. 본고에서 다루고자 하는 『창란』·『옥원』·『완월』 세 작품도 모두 「연경당언문책목록演慶堂 諺文冊目錄」에 포함되어 있는 작품이다.[69] 따라서 이들 작품 모두 최상층 에서 읽혔던 작품이다.

그러나 작가가 과연 어떤 집단의 독자를 고려해 작품을 지었을까 하는 점을 고려해 볼 필요가 있다. 독자사회학 혹은 수용미학에서는 내포독 자·잠재독자·이상독자 등 다양한 개념으로 논의하였으나,[70] 이를 달

말해 주는 것이라 할 수 있다. "『옥원재합기연』의 소설 목록이나 『제일기언』에 나오는 소설 목록 모두 연의소설과 장편소설(가문소설류)을 함께 포괄하고 있다. (…중략…) 즉 당시 독자들은 이 두 부류를 같은 성격으로 보고 있었던 것이 된다"(김종철, 「장편소 설의 독자층과 그 성격」, 『고소설의 저작과 전파』(한국고소설연구회 편), 아세아문화 사, 1994, 457면)는 논의대로, 이 둘은 독자의 입장에서는 동일한 장르이기 때문이다.
67) 이상택, 앞의 글, 1999, 237면.
68) 유녀遊女는 하층이라고도 할 수 있으나 유녀가 활동했던 곳은 바로 여항인들의 유 흥공간이다. 이처럼 유녀는 여항인들과 그 문화공간이 같다는 점에서 여항인층에 포 함시켜 논의할 수 있다. 이에 대해서는 5장에서 상론하기로 한다.
69) 연경당演慶堂은 창덕궁昌德宮에 속해 있으며 1828년(순조 28년)에 건축되었다. 이 연경 당에 있는 도서목록들을 1920년 이왕직李王職이 조사하여 엮은 것이 바로 『연경당한문 책목록演慶堂漢文冊目錄』(이왕직 편, 사본寫本, 대정大正 9(1920)년 5월 일 조사, 현재 장서 각, 사부史部, 목록류目錄類 2-4968에 실려 있다)이다. 여기에 부록으로 「연경당언문책목 록演慶堂諺文冊目錄」이 합철성책合綴成冊되어 있다(천혜봉, 「장서각의 역사」, 『장서각의 역사와 자료적 특성』, 한국학중앙연구원, 1996, 77~80면). 이 「연경당언문책목록」에는 『창란』(23책 1부) 『옥원』(21책 1부) 『완월』(89책·180책 2부) 세 작품이 모두 들어 있다.
70) 미셸 제라파, 이동열 역, 『소설과 사회』, 문학과지성사, 1977; 엘린 스윈지우드, 정혜

리 말하면 ‘주±독자층’이라 명명할 수 있을 것이다.71) 이는 단지 양적인 측면에서의 다수인 독자층일 수도 있으나, 비록 그 인원이 많지 않다 하더라도 작가가 의식적으로 가장 염두에 둔 독자층이라고도 할 수 있다.

이런 ‘주독자층’이라는 개념을 고려할 때 ‘주±향유층’이라는 용어 또한 성립 가능하다. 본고에서는 ‘향유층’이라는 개념을 ‘주향유층’이라는 개념과 동일한 의미로 사용하기로 한다.72) 하나의 작품을 가장 중점적으로 혹은 가장 문제적으로 향유한 계층에 초점을 맞추어 논의를 진행하고자 하는 것이다.

본고에서 다루는『창란』·『옥원』·『완월』세 작품은 대하소설로서는 흔치 않게 집안의 정치적 위기와 관련한 남주인공의 유리流離 모티프가 핍진하게 드러나고 있는 등, 향유층을 단지 획일적으로 상층으로 규정하기 어렵게 만든다. 실제로 선행연구에서도『창란』이 상층 아래로까지 그 향유층이 확산되었을 가능성을 논한 바 있고,73)『옥원』에 대해서도 실세失勢를 경험한 계층에 의해 창작되었을 가능성을 논한 바 있다.74)

본고에서는 이러한 선행 연구를 토대로,『창란』·『옥원』·『완월』세 작품을 본격적으로 비교 분석함으로써 각 작품의 의식성향의 차이를 규명하고 이러한 차이를 향유기반과 관련해서 검토해 보기로 한다. 나아가 세 작품의 차이 분석을 토대로 대하소설의 의식성향 층위의 고찰에까지 접근하고자 한다.

선 역,『문학의 사회학』, 한길사, 1984; 차봉희 편,『독자반응비평』, 고려원, 1993; 신미경,『프랑스 문학사회학』, 동문선, 2003 참조.

71) 김종철(앞의 글, 435면) 또한 대하소설의 독자층을 상층이라고 논하면서 일방적으로 단정짓기보다는 ‘주독자층’이라고 하여 융통성 있게 논의한 바 있다.

72) 대하소설이 당대 소설작품 가운데는 고급한 양식이긴 하지만 소설이라는 것이 당대 대중적인 서사양식인 만큼, 독자층을 염두에 두지 않을 수 없기 때문이다. 앞서 독자층의 경우에 ‘주독자층’이라는 개념을 사용하였기에 향유층에 있어서도 좀 더 융통성 있게 ‘주향유층’이라는 개념을 쓰는 것이 논리적으로 타당할 것이다.

73) 송성욱, 앞의 글, 2001a.

74) 이지하, 앞의 글, 2001.

이를 위해 2장에서는 세 작품의 단위담의 유사성, 창작시기의 동시대
성, 의미와 기법상의 공통점 등에 대해 검토함으로써 세 작품을 비교 논
의할 수 있는 기본적인 바탕을 마련하기로 한다. 3장에서는 세 작품의
가문 내적 갈등을 중심으로 윤리의식의 차이에 대해, 4장에서는 가문 외
적 갈등을 중심으로 정치의식의 차이에 대해 비교 검토하기로 한다.

5장에서는 앞서의 논의를 토대로 세 작품의 의식성향의 차이를 종합
적으로 검토하고 이를 향유기반과 관련하여 논의하기로 한다. 또 세 작
품을 통해 추출된 의식성향 층위가 다른 작품으로까지 적용될 수 있는
일반화의 가능성에 대해서도 언급하기로 한다.

이러한 논의를 위해 본고에서 주로 다룰 자료는 다음과 같다.

ㅉ 『창란』
① 국립중앙도서관 소장본 『창란호연록昌蘭好緣錄』 13권 13책(『필사본고전
　소설전집』 9・10(김기동 편), 아세아문화사, 1980).[75]
② 연경도서관 소장본 『창란호연昌蘭好緣』 10권 10책(『해외수일본海外蒐佚本
　한국 고소설총서』 9〜11(이상택 편), 태학사, 1998).
③ 국립중앙도서관 소장본 『창란호연록昌蘭好緣錄』 낙질 1권(?권).[76]
④ 김광순 소장본 『창란호연의』 낙질 1권(?권)(『한국고소설전집』 30, 경인문
　화사, 1994).
⑤ 박순호 소장본 『창란호연록昌蘭好緣錄』 낙질 1권(?권)(『한글필사본고소설
　자료 총서』 96(월촌문헌연구소 편), 오성사, 1986).
⑥ 연정燕亭국악원 소장본 『창란호연록昌蘭好緣錄』 낙질 4권(1〜2권・9권・11권).
⑦ 경상대 소장본 『창란효열록昌蘭孝烈錄』 낙질 1권(21권).
⑧ 계명대 소장본 『창란호연록昌蘭好緣錄』 낙질 2권(3권・6권).
⑨ 계명대 소장본 『창란호연록昌蘭好緣錄』 낙질 6권(1권・4〜7권・24권).

---

75) 국립도서관본을 주자료로 삼으면서도 부족한 부분에서는 연경도서관본을 참조하기
　로 한다. 이상택, 앞의 글, 1999, 211〜225면에서 국립도서관본은 표현과 서사기법에서
　는 연경도서관본을 앞서지만 온전성・완결성의 면에서는 연경도서관본이 앞선다고
　논한 바 있듯이, 이 둘은 상보적인 관계에 있기 때문이다.
76) 몇 권인지 확실히 알 수 없다.

⑩ 단국대 소장본『창란호연록昌蘭好緣錄』 낙질 2권(1권·9권).
⑪ 단국대 소장본『창란호연록昌蘭好緣錄』 낙질 7권(1~3권·5~6권·말권).
⑫ 단국대 소장본『창란호연록昌蘭好緣錄』 낙질 1권(?권).
⑬ 단국대 소장본『창란호연록昌蘭好緣錄』 낙질 1권(?권).
⑭ 서울대 소장본『창란호연록昌蘭好緣錄』 낙질 1권(24권).
⑮ 서울대 소장본『창란호연록昌蘭好緣錄』 낙질 1권(10권).
⑯ 영남대 소장본『창란호연록昌蘭好緣錄』 낙질 2권(2권·12권).
⑰ 연세대 소장본『창란호연록昌蘭好緣錄』 낙질 7권(2~7권·11권).
⑱ 연세대 소장본『창란호연록昌蘭好緣錄』 낙질 2권(2~3권).
⑲ 사재동 소장본『창란호연록昌蘭好緣錄』 낙질 3권(1권·3권·23권).[77]
⑳ 서대석 소장본『창란호연록昌蘭好緣錄』 낙질 2권(3권·6권)[78].

㉯ 『옥원』
① 서울대 규장각 소장본『옥원재합기연玉鴛再合奇緣』 21권 21책(『필사본고전 소설전집』 27~30(김기동 편), 아세아문화사, 1980).[79]
② 한국학중앙연구원 낙선재 소장본『옥원중회연玉鴛重會緣』 21권 21책(1~5권 결락缺落).
③ 연세대 소장본『옥원재합玉鴛再合』 10권 10책(내제內題「옥원재합기봉연玉鴛再合奇逢緣」·「옥원재합중회玉鴛再合重會」).
④ 이화여대 소장본『옥원중회연玉鴛重會緣』 낙질 3권(11~13권).
⑤ 서울대 규장각 소장본『옥원전해玉鴛箋解』 5권 5책.[80]

---

77) 한국학중앙연구원에 마이크로필름으로 복사되어 있다.
78) 이 자리를 빌려 소중한 자료를 볼 수 있도록 배려해 주신 서대석 선생님께 진심으로 감사드린다.
79) 『옥원』의 이본으로는 서울대 규장각본 외에도 한국학중앙연구원 낙선재본『옥원중회연』, 연세대본『옥원재합』, 이대본『옥원중회록』이 존재한다. 그 가운데 규장각본이 선본善本임은 이미 선행연구에서 밝혀진 바 있다(이지하, 앞의 글, 2001, 9~10면). 따라서 본고에서는 규장각본을 대상으로 한다.
80) 『옥원전해』는『옥원』의 보유작補遺作으로(정병설,「『옥원재합기연』 해제」,『고전작품 역주·연구』, 서울대 한국문화연구소, 1997), 서로 별개의 작품이기보다는 여느 연작보다도 훨씬 밀접한 관련을 가지기 때문에 작품의 총체적인 이해를 위해서는 두 작품을 함께 다루어야 함은 이미 선행연구에서 논한 바 있다(이지하, 앞의 글, 2001, 10~13면). 본고에서도『옥원』을 주자료로 하면서『옥원전해』도 함께 다루기로 한다.

㉱『완월』

① 김진세 독해, 규장각 소장본『완월회맹연玩月會盟宴』180권 93책(전 12책), 서울대 출판부, 1987~1995.81)

② 한국학중앙연구원 낙선재 소장본『완월회맹연玩月會盟宴』180권 180책 (고려서림 영인 총 8책).

③ 서울대 규장각 소장본『완월회맹연玩月會盟宴』180권 93책.

④ 연세대 도서관 소장본『완월회맹연玩月會盟宴』5권 5책.82)

---

81)『완월』에는 규장각본과 낙선재본이 있다. 그러나 두 이본 사이에 거의 차이가 없다. 따라서 둘 중에 어느 것을 선택해도 별 문제가 되지 않는다. 그런데 규장각본은 이미 김진세에 의해 상세히 교주되어 그 구체적인 문맥이 확실히 밝혀져 있을 뿐만 아니라 보기 편리하게 12책으로 편집되어 나와 있다. 이는 비록 독해본이지만 선행연구(정병설, 앞의 책, 1998, 24~32면)에서 소설연구의 자료로 충분히 가치가 있음을 밝힌 바 있다. 본고에서도 이 독해본을 주된 자료로 사용하기로 한다.

82) 조희웅(『고전소설 이본목록』, 집문당, 1999, 435면 참조)은 이대 소장본도 있다고 하였으나, 조사해본 결과 이대본은 그간 분실되었는지 남아 있지 않았다. 따라서『완월』은 총 세 편의 이본이 남아 있는 셈이다.

제2장 예비적 고찰

1. 장인과 사위의 갈등

『창란』·『옥원』·『완월』에는 각각 두 개의 주요한 단위담 즉 핵사건[1]이 존재한다. 『창란』에서는 장희ー한제ー한천희 사이의 옹서갈등담과 장우ー이운ー이운혜(양난주) 사이의 부부갈등담(혹은 옹서갈등담)[2]이, 『옥원』에서는 소세경ー이원외ー이현영 사이의 옹서갈등담과 이현윤ー경태사ー경빙희 사이의 옹서갈등담이, 『완월』에서는 정인광ー장헌ー장성완 사이의 옹서갈등담과 정인성ー소교완 사이의 계모박대담[3]이 핵사건으로 존재한다.

그 가운데 『창란』의 장희(서壻)ー한제(옹翁)ー한천희(여女) 간의 옹서갈등담, 『옥원』의 소세경(서)ー이원외(옹)ー이현영(여) 간의 옹서갈등담, 『완

---

1) 하나의 작품에는 핵심이 되는 사건과 그 주변의 하찮은 사건들이 존재한다. 이를 핵사건kernel과 주변사건satellites이라고 한다(S. 채트먼, 한용환 역, 「이야기ー사건적 요소들」, 『이야기와 담론ー영화와 소설의 서사구조』, 고려원, 1991, 69~72면 참조). 이를 단위담이란 용어와 관련시킨다면 핵사건은 핵 단위담 혹은 주요 단위담이라 할 수 있고, 주변사건은 주변 단위담이라 할 수 있다.

2) 이 단위담은 부부간의 갈등이 두드러진다는 점에서 부부갈등담이라고 할 수 있다. 그런데 옹서간의 갈등 또한 비중 있게 다루어지기에 옹서갈등담이라고도 볼 수 있다.

3) 계모가 전처소생을 박대하는 사건을 말한다.

월』의 정인광(서)-장헌(옹)-장성완(여) 간의 옹서갈등담은 매우 유사하다. 남주인공 가문과 절친한 관계를 유지하던 여주인공의 부친은 남주인공 부친이 정치적 위기에 처하자, 자신의 딸과 남주인공과의 혼약을 파기하고 권간權奸에게 빌붙어 남주인공 가문을 위해危害하려 한다. 이후 남주인공 가문이 복귀하자 비굴한 술책으로 사위의 용서를 받으려 하나, 자신의 부친을 배신한 장인을 용서하지 않으려는 사위와 갈등을 겪는다. 한편 여주인공은 자신을 권력가에 시집보내려는 부친을 피해 집을 나와 온갖 고난을 겪으면서도 끝까지 절개를 지켜 신의를 저버리지 않는다. 그러나 이후에 자신의 부친을 멸시하는 남편과 갈등을 겪게 된다. 두 가문 사이의 옹서간의 불화와 그에 따라 야기되는 부부간의 갈등이 주요한 내용을 차지하고 있는 것이다.

또한 옹서간의 갈등이 정치적 대립으로 인해 발단하는 것에서 볼 수 있듯, 세 작품에서는 당파 간의 분쟁을 중점적으로 다루고 있는 점도 흡사하다. 남주인공 가문이 반대당파에 의해 밀려났다가 복귀하는 장면이 작품의 중요한 부분을 차지하고 있다. 이런 가운데 대하소설로서는 흔치 않게 남주인공이 가문의 정치적 위기와 직간접적으로 관련하여 유리流離하는 분리(기아棄兒) 모티프가 설정되어 있는 점 또한 공통된다.[4]

대응되는 인물 또한 매우 흡사하다. 자기 집안을 배신한 소인형 장인을 장인으로서 받아들이지 않으려는 남주인공으로는 『창란』의 장희, 『옥원』의 소세경, 『완월』의 정인광이, 못난 부친이긴 하지만 부친을 부친으로서 인정할 수밖에 없는 가운데 남편과 갈등하는 여주인공으로는

---

4) 대하소설 가운데 영웅의 일대기 구조가 반영된 『옥수기』 등의 경우에도 남주인공의 분리 모티프는 빠져 있다. 『옥수기』 등에서 영웅의 일대기 구조를 근간으로 하면서도 '분리 모티프'가 탈락된 것은 상층 사대부의 세계관 즉 계층적 입장을 반영한 것이라 평가하고 있다(김종철, 「『옥수기』 연구」, 서울대 석사논문, 41~50면; 송성욱, 「가문의식을 통해서 본 한국 고전소설의 구조와 의미」, 서울대 석사논문, 1991, 1~101면; 김종철, 「19C 중반기 장편 영웅소설의 한 양상」, 『한국가문소설연구논총』, 경인문화사, 1992, 74~82면).

『창란』의 한천희,『옥원』의 이현영,『완월』의 장성완이, 온갖 비굴한 작태를 일삼으며 추세이욕趨勢移慾하는 여주인공의 부친이자 소인형 장인으로는 『창란』의 한제,『옥원』의 이원외,『완월』의 장헌이, 아들과 사돈의 갈등을 중재하고 불쌍한 며느리를 보듬어주는 남주인공의 부친으로는 『창란』의 장두,『옥원』의 소송,『완월』의 정삼(정잠)이,5) 남편과 마찬가지로 혼암한, 여주인공의 모친이자 소인형 장모로는『완월』의 오씨,『옥원』의 공씨,『창란』의 박씨가, 소인형 인물을 경시하며 남주인공의 가문을 도와주는 남주인공의 외숙으로는『창란』의 신후,『옥원』의 경태사, 『완월』의 화흡이 각각 대응된다. 이를 정리하면 다음과 같다.

① 남주인공 가문과 여주인공 가문의 혼약(옹서관계의 약정約定)
『창란』: 장두가 명망이 높고 그 아들 장희도 빼어남에 한제가 딸 한천희를 장희와 약혼시킨다.
『옥원』: 소송蘇頌이 명망이 높고 그 아들 소세경도 빼어남에 이원외가 딸 이현영을 소세경과 약혼시킨다.
『완월』: 정삼(정잠)이 명망이 높고 그 아들 정인광도 빼어남에 장헌이 딸 장성완을 정인광과 약혼시킨다.

② 남주인공 가문의 정치적 위기에 따른 여주인공 부친의 배신(옹서갈등의 발단)
『창란』: 장두가 친정파親征派인 왕진王振의 패정悖政을 상소하다 귀양 가자 한제는 장씨 가문을 배신하고, 왕진王振·경제景帝 등에게 빌붙어 자신의 딸을 왕진의 아들 혹은 경제에게 시집보내려 한다.
『옥원』: 소송이 왕안석王安石 등 신법당新法黨의 폐해를 상소하다 귀양 가자

---

5)『완월』에서 정잠이 정인광의 백부이긴 하지만 정인광의 부친격에 해당할 수 있는 것은, 정인광이 장인인 장헌을 진정으로 용서하게 되는 것도 정잠의 훈계에 의해서일 정도로 친부인 정삼 못지않게 정잠이 정인광의 정신적인 아버지로 등장하기 때문이다. 더욱이 정삼은 처사로만 등장하고 있어 벼슬살이의 질곡을 겪지 않기에,『창란』의 장두,『옥원』의 소송과 마찬가지로 정치적 부침을 겪게 되는 인물은 정인광의 백부인 정잠이다. 따라서 정인광의 부친격에 해당하는 인물로는 친부인 정삼과 아울러 백부인 정잠을 고려해야 하며, 오히려 정잠이『창란』의 장두,『옥원』의 소송에 부합한다 할 수 있다.

이원외는 소씨 가문을 배신하고, 왕안석王安石·여혜경呂惠卿 등에게 빌붙어 자신의 딸을 그들의 아들에게 시집보내려 한다.

『완월』: 정삼(정잠)이 친정파인 왕진과 대립하여 위기에 처하자 장헌은 정씨 가문을 배신하고, 왕진·경제 등에게 빌붙어 자신의 딸을 왕진의 아들 혹은 경제에게 시집보내려 한다.

③ 여주인공의 정절 수호를 통한 남주인공과의 혼인(옹서관계의 확정)

『창란』: 한천희는 부친이 왕진·경제 등에게 시집보내려는 것을 피해 강물에 투신하는 등 위기를 겪다가 장두에게 구조되어 장희와 혼인한다.

『옥원』: 이현영은 부친이 왕안석·여혜경 등에게 시집보내려는 것을 피해 강물에 투신하는 등 위기를 겪다가 소송·소세경에 의해 구조되어 소세경과 혼인한다.

『완월』: 장성완은 부친이 왕진·경제 등에게 시집보내려는 것을 피해 강물에 투신하는 등 위기를 겪다가 정인광에게 구조되어 그와 혼인한다.

④ 남주인공 가문의 복귀와 장인의 변신(옹서갈등의 심화)

『창란』: 장두가 복귀하자 한제는 비굴한 술책으로 장희의 용서를 받으려 하나 옹서간의 화합이 쉽게 이루어지지 않는다.

『옥원』: 소송이 복귀하자 이원외는 비굴한 술책으로 소세경의 용서를 받으려 하나 옹서간의 화합이 쉽게 이루어지지 않는다.

『완월』: 정삼(정잠)이 복귀하자 장헌은 비굴한 술책으로 정인광의 용서를 받으려 하나 옹서간의 화합이 쉽게 이루어지지 않는다.

⑤ 장인과 사위와의 갈등의 해소(옹서갈등의 해결)

『창란』: 한제가 장희와 화해한다.

『옥원』: 이원외가 소세경과 화해한다.

『완월』: 장헌이 정인광과 화해한다.

특히 세 작품의 옹서갈등담은 대하소설에 등장하는 여러 옹서갈등담 중에서도 그 유형이 같다는 점에서 그 친연성을 더욱 확실히 알 수 있다. 대하장편에서 옹서갈등담의 유형 또한 여러 가지이다. 사위의 경우에는 거의 대부분 군자형 인물로 등장하기에 장인의 유형에 따라 첫째, 군자형 장인과 군자형 사위와의 갈등을 다룬 경우, 둘째, 범인형 장인과 군자형 사위와의 갈등을 다룬 경우, 셋째, 소인형 장인과 군자형 사위와의 갈등을 다룬 경우 세 가지로 나눌 수 있다.

그 대표적인 예로 첫 번째 경우는 『유효공선행록』에서의 정추밀(옹翁)과 유연(서壻)의 갈등을, 『창란』의 이운(옹)과 장우(서)의 갈등을, 두 번째 경우는 『옥원』과 『옥원전해』에서의 경태사(옹)와 이현윤(서)의 갈등을, 세 번째 경우는 『명주기봉』에서의 화정윤(옹)과 현홍린(서)의 갈등과 『양현문직절기』에서의 이임보(옹)와 양관(서)의 갈등을 들 수 있다.6) 『창란』·『옥원』·『완월』 세 작품의 흡사한 옹서갈등담 또한 한제·이원외·장헌은 전형적인 소인으로 등장하고, 장희·소세경·정인광의 경우는 군자에 가깝게 그려지고 있다는 점에서 세 번째의 소인형 장인과 군자형 사위의 갈등 유형에 들어가게 된다.

그런데 소인형 장인과 군자형 사위와의 갈등 또한 세 가지 범주로 나뉠 수 있다. 사위와의 정치적 대립 양상에 따라 세분화하면, 장인이 '단순소인'인 경우, 사위 가문의 '적대정치세력의 하수인'인 경우, 사위 가문의 '적대정치세력의 주동자'인 경우로 세분할 수 있다. 『창란』·『옥원』·『완월』 세 작품은 소인형 장인과 군자형 사위와의 갈등 가운데서도 장인이 사위 가문의 '적대정치세력의 하수인'이라는 점에서 흡사하다.

소인형 장인이 '단순 소인'인 경우는 『명주기봉』의 화정윤을 들 수 있다. 선황제 장국구 화예의 아들이자 황제와 사촌인 화정윤은 비록 과부를 겁탈하려 하고 무고한 백성을 죽이긴 하지만, 정치적으로 사돈 집안과 대립하지 않는다. 즉 화정윤은 사위 가문과의 관계에서 볼 때 '단순 소인'에 속한다.

---

6) 이를 통해 볼 때 옹서갈등담 가운데 가장 많은 비중을 차지하는 것은 소인형 장인과 군자형 사위와의 갈등임을 알 수 있다.

소인형 장인이 남주인공 가문의 '적대정치세력의 주동자'로 등장하는 경우는 『양현문직절기』의 이임보李林甫를 들 수 있다. 『양현문직절기』에는 당唐 현종조玄宗朝를 배경으로 장인 이임보와 사위 양관楊綰의 옹서갈등이 전개되는데, 사위 가문과 장인 가문은 서로 정적政敵 관계로 장인이 사위 가문의 적대정치세력의 주동자로서 등장한다. 이임보의 패정悖政을 상소하다가 양관의 맏형, 매형, 사부가 폄적貶謫되며 그 부친마저도 귀양 갈 뻔한 위기에 처하기도 하고, 이임보의 권세에 밀려 정혼하게 되자 양관은 장인이 될 이임보의 죄를 논하는 상소를 올리기도 하며, 이임보가 행차시 양관을 만났을 때 자신을 피하는 양관을 보고는 괘씸하게 생각하여 모함하려 하는 등 옹서간의 갈등은 서로 간의 전면적인 정치대립으로 나타나게 된다.

이와는 달리 『창란』의 한제, 『옥원』의 이원외, 『완월』의 장헌은 각각 남주인공 가문의 '적대 정치세력의 하수인'으로 등장하고 있다. 남주인공 가문이 정치적 위기에 처하자 여주인공의 부친인 이들은 남주인공 가문을 배신하고, 권간權奸에게 빌붙어 그의 하수인 노릇을 하면서 남주인공 가문을 배신하게 된다.

명明 영종조英宗朝를 배경으로 하는 『창란』· 『완월』에서 소인형 장인 한제 / 장헌은 남주인공 가문에서 고아가 된 그를 거두어 입신출세케 해 주었음에도 불구하고, 이후에 반친정파反親征派인 남주인공 가문이 영종의 친정親征을 부추기는 친정파親征派인 태감太監 왕진王振의 패정悖政을 상소하다 위기에 처하자 남주인공 가문을 배신하고 왕진에게 빌붙어 남주인공 가문을 모해하려 한다. 이후에도 야선(也先, 오이라트의 엣센)에게 잡혀있는 영종 대신 새로 등극한 경제景帝7)에게 잘 보이기 위해 장두 / 정잠을 모함하게 된다.

송宋 신종조神宗朝를 배경으로 하는 『옥원』에서도 이원외는 부친 이문

---

7) 경제는 전에 장두 / 정잠이 자신의 잘못을 논했던 일 때문에 장두 / 정잠을 원수로 치부하게 된다.

정공이 남주인공의 조부를 위해 상소하다가 유배 갈 정도로 두 집안이 절친한 관계를 맺었었는데, 남주인공 부친 소송蘇頌이 신법당新法黨인 왕안석王安石, 여혜경呂惠卿 등의 패정悖政을 극간하다가 귀양 가자 이원외는 위기에 처한 남주인공 가문을 배신하고 여혜경·왕방王雱 등에게 빌붙어 남주인공 가문을 모해하려 한다.

즉,『창란』의 한제,『옥원』의 이원외,『완월』의 장헌은 사위의 입장에서 볼 때는 '적대정치세력의 하수인'에 속한다.[8] 이처럼 이 세 작품의 옹서갈등담은 다른 옹서갈등담과도 구별되는 독특한 닮은꼴을 이루고 있다.

물론 이렇듯 긴밀하게 닮아 있는 핵사건 외에 닮지 않은 또 다른 핵사건에서도 옹서간의 관계를 밀도 있게 그려내고 있다는 점에서 세 작품은 대응된다. 우선『창란』의 장우(서壻)—이운(옹翁)—이운혜(여女) 간의 갈등내용을 보면, 부친의 목숨을 구해줬을 뿐만 아니라 유리걸식流離乞食하던 자신을 사위로까지 삼아준 이운의 은혜를 사위인 장우가 저버리게 됨으로써 옹서간의 갈등이 펼쳐진다. 장우는 우연히 길에서 만난 양난주라는 여인을 연모하여 이운의 딸인 이운혜를 박대함으로써 부부갈등이 야기되고 그에 따라 옹서간의 갈등이 일어나게 된다.

『옥원』의 이현윤(서)—경태사(옹)—경빙희(여) 간의 갈등에서는 이현윤이 우여곡절 끝에 자기 부친을 가장 멸시했던 경태사의 사위가 됨으로써 이들 옹서간의 갈등이 첨예하게 펼쳐진다. 이현윤은 경태사가 부친 이원외를 경멸한다는 이유 때문에 그의 사위가 되기를 꺼려하고 어쩔 수 없이 결혼한 뒤에도 장인을 장인으로 대접하지 않는 가운데 옹서간의 갈등을 벌이게 된다. 또한 이런 과정에서 경태사의 딸인 경빙희와

---

8) 엄격하게 말한다면, 한제·이원외·장헌은 사위의 집안과 '동일정치세력 → 적대정치세력 → 동일정치세력'이 된다. 그런데 사위와 정치적으로 대립하는 동안에는 '적대정치세력의 하수인'으로서의 역할을 수행한다. 갈등양상에 초점을 맞춰 살펴보기 위해, 이들 장인을 사위 가문의 '적대정치세력의 하수인'으로서의 규정하였다.

이현윤 사이에도 심각한 갈등이 야기된다.[9]

　한편, 『완월』의 경우에는 또 다른 핵사건인 정인성(자子)−소교완(모母)의 갈등에서는 계모가 전처前妻 소생所生을 박대하는 내용이 전개됨으로써 『창란』·『옥원』에서처럼 옹서갈등담이 핵심을 차지하고 있지는 않다. 그런데 이 사건에도 옹서간의 관계를 살펴볼 수 있는 내용이 담겨 있다. 소교완의 부친인 소희량은 자신의 딸 소교완의 패행悖行을 알고는 딸을 죽여 사위 가문의 안정을 꾀하려 할 뿐만 아니라, 사위가 자신의 딸로 인해 마음 쓴 것에 대한 미안함의 표시로 사위에게 첩을 얻어주기까지 한다. 옹서간의 화합을 극대화하여 보여주고 있는데, 이는 옹서간의 대립이 극대화되어 있는 『창란』·『옥원』과 비견될 수 있다. 이처럼 세 작품에서는 또 다른 핵사건에서도 옹서간의 관계를 밀도 있게 그려내고 있다는 점에서 비교 논의의 대상이 될 수 있다.

　다음으로 세 작품 모두 흡사하지는 않지만 두 작품 간에 흡사한 단위담에 대해 살펴보기로 한다. 우선 『창란』과 『완월』을 보면, 『창란』의 한창영(자子)−한제(부父)−장난희(부婦) 간의 갈등과 『완월』의 장창린(자子)−장헌(부父)−정월염(부婦) 간의 갈등이 매우 닮아 있다. 『창란』에서 남주인공 가문이 정치적 궁지에 몰리자 배신하는 부친 한제와는 달리, 그 아들 한창영은 남주인공 가문과의 신의를 지켜 남주인공의 누이인 장난희와 혼인하게 된다. 이로 말미암아 장난희는 시부모인 한제 부부에게 온갖 박대를 당한다. 더욱이 한제 부부가 며느리로 들인 조부마의 딸 조씨까지도 온갖 방법으로 장난희를 모해하려 함으로써 그 고난은 더욱 깊어진다. 그러나 이후 장씨 가문이 복귀하고 조부마가 위기에 처하자 한제 부부는 갑자기 태도를 바꾸어 조씨를 내치고 장난희를 애대愛待

---

9) 『창란』의 장우−이운혜−이운 간의 갈등담은 부부간의 갈등이 옹서간의 갈등을 야기하고, 『옥원』의 이현윤−경빙희−경태사 간의 갈등담은 옹서간의 갈등이 부부간의 갈등을 야기한다는 점에서 다르긴 하지만, 두 사건 모두 옹서갈등을 주요한 내용으로 하고 있기에 비교논의의 대상이 될 수 있다.

한다. 장난희는 이후 두 집안의 다리 역할을 하며 화해의 분위기를 마련하는 데 힘쓴다.

『완월』에서도 이와 마찬가지로 소인인 부친 장헌과는 달리 그 아들 장창린은 남주인공 가문과의 신의를 지키기 위해 남주인공의 사촌누이인 정월염과 혼인한다. 이로 말미암아 정월염은 장헌 부부에게 온갖 구박을 받는다. 장헌 부부가 며느리로 들인 박교랑, 낙선군주까지도 정월염을 온갖 방법으로 학대함으로써 정월염의 고난은 더욱 깊어진다. 그러나 이후 정씨 가문이 복귀하자 장헌 부부는 갑자기 태도를 바꾸어 박교랑, 낙선군주 등을 내치고 정월염을 애대한다. 정월염은 이후 두 집안의 다리 역할을 하며 화해의 분위기를 마련하는 데 힘쓴다. 두 작품에서 그리 비중이 크지 않은 주변사건이긴 하지만, 그 구조가 매우 유사하다.

① 신의를 저버린 여주인공의 부친과 달리 여주인공의 오라비는 남주인공의 누이와 혼인한다.
② 여주인공의 부친이 권신權臣의 딸을 며느리로 맞이한 뒤 남주인공의 누이를 핍박한다.
③ 남주인공 가문이 복귀하고 권신의 가문은 위기에 처하자, 여주인공의 부친은 권신의 딸을 내쫓고 남주인공의 누이를 애대한다.
④ 여주인공의 부친이 온갖 비굴한 방법으로 남주인공 가문에게 용서를 빈다.
⑤ 남주인공의 누이는 시집과 친정의 다리 역할을 하면서 양가가 화해할 수 있도록 힘쓴다.

『창란』과 『완월』 두 작품만을 놓고 본다면, 『창란』에 등장하는 세 개의 사건 가운데 두 개의 사건이 『완월』과 닮아 있다. 두 작품은 비록 전체 내용이 모두 닮아 있다고 할 수는 없지만, 그중 상당 부분이 흡사하다고 볼 수 있다.10)

---

10) 『창란』의 경우에는 모두 세 개의 사건이 나온다. 장희·장우·한창영에 관련된 사건이 그것이다. 그 가운데 두 개의 사건이 『완월』과 흡사하게 닮아 있는 것이다.

다음으로 『옥원』과 『완월』의 경우를 보면, 『옥원』에서의 핵사건인 이현윤(서)-경태사(옹)-경빙희(여) 간의 옹서갈등담과 『완월』에서의 주변사건인 장세린(서)-정염(옹)-정성염(여) 간의 옹서갈등담이 닮아 있다. 여주인공의 남자형제인 『옥원』의 이현윤과 『완월』의 장세린은 각각의 작품에서 소인형 인물로 등장하는 이원외/장헌의 아들이다. 경태사/정염은 각각의 작품에서 남주인공의 삼촌에 해당하는 인물로, 이원외/장헌을 가장 경멸하는 인물들이다. 그런데 우여곡절 끝에 경태사/정염은 자신이 가장 경멸하는 이원외/장헌의 아들을 사위로 맞을 수밖에 없는 상황에 처하게 된다. 이로 말미암아 옹서갈등이 전개된다.11)

    ① 남주인공의 삼촌이 소인인 여주인공의 부친을 경멸한다.
    ② 남주인공의 사촌누이와 여주인공의 남동생이 서로 관련되는 사건이 발생한다.
    ③ 남주인공의 삼촌이 둘 사이의 결혼을 반대하는 등의 갈등을 겪는다.
    ④ 남주인공의 사촌누이와 여주인공의 남동생이 우여곡절 끝에 혼인한다.12)

『옥원』과 『완월』만을 놓고 본다면, 『옥원』의 두 개의 주요한 핵사건이 모두 『완월』에서 흡사한 형태로 등장하고 있는 것이다. 이처럼 이들 세 작품은 전체 내용이 다 닮아 있다고 할 수는 없지만, 상당 부분 닮아 있다고 할 수 있다. 주요한 핵사건으로 등장하는 옹서갈등담이 세 작품에 동시에 존재하고 있을 뿐만 아니라, 그 외의 옹서갈등담도 닮아 있는 가운데 서로 간의 긴밀한 관련을 지니고 있는 것이다. 대하소설에서 옹서갈등담은 설정 빈도가 낮은 단위담인데,13) 『창란』·『옥원』·『완월』

---

11) 물론 『옥원』에서는 이 사건을 매우 비중 있게 다루는데 반해 『완월』에서는 주변사건으로 나오기에 그리 큰 비중을 차지하지 않는다. 또 남녀 간의 혼인이 이루어지는 과정 또한 다소 차이가 있다. 그럼에도 이러한 차이점을 제외한다면 두 사건은 흡사하다.
12) 『옥원』에서는 혼인 뒤 두 남녀 주인공 간에, 또 옹서간에 갈등이 첨예하게 펼쳐지지만, 『완월』에서는 혼인 뒤에는 이런 갈등이 별달리 보이지 않는다.
13) 송성욱, 「혼사장애형 대하소설의 서사문법 연구」, 서울대 박사논문, 1997, 106면.

세 작품에서는 이러한 옹서갈등담이 비중 있게 다루어질 뿐만 아니라, 각각의 작품에서 흡사한 형태로 등장하고 있다는 점에서 주목할 만하다.

이 밖에도 세 작품은 모티프 차원에서도 많은 공통점을 지니고 있다. 여장女裝한 사위에게 음심淫心을 품다가 봉변당하는 장인의 모습, 사위의 용서를 받기 위해 사위에게 육단부형肉袒負荊을 하는 장인의 행태, 여주인공의 지속적인 토혈吐血, 남주인공 부친의 첩 들이기, 배종背腫을 수술하는 장면, 소인형 장인의 일말의 양심을 보여주는 야행夜行 등 혹사酷似한 점이 많다.

물론 세 작품 간의 친연성에 대해 좀 더 섬세하게 논한다면, 사건이 배열된 구조적 측면에서는 『창란』과 『옥원』이 더 닮아 있다. 『창란』은 13권 13책이고 『옥원』은 21권 21책으로 『옥원』이 약간 더 많긴 하지만, 180권 180책의 『완월』과 비교해 본다면 이 둘은 비슷한 분량이라 할 수 있다. 이런 비슷한 분량 안에 두 개의 옹서갈등담이 주요한 단위담으로 나오며, 이외에는 다른 사건이 거의 없다. 『창란』에서는 시부모의 며느리 박대담이라는 주변 단위담이 하나 존재할 뿐이고, 『옥원』에서는 주요 단위담 속에 삽화처럼 끼어 있는 아주 자잘한 사건이 있을 뿐,14) 두 개의 주요 단위담 이외에는 다른 큰 사건이 없다.

그런데 이 두 개의 옹서갈등담은 긴밀한 상응관계를 이루고 있으며 전후로 배치되어 있다. 『창란』에서는 장희-한제-한천희 간의 옹서갈등담과 장우-이운-이운혜(양난주) 간의 부부(옹서)갈등담에서 소인형 장인과 군자형 장인의 위치가 뒤바뀌는 역전적 구조를 통해, 『옥원』에서는 소세경-이원외-이현영 간의 옹서갈등담과 이현윤-경태사-경빙희 간의 옹서갈등담에서 소세경/이현영의 편협함을 비웃던 이현윤/경빙희가 자신들이 비슷한 처지에 놓이자 더 편협한 인간으로 변모하는 과정 속에서 스스로의 잘못을 뉘우쳐가는 반성적 구조를 통해 두 개의 사건이

---

14) 예를 들면 남주인공 소세경이 안찰사로 나갔을 때 그곳에서 벌어진 두서너 개의 사건들을 해결하게 된다. 이런 사건들이 짧게 핵사건 사이사이에 끼어 있다.

긴밀한 상응 관계를 이룬다.15) 그런데 이 두 사건의 배열방식은 하나의 사건이 끝난 뒤에 또 다른 사건이 전개되는 '전후서술' 방식으로 되어 있다.16) 이처럼 『창란』・『옥원』에서는 두 개의 주요한 단위담이 긴밀하게 상응하면서 '전후서술'의 방식을 취하고 있다는 점에서 닮아 있다.

한편 『완월』에서는 180권이나 되는 거대한 분량 속에 크고 작은 많은 사건들이 존재한다. 워낙 방대한 분량인 만큼 두 개의 주요 단위담 이외에도 상당히 많은 사건들이 이 사건들 사이사이에 끼어들어 있다. 이러한 사건들 중에는 『완월』의 핵사건에 비하면 주변사건이지만, 그 자체만을 놓고 본다면 『창란』・『옥원』의 핵사건에 맞먹을 만한 분량을 차지하고 있는 것들도 있다. 일례를 들어보면 주성염에 관련된 사건17) 은 45권에서 46권에 걸쳐 그리고 다시 69권에서 78권에 걸쳐 서술될 만큼 제법 많은 비중을 차지한다. 이처럼 전체적인 틀에서 우선 『완월』은 『창란』・『옥원』과 차이가 난다.

또 두 개의 핵사건 간의 상응양상 혹은 구성방식 또한 『완월』은 『창란』・『옥원』과 차이가 난다. 『창란』・『옥원』에 비해 두 핵사건 사이의 연관성이 그리 높지 않으며,18) 『창란』・『옥원』에서 이 둘이 전후로 서

---

15) 이에 대해서는 3장 2절 '일상과 이념'에서 상론하기로 한다.

16) 이는 이들이 10~20권 분량이기에 하나의 사건을 읽고 나서 또 다른 사건을 읽는 시간이 180권이나 되는 『완월』과 비교했을 때 그리 길지 않기 때문에 이런 배치가 가능한 것일 수 있다. 하나의 사건을 완결지은 뒤, 또 다른 사건을 진행시킴으로써 작가의 입장에서는 사건을 전개해 나가기에 순편했을 수 있고 독자의 입장에서는 사건을 이해하기에도 쉬웠을 수 있다. 또한 앞뒤로 배치된 두 사건이 긴밀하게 상응하는 구조이기에 이런 전후 서술방식은 그 의미적 맞물림과 대응구도를 형상화하는 데도 유리했을 수 있다.

17) 정인경—교한필—교숙난(후에 교숙난이 '주성염'임이 밝혀진다) 간의 사건 또한 소인형 장인과 군자형 사위와의 갈등을 다룬 것으로, 핵사건인 정인광—장헌—장성완 간의 갈등과 흡사하다. 단, 교한필은 장헌보다는 덜 소인이고 개과하는 정도가 빠르며, 정인경은 정인광보다 훨씬 더 관대할 뿐만 아니라 장인인 교한필이 자기 가문을 정치적으로 모해하지도 않기에, 이들의 옹서갈등은 장헌과 정인광과의 옹서갈등보다 훨씬 더 강도가 낮고 해결 또한 쉽다.

18) 이는 작가의 의도적인 전략일 수도 있다. 두 핵사건이 너무 긴밀하게 상응하게 되

술되는 것과는 달리 '교차서술'되어 있다. 두 개의 실로 꽈배기를 꼬듯, 한 사건을 조금 전개하고 나서 다른 사건을 또 조금 전개하는 양상이 되풀이된다.[19] 따라서 구조적으로 볼 때는 『창란』과 『옥원』이 흡사하고, 『완월』은 두 작품과 약간의 거리가 있다.

한편 시대적 배경에서는 『창란』과 『완월』이 매우 흡사하다. 세 작품 모두 간신이 득세하고 충신이 위기를 겪는 혼란기를 맞다가 다시 간신이 퇴각하고 충신이 복귀하여 안정기로 접어드는 시기를 배경으로 설정한 점에서 일치한다. 그런데 『옥원』은 송宋 신종조神宗朝를 배경으로 하는데 반해, 『창란』과 『완월』은 명明 영종조英宗朝를 배경으로 하고 있어 차이를 보인다. 뿐만 아니라 『창란』·『완월』은 왕진王振, 경제景帝, 우겸于謙 등의 실존인물 외에도 장두, 진가숙 등의 가상인물이 똑같이 등장한다. 『창란』과 『완월』은 그 시대배경 및 인물설정에서 『옥원』보다 더 닮아 있다.

이처럼 구조적 측면에서는 『창란』과 『옥원』이, 또 시대적 배경 등에서는 『창란』과 『완월』이 더 닮아 있는 등 그 비교 대상에 따라 각각의 작품 간의 친연성의 정도가 다르기도 하다. 그럼에도 세 작품이 여타의 작품에 비해 매우 닮아 있다는 점은 간과할 수 없는 사실이다. 이러한 유사성은 이들 작품을 함께 비교할 수 있는 충분한 근거가 될 수 있다.

이러한 내용을 토대로 『창란』·『옥원』·『완월』 세 작품에서 대응되는 인물들을 도표로 나타내면 다음과 같다.

면, 독자는 두 사건과의 관련양상에만 주목하여 여타의 주변사건들은 지나치기 쉽기 때문이다. 이 두 사건에만 매몰되지 않도록 하기 위해 두 사건의 상응 고리를 느슨하게 했을 가능성도 적지 않다.

19) 『완월』은 180권이나 되는 거대 분량인 만큼, 하나의 사건을 90권에 해당하는 분량으로 서술하고, 또 다른 사건을 90권에 해당하는 분량으로 서술한다면 그것을 읽는 시간적 거리가 너무나 크기에 두 사건이 단절된 듯한 느낌을 줄 수 있다. 또 두 사건 사이의 상응이 긴밀하지 않기 때문에 하나의 작품이라기보다는 두 개의 작품을 하나로 묶어놓은 듯한 느낌을 줄 수도 있다. 『완월』에서는 두 핵사건을 교차적으로 서술함으로써 거대한 두 개의 사건이 하나의 작품 속에 녹아들 수 있도록 장치를 마련하고 있다.

인물 \ 작품	『창란』	『옥원』	『완월』
남주인공	장희	소세경	정인광
여주인공	한천희	이현영	장성완
남주인공의 부친	장두	소송	정삼(정잠)
남주인공의 모친	신씨(요절)	경씨(요절)	화씨
남주인공의 형제(남)[20]	장우	부재不在	정인성
남주인공의 형제(여)	장난희	부재不在	정월염
여주인공의 부친	한제	이원외	장헌
여주인공의 모친	오씨	공씨	박씨 · 연씨
여주인공의 형제(남)	한창영	이현윤[21]	장창린 · 장희린 · 장세린
남주인공의 외숙	신후	경태사	화흡(양선)
여주인공의 외숙	오급사	공문약	박상규
남주인공의 숙부	부재不在	부재不在	정흠 · 정겸 · 정선
남주인공의 반대세력	왕진 · 경제	왕안석 · 여혜경	왕진 · 경제
조력자	진가숙 · 엄도사	수경운 · 화산도사	진가숙 · 엄도사

2. 18세기 창작 대하소설

세 작품에 대한 비교논의를 면밀히 하기 위해서는 이들 작품이 창작
된 시기에 대해 검토해 볼 필요가 있다. 『옥원』은 전주이씨全州李氏 덕천
군파德泉君派 며느리들이 이 작품을 필사한 시기가 1786~1790년경임을
고려해 볼 때,[22] 1786년에 이전에 지어진 작품이라고 추정할 수 있다.

---

20) 또 다른 핵사건에서의 남주인공이기도 하다.
21) 또 다른 핵사건에서의 남주인공이기도 하다.

『완월』은 전주이씨(全州李氏, 안겸제安兼濟의 모친) 작가설이 심도 있게 논의되고 있는 작품으로, 그 논의를 따른다면『완월』은 1725~1740년경에 지어진 작품이다.23)

물론 이런 정확한 창작시기에 대한 추정이 틀린다 하더라도 범박하게 이 두 작품을 18세기 작품으로 보는 것에 대해서는 별다른 이견이 없을 것이다. 그런데『옥원』·『완월』과는 달리『창란』에 대해서는 그 창작시기를 추정할 만한 구체적인 기록들이 존재하지 않는다. 그렇기에 선행연구에서도『창란』의 창작시기에 대해서는 별다른 언급을 하지 않았다. 물론『창란』이 지니는 통속적인 측면 때문에 이 작품이 후대에 지어진 작품이라는 견해도 있으나,24) 아직까지『창란』의 창작시기에 대해 논단論斷할 수 있는 확실한 기록을 찾을 수 없다. 본고에서도『창란』의 창작시기를 정확히 밝힐 수는 없지만,『완월』과의 비교를 통해 이 작품이 지어진 시기를 대략적으로 추정해 보기로 한다.

『창란』과『완월』의 공통점에 대해서는 이미 살펴본 바 있다. 주요한 사건이 닮아 있을 뿐만 아니라 시대배경, 조력자 등 작품 전체의 배경까지 같다. 두 작품은 여타의 대하소설에서 흔히 볼 수 있는 유사성을 넘어서서 매우 흡사한 것이다. 따라서 이 두 작품 간에는 한 작품이 또

---

22) 이에 대해서는 심경호(「낙선재본 소설의 선행본에 관한 일고찰─온양정씨 필사본『옥원재합기연』과 낙선재본『옥원중회연』의 관계를 중심으로」,『정신문화연구』38, 한국학중앙연구원, 1990, 169~188면)가 상론한 바 있다.

23) 정병설(『『완월회맹연』연구』, 태학사, 1998, 172~223면)은『완월』의 작가가 전주이씨임을 여러 가지 근거를 통해 심도 있게 논하였다. 그런데 아직까지도『송남잡지松南雜識』의『완월翫月』이라는 것이 과연『완월회맹연玩月會盟宴』인지에 대해서는 의문이 남아 있다. 본고에서는 이에 대해 5장에서 전주이씨 가문의 문화적 풍토를 살핌으로써『완월翫月』을『완월회맹연玩月會盟宴』으로 보는 것이 옳음을 보완해서 논의하기로 한다.

24) 송성욱(「『옥원재합기연』과『창난호연록』비교 연구」,『고소설연구』12, 한국고소설학회, 2001a, 216~220면)은『창란』과『옥원』의 선후관계에 대해 옹서갈등담의 원형에 가까운『옥원』보다 통속적인 내용의『창란』이 후대에 창작되었을 가능성을 논한 바 있다.

다른 작품을 토대로 창작되었을 가능성을 상정해 볼 수 있다. 즉 직접적인 영향수수 관계를 생각해 볼 필요가 있는 것이다. 이러한 영향수수 관계를 밝혀본다면, 『창란』의 창작시기를 추정할 수 있는 단서를 찾을 수도 있을 것이다.

실제로 『창란』과 『완월』을 비교분석해 본 결과, 내용상의 긴밀한 유사성 이외에도 『창란』에 등장하는 인물이 『완월』에서도 그대로 등장하고 있는 사실을 발견할 수 있었다. 『창란』의 주요인물인 '장두'가 『완월』에서는 보조인물로, 그 외에 앞서 살펴본 바 있듯 『창란』의 보조인물인 '진가숙', '엄도사' 등이 『완월』에서도 보조인물로 등장한다. 이러한 인물들을 중심으로 『창란』과 『완월』의 영향수수 관계를 구체적으로 살펴보기로 한다.

1) 장두

장두는 『창란』에서 남주인공의 부친으로 등장하는데, 『완월』에서는 남주인공의 조부인 정한의 제자로 나온다. 장두뿐만 아니라 『창란』에서 장두의 매부로 등장하는 신후, 장두와 사돈을 맺게 되는 이운 등의 인물들도 정한의 제자로 등장한다. 『창란』에서의 주요인물들이 『완월』에서는 주변인물로서 등장하고 있는 것이다. 정한의 생일날 임금이 어악御樂을 사급賜給했을 때 아무도 창녀唱女들을 눈주어 보지 않으나 장헌만이 유심히 이를 보자 이러한 장헌을 비판하는 대목에서 장두, 신후(신휘), 이운의 이름이 거론된다.

> 져마다 눈을 낫초고 무릅흘 쓰러 늠연凜然한 예뫼禮貌 각각 잡으디 홀노 장헌 흔 스람이 제창諸唱을 유의有意ᄒ여 좌셕座席이 부졍不淨ᄒ니 어사御使 신휘 소왈笑曰 "우리 등 빅여 인의 져곳튼 탕음지蕩淫者 업스디 연셕宴席의 열창

번음列唱藩音을 대對호엿도다." 이운이 소왈笑曰 "스람의 다 연미부 댱상최 ᄀᆞ치 부인夫人을 직희여 스라셔 화락和樂호고 죽으미 수졀守節호여 녀관女官에 다시 유의有意치 아니키는 쉽지 아닌지라. 형兄이 엇지 스람마다 그러치 아니믈 칙責호ᄂᆞ뇨"(신휘 쇼왈)25) "세상 스람이 다 상최 갓트랴 호미 아니로더 져ᄀᆞ치 음황淫荒이 굴니오." 이운이 소이무언笑而無言호니 원닉原來 틴부太傅(졍한)의 졔ᄌᆞ弟子 중 니운과 신휘며 댱두의 연긔年紀는 니빈으로 십년댱十年長이라. 틴뷔 도학道學이 공밍孔孟 ᄀᆞᆺ흐무로 댱두 이운 신휘 광야 칠팔세七八歲 동몽童蒙으로 슈학修學호니 (…중략…) 졍의情義 골육骨肉 ᄀᆞᆺ트더 홀노 이운이 성되性度 과격過激호여 동학제우同學諸友로 졍의情意 흡연洽然치 못호더라

─『완월』1권, 1책, 58~59면26)

그런데 이들 인물들이 『창란』에서와 흡사한 면모를 보이고 있어 주목된다. 『창란』에서 신후는 벼슬이 '어사(태우)'27)인데, 『완월』에서도 신휘는 '어사'로 벼슬이 같다. 또 『창란』의 신후가 소인형 인물인 한제를 질책하는 인물로 그려진 것과 마찬가지로 『완월』의 신후 또한 색욕色慾이 많은 소인형 인물 장헌을 꾸짖는 점 또한 흡사하다. 이운28)의 경우에도

---

25) 낙선재본 『완월』1권에는 이와 같은 구절이 더 있다. 내용전개상 이 부분이 있어야 문맥이 자연스럽게 연결된다.

26) 『완월』의 경우 김진세 독해본이 12책이 되므로, 『창란』·『옥원』과는 별도로 독해본의 책수를 표시해 주기로 한다. 『완월』1권, 1책, 58~59면을 보면 앞의 1권은 원작품의 권수이고, 뒤의 1책은 독해본의 책수이다. 이 부분에서는 『창란』과 『완월』에 등장하는 동일 인물들의 이름·직위·성격을 정확히 비교하기 위해 원문을 그대로 인용하기로 한다. 그러나 앞으로 꼭 원문을 참조할 필요가 있는 특별한 부분을 제외하고는 현대어 표기로 바꾸어 가독성을 높이기로 한다.

27) "어스틴우御使太傅 신후의 미씨妹氏오 젼님틴학스前任太學士 신공의 녀女라(…중략…) 신어스御使게 부탁호여"(『창란』1권, 3면). '신후'와 '신휘'는 많이 혼용되어 쓰이기도 하거니와, 낙선재본의 "댱두 니운 신후"(『완월』1권, 1책, 66면)라는 구절에서 볼 수 있듯, 『완월』에서도 '신후'라고 표기되기도 한다. 따라서 신후와 신휘라는 표기상의 차이는 크게 문제가 되지 않으리라 생각한다.

28) 국립도서관본에서는 "니공은 틴학스太學士니 명名은 윤이오"(『창란』1권, 90면)라 하여 '니윤'으로 나오지만, 연경도서관본에서는 "니공의 명名은 운니오"(『창란』1권, 114면)라 하여 '니운'으로 나와 있다. '니윤'이나 '니운'이나 거의 흡사하고 선행연구에서 연경도서관본을 선행본先行本으로 논의한 바 있기 때문에(이상택, 「『창란호연 연작』의 텍스트 교감학」, 『고전문학연구』15, 한국고전문학연구회, 1999, 225면) '이운'으로 보

『창란』에서 "성되性度 강열強烈"29)한 인물로 그려지고 있는데『완월』에서도 "성되性度 과격過激"한 인물로 그려지고 있으며, 그 역할 또한 유사하다.30) 이러한 점들은『창란』과『완월』이 밀접한 관련이 있음을 보여준다. 그런데 신후, 이운 등은 이후에 다시 등장하고 않고『창란』의 중심인물인 장두만이『완월』의 남주인공인 정인광과 관련되어 다시 등장한다.

정인광은 큰어머니 소교완의 독수毒手로 인해 사촌누나인 정월염과 함께 조주潮州 태행산太行山까지 표류해 오게 되는데,31) 여기에서 요도妖道인 장손환, 운화선 등의 무리에 의해 석혈石穴에 갇혀 위태로운 상황에 처한다. 이때 조주 태행산의 엄도사가 천기天氣를 보다가 규성奎星이 위태로움을 보고 놀란다. 마침 조주 태행산에 와 있던 장두는 규성이 정인광의 별임을 알려주고, 엄도사·진가숙 등과 함께 정인광을 요도의 무리로부터 구해내는 데 일조한다. 또한 장두는 정인광에게 정인광의 숙부인 정흠 등이 사사賜死되고 정인광을 사위로 맞기로 혼약한 장헌이 배신한 일 등 그 집 안팎의 소식을 전해주는 역할을 맡는다. 장두가 정인광에게 집 안팎의 소식을 전해주는 이러한 역할은 사건전개상 중요하다. 정인광은 자신의 집안이 위기에 처하기 전에 집을 떠나 그 사정을 잘 모르고 있는 상황이기에 이를 알려줄 사람이 필요하다. 더욱이 정인광은 이후 태행산을 떠나 우여곡절 끝에 낙성촌에 이르러 이곳에 안찰사로 온 장헌과 대

는 것은 큰 무리가 없으리라 생각한다.

29)『창란』1권, 90면.

30)『창란』에서 이운은 처음에는 한제의 소인됨을 경멸하다가 이후 자신의 부인이 사위와 불화不和하는 딸 이운혜를 개가시키려 했던 일을 겪은 후 자신이 한제와 다를 바가 없음을 깨닫게 된다. 즉 도덕적으로 매우 엄격한 인물이었던 이운은 이후 인생살이가 그리 쉬운 것이 아니며 남을 쉽게 경멸해서는 안 됨을 깨닫게 된다.『창란』에서의 이운에 대한 이러한 전체적인 인상을 가지고『완월』에서 이 인물을 재형상화할 경우를 가정해 본다면,『완월』에서 신후가 장헌의 소인됨을 꾸짖을 때 이를 변호해주는 이운의 모습은 『창란』에서의 이운의 모습과 크게 다르지 않다. 물론『창란』에서 이운은 성품이 강렬한 인물이긴 하나『완월』에서처럼 동학제우同學諸友와 사이가 좋지 않은 것은 아니다.

31) 소교완은 조카인 정인광보다는 전실前室 자식인 정인성을 죽이기 위해 이런 일을 감행한다. 그러나 이 과정에서 정인광 또한 피해를 입게 되는 것이다.

면對面하게 되는데, 이때 정인광이 이미 장헌의 배약背約 사실을 알고 있기에 이들의 만남은 더욱 극적이면서도 긴장감을 자아내게 된다.[32]

이처럼 『창란』에서는 장두가 남주인공의 부친으로서 중심인물로 등장하고 있는데 반해, 『완월』에서는 남주인공을 도와주는 보조인물로 등장하는 가운데 사건전개를 자연스러우면서도 극적이게 하는 데 기여하고 있다. 그런데 비록 중심인물이 아닌 보조인물로 등장하긴 하지만, 『창란』에서와 마찬가지로 『완월』에서도 그 벼슬이 '어사태우'인 점[33] 표착漂着하는 장소가 조주 태행산인 점 등이 흡사하다. 이러한 사실들은 『창란』의 장두와 『완월』의 장두가 밀접한 관련을 지니고 있을 가능성을 높인다. 그런데 『완월』에서는 장두에 관한 설명이 다음과 같이 매우 소략하여 이 부분만 가지고서는 그 내용을 제대로 이해하기 어렵다.

> 소생小生이 국가 죄수罪囚로 양사佯死하는 거조擧措를 가져 이곳에 망명亡命함이 되어 세상 소식을 듣지 못하고 임금의 북지참욕北地慘辱을 붙들지 못하여 주욕신사主辱臣死를 따르지 못하며 숙야夙夜에 촌심寸心이 황황遑遑하고 의사意思가 전공戰恐하여 율률慄慄이 춘빙春氷을 임臨한 듯할 뿐 아니라 선조先祖의 충효忠孝로 경계警戒하시던 훈교訓敎가 그림의 떡이 되고 장부丈夫의 청천백일靑天白日로서 쥐같이 머리를 움치어 자취를 감춰 구구區區히 살기를 이루어 신여인臣與人에 다 한가지로 득죄得罪함을 면치 못하니 타일他日 천대지하泉臺之下에 돌아가 조선祖先과 사부師父께 알현謁見할 면모面貌가 없사온지라.
>
> ―『완월』 14권, 1책, 436면[34]

---

32) 이때 정인광은 사촌누이 정월염 대신 여장女裝한 채 장헌의 첩으로 들어가게 된다. 자신의 부모를 해치려 했고 자신과의 혼약을 파기한 사실을 알고 있기에 이 두 인물의 기묘한 만남은 더욱 극적인 긴장감을 자아내게 한다.

33) "디명大明 영종조英宗朝의 어사티우御使太傅 댱두는 졀강 졍능인이니"(『창란』 1권, 3면), "디야大爺의 제자弟子 어스티우 댱뒤를 엇디 몰('모를') 니 잇시리오"(『완월』 14권, 1책, 443면)

34) 가독성을 높이기 위해 두음법칙도 적용하고 "졍신이"를 "정신이"로, "노쥐"를 "노주奴主가"로, "방의 안즈니"를 "방에 앉으니"로 바꾸며, 문장기호도 표시하는 등 원문을 현대어 표기 체제로 바꾸었다. 또 한자도 병기倂記하여 문맥의 뜻을 정확히 파악하는 데 도움이 되도록 하고, 주격조사, 목적격 조사가 없을 때는 이를 첨가하기도 하였다.

"국가 죄수罪囚"라는 구절을 통해, 그리고 이후에 서술되는 "일찍이 나룻 민 도적盜賊의 방자극악放恣極惡함을 덜지 못한 연고緣故로(…중략…) 몸이 조주潮州 팔천리八千里에 피적被謫함을 면免치 못하며"35)라는 구절을 통해 장두가 영종의 친정을 부추기는 환관宦官 왕진의 패정悖政을 상소하다 귀양 오게 된 상황은 파악이 가능하지만, "양사佯死하는 거조擧措" 등은 무엇을 말하는지 알 수 없다. 이는 다음 대목에서도 마찬가지다.

> 장어사御使가 삼개三個 자녀子女의 고고무혈孤孤無血함이 환난患難의 남은 씨는 죄가罪家의 끼친 지엽枝葉으로 사방四方을 향하여 혈혈무의孑孑無依함이 일찍 자모慈母를 여의어 육아蓼莪의 울음이 주주야야晝晝夜夜에 유명幽明을 격격隔하여 영모永慕하는 눈물이 마를 때 없는 바에 다시 아비 면사免死함을 모르고 객리客里에 원사兔死한 흉문凶聞으로조차 각골刻骨한 원怨과 지통至慟이 규천叫天하여 사무치고 고지叩地하여 통通치 못하니 빨리 인세人世를 끝내 부모父母를 좇고자 함을 헤아리니 참연慘然히 출루出淚함을 깨닫지 못하니
>
> —『완월』14권, 1책, 438면

장두에게 "삼개三個 자녀子女"가 있었다는 내용도, 장두의 세 자녀가 "일찍 자모慈母를 여의"었다는 내용도 앞부분에 전혀 없었다. 물론 뒷부분에도 이에 대한 설명이 나오지 않는다. 또한 "아비 면사免死함을 모르고(…중략…) 각골刻骨한 원怨과 지통至慟이 규천叫天하여 사무치고"라는 대목 또한 장두가 면사免死한 사정을 정확히 알 수 없기에 그 내용이 확연히 파악되지 않는다.

그런데 『창란』에서는 이에 정확히 대응되는 내용이 상세하게 서술되어 있다. 『창란』에서 장두는 장희·장우·장난희 세 자녀를 일찍 죽은 아내 대신 각별히 기른다. 그런데 영종 황제가 태감 왕진의 말을 듣고

그러나 원문을 최대한 살려 쓰는 것을 원칙으로 했다. 『창란』·『옥원』·『완월』세 작품은 영인影印되어 이미 세상에 공개된 작품이기에 현대어 표기로 바꾸어도 큰 무리는 없으리라 생각한다.

35)『완월』14권, 1책, 444면.

야선也先을 친정하려 함에 불가함을 상소하다 귀양 가게 된다. 귀양 가는 도중 왕진이 자객 진가숙으로 하여금 장두가 불충불인不忠不仁한 인물이라며 죽이게 하나, 진가숙은 장두의 인물됨에 감동하여 죽이지 않고 오히려 그를 따르게 된다. 그리곤 왕진을 속이기 위해 다른 사람의 시신으로 장두의 죽음을 가장하고 장두를 자신의 처가妻家가 있는 조주 태행산으로 데려간다. 이에 장두는 자신이 죽었다는 거짓 흉음을 듣고 자식들이 걱정할까 염려하고 나라의 녹을 먹는 신하로서 일신의 안전을 위해 양사佯死하는 행동을 취한 것에 대해 부끄러워하게 되는 것이다. 즉 이러한 대목은 『완월』의 작자가 이미 『창란』을 읽은 상황에서 그 대략적인 내용만을 요약해 놓은 것으로 추정할 수 있으며, 이는 『완월』이 『창란』의 영향을 받아 창작되었다는 증거가 될 수 있다.

비록 이 장면 뒤에는 장두가 직접적으로 등장하지는 않지만, 정인광이 서천을 평정하고 돌아오는 길에 엄도사를 찾아왔을 때 엄도사가 정인광에게 장두의 안부를 묻는 대목에서 간접적으로 등장한다.36) 14권에서 등장했던 장두가 111권에서 다시 언급되고 있다는 것은 작가가 이 인물을 염두에 두고 작품을 썼음을 보여준다고 할 수 있다. 이처럼 장두라는 인물은 『완월』이 『창란』의 영향을 받았음을 보여주는 좋은 증거가 될 수 있다.

2) 진가숙

진가숙은 앞서 살펴본 바 있듯이 『창란』에서는 장두를 죽이려는 자객으로 갔다가 도리어 그 인품에 감복되어 장두를 따르기로 결심하고 장두를 자신의 처가가 있는 조주 태행산으로 인도하는 인물이다. 『완

---

36) “엄공嚴公이 다시 장상서(장두)의 평문平問을 재삼 묻고 진장군(진가숙)의 무양無恙함과”(『완월』 111권, 8책, 117면).

월』에서도 『창란』과 마찬가지로 진가숙이 조주 태행산 도사인 엄도사의 사위로 등장하고 있다는 점에서 흡사하다. 하지만 진가숙에 대한 설명 또한 장두와 마찬가지로 매우 간략하여 그 내용을 확실히 이해하기 어렵다.

> 장서長壻 진가숙이 천지궁민天地窮民으로 유문儒門의 끼친 학學을 버리고 형가荊軻 섭정聶政의 효용驍勇을 습襲하여 부친父親이 비명이사非命異死한 원수怨讐를 갚은 후 강호江湖에 표탕飄蕩하여 사해四海에 정처定處 없이 다님을 일삼더니 금년今年 장어사37)의 적행謫行에 따라와 잠깐 방랑放浪한 마음을 정하여 장공으로 동거同居하니 광릉자('엄도사'의 호號)가 사랑함이 비할 데 없더라.
>
> —『완월』 14권, 1책, 435면

윗부분은 진가숙의 장인 엄도사가 맏사위 진가숙이 협객俠客으로 강호를 주류周流하다가 장두로 인해 마음을 잡고 돌아오게 된 것을 기뻐하는 대목이다. 그런데 장두에 관한 부분에서 그가 어떠한 과정을 거쳐 태행산에 오게 되었는지의 언급이 없기에, 진가숙에 대한 설명에서도 "장어사의 적행謫行에 따라와 잠깐 방랑放浪한 마음을 정하여"라는 대목이 무슨 내용인지를 도대체 알 수 없다.

그런데 장두에 관한 대목과 마찬가지로 이와 정확히 대응되는 내용이 『창란』에서는 상세하게 형상화되고 있다. 진가숙은 어릴 때 부모가 불의에 죽임을 당한다. 이에 조주 태행산 엄도사가 데려다가 가르치고 사위를 삼는다. 진가숙은 다시 세상에 나와 부모의 원수를 갚고 십여 년간 전국을 유람하며 억울한 사람들을 위해 자객이 되어 그 원수를 갚아준다. 그는 왕진의 말을 듣고 장두 또한 불인不仁한 인물인 줄 알고 죽이러 갔다가 도리어 그 인품에 감화된다. 그리곤 무죄한 사람을 죽이려

---

37) 김진세 독해본의 경우에 '냥어사', '냥공'이라고 되어 있으나 원문을 살펴본 결과 "댱어사", "댱공"으로 되어 있었다. 또 이 부분 이외에는 김진세 교합본의 경우에도 모두 "댱어시" "댱공"으로 되어 있다.

한 자신의 처사를 반성하며 협객 생활을 그만두고 장두를 따르기로 결심하고는 그를 자신의 처가가 있는 태행산으로 인도한다. 엄도사는 진가숙이 십년 만에 돌아오자 장두의 교화敎化에 힘입어 사위가 돌아오게된 것을 장두에게 치하致賀하고, 진가숙은 장인에게 청죄請罪하고 앞으로는 협기俠氣를 버리고 학업에 전념할 것을 다짐하게 된다. 『창란』의 이러한 내용은 바로 『완월』의 "장어사의 적행謫行에 (…중략…) 마음을 정하여"라는 대목에 해당한다. 즉 진가숙의 경우에도 장두와 마찬가지로 『창란』을 읽은 사람만이 그 내용을 온전히 이해할 수 있다.

이외에도 진가숙의 역할은 『창란』과 『완월』에서 거의 흡사하다. 『창란』에서 진가숙은 세상에 나와 무과에 급제한 뒤, 남주인공 장희가 출정할 때 선봉장으로 따라가 활약한다. 『완월』에서도 진가숙은 세상에 나와 선봉장이 되어 남주인공 정인광·정인성 등을 적극적으로 돕는 인물로서 등장한다.[38]

3) 엄도사

엄도사의 경우에는 장두·진가숙과는 다른 면모를 보인다. 『창란』과 『완월』을 비교했을 때 오히려 『완월』이 『창란』보다 상세한 부분이 적지 않다. 『창란』에서는 단순히 '엄도사', '엄공' 등으로 지칭되는데 반해, 『완월』에서 엄도사는 "성姓은 엄嚴이요 명名은 정이오 호왈號曰 광릉제라. 그 시조始祖는 한漢 광무시光武時 엄자릉嚴子陵"으로, 부인은 "개국공

---

[38] 물론 진가숙의 비중은 『완월』에서보다 『창란』에서 더 크다. 『창란』에서는 진가숙이 무과에 장원급제하는 대목이 나오기도 하고, 장두의 절행節行과 왕진의 흉심凶心을 임금에게 아뢰어 장두가 큰 벼슬을 하는 데 일조하고, 자신의 서매庶妹를 장두의 첩이 되도록 주선하며, 전투 장면에서도 선봉장으로 매번 등장한다. 이에 비해 『완월』에서는 진가숙이 정잠 등의 복귀를 돕거나 자신의 서매庶妹를 주선하는 장면도 없고, 전투 장면에서도 진가숙이 매번 등장하는 것은 아니며 곽창석·곽시도·소천보 등이 그 자리를 대신하기도 한다.

신開國功臣 풍승의 후예後裔”로, 자식은 “오자이녀五子二女”이며 그 이름까지도 “엄옥”(長子), “엄식”(次子) 등으로 묘사될 정도로39) 그 가계家系가 훨씬 상세하고 구체적이다.

그렇다면 엄도사에 대한 대목을 통해서는 『창란』과 『완월』의 관계에 대해 어떻게 말할 수 있을까? 구체적인 것에서 막연한 것으로의 변화가 전승과정에서 일어날 수도 있고, 임치균의 지적대로 “막연한 것에서 구체적인 것으로의 변화가 자연스러운 전개 양상”40)일 수도 있다. 전자의 경우는 『완월』이, 후자의 경우는 『창란』이 선행작先行作이 된다. 그런데 전자의 경우, 즉 상세한 것이 전승되는 과정에서 소략한 것으로 변모되었을 경우를 가정해 보더라도, 『창란』에서 엄도사에 관한 부분이 너무 소략하여 그 내용을 알 수 없다면 『창란』이 『완월』을 토대로 지어졌다고 할 수 있겠지만, 『창란』에서 엄도사에 관한 내용은 그 자체로 미흡함이 없다. 따라서 앞서의 장두·진가숙의 경우를 통해 추론해 볼 때, 『완월』의 작자가 『창란』에서 엄도사라는 인물을 가져오면서 그 가계를 더욱 상세하게 부연하고 있는 것이라 보아야 할 것이다.

즉 『완월』의 작자는 『창란』의 인물 형상을 가져오면서도 축약하고 싶은 부분에서는 축약하고, 늘리고 싶은 부분에서는 늘렸다고 할 수 있다. 장두와 같은 『창란』의 핵심인물은 그 인물을 그대로 가져올 경우 『완월』의 기본 서사를 방해할 수 있기에 대폭적으로 축소하였고, 엄도사와 같은 보조인물은 좀 더 상세하게 형상화해도 『완월』 자체의 서사 진행에 별반 무리가 없기에 부연하였다 할 수 있다. 한편, 진가숙의 경우에는 비록 보조인물이긴 하지만 장두와 밀착되어 서술되고 있기에 장두와 관련된 부분에서는 그 내용을 대폭 축소했다고 볼 수 있다.

가계에 관한 설명 이외에는 『창란』과 『완월』에서 엄도사의 역할이 거의 비슷하게 그려지고 있다. 『창란』에서는 남주인공 부자父子를, 『완

---

39) 『완월』 14권, 1책, 434~435면.

40) 임치균, 「『영이록』 연구」, 『고전문학연구』 8, 한국고전문학연구회, 1993, 334면.

월』에서는 남주인공만을 조주 태행산에서 안거安居할 수 있도록 배려한
다는 점은 약간 다르나, 조주潮州 태행산太行山을 근거지로 하여 남주인공
가문을 도와주는 이인異人으로서 등장한다는 점은 공통된다. 조주 태행
산에 은거하면서 남주인공 등을 구해준 것 이외에도, 잠시 세상 밖으로
나와 혹은 제자를 보내 주인공 가문을 음조陰助한다.『창란』에서는 장
우41) 부부의 액운을 막을 수 있도록 그의 정실正室인 이운혜가 하방遐方
으로 가야함을 알려주고, 장우의 차실次室인 양난주에게 이운혜를 구해
줄 방책을 일러준다.『완월』에서는 여주인공 장성완이 얼굴이 상했을
때 자신의 제자 두보현을 통해 복상단復常丹을 전해주고, 남주인공의 부
친 정잠 등이 야선의 음식을 마다하고 아사餓死할 위기에 처했을 때 반
년에 한 번씩 제자를 보내 단약을 주어 목숨을 보전케 한다.

더욱이 엄도사가 맨 마지막으로 등장하는 장면조차 흡사하다.『창
란』에서는 남주인공 장희가 서역을 평정하고 돌아오는 길에,42)『완
월』에서는 남주인공 정인광이 서천을 평정하고 오는 길에 이전의 은공을
치하하러 조주 태행산 엄도사를 찾아간다.『창란』에서는 엄도사가 자신
의 세연世緣이 다했다 하며 장희에게 동중천서 세 권을 전해주고,『완
월』에서는 엄도사가 자신을 찾아온 정인광이 신의가 있다 하며 이후 정인
광 등이 서쪽으로 정벌하러 갈 때 그 공을 갚겠다고 말한다. 엄도사와
남주인공과의 친밀한 관련을 그리고 있는 이 장면 또한『완월』과『창
란』이 밀접한 관련이 있음을 보여주는 대목이다.

엄도사에 관한 이와 같은 유사한 대목들은, 이 부분만을 가지고는
『창란』이『완월』에 영향을 주었다고 단정할 수 없다. 하지만 장두, 진가
숙의 경우를 통해 추론해 볼 때 엄도사에 관한 내용 또한『완월』이『창
란』을 토대로 지어졌을 가능성을 높여주는 부분이라 할 수 있다.

---

41) 장두의 차자次子이자 장희의 동생이다.
42) 국립도서관본에는 이 부분이 없고, 연경도서관본에만 이 부분이 있다. 이상택(앞의
  글, 212~213면)의 지적대로 국립도서관본은 끝부분이 누락되어 있기 때문이다.

이상의 제 논의를 통해 『완월』이 『창란』을 토대로 창작되었을 가능성을 추론해 보았다. 『창란』의 중심인물 혹은 보조인물을 『완월』에서는 보조인물로 재수용하는 한편, 정씨 가문이라는 중심가문을 새로 만들어 『창란』과 유사한 이야기를 재연하고 있는 것이라 추정할 수 있다. 물론 이에 대해 다음과 같은 반론이 있을 수 있다.

첫째, 장두·진가숙·엄정 등이 실존인물이라면 역사적 사실을 차용借用한 것이므로 두 작품의 직접적인 영향수수 관계를 논하기 어려울 수 있다. 둘째, 『완월』에서의 장두·진가숙·엄도사 등에 관한 내용이 『창란』이 아닌 제3의 작품을 토대로 탄생되었을 가능성도 있다. 셋째, 『완월』의 원작자가 처음부터 장두·진가숙·엄도사 등에 대한 내용을 넣은 것이 아니라 이후 필사자에 의해 삽입되었을 가능성도 있다.

그런데 역사 기록과 작품 내용을 면밀하게 검토해 본 결과, 다음과 같은 사실을 알 수 있었다. 첫째, 장두·진가숙·엄정 등은 실존인물이 아니라 가상인물이었다. 물론 『완월』에서 왕진王振, 우겸于謙, 광야鄭埜, 소정蕭鼎, 서유정徐有貞 등의 실존인물이 존재하지 않는 것은 아니지만, 장두·진가숙·엄정 등은 가상인물이다. 따라서 역사적 인물을 소설 속에 차용한 것으로 보기 어렵다.

둘째, 『완월』의 경우 '짜깁기'에 의해 이루어진 소설이라는 논의가 있을 정도로43) 많은 작품들을 원용援用하고 있다. 또 다른 작품의 내용을 차용할 경우 그 내용을 축약적으로 전개하면서 대부분 원용한 작품의 이름을 언급해 준다. 특히 『(맹)성호연(의)』·『장씨별록』·『양씨가록』 등에 관한 언급이 많다. 장두·진가숙 등에 관한 내용도 매우 축약되어 있어 『완월』 자체의 서사라고 볼 수 없고 어느 작품에선가 가져온 대목이라 추정할 수 있다. 만약 『(맹)성호연(의)』 등의 작품에서 따온 내용이라면 이들 작품에 대한 언급이 있었을 것이다. 왜냐하면 『(맹)성호

---

43) 정창권, 「조선 후기 장편 여성소설 연구―『완월회맹연』을 중심으로」, 고려대 박사논문, 1999, 55~66면.

연(의)』의 경우에는 그 이름이 열 번 이상이나 거론될 정도로『완월』에서 이 작품을 원용했을 경우 빠뜨리지 않고 언급하고 있기 때문이다. 따라서 장두·진가숙 등에 관한 내용은『완월』에서 언급한 작품이 아닌 또 다른 작품, 그 가운데『창란』의 것일 가능성이 높다.

그렇다면 장두·진가숙·엄도사 등에 관해 서술하면서도『창란』을 언급하지 않은 이유는 무엇일까? 그것은 이들이『완월』에서는 그다지 중요하지 않은 보조인물로 재수용되기 때문에 그 출처까지 일일이 언급하지 않았을 가능성이 크다 하겠다. 왜냐하면『(맹)성호연(의)』·『장씨별록』 등에서 차용한 내용은 주로 남녀 주인공 가문에 관한 주요한 이야기들이 대부분이기 때문이다.

또 다른 가능성으로『완월』에서『창란』의 작품명을 명시하지 않고 거기에 등장하는 인물들만을 거론한 것은 고도의 하이퍼텍스트적 계약_{hypertextual contract}의 한 형태라고도 볼 수 있다. 하이퍼텍스트성_{hypertextuality}이란 기존 텍스트_{hypotext}와 그것을 변형하거나 모방한 텍스트_{hypertext} 사이의 관계라고 정의할 수 있으며, 하이퍼텍스트적 계약이란 하이퍼텍스트적 읽기를 유도하는 텍스트상의 여러 장치를 말한다. 그렇기에 위조_{forgery}를 제외한 모든 하이퍼텍스트적 실천은 그것이 변형이나 모방의 행위임을 독자에게 의도적으로 폭로하는 것을 이상_{理想}으로 삼는다.[44]

가장 명시적인 형태의 하이퍼텍스트적 계약은 제목을 동일하게 하는 것이다.『창란』과『완월』의 경우에는 비록 제목이 같진 않지만, 시대배경, 보조인물을 동일하게 하고 있는 점,『창란』의 주요인물인 장두를『완월』에서 보조인물로 등장시키는 점 또한 하이퍼텍스트적 계약의 일종으로 볼 수 있을 것이다.

---

44) G. Genette, trans by Channa Newman & Claude Doubinsky, *Palimpsests : Literature in the second degree*, Lincoln and London : University of Nebraska Press, 1997, pp.1∼87. 이러한 하이퍼텍스트성에 관해서는 이미 손유경,「최인훈·이청준 소설에 나타난 텍스트의 자기반영성 연구」(서울대 석사논문, 2001)에서 상론한 바 있다.

『창란』이 선행작이라고 할 경우에 『완월』은 『창란』의 탈규범적이고 세속적인 속성들에 대한 강한 반작용을 가지고 지어진 작품이라 할 수 있다.45) 이럴 경우, 『완월』에서 『창란』의 작품명을 언급하지 않고 그 등장인물만을 재형상화한 것은 일종의 의도적 전략이라 할 수 있다.

『창란』을 읽은 독자라면 동일한 시대배경, 동일한 등장인물 등으로 인해 『완월』에서 『창란』이란 제목을 언급하지 않아도 자연스럽게 『창란』을 떠올릴 수 있다. 특히 이런 장치들이 작품의 초반부에 마련되어 있기 때문에 『완월』이 『창란』과 어떤 차이를 지닌 작품인가를 유심히 견주면서 읽었을 가능성을 생각해 볼 수 있다. 즉 『창란』을 읽은 독자의 입장에서는 『창란』에 나온 인물들이 『완월』에서 반복적으로 나오고 있다는 사실만으로도 『창란』의 내용과 『완월』의 내용을 견주어 비교하는 이중독서double reading46)가 가능할 수 있는 것이다.

한편 『창란』을 읽지 않은 독자를 위해서는 『완월』의 작가의 입장에서 굳이 『창란』을 언급할 필요가 없었을 것이다. 『완월』을 쓴 작가의 입장에서는 『창란』의 세속적이고 탈규범적인 측면에 대응하여 이와 흡사한 구조를 지니면서도 도덕적 규범과 이념에 충실한 품격 높은 작품을 지은 것이기에 굳이 독자들에게 『창란』과 같은 질 낮은 작품을 소개할 필요가 없기 때문이다.

즉 『창란』의 제목을 곧바로 명시하지 않고 그 내용의 일부분을 드러냄으로써 『창란』을 읽은 독자에게는 『창란』을 상기시켜 『완월』을 『창란』과 비교하여 읽을 수 있도록 하고, 『창란』을 읽지 않은 독자에게는 굳이 『창란』의 존재를 알리지 않는 이중적인 전략을 썼다고 가정해 볼 수 있다. 하이퍼텍스트적 계약이 『창란』을 읽은 독자에게만 부분적으로

---

45) 이에 대해서는 이후 3장 '가문 내적 갈등과 윤리의식'에서 상세히 논하기로 한다.
46) 이중독서double reading란 하나의 텍스트와 그것이 상기시키는 다른 텍스트들을 동시적으로 읽어내는 행위를 말한다(M. Riffaterre, trans by Terese Lyons, *Text Production*, NY : Columbia University Press, 1983, pp.250~253).

작용하도록 하는 고도의 수법을 쓴 것이라 할 수 있다.

　셋째, 필사자에 의해 후대에 삽입되었을 경우에는 이들 인물들이 일관성이 없이 특정 부분에서만 간략하게 언급되어 있어야 한다. 그런데 장두의 경우에는 『창란』의 앞부분에서 정인광을 구해주는 중요한 역할을 담당하고 뒷부분에서도 다시 간략하게나마 언급되고 있다. 진가숙·엄도사의 경우에는 작품 곳곳에 지속적으로 등장하면서 주인공들을 도와준다. 이러한 점들을 통해 볼 때 『완월』에서 장두·진가숙·엄도사에 관한 부분은 단순히 필사자에 의해 후대에 삽입되었다고 보기 어렵다.

　물론 현존하는 『완월』은 규장각본, 낙선재본 모두 다음과 같은 주석이 존재하기에, 두 작품 모두 원본은 아니다.

> ① 명년明年 갑자삭甲子朔 정유일丁酉日 ―갑자삭 내內에는 정유일이 없나니 일진日辰을 잘못 마련함이로다― 에 여부汝父를 구호하여
>
> ―『완월』 14권, 1책, 419면

> ② 진공이 대왈對曰 "사람의 집 대대代代 이름을 오행五行으로 짓사오니 제 아비 항렬行列은 금변金邊이옴에 이 아해兒孩들은 목변木邊으로 지었나이다." ― 이름이 대대 상생相生으로 짓는데 금극목金克木이니 상극相剋이라 잘못 지었다(…중략…) 처사處士가 대왈 자字들도 다 지었사오니 자순은 몽창이옵고 자하는 몽천이오니 다 고사告祀당하는 데 올렸나이다. ― 자字도 고사축문告祀祝文에 올리랴 무식
>
> ―『완월』 176권, 12책, 216면

　그런데 이러한 주석을 통해 생각해 볼 수 있는 점은 필사자의 태도이다. 밑줄 친 부분을 통해 볼 수 있듯, 필사자는 잘못된 점을 고치기보다는 주註를 다는 정도로, 원본을 직접 수정하는 것이 아니라 잘못만을 지적해 주는 소극적인 자세를 취하고 있다. 따라서 현존하는 규장각본, 낙선재본의 필사자가 본래의 작품을 크게 변개시켰을 가능성은 거의 없

다고 하겠다. 물론 이들 필사자가 원본이 아닌 또 다른 필사본을 보고 베꼈을 가능성도 없지 않고, 이럴 경우 다른 필사자들의 취향도 동일했다고 단정하기는 어려울 것이다. 하지만 현존하는 작품만을 놓고 보았을 때, 필사자의 태도는 원본을 그대로 두는 방향을 취했다고 볼 수 있다. 이러한 제 양상을 통해 볼 때, 장두·진가숙·엄도사 등이 필사자에 의해 단순히 삽입되었다고 단정하기는 어려울 것이다.

이처럼, 장두·진가숙·엄도사 등의 인물들은 『완월』이 『창란』의 영향을 받아 지어졌음을 추정할 수 있는 좋은 근거가 될 수 있다. 전체적인 내용의 유사함과 더불어서 이름까지도 똑같은 이러한 인물들의 면모를 통해 볼 때 두 작품 간의 직접적인 참조의 가능성을 상정할 수 있는데, 이러한 인물들을 꼼꼼히 비교하여 분석해 본 결과 『창란』이 『완월』보다 선행작일 가능성이 높기 때문이다.

물론 장두·엄도사·진가숙 등의 인물이 『창란』에서 처음 등장한 것이 아니라 『창란』의 작자가 또 다른 작품에서 이들 인물을 원용한 것일 수도 있다. 아직까지 이런 작품이나 이와 관련한 기록을 찾을 수 없기에 그 가능성이 그리 높다고 할 순 없지만, 제3의 작품에서 장두·진가숙 등의 인물이 등장했을 가능성이 없는 것은 아니다. 그렇다면 『창란』과 『완월』 모두 이 작품에서 장두·진가숙 등의 인물을 원용했을 수도 있다. 이처럼 또 다른 모본母本의 존재를 상정한다면 『창란』과 『완월』의 선후 관계를 논하는 일이 어려울 수도 있다. 이럴 경우에는 『창란』과 『완월』의 선후 관계가 뒤바뀔 가능성도 존재한다.

그럼에도 이러한 또 다른 모본의 가능성 또한 『창란』의 창작시기를 추정하는 데 유효할 수 있다. 동일한 유형의 작품이 거의 동시대에 유행하는 문예사적 경향을 통해 볼 때, 『창란』은 『완월』과 마찬가지로 18세기에 창작된 작품으로 볼 수 있기 때문이다. 진가숙이라는 한 협객이 장두를 죽이러 갔다가 오히려 그의 인품에 감화되어 장두를 살려주고 피신할 수 있도록 도와주었다는 이야기가 당대에 인기가 있었기에 이런 화소가 반복적으로 생산되었을 가능성을 충분히 고려해 볼 수 있는 것이다. 그렇다면 『창란』 또한 이런 작품들이 지어졌을 그 언저리에 탄생한 작품이라 할 수 있기에, 『창란』의 창작연대는 18세기라는 시대 안으로 들어올 수 있으리라 생각한다.

이는 단지 『완월』과의 관계에서뿐만이 아니라 『옥원』과의 관계를 생각해 볼 때도 그러하다. 상론上論한 바 있듯, 시대적 배경에서는 『완월』과 『창란』이 더 근접한다면, 구조적 측면에서는 『창란』과 『옥원』이 더 근접해 있다. 『창란』과 『옥원』 두 작품이 하나에 대한 대응작으로 또 하나가 쓰였다는 논의가 있을 정도로,[47] 이 두 작품은 매우 유사하면서도 서로에 대한 견제의식이 높은 작품들이다. 『옥원』이 18세기에 창작된 작품임이 거의 확실하기에 『창란』 또한 이와 거의 동일한 시기에 지어졌을 가능성이 높다고 하겠다.

이러한 제 논의를 토대로 했을 때 일단은 『창란』이 『완월』보다 먼저 지어졌다 할 수 하겠다. 지금까지 발견된 문헌만을 토대로 했을 때는 『창란』이 『완월』의 선행작일 가능성이 높기 때문이다. 그렇다면 『창란』은 『완월』이 지어졌을 1725~1740년보다 먼저 창작되었다고 볼 수 있다. 그런데 『창란』과 같은 통속적인 작품이 17세기에 창작되었다고 보는 것은 아직은 무리라고 생각한다. 이는 17세기 장편소설 혹은 대하소설의 전반적인 성향과도 맞지 않는다.[48] 따라서 『완월』보다 먼저 쓰였다면 18세기 전반기에 창작되었다고 보는 것이 타당하다.

---

47) 송성욱, 앞의 글, 2001a.

48) 17세기의 장편 혹은 대하소설이 예교주의의 현현, 가문의식의 강화 등의 특징을 나타내는 점에 대해서는 이미 선행연구에서 상론한 바 있다(이수봉, 「가문소설연구」, 『동아논총』 15, 1978; 송성욱, 「가문의식을 통해 본 한국고전소설의 구조와 창작의식」, 서울대 석사논문, 1990; 진경환, 『창선감의록』의 작품구조와 소설사적 위상, 고려대 박사논문, 1992; 박영희, 「『소현성록』 연작 연구」, 이화여대 박사논문, 1993; 이승복, 「조성기와 창선감의록」, 『고전소설과 가문의식』, 월인, 2000; 정길수, 「『구운몽』의 독자는 누구인가」, 『고소설연구』 13, 한국고소설학회, 2002). 3장에서 후술하겠지만, 『창란』은 이런 성향과는 거리가 먼 작품이다.

　혹은 두 작품 모두 모본으로 삼았을 또 다른 작품의 존재를 가정하고 그에 따라 설혹 『창란』과 『완월』의 창작시기가 뒤바뀔 가능성까지 고려한다 하더라도, 동일한 유형의 작품이 거의 동시대에 유행하는 문예사적 경향을 통해 볼 때 『창란』은 『완월』·『옥원』과 마찬가지로 18세기에 창작된 작품으로 볼 수 있다.

　이 절에서는 지금까지 미궁에 놓여 있었던 『창란』의 창작시기에 대해 추론해 보았다. 아직 그 창작시기를 구체적으로 확정지을 순 없지만, 『창란』은 『완월』·『옥원』과 비슷한 시기에 지어진 작품임에는 거의 틀림없다 할 수 있다. 이렇듯 세 작품은 거의 근접한 시기에 창작된 작품이기에 이들의 비교는 더욱 의미 있을 수 있다. 시기에 따라 각각의 작품의 의식성향이 달라지는 통시적인 비교 또한 중요하지만, 18세기라는 한 시대 안에서 대하소설의 다양한 국면들을 한눈에 조망해 보는 것 또한 상당히 중요한 의미를 지니기 때문이다.

　물론 이들 작품 간에 선후 관계가 보다 명확하게 밝혀진다면 18세기라는 시대 안에서도 각각의 시기별에 따른 통시적인 비교 또한 가능할 수 있을 것이다. 여기까지 나아간다면 가장 바람직하겠으나, 아직까지는 이들 세 작품의 선후 관계를 확정지을 만한 단서들은 보이지 않는다. 따라서 본고에서는 세 작품이 거의 동시대에 향유되었던 점에 주목하여 이런 일군의 작품들이 18세기라는 시대 안에서 가지는 의미를 규명해보고자 한다.[49]

---

49) 기실 필자는 이들 세 작품의 선후 관계를 분명히 밝혀 각각의 작품 간의 대응양상을 선명하게 고찰하고 싶은 욕심이 있었다. 그러나 의욕과는 달리 세 작품과 관련된 각종 문헌을 참조했지만, 세 작품 간의 선후 관계를 밝힐 만한 단서를 찾을 순 없었다. 다만 『창란』과 『완월』 간의 작품 자체에서의 선후 관계를 추정해 볼 수 있는 조그마한 단서를 발견했을 따름이다. 물론 앞으로도 이들 세 작품의 선후 관계를 밝히기 위한 노력을 지속해야겠지만, 현재로서는 세 작품 모두를 18세기 작품으로 규정할 수 있다는 데에서 의의를 찾고자 한다.

3. 격변기의 시대현실과 소설기법

1) 당대 현실과의 친연성

(1) 사회풍토의 반영

선행연구에서 논한 바 있듯, 옹서갈등담이 탄생한 것은 서류부가혼婿留婦家婚에서 친영례親迎禮로 바뀌게 된 혼속婚俗의 변화와 밀접하게 맞물려 있다.50) 서류부가혼일 때는 옹서간이 부자지간父子之間과 맞먹을 정도로 친근한 사이였으나 조선 후기로 접어들면서 친영례로 바뀜에 따라 옹서 사이가 소원해지게 된다.51) 이런 현실이 옹서갈등담을 탄생하게 한 배경이 되었으리라 추정할 수 있는 것이다.52)

그런데 선행연구에서는 옹서간의 갈등에 주목하긴 했지만 왜 하필 장인이 소인이고 사위가 군자로 그려지는가에 대한 뚜렷한 해답을 제시하지는 못했다. 본고에서는 이러한 인물설정구도가 당대현실을 반영하기에 매우 적합한 틀이었음을 검토해 보기로 한다. 이를 통해 세 작품 모두 조선 후기 현실과 밀착되어 있음을 밝혀보고자 한다.

---

50) 양민정, 「『옥원재합기연』 연구」, 『고전문학연구』 8, 한국고전문학연구회, 1993; 이지하, 「『옥원재합기연』 연구」, 서울대 박사논문, 2001.

51) 김두헌, 『한국가족제도연구』, 서울대 출판부, 1968; 이순구, 「조선 후기 종법의 수용과 여성지위의 변화」, 한국학중앙연구원 박사논문, 1995.

52) "처가妻家를 내 집으로 삼아 처의 아비를 아비라 부르고, 처의 어미를 어미라고 부르며, 평소에 부모의 일로 여기니"(성종 21(1490)년 6월 27일, 『성종실록』 241권)라는 구절과 "사위는 곧 외인外人"(영조 20(1744)년 10월 25일, 『영조실록』 60권)이라는 구절의 대비를 통해 조선 전기와 후기 사이에 옹서의 관계가 얼마나 달라졌는지를 알 수 있다.

가. '외부인'으로서의 장인

구비설화를 보면 장인과 사위와의 대결구도에서[53] 장인이 못나기보다는 사위가 못난 경우를 흔히 볼 수 있다. 특히 사위가 바보인 경우가 상당히 많은 빈도수를 차지한다. 이들 구비설화에서는 사위가 못난 인물로 그려지는 것은 무슨 이유일까?

옹서간의 갈등에서 사위가 바보인 것은 그 근원이 '온달설화'에까지 닿아 있다는 연구결과가 제출된 바 있다.[54] 이를 통해 생각해 볼 때 바보사위형 설화들은 그 연원이 깊다고 할 수 있을 것이다. 온달설화에서는 온달이 큰 공을 세우고 왕으로부터 사위라고 인정받는 것을 최종 목적으로 하기에, 그는 처가로부터 인정을 받기 위한 입사식을 가지며 그 입사식 이전에는 "세계를 아는 자가 아니라고 인정되기 때문"에 바보로서 형상화된다. 즉 온달설화에서의 입사식은 혼인의례婚姻儀禮와 동일한 의미를 지니고, 이는 고구려 시대의 서옥婿屋 제도와도 관련이 깊다.[55]

이와 마찬가지의 논리에서 바보사위형 설화의 이야기를 생각해 보면, 사위가 처가에 들어가 살 경우에 사위만이 '외부인'으로 처갓집 구성원 가운데 예외적인 존재가 되기에 놀림의 대상이 되기 쉽다. 또 다른 사람들은 그 집안 사정에 다 익숙한데 사위만이 처가 일에 서툴기 쉽다. 때문에 이러한 양상이 과장되어 설화에서는 나박김치도 모르고 홍시도 모르는 바보 같은 인물로 형상화되었을 가능성이 크다 하겠다. 즉 장인과 사위와의 대결구도를 형상화하면서도 사위가 바보로 나타나는 것은 이런 결혼제도와 관련이 깊다.

구비설화에서의 '바보사위'와 유사하게 『소대성전』 등의 단편 영웅소설에서는 '못마땅한 사위형'이 등장한다.[56] 이때 장인과의 갈등양상

---

53) 물론 『창란』·『옥원』·『완월』에서처럼 그 갈등구도가 심각하게 나타나지는 않는다.

54) 신연우, 「「바보사위」 설화의 신화적神話的 소인素因」, 『연민학지』, 연민학회, 2001.

55) 위의 글, 318~325면.

56) 김홍균, 「'못마땅한 사위'형 소설의 형성과 변모양상」, 『정신문화연구』 27, 한국학중앙연구원, 1985 겨울.

은 나타나지 않지만, 남주인공은 처가 구성원들에게 심한 구박을 받는다. 비록 뒤에는 신이한 능력을 발휘하여 출장입상出將入相하지만, 그 이전에는 잠만 자는 게으름뱅이로 처가 식구들의 천덕꾸러기가 된다. 그런데 흥미로운 점은 이런 유형의 영웅소설에서는 혼인방식이 모두 서류부가혼으로 나타나고 있다는 것이다. 그렇다면 사위가 못마땅한 인물로 형상화된 것 또한 유일한 외부인인 그의 처지가 굴절되어 반영된 것이라 할 수 있다.

서류부가혼의 혼속과 관련해서 사위가 못난 인물로 나오는 양식은 근대 소설에서도 잔존한다. 김유정의 『봄・봄』에서 주인공이자 화자인 '나'는 멍청한 인물로 나오면서 장인이 될 인물과 대립하는데 이 또한 서류부가혼과 관련이 있다. 이처럼 사위가 못난 인물로 형상화된 근원에는 여러 가지 이유가 있겠지만, 혼속과 관련시켜 보았을 때 서류부가혼과 밀접한 관련을 지닌다고 할 수 있다.

그런데 조선 후기에 친영례가 정착되면서 여자가 시가에 들어가 살게 된다. 이에 따라 옹서간의 관계만을 놓고 보았을 때 사위가 외부인이 아니라 장인이 외부인이 된다. 외부인은 한 가족이기보다는 경계해야 할 대상이기에 이런 인식이 은연 중 장인을 소인형으로 형상화하는 데까지 나아갔을 수 있다.

더욱이 이전에는 장인이 친부모와 동일하게 생각할 정도로 존경의 대상이었으나 당대에는 장인을 경시하는 풍조가 만연한 상황 속에서 장인에 대한 폄하의 의식까지도 함께 반영되어 장인을 소인형으로 형상화했을 가능성을 충분히 생각해 볼 수 있다. 장인과 사위 간의 대립 또한 조선 후기로 오면서 증가하는 양상을 보이는데,[57] 이는 장인에 대

---

57) 전계신全繼信의 사위가 재산 다툼으로 그 장인을 살해한 사건(숙종 21년 7월 22일, 『숙종실록』 29권), 임방任埅과 그 사위 이원곤李元坤이 서로에게 정치적 책임을 전가하며 헐뜯고 욕한 사건(숙종 42년 5월 27일, 『숙종실록』 59권), 이병정李秉鼎이 장인의 은의를 저버리고 도리어 원수가 되어 도리에 어긋한 행동을 한 사건(영조 52년 1월 20일, 『영조실록』 127권) 등의 기록을 통해 이를 확인할 수 있다.

한 사위의 존경심이 약화되고 있음을 잘 보여준다. 옹서갈등담이 나타나고 있는 『명주기봉』에서 현경문이 그 아들 현홍린에게 처가에 가 자고오라 하자 "국사國事 아닌 후에야 무고無故히 타처他處에 가 자오며"58)라고 대답하는 부분과 『양현문직절기』에서 양관이 그 아내에게 "인가人家 사위 빙공聘公을 만모慢侮함이 예사例事라"59)라고 말하는 대목 등을 통해 사위가 장인을 만모하고 멀리하는 현상이 일반화되어 있음을 살펴볼 수 있다.

이처럼 『창란』·『옥원』·『완월』을 비롯한 대하소설에서의 옹서갈등담에서 소인형 장인이 등장하는 것은 당대 혼속의 변화와 관련해서 장인의 위상이 바뀌었기 때문이라 할 수 있다. 서류부가혼일 때는 외부인인 사위가 구박받는 가운데 바보로 형상화되었으나 친영례로 바뀜에 따라 장인이 외부인이 되어 소인으로 형상화된 것이라 볼 수 있다. 즉 소인형 장인과 군자형 사위의 구도는 혼속의 변화에 따른 당대 장인의 처지를 반영하기에 적절한 구도임을 알 수 있다.

나. 친정에 대한 원죄原罪의식

소인형 장인과 군자형 사위의 구도는 당대 혼속의 변화 속에서 장인의 위상 변화를 보여줄 뿐만 아니라 당대 여성의 입장을 반영하기에도 유리한 구도를 지닌다. 그간 선행연구에서 『옥원』 등을 여성의식이 많이 드러난 작품으로 평가하는 가운데 여성의 입지가 강화된 작품으로 보았지만,60) 이들 옹서갈등담을 더 주의 깊게 들여다보면 여성의 입지

---

58) 한국학중앙연구원 소장본 『명주기봉』 19권, 177면(문화재관리국장서각 영인 2책, 1978).
59) 서울대 규장각 소장본 『양현문직절기』 2권, 34장 뒷면.
60) 양민정(「18세기 후반 대하장편 가문소설의 한 유형적 특징―『옥원재합기연』, 『옥원전해』를 중심으로」, 『한국학보』 5, 일지사, 1999)은 『옥원』 연작에서 장인을 싫어하는 남편을 거부하는 여주인공의 행위 등에 주목하여 '여성의 입지상승'에 관해 논하였고, 이지하(앞의 글, 2001)는 여성의 주체성을 긍정하고 남성 못지않은 그들의 능력을 보여줌으로써 『옥원』 연작이 여성적 시각을 표출하고 있음을 고찰하였다.

가 오히려 약화된 측면이 적지 않다.

친정의 위상은 시집간 여성의 자존심과 직결되는 문제인데, 이들 작품에서는 친정의 위상이 극도로 왜소화되어 있다. 반면 시댁의 위상은 극대화되고 있다. 소인형 장인이 아닌 경우에도 장인의 모습이 많이 왜소화되어 있지만,[61] 특히 소인형 장인이 등장하는 옹서갈등담의 경우에는 이러한 경향이 더욱 심하다.

'친가親家의 열세와 시가媤家의 우세'에 대해 살펴보면, 이들 세 작품에서 장인과 사위가 소인과 군자로 대별되는 것은 물론이고 그 외 시가와 친가의 구성원도 상당한 편향성을 보여준다. 장인을 비롯한 친가의 구성원들은 소인 혹은 악인으로 그려지고 있고, 남편을 비롯한 시가의 구성원들은 군자 혹은 선인으로 그려져 있다. 이러한 구도 속에서 친가의 위상은 왜소화되고 시가의 위상은 극대화되고 있다.[62] 구체적인 내용을

---

61) 군자형 혹은 범인형 장인이 등장하는 『유효공선행록』·『창란』·『옥원전해』를 살펴보면, 『유효공선행록』에서 장인 정잠은 군자형 인물로서 등장한다. 그런데 장인 정잠(정추밀)이 대외적으로 결함이 없는 군자형 인물임에도 불구하고 사위 유연과의 갈등에서는 유연이 부친 유정경의 지시를 따라 딸을 박대하는 것에 분노하여 딸을 재혼시키려고까지 하는 부도덕한 일을 자행하는 등 일관성이 결여된 인물로서 그려지고 있다. 이는 유연의 '관념적 효'를 형상화하기 위해 "정추밀로 하여금 정씨를 다른 곳에 재혼시키려 하게 함으로써, 유연이 옹서의 예를 파한다 할지라도 명분에 위배되지 않도록 상황을 설정한 것"이라는 박일용(「『유효공선행록』의 형상화 방식과 작가의식 재론」, 『관악어문연구』 20, 서울대 국어국문학과, 1995, 167면)의 지적대로 사위쪽을 합당화하기 위해 장인의 인물형상을 왜곡시키고 있는 것이다. 『창란』의 이공과 장우의 옹서갈등에서도 사위인 장우의 잘못도 인정하고 있긴 하지만, 이공 또한 대외적으로는 군자의 전형으로서 형상화되면서도 사위인 장우와의 갈등에서는 딸에 대한 과도한 애정으로 인해 결함을 가진 인물로 그려지고 있다. 『옥원전해』에서도 사위의 부친인 이원외의 전일 소인행으로 인해 사위 이현윤과 장인 경공 사이에 마찰이 빚어지게 되는데, 이원외의 소인행은 충분히 기롱거리임에도 불구하고 이를 잠시 기롱하는 경공이 오히려 편협한 인물로서 형상화되고 있다.
62) 물론 이는 도의적인 측면에서의 문제이다. 벼슬의 높고 낮음의 정도를 가지고 논한다면 이들 옹서갈등담에서 양쪽 집안은 대등하거나 오히려 친가 쪽이 더 높다. 하지만 도의적인 측면을 가지고 논하게 되면 친가 쪽은 어떠한 명분도 가질 수 없기에 시가에 비해 극도로 열세에 놓이게 된다. 작품 자체에서도 도의적인 측면에 강조점을 두고 있을 뿐만 아니라 명분의 유무에 따라 존폐가 갈리었던 당대 사회의 분위기에서도 실세實勢의 유무보다는 명분의 유무가 더 우선시되기에 이러한 측면을 중심으로 살펴보았다.

살펴보면 다음과 같다.

우선 구성원을 살펴보면 시가 쪽은 가장 이상적인 인물들로 채워져 있고, 처가 쪽 인물들은 소인의 전형으로 그려져 있다. 가장 두드러지게 대비되는 것은 사위와 장인의 인물 형상이다. 사위는 전형적인 군자로 그려진 반면, 장인은 전형적인 소인으로 등장한다. 뿐만 아니라 그 밖의 구성원들을 보면 시부媤父의 경우 세 작품 모두 며느리에 대한 사랑이 극진한 가운데 전인적인 인격을 지닌 인물로 그려져 있다. 시모媤母 또한 친정의 일 때문에 식음을 전폐하고 부부 불화를 일으키는 며느리에 대해 충분히 꼬투리를 잡을 만한데도,63) 『옥원』이나 『창란』은 시어머니의 존재를 아예 삭제해 버렸고,64) 『완월』에서는 이상적인 인물의 시어머니를 등장시킴으로써 고부간의 갈등을 배제시키고 있다. 반면 처가 쪽은 장인은 물론 장모마저도 소인 혹은 악인으로 그려져 있다.

다음으로 인물들의 역할에 있어서도 시가와 처가는 상반된다. 시부는 부친 때문에 남편과 갈등을 겪어야 하는 며느리를 보듬어주며, 아들이 장인에 대한 연좌로 아내를 박대하는 것을 훈계하고, 사돈과 아들 사이의 화해를 도모할 뿐만 아니라 못난 사돈까지도 포용하는 너그러운 마음을 가지고 있다. 반면 장인은 자기 집안을 제대로 다스리기는커녕, 대외적으로도 온갖 비루한 행실을 일삼고 사위와 반목하면서 딸 부부의 불화不和의 원인이 되다가, 종국에는 자식들 혹은 사돈에게 교화되어야 할 존재로 제시되고 있다. 특히 자기 집안을 모해하려는 사돈까지도 포용하는 시부의 모습에서 시가와 처가는 더욱 극단적으로 대비된

---

63) 이들 작품의 여주인공들은 여타의 여주인공들과는 달리 대개 초강한 인물들로 그려지는 가운데 남편과의 동침을 거부하며 때로는 친정에 대한 근심으로 시부모를 봉양하는 것조차 잊을 정도이기에 시부모와 갈등이 유발될 가능성이 상당히 높다. 특히 그 중에서도 조선시대 고부姑婦간의 갈등이 일상적이었던 점을 생각하면(이광규, 『한국가족의 구조분석』, 일지사, 1975, 187~209면) 구부舅婦간에서보다는 고부간에 갈등이 야기될 가능성이 높다 하겠다.

64) 이미 운명한 것으로 설정되어 있다.

다. 즉 시부는 며느리와 아들 그리고 사돈의 정신적 지주로서 형상화되어 있는 반면, 장인은 오히려 딸과 사위에게 인도를 받아야 하는 인물로서 형상화되고 있는 것이다.

이렇듯 소인형 장인이 등장하는 옹서갈등담에서는 장인과 사위의 대비뿐만 아니라 친가와 시가의 극명한 대비 속에서 친가는 열세에 처하게 되고, 시가는 우위에 처하게 된다. 이로 말미암아 여주인공은 친정에 대한 원죄의식을 지니고 살아갈 수밖에 없는 가운데, 자신의 부친을 멸시하는 남편과의 갈등 속에서 극도의 심적 고통을 겪게 된다.

이처럼 이들 옹서갈등담은 친정에 대한 원죄의식을 지니고 고통스럽게 살아가는 여성의 한[65]을 선명하게 형상화하고 있다. 자가自家에 대한 부끄러움, 비록 못난 부친이지만 부친을 장인으로서 인정하지 않는 남편에 대한 원망, 그리고 자신의 존재로 인해 부모가 자꾸 누덕을 쌓게 되는 것에 대한 안타까움 때문에 여주인공이 수차례의 자결을 시도하거나 끊임없이 토혈을 하는 양상이 전개된다.

『창란』의 한천희는 부친을 냉대하면서 잠자리를 강요하는 남편에 대한 원망으로 수차례의 자해自害를 시도하고 이러한 한스러움이 병이 되어 토혈吐血을 반복하며, 『옥원』의 이현영도 추세이욕하여 남주인공 가문과의 혼약을 배신하고 왕안석·여혜경 등과 사돈을 맺으려는 부친에 대한 부끄러움과 부친을 받아들이지 않는 남편에 대한 원망 때문에 수차례의 자해와 자결 그리고 토혈을 거듭한다. 『완월』의 장성완 역시 자

---

65) 최길성(『한국인의 한』, 예전사, 1991, 14면)이 고은의 견해를 빌어 한을 "영구적인 절망이 낳은 체념과 비애의 정서"라고 정의한 바 있듯이, 옹서갈등담에서 여주인공은 소인인 부친의 존재로 인해 치유하기 힘든 절망과 고뇌를 겪게 된다. 여타의 부부갈등담에서는 주로 자신의 문제로 혹은 남편의 잘못으로 인해 갈등이 유발된다. 따라서 비록 갈등을 겪는다 하더라도 그 원인과 해결책이 부부 두 사람에게 특히 그 자신에게 있기에 그렇게 절망적이지 않다. 그 밖에 탕자蕩子 등의 제3의 인물의 모해로 갈등을 겪는 경우도 곧 그 결백이 밝혀지기에 여주인공은 심각한 좌절감을 느끼지는 않는다. 그러나 소인인 부친으로 인해 겪는 갈등은 여주인공 스스로 해결할 수 있는 문제가 아니기에 더욱 절망적이다. 소인인 부친의 존재가 있는 한, 이들 여주인공들은 치유하기 힘든 고통과 절망에 시달리게 된다.

기 부친을 박대하는 남편에 대한 원망과 자기의 존재로 인해 부모의 과
실이 드러나는 것에 대한 한스러움으로 인해 병이 들어 하루에도 수차
례의 토혈을 거듭하고 종국에는 사경死境에까지 이르게 된다.66)

수차례의 자해와 토혈, 그것은 가슴 속에 응어리진 한을 상징하는 것
이다. 이는 친정에 대한 부끄러움과 친정을 멸시하는 남편에 대한 원망
속에서 시가에서 살아가는 일이 얼마나 괴롭고 처참한 일인가를 보여
준다. 물론 다른 부부갈등담에서도 여주인공이 자살하는 장면이 나오지
않는 것은 아니다. 그러나 그것은 단지 악인의 독수毒手를 피하기 위해
한두 차례 시도하는 것일 뿐, 이들 소설에서처럼 몇 차례의 자결 시도
가 지속적으로 거듭되는 양상은 드물다. 더욱이 가슴 속의 한이 쌓여
그것이 피로 분출되는 일은 더욱 드물다. 이처럼 수차례의 자해와 토혈
이 반복되는 양상은 시가에서 자가에 대한 원죄의식을 가지고 살아가
는 여주인공의 한을 형상화하고 있는 것이다.

한편, 이들 옹서갈등담은 여주인공들의 응어리진 한과 더불어 맺힌
한을 발산하는 또 다른 장면들을 보여준다. 여주인공들은 친가에 대한
부끄러움 속에서도 친가를 멸시하는 남편에 대한 강한 불만을 표출한
다. 남편과의 잠자리를 지속적으로 거부한다든가 자기가 낳은 자식까지
도 냉대하며 시부모 봉양을 전폐하고 두문불출하는 등의 모습을 보이
는 것이다.

특히 여성이 성적性的 자결권自決權67)을 행사하여 잠자리를 거부하는
양상이 여타의 부부갈등담에서와는 달리 지속적이고 강도 높게 전개된

---

66) 『완월』의 장성완의 경우를 들어보면 다음과 같다. "장소부小婦(장성완)가 본대 적상
積傷한 바로 토혈吐血이 무상無常하며 침식寢食을 평상平常치 못하더니 금일 오후로부
터 세 번 토혈하고 정신을 수습收拾지 못한다 함에"(『완월』 42권, 3책, 374면)

67) 이인경(「구비설화에 나타난 여성의 '성적性的 주체성主體性' 문제」, 『구비문학연구』
12, 한국구비문학회, 2001, 260면)은 "성적性的 자결권自決權이란 인간이 자신의 성性에
대해 의식결정권意識決定權을 갖는 것으로, 자신의 의사와 무관한 성적 접촉을 거부하
거나 자신의 욕망에 따라 대상을 선택할 수 있는 권리"라고 정의한 바 있다.

다는 점에 주목할 필요가 있다. 여타의 부부갈등담에서는 잠자리 갈등
이 일어나더라도 그것은 일시적이고 유보적인 성격을 띤다. 부당한 대
우를 받은 여주인공이 남편에게 성적자결권을 행사하여 잠자리를 거부
한다 하더라도, 남편은 도리어 부인 앞에서 창기를 데리고 희롱하거나
몸을 학대하여 병듦으로써 결국 여주인공으로 하여금 자신을 더 이상
멀리할 수 없게 만든다. 그러나 소인형 장인을 사이에 둔 부부갈등에서
는 여주인공이 지속적으로 남편과의 잠자리를 거부하는 가운데 자가를
멸시하는 남편에 대해 강한 항거를 펼친다. 또 이런 잠자리 갈등이 아
니라 하더라도 또 다른 장치를 통해 처가에 관한 일로 아내를 박대하는
남편이 고통받는 양상이 선명하게 형상화되어 있다.

『창란』의 한천희는 비록 남편의 위력에 의해 동침을 강압당하긴 하지
만, 죽기로써 남편을 거부하여 칼로 자신을 잡는 남편의 손을 찌르기도
하고, 자식을 방패삼아 잠자리를 거부하는 등 작품이 끝날 때까지 동침을
회피하면서 남편을 곤혹스럽게 만든다. 『옥원』에서는 이현영이 계속적
으로 잠자리를 거부하자 남편인 소세경이 "내 바야(흐로) 성장盛壯으로 양
기陽氣가 충상充上커늘 그대로 말미암아 울결鬱結하니 반드시 음양陰陽이 충
환衝患하여 명기明氣를 상해서 병나면 이는 실로 편작扁鵲도 못 고치리
라"[68]라고 말하는 등 남자의 신체구조의 특징을 거론하면서 동침을 청하
는 장면이 등장한다. 『완월』에서는 비록 『창란』·『옥원』에서처럼 부부
간의 잠자리 갈등은 보이지 않고 있으나 정인광이 빙부모와의 불화로 아
내 장성완과 잠자리를 하지 않자 식구들로부터 "병인病人"[69]이라는 핀잔
을 받기도 하고, 아내를 출거黜去시킨 뒤 수발 들 사람이 없기에[70] 가을이

---

68) 『옥원』 6권, 27면.

69) 『완월』 36권, 3책, 199~200면.

70) 물론 정인광은 정실인 장성완 외에도 첩인 소채강이 있다. 그러나 소채강은 장성완
   이 친정으로 돌아간 뒤 자신이 첩의 처지로 혼자 남아 남편을 수발드는 것은 예의에
   어긋난다 하면서 친정으로 돌아가게 된다. 이에 정인광에게 시중을 들 사람이 없게 되
   는 것이다.

와도 혼자 여름옷을 겹겹이 껴입고 있자, "아내를 내치고(…중략…) 공연히 환부鰥夫의 우수憂愁한 거동擧動을 이뤄 추기秋氣가 상냉爽泠하나 양의涼衣를 갈('갈아 입을') 길이 없으니 무죄無罪한 사람을 박대薄待함에 유해有害함이 제 몸에 돌아섰도다"71)라고 놀림을 당한다.

『옥원』에서 4년 동안이나 부인과 떨어져 살면서도 다른 여성을 가까이하지 않는 소세경의 모습은 비현실적인 인물설정이라는 지적대로,72) 이들 옹서갈등담에서는 남주인공들이 모두 극도의 단정한 인물로 그려짐으로써 여주인공의 동침 거부 장면은 더욱 통쾌함을 주게 된다. 이러한 상황들은 현실에서는 그다지 가능치 않으나 작품 속에서나마 이런 상황설정을 통해 여성들의 한을 발산하는 기제로서 작용했을 수 있다.73) 이처럼 옹서갈등담은 당대 여성의 한을 가장 잘 반영해내고 또 그것을 발산할 수 있는 장치까지도 함께 지니고 있는 단위담인 것이다.

그렇다면 이러한 구조는 과연 어떠한 기반 위에서 형성된 것일까? 대하소설의 주된 향유층이 여성이었음은 주지의 사실이듯, 과연 이 시대를 산 여성독자들은 소인형 장인이 등장하는 옹서갈등담을 어떠한 방식으로 읽었을까를 진지하게 고민해 볼 필요가 있다.

---

71) 『완월』 54권, 4책, 72면.

72) 정병설, 「『옥원재합기연』의 여성소설적 성격」, 『한국문화』 21, 서울대 한국문화연구소, 1998, 21면. 이는 『창란』·『옥원』·『완월』 세 작품만의 특징은 아니다. 옹서갈등담이 나오는 『명주기봉』의 경우에도 "친정아버지에 대한 남편의 태도 때문에 잠자리를 거부하는 (화)옥수의 행위는 당시의 실상에 비추어 당연히 받아들일 수 있는 행위는 아니"(송성욱, 「『명주기봉』에 나타난 규방에 대한 관심」, 『고전문학연구』 7, 한국고전문학연구회, 1992, 393면)라고 논한 바 있듯, 남주인공과 여주인공 사이의 이러한 잠자리 갈등은 남주인공이 극도로 단정한 인물로 형상화되고 있기에 가능한 일로 실제 현실과는 거리가 있다고 할 수 있다. 당대 사대부 남자들이 정실 이외에도 첩을 두거나 기생들과 어울려 노는 문화가 당연시되던 풍토 아래에서 한 여자만을 바라고 독거하면서 아내와 심각한 잠자리 갈등을 일으킨다는 것은 그리 개연성이 높지 않은 설정이다.

73) 물론 이런 상황들이 진지한 문제의식 없이 하나의 흥밋거리로서 작용하게 될 가능성도 적지 않다. 특히 부모에 대한 효의 문제가 회석화되고 남녀 간의 잠자리 갈등에만 초점이 맞추어질 경우 작품의 내용이 통속적인 방향으로 전개될 수도 있다. 이에 대해서는 3장 1절 '예법禮法의 일탈과 준수'에서 상론하기로 한다.

장인이 소인으로 사위가 군자로 대별되면서 친가가 극도로 왜소화되고 시가가 우위를 점하게 되는 구조는 일견 여성독자의 기대지평[74]에서 벗어나는 것일 수도 있다. 그럼에도 이들은 오히려 이러한 구조 속에서 현실에서의 자신의 처지를 투영시켜 재해석할 수 있는 기제들을 발견했으리라 생각된다.

이들 작품들이 창작된 18세기는 이미 혼인풍속이 서류부가혼에서 친영례로 바뀜에 따라 이전에 장인을 친부모 이상으로 대하던 관습은 사라지게 되었음은 앞서 살펴본 바 있다. 뿐만 아니라 이러한 시대적 추이와 더불어 18세기는 당쟁이 첨예화되는 시기이다. 시시각각으로 변하는 정국 속에서 사돈지간에도 실제로 사위와 장인이 반대당에 속한 경우가 있었을 정도로 혼란한 시기였다.

이처럼 자신의 남편과 부친이 붕당이 나뉘어 반목하기도 하는 당쟁의 소용돌이 속에서 친정부모가 국가로부터 벌을 받으면 남편에게 이혼당하는 것이 상례가 되었기에 여성들은 시가뿐만 아니라 친가와도 운명을 같이하는 입장에 놓이게 된다.[75] 특히 『인현왕후전』·『한중록』 등을 통

---

74) 기대지평Erwartungshorizont은 독자가 하나의 새로운 문학 작품을 대할 때 자기가 과거에 읽었던 다른 작품 또는 독자 자신의 체험이나 관점 등에 따라 새로운 작품이 대략 어떠하리라는 기대를 가지게 되는 것을 말한다(차봉희 편, 『수용미학』, 문학과지성사, 1985, 33~34면; 박찬기 외, 『수용미학』, 고려원, 1992, 28면 참조).

75) "근세에는 결혼한 후에 난역亂逆이 생기면 반드시 관가에 고하여 절혼絶婚을 하나 국법이 이런 것은 아닌데, 스스로 사리私利를 위하여 망령된 행동을 하는 것이다[近世婚姻家, 後有惡逆, 必告官而絶婚, 非國法 宜然自以私利妄行]"(이익, 『성호사설星湖僿說』 제14권 「절혼絶婚」 인사문人事門; 국역 『성호사설』(3판) 5, 민족문화추진위원회, 1982, 289~290면)라는 대목, "예조에서 회계하기를 '역가逆家의 친딸의 이혼은 비록 법 밖이라 하지만, 이미 전해 오는 관례가 되어 쉽사리 변경하거나 고칠 수 없습니다. 그러나 손녀의 이혼은 더욱 법 밖의 일입니다. 여성제呂聖齊의 집 일은 바로 모구검母丘儉 손녀의 일 같아 법 밖의 그릇된 관례를 그대로 둘 수 없습니다'"(숙종 38년 4월 2일, 『숙종실록』 51권)라는 대목, "원경렴元景濂은 이명언李明彦의 사위로서 이명언이 추탈을 당한 뒤에 이미 죽은 아내와 이혼하고 계처繼妻의 아버지로 전실前室 자식의 외조부를 삼았다"(영조 34년 2월 30일, 『영조실록』 91권)라는 대목 등에서 볼 수 있듯, 당대 친정이 역가가 되면 살아있는 아내를 내침은 물론 죽은 아내까지 내치고 심지어 그 손녀까지도 내치는 일이 있을 정도로 당대 사대부가 여성은 친정과 공동의 운명에 놓여 있었다.

해 볼 수 있듯, 상층일수록 여성과 친가의 친연성은 더욱 깊어진다.

그렇기에 사돈 간에 당파가 다르게 될 경우, 여성은 자기 집안에 대한 원죄의식을 지닌 채 시가에서 한스럽게 살아갈 수밖에 없게 된다. 실제 정치갈등에서는 선악善惡의 구별을 짓기 어려우나, 시가와 친가가 대립하는 경우 여성은 일단 시가에 들어가게 되면 친가로 인해 죄인으로 자처하며 살아갈 수밖에 없게 된다. 이런 여성의 입장을 반영해서 장인이 소인형 인물로 그려졌을 가능성을 충분히 생각해 볼 수 있다.

설혹 친정과 시가 사이에 정치적인 반목이 없다 하더라도 앞서 살펴본 것처럼 사위의 장인에 대한 폄시가 일반화된 상황 속에서 시가에서 살아가는 한스러움은 일상적인 것일 수 있다. 그 밖에도 친정 집안이 한미하다든지 하는 또 다른 이유로 여성들은 시가에서 죄스러운 심정으로 살아갈 수도 있다.

때문에 여성독자들은 소인배 혹은 간신의 전형인 친정아버지로 말미암아 친정에 대한 원죄의식으로 번뇌하는 여주인공에게 다분히 자신의 입장을 투영시킬 수 있었을 것이다. 정치적으로 양가兩家가 대립하는 경우가 적지 않았고, 장인을 경시하는 풍조가 만연했던 조선 후기의 시대적 배경 속에서 여성독자들은 친정에 대한 원죄의식으로 갈등하는 여주인공의 입장에 자신의 입장을 투영하여 자신들의 감정을 대리 표출했으리라 추정할 수 있다. 단순히 부친이 못나서 멸시를 받는 것이 아니라 부친이 별다른 결함이 없는데도 불구하고 남편에 의해 멸시를 당하는 처지에 놓인 여성들의 고뇌와 그에 대한 항변으로 이들 옹서갈등담은 다시 읽힐 수 있는 것이다.

즉 남성 중심의 가부장적 체재 아래 시가에서 살아야 하는 입장 때문에 친정에 대한 원죄의식을 지니고 살 수 밖에 없었던 당대 여성들의 한스러움을 반영할 수 있는 구조로서 이들 옹서갈등담은 의미를 지닐 수 있다. 친정이 열세에 놓이고 시가가 우위에 놓인 작품 구조는 당위적인 우열의 구조가 아니라 독자인 그들의 입장을 대변할 수 있는 구조로 변이됨으로써, 옹서갈등담은 시가에서 한스럽게 살아가야 하는 당대 여성들의 감정을 대변할 수 있는 기제로서의 의미를 지니는 것이다.

이처럼 『창란』·『옥원』·『완월』 세 작품에서는 친정과 시가의 반목 속에서 여성이 시가에서 살아가는 것이 얼마나 힘든 일인가를, 시댁식 구들에게 경시받는 소인형 부친 때문에 괴로워하는 여주인공의 모습에 빗대어 극명하게 형상화하고 있다 할 수 있다. 단지 부부간의 애정갈등 혹은 처첩간의 쟁총爭寵갈등만을 다루던 데서 벗어나 친정과 시댁간의 갈등이라는, 당대 여성들에게 상당히 중요했던 문제를 대하소설의 영역 안으로 끌어들이고 있는 것이다.

(2) 정치현실의 반영

가. 정치적 격변激變의 형상

『창란』·『옥원』·『완월』 세 작품에서는 남주인공 가문이 반대당파에 게 패한 뒤 실세實勢에서 밀려났다가 복귀하는 국면이 서사의 주요한 부 분을 차지하고 있다. 남주인공 가문의 정치적 몰락이 그 자체로 큰 비중 을 차지하면서 심도 있게 그려져 있는 것이다. 더욱이 이런 정치적 격변 과 관련해서 대하소설로서는 흔치 않게 가족 전체가 집을 떠나 이동하 거나 남주인공이 가문의 정치적 위기와 직간접적으로 관련하여 이곳저 곳을 떠도는 '유리流離 모티프'가 등장하기까지 한다. 비록 『완월』에서는 유리 모티브가 나오진 않지만 정치적 위기와 관련해서 가족 전체가 이 동하는 장면이 등장한다.

다른 대하소설에서도 남주인공 가문이 정치적 위기를 겪지 않는 것 은 아니다. 권간權奸의 패행悖行을 상소하다 혹은 악한 인물들의 모함에 빠져 남주인공의 부친이 귀양을 가는 경우가 종종 있다. 그런데 비록 이런 대목이 등장하긴 하지만 큰 비중을 차지하고 있지는 않다. 남주인 공 부친이 귀양을 가는 것은 정치적 위기 자체를 그리려는 의도보다는 가장의 부재不在를 틈 타 악처惡妻가 집안을 어지럽히거나 탕자蕩子형 인물이 여주인공을 모해하려는 사건을 그리기 위한 부수적인 장치로서 기능하는 경우가 대부분이다.

특히 17세기에 창작된 『사씨남정기』·『창선감의록』·『소현성록』 등의 장편소설에서는 이런 현상이 두드러지게 나타난다. 대외적 영역에서 일어나는 일들은 대부분 가문 안에서 일어나는 사건들을 야기하거나 심화시키기 위한 기제로서 작용한다. 이와는 달리 이들 세 작품에서는 정치적 갈등 그 자체가 주요한 국면으로 형상화되며 서사의 전면에 위치하고 있다. 이처럼 이들 작품은 여타의 대하장편에 비해 정치적 갈등을 밀도 있게 형상화하고 있다.

더욱이 그 정치적 몰락과 복귀의 편폭이 매우 큰 점은 이들 작품의 주요한 특징이라 할 수 있다. 영웅소설류에서나 볼 수 있는, 정치적 몰락과 복귀의 구도가 이들 작품에서 보이고 있는 것이다. 이들 작품에서의 정치갈등담은 일종의 '정치격변담'이라고도 명명할 수 있을 정도이다. 정치적 몰락과 복귀의 편폭이 큰 가운데 정치적 갈등이 그 자체로 의미를 지니면서 서사의 중심을 차지하고 있는 것이다.

그렇다면 이들 세 작품에서 이러한 특징이 나타나는 이유는 무엇이며, 또 그것은 어떠한 의미를 가지는가를 생각해 볼 필요가 있다. 서사적 긴장감을 증폭시키려는 흥미적 요소, 영웅소설과의 교류가능성, 시대 현실의 반영 등 여러 가지 방향에서의 접근이 가능할 수 있겠으나, 일단은 시대 현실의 반영 그 가운데서도 당대 정치현실의 반영을 생각해 볼 필요가 있다.

조선 후기 당쟁사를 살펴보면, 예송禮訟 논쟁을 계기로 당파 간의 '공존'의 시대에서 '공격'의 시대로 바뀌게 된다. 예송 논쟁 이전에는 대량 살육과 같은 정치 보복은 없었다.76) 예송 논쟁 이후에는 이런 기본적인

---

76) 인조반정으로 집권한 서인들이 북인들을 대거 살육한 적은 있었지만 이는 쿠데타 정권의 특성상 어쩔 수 없는 것이었고, 이때도 서인들은 동인의 한 갈래인 남인 이원

공존의 틀은 완전히 붕괴된다. 자당自黨의 권력과 상대당의 허점을 이용해 서로를 죽이는 파행적인 길을 걷게 된다.

이렇듯 17세기 말엽부터 상대당파를 살육하는 시대로 접어들게 되고 18세기에 들어서면 상대당에 대한 가혹한 공격은 더욱 증폭된다. 붕당 간의 공존체제가 무너지고 상대당을 서로 소인당으로 인식하는 일당전제적 정국운영의 형태가 일반화되는 것이다. 당파 간에 엎치락뒤치락하는 가운데 쉴 새 없이 정국이 뒤바뀌고, 자기당이 살기 위해서는 상대당을 죽이지 않을 수 없는 피비린내 나는 격변의 시대로 접어들게 되었음은 주지의 사실이다.[77]

이들 작품이 창작되었을 18세기는, 이처럼 끊임없는 정치적 격변의 시기였기에 대부분의 가문이 당쟁의 폐해를 한두 번은 입지 않을 수 없는 상황이고 비록 용케 이러한 위기를 비껴갈 수 있다 하더라도 그들의 의식 속에서는 언제 이런 정치적 격변에 휘말릴지 모른다는 불안감이 내재해 있던 시기이다. 따라서 정치적 위기를 겪으며 가족이 이산한 채 홀로 유리하는 상황은 단지 하층민의 궁핍한 체험의 반영만이 아니라 상층의 체험 속에 존재하는 혹은 의식 속에 잠재된 현실의 반영일 수도 있는 것이다.

이런 정황을 통해 볼 때, 세 작품에서 드러나는 정치적 격변의 형상화는 이런 시대 현실과 무관하다 할 수 없을 것이다. 비록 정치적 갈등을 형상화면서도 표면적인 것일 뿐 주로 가문 내적 갈등에 치중하면서 상층으로서 안존하는 모습만을 그려내는 다른 많은 작품과는 달리, 이들 작품에서는 당대 정치적 격변을 심층적으로 반영하고 있는 것이라 할 수 있다. 물론 『완월』에서는 『창란』・『옥원』에 비해 정치적 위기의 정도가 약하나, 『완월』 또한 대하소설로서는 흔치 않게 남주인공의 숙부가 상소를 하다 사사賜死당하는 장면이 등장하기까지 한다.[78]

익에게 영상 자리를 양보하는 등 남인들과 공존을 추구했다.
77) 이건창, 이민수 역, 『당의통략黨議通略』, 을유문화사, 1972 참조.

이렇듯, 당대 정치현실과 관련 깊은 정치적 격변의 형상화는 이들 세 작품의 주요한 특징이라 할 수 있다. 이들 작품은 시대현실을 긴밀하게 반영함으로써 18세기 대하소설에서 정치적 갈등을 형상하는 데 이전과는 다른 질적인 변화를 꾀하고 있다 할 수 있다.[79]

나. 대립과 화해의 구도

세 작품에서 당대 정치현실을 긴밀하게 반영하고 있는 점은 옹서간의 정치적 갈등을 통해서도 볼 수 있다. 대부분의 작품에서 간신과 충신이 확연히 양분兩分되어 대립하는 것과는 달리, 이들 작품에서는 원래는 같은 정치집단이었던 옹서간이 이후 정치적 격변 속에서 다른 정치집단으로 갈림으로써 갈등이 복잡하게 펼쳐진다. 이러한 양상은 서사문학 전체에서도 그리고 대하소설 안에서도 이 세 작품의 옹서갈등담에서만 나타난다.

기실 옹서갈등담은 조선 후기 소설 가운데는 대하소설에서만 유일하게 나타나고 있다. 전기소설, 판소리계 소설, 단편의 영웅소설 등에서는 옹서갈등에 관한 내용이 존재하지 않는다. 단편의 영웅소설의 경우 남주인공과 처가식구들과의 갈등이 나타나긴 하나, 이는 고서姑壻갈등일 뿐 옹서翁壻갈등과는 거리가 멀다. 『소대성전』 등에서 볼 수 있듯, 장인은 지인지감知人之鑑에 의해 떠돌아다니는 남주인공을 사위로 맞이하나 장모는

---

78) 대하소설에서 남주인공 가문구성원의 죽음은 대부분 자연적인 죽음과 관련되며 그 밖의 경우에도 나라에 충성을 다하다 죽는 경우로 나타난다. 『쌍천기봉』의 이한성은 외적을 무찌르다 전사하고, 『양현문직절기』의 양관은 피를 내어 임금을 구하려다 죽게 된다. 『완월』에서처럼 남주인공 가문구성원 가운데 정치적 위기에 휩싸여 죽임을 당하는 경우는 거의 드물다.

79) 물론 이런 질적인 변화의 국면 속에는 분화의 가능성까지도 내재되어 있다. 영웅소설에서나 볼 수 있는 남주인공의 유리 모티프가 등장하고 있는 점은 이들 작품들을 전일하게 상층 벌열의 세계관을 형상화한 것으로만은 볼 수 없게 만든다. 또 다른 작품들에 비해 정치적 사건의 형상화가 심화되긴 하지만 이들 작품 가운데는 이런 정치적 갈등의 형상화 수준이 떨어지는 작품이 존재하기도 한다. 이에 대해서는 4장에서 상세히 다루기로 한다.

사위의 빈천함을 꺼려 이후 사위와 장모 사이에 갈등이 벌어지게 된다.

간혹 한국의 구비설화 혹은 중국의 명청明淸소설 등에는 옹서갈등에 관한 내용이 존재한다. 하지만 이들은 대하소설의 옹서갈등담과는 상당한 차이를 보인다. 우선 구비설화에서 옹서갈등에 관한 각 편들을 보면, 그 내용은 주로 가난한 사위를 박대하는 장인을 사위가 속여서 부자가 되는 양상으로 전개된다. 그중 『창란』·『옥원』·『완월』과 흡사한 도입부를 지닌 「사위를 미워하는 장인과 이에 맞서는 사위」[80)]의 예를 들어 보면 다음과 같다.

① 정승 되는 사람이 판서 되는 사람의 뛰어남을 보고 그와 사돈 맺고자 마음먹는다.
② 정승 부인은 딸을 낳고, 판서 부인은 아들을 낳자 서로 혼약婚約한다.
③ 판서가 죽자 정승은 혼약을 파기할 생각을 갖는다.
④ 판서의 처남의 주선으로 판서의 아들과 정승의 딸이 간신히 혼인한다.
⑤ 정승은 가난한 사위를 계속해서 박대한다.
⑥ 사위는 아내와 함께 장인을 속여 평양 감사 자리를 얻는다.
⑦ 정승이 자신의 세 아들을 보내 사위를 잡아오게 한다.
⑧ 사위의 속임수에 정승의 세 아들은 허탕치고 돌아온다.

도입부에서 장인과 사위 가문 간의 배경설정이 『창란』·『옥원』·『완월』과 흡사하다.[81)] 그런데 이러한 유사한 상황 설정에도 불구하고 이후에 전개되는 내용에서 옹서간의 정치적 갈등은 전혀 보이지 않는다. 단지 사위가 장인을 속여 재물을 얻고 종국에는 벼슬자리까지 얻는 양상이 펼쳐진다. 물론 벼슬자리를 얻는 것 또한 단순히 사위가 부귀해지기

---

80) 임재해, 『한국구비문학대계』 7-9, 한국정신문화연구원, 1982, 427~437면.

81) 물론 『창란』 등에서는 남주인공 부친이 죽지 않고 정치적 위기에 처하는 것과는 달리 위 설화에서는 남주인공 부친이 죽는 것으로 설정되어 있지만, 남주인공 부친의 세력이 꺾이자 이에 따라 여주인공의 부친이 남주인공 가문을 배신하려 하는 상황이 펼쳐진다는 점에서 닮아 있다고 할 수 있다.

위한 수단으로서 등장할 뿐, 장인과의 정치적 대립은 보이지 않는다. 경
제적 갈등을 바탕으로 한, 가정 내적 갈등에서 그치고 있다.82)

　명청소설의 경우도 살펴보면 이와 마찬가지다. 명청소설의 경우 주
로 단편소설에서 이러한 옹서갈등이 등장하고 있는데, 명대의『삼언三
言』의「둔수재일조교태鈍秀才一朝交泰」83)를 보면, 옹서간의 갈등이 아니라
처남과 매부 간의 갈등을 다루긴 하지만, 처갓집의 구성원과 사위와의
갈등을 다룬다는 점에서 넓게 보면『창란』등과 흡사하다. 명 영종대를
배경으로 하여 남주인공 마덕칭馬德稱의 부친 마임馬任이 왕진의 패정을
참소하다 집안이 몰락하게 되는 점, 여주인공의 오라비 황승黃勝이 몰락
한 남주인공과의 혼약을 파기하는 점, 여주인공 황육영黃六娛이 끝까지
남주인공에 대해 정절을 지키는 점, 이후 남주인공이 장원급제하여 영
화를 회복하는 점, 여주인공의 오라비 황승이 창질瘡疾을 앓게 되는 점
등이『창란』·『옥원』·『완월』등과 흡사하다. 특히 명 영종대의 친정파
와 반친정파의 대립 속에서 반친정파인 남주인공 부친이 정치적 위기
를 겪는 양상은『창란』·『완월』과 매우 흡사하다.

　그런데 도입부에서의 이러한 정치적 대립은 단지 배경으로서만 존재
할 뿐 이후에는 정치갈등이 나오지 않는다. 부친 마임이 당파싸움에서
패하여 죽은 뒤 십여 년간 이곳저곳을 떠돌며 궁핍한 생활을 하던 마덕
칭은 이후 여주인공의 도움을 입고 재기하여 출세하게 된다. 황승은 마
덕칭을 배신하고 홀로 승승장구하나 여색을 밝히다 매독에 걸려 죽게
된다. 이러한 내용이 주가 될 뿐, 처남과 매부 사이의 정치적 갈등은 등
장하지 않는다. 이러한 양상은 청대소설인「궁몽필宮夢弼」,84)「장정長
亭」85)에서도 마찬가지이다.86)

---

82) "글 때쯤은 머 어는 게 어는 시절인지 모르나"(임재해, 앞의 책, 427면)라는 대목을
　통해 볼 때 시대적 배경 또한 명확히 제시되어 있지 않다.
83) 이 글은『금고기관今古奇觀』22권에 재수록되었으며, 낙선재본「둔슈재일됴교태」로
　번역되기도 하였다.
84)『요재지이聊齋志異』6권.

이처럼 한국의 구비설화, 혹은 중국의 명청소설은 옹서갈등을 그리면서도 정치적 사건은 배경으로서만 등장하거나 아예 그러한 배경조차 형상화되지 않는다. 이를 통해 볼 때 정치적 갈등과 옹서간의 갈등이 긴밀히 맞물려 있는 것은 조선 후기 대하소설에서의 주요한 특징이라 할 수 있다.[87]

이러한 양상은 입에서 입으로 전해지는 구비설화의 경우에는 복잡한 정치적 갈등을 형성화하는 데 그리 유리하지 않기에, 명청의 백화소설의 경우에는 작가층이 중간층일 뿐만 아니라, 『삼언三言』·『요재지이聊齋志異』 등에 실린 단편서사는 일반대중의 감각적 욕구를 채워주는 통속성을 위주로 하기에[88] 복잡한 정치적 갈등은 삭제되고 경제적 수준에서

---

85) 『요재지이』 10권.

86) 「궁몽필」은 남주인공 가문의 몰락으로 인한 장인의 배신, 여주인공의 정절 수호, 남주인공의 재기再起와 장인의 사죄 등을 주요내용으로 하고 있는데, 이는 『창란』·『옥원』·『완월』과 흡사하다. 그런데 정치적 갈등은 전혀 형상화되지 않고 있다. 부유했던 남주인공 집안이 가난해지자 남주인공과의 혼약을 파기하고 딸을 부잣집에 시집보내려 했던 여주인공의 부친이 이후에 남주인공이 가산家産을 회복하자 사죄를 하는 내용으로 전개되고 있다.
「장정」에서도 장인과 사위가 원천적으로 미워할 수밖에 없는 사연을 여우인 장인과 도술가인 사위와의 관계를 통해 형상화하고 있다. 사위인 석태박이 여우 장인의 집안에서 귀신을 쫓아준 대가로 그 딸인 장정을 아내로 얻게 되었으나 장인은 사위가 자신의 집안에서 빨리 귀신을 내쫓기보다는 귀신과 공모하여 자신의 딸을 아내로 맞이하려 했던 사실을 알고는 그를 죽이려 한다. 이로 말미암아 옹서간의 갈등이 발단하게 된다. 이후 사위가 장인을 위기에서 구해낼 기회가 있어 옹서간의 화해가 이루어질 수 있었는데도 사위가 빨리 장인을 구해주지 않고 장난을 치게 된다. 이에 따라 옹서간의 화해가 이루어지지 않는다. 장인을 여우로 형상화하여 변덕스런 성격을 효과적으로 그리고 있는 점, 장인이 사위를 죽이려 하고 이 때문에 사위가 장인과 불화不和하게 되는 점, 그 사이에서 아내이자 딸인 장정이 방황하는 양상들을 섬세하게 형상화하고 있는 점 등은 『창란』·『옥원』·『완월』에서 옹서간의 갈등 그리고 부부간의 갈등과 흡사하다. 그런데 이런 갈등이 순전히 가정 내적 갈등으로만 그치고 정치적 갈등 등의 가정 외적 갈등은 전혀 드러나지 않는다.

87) 물론 대하소설의 옹서갈등담 중에는 앞서 살펴보았듯 정치적 갈등이 드러나지 않는 경우도 있다. 그러나 한두 경우를 제외하고는 대부분 옹서간의 정치적 갈등이 펼쳐지게 된다.

88) 명청의 백화소설은 글쓰기를 상품화하는 문학적 중간층에 의해서 창작된 것으로 밝혀졌다. 그런데 이러한 중간층에 의한 소설창작도 두 개의 흐름으로 나타난다. "통속

의 갈등으로만 형상화된 것이라 추정할 수 있다.

이와는 달리 주로 상층에서 향유한 대하소설의 경우에는 작가가 복잡한 정치갈등을 형상화할 수 있을 뿐만 아니라 독자층에서도 이를 수용할 수 있는 역량을 지니고 있기에 그 수준에 맞게 복잡한 정치갈등을 옹서갈등과 긴밀히 관련시켜 형상화할 수 있는 것이라 볼 수 있다.

그런데 『창란』·『옥원』·『완월』은 정치적 갈등을 형상화함에 있어 대하소설의 옹서갈등담 안에서도 독특한 위치를 점하고 있다. 앞서 논한 바 있듯, 세 작품은 군자형 사위와 소인형 장인과의 갈등을 다루고 있으며 그 가운데서도 장인이 '적대정치세력의 하수인'에 속함으로써 정치적 갈등이 첨예하게 벌어지나 결국은 화해하는 구도로 이루어진다.

비록 장인이 사위 가문과 정치적으로 대립하긴 하지만 장인이 사위 가문의 적대정치세력의 하수인이라는 교묘한 위치로 인해 결국은 사위 가문에서 장인을 용서하고 받아들이게 된다. 장인이 전적으로 사위 가문을 모해하려 한 것이 아니라 권간權奸의 세력을 두려워해 어쩔 수 없이 사위 가문을 배신할 수밖에 없었다는 논리가 통할 수 있는 것이다. 이는 『명주기봉』에서 옹서간의 갈등을 그리면서도 장인이 '단순소인형'이기에 사위 가문과의 정치적 대립을 아예 그릴 수 없거나, 『양현문직절기』에서 옹서간의 정치적 갈등을 그리면서도 장인이 사위 가문의 '적대정치세력의 주동자'이기에 끝까지 옹서간의 화해가 이루어지지 않는 점과 차별된다. 『창란』·『옥원』·『완월』 세 작품에서는 장인을 사위 가문의 적대정치세력의 하수인으로 설정한 까닭에 이들 사이에 화해가

적이라고 불러도 무방할, 그야말로 대중 독자의 감각적 욕구를 채워줄 수 있는 단편서사의 시장이 있었고, 다른 한편으로는 날카로운 의식을 지니고 있으면서 독자에게 그것을 따라오라고 권유하는 '사대기서'를 중심으로 하는 장편서사의 시장이 있었다.''(서경호, 『중국 문학의 발생과 그 문화의 궤적』, 문학과지성사, 2003, 597~707면) 특히 「궁몽필」, 「장정」 등의 단편서사는 일반적인 대중의 통속적 성향에 부합하는 측면이 더욱 강하였다. 그렇기에 옹서갈등을 형상화하는 데 복잡한 정치적 갈등을 개입시키지 않고 단순한 인정세태의 표출에서 그친 것이라 짐작할 수 있다.

이루어질 수 있는 고도의 장치를 마련하고 있는 것이다.

옹서간의 이러한 정치적 대립과 화해의 구도는 당대 정치현실과 관련해서 중요한 의미를 지닐 수 있다. 18세기 정치적 국면에서 실제로 옹서간에도 정치적 대립이 있었던 경우를 종종 볼 수 있듯,[89] 아주 가까웠던 사이도 정국이 뒤바뀌면 어느새 정적政敵으로 변하는 예가 허다했다. 한편 이러한 당파 간의 분쟁을 최소화하기 위해 붕당의 차이를 뛰어넘어 대국적으로 화합해야 하는 탕평론蕩平論이 부각되는 시기이기도 했다. 이 세 작품에서는 이러한 시대적 현실을 반영해서 당대 정치적 격변의 소용돌이 속에서 일어날 수 있는 다양한 형국들을 적절하게 포착해내고 있고, 탕평에 대한 의식까지도 담아내고 것이다.

선행연구에서도 "『옥원재합기연』에서 충신과 간신이 정치적으로 대립은 하지만 이미 사돈지간을 맺고 있으며, 결국은 온전한 사돈의 관계를 지향하고 있다는 점에서 질적인 차이를 보인다.(…중략…) 충신과 간신의 단선적 대립을 형상화했던 17세기 소설과 비교한다면 보다 심화된 정치의식의 결과라 할 수 있겠다"[90]라고 평가하였고, 실제로 이러한 국면을 조선 후기 정치현실과 관련시켜 『완월』에서는 파붕당의 탕평적 정치관을, 『옥원』에서는 개혁동조적 정치관을 반영하고 있음을 논한 바 있다.[91]

요컨대, 가족 이산과 유리 모티프까지 도입한 정치적 위기 국면의 심화, 옹서간의 정치적 갈등과 화해 등 고도의 장치를 통해 세 작품은 정치적 갈등을 심도 있게 그려내고 있다. 이를 통해 당대의 정치현실을 보다 구체적으로 반영하고 있다. 이러한 특징들을 통해 이들 작품들은

---

89) 이런 현상은 비단 18세기 뿐만 아니라 17세기 후반부터 나타난다. 대표적인 예로 남인 윤휴(尹鑴, 1617~1680)와 서인 송시열(宋時烈, 1607~1689)이 서로 숙적이면서도 사돈이었던 점을 들 수 있다.

90) 송성욱, 「18세기 장편소설의 전형적 성격」, 『한국문학연구』 4, 고려대 민족문화연구원 한국문화연구소, 2003a, 15~17면.

91) 정병설, 「조선 후기 정치현실과 장편소설에 나타난 소인의 형상-『완월회맹연』과 『옥원재합기연』」을 중심으로」, 『국문학연구』 4, 국문학회, 2000, 231~259면.

정치적 갈등을 형상화하는 국면에서 이전의 17세기 소설과는 질적으로 상당한 차이를 보이고 있는 것이다.

2) 기법상의 세련

(1) 가문 내적 영역과 가문 외적 영역의 통합

대하소설에 등장하는 대부분의 사건들은 가문 내적 영역과 가문 외적 영역이 확연히 구분되어 있다. 그 가운데서도 가문 안의 일을 주로 다루면서 사적 공간이 확장되어 있으며 가문 밖의 일들은 크게 부각되지 않는다. 조정朝廷 혹은 전장戰場에서의 일이 등장하긴 하지만 큰 비중을 차지하지 않고 있는 것이다. 부친이 출정出征하거나 귀양을 가는 것은 정치적 위기 자체를 그리려는 의도보다는 가장의 부재不在를 틈타 악처惡妻가 집안을 어지럽히거나 탕자형蕩子型 인물들이 여주인공을 모해하려는 사건을 그리기 위한 부수적인 장치로서 기능한다. 그렇다고 해서 이러한 가문 외적 공간에서의 일들이 가문 내적 공간에서의 일들과 아주 긴밀히 관련되어 있는 것은 아니다. 이 두 공간은 서로 소통되지 않은 채 별개의 영역으로서 존재하게 된다. 반면 단편의 영웅소설은 주로 가문 외적 영역 즉 공적 영역이 확대되어 있는 가운데 사적 영역에서의 일들은 그다지 중요하게 부각되지 않는 경우가 대부분이다.

그런데 『창란』·『옥원』·『완월』의 옹서갈등담에서는 사위와 장인이 정치적으로 대립하는 구도를 통해서 가문 외적 영역이 가문 내적 영역과 긴밀히 관련되는 가운데 이 둘이 통합되는 양상을 보이고 있다. 사위와 장인의 정치적인 대립은 다시 가문 안에서의 갈등으로까지 불거지고, 이러한 가문 안에서의 옹서갈등이 다시 사위와 장인의 정치적 갈등을 일으키는 계기가 되기도 한다. 또 이러한 옹서간의 갈등은 다시 부부간의 갈등으로까지 연계되는 가운데 가문 외적 갈등과 가문 내적 갈등이 긴밀하게 맞물리게 된다.

일례로 『옥원』을 보면 장인인 이원외가 구법당파인 사위 가문이 정치적 위기에 처하자 배신하고 신법당에 빌붙어 사위 가문을 모해하려 한다. 이후 사위 가문이 복귀하자 이원외는 사위인 소세경에게 잘못을 빈다. 그러나 소세경은 자신을 부친을 해치려 했던 장인을 용서할 수 없기에 이원외를 장인으로서 대접하지 않게 된다. 이에 불만을 품은 이원외는 다시 소송과 소세경을 모해하려는 계략을 꾸미게 된다. 한편 비록 소인이지만 자신의 부친을 부친으로서 인정하지 않을 수 없는 이현영은, 자신의 부친을 장인으로서 인정하지 않으려는 남편과 심한 갈등을 일으키게 된다.

이처럼 사적인 영역에서 긴밀한 관계를 유지하는 옹서翁壻가 공적인 영역인 정치적 장에서 대립하는, 고도의 구도적 장치를 통해 가문 안에서의 사건과 가문 밖에서의 사건이 따로따로 전개되는 것이 아니라 하나의 연계고리 안에서 다루어지고 있다. 이는 기법적인 차원에서 상당한 진전을 이루었을 뿐만 아니라 갈등과 갈등 간의 유기적 관련성을 공고히 한다는 점에서도 높이 평가할 만한 부분이라 할 수 있다.

가문 내적 갈등을 야기하기 위해 남주인공의 부친 혹은 남주인공을 가문 내적 영역에서 갑자기 가문 외적 영역으로 제거해버리는 등의 작위적인 구도가 아니라, 가문 외적 갈등이 가문 내적 갈등과 긴밀히 상응하는 구도를 통해 두 영역의 통합을 꾀하고 있는 것이라 할 수 있다.

(2) 이분법적 구도의 탈피

『창란』·『옥원』·『완월』 세 작품에서는 소인형 인물이 등장한다. 『창란』의 한제, 『옥원』의 이원외, 『완월』이 장헌이 바로 이에 해당한다. 이들은 철저한 악인도 철저한 선인도 아닌, 악인인 듯하지만 때론 일말의 양심을 지닌 인물로 그려져 있다. 자신의 절친한 친구이자 미래의 사돈이 정적政敵에 의해 위기에 처했는데도 혹여 자신에게 해가 미칠까 모른 체 하다가도 남들 몰래 친구를 찾아가 자신의 안타까운 마음을 고백하는 모습에서 볼 수 있듯, 이들은 악인으로도 선인으로도 규정할 수 없다.

이러한 인물형은 시대를 막론하고 가장 보편적인 인물형일 수 있다. 세상에는 철저한 악인 혹은 완벽한 선인이 존재하기보다는 선과 악의 중간에서 방황하는 인물이 대부분이기 때문이다. 그런데 이전의 소설들에서는 이런 소인형 인물이 흔치 않았는데, 『창란』·『옥원』·『완월』 등에서 본격적으로 등장하고 있다는 점에서 주목할 만하다.

이를 위해 먼저 이들이 어떻게 형상화되고 있는지 또 작품에서 이들에 대한 평가는 어떠한지를 살펴보기로 한다. 소인형 장인의 인물형상화를 보면, 우선 이들은 신의나 의리보다는 자기의 안위와 부귀만을 꿈꾸는 인물이다. 매우 기회주의적인 인물로 형상화되어 있으며, 그 어떤 정신적인 가치보다도 물질적인 가치를 우선시하게 된다. 절친한 친구가 죽을 위기에 처했어도 구해주기는커녕, 친구의 자식을 바쳐 권세를 사려 하는 등 자신의 안위와 부귀를 최고의 가치로 생각한다.

일례로 『창란』의 한제의 경우를 보면, "빈천貧賤한 이면 설사 친척고구親戚故舊라도 월越이 초인楚人 보듯 하시고 부귀富貴한 이는 비록 혐의嫌疑와 원망怨望이 있어도 폐廢치 아니시니 소자小子는 간담肝膽이 바아질 듯 싶으니다"92)라고 그 아들이 간하는 말에도, "사람이 한번 죽으면 일신一身이 한 줌 흙이 되나니 후세後世 시비是非 계관係關('관계') 없고 더욱 요사이는 세속世俗이 다 그러하니 전도顚倒히 나의 허물을 뉘 이르리오?"93)라고 냉소한다. 즉 물질적·현실적 가치에 경도되어 있는 인물이다.94) 그

---

92) 『창란』 4권, 306면.
93) 『창란』 4권, 306~307면.
94) 소인형 인물의 특징에 대해서는 정병설, 앞의 글, 2000, 231~262면에서 자세히 논한 바 있다.

렇기에 그 주변 인물 대부분이 이런 비굴한 인물을 대면할 가치도 없다고 보고, 서술자도 이들을 각각 '한노虜', '니추醜' '장축畜' 등으로 폄하하여 부르기도 한다.

그럼에도 이들은 전적으로 부정적인 인물로 그려져 있지 않다. 등장인물의 말을 통해 혹은 서술자의 서술을 통해서 이들에 대한 긍정적인 언술들을 볼 수 있다.

① "그 성품性稟을 익히 아느니 본대 준준무지蠢蠢無知하나 그 말인즉 진정소발眞情所發이니"

—『창란』 1권, 14면

② "노부(소송)는 우리 형(장헌)의 본의本意를 비쵀나니 충근허후忠謹虛厚하여 장자長者의 풍風이 부족不足지 아니하되 다만 중이부중重而不重하여 다겁多怯함이 과인過人한 고로 형세形勢가 위급危急하니 문호門戶를 돌아보고 몸을 아껴 마지못한 일이니"

—『옥원』 4권, 411면

③ 왕진王振에게 이를까 두려워 능히 울음을 나는 대로 못하여 부인여자夫人女子의 가는 소리 같이 미약微弱히 우는 가운데 소일素— 단심丹心이 정情은 깊고 은혜恩惠는 두터운지라 자연自然 흐르는 안수眼水를 금禁치 못하여

—『완월』 9권, 1책, 293면

①은 『창란』에서 장두가 귀양 가는 날 밤 몰래 미복微服으로 찾아온 한제의 비굴함을 보고 신후가 장두에게 어떻게 저런 비굴한 인간을 비위 좋게 대면할 수 있냐고 하자, 장두가 한제의 말은 '진정소발眞情所發'이라면서 한제를 변호하는 부분이고, ②는 『옥원』에서 자신의 아들 소세경이 장인 이원외의 추비함을 꺼려 그를 잘 대접하지 않자, 소송이 이원외가 어느 정도의 인품이 있는 인물임을 말해주는 부분이며, ③은 『완월』에서 장헌이 면사兔死한 정흠의 빈소에 밤에 몰래 와서 비록 왕진

을 두려워하여 크게 울지는 못하지만 본래 정이 깊고 받은 은혜가 있기에 눈물을 흘리게 되는 장면을 서술자가 형상화한 부분이다.

등장인물과 서술자의 언술을 통해서, 이들 인물에 대한 긍정적인 시선을 포착해 낼 수 있다. 작가는 이들을 무조건적인 악인이 아닌 어느 정도의 양심은 지닌 인물로 그려내고 있다. 그들의 진정眞情을 어느 정도는 인정해 주고 있는 것이다. 비록 태반이 이들에 대해 부정적인 시각이지만 드문드문 드러나는 이러한 긍정적인 시각들은 중요하다. 이들을 경시하고 비판받아야 할 인물로 형상화하고 있으면서도 완전히 부정하지 않고 있는 것이다. 이처럼 이들 세 작품에서는 단순한 악인도 단순한 선인도 아닌 '중간형 인물'을 창출해 냄으로써 이분법적 구도에서 벗어나고 있다.95)

이는 인물들 간의 갈등양상에서도 마찬가지이다. 『창란』·『옥원』·『완월』 세 작품에서 주요 인물들은 심각한 고민의 상황에 처하게 된다. 특히 남주인공의 경우 자기 부친을 해치려 했던 장인이기에 자식된 자의 도리로서 장인을 용서할 수도 없고, 그렇다고 장인을 용서하지 않으려니 부친에게 심려를 끼쳐 도리어 불효가 된다.96) 이처럼 복잡다단한 상황에 처하게 됨으로써 선악의 이분법적인 구도에서 상당히 벗어나 있다. 또 대부분의 작품에서 흔히 볼 수 없는, 사돈 가문 간의 정치적 갈등을 그림으로써 정치갈등의 복잡한 국면을 핍진하게 그려내고 있는 점 또한 기법상의 세련과도 관련된다. 옹서간의 정치적 갈등을 형상화함으

---

95) 정병설, 앞의 책, 1998, 152~153면에서 소인형 장인이 선악의 중간에 위치하는 인물임을 논한 바 있다. 『한서漢書』의 「고금인표古今人表」에서 "가히 더불어 선을 행할 만하고 가히 더불어 악을 행할 만한 인물을 중인이라고 한다[可與爲善, 可與爲惡, 是謂中人]"는 대목에 근거하여 소인형 장인을 '중인中人'이라고 볼 수 있다고 하였다. 그러나 중인이라는 개념은 신분상의 개념으로 많이 쓰이는 용어이기에 부득이 '소인형 인물'이라고 규정한다고 하였다. 이지하, 앞의 글, 2001, 59~66면에서 소인형 장인을 통해 볼 때 『옥원』이 상대적인 선악관을 지니고 있음을 논한 바 있다.

96) 이에 대해서는 이지하, 앞의 글, 2001; 송성욱, 앞의 글, 2001a; 송성욱, 앞의 글, 2003a에서 논한 바 있다.

로써 간신과 충신으로 양분되는 이분법적 구도에서 벗어나 있다.

　이처럼 『창란』·『옥원』·『완월』의 옹서갈등담은 소인형 인물의 창출, 이념 간의 상충, 옹서간의 정치적 갈등이라는 다양한 갈등양상을 통해 작품의 의미를 심화시킬 뿐만 아니라, 기법상으로도 도식적인 이분법적 구도의 틀을 깨는 데 기여하고 있다.

제3장 가문 내적 갈등과 윤리의식

『창란』·『옥원』·『완월』은 앞서 살펴본 것처럼 큰 시야로 보았을 때는 공통되는 부분들이 적지 않다. 그러나 미시적으로는 많은 차이를 지닌다. 이러한 차이를 면밀하게 살펴보기 위해서는 가문 안팎의 사건들을 두루 검토할 필요가 있다. 가문 내적 갈등과 가문 외적 갈등을 모두 검토해야 하는 것이다. 이 장에서는 먼저 가문 내적 갈등을 중심으로 세 작품의 윤리의식의 차이를 본격적으로 조명하기로 한다. 이를 위해 크게 예법에 관한 문제, 일상과 이념의 문제, 개인과 가문의 문제 세 가지 측면으로 나누어 살펴보기로 한다.

1. 예법禮法의 일탈과 준수

갈등양상의 미세한 차이점들을 면밀하게 대비해 보았을 때, 세 작품은 기본적인 예의격식에서 상당한 차이를 보인다. 그중에서도 남녀 간의 예법禮法에서 큰 차이를 드러낸다. 먼저 결혼 전의 양상을 보면, 정치적 위기 혹은 가문 내적 갈등으로 인해 여장女裝한 채 여기저기 떠돌던 남주인공이 여주인공의 집안으로 들어가게 되는 대목이 세 작품에서 공통으로 나온다. 『창란』·『옥원』에서는 남주인공이 여주인공의 시비侍婢가 되어, 『완월』에서는 남주인공이 여주인공 부친의 첩妾이 되어 남녀 주인공이 같은 공간에서 살아가게 된다. 이는 매우 난처하고 비일상적인 국면으로 이러한 부분을 통해 세 작품의 예법 수준을 가늠해 볼 수 있다.

다음으로 결혼 후의 양상을 보면, 옹서갈등담에서는 여타의 부부갈등담에 비해 부부간의 갈등이 훨씬 더 첨예하면서도 지속적인 양상을 보인다. 부부 당사자 간의 문제 혹은 제삼자의 개입으로 인한 갈등은 부부간의 오해가 풀리면서 혹은 제삼자의 모략이 드러나면서 비교적 쉽게 풀리는데 반해, 옹서갈등담에서는 각자의 부모에 대한 효孝의 문제를 놓고 부부가 대립하기에 다른 부부갈등담에 비해 그 갈등이 훨씬 더 치열하게 전개되는 것이다.

특히 주로 부부간의 잠자리 갈등이 예각화되어 전개된다. 아내의 입장에서는 자기 부모를 무시한 채 자신과 잠자리를 가지려는 남편을 꺼리게 되고, 남편은 소인형 장인 때문에 아내를 멀리하려 하지만 성장盛壯한 남자로서 아내를 두고 환거鰥居할 수도 없는 노릇이고 아내와 화합하라는 부친의 명령도 있기에 잠자리를 강행하려 함으로써 갈등이 빚어진다. 이러한 갈등이 단지 한두 차례의 마찰로 끝나는 것이 아니라 지속적인 대립 관계를 보임으로써 부부간의 갈등이 첨예하게 드러난다.

그런데 이러한 첨예한 갈등양상은 단지 남녀 간의 몸싸움하는 등의 흥미적 요소에 중점을 둘 것인지 혹은 그 와중에도 예의격식을 준수하는 측면에 강조를 둘 것인지에 따라 상당한 편차를 보일 수 있다. 이러한 문제적 국면들을 중심으로 세 작품에서의 예법 준수 정도를 구체적으로 검토하기로 한다.

1) 일탈과 오락성

『창란』에서 남녀 주인공의 예법 준수에 관한 부분을 살펴보기 위해서는 먼저 남녀 주인공의 인물형상에 대해 살펴볼 필요가 있다. 『창란』에서는 남녀 주인공이 빼어난 인물로 형상화되어 있음에도 불구하고 다음과 같은 결함을 지니고 있다.

남주인공 장희는 작품 내의 다른 인물들에 비해서는 뛰어난 인물로 그려지고 있으나, 그럼에도 불구하고 장인의 죄를 용서한다고 했다가 다시 장인을 욕하기도 하고, 아내 앞에서 장인의 잘못을 낱낱이 말하여 아내로 하여금 토혈吐血하게 만드는 등 경솔하고 충동적인 성향을 다분히 지니고 있다.

여주인공 한천희도 빼어난 인물임에도 불구하고 초강峭强하고 사치하며 효순孝順치 못한 인물로 그려지고 있다. "지분脂粉을 조석朝夕으로 혼란混爛이 하고 하루 다섯 번 옷을 가('갈아') 입으며 (…중략…) 비복婢僕이 비록 지우하천至于下賤이나 혈육일신血肉一身이어늘 빠른 노怒와 급한 소리를 나는 대로 하여 형육刑戮하는 태벌笞罰을 얻으니 실로 덕행德行이 완전完全치 못함이라"1)라고 묘사될 정도이다. 이러한 초강한 성격으로 인해 부모 앞에서도 성을 내며 자해自害하는2) 등의 패악스런 행위를 서슴지 않는다. 그렇기에 우여곡절 끝에 한천희의 시비侍婢가 된 남주인공 장희는3) 이런 행실을 보고 "부모 그르신 일이 있거든 울며 죽기로써 간諫할

---

1) 『창란』 1권, 70면.

2) 한천희는 머리를 땅에 부딪쳐 피나게 하거나 칼로 자신의 팔을 찌르는 등의 자해 행위를 서슴지 않는다.

3) 장희는 여자로 변장한 채 정치적 위기를 피해 떠돌다가 한 집에 기거하게 되는데, 그 집주인은 본래 경성의 한상서댁 비복이었기에 그녀의 딸도 한상서댁 비복으로 가야 할 처지이다. 그런데 집주인은 자신이 이미 늙은 데다가 자식들이 다 죽고 하나 남은 딸마저 떨어지는 것은 너무 힘들다며 장희에게 자기 딸 대신 그곳에 시비로 가 줄 것을 간절히 청하게 된다. 장희는 그간 집주인이 자신에게 침식을 제공해 준 은덕을 갚기 위해서, 또 왕진이 자신을 잡으려고 붙인 방이 도처에 널려있는 위험한 처지이기

법은 있거니와 어찌 존전尊前에서 발악發惡하기를 예사例事로이 알아 극한 노怒와 빠른 소리로 경순지례敬順之禮를 모르시나있고?"4)라고 말하면서 그 효순孝順치 못한 행위를 개탄하게 된다.

그러나 이후에도 한천희의 성격은 별다른 변화를 보이지 않는다. 이런 까닭에 한천희의 오라비인 한창영은 "누이 과연 백행百行에 한 가지 사덕四德이 볼 것 없으되, 악장(장두)의 후휼厚恤하시는 성덕聖德이 여차如此하시니 소생小生의 남매男妹 무엇으로 만일萬一을 보답報答하리있고?"5)라고 말하면서, 누이의 시부媤父이자 자신의 악장岳丈인 장두에게 누이의 숱한 잘못에도 불구하고 극진히 대해주는 것을 감사해한다.

이런 성격을 지닌 남녀 주인공 간의 갈등을 중심으로『창란』에서 남녀 간 예법의 문제를 어떻게 그려내고 있는가를 살펴보기로 한다. 결혼 전, 정치적 위기를 피하기 위해 여장女裝한 채 떠돌던 남주인공 장희가 우여곡절 끝에 여주인공 한천희의 시비로 뽑혀 함께 기거하는 데서부터 이들의 만남은 시작된다.

비록 장희가 한천희를 친압親狎하지는 않지만, 혼전婚前 남녀가 한 방에서 기거하는 이례적인 상황이 벌어지게 된다.6) 더욱이 미래에 부부가

___

에 이를 피하기 위해서 집주인의 청을 받아들인다.

4)『창란』1권, 68면.

5)『창란』8권, 136면.

6) 물론 이와 흡사하게 남녀가 한 방에서 지내게 되는 장면이『창선감의록』의 윤여옥과 엄월화에 관한 대목에서도 나온다.『창선감의록』이『사씨남정기』와 더불어 도덕적 효용론의 입장에서 가치를 인정받은 대표적인 작품이긴 하지만, 그렇다고 이 작품 속에 등장하는 모든 사건들이 이러한 측면에서만 기능하는 것은 아니다. 그 가운데 특히 이 부분은 도덕적 효용론의 차원에서보다는 소설적 흥미를 위한 차원에서 기능하는 측면이 강하다. 비록 어쩔 수 없는 상황에서 벌어진 일이긴 하지만 이는 당대의 도덕적 규범에서 벗어나는 측면이 없지 않기 때문이다. 더욱이『창선감의록』에서는 이러한 장면이 남녀 주인공이 아닌 여타의 인물들에 의해 삽화적으로 간략히 나오는데 반해『창란』에서는 남녀 주인공에 의해 상당히 비중 있게 서술되고 있다는 점에서,『창선감의록』에서는 엄월화가 윤여옥의 첩이 되는데 반해『창란』에서는 한천희가 장희의 적실嫡室이 된다는 점에서 두 작품은 차이를 보이는 가운데,『창란』에서는 남녀 주인공 간의 예의에서 벗어난 모습들이『창선감의록』보다 훨씬 더 강조되어 나타난다.

될 남녀 주인공이 노주奴主 관계를 형성하면서, 한천희는 장희에 대해 "부운(장희)이 천賤한 년이 대인大人에게 음패공교淫悖工巧한 꾀를 주奏하니 이제 죽음직하나이다"[7]라고 말하면서 서진書鎭을 장희에게 던지기도 하고, 장희는 한천희의 표독스런 면모를 보고 "가히 일낼 계집이로다"[8]라고 생각하게 된다. 한 방에서 동거하는 자체도 격식에서 벗어나 있을 뿐만 아니라 그들의 서로에 대한 언행 또한 상당히 파격적이다.

물론 이들이 이런 언행을 하는 데 이유가 없는 것은 아니다. 한천희는 혼약한 남주인공에 대한 신의를 지키려 하나 부친 한제가 정치적으로 위기에 처한 남주인공 가문을 배신하고 그녀를 다른 데 시집보내려 한다. 이때 남주인공 장희가 정치적 위기를 피해 여장女裝한 채 유리하다가 우연히 한천희의 시비로 들어와 '부운'이란 이름으로 처신하게 되는데, 장희는 비록 자신에 대한 절개를 지키려는 한천희의 신의에 대해서는 감동하지만 그녀의 초강하고 사치스러우며 효순치 못한 모습을 보고는 그리 탐탁지 않게 생각한다. 더욱이 한제가 자기를 왕진에게 바쳐 상을 타려는 것을 곁에서 보고는,[9] 더욱더 한천희와 혼인할 마음을 접게 된다. 이에 장희는 한천희 몰래 그녀를 다른 곳으로 시집보낼 수 있는 계책을 한제에게 일러주었던 것이다. 이 사실을 알게 된 한천희는 평소 시비 가운데 가장 총애하던 장희가 자신을 배신하자 위와 같은 욕을 하며 물건을 던지게 되고, 장희는 한천희의 이런 면모를 보고는 그녀의 초강함을 개탄하게 된다. 그럼에도 혼전 남녀 주인공 간에 이런 상황이 벌어진다는 것 자체가 당시의 예법에 기준했을 때 매우 문제적이라 할 수 있다.

---

7) 『창란』 1권, 72면.

8) 『창란』 1권, 67면.

9) 장희는 한천희의 시비인 부운으로 있을 때 한제를 곁에서 지켜보면서 그 소인됨을 더욱 잘 알게 된다. 더욱이 한제가 "장아兒(장희)가 설사 살았던들 저를 어찌 사위라 하리오? 차시此時를 당하여 장가家 원수怨讐가 심상치 아니하니 만일 장아를 보면 죽여 설한雪恨하리라"(『창란』 1권, 76면)라고 말하는 것을 듣고는 한천희와 혼인하라는 부친의 명에도 불구하고 "죽을지언정 그 딸을 거둘 뜻이 없"(『창란』 1권, 77면)게 된다.

이후에도 장희는 우연히 객점에서 만난 한천희를 자신의 신분도 명확히 밝히지 않고 희롱하게 된다. 한천희의 시비로 있던 장희는 한천희의 부친 한제가 장희를 겁탈하려는 사건으로 인해 성별性別이 발각되자 한제를 발가벗겨 대들보에 묶어 놓고 달아난다. 이에 한천희는 장희가 자신의 약혼자인 줄 모르고 그간 외간남자와 동거한 것을 부끄러워할 뿐만 아니라 부친이 자신을 다른 데 시집보내려는 것을 피해 집을 나와 떠돌다가 한 객점에 이르게 되는데, 그곳에서 우연찮게도 장희를 만나게 되는 것이다.

자신의 정절에 흠집을 냈던, 평소 절치부심切齒腐心하던 장희를 본 한천희는 잘 만났다 싶어 그를 문죄問罪하려 하나 장희는 호락호락하지 않고 도리어 한천희를 방안에 가두고 농락한다. 물론 "장생(장희)의 얼굴이 아름다워도 나만은 못하리니 방심放心하라"10)라고 말하는 것에서 볼 수 있듯, 장희는 자신의 신분도 명백히 밝히지 않고는11) 한천희를 가두고 "운몽雲夢의 꿈을 한가지로 하리라"12)라고 말하면서 억지로 "이불을 덮고 (누)운 후 베개 같이 베고 누"13)울 정도로 혼전 남녀 간에 신체 접촉

---

10) 『창란』 1권, 120면.

11) "저 여자가 아무 사체事體를 모르고 수절守節하기만 알아 필경畢竟 개복유리改服流離하는 지경에 이르니 현부간賢否間 차마 버리지 못할 것이로되, 당금當今 형세形勢가 거둘 것이 어렵고 곡경曲境을 당하니 심히 절박切迫한지라. 저 또 괴거怪擧하여 내 본적本迹을 이르나 순順이 따라갈 줄 모르니 어찌하여야 양편兩便하리오?"(『창란』 1권, 112면)라는 대목을 통해 볼 때는, 장희가 떠돌아다니는 처지이기에 한천희를 거두기 어렵고 한천희가 사실을 말해도 믿지 않을 것이기에 장희가 자신의 신분을 밝히지 않는다고 파악할 수도 있다. 그러나 이러한 구절과는 달리 장희가 곡경曲境에 처해 신분을 밝히지 않는다는 것은 전후 문맥상 큰 설득력을 얻지 못한다. 장희가 신분을 밝히지 않음으로써 오히려 한천희의 성을 돋우어 심각한 갈등을 야기하기 때문이다. 오히려 장희가 신분을 밝히지 않는 진짜 이유는, 한천희가 투신자살한 후에 "내 천성天性이 소활疏闊하여 한씨의 이대도록 강렬强烈함으로 부질없이 저를 핍박逼迫하여 차경此境에 이르니 먼저는 구천타일九泉他日에 선인先人을 뵈올 낯이 없고 둘째는 아녀자로 하여금 겨뤄 잘못하여 죽게 하였으니 후세인後世人으로 들음즉 하리오"(『창란』 1권, 141~142면)라고 한탄하는 대목에서 잘 드러나듯, 한천희의 초강한 성격을 꺾기 위해 그녀를 한번 희롱하여 겨뤄 보려는 의도와 깊은 연관이 있다고 보아야 할 것이다.

12) 『창란』 1권, 118면.

이 많다. 이에 한천희는 분한忿恨을 참지 못하고 장희를 칼로 찌르며 그 손을 물어뜯는 등 서로 간에 예의에서 벗어난 행동을 서슴지 않으며 혼전 이성 간의 접촉을 적나라하게 보여주고 있다.

특히 이 과정에서 서로 간의 극언이 난무한다. 한천희는 "내 죽어 귀신이 되어 너를 만단萬端의 찢어 죽이리라 오늘 또 욕을 네게 당하니 내 죽을 뿐이라",14) "너를 만조각의 갈아 죽여도 네게 욕은 맞지 아니리라",15) "어찌 네 아내 되리요 내 네 고기를 찢어 먹고자 하노라"16) 등의 욕설을 퍼붓는다. 심지어 한천희는 자신이 이렇게 된 것이 결국은 부모의 탓이라 하면서 "생전사후生前死後 부모 내 원수라"17)라고 말하기도 하고, 장희의 자손과 부모를 탓하면서 "네 자자손손子子孫孫이 고이 못 죽으리라. 내 넋이 지하에 가 염라왕전閻羅王前에 송사訟事하여 네 아비 네 어미를 지옥에 넣으리라"18)라는 말까지 한다. 이에 분노한 장희 또한 "네 넋은 죽지 않아 신기하도다. 내 부모는 절의節義의 사람이요 염왕閻王은 지공무사至公無私하니 네 죽어 염왕의 애첩愛妾이 되어도 못 다스리리니 그러면 네 아비는 칼산지옥에 넣으랴?"19)라는 말로 응수한다. 결국 상대방의 부모란 시부모 또는 빙부모가 될 사람들이기에 이러한 상스런 말들은 더욱더 문제적이라 할 수 있다.

이렇듯 장희가 한천희를 객점에서 희롱하면서 서로 예의에서 벗어난 장면이 두드러지게 나타나며, 결국 한천희가 투신자살하게 되는 것 또한 결국 남주인공의 이러한 경솔한 행동에서 기인한다. 장희의 모욕스런 행위를 참지 못한 한천희는 장희가 잠시 나간 틈을 타 강가로 내달

---

13) 『창란』 1권, 116면.
14) 『창란』 1권, 118면.
15) 『창란』 1권, 120면.
16) 『창란』 1권, 121면.
17) 『창란』 1권, 121면.
18) 『창란』 1권, 121면.
19) 『창란』 1권, 122면.

려 투신하게 되었던 것이다. 이처럼 결혼 전에 남녀 간의 예법에서 벗어난 파격적인 장면들이 『창란』에서는 부각되어 있다.

결혼 후의 갈등을 보면, 『창란』에서는 여주인공 한천희가 초강峭强하고 남주인공 장희가 진중치 못하기에 부부간에 몸을 부딪쳐가며 싸움을 하는 등 결혼 전과 마찬가지로 예절에서 벗어난 모습이 많이 보인다. 장희는 풍정風情이 일어나면 일방적으로 친합親合을 강요하나, 초강한 한천희는 자신의 부모와 자신을 조롱하는 남편에 대한 원망을 몸소 표출하게 된다. 그 구체적인 양상을 보면 다음과 같다.

장생生이 부명父命을 좇아 소저小姐 방중房中에 들어가니 소저가 만인갱참萬仞坑塹 중에 몸이 든 듯하여 참괴慚愧코 노怒함이 중첩重疊하되 어이없어 첨루添淚를 허비虛費치 아니하고 안서安徐히 일어나 맞음에 생이 팔을 들어 좌座를 미니 이는 예모禮貌가 극진極盡함이라. 소저가 즉시 불을 등져 앉으니 생이 미흡未洽하여 역시 미우眉宇를 낮추고 동서東西로 상대相對하여 삼경三更이 되도록 아는 줄 스치고 거처居處하기 자못 괴로우나 부명父命으로 길일吉日을 허송虛送함이 옳지 않아 팔을 밀어 자리에 들기를 청하니 소저가 다만 두 눈이 자는 듯하고 좌우左右가 기울지 않아 죽은 사람 같으니 (…중략…) 무궁無窮한 자태姿態와 한없는 거동擧動이 몽롱朦朧한 불그림자에 바이니('빛나니') 생의 좌차座次가 가까우므로 눈을 들어보니 비록 침정沈靜하나 성장盛壯한 남자라 자연 미우眉宇의 화和한 빛을 띠어 불을 끄고 상牀의 나아가려고 하니 소제가 맹렬猛烈이 뿌리쳐 시랑갈호豺狼蝎虎같이 여기는지라. 생이 재삼再三 간청懇請하되 죽기로 멀리 하여 거조擧措가 요란擾亂하니 생이 정색正色 왈曰 "전일前日 피차 실체失體함이 아소兒少에 예사例事라. 서로 유감有感함이 있으리오. 이제 부명父命으로 일방一房에 모듬이 떳떳하거늘 소저의 괴패乖悖함이 갈수록 이러하뇨?" 소저가 답答지 아니코 생이 손을 잡았으니 칼로 베고자 하는지라 생이 불승한심不勝寒心하여 문득 손을 놓고 자기自己 자리의 나아가 잠들어 계명鷄鳴에 깨니 소저는 자리에 맨 듯이 앉았으니 생이 기꺼워 않아 일어나 소세梳洗하고

—『창란』 2권, 169~170면

장희와 한천희가 첫날밤을 치르는 대목이다. 장희가 부친의 명을 따라 신방에 들어가자 한천희는 갱참 중에 든 것처럼 참괴하고 분하여 어쩔 줄을 모른다. 이전에 여장女裝한 채 자신의 시비노릇을 하면서 자신의 부친에게 자신을 다른 곳에 시집보내도록 알려주었던가 하면 자신의 부친을 발가벗겨 대들보에 묶은 채 달아나고, 객점에서 만났을 때 신분을 밝히지 않고 자신을 희롱하여 투신자살케 만들었던 인물이 바로 자신의 남편이 되었기 때문이다. 자신이 장희에 대한 절개를 지키기 위해 온갖 장애를 무릅썼음에도 불구하고 자신과의 혼사를 꺼려했던 일, 자기 부친이 비록 잘못이 있다 하더라도 발가벗겨 대들보에 달아놓기까지 했던 일 등 장희가 자기 집안에 심한 욕을 보였던 일로 한천희는 자존심에 깊은 상처를 입었기 때문이다.

그렇기에 어쩔 수 없이 잠시 애써 일어나 신랑을 맞이하지만 곧 등을 돌려 돌아앉아 장희를 보려 하지 않는다. 장희 또한 이에 기분이 좋지 않아 신부를 상대하지 않는다. 밤늦도록 동서로 서로 돌아앉아 있다가 장희가 첫날밤을 허송할 수 없다는 생각에 한천희를 보고 자리에 들기를 권하니 한천희는 이미 앉아서 잠들어 있는 상태이다. 잠든 한천희의 가려佳麗한 모습에 마음이 동한 장희가 동침코자 하자 한천희는 장희를 시랑갈호豺狼蝎虎같이 여기며 맹렬히 뿌리친다. 장희가 재삼 권하나 죽기로써 이를 거부한다. 장희가 지난 일은 잊고 화락하자고 말하며 한천희의 손을 잡자 한천희는 심지어 자신의 손을 잡은 장희의 손을 칼로 베려고까지 한다. 이에 장희는 한심함을 이기지 못해 혼자 자기 자리에 가서 자고 한천희는 앉아서 꼬박 밤을 새운다.

중요한 점은 이후에도 이러한 국면이 별다른 변화를 보이지 않는다는 점이다. 혼인 첫날밤 이후에도 한천희는 동침을 청하는 남편을 몸으로 거절하기도 하고 자식을 방패삼아 남편과의 잠자리를 거절하는 등 적나라한 부부 싸움의 양상이 지속적으로 펼쳐지게 된다. 한편 장희는 이런 한천희를 제압하기 위해 "소저小姐의 무례無禮함이 여차如此하니 생

生이 또한 무례함을 행行할지라"[20]라고 말하면서 힘으로써 억지로 동침한다. 이를 통해 부부간의 잠자리 갈등이 거의 작품 전체에 걸쳐 지속적으로 전개된다. 이러한 장면은 부부간의 잠자리 갈등을 사실적으로 그려내고 있다는 점에서 높이 평가할 수도 있으나 부부간의 기본적인 예의격식과는 상당히 거리가 멀다. 이러한 잠자리 갈등이 작품이 끝날 때까지 계속해서 나타남으로써 『창란』에서는 부부간의 격식에서 벗어나 실랑이를 벌이는 대목들이 부각되어 나타난다.

　물론 이런 국면들이 자기 부모에 대한 효의 문제와 관련한 중요한 국면이긴 하지만, 『창란』에서는 효보다도 애정이 강조되는 가운데 진지한 문제의식을 도출하지 못한 채,[21] 남녀 간의 만남 자체가 주는 자극적 요소에 더 강조점이 놓여 있는 것이다. 더욱이 이들 사이의 격식을 벗어나는 문제적 국면들이 작품의 끝까지 지속된다는 점에서 더욱 문제적이라 할 수 있다.

　『창란』에서 여주인공을 초강한 인물로, 남주인공을 경박한 인물로 설정한 점 또한 남녀 간의 예법에서 벗어난 국면들을 형상화하려는 의도와 관련된다 할 수 있다. 여주인공이 초강하기에 남주인공에 맞서 예의에서 벗어난 행동을 서슴지 않으며, 남주인공이 진중치 못하기에 여주인공을 감화시키지 못하고 화를 돋우어 부부싸움이 적나라하게 펼쳐지기 때문이다. 이처럼 『창란』은 남녀 간의 예법에서 벗어난 파격적인 장면을 형상화함으로써 독자들의 흥미를 이끌어내고 있는 작품이라 할 수 있다.

---

20) 『창란』 2권, 181면.
21) 이에 대해서는 3장 3절 '개인과 가문'에서 살펴보기로 한다.

2) 예법에 대한 각성

『옥원』에서는 『창란』과 마찬가지로 남주인공이 여주인공의 시비가 되거나, 객점에서 남주인공이 여주인공을 희롱하는 등의 장면이 전개된다. 그런데 미세한 부분에서 『창란』과는 차이를 보인다. 이는 이들의 인물형상과도 밀접한 관련을 맺는다.

먼저 이들의 인물형상을 보면, 남주인공인 소세경은, 『창란』의 장희가 다소 경박한 인물로 형상화되는 것과는 달리, 매우 진중한 인물로 형상화된다. 두 작품 모두 여주인공이 부친의 실덕을 알게 되는 흡사한 장면이 나오는데, 이때의 국면을 보면 『창란』의 장희와 『옥원』의 소세경의 인물됨의 차이가 확연히 드러난다. 먼저 『창란』에서는 장희에 대한 절개를 지키기 위해 집을 나와 오랫동안 친정의 소식을 모르는 한천희가 자신의 부모에 대한 소식을 시동생 장우에게 묻자, 장희는 어떻게 자기 동생에게 처가에 관한 소식을 물을 수 있냐고 핀잔을 주면서[22] 그간 장인이 행한 실행失行을 낱낱이 아내에게 이야기한다. 이에 반해 『옥원』의 소세경은 아내 앞에서는 결코 장인의 잘못을 말하지 않는다. 그렇기에 『옥원』에서는 여주인공 이현영이 자기 부모의 실덕을 알게 되는 장면이 그 아들 소봉희의 잘못으로 나온다.[23]

이처럼 『창란』의 장희가 장인의 잘못을 직설적으로 말하는 것과는 달리, 『옥원』의 소세경은 아내를 배려해서 장인의 실덕을 절대로 말하지 않는다. 다소 경박한 『창란』의 장희와는 달리 『옥원』의 소세경은 매우

---

22) 장인인 한제가 자기 집안을 모함하려 하는 등의 일을 했기에 장희의 입장에서는 장인에 관한 소식을 아내가 자기 동생에게 물어보는 것조차도 잘못된 일이라고 생각하는 것이다.

23) 소세경이 부모의 일을 자식이 모를 수 없다 하여 자신이 겪은 그간의 일을 아들인 소봉희에게 이야기하는 가운데 장인이 자신을 모해하려 했던 일까지도 언급하게 된다. 소봉희는 이를 글로 적어놓게 되는데, 소탈한 성격인지라 잘 간수하지 못하고 모친 이현영 앞에 이 글을 두고 가게 된다. 이현영이 우연히 이 글을 얻어 보고는 부친의 실덕을 알게 된다.

진중한 인물로 형상화되어 있는 것이다.

한편 『옥원』의 여주인공 이현영은 처음에는 "초준峭峻하고 강렬强烈"24) 하며 "교종자승驕縱自勝"25)하고 효순孝順치 못한 인물로26) 형상화되어 있는 점에서는 『창란』의 한천희와 같다. 그러나 점차 이러한 면모에서 벗어나 가난한 생활 속에서도 힘든 일을 마다않고 자기 가족뿐만 아니라 이웃의 빈민들까지도 구제하는 가운데 대내외적으로 인정을 받으며 인격적 성숙을 이룸으로써 초강하고 교만한 인물이 온순하고 검소한 인물로 변화한다는 점에서 『창란』의 한천희와 다르다. 물론 부모 앞에서의 경박한 행실도 고치게 된다. 그리하여 후에 부친을 만났을 때 자신의 불효로 인해 허다 누덕累德이 부친에게 돌아가게 된 것을 극진히 사죄하게 된다.

그렇기에 이현영이 부친이 자신을 다른 데 시집보내려는 것을 피해 집을 나와 온갖 고난을 겪고 남주인공인 소세경과 혼인한 뒤 십여 년이 지나 상경했을 때, 그 부친 이원외와 남동생 이현윤은 달라진 이현영의 모습을 보고 매우 놀라게 된다. 예전에는 꽃이 미개未開하고 달이 둥글지 못하듯 그 초강함이 눈 위 달빛과 얼음 위 매화처럼 차고 맵더니, 이제는 숙덕淑德이 유완하고 화기和氣가 가득함에 마치 태양이 산에 오르고 은하수가 봄밤에 비스듬히 있는 듯한 온화한 모습을 하고 있기 때문이다.27)

---

24) 『옥원』 1권, 61면.

25) 『옥원』 1권, 60면.

26) "소저小姐(이현영)가 절행節行을 사모思慕하시되 예의禮義를 알지 못하시니 첩妾(이현영의 시비가 된 소세경)이 의아疑訝하는 바요 노야老爺가 양위兩位 부모의 존존함으로 슬하유치膝下幼稚의 질책叱責을 감심하샤 거조擧措가 황황불승遑遑不勝하심을 보나니 또한 마음의 의아疑訝한지라. (…중략…) 소저가 스스로 효순孝順한 도道를 잃고"(『옥원』 1권, 57면)

27) "부인이 석일昔日 꽃이 미개未開하고 달이 둥글지 못한 중 우수울억憂愁鬱憶하여 단장초삭斷腸焦削하니 한갓 용모容貌가 절묘선연絶妙嬋娟할 뿐이오, 오직 집절고상초준執節高尙峭峻하니 차고 매워 눈 위에 달빛과 얼음 위 매화로 귀중貴重하여 발영拔英함이 없더니 도금到今하여 숙덕淑德이 유한幽閑하고 완중귀고婉中貴高하여 화기和氣가 발달하니 안으로 성덕예도聖德禮度가 찬연燦然하고 밖으로 용모기질容貌氣質이 청연淸然하

이러한 인물 설정에 따라 갈등양상이 『창란』과는 비슷하게 형상화되면서도 조금 다른 모습을 보이게 된다. 남주인공이 여주인공의 시비侍婢가 되는 대목을 보면, 『창란』에서는 남녀 주인공이 완연한 노주奴主 관계를 이루는 것과는 달리, 『옥원』에서는 소세경이 자신이 본래는 양가집 규수였다고 하면서 완연한 노주 관계를 형성하지는 않는다. 그렇기에 『창란』에서처럼 여주인공이 남주인공을 함부로 대하는 상황은 전개되지 않는다.

부모에게 초강하게 대하는 여주인공 이현영의 모습에 대해 남주인공 소세경이 직간直諫하자, 여주인공 이현영은 남주인공 소세경의 충고를 고마워하면서 "연랑(백련―소세경이 이현영의 시비侍女가 되었을 때의 이름)은 높은 사람이라 식견識見이 통달하고 충성忠誠이 곡진曲盡하여 고인古人의 풍간諷諫을 효칙效則하니 내 깊이 감격하고 깊이 수괴羞愧하나니 연랑娘의 이른 바 자중自重하여 어찌 어진 사람을 기경奇敬치 아니리오? 명교名敎를 마음에 삭이리라"28)라고 말하기도 하고, 소세경이 자신을 여혜경과 맺어줄 계책을 부친에게 말한 사실을 알고 만단으로 꾸짖을 때도 "내 그대의 종이 아니로니 시운時運이 불행不幸하여 그릇 갱참坑塹에 떨어졌으나 그대 규중閨中의 아름다운 의기義氣를 펴지 아니하고 그 욕辱하기를 이렇듯 하느뇨?"29)라고 말한다. 그렇기에 『창란』에서처럼 상스런 말들도 오가지 않는다.

이후 객점에서 남녀 주인공이 만나게 될 때에도 『옥원』에서는 『창란』과는 달리 남주인공 소세경은 자신의 신분을 넌지시 밝힌다. 『옥원』에서 남주인공의 모친인 경부인이 자기 집안의 세전지물世傳之物인 옥원앙玉鴛鴦을 며느리가 될 이현영에게 준 일이 있었는데, 소세경은 이

니 태양이 산두山頭에 오르고 경은傾銀이 춘소春宵에 비낀 듯(…중략…) 비比할 곳이 없으니 공公(이원외)이 황홀恍惚하고 현윤이 복복伏伏 심열경탄心悅驚歎하여"(『옥원』 18권, 307~308면)

28) 『옥원』 1권, 58면.

29) 『옥원』 1권, 77면.

현영의 집에서 시비로 있으면서 이원외의 소인적인 작태뿐만 아니라 자기 집안을 해치려 하는 뜻을 목도하고는 이현영과 혼인할 생각을 접고 그 집에서 나올 때 옥원앙을 가지고 오게 된다. 이에 대해 이현영이 "옥원玉鴦을 도적盜賊하여 내 절節을 희롱하니 날로 더불어 불공대천지수不共戴天之讐라"30)며 소세경을 꾸짖게 된다. 이때 소세경은 "이 반드시 내 집 세전지물世傳之物임을 듣고 불측不測한 뜻을 품는도다. 이 옥원은 나의 선비先妣 구물舊物이라 경한輕寒한 것이 아니니 내 깊이 신중愼重하여 반드시 요조숙녀窈窕淑女를 맞고자 하니 어찌 비부鄙夫의 한녀悍女를 줄까 여기느뇨?"31)라고 말한다. 그러나 이현영은 "분기憤氣가 엄애掩曖하여 그 말을 깨치지 못하"32)게 된다.

또 소세경은 이현영의 유모에게도 "여주汝主가 바히 사체事體를 모르고 나를 찌르려 하니 일시 서로 속임이어니와 내 마침내 해로운 사람이 아니니 옅은 점店 가운데 어지러이 굴어 만일 사람이 알게 되면 나와 네 주인이 다 대화大禍를 면免치 못하리니 생심生心도 요란擾亂히 굴지 말라"33)고 말한다. 이는 『창란』의 장희가 자신의 신분도 밝히지 않은 채 한번 한천희의 초강한 성격을 꺾고자 희롱하는 장면과는 다른 것이다. 그리고 소세경이 이현영의 손을 잡긴 하지만 함께 눕는 정도는 아니며, 이현영의 말이 거의 생략되어 있는 가운데 서로 간의 상스런 말들이 오가지는 않는다.

이처럼 결혼 전에 『창란』과 『옥원』에서는 매우 비슷한 상황이 나오면서도 정도의 차이를 보인다. 『옥원』에서는 『창란』과 마찬가지로 흡사한 상황이 전개되면서도 『창란』과 같은 상스런 말과 품위 없는 행동이 적나라하게 나오진 않고 있는 것이다.

---

30) 『옥원』 1권, 111면.

31) 『옥원』 1권, 111면.

32) 『옥원』 1권, 111면.

33) 『옥원』 1권, 114면.

결혼 후의 양상을 보면 『옥원』에서도 『창란』에서와 마찬가지로 소세경과 이현영은 처음에 잠자리에서 심각한 갈등을 겪는다. 이현영 또한 『창란』의 한천희와 마찬가지로 소세경이 다가오면 "그 의상衣裳이 닿는 곳에 사갈蛇蝎이 근친近親하는 듯하고 양수兩手가 연連하는 바에 교토狡免가 호랑을 만난 듯하여"34) 맹렬하게 소세경을 거부하고, 소세경은 이런 이현영과 동침을 하기 위해 억지로 잠자는 이현영의 비단 치마를 찢고 이성지친異姓之親을 이룰 정도이다. 이처럼 매우 문제적인 국면이 나옴으로써 긴장감을 조성할 뿐만 아니라 남녀 간의 예법에서 상당히 벗어나게 된다.

그러나 작품이 끝날 때까지 부부간의 적나라한 몸싸움이 펼쳐지는 『창란』과는 달리 이후 이들은 정대한 말로써 서로의 입장을 밝히고는 더 이상 예의에서 벗어난 모습을 보이지 않는다. 『창란』에서는 경박한 면모를 보이는 남주인공 장희가 풍정風情이 일어나면 자기 멋대로 아내 한천희를 친압함으로써 그녀에게 창기娼妓 취급당하는 듯한 치욕스러움을 주는 것과는 달리, 『옥원』의 소세경은 진중한 인물로 형상화되는 가운데 여주인공 이현영에게 자신의 입장을 다음과 같이 솔직하게 고백하며 진심어린 마음을 전한다.

소세경이 이현영의 침소에 찾아가 아들을 어루만지다 누웠는데 이현영은 이불을 소세경에게 직접 덮어주지 않고 유모로 하여금 덮어주게 한다. 이에 화가 난 소세경이 이불을 차버리니 이현영이 어쩔 수 없이 소세경에게 이불을 직접 덮어준다. 이 밤 소세경은 이현영에게 자신이 아내를 두고도 독거獨居하여 몸에 병이 나게 되었으나 그렇다고 부모가 주신 정결한 몸을 천인잡종賤人雜種으로 더럽힐 수도 없는 처지와, 자신이 덕이 박한 탓인지 비례非禮로써 아내를 대하려 하는 것이 아닌데도 이현영이 오해를 하고 자신을 죽기로써 거부하고 있는 작금의 상황에 대해 솔직하게 토로하게 된다.

---

34) 『옥원』 5권, 507면.

자(子, 2인칭)가 날 알기를 이렇듯 함으로써 생生이 원민怨悶함을 변백辨白지 못했으니 스스로 행실行實이 낮고 덕德이 없음이라. 고故로 몸에 병을 이룰지언정 그대 마음을 감화感化치 못하고 동락同樂을 구하여 그대 안으로 원망怨望을 품고 겉으로 욕辱을 감심甘心하여 강위强威에 굴屈하여 인생人生의 흥치興致를 끊고 차라리 죽기를 구함에 이르니, 이는 내 자子를 죽임이라. 일찍 마음을 닦아 덕德을 행하고 인의仁義로써 본本하며 이런 잔인박행殘忍薄行함을 행하리오? 내 대장부大丈夫가 되어 실가室家를 갖춘 자者로 독처獨處하여 병이 나도록 하고 또 아내를 지키어 정남貞男이 되어 죽기에 이르면 용렬庸劣하고 어리석음이 (…중략…) 인사불성人事不省 숙맥불변菽麥不辨이니 실로 창窓 밖에 들릴 것이 아니라. 어느 낯으로 부자간父子間인들 아뢰리오? 그러나 내 스스로 지취志趣 있으니 내 어려서부터 (…중략…) 백행百行을 검속檢束하니 대인大人이 본디 성기性氣 단정端整함을 중히 여기셔 가라사대, '지체肢體는 부모가 주신 바라 가히 정결淨潔할지니 어찌 천인잡종賤人雜種으로 상친相親하여 욕辱되게 하리오?' 하시니 성교聖敎를 지극히 여기옵고 (…중략…) 내 장년壯年에 기운氣運이 호연浩然한데 많이 축울蹙鬱함에 좋지 아니한 고로 저 즈음 말이 발發하니 이 실로 그대를 속여 이름이 아니오, 맹랑孟浪한 말을 할 자가 아니오. 즉금 병이 채 나진 않았으나 병점이 있으니 비례非禮에 뜻을 두고 그대를 공동恐動코져 함이 아니라.

—『옥원』 6권, 94~101면

이현영 또한 소세경이 자신의 시비가 되어 들어왔을 때 자신이 그에 대한 절개를 지키려 함에도 불구하고 자신을 구해주지 않고 도리어 다른 곳으로 시집가도록 주선한 점, '옥원앙'은 시어머니인 경부인이 생전 자신에게 준 것인데 이를 자신 몰래 가져간 점, 소세경이 실상을 말했다면 자신이 도로에 유리하는 변은 없었을 것인데 실상을 말하지 않은 점, 자신의 부모를 멀리하면서 자신을 가까이 하는 것은 도리상 옳지 않은 점 등에 대해 말하며 자신의 마음 속 깊이 맺힌 한을 이야기한다. 이러한 두 사람의 대화가 몇 십 면에 걸쳐 이루어질 정도로 진중하면서도 곡진하게 펼쳐진다.

장인을 경멸하는 남편과 부친을 부친으로서 인정할 수밖에 없는 아내와의 갈등은 필연적일 수밖에 없는데『옥원』에서는 진중한 대화로 서로 간의 오해를 풂으로써『창란』과는 질적인 차이를 보이게 되는 것이다. 특히 이러한 부부간의 모꼬지를『옥원』에서는 다음과 같이 매우 강조하여 서술하고 있다.

소공자蘇公子가 일야一夜 향방香房에 아름다운 모꼬지를 디디어 소저小姐의 평생 소회所懷를 들음에 소성素性의 꽃다움과 내조內助의 현철賢哲함이 이른바 숙녀군자淑女君子라 심하心下에 경복驚服하고 심대甚對함이 더하여 이로조차 단단한 화락和樂이 금슬琴瑟을 오롯하나 또한 색色 위에 가차嘉嗟함이 나타나지 아니하고 기운이 더 엄숙嚴肅하니 소저가 생生의 대접간(待接間, '대접하는 것')을 봄에 전일前日은 치지도외置之度外하여 범사凡事의 가책呵責함이 없어 다만 화열和悅함을 전주專主하더니 근일近日은 간간히 엄색嚴色이 언하여 허물이 있음에 용서하고 요리料理함이 없고 날이 오래도록 위의威儀 정숙整肅함이 더하니 가히 그 뜻을 한갓 경약輕弱한 줄로 알아 쉽게 봄이러니 자시 앎에 적이 강위强威하게 여겨 그 기습氣習을 절제節制하여 굴강屈强하고 억손抑遜함으로 인도引導함을 깨달아 더욱 공경恭敬하고 손순遜順하여 일호일발一毫一髮의 □□함이 없으니 생이 그 명철절당名哲切當함을 선복羨服하고 공公(소송)이 더욱 환흡지歡洽之러라.

—『옥원』7권, 127~128면

이날 밤 모꼬지에서 소세경과 이현영은 서로 간의 소회所懷를 듣고 그 품성에 감화되어 부부간의 화락이 금슬같이 온전해진다. 이날 밤 이후로는 서로가 상대방을 공경하고 배려하게 되는 것이다. "이로부터 두 사람이 서로 보조補助하여 덕행德行을 더욱 수련修鍊함을 상계相戒하니 금야今夜에 부창부수지간夫唱婦隨之間이요 사설私說에라도 다 가可함을 얻었으니 이 가히 세간계감世間戒鑑이니라"35)라는 서술자의 평대로 이들이 예법을 준수하게 되는 변화 국면이 매우 또렷하게 부각되고 있다. 특히

---

35)『옥원』6권, 125면.

이러한 예법의 준수가 단지 외면적인 것에 그치는 것이 아니라 이들 부부 사이의 진실한 교감을 바탕으로 이루어지고 있기에『옥원』에서 남녀 주인공이 예법을 준수하는 국면은 진정성眞情性을 확보하게 된다.36)

　이처럼『옥원』은 처음에는『창란』과 마찬가지로 남녀 주인공 사이에 예절을 잃은 면모가 전개되나, 곧 이러한 면모에서 탈피하여 부부가 서로 간의 오해를 풀고 예법을 준수하는 모습을 곡진하게 보여준다. 특히 이러한 변화 국면이 매우 핍진하게 형상화됨으로써 예법을 준수하는 것이 단지 형식적인 것이 아닌 진정성을 획득하게 된다.

3) 격식의 준수

　『완월』에서는 남녀 주인공의 만남 혹은 갈등양상이『창란』·『옥원』과는 많은 차이를 보인다. 먼저 이러한 갈등양상과 긴밀한 관련이 있는 남녀 주인공의 인물형상을 보면『창란』·『옥원』과는 상당히 다르다. 남주인공 정인광은 "태강준고太剛峻固하여 책인責人의 미과微過를 용서치 아니하고 기예氣銳가 태숭太崇하여 사람으로 더불어 아예 상힐相詰치 아닐지언정 겨루기를 당當하여는 항려抗儷 초준峭峻함이 금고今古에 무쌍無雙하니 부디 이심已甚히 쟁단爭端하여 꺾질러 이기고 그치는지라"37)라는 서술자의 논평에서 볼 수 있듯, 강렬하고 고집 센 인물로 설정되어 있다.38)

---

36) 이후 살펴볼『완월』에서는 남녀 간의 격식을 준수하고는 있으나 그들 사이의 진정한 소통이 이루어지지 않고 있기에 격식성이 강조되는 것과는 달리,『옥원』에서는 남녀 주인공 간의 진정한 대화를 통해 서로의 입장을 이해하고 이를 통해 부부간에 예법을 준수하는 곳으로 나아감으로써 '진정성'을 획득하게 되는 것이다.

37)『완월』55권, 4책, 311면.

38) 정인광의 준고하고 태강한 면모는 집안사람들에 의해서도 몇 번이나 지적된다. 정인광이 아내를 박대하는 것을 보고 정인광의 할머니인 서태부인은 "누굴 닮아 그다지 궤집준고詭執峻固하여 심술이 불량不良한고?"(『완월』55권, 4책, 310면)라고 말하며, 정인광의 고모인 상부인은 "대저 사위 인광 같이 거만倨慢하고 궤집詭執하여 딸을 괴롭게

한편『완월』의 여주인공 장성완은『창란』의 한천희,『옥원』의 이현영과는 달리 처음부터 온화하고 검소하며 효순孝順한 인물로 설정되어 있다. 장헌이 장성완에 대해 "온유溫柔하고 화순和順"하며, "사치奢侈를 원수같이 앓이 있으니"39)라고 말하는 대목과, 연부인이 장성완에게 보낸 편지에서 "효순孝順하여 죽기에 이르러도 거스름이 없을 바를 옳이 여길까 염려念慮함이 무궁無窮하"40)다고 말하는 대목에서 잘 나타난다. 남편과의 관계에서도 남편이 자신의 부모를 멸시하거나 자신의 부모에 대한 연좌로 그녀를 냉대할 때도 묵묵히 인내할 뿐 전혀 화를 내지 않는다.

그렇기에 그 시부인 정삼은 "현부賢婦의 요조유한窈窕幽閑한 덕행德行과 유순柔順한 체도體道를 모를 것이 아니니 현부는 내 말이 결단決斷 없고 우몽愚蒙함으로 알지 말며 차역此亦 현부의 액수厄數를 마저 겪는 바임을 생각하여 병체病體를 상손傷損치 말라"41)고 말한다. 장성완이 그 뛰어난 성품에도 남편의 냉대를 받는 것은 운명일 따름이니 마음을 상하지 말라며 위로하는 것이다.

이러한 남녀 주인공 간의 결혼 전의 갈등양상을 살펴보면,『완월』에서는 처음부터 남주인공 정인광을 지방관으로 내려온 여주인공의 부친 장헌의 첩이 되도록 설정하고 있다. 계백모繼伯母 소교완의 독수毒手로 인해 사촌누이 정월염과 떠돌던 정인광은 조주 낙성촌에 안찰사로 내려온 장헌이 정월염에 관한 소문을 듣고 첩으로 들이려 하자 사촌누이를 대신하여 여장한 채 장헌의 첩으로 가게 되는 것이다.

그렇기에『창란』·『옥원』에서처럼 남녀 주인공이 한방에서 동거하는 등의 장면은 나타나지 않는다. 정인광이 남화위녀男化爲女한 상태로 장헌의 첩이 되었기에 성별을 숨기는 것이 쉽지 않은 일일 텐데도, 정

할진대 통한痛恨하여 사랑함은 없을까 싶도다"(『완월』55권, 4책, 310면)라고 말한다.
39)『완월』20권, 2책, 125면.
40)『완월』22권, 2책, 99~200면.
41)『완월』43권, 3책, 423면.

인광은 자신의 부모를 찾기 전에는 허신許身할 수 없다며 장헌과의 동침을 거부하는, 다소 무리한 상황이 전개된다.42)

이에 따라 '여장女裝한 사위에게 음심淫心을 품다가 봉변당하는 장인'에 관한 화소가 세 작품에 공통적으로 나옴에도 불구하고, 이러한 장면의 형상화가 『창란』·『옥원』에서는 남주인공이 여주인공의 시비로 지내다가 일어나는데 반해, 『완월』에서는 남주인공이 처음부터 여주인공 부친의 첩이 되었다가 일어나게 된다. 『창란』·『옥원』에서는 여주인공의 시비가 된 남주인공에게 소인형 장인이 흑심을 품고 겁탈하려다가 도리어 발가벗긴 채로 사위에 의해 기둥에 묶이는 등의 봉변을 당하였다. 『완월』에서는 이와 달리 소인형 장인의 첩이 된 남주인공을 장인이 앵혈鶯血이 없으니 자기 몰래 바람피운 것이라고 의심하여 해치려다가 도리어 사위에게 뺨을 얻어맞고 머리를 벽상壁上에 부딪히는 봉변을 당한다. 이처럼 『완월』에서는 『창란』·『옥원』과 흡사한 사건전개를 보이면서도 『창란』·『옥원』과는 달리 남녀 주인공이 노주奴主 관계로 함께 지내는 장면이 나오지 않고 있는 것이다.

여주인공이 투신자살하게 되는 원인 또한 『창란』·『옥원』에서처럼 남주인공의 실책에 의해서가 아니라, 범경화라는 탕자蕩子의 겁탈에 의한 것으로 설정되어 있다. 『창란』 등에서 남녀 주인공이 형식적으로 노주의 관계를 이루면서 한방에서 지내는 장면도 문제적인 국면이긴 하나, 이때에는 노골적으로 신체를 접촉하는 등의 양상은 나타나지 않는다. 이에 반해 객점에서 우연히 만났을 때 남주인공이 여주인공의 손을 잡고 억지로 함께 누우며 희롱하는 장면은 신체적인 접촉이 심하기에 예법 상으로 매우 문제적인 국면이다. 그런데 『완월』에서는 이런 부분이 아예 나타나지 않는다. 그렇기에 여주인공이 투신하는 장면이 여주

---

42) 비록 장헌이 정인광과 이성지합을 이루지는 않지만 색을 탐하는 장헌은 정인광을 만단으로 달래며 가까이하는 대목이 나온다. 이때 그 성별을 숨기기는 어려운 일일 텐데도 장헌은 정인광이 여자인 줄 알고 대한다.

인공을 희롱하는 남주인공의 실책 때문이 아니라 탕자형 인물의 모해 때문인 것으로 형상화되고 있다.

심지어 남주인공 정인광은 장헌이 상경함에 따라 장성완이 있는 태운산 고택古宅에 오게 되었을 때도, 여자로 행세함에도 불구하고 내당內堂에 거처하지 않고 외당外堂에 기거함으로써 장성완과 만나는 장면도 나오지 않는다. 장헌의 첩이 되어 상경한 것이기에 별당別堂에 거처하는 것이 당연한 일임에도 불구하고 정인광은 자신이 남자라는 본래의 처지를 고려해서 외당에 기거하게 되는 것이다.

결혼 전 정인광은 물에 빠진 장성완을 구해줄 때 이외에는 그 얼굴조차 보지 못할 정도이다. 그렇기에 정인광은 장성완을 장헌의 딸이 아닌, 소공의 양녀이자 연공의 친녀로 알고 결혼하게 된다.43) 이처럼 『완월』에서는 결혼 전에는 '남녀칠세부동석男女七歲不同席'의 예법을 철저히 지키고 있다.44)

결혼 후에도 장성완이 온순溫順한 인물이고 정인광은 준고峻固한 인물이기에 비록 부부갈등이 펼쳐진다 하더라도 부부가 몸싸움을 하는 등의 적나라한 모습은 전혀 보이지 않는다. 정인광은 『창란』의 장희처럼 동침을 강요하는 일도 없고 장성완 또한 남편의 냉대와 무시에도 묵묵히 인내할 따름이며 『창란』의 한천희처럼 잠자리를 거부하는 행동도 일체 없다. 결혼한 지 반년이 지나서야 부친의 명을 좇아 정인광이 장성완의 침소에 이르러 동침하는 다음의 장면을 보면, 이러한 점이 확연히 드러난다.

---

43) 정인광은 장성완의 얼굴을 본 적이 없기 때문에 강물에 투신자살한 장성완을 소공과 함께 구해줄 때도 그녀가 장헌의 딸인 줄을 모른다. 그렇기에 정인광은 장성완과 혼인할 때도 장성완이 아닌 소공의 양녀 정도로만 알게 된다. 이는 정인광이 장성완과 혼인하지 않을 것임을 짐작하고 집안사람들이 사실을 속여 결혼시켰기 때문이다.

44) 『완월』에서 남녀칠세부동석의 예법을 고수하려는 대목은 정흠의 딸 정기염의 경우에서도 볼 수 있다. 정기염은 자신의 부친 정흠이 원사寃死한 것을 신원伸寃하러 천자 앞에 나가게 되는데, 이때 자신이 자결할 수밖에 없는 이유 가운데 하나로 일곱 살인 그녀가 남녀칠세부동석의 윤리를 지키지 못한 점을 든다.

경운당을 임臨하여 개호입실開戶入室하니 (…중략…) 소저小姐가 안상案上을 대
對하여 요연窈然 단좌端坐에 예기禮記를 잠심찰지潛心察之하다가 지게문 열리는
소리로조차 (…중략…) 수연粹然 동지動止하여 기이영지起而迎之하니 (…중략…)
소저는 한림翰林(정인광)을 대할수록 치신무지置身無地하고 황연惶然 수괴羞愧하
여 (…중략…) 설부雪膚가 홍예紅暈하여 취미翠眉에 수운愁雲을 감추지 못하는 중
(…중략…) (정인광이) 비로소 안색顔色이 묵묵默默 준엄峻嚴함을 덜고 고쳐 화
평和平함을 이루어 가로대, "생生이 현자賢者로 더불어 화촉華燭의 예禮를 이룸
이 반년半年이라. 그 비록 오래지 아니나 신봉新逢 초일初日로 다름이 있을 듯하
거늘 부인이 어찌 수습收拾함을 과히 하여 중구衆口의 의아함을 이루고 인친姻
親의 우려憂慮하심을 끼치니잇가?" 소저가 오직 공경하여 들을 따름이오, 단순
丹脣이 함묵含默하여 일언一言도 대함이 없으니 한림이 너무 무미無味하여 시험
으로 말을 내미나 저의 대對치 아님이 괴이치 아니므로 구태여 대답을 재촉치
아니하며 서안書案의 고서古書를 뒤적여 이윽함에 시아侍兒를 명하여 침금寢衾
을 포설鋪設하고 취병翠屛을 기울임에 웃옷과 띠를 그르며 소저를 돌아보니 홍
수紅袖를 정히 꽂고 좌석座席에 단공端恭함이 요연嘹然이 침수寢睡에 뜻이 없는
지라. 짐짓 금선錦扇을 던져 가로대 "복복僕이 근일近日에 안병眼病이 있어 촉화燭
火가 심히 괴로운지라. 모름지기 선자扇子의 바람을 일으켜 촉을 멸滅하소서."
소저가 면수이청面垂而聽에 안서安徐히 일어나 촉을 협실夾室로 옮기고 또한 침
선針線을 다스리고자 하여 바늘과 실을 협실로 들이는지라. 한림이 그 중규重閨
에 합도合道함을 과선흠복過羨欽服함에 새롭고 궤집詭執한 마음이 일시에 파罷
하여 돈연頓然이 심우心憂가 화열和悅함에 이 본대 덕德을 흠모하며 색色을 호好
함이 아니나 여관女官에 무심한 자가 아니라. 어찌 소저로 하여금 협실에서 밤
을 지내게 하리오. 이연怡然이 몸을 두루혀 촉을 멸滅함에 소저를 이끌어 봉지
鳳池의 낙樂과 금슬琴瑟의 노름이 천추미화千秋美話라.

―『완월』37권, 3책, 208~209면

남편이 들어오자 아내는 예기禮記를 읽고 있다가 일어나 공손히 남편
을 맞이한다. 남편이 신혼 초일도 아니니 과도히 예를 차릴 필요 없이
편히 대하라 하자 아내도 공경하여 듣는다. 서로 자리를 정한 후 남편
은 책을 읽고 아내는 시비를 명하여 침금을 포설하게 한 후 단정히 앉

아 있다. 잠시 후 남편이 웃옷과 허리띠를 풀며 아내에게 자신이 근래 눈병이 나 밝은 촛불이 괴로우니 부채로 바람을 일으켜 촛불을 꺼달라고 한다. 아내에게 동침하자는 뜻을 은근히 비친 것이다. 아내는 그 말에 조용히 일어나 촛불을 협실로 옮기고는 그곳에서 침선을 다스리고자 한다. 이런 정결한 모습에 남편 또한 감복하여 그간 장인 때문에 아내를 박대했던 마음을 풀고 아내와 이성지친을 이루게 된다. 그것은 덕을 사모하는 것이지 색을 사모해서가 아닌 것이다.

이처럼 『완월』에서는 예법에서 벗어나기 쉬운 갈등의 심화 국면에서도 남녀 주인공들이 기본적인 예법을 충실히 재현하고 있다. 오히려 이런 기본적인 예법 그 자체에 흥미의 초점이 맞추어져 있는 것은 아닐까 생각해 보게 한다.

이러한 장면은 남녀 간의 가장 이상적인 잠자리의 전형을 보여주는 듯한 느낌을 준다. 비록 정인광이 부친의 명을 좇아 아내의 방에 왔으나 장인의 일 때문에 처음에는 아내와의 이성지친을 꺼려하는 장면, 장성완이 자가自家에 관한 일 때문에 남편 앞에서 부끄러워하는 장면도 간혹 드러나지만, 전체적인 내용은 가장 이상적인 부부의 동침 장면을 보여주려는 듯 남녀가 격식을 잘 지키는 가운데 화평하고 아름다운 부부의 모습으로 그려져 있다. 이러한 장면은 『창란』 등에서 부부간에 서로 격렬히 몸을 부딪치며 싸우는 장면과는 상당히 대조적이다.

물론 "이 이른 바 군자의 사복思服하던 바이오 숙녀의 기봉奇逢이니 천정가연天定佳緣이며 백세양필百世良匹이로대, 소저는 스스로 세간世間에 머무는 바를 슬퍼하고 한림은 숙녀의 대효성절大孝聖節을 탄복하는 중 장공(장현)을 통한痛恨함은 능히 풀지 못하니 부부의 뜻이 여차如此 고故로 화열和悅치 못함이 흠사欠事러라"45)라는 서술자의 평대로, 이 부분에서 이들 부부 사이에 놓여 있는 근원적인 문제가 해결되지 않고 있기에 이들이

---

45) 『완월』 37권, 3책, 209면.

완전한 화락을 이루었다고 보긴 어렵다. 『옥원』에서처럼 예법의 준수 국면이 형식과 내면이 일치하는 진정성의 단계로까지 승화되지는 않고 있는 것이다. 그럼에도 『완월』에서는 예법 자체만큼은 『창란』·『옥원』과 비교할 수 없을 정도로 철저히 지켜지고 있는 가운데 격식성이 강조되고 있다.

『완월』에서 남주인공이 준고峻固한 인물이고, 여주인공이 온순한 인물로 등장하는 것 또한 이러한 예법의 강조와 밀접한 관련이 있다. 경솔한 남주인공과 초강한 여주인공이 등장하는 『창란』과는 대조적인 이러한 인물설정으로 인해 『완월』에서는 남녀 간의 격식에서 벗어난 모습은 좀처럼 볼 수 없는 것이다. 심지어 장성완과 정인광 사이의 언사조차도 주로 시비들을 통해 오갈 정도로 결혼 후조차 직접적인 대면 장면도 드물다. 결혼 전에도 '남녀칠세부동석男女七歲不同席'의 윤리를 철저히 지키고 있으며, 결혼 후에도 내외內外를 엄격히 지키고 있다.

이처럼 세 작품은 남녀 간의 예절에 관한 문제에서 상당한 차이를 보인다. 『창란』에서는 혼전 남녀 간의 접촉이 심하고 결혼 후에도 부부간의 적나라한 몸싸움이 드러나는 반면, 『옥원』에서는 처음에는 남녀 간의 예의에서 벗어난 행위들이 보이나 점차 이러한 면모에서 벗어나 예의를 지켜가는 모습이 강조되고 있으며, 『완월』에서는 처음부터 끝까지 남녀 간에 지켜야 할 기본적인 예의규범 자체가 충실하게 재현되고 있다.46)

---

46) 물론 『완월』에서 남녀 간의 예절을 준수하기 위한 의도 이외에도, 남성에 의해 억압받는 여성의 모습을 확실하게 그려내기 위해 이런 갈등구조를 설정했을 가능성도 높다. 『창란』·『옥원』에서 비록 남녀 주인공은 혼전 빈번히 접촉하는 등 도덕적 규범에서 벗어난 결함이 있으나, 남주인공은 자신에 대한 절개만은 굳건한 여주인공에 대한 애정을 쌓아가게 된다. 또 남주인공이 진중치 못한 면모를 가지고 여주인공의 자존심에 상처를 주기도 하지만, 초강한 여주인공이 이에 대해 반격을 가함으로써 가부장제 사회에서의 여성에 대한 남성의 억압만을 일방적으로 그려내지는 않는다. 이에 반해 『완월』에서는 남주인공 정인광이 워낙 준고한 인물일 뿐만 아니라 혼전 남녀 주인공 간 접촉이 없기에 온순한 여주인공 장성완에게 애정을 갖기는커녕 자결을 명령하고 출거까지 하는 행동을 서슴지 않게 된다. 이를 통해 『완월』에서는 남성에 의해 억압받는 여성의 모습이 『창란』 등에서보다 더욱 여실히 드러난다.

특히 『창란』과 대비했을 때 『완월』은 거의 정반대의 상황으로 형상화되고 있다. 이는 비단 남녀 주인공뿐만 아니라 그 밖의 인물들에 관한 대목에서도 마찬가지이다.

먼저 또 다른 핵사건을 비교해 보면, 『창란』의 장우—이운—이운혜(양난주)의 사건에서도 남녀 간의 예법에서 벗어난 대목이 더욱 뚜렷하게 형상화되어 있다. 이운혜와 이미 혼인한 장우는 한림학사로 선향先鄕에 다녀오는 도중 우연히 청루靑樓에서 만난 양난주라는 여인을 천금을 주고 속량贖良해 준 뒤 며칠 밤을 동숙하면서 한 베개를 베고 자기도 하고,47) 부부로서의 언약을 맺기도 하는 등 혼전 남녀 간의 격식에서 상당히 벗어나 있다.48)

또 장우는 양난주를 마음에 두고 있기에 그의 정실인 이운혜와도 갈등을 일으키게 되는데, 이러한 대목에서도 부부간의 기본적인 예절과는 상당히 거리가 먼 장면들이 종종 등장한다. 신혼 초부터 장우는 다른 사람들이 있을 때는 이운혜와 손을 잡는 등 친한 척하다가 둘이 있을 때면 그녀에게 냉담하게 대하는 등 외친내소外親內疏하는 태도를 취함으로써 이운혜의 마음에 깊은 상처를 주었다. 그런데 이운혜의 주표朱標로 인해 두 사람 간에 이성지친이 없음을 어른들이 알게 되자, 장우는 양난주를 사모하고 있으면서 마음에도 없이 단지 주표를 없애기 위해 이운혜와의 동침을 감행하려 한다. 이러한 사실을 잘 알고 있는 이운혜는 남편과의 잠자리를 강력하게 거부하게 된다. 처음에 동침하기를 간절히

---

47) 양난주는 남복을 하고 장우를 따라나서게 된다. 양난주와 둘이 있게 된 장우는 "인연이 지중至重하여 만났으니 금야今夜를 허송虛送하리오? 이미 나의 기물器物이 되었으니 매사每事를 순종順從할지어다"(『창란』 5권, 561면)라고 말하면서 양난주와 이성지친 異姓之親을 이루고자 한다. 그러나 양난주는 정대한 태도로 이를 거절한다. 더욱이 양난주는 장우가 이미 혼인한 처지로 자신 때문에 장인을 배신하는 행동을 하게 될까 걱정하여 이를 더욱 거부한다. 이에 비록 두 사람이 이성지친을 이루는 단계로까지 나아가지는 않는다. 그러나 혼전 남녀가 함께 베개를 베고 누워 밤을 지낸다는 것은 당대 예법에서 상당히 벗어난 행위라 할 수 있다.
48) 이후에 양난주와 장우는 혼인하게 된다.

빌던 장우는 이운혜가 이를 끝까지 거부하자 끝내는 아내를 발로 무수히 차고 그녀에게 서안과 벼루를 던진다.[49] 이는 부부간의 갈등을 현실적으로 형상화한다고 볼 수도 있으나 예법을 중시하는 당시 상층 가문의 시각으로 볼 때는 매우 문제적인 장면이라 할 수 있다.

이와는 달리 『완월』의 또 다른 핵사건인 정인성(이자염)−소교완(정인중)의 갈등에서는 남녀 간의 예법에서 벗어나는 대목이 전혀 보이지 않는다. 장우와 마찬가지로 이미 이자염과 혼인한 정인성 또한 숱한 여자들의 유혹을 받는다. 그러나 그는 자신을 한 번 보고는 사모하여 천리길을 마다하지 않고 좇아온 석순영·만초란 등의 여인들에게 그 음란함을 꾸짖어 돌려보낸다. 이는 『창란』의 장우가 스스로 청루에 가서 여자를 사서 동침하려 하고 인연을 맺으려 하는 모습과는 사뭇 대조적이다. 또한 정인성과 이자염 부부 사이에 예법에서 벗어나는 대목을 전혀 볼 수 없다. 이들 부부를 해치려는 소교완과 정인중 때문에 끊임없는 고난에 시달리면서 이들은 서로에 대한 신뢰를 잃지 않으며 부부간에 사소한 말다툼을 하는 등의 양상 또한 전혀 보이지 않는다.

주변사건이라 할 수 있는 여주인공의 오라비에 관한 대목에서도 흡사한 면모를 엿볼 수 있다. 두 작품 모두 여주인공의 오라비는 남주인공 가문과의 신의를 지켜 남주인공 가문이 위기에 처했을 때 남주인공의 누이와 혼인을 하게 된다.

그런데 『창란』에서 한천희의 오라비인 한창영은 빼어난 인물임에도

---

49) "생生(장우)이 달래고 빌다 못하여 심기心氣 대발大發하여 미처 사체事體를 돌아보지 못하고 발로 많이 차니 소저小姐(이운혜)가 거꾸러지며 생의 분노忿怒 열화熱火 같아 벼루와 서안書案을 어지러이 던질 적 소저가 맞아 피 흐르며 유모乳母 창 밖에 있다가 들어와 붙드니 인사를 모르고 피 흐르기 그치지 아니하되, 생이 요동搖動치 아니하더니 이렇게 굴 적 시녀侍女 들어가 급히 고告하니 공公(이운)이 대경大驚하야 급히 나와 이 경상景狀을 보고 하도 어이없으니 유혈流血이 한방에 퍼졌으니 공이 대경大驚하여 급히 나와 좌우左右로 금창약金瘡藥을 가져오라 하여 깁을 매어 싸매고 소저가 정신을 수습收拾치 못하고 피는 깁 위로조차 사뭇 흐르니 생이 이때야 성이 비로소 내리고 공이 왔음을 대참大慙하여 몸을 일어나 소저 곁에 가 피를 씻으되"(『창란』 6권, 713면)

불구하고 호색하는 풍류랑으로 그려져 있다. 결혼 전에도 "도처到處에 미인을 따라 유정有情하"50)는 행실로 인해 외삼촌인 오급사에게 야단을 맞기도 하는 "허랑虛浪한 호걸豪傑"51)로 등장한다. 그렇기에 한창영은 위기를 피해 남장男裝한 장희의 여동생 장난희가 여자임을 짐작하고는 일부러 손을 잡고 자리를 함께 하는 등 혼전 남녀 간의 접촉이 심하다. 또한 결국 어쩔 수 없는 사정에서이긴 하지만 외삼촌인 오급사의 주선 아래 부모에게는 불고이취不告而娶한 채 혼인을 하게 된다.

이에 반해 『창란』의 한창영에 대응되는 『완월』의 장창린은 아내 이외의 다른 여자들에게 눈길 한번 주지 않을 정도로 단중한 인물로 그려져 있다. 그렇기에 장창린은 어렸을 때 미아迷兒가 되어 이빈의 양자로 길러지는 가운데 양가 부모에 의해 완월대에서 정월염과 혼약한다. 이런 정식적인 혼약의 절차를 거쳐 정월염과 맺어지며, 혼전 남녀 간의 접촉에 관한 내용도 볼 수 없다.52)

『창란』과 『완월』의 이런 대조적 국면은 두 작품에서 서사진행과 별 관련 없이 특정부분을 강조해서 그려내는 의도를 보여주려는 대목에서도 엿볼 수 있다. 『창란』의 후반부의 장우-이운-이운혜(양난주) 간의 갈등에서 남녀 간의 성적性的 교합交合을 연상시키는 장면을 의도적으로 강조하고 있다.

이운혜는 남편 장우가 상사병이 났음을 알기에 그를 치료해주러 온 도인道人이 실은 남장여자이며 남편이 사모하던 양난주임을 짐작한다. 이에 장우를 치료하고 돌아가는 양난주를 하인들로 하여금 겁박하여 데려오게 해서는 여자임을 밝혀내고 남편과의 혼사를 주선하려 마음먹는다. 그런데 이 대목에서 이운혜가 재상가 자제로 변모하여 양난주를 핍박하는 장면이 서사진행상 불필요하게 상당히 많을 뿐만 아니라, 이

---

50) 『창란』 3권, 203면.

51) 『창란』 3권, 202면.

52) 물론 『완월』에서 장창린과 정월염이 맺어지는 부분은 『맹성호연』에 있다 하면서 매우 축약되어 있어 전모를 알 수는 없다. 다만 이 축약된 부분을 가지고 볼 때, 그들 사이에는 혼전에 신체를 접촉하는 등의 면모는 보이지 않는다.

부분에서만 유독 이운혜가 본래의 성격과는 판이하게 형상화되고 있어 주목할 만하다.

우선 이운혜는 "잠깐 남의男衣로 그 여자를 꺾고자 하"53)여 양난주를 억지로 자신의 집으로 데려와서는 "포진鋪陳을 화려華麗히 베풀고 상탁床卓을 벌이고 좌우左右에 금병錦屏을 겹겹이 치고 금향錦香을 피웠으며 홍촉紅燭을 쌍쌍이 밝혀"54) 찬란하게 꾸민 방에 그녀를 들어가게 한다. 그러고는 자신 또한 남장하여 재상가 도련님으로 변장한 뒤에 양난주에게 수작을 걸다가 그녀의 손을 잡고 옷을 걷어 앵혈鸎血을 들추어낸다. 이운혜의 본래 목적대로 양난주가 여자임을 밝혀낸 것이다.

그런데 이 대목에서 이운혜가 남자로 변하지 않아도 양난주가 여자임을 밝혀낼 방법은 다양했을 텐데 굳이 이런 방법을 썼을 필요가 있었을까가 의심이 된다. 뿐만 아니라, 여자임을 알고 난 뒤에는 이운혜가 양난주를 핍박하는 대목이 서사전개상 별 필요 없는데도 과도하게 노골적으로 전개되고 있다. 이운혜는 자신이 재상의 독자로 많은 여인들을 원한다면서 이 밤을 허송치 말자며 억지로 양난주를 핍박한다. 우김질로 양난주를 안고 침상에 누이면서 겁탈하려는 장면이 급박하게 펼쳐지며, 이에 양난주는 망연자실하여 넋을 잃게 된다.

이미 앵혈로써 여자임을 밝혀낸 뒤에 과연 이러한 장면이 서사전개상 필요했을까를 생각해 보게 한다. 마치 실제로 재상가 자제가 평소 마음에 둔 여자를 납치해서는 겁탈하려는 장면을 연상시키듯, 이 장면은 남장한 이운혜와 여자임이 들통난 양난주 사이의 접촉이 마치 이성간의 교합을 보듯 농염하면서도 강도 높게 진행되고 있다. 비록 양난주가 다음날 아침에 깨어 앵혈이 그대로임에 실절失節치 않은 것을 알지만, 그 이전의 장면은 한 가녀린 여자가 명문가 자제의 성적 노리개가 되는 장면을 충분히 연상시키고 있는 것이다.

---

53) 『창란』 7권, 64면.
54) 『창란』 7권, 72면.

사건전개상 이운혜가 앵혈을 들춰내서 양난주가 여자임을 알았다면, 자신 또한 여자임을 밝히고 장우와의 혼사를 주선했으면 되었을 것이다. 그런데 왜 서술자는 계속해서 이운혜로 하여금 능청스럽게 재상가 자제의 역할을 하게 하면서 양난주를 겁탈하려는 행각을 극대화하여 그려냈을까?

백영대사가 이 일로 인해 양난주의 액운이 다 했다고 현몽現夢했듯이, 양난주의 남은 액을 때우기 위한 장치였을 수도 있다. 그런데 백영대사의 말이 갑작스런 느낌을 줄 뿐만 아니라 이미 부모를 잃고 사창가를 떠돌았던 양난주는 그 자체로 충분히 많은 불운을 경험하였는데 액을 없애야 한다는 구실 아래 굳이 이런 도발적이고 선정적인 장면을 그릴 필요가 있었을지 생각해 볼 필요가 있다.

더욱이 이 장면에서는 이운혜가 본래의 성격과는 정반대로 그려지고 있다는 점 또한 주목할 만하다. 양난주가 여자임을 밝혀낼 계책을 이운혜가 그 부친 이운에게 말했을 때, 이운이 "네 본디 심甚히 소졸疏拙하니 네 능히 송가자의 기변機變을 당할까 싶으냐?"55)라고 걱정하는 점에서 볼 수 있듯, 평소의 이운혜는 매우 온순하고 내성적인 성격으로 그려진다. 장우와 이운혜 사이의 갈등 또한 이러한 이운혜의 성격에서 기인하기도 한다. 너무나 온순한 이운혜를 장우는 답답하게 느껴 이들 부부 사이가 벌어지게 되고 더욱이 장우가 활달한 양난주를 사모하게 됨으로써 그 갈등은 더욱 심화되었던 것이다. 그런데 이 대목에서는 이운혜가 갑자기 과감하고 활달한 성격으로 돌변하고 있다. 인물형상화의 일관성을 포기하면서까지 이런 장면을 형상화하고 있는 이유는 무엇일까를 생각해 볼 필요가 있다.

이 대목을 『창란』과 흡사한 구조를 지니는 『금향정기』56)와 비교해

---

55) 『창란』 7권, 64면.

56) 한국학중앙연구원 소장본 『금향정기』 또한 『창란』·『옥원』·『완월』 세 작품과 매우 흡사한 내용을 담고 있다. 우선 『금향정기』의 전체구조는 『창란』과 거의 흡사하다.

보면 그 이유를 더욱 확실히 알 수 있을 것이다. 『금향정기』에서 유우
경-이현-이옥영(양몽옥) 간의 갈등은 『창란』에서의 장우-이운-이운
혜(양난주) 간의 갈등과 흡사하게 전개된다. 그런데 이옥영이 양몽옥이
남장여자임을 밝히는 대목은 『창란』과는 많이 다르다. 『창란』에서 이운
혜가 주도적으로 이 일을 전담하던 것과는 달리 『금향정기』에서는 이

소인형 장인과 군자형 사위와의 반목과 화해를 다룬 사건, 사혼賜婚하여 둘째부인이
된 군주郡主와 군주에게 미혹된 시부모가 첫째 부인을 박대하는 사건, 자신을 구해주
고 사위로까지 삼아준 은인의 딸을 길에서 만난 여인 때문에 박대하는 사건 등 세 개
의 이야기가 나오는데, 이는 『창란』에 등장하는 세 개의 사건과 흡사하다. 단 『창란』
에 비해서 문제의식이 떨어지는 부분이 많다. 『창란』은 은원恩怨에 반비례해서 돌아가
는 세태 등의 문제를 부각시켜 그리고 있는데, 『금향정기』에서는 특별히 이런 의도가
눈에 띄지 않는다. 재미있는 사건 세 개를 모아놓은 듯한 느낌을 줄 뿐이다.
　그런데 소인형 장인과 군자형 사위의 옹서갈등담은 그 구체적이고 세세한 내용에서
는 『옥원』과 매우 닮아 있다. 남주인공이 여주인공의 부친을 들보에 매달고 나올 때
자신의 집에서 여주인공에게 신물로 준 황옥순(『옥원』에서는 옥원앙)을 가지고 나오
는 대목, 남주인공이 자신의 실수로 여주인공이 투신자살하자 제전을 지어 올리고 독
신으로 살겠다고 결심하는 대목, 여주인공이 자신을 구해준 자가 남주인공의 부친임
을 알고도 자기 부친의 행실이 부끄러워 다시 투신자살하는 대목, 남주인공이 손수 나
무를 하고 여주인공이 손수 베를 짜면서 가난한 생활 속에서도 부친(시아버지)을 극진
히 모시는 대목, 결혼하여 남주인공이 이불을 덮어달라고 하는데 여주인공이 유모에
게 이를 시키자 남주인공이 화내는 대목, 며느리가 벼를 훑다가 손을 다치자 시아버지
가 붕대로 매어주려다가 앵혈鶯血을 발견하는 대목, 첫날밤에 남주인공이 여주인공의
나상羅裳을 찢고 억지로 이성지친을 이루는 대목 등은 『창란』에서는 보이지 않는 대
목으로 오히려 세세한 부분에서는 『옥원』의 화소와 많이 닮아 있다. 물론 『옥원』에는
나오지 않고 『창란』에만 나오는 대목도 있다. 여주인공의 모친이 자기 딸 부부가 동락
하는 모습을 보려다가 실족하여 난간에서 굴러 떨어져 다른 사람들의 치소를 받는 장
면 등은 『창란』과 흡사하다.
　한편, 소인형 장인과 군자형 사위와의 옹서갈등담, 사혼한 군주郡主와 군주에게 미혹
된 시부모가 첫째 부인(며느리)을 박대하는 사건 등은 『완월』과도 흡사하다. 특히 『완
월』이 남주인공과 여주인공의 혼약이 '완월대'라는 곳에서 이루어진 점에서 연유하여
제목을 '완월회맹연'이라고 한 것처럼, 『금향정기』에서도 남주인공과 여주인공의 혼약
이 '금향정'이란 곳에서 이루어진 점에 연유하여 제목을 '금향정기'라고 붙인 것이 흡
사하다.
　그런데 『금향정기』는 3권 3책으로 대하소설로 보기 어려울 뿐만 아니라 매우 후대
의 작품으로 평가받고 있기에(문용식, 「정신문화연구원본 『금향정기』 연구」, 『한국학
논집』, 한양대 한국학연구소, 1990, 162면) 『창란』·『옥원』·『완월』과 동일선상에서
비교하기 어렵다. 그러나 보조자료로서의 활용가치는 충분하다.

옥영의 부친 이현이 양몽옥을 자신의 집으로 데려오는 일을 맡으며, 이옥영은 양몽옥에게 유우경과 혼인할 것을 간청하는 일을 담당할 따름이다.

먼저 데려오는 장면을 비교해 보면, 『창란』에서 창두들이 강박하여 양난주를 납치하다시피 데려오는 것과는 달리, 『금향정기』에서는 이현이 정중히 부탁하여 양몽옥이 온다. 또 남장여자임을 알아내는 대목에서는 『창란』에서 이운혜가 남장을 하고 들어와 양난주를 겁탈하려는 양상으로 전개되던 것과는 달리, 『금향정기』에서는 이옥영이 명부命婦의 복식을 갖추고 와서 절한 뒤 자신이 원비 자리를 내놓겠으니 양몽옥이 유우경과 혼인하여 줄 것을 간청하게 된다. 그렇기에 『창란』에서처럼 마치 재상가 도령이 남장한 여자의 정체를 알고 억지로 데려와 겁탈하려는 내용은 전혀 나오지 않는다. 이는 『창란』에서 이성 간의 성적 접촉을 강조하여 그려내려는 의도가 있음을 확인케 한다.

사건전개상 꼭 필요하지 않은 부분에서 과도하게 남녀 간의 성적 결합을 상기시키는 대목을 부각시켜 그려내고 있는데, 이러한 장면 또한 『창란』에서 남녀 간의 예법에서 벗어나는 장면을 통해 이성적인 접촉을 부각시켜 그리려는 의도와 맞닿아 있다 할 수 있을 것이다. 이러한 국면 자체에 흥미의 초점이 놓여 있다 할 수 있을 정도이다.57)

이와는 달리 『완월』에서는 또 다른 핵사건인 소교완—정인성 간의 갈등에서도 예의규범 자체를 매우 중시해서 그려내려는 의도를 엿볼 수 있다. 소교완의 친정에서 그녀의 패악을 알고 그녀를 친정으로 오게 하는 긴박한 대목에서도 소교완이 소부에 도달하는 전 과정이 다음과 같이 상세하게 묘사되어 있다.

---

57) 이런 국면은 그 후편인 『옥란기연』에 이르면 더욱 노골적으로 나타난다. 예법에서 벗어난 모습이 속출하는 가운데 남자의 성기를 가리키는 말이 나오는 등 이성 간의 성적 접촉에 초점을 맞춰 흥미적인 요소를 극대화하고 있다(이에 대해서는 이상택, 「『창난호연 연작』의 텍스트 교감학」, 『고전문학연구』, 15, 한국고전문학연구회, 1999에서 상론한 바 있다).

상서尚書(소교완의 큰 오라비)가 추연이색惆然異色하여 명命을 받아 서종제庶從弟 참군參軍 소응으로써 주거朱車를 영令하여 태운산 정부程府에 가 매제妹弟(소교완)를 호행護行하여 데려오라 하니 소응이 또한 준준蠢蠢 면강勉强하여 정부인貞夫人(소교완)을 받들어 돌아올세, 비록 검박儉薄하여 사치를 나타내지 않았으나 자연自然한 위의威儀가 정정제제正正齊齊하여 화교옥륜華轎玉輪의 난화亂譁 소리는 금옥金玉을 동動하는 듯하거늘 쌍쌍雙雙한 소아小兒와 언건偃蹇한 관환官宦이 전후를 시위侍衛하여 애애靄靄한 향취香臭는 한 진陣 무산巫山을 이루었는데, 공자公子 인중(소교완의 아들)이 주하관奏下官과 배리陪吏로 좌우左右를 호행하니 그 존대귀중尊大貴重함이 일품一品 내자內子와 경상卿相 태부인太夫人임을 묻지 않아 알지라. (…중략…) 부문府門에 미쳐서는 인중이 옥교玉轎를 붙들어 직입내정直入內庭하니 (…중략…) 거성車聲이 인린轔轔하고 적불赤韍이 표표飄飄한 가운데 향취香臭가 옹비壅鼻하고 위의威儀 제제齊齊하여 일승一乘 옥교를 제손諸孫이 붙들어 정중庭中에 미쳐서는 제소저諸小姐가 일시一時에 하당下堂하여 영접迎接하고 인중이 빨리 덩(여자가 타는 가마의 일종) 문을 엶에 부인이 바삐 출교승전出轎承殿하여 훤당萱堂을 바라고 곡난曲欄을 둘러 금련金蓮을 가벼이 옮길세, 빙자옥골氷姿玉骨과 화모성질花貌聲質이 참연嶄然 기려奇麗함은 볼수록 새로우니 그 특초特超하고 유별有別함은 어찌 비比할 곳이 있으리오?

─『완월』 96권, 7책, 125면

소부에서 소교완의 악행을 알고 그녀를 죽이기 위해 소교완의 모친 주부인이 병환이 심하다 거짓말하여 소교완을 친정에 오게 하는데, 이러한 급박한 대목에서도 소교완이 소부에 오는 전 과정이 위에서처럼 상세하게 그려지고 있는 이유는 무엇일까? 과연 이 대목에서 이렇듯 그 절차를 일일이 나열할 필요가 있었을까 생각해 볼 필요가 있다. 소교완이 소부로 오는 절차가 생략되고 곧바로 소부에서 사약을 받는 상황으로 전개되는 것이 서사전개상 더 자연스러울 수 있기 때문이다. 물론 화려한 친정 나들이의 모습을 통해 영화로운 소교완의 모습을 보여줌으로써 이후에 친정부모에 의해 벌을 받고 죽을지도 모르는 비극적 상황을 더욱 극적으로 보여주기 위한 의도일 수도 있다. 그렇다고 하더라도 소교완이 부모에게 사약을 받게 되는 사건이 곧바로 이어지는 급박한 상황 속에서 예의절차에 관한 이러한 상세한 나열이 과연 사건전개상 필요할까 하는 의구심을 계속 갖게 만든다. 그것도 단순히 화려한 측면만이 아니라 소교완이 시댁에서 친정으로 오는 전 과정이 일목요연하게 제시되고 있다.

서종庶從 형제인 소응이 주거朱車를 가지고 소교완을 호위하러 오고, 소교완의 아들 정인웅 등도 교자轎子 옆에서 호위하여 함께 오다가, 소부의 부문에 이르러서는 정인중이 교자를 붙들어 내정內庭에 들어간다. 이후 소부의 제손諸孫들도 정인중과 함께 교자를 호위하며 모든 소저小姐들이 일시에 하당下堂하여 영접하는 가운데, 정인중이 교자의 문을 열어 소교완이 출교出轎해서는 승전昇殿하게 된다. 이처럼 귀녕歸寧하는 제 과정이 일목요연하게 제시되고 있는 것은 단순히 화려함만을 보여주기 위한 의도라고 보기 어렵다. 서사전개상의 필요보다는 오히려 "일품一品 내자內子와 경상卿相의 태부인太夫人"이 친정에 가는 전 과정을 상세하게 형상화하기 위한 의도가 짙게 깔려 있다고 보아야 할 것이다. 즉 서사전개 자체와는 커다란 관련 없이 귀녕하는 예의절차에 관한 장면이 그 자체로 강조되어 그려지고 있는 것이다.

이렇듯, 『완월』에서는 서사전개와 긴밀한 관련이 없는 예의절차에 관한 내용이 강조되어 형상화되는 등 예의격식을 매우 중시하는 양상을 볼 수 있다.58) 『완월』에서의 이러한 예식 모티프는 긴박감 넘치는 빠른 서사전개를 원하는 독자에게는 오히려 독서하는 데 방해가 될 수도 있을 것이나, 예의격식에 대해 관심이 높았던 상층의 독자들에게는 그 자체로 유익하면서도 흥미로운 장면이 될 수 있었을 것이다. 실제와 거의 방불한 예의격식들에 주의를 기울이면서 하나하나 그 절차들을

---

58) 정병설, 『『완월회맹연』 연구』(태학사, 1998, 105~119면)에서도 『완월』에서의 예에 대한 관심을 예식禮式, 예론禮論, 변례變例로 나누어 상론한 바 있다.

짚어보는 재미가 쏠쏠했을 것이기 때문이다.

이처럼 『창란』에서는 주요인물들이 예의격식에서 벗어난 부분들이 많이 보이며, 이러한 일탈된 행위 자체에 특히 남녀 간의 노골적인 접촉 장면에 흥미의 초점이 맞추어져 있음을 알 수 있고, 『완월』에서는 『창란』과 같은 자극적인 장면과는 달리 예의격식에 충실한 규범적인 모습을 그려내는 데 강조점이 주어져 있으며, 이러한 격식절차가 오히려 또 다른 흥미의 요소로서 작용했음을 알 수 있다. 한편 『옥원』에서는 예법으로부터 일탈했던 인물들이 자신들의 잘못을 깨우쳐 이를 철저히 지키는 과정 자체에 흥미를 두고 있음을 알 수 있다. 비록 『완월』에서처럼 예법에 충실하지는 못하지만 오히려 그 각성의 국면을 통해 『창란』·『완월』과는 또 다른 진지함을 보여주고 있으며 바로 그 변화의 국면 속에 흥미 요소가 놓여 있는 것이라 할 수 있다.

요컨대, 『창란』에서는 예법에서 일탈함으로써 흥미를 창출하고 있다면, 『완월』에서는 예법 자체에 대한 흥미를 유발하려 하고 있다. 한편 『옥원』에서는 예법으로부터 일탈했다가 그것을 준수하게 되는 변화 국면에 흥미가 놓여 있음을 알 수 있다.

2. 일상과 이념

1) 세태의 재현

『창란』·『옥원』·『완월』 세 작품에서 소인형 장인은 모두 추세이욕 趨勢移慾하여 온갖 비루한 행실을 하는 인물로 형상화된 점에서 매우 흡사하다. 그런데 『옥원』의 이원외, 『완월』의 장헌이 꿈에 선친先親에게 불려가 태장笞杖당하여 중병에 걸린 이후에는 자신의 잘못을 뉘우치고 군자형 인물로 거듭나는 것59)과는 달리,『창란』의 한제는 개과할 만한 별다른 기제가 마련되어 있지 않은 채, 처음부터 끝까지 추비醜卑하고 뻔뻔한 성격으로 일관한다.

『창란』에서 이처럼『옥원』·『완월』과는 달리 소인형 장인이 병에 걸린 뒤 개과하는 장면이 빠져 있는 점은 흥미로운 사실이라 할 수 있다. 이에 따라 고전소설의 인물로서는 특이하게 한제는 뚜렷한 결함이 있는데도 개과하지 않은 채로 그 성격을 시종일관 유지한다. 이는 복선화음福善禍淫의 인과구조와는 거리가 멀다.

그렇기에 한제는 사위인 장희와 대립하는 가운데 끝까지 해결의 실마리를 찾지 못한다.『옥원』·『완월』에서 중병에 걸린 장인이 사위의 간호를 받으며 병이 나은 뒤 개과하여 옹서간의 화해 분위기가 조성되는 것과는 달리,『창란』에서는 병에 걸리기는커녕 개과하는 장면마저도 빠져 있기에 한제는 처음부터 끝까지 비굴하고 줏대 없는 인간으로 그려지는 가운데 옹서간의 화해는 유보되고 있다.

사돈 장두의 시신을 선산에 돌아오지 못하게 해 놓고도 자신 때문에 이상한 시신이 선산에 오지 않아서 다행이지 않느냐고 큰소리치는가 하면,60) 사위의 동생 장우가 그 장인을 배은하는 행동을 하자 이를 자신의 명예를 회복할 기회로 삼아 장부로 달려가기도 하고,61) 남방을 순무하고 돌아온 사위 장희가 자기집을 찾지 않자 귀녕 온 딸을 시가로 돌려보내지 않음으로써 부부간의 상봉을 막기도 하는 등 한제는 작품

---

59) 돌아가신 부친에게 매를 맞는 꿈을 꾼 뒤 중병에 걸리는 사건은 이들이 각성하는 데 결정적 계기를 제공한다.

60) 한제는 경제에게 아부하기 위해 장두의 시신조차 선산에 돌아오지 못하게 한다. 그런데 실은 그것은 장두의 시신이 아니라 장두의 죽음을 가장하기 위한 다른 사람의 시신이었다. 이 때문에 한제는 이후 장두가 복귀한 다음 이 일에 대해 사과하기는커녕, 자신 때문에 이상한 사람의 시신이 장씨 가문의 선산에 오지 않아서 다행이라 큰소리친다.

61) 이에 대해서는 바로 뒤 3장 3절에서 자세히 살펴보기로 한다.

의 처음부터 끝까지 추비하고 뻔뻔한 성격으로 일관하고 있다.

비록 작품의 말미에서 자신을 냉대하는 사위를 그 사돈에게 고자질하여 매 맞게 하고는 살점이 떨어져나가는 사위의 모습에 놀라 태장笞杖하는 것을 말리는 작은 사건이 있긴 하지만, 옹서간의 갈등은 진정한 해결의 실마리를 찾지 못한 채 끝나고 만다. 단지 사위 장희가 부친의 염려와 친구 한창영의 체면, 그리고 아내 한천희 및 그 자식들을 생각해서 장인을 장인으로 인정할 뿐이다.

이는 부부갈등에서도 마찬가지이다. 즉자적이고 충동적인 성향을 다분히 지닌 장희는 장인의 죄를 용서한다고 했다가도 다시 장인을 욕하기도 하고, 자신의 아내 앞에서 그 장인의 잘못을 낱낱이 말함으로써 아내 한천희가 토혈한 뒤 혼절昏絶하게 하는가 하면, 장우의 일과 관련하여 한천희가 양난주가 죽는 것이 마땅하다 하자 장희는 죽어야 할 사람은 오히려 한천희라 말함으로써[62] 한천희로 하여금 식음을 전폐케 한다. 그렇기에 한천희는 부친을 용서해 주는 것에 안도의 숨을 내쉬다가도, 조산한 둘째 아들을 남편이 삼칠일간 품에 품어 소생시킨 일로 남편과 화해를 하다가도, 잊을 만하면 부친을 욕하며 친정일로 자신을 조롱하는 남편 때문에 토혈을 반복하고 혼절하는 가운데 그 한스러움을 풀지 못하고 마음에 담아두게 된다.

한천희 또한 서모庶母 진씨를 맞이하여 집안일에서 벗어나자 "등의 가시를 빼듯 시원"[63]해 하고, 시동생 장우와 이운혜의 혼인날, 자신과는

---

62) 장희의 동생 장우가 이공의 은덕을 입고 그 사위가 되었음에도 불구하고 양난주 때문에 본부인 이운혜와 갈등을 겪고 배은하는 행동을 하자, 한천희는 양난주가 죽어야 할 사람이라고 말한다. 그러나 이 말을 들은 장희는, 집을 나와 자신을 조주까지 따라온 한천희가 도리어 죽어야 할 사람이라고 말한다. 이는 장인 한제가 장씨 집안을 배신하고 다른 데 시집보내려는 것을 피해서 한천희가 집을 나왔다가 우연히 장희가 있는 조주에 이르게 되었던 일을 조롱한 것이다. 즉 이는 한천희가 부친의 실덕失德으로 인해 도로에서 유리流離할 수밖에 없었던 일을 조롱하는 것으로, 한천희의 마음속에 있는 열등감과 원죄의식에 깊은 상처를 내는 폭언이었던 것이다.

63) 『창란』 5권, 80면.

달리 양가부모 앞에서 성대하게 결혼하는 것을 시샘하여 칭병稱病하고 나오려 하지 않는 등 힘든 일을 싫어하기도 하고 마음이 넓지 못한 측면을 지니고 있기도 있다. 그 스스로가 성스러운 차원으로 승화됨으로써 친정과 관련한 원죄原罪의식에서 벗어나는 것과도 거리가 멀다. 더욱이 한천희의 입장에서는 부친 한제가 개과하지 않음으로써 친가에 대한 원죄의식을 풀어버릴 수 있는 근원적인 계제가 마련되어 있지 않다.

그 부친이 남편과 절대적인 원수지간은 아니기에 여주인공이 자기 친정과 남편과의 갈등으로 인한 한을 풀어버릴 수 있는 가능성을 지니고 있음에도 불구하고, 좀처럼 해결의 실마리를 얻지 못한 채 사건이 종결되고 있다. 그렇기 때문에 여주인공의 마음속에 쌓여 있는 한은 일견 풀리는 듯하면서도 다시 쌓이곤 하는 일이 되풀이된다. 친정에 대한 원죄의식을 말끔히 씻어버리지 못하는 것이다.

단지 한천희와 장희 또한 작품의 말미까지도 부부갈등이 극도로 격하게 진행되다가 사소한 오해가 풀리고 부부가 화락하였다는 관습적인 결말로 작품이 종결되고 있다. 그렇기에 부부간에 진정한 화해가 이루어지지 않고 '미완의 구조'로 끝나게 된다.64) 이는 복선화음의 인과적 완결성을 중시하는 것과는 거리가 멀다.

이러한 탈인과적 구조는 또 다른 핵사건과의 상응을 통해 더욱 선명하게 드러난다.65) 『창란』에서는 전반부에 펼쳐지는 장희-한제-한천

---

64) 이에 대해서는 양민정(「『창란호연록』에 나타난 옹翁-서壻, 구舅-부婦간 갈등과 사회적 의미」, 『한국가문소설연구논총』 2(이수봉 외), 경인문화사, 1997, 238면)이 이미 지적한 바 있으며, 졸고(「소인형 장인이 등장하는 옹서대립담 연구」, 『고소설연구』 15, 한국고소설학회, 2003b, 297~300면)에서도 논한 바 있다.

65) 세 작품은 각각 두 개의 핵사건이 존재한다. 이러한 핵사건들은 서로 간에 밀접하게 관련됨으로써 각각의 사건의 의미를 분명하게 하며 작품의 의미를 심화시키는 것이 특징이다. 한 작품의 의미를 제대로 이해하기 위해서는 이러한 핵사건들이 어떠한 방식으로 상응하고 있는가를 살펴보는 것이 매우 중요하다. 따라서 본고에서는 세 작품을 비교함에 있어 서로 흡사하게 닮아 있는 핵사건과 더불어 닮지 않는 핵사건도 검토하고자 한다.

희 사이의 갈등과 후반부에 펼쳐지는 장우-이운-이운혜(양난주) 사이의 갈등과의 상보적인 대응을 통해 다음과 같은 의미망을 도출해 낼 수 있다. 장우-이운-이운혜(양난주) 사이의 갈등에서는 여타의 소설에서 볼 수 있는 지인지감知人之鑑 화소를 패러디하듯, 죽을 위기에 처한 부친의 목숨을 구해주었으며 부친의 귀양으로 인해 떠도는 자신을 거두어 길러주고 사위로까지 삼아준 이운을 배신하게 되는 상황이 펼쳐짐으로써 그 자체로 은원恩怨의 인과구조에서 상당히 벗어나 있다. 뿐만 아니라 전반부의 장희-한제-한천희 사이의 갈등과 대비됨으로써 작품 전체적으로 탈인과적인 구조를 더욱 분명히 드러내게 된다.

장희의 경우에는 장인 한제가 자신의 가문을 배신한 인물임에도 불구하고 아내 한천희에 대한 애정은 각별한데 반해, 장우의 경우에는 그 장인 이운이 자신 집안의 중대한 은인임에도 불구하고 아내 이운혜에 대한 애정이 소원한 양상이 대비된다. 장희의 경우에는 "악장岳丈으로 유극有隙하되 금실琴瑟이 중重하고",66) 장우의 경우에는 악장의 "불세지은不世之恩을 저버려"67) 아내를 박대하는 상황이 펼쳐지는 것이다.

더욱이 강직하고 신의 있기로 명망 높은 이운 또한 남편과의 잠자리를 일방적으로 거부하는 등의 딸의 잘못은 알지 못하고 사위의 잘못만을 확대해석하는 가운데 편협한 인간으로 전락할 뿐만 아니라, 그가 출정出征한 사이 그의 부인이 자신의 딸을 박대하는 사위 대신 다른 남자에게 개가改嫁시키려 함으로써 이운은 면목을 잃게 된다.

전반부에서는 남주인공의 부친인 장두가 위기에 처했을 때, 절친한 사이에도 불구하고 장두를 배신하고 그 아들까지 죽이고자 했던 한제와 범연한 사이임에도 장두를 구해주고 그 아들까지 사위로 삼아준 이운이 소인과 군자의 대표적인 인물로서 양별兩別되었다.68) 그런데 후반

---

66) 『창란』 6권, 599면.

67) 『창란』 8권, 199면.

68) 이공(이운)이 처음 경사京師에 있을 적 장공(장두)으로 더불어 직절명행直節名行이 상

부에서는 이운이 자기 부인의 실덕失德을 알게 된 뒤 "내 일찍 한로虜집을 통한痛恨하더니 내 또한 한제보다 더한 사람이 될 줄을 뜻하였으리오?"69)라고 탄식하고, 종국에는 자식을 잘 두어 복 많은 한제를 부러워하기까지 한다.70)

한편 한제는 "상常히 고독孤獨한 것이 매양每樣 현사賢士로 일위더니('일컫더니') 그 가행家行이 어찌 딸을 두 번 개절改節코자 하였느뇨? 왕년往年에 여아女兒를 영국구英國舅집에서 혼인코자 하되, 구태여 부도婦道 아니라 성례成禮한 명부命婦도 타문他門의 보내려 할 적에 혼인('혼약婚約'의 오기)한 규수閨秀를 의논함이 변變이랴?"71)라고 말하는 대목에서 볼 수 있듯, 현사로 자처하던 이운이 그 딸을 개가시키려 했던 것을 비웃고 자신이 전일에 자신의 딸 한천희와 장희와의 혼약을 파기하고 한천희를 왕진 등의 권귀가문에 시집보내려 했던 일은 큰 잘못도 아니라고 너스레를 떤다.

전반부에서 남주인공 가문에 커다란 은혜를 베풀었던 이운은 후반부에서 도리어 면목을 잃고, 남주인공 가문을 철저히 배신했던 한제는 후반부에서 도리어 면목이 서게 되는 것이다. 전·후반에서의 인물의 상반된 위치는 『옥원』·『완월』에서처럼 소인형 장인이 개과하여 전혀 다른 사람이 됨으로써 그 인물에 대한 평가가 달라졌다면 그다지 문제가 될 것이 없다. 그런데 『창란』에서는 소인형 장인이 개과함이 없이 이전

합相合하니 문경지교刎頸之交가 되었을 것으로되, 이공이 (장두가) 한제를 사귐을 추醜히 여겨 범연泛然이 친하더니 그 아들(장우)을 못 미칠 듯이 구하여 천금千金 아녀兒女로 동상東床을 정하니 한공은 장공의 태산 같은 은혜를 저버리고 도리어 그 아들을 찾아 죽이고자 하니 장공('양공兩公'의 오기)의 인물이 현격懸隔함이 이 같으리오(『창란』 1권, 102면).

69) 『창란』 10권, 357면.

70) 한천희가 쌍둥이를 낳은 뒤 또 아들을 낳자 경거망동하며 기뻐하는 한제를 보고 이운은 "한로虜의 거동과 유복裕福함을 보고 자가自家로 따를 길 없은지라, 자연自然 안색顔色이 다르"(『창란』 11권, 475면)게 된다. 또 한제의 아들 한창영의 빼어남을 보고 "유복함을 미칠 길 없는 바는 창영의 도덕道德과 대절大節을 위무불응굴威武不應屈 부귀불응음富貴不應淫하니 어찌 부러워함이 없으리오?"(『창란』 11권, 475~476면)라고 말한다.

71) 『창란』 11권, 451면.

그대로의 모습인데 전반부와 후반부에서 이런 상반된 위치에 처하게 되다는 점에서 더욱 문제적이라 할 수 있다.

이처럼 『창란』에서는 복선화음의 인과구조에서 상당히 벗어나 있는 가운데 인물들 간의 갈등 또한 완정完定한 결말을 맺지 않고 있다. 소인형 장인은 잘못이 있음에도 개과하지 않은 채로 살아가는 점, 옹서간의 혹은 부부간의 갈등이 명확히 해결되지 않는 점 등은 이를 잘 보여준다. 특히 후반부의 장우-이운-이운혜 사이의 갈등은 전반부의 장희-한제-한천희 사이의 갈등과 대비되는 가운데, 인과적 논리구조가 잘 통용되지 않는, 요지경 속의 세상사를 잘 보여준다. 은원恩怨에 반비례해서 돌아가는 세태, 악덕德惡에 반비례해서 돌아가는 세태를 형상화하고 있는 것이다.

요컨대, 『창란』에서는 권선징악의 논리와는 거리가 먼 삶의 양태가 잘 드러나 있다. 이는 도덕률에 기인한 인과적 논리구조가 잘 통용되지 않는, 일상적인 삶의 모습, 즉 일상적 체태를 재현한 것에 가깝다 할 수 있다.

2) 이념의 환기

『옥원』·『완월』에서는 소인형 장인이 꿈에 돌아가신 부친으로부터 매를 맞고 중병에 걸린 뒤에 개과함으로써 군자형 인물로 거듭나게 된다. 그런데 온갖 비루한 행실을 저질렀던 소인형 장인이 갑자기 성인군자로 변모하는 것은 현실적으로 개연성이 그리 높지 않은 부분으로, 이는 사위와의 화합을 이루기 위한 의도적 장치라 할 수 있다.

소인형 장인의 이러한 변모에 따라 옹서갈등, 부부갈등도 완전한 해결을 보게 된다. 그토록 추비醜鄙하던 장인이 하루아침에 어엿한 군자로 변모하자 사위 또한 장인을 진정으로 받아들이게 된다. 장인 또한 그

동안 사위가 자신을 냉대했던 일을 마음에 쌓아두었으나 중병에 걸려 사경死境을 헤매는 자신을 사위가 구해준 일에 감동하여 그간의 쌓인 감정을 풀게 된다.

부부갈등에서도 이들 갈등의 주원인이라 할 수 있는 소인형 장인(부친)이 개과함에 따라 갈등이 진정한 해결의 국면으로 접어들게 된다. 여주인공의 원죄原罪의식의 근원이라 할 수 있었던 부친이 갑자기 개과하여 사위와의 극적인 화해를 이루게 됨으로써 부부간의 갈등이 자연히 해소되는 것이다.

뿐만 아니라 『옥원』·『완월』 두 작품에서는 여주인공이 스스로 성스러운 차원으로 승화됨으로써 친정에 대한 원죄의식에서 벗어나는 장면이 핍진하게 형상화되어 있다. 『창란』의 한천희가 계속해서 초강하고 교만한 성품을 고치지 않는 가운데 시가에 별다른 공헌을 하지 못하는 것과는 달리, 『옥원』의 이현영, 『완월』의 장성완은 시가에 대한 지대한 공헌을 통해 자신의 위상을 높이게 된다.

『옥원』의 이현영은 침선방적을 하여 남편이 생계를 전혀 걱정하지 않게 집안을 책임지는 가운데 그 위치를 확고히 하고, 대외적으로도 그 절의와 인물됨을 높이 평가받아 친척들로부터 이원외에게 저런 딸이 있는 것이 놀랍다 생각할 정도로 인정받으며, 가난한 이웃들에게까지도 선행을 베풀어 덕망이 드높다. 정병설의 지적대로 이현영은 성스러운 차원으로까지 승화되고 있다.[72] 그리하여 후일에 임금으로부터 '순절부인'이라는 칭호를 받고 사마공이 전을 지어 세상에 널리 알려지게 될 정도로 대내외적으로 그 존재를 인정받게 된다. 『완월』의 장성완 또한 자신의 목숨을 대신해서 시어머니를 살려냄으로써 그 지극한 효행으로 시가에서 당당한 위치를 차지하게 된다. 『옥원』·『완월』의 여주인공은 그 부친이 개과함으로써 친가로 인한 원죄의식의 짐을 덜 뿐만 아니라,

---

72) 정병설, 「『옥원재합기연』의 여성소설적 성격」, 『한국문화』 21, 서울대 한국문화연구소, 1998.

그 스스로도 시가에서의 지대한 공헌을 통해 그 위치를 확고히 함으로써 이전의 한스런 감정들을 모두 벗어버리게 되는 것이다.[73]

이처럼 『옥원』·『완월』 두 작품에서는 소인형 장인이 개과하는 가운데 옹서갈등, 부부갈등이 완전한 해결을 맞이함으로써 복선화음의 인과구조를 철저히 지키고 있다. 이는 일상적 세태를 재현하는 『창란』과는 달리 도덕적 이념에 충실한 것이라 할 수 있다. 그럼에도 이 두 작품은 도덕적 이념을 추수하는 측면에서 약간의 차이를 보인다. 이에 대해 살펴보기로 한다.

(1) 이념적 성찰의 심화

『옥원』에서는 이념적인 논쟁들이 두드러지게 형상화되어 있다. 먼저 남주인공 소세경을 둘러싸고 벌어지는 양상을 살펴보면 선행연구에서도 논한 바 있듯,[74] 소세경이 행하는 효가 진정한 효인가의 문제에 대한 치열한 논쟁이 벌어진다. 물론 『창란』·『완월』에서도 이런 문제가 제기되지 않는 것은 아니지만, 『옥원』에서는 이에 대해 상당한 지면을 할애하면서 심도 있게 다루고 있다.

우선 소세경은 자기 부친을 해치려 했던 장인이기에 그를 쉽게 용서하지 못한다. 그런데 이에 따라 옹서갈등, 부부갈등이 야기되면서 이는 또 다른 불효가 된다. 효를 행하려 했던 것이 도리어 불효가 되는 모순에 빠지게 되는 것이다. 또 자신의 부모만을 생각하고 타인의 부모를

---

73) 특히 시가에 대한 원죄의식에서 벗어나는 장면이 『옥원』에서 잘 형상화되어 있다. 『옥원』에서는 이현영이 자신이 어려서부터 살던 매송각에서 양가친척이 다 모인 가운데 남편과의 회혼례回婚禮를 치르는 장면으로 끝이 난다. 이는 친정부모의 뜻을 어기고 집을 나가 부모 없이 혼인을 한 한스러움에 대한 보상일 뿐만 아니라, 양쪽 집안이 대국적으로 화해하는 가운데 이현영의 자가自家에 대한 원죄의식을 말끔히 씻어버리는 대목이라 할 수 있을 것이다.

74) 이지하, 「『옥원재합기연』 연구」, 서울대 박사논문, 2001; 송성욱, 「『옥원재합기연』과 『창난호연록』 비교 연구」, 『고소설연구』 12, 한국고소설학회, 2001a.

생각하지 않는 그의 태도에 대해 그 효의 편협함을 비판하게 된다.

> 첩妾이 불사不似히 군의 내조內助를 모첨冒忝하니 첩부妾父는 드디어 군君의 부옹婦翁이 된지라. 만일 기부其父를 원수怨讐하면 기녀其女를 버릴 것이오, 기자其子를 처妻함에 기부其父로 더불어 해원解冤하리니 천하天下의 원기부이친기자怨其父而親其子하는 도道가 있으리오? 가엄家嚴이 비록 덕德이 없으시나 일찍 불초녀不肖女가 아니면 허다許多한 누실累失이 천하天下의 지시指示함이 되지 아니할 것이로되 불초식不肖息으로 말미암아 세상에 방외方外가 되시니 죄아罪兒의 통천痛天한 죄는 뼈를 갈고 목숨을 다하여도 속贖지 못할지라. 군자君子가 본대 지효至孝하니 (…중략…) 군의 지효至孝로써 사람의 어버이 위한 정을 어찌 헤아리지 못하리오마는 옛글의 타인유심여촌탁他人有心如忖度이라 하고 효자孝子가 친親을 양양養함에 타인他人의 친親을 생각한다 하되, 군君은 위엄威嚴으로써 사람의 정情을 억제하고 (…중략…) 부인婦人이 비록 사람에게 복하僕下이나 그 몸을 부모가 생휵生慉하신 바니 부모가 낳지 않으셨으면 군자께 어찌 공순恭順함이 있으리오?

— 『옥원』 6권, 113~115면

소세경의 아내인 이현영은 그 자식을 아내로 취하고 그 부친을 장인으로 인정하지 않은 것도 문제일 뿐만 아니라 자기의 부모에 대한 효만을 중시하고 남의 부모에 대한 효를 돌아보지 않는 편협함도 잘못이라고 소세경을 꼬집고 있다. 그녀의 입장에서는 자신만 없었다면 부모의 잘못이 세상에 드러나지 않았을 터인데 자신의 존재로 인해 부모가 세상에서 손가락질 받는 존재가 되었으니 효자인 소세경이 어찌 불초녀不肖女가 된 자신의 괴로운 심사를 생각해 주지 않느냐는 것이다.

한편 처남인 이현윤 또한 소세경의 태도를 보고 "무릇 해원解冤하기 어려움이 강상綱常에 관계하면 친의親意라도 사생死生을 다투어 종시終是 받들지 못할 곳이 있으니 여차如此즉 불순不順함이 있어도 가可치 아니니 어느 곳에는 순順하염즉 하고 어느 곳에는 불순不順하여야 옳으뇨? 이 대효大孝의 그름이오"75)라고 문제 삼는다.

무릇 강상에 관계되는 막중한 일이기에 부모의 뜻을 받아들이기 어려운 것이라면 죽기로써 거부하여 자신의 누이와 결혼하지 말았어야 했는데 이미 부모의 뜻을 따라 결혼하고 난 뒤, 부모의 말을 따르지 않고 장인을 냉대하고 아내와 불화하는 것은 효의 일관성에 있어서 문제가 있다는 것이다. 어떤 때는 부모의 말을 따르고 또 어떤 때는 부모의 말을 거역한다면 그것이 진정한 효이겠는가를 되묻고 있다.

이처럼 『옥원』에서는 효를 행하려 한 것이 도리어 불효가 될 수 있는 문제, 자기 부모에 대한 효와 타인의 부모에 대한 효의 문제, 자식의 부모에 대한 도리와 효의 일관성에 관한 문제 등 다양한 논쟁들이 남주인공을 둘러싸고 본격적으로 형상화되어 있다.

이러한 이념적 논쟁은 여주인공에 관한 대목에서도 마찬가지이다. 『창란』·『완월』에서 여주인공이 한 차례 자살 시도를 하는 것과는 달리 『옥원』에서는 무려 다섯 번에 걸쳐 반복된다. 이러한 숱한 자결시도는 과연 절을 지키기 위해 자살하는 것이 어디까지 옳고 그른가에 관한 분분한 의론을 일으키게 된다.

『창란』에서 여주인공 한천희가 자살하는 부분은 남주인공 장희의 일시 희롱으로 인해 투신하는 대목 이외에는 보이지 않는다. 이러한 한 번의 자살 후에 곧 한천희는 조주 태행산으로 흘러가 시아버지가 될 장두에 의해 구출됨으로써 이후에는 절박한 상황에 처하지 않는다.[76] 『완월』에서도 장성완이 탕자인 범경화의 핍박을 피해 투신자살하는 대목 이외에는 자살하는 대목이 나오지 않는다. 한 번의 자살 시도 이후 남주인공 정인광과 소수[77]에 의해 곧 구원되기 때문이다.

이와는 달리 『옥원』에서 이현영은 무려 다섯 차례에 걸쳐 자살을 시

---

75) 『옥원』 10권, 542면.
76) 장두는 이때 귀양을 갔다가 정적의 독수를 피해 엄도사가 있는 조주 태행산에서 은신하고 있는 중이었다.
77) 이후에 장성완의 양부養父가 된다.

도한다. 먼저 부친 이원외가 자신을 왕안석의 아들 왕방에게 시집보내려 하는 것을 피해 집을 나왔다가 전에 자신의 시비노릇을 했던 남주인공 소세경과 객점에서 만나 남주인공의 일시 희롱으로 강물에 투신자살하는 장면이 나온다. 이는『창란』과 흡사하다(1차 자살시도). 그런데『창란』에서처럼 남주인공의 부친에게 구원되는 것이 아니라 왕안석에게 구해진다. 이현영은 자신이 외간남자에게 구해진 것을 부끄러워하여 다시 투신자살하게 된다(2차 자살시도). 이에 왕안석이 다시 구해내어 자신의 신분을 잘 밝히지 않고 왕태보라 하고 이현영을 양녀로 삼아 데리고 있게 되는데, 이현영은 이후 왕공이 왕안석임을 알고는 다시 자살을 시도한다. 자신이 남주인공에 대한 절개를 지키려 나왔다가 자신의 부친이 의혼議婚한 왕안석의 집에 머물게 된 것을 부끄러워하여 목을 매 다시 자살을 시도하게 되는 것이다(3차 자살시도). 다행히 왕안석 부인의 여동생인 정씨와 그의 아들 공생이 구해내어 이현영은 목숨을 건지고 외삼촌인 공문약의 집으로 가게 된다. 그러나 자신의 부모가 자기 몰래 자신과 왕방을 혼인시키려 한다는 사실을 알게 된 이현영은 다시 부모 앞에서 창문을 열고 그 옆의 강물에 투신한다(4차 자살시도). 투신한 이현영을 남주인공 소세경과 그의 부친 소송이 다시 구해내지만, 이현영은 그간 자기 부친이 행했던 배은背恩의 행위들을 생각하고는 소송 부자를 볼 면목이 없어 다시 자결을 시도한다(5차 자살시도). 그러나 소송의 지극한 개유와 구호로 간신히 목숨을 건지게 된다.

『창란』·『옥원』·『완월』세 작품 모두 여주인공의 자살기도를 통해 여주인공의 고절高節을 형상화하고 결국에는 남주인공 혹은 시부모에게 구해져 안존하게 되는 상황이 펼쳐진다는 점에서는 흡사하다. 그런데『창란』·『완월』에서는 이러한 자살시도가 한 번으로 끝나는데 반해, 『옥원』에서는 무려 다섯 차례에 걸쳐 그려지고 있는 것이다.

몇 차례에 걸친 이러한 자결시도는 일차적으로는 이현영의 고절을 드높이는 구실을 한다. 그녀의 절행節行에 감동하여 동정신이 구해준다거나 범노공이 현신現身하여 앞일을 알려주는 등의 대목이 삽입됨으로써 이현영의 고절은 더욱 두드러지게 형상화된다. 그런데 이현영의 숱한 자살시도가 가지는 더욱 중요한 의미는 여자가 절개를 지키기 위해 자결하는 것이 항상 옳기만 한 것인가에 대한 의론을 형성케 한다는 점이다.

『창란』·『완월』에서는 여주인공의 자결시도가 일회적으로 끝나는 가운데 별다른 강조점을 두지 않고 있다. 모두 여주인공이 남주인공에 대한 절개를 지키기 위해 투신한 일에 대해서 칭송할 뿐, 그에 대한 비판적 언급은 보이지 않는다. 그런데 『옥원』에서는 무려 다섯 번이나 자결시도가 펼쳐짐으로써 이 부분이 예각화되는 가운데 그녀의 절행에 대한 평가가 분분하게 된다. 특히 시아버지인 소송이 다음과 같이 이현영에게 훈계하는 대목은 주목할 만하다.

> 그대 당년當年에 형차荊釵를 품어 돌아갈 곳이 없는 고로 형세形勢가 막진위박莫盡危迫하여 투신기사投身企死하여 대의大義를 잡았으나 이 실로 유체遺體의 막중莫重함을 경輕히 하니 듣는 자者가 다 열절烈節을 칭도稱道하되 노부老父는 가장 아껴하더니 요행僥倖함을 얻어 의義에 가히 살음즉 하거늘 두세 번 자사自死함은 당당堂堂한 명교名敎에 허許하신 바가 아니라. 노부가 그 크게 잃은 줄을 심중心中에 한차恨嗟하는 자者는 절節이라 하는 것이 도시 예의염치禮義廉恥의 빌미오, 예의염치는 인효仁孝의 소발所發이니 비록 절개節槪와 염치廉恥를 얻으나 효의孝義를 깊이 상상傷함은 이 진짓 근원根源을 장적戕賊하고 의리를 구함이라. 현랑賢娘의 영혜자인英慧慈仁함으로써 어찌 여차 소실所失이 있느뇨?
>
> ―『옥원』 4권, 405~406면

사람들은 이현영의 열절烈節을 모두 칭송하나 소송 자신의 생각으로는 몇 번씩이나 자살을 하는 것은 명교名敎에서도 인정하는 바가 아닐 뿐만 아니라, 절節이라는 것이 예의염치禮義廉恥로부터 비롯되고 예의염치는 다시 효孝에서 비롯되는 것인데, 자살함으로써 비록 예의염치를 얻으나 효의孝義를 상한다면 그것은 근원을 저버리면서 의리만을 구하는 것이니 잘못된 것이라 말한다.

그러고는 이현영의 다섯 차례에 걸친 자살시도에 대해 일일이 평가를 하게 된다. 처음에 소세경의 핍박함을 당하여 어찌할 수 없어 투신한 것은 옳은 일이나 두 번째, 왕안석의 구원을 입었을 때 만약 그가 불의로 핍박한다면 당연히 투신자살해야 하지만 목숨을 살려준 자비로운 사람임에도 이를 알아보지도 않고 자살함은 그릇된 것이고, 세 번째, 왕공이 왕안석임을 알았을 때도 그가 이현영을 양녀로 삼아 이미 부자지륜父子之倫이 있는데다가 왕공이 자신의 자식 왕방과 이현영과의 혼사를 강행하려 하지 않았는데도 그 자세한 실정을 알아보지도 않고 혹은 웃어른을 찾아뵙고 옳은 처분을 여쭈어보지도 않고 자살한 것은 그르며, 네 번째, 비록 부모가 왕방과 혼인시키려 해도 계책을 써서 가만히 자신의 부자父子를 찾아왔으면 될 터인데 무조건 자살을 기도한 것은 그릇된 것이며, 다섯 번째 자신의 부자가 구해냈을 때 이미 자신들이 누구인지를 알면서도 자살한 것은 참으로 그른 행실이었다고 평가를 하게 된다.78)

더욱이 자기 가문에 대한 절의를 지키기 위해 온갖 고생을 무릅쓰고

---

78) "돈아豚兒의 무상無常한 소실所失을 처음에 그릇 알고 몸이 당교塘橋에서 핍박逼迫한 바가 되어 능히 벗어나기 어려우니 막진莫盡하여 반강에 익사溺死함은 가可타 하려니와 전후에 좋은 사람을 만나 구원救援함이 된 후 다시 결결決함은 만만낭재萬萬狼哉라. 당년當年에 왕형공王荊公이 기자其子를 위하여 불의不義로 핍박逼迫할진대 사람의 행사行事가 수미首尾를 달리 하지 못할지니 의리를 짚어 취사取死함이 가可이요, 저의 뜻이 활명대자活命大慈하여 지성진의至誠眞義로 결의녀結義女한 후는 부자대륜父子大倫이 막중하니 가히 어그러뜨리지 못할지라 어찌 심함이 있으리오? 조용히 대하여 실상實狀을 문정問情하여 다만 그 자제子弟만 피할진대 본뜻을 굳게 뵈고 어른에게 처분處分을 청함이 옳으니 여차즉如此則 명命 버림이 없을 것이오, 금일今日에 미쳐서는 우리 부자夫子가 돌아옴을 들어 만일 뜻 같지 아닌 바가 있거든 즉시 초녀楚女의 회차回差하고 돌아옴을 효측效則하여 가만히 나를 찾아옴이 가可하니 어찌 용한勇悍히 죽을 바리오 또 그릇하였으나 다행히 우리 부자를 만나 재생再生함에 비록 타인他人인가 의심하나 그 성명거주姓名居住를 묻고 위인爲人 선불선善不善을 살펴 그 가可치 아니한즉 다시 자액自縊하여도 늦지 아니커늘 전도顚倒 취사取死함이 만만불가萬萬不可한데, 더욱 밝게 안 후 이 말을 하니 주견主見이 어디 있느뇨?"(『옥원』 4권, 407∼409면)

와서 자신들 앞에서 죽으려 한다면 그것은 과연 누구를 위한 절이겠느냐고 반문하게 된다.79) "그 사생死生에 중重한 것을 불관不關이 여기고 적은 혐의嫌疑와 염치廉恥로써 명命 버림을 돌아감 같이 하니 여자의 편색偏塞한 헤아림이오, 군자의 대도大道가 아니라"80)라는 서술자의 평에서 볼 수 있듯, 이현영의 숱한 자살 시도 뒤에는 단순히 절개를 지키려는 목적 외에도 여자의 편협한 성정 때문인 점도 다분하다는 것이다. 이와 흡사한 비판이 경빙희에 의해서도 행해진다. 경빙희는 이현영에 관한 이야기를 듣고 처음 두 번 자결한 것은 옳으나, 이 후에 자결한 것은 "아녀자의 협액陝厄한 처변處變"81)일 뿐이라는 평가를 내린다.

즉, 절을 지키기 위해 효를 저버리는 것은 근본을 버리고 말단을 취하는 것일 수도 있다는 의론, 절은 단순히 상대방에 대한 신의를 지키기 위한 의도 이외에도 아녀자의 편협한 성정에서 비롯될 수도 있다는 의론들이 전개되는 가운데 절에 대해 치열한 논쟁이 벌어지고 있는 것이다.

이런 의론 속에서 인물들은 자신의 경직된 사고, 혹은 편협한 사고를 반성하고 점차 변화하게 된다. 소세경은 처음에는 자가自家 중심적인 입장을 지녔으나 점차 아내의 입장을 이해하고 효를 위한 행동이 오히려 불효가 됨을 깨닫는 과정 속에서,82) 이현영은 초강하고 편협한 성격으로 고절高絶을 생각했던 행동이 불효가 됨을 깨달아가는 상황 속에서 마음을 넓게 가지고 유연한 인물로 변화해간다.

이념과 이념 간의 상충, 이념과 현실과의 상충 속에서 자신의 잘못을

---

79) "그대 백 가지 난위難危함을 당하나 몸소 괴로움을 감심甘心하여 꽃다온 말을 지키어 금옥金玉 같은 몸을 아껴 보전하면 필경畢竟에 소씨蘇氏를 좇아 빛내 돌아옴이 가피하거늘 전도顚倒히 명을 버려 신체발부身體髮膚는 수지부모受之父母라 하심을 경輕히 여기시고 우리 부자父子로써 열부烈婦를 저버려 갚지 못하게 하니 또한 의리義理 서지 못하는지라. 그대 누굴 위하여 절節을 잡음이 되느뇨?"(『옥원』 4권, 407면)

80) 『옥원』 4권, 401면.

81) 『옥원』 12권, 166면.

82) 이에 대해서는 3장 3절 '개인과 가문'에서 상세히 다루기로 한다.

뉘우쳐가면서 갈등이 해결되는 구조는 후반부의 이현윤—경태사—경빙
희 간의 갈등과의 상응을 통해서도 선명하게 드러난다.

매부인 소세경이 누이를 아내로 맞이하고도 자신의 부친을 홀대하는
것에 불만을 가졌던 이현윤은 자신 또한 비슷한 상황에 처하게 되자,
장인과 더욱 심하게 불화하게 된다. 물론 이후 이현윤은 부친의 명을
좇아 췌가贅家하여 직접 경태사의 인물됨을 옆에서 지켜보면서 그 인품
에 감복하는 가운데 자기중심적인 편협함을 깨우치고 장인과 화해하게
되지만 그 과정에서 숱한 이념과 이념의 상충 혹은 이념과 현실의 상충
을 경험하게 된다.

먼저 전반부에서 이현윤은 소세경의 처사에 대해 아예 결혼을 하지
않으면 하지 않았지 이미 결혼해 놓고 '원부모친기자遠父母親其子'하는 것
은 옳지 않다는 논리로서 비판을 가하였다. 이러한 논리에 따라 이현윤
은 위기에 처한 경빙희를 손수 구해 놓고도 자신의 부친을 경멸하는 경
태사의 딸이기에 그녀와 혼인하지 않기 위해 남매지의男妹之義를 맺는다.
그런데 이런 이념적 논리와는 달리 실제 상황은, 결혼하고 나서 그 부
모를 멀리하고 그 딸만을 아내로서 친애親愛하는 상황보다도 더욱더 극
단적인 문제를 야기하게 된다. 경빙희의 입장에서는 이현윤과 혼삿말이
오가고 있는 상황이고 이미 이현윤과 상면相面한 처지에서 이현윤이 자
신과의 혼사를 마다할 경우에는 평생 수절해야만 하는 상황에 놓이기
때문이다.

경빙희는 자신과의 혼사를 거부하는 이현윤 때문에 극도의 좌절을
느끼고 자존심에 깊은 상처를 입게 된다. 그러한 내면의 상처는 사혼賜
婚이라는 외부적 힘에 의해 이현윤과의 혼약이 확정되자 반신불수의 병
으로 발현될 정도이다. 이미 자신을 단호히 거절하는 이현윤의 처사에
깊이 좌절했고, 이에 따라 이현윤을 다시 바라볼 마음조차 없는데도 이
현윤과 억지로 혼인해야 하는 상황에 놓였기 때문이다. 그것도 이현윤
의 자발적인 의사에 의해서가 아니라 태후의 주선이라는 외압에 의해

행해지는 결혼이기에 경빙희가 입은 상처는 더욱더 깊어진다.

즉 이현윤의 '원부모친기자遠父母親其子'하기보다는 처음부터 혼인하지 않는 것이 낫다는 논리는 이념적으로는 그럴듯할지 모르지만 현실적으로는 많은 문제점을 내포하고 있음이 드러나는 것이다. 기실 소세경과 이현영의 사이에서도 소세경이 장인 이원외 때문에 아예 이현영을 받아들이지 않았다면 이현영 또한 몸 둘 데 없는 극도의 난처한 상황에 처하였을 것이다.

한편 이현윤은 어쩔 수 없는 상황에 처해 경빙희와 혼인하게 되자 장인 경태사가 자신의 부친을 한 때 경멸했다는 이유 하나만으로 장인과 불화하고 아내와도 갈등한다. 자신이 매부 소세경에게 말했듯, 이미 그 딸을 받아들였으면 그 장인 또한 받아들여야 한다는 주장과는 달리, 실제로 자신이 같은 상황에 놓이자 소세경과 똑같은 전철을 밟는 것이다. 더욱이 소세경은 장인이 자신의 가문을 배신하고 부친마저 해치려 했기에 장인을 냉대하는 행위는 타당성을 지니지만, 이현윤은 장인이 단지 자신의 부친의 소인됨을 경멸했다는 이유 하나만으로 장인을 냉대하는 것이기에 더욱 문제적이라 할 수 있다. "만일 이 같을진대 군평(소세경의 자字)의 도량度量을 더욱 알 것이니 노부老父의 내 아이가 (그와 같기를) 바람은 불가망不可望이언정 원위효지願爲效之하노라"83)라는 이원외의 말대로, 소세경의 편협함을 비판했던 이현윤은 자신이 같은 상황에 처하자 도리어 소세경보다도 훨씬 더 편협한 면모를 보이게 되는 것이다. 즉 이념과는 달리 그것이 현실이 될 때는 전혀 다른 상황에 처하게 되는 양상이 펼쳐지고 그런 과정 속에서 고뇌하는 인물들의 모습이 곡진하게 펼쳐져 있다.

한편 이현영의 높은 절개를 인정하면서도 그녀가 자살하지 않아도 되는 상황에서도 자살하는 것은 아녀자의 편협한 처변일 따름이라고

---

83) 『옥원』 19권, 429면.

평가하였던 경빙희도, 그러한 생각과는 달리 그것이 자신의 현실이 되자 자신 또한 온 몸을 운신치 못하는 병에 걸릴 정도로 과도한 심려를 하게 된다. 결혼한 뒤에도 계속해서 남편 이현윤을 받아들이지 않다가 이후에 남자로 환생하는 체험을 겪고 나서야 비로소 편협한 마음에서 벗어나 남편을 받아들인다. "경부인의 집요執拗함이 이부인(이현영)의 경협輕俠함에 세 번 더하니"84)라는 서술자의 평가대로 머릿속에서의 관념적인 이념과는 달리 그것이 현실이 되었을 때 이현영을 편협하다고 비판하던 경빙희 자신이 더 편협할 수도 있는 상황이 펼쳐지게 되는 것이다. 전·후반에 인물 간의 입장 바꾸기를 통해 관념적인 이념과는 달리 그것이 현실이 되었을 때 겪게 되는 상황과 그 속에서 자기의 한계를 인정하고 각성해나가는 모습이 그려져 있다.

이처럼 『옥원』에서는 남주인공을 중심으로 효의 문제를, 여주인공을 중심으로 절의 문제를 깊이 있게 다루고 있다. 효 혹은 절을 지키기 위한 과정에서 야기될 수 있는 갖가지 이념적 상충들을 핍진하게 형상화하고 있는 것이다. 전·후반부에서 '잘난 사위-못난 장인'이라는 흡사한 구조가 반복되는 가운데 매부 소세경이 자기 부친을 멸시했던 일에 불만을 가졌던 이현윤은 자신 또한 비슷한 입장에 처함으로써 자가 중심의 경직된 가치관을 고쳐가고, 이현영을 편협하다고 생각했던 경빙희 또한 비슷한 입장에 처함으로써 자신의 편협한 마음을 넓혀가는 등 전반부에서 미진하게 남아 있던 문제들을 다시 한 번 숙고하게 하는 장으로서 후반부가 설정되어 있다. 그 속에서 인물들의 각성을 깊이 있게 담아내고 있다. 이로 인해 『옥원』에서는 도덕적 이념을 충실히 재현하면서도, 시비가 분명한 선악갈등을 통해 이념적 확신을 보여주기보다는 이념과 이념 간의 상충, 이념과 현실 간의 상충을 핍진하게 형상화하는 이념적 성찰을 깊이 있게 형상화하고 있다.

---

84) 『옥원전해』 4권, 26장 뒷면.

(2) 선악갈등으로의 치환

『완월』에서는 『창란』·『옥원』과는 달리 옹서간의 갈등만을 다루는 것이 아니라 중간에 사위와 장모와의 갈등 즉 고서姑壻갈등이 끼어들게 된다. 이에 따라 빙부모와 사위간의 갈등은 더욱 다채롭게 펼쳐지지만, 『옥원』에서처럼 옹서간의 혹은 부부간의 이념갈등이 밀도 있게 전개되지는 않는다.

『창란』·『옥원』에서는 비록 여주인공의 부모가 모두 소인으로 등장하나 그나마 지각 있는 인물은 여주인공의 모친이다. 그리하여 이들은 자신보다도 더 한심한 남편을 꾸짖기도 한다. 이에 반해 『완월』에서 여주인공의 모친 박씨는 여주인공의 부친 장헌보다도 더 지각없고 한심한 인물로 나온다. 박씨는 자신의 딸에게 적국敵國이 생긴 것을 알고는 사돈에게 온갖 욕설을 퍼붓기도 하고, 무당과 점쟁이를 구해 온갖 잡술로 정인광의 첩 소채강을 해치려 하는 등 해괴하고 악독한 행실을 반복하게 된다. 이후 소채강의 부친인 소수가 장성완의 중병을 고쳐준 일에 감화되어 이런 행실을 그치긴 하지만, 그녀의 딸에 대한 애정은 매우 과도한 방식으로 표출되고 있다.

구체적인 양상을 보면 『완월』에서 남주인공 정인광은 소채강을 어쩔 수 없는 사정으로[85] 첩으로 들이게 된다. 이때 장성완은 병이 나 위태로운 상황이다. 그런데 이런 전후 사실들을 우연히 알게 된 여주인공의 모친 박씨는 다음과 같이 차마 입에 담을 수 없는 갖은 욕설을 퍼붓게 된다.

> 적추敵酋 인광은 들으라. 네 아비 간적奸賊 정삼과 네 어미 요녀妖女 화씨는 눈이 있어도 망울이 없어 소녀蘇女 채강의 간음교활奸淫狡猾함을 알지 못하고 너 적추가 또한 소녀의 교언영색巧言令色에 침닉沈溺하여 아녀我女의 성덕숙행

---

85) 정인광은 장성완과의 혼사가 장헌의 배신 때문에 뒤틀어진 이후 자신의 목숨을 구해준 소수의 청을 받아들여 그 딸과 혼약한 바 있다.

聖德淑行을 여시행노如視行奴하며 박대薄待 차악嗟愕하되, (…중략…) 너의 부부
夫婦(정인광과 소채강) 부자父子가 무슨 원수怨讐로 나의 딸을 죽이려 하느뇨?
이제는 내 딸이 살 길이 없으니 내 친親히 칼을 날려 소녀의 머리를 시험試驗
한 후 정삼 부자를 베리라.

—『완월』 43권, 3책, 411~412면

이후에도 정인광이 자신의 아내는 소채강뿐이라고 하자 박씨는 "정
문程門이 대대代代로 나라에 죄를 받아 죽는 자가 많으리니 정흠(정인광의
삼촌) 부자가 독장毒杖을 받아 쇄골철규碎骨徹窐할 뿐 아니라 악형惡刑을 바
다 일신一身이 성한 데 없이 죽었으니 인광(정인광)도 이같이 하리라"[86]라
는 독설을 서슴지 않는다. 그러고는 소채강을 죽이기 위해 그녀의 형상
을 만들어 온갖 요술妖術을 행하고 종국에는 소씨의 상구喪具를 꾸며 장
례를 치르는 괴거怪擧까지도 서슴지 않는다. 이러한 박씨의 형상은 이미
기본적인 예의마저 모두 벗어던진 광인狂人 혹은 악인의 모습으로 형상
화된다. 이로 말미암아 옹서간의 갈등에서 빚어질 수 있는 중요한 문제
들이 희석되는 경향을 보인다.

『옥원』의 경우와 비교해 보면 『옥원』의 이현영은 비록 자기 부모가
잘못이 있긴 하나 그럼에도 그 잘못이 절대적이지는 않기에 위에서 살
펴본 바 있듯, 자기 부모에 대한 효의 문제를 두고 남편과 진지한 토론
을 벌인다. 이와는 달리, 『완월』에서 장성완은 자기 부모의 잘못이 너무
나 크기에 묵묵히 있을 따름이다. 따라서 『완월』에서는 『옥원』에서 볼
수 있었던 치열한 이념적 성찰은 보이지 않는다.

비록 많은 잘못은 있으나 자신의 딸을 아내로 취하고도 자신을 용서
하지 않는 사위에 대한 서운함과, 비록 그 딸은 취했으나 자신의 부친
을 해치려 했던 장인을 쉽게 용서할 수 없는 사위와의 갈등은 둘 다 명
분이 없는 것이 아니다. 이러한 갈등은 단순히 선악갈등이라기보다는

---

86) 『완월』 115권, 8책, 216면.

이념적인 상충을 일으키는 복잡한 갈등으로 전개된다. 그런데 『완월』에서는 이러한 옹서갈등에 고서갈등이 끼어드는 가운데 박씨의 일방적인 악행과 편협함만이 강조되고 있는 것이다.

물론 딸과 사위가 불화하는 상황에서 사위가 첩을 맞이한다는 것은 문제적인 일이고, 어머니의 입장에서 딸을 걱정하는 것이 명분이 없는 것도 아니다. 그런데 사위가 어쩔 수 없어 첩을 들인 것을 아는 상황인데도 박씨의 패행悖行이 과도한 형태로 표출되고 있다는 점에서 문제가 된다. 더욱이 사위가 새로 들인 첩의 부친은 바로 투신자살한 자신의 딸 장성완을 구해준 소수로, 이러한 전후 관계를 생각할 때도 소채강을 온갖 방법으로 해치려 하고 사위와 사돈가문을 일방적으로 질타하는 것은 이미 이념적 타당성을 얻지 못하고 있다. 그리하여 사위와 빙부모 사이에 일어날 수 있는 이념적 갈등이 일종의 선악갈등의 형태로 치환된다.87)

이러한 양상은 남녀 주인공 간의 갈등에서도 마찬가지이다. 『창란』·『옥원』에서 남녀주인공 간의 갈등에는 여주인공의 부친 이외의 다른 인물들은 개입되어 있지 않다. 이와는 달리, 『완월』에서는 박교랑이

---

87) 물론 세부적으로는 『완월』이 『창란』·『옥원』에 비해 더 유연한 태도를 취하는 부분도 있다. 일례를 들어보면 『창란』·『옥원』에서는 남주인공의 부친이 소인형 사돈에게 관용을 베푸는 행위에 대한 비판적인 언사를 거의 찾아볼 수 없다. 모두들 그 관인후덕寬仁厚德한 면모에 감탄할 따름이다. 그런데 『완월』에서는 남주인공의 부친 정삼(정잠) 등이 소인형 사돈 장헌을 무조건 용서하기만 하는 행위에 대한 비판적인 언사가 등장한다. 정삼의 사돈이자 장헌의 정실正室인 연부인이 딸 장성완에게 정삼(정잠)의 인물됨에 관해 "너의 존구尊舅가 매사每事에 화홍주편和弘周便함을 힘쓰시니 자기自己 행신行身은 군자 대도大道에 어김이 없거니와 너의 부친 취졸脆拙은 점점 나타나는지라. 차라리 기습奇習 든 인옹姻翁을 기탄忌憚함만 같지 못할까 하노라"(『완월』 115권, 8책, 218~219면)라고 말하는 것에서 볼 수 있듯, 정삼(정잠)의 소인형 사돈에 대한 관용은 자신의 명예를 높일 수는 있으나 사돈의 소인행을 계속 부추기기에, 도리어 기탄忌憚하여 그런 소인행을 막는 것만 같지 못하다는 비판이 제기된다. 관용의 미덕만이 아니라 일방적으로 관용을 베풀 때 야기될 수 있는, 이면의 해악까지도 제시되고 있는 것이다. 이처럼 부분적으로는 『완월』이 『창란』·『옥원』보다도 더 선악의 이분법적 구도에서 벗어난 지점들도 있다. 그러나 주요한 갈등양상을 종합해 본다면 『완월』은 선악의 이분법적 구도를 충실히 따르고 있다.

라는 요녀妖女와 범경화라는 탕자蕩子가 이들 사건에 개입하게 된다. 장성완의 외사촌인 박교랑은 황제의 후궁으로 가기로 되어 있는 장성완을 시기하여 자신이 후궁 자리를 차지하려고, 장성완을 범경화와 맺어지도록 주선한다. 그리하여 장성완의 화용월태花容月態와 요조숙덕窈窕德行을 알게 된 범경화는 그녀를 아내로 맞이하기 위해 온갖 흉모를 꾀하게 된다.

이런 주변적인 사건의 개입은 전체 사건을 더욱 다채롭게 만들긴 하지만, 이로 인해 주된 당사자들 간의 갈등이 밀도 있게 전개되지는 않는다. 『창란』·『옥원』에서는 남주인공이 여주인공의 시비가 되기도 하고, 남주인공의 실책으로 여주인공이 투신자살하는 등의 사건으로 인해 이들 주인공들은 심한 고뇌를 겪는다. 이로 인해 이후 남녀 주인공 사이의 갈등이 복잡다단한 양상으로 전개된다. 일례로 남주인공의 경우 혼전婚前 여주인공과의 빈번한 접촉을 통해 그녀에 대한 애정을 쌓아가게 되고 그에 따라 애정과 효 사이에 이념갈등이 전개된다.88) 그런데 『완월』에서는 이 부분이 탕자, 요녀 등의 악인형 인물과 여주인공인 선인형 인물의 갈등으로 전환됨으로써 남주인공과 여주인공 간의 이념갈등은 전개되지 않고 있다.

『완월』에서 이념갈등보다 선악갈등이 주로 펼쳐지는 양상은 또 다른 핵사건에서 더욱 확연히 드러난다. 정인성-소교완 간의 갈등은 전처소생인 정인성과 계모 소교완의 갈등을 그린 전형적인 선악갈등이다. 소교완은 정인성을 온갖 술수를 동원하여 해치려 하고, 정인성은 계모의 온갖 박대에도 불구하고 지극한 효성으로 계모를 모신다. 비록 정인성은 소교완의 모해 때문에 많은 괴로움을 겪지만 자신이 따르는 이념에 대해 거의 갈등을 보이지 않는다. 그에게는 지극한 효심으로써 계모를 교화시켜야 한다는 절체절명의 과제가 놓여 있을 뿐, 이념적으로 고민할 문제는 존재하지 않는다. 이처럼 『완월』에서는 인물들 간의 혹은 한

---

88) 이에 대해서는 3장 3절 '개인과 가문'에서 상세히 논하기로 한다.

인물의 내면에서 복잡다단한 이념적 상충을 보이기보다는, 시비是非가 명쾌한 선악갈등이 주를 이루고 있다.

이는 정인성-소교완 간의 갈등에서 부수적으로 나타나는 옹서간의 관계에서도 드러난다. 『창란』·『옥원』에서는 전반부에서와 마찬가지로 후반부에서도 계속해서 옹서갈등이 등장한다. 『창란』에서는 전반부와 후반부의 옹서간의 대비를 통해 권선징악의 논리가 통용되지 않는, 탈이념화된 일상적 삶의 모습을 그려내고, 『옥원』에서는 상호 간의 입장 바꾸기를 통하여 주인공들의 내면의 고민 및 그 인격적 성숙의 과정을 보여주고 있다. 이에 반해, 『완월』에서는 정인광과 장헌 간의 갈등에서의 일탈된 옹서 관계를 확실히 정리하기라도 하듯, 소희량과 정잠 사이는 가장 이상적인 옹서 관계로 형상화된다. 전자의 '잘난 사위-못난 장인'의 갈등 구도는 후자에서는 곧바로 '잘난 사위-잘난 장인'의 화합 구도로 나타나고 있는 것이다.

구체적으로 살펴보면 정인광-장헌-장성완의 갈등에서는 장인인 장헌의 소인됨으로 인해 장성완과 정인광 사이의 갈등이 야기되며, 정인광이 우여곡절 끝에 소채강이라는 첩을 두게 되자 장헌 부부가 사돈 가문을 질욕하는 것과는 달리, 정잠-소희량-소교완 간의 갈등에서는 딸인 소교완의 패악으로 인해 부부간의 갈등이 야기되며, 소교완의 부친인 소희량은 딸의 패악을 알고는 딸을 죽여 사위 가문의 안정을 꾀하도록 할 뿐만 아니라, 사위에게 딸로 인해 마음 쓰게 한 것에 대한 미안함의 표시로 양씨를 첩으로 얻어주기까지 한다.

이처럼 전자에서는 주로 옹서간의 갈등을, 후자에서는 옹서간의 화합을 극대화하여 보여주고 있다. 이를 통해 하나의 핵사건에서 일탈되었던 옹서관계는 또 다른 핵사건에서 곧 제자리를 찾고 옹서간의 지향해야 할 바가 더욱 분명하게 제시된다. 그것은 딸에 대한 사사로운 감정에서 벗어나 대국적으로 사위를 대해야 하는 것이며, 결국 장인이 도덕적인 인격을 갖추어야 할 필요성을 역설하게 되는 것이다. 이러한 두 사건의 상응을 통해 『완월』에서는 『옥원』에서 보여주었던 윤리적 상충은 거의 드러나지 않는 가운데 이념적인 확고함을 명징하게 보여주고 있다.

요컨대, 일상 대 이념의 문제를 살펴보았을 때 『창란』에서는 탈인과적 구조를 보임으로써 일상적 삶의 세태를 재현하는 데 충실하다면, 『옥원』·『완월』에서는 복선화음의 구조를 철저히 지킴으로써 도덕적 이념을 환기하는 데 충실하다. 그런데 『옥원』에서는 인물 개개인이 이념적 문제로 고민하면서 자기 각성을 통한 반성적 국면을 형상화함으로써 이념적 성찰을 주로 지향한다면, 『완월』에서는 인물들 간의 갈등이 선악갈등으로 치환되는 가운데 주요인물들이 자신이 추수하는 도덕적 이념에 대한 강한 확신을 드러낸다는 점에서 두 작품 내에서도 차이를 보인다.

3. 개인과 가문

세 작품에서의 개인과 가문의 문제를 애정愛情과 효孝의 문제를 중심으로 살펴보기로 한다. 남녀 간의 애정은 시대와 사회의 경계를 초월해서 존재하는 본능적 욕구의 하나이다. 남녀가 서로 호감을 느껴서 결합을 성취하기를 바라는 것은 인간의 가장 기본적인 욕구로서, 한 개인의 가장 내밀한 욕구 즉 사적私的 욕구인 것이다. 따라서 애정은 개인 중심의 사적의식을 살펴보기에 적합한 대상이라 할 수 있다.

반면 효는 인륜人倫의 가장 중요한 덕목으로, 사회질서와 문화의 근본을 이루는 도덕적 규범이다. 동양사상의 핵심이 되어온 효 관념은 자식이 부모에 대해 당연히 지니고 있어야 할 기본적인 도리로서, 한 가문을 이루는 데, 나아가 한 사회를 이루는 데 가장 근간이 되는 의식이라 할 수 있다. 따라서 효는 가문 중심의 집단의식을 살펴보기에 적합한 범주라 할 수 있다.

이미 선행연구에서도 효와 애정의 대립은 사회적 규범과 개인적 욕구의 대립, 수직적 질서와 수평적 질서의 대립 등 다양한 문제의식을 내포하고 있으며 이를 통해 사상사적·소설사적인 변화의 흐름을 고구할 수 있음을 논의한 바 있다.

김일렬은 『숙영낭자전』 등에서 자식이 애정관계를 맺고 불효를 범하는 것은 도덕규범을 이중으로 깨뜨리는 행위임에도 불구하고, 작자는 그러한 행위를 문제 삼지 않고 오히려 애정에 수난을 가하는 사회를 비판하고 있는 것은 중요한 의미를 함축하고 있다고 보았다. 효의 격하格下와 애정의 승화昇華는 주자학적 이념에 기반한 규범의 속박으로부터 본능적 욕구를 해방시키려는 의지를 내포하고 있으며, 이는 곧 집단중심의 사고에서 개인중심의 사고로 이행해 가는 시대의 흐름과도 관련된다고 보았다.[89]

이처럼 애정은 한 개인의 사적 욕망에 근거하고 있기에 개인의식을 잘 보여줄 수 있다면, 효는 한 가문을 이루는 데 가장 근본적인 규범으로 집단의식 특히 가문의식을 잘 보여준다. 애정과 효를 중심으로 세 작품에서의 개인의식과 가문의식의 문제를 살펴보기로 한다.

1) 개인의식의 부각

『창란』·『옥원』·『완월』에서는 남주인공이 돌아가신 모친을 그리워하는 장면이 동일하게 나타난다.[90] 그런데 『창란』에서는 이러한 장면이

---

89) 김일렬, 「조선조 소설에 나타난 효와 애정의 대립―『숙영낭자전』을 중심으로」, 서울대 박사논문, 1983.
90) 물론 『완월』의 정인성의 경우 양부인이 친모親母가 아닌 백모伯母이긴 하지만, 어렸

그다지 중요하게 다루어지지 않는 것과는 달리,『옥원』과『완월』에서는 남주인공이 일찍 돌아가신 모친을 늘 그리워하며 제삿날에는 통곡하다가 혼절昏絶할 정도로 모친에 대한 그리움이 진하게 형상화되어 있다. 이 밖에도『옥원』·『완월』에서는 부모의 목숨을 살리기 위해 맨발로 피나도록 달려오는 대목 등 남주인공의 지효至孝가 부각되어 나타난다.91) 이와는 달리『창란』에서는 이런 장면들이 등장하지 않는다.

남주인공의 모친이 일찍 돌아가신 것으로 설정된 것은 세 작품이 동일함에도 불구하고,『창란』에서는 모친에 대한 그리움을 형상화한 대목이 거의 보이지 않고 부친에 대한 효 또한 그리 부각되어 나타나지 않는다. 이는『창란』이『옥원』·『완월』에 비해 효에 관한 의식이 그리 강하지 않음을 간접적으로 보여주는 것이라 할 수 있다.

한편 부부 사이에 펼쳐지는 갈등을 보면 장희는 자신의 부모를 해치려 했던 한제의 딸임에도 불구하고, 아내 한천희에 대한 애정은 "천지조판天地肇判 이래以來로 건곤乾坤이 좁은 정情이 있"92)기에 풍정風情이 일어나면 일방적으로 동침을 강요하는 일이 빈번하며, 자신의 실책失策으로 인해 아내가 토혈吐血하면 어쩔 줄 몰라 하며 "가시를 져 사죄謝罪할 양이면 남모르게 그리도 하"93)여 아내의 화를 풀게 하고 싶다고 토로하기도 하고 "일생一生 조심하기를 엄嚴한 상전上典 받들 듯하리"94)라 말하기도 하며, "생살지권生殺之權이 아내에게 매인 몸이라 무슨 곡경曲境을 아니 당하리오?"95)라고 하면서 아내에게 쩔쩔매기도 한다.

을 때부터 양부인의 지극한 자애를 받고 자라는 것으로 설정되어 있기에 양부인이 정인성에게는 친모에 다름없는 인물로 그려져 있다.

91) 이에 대해서는 바로 뒤에서 자세히 살펴보기로 한다.

92)『창란』6권, 620면. 장희가 한천희에 대한 지극한 애정이 있음은 "당차시當此時하여 저(한천희) 향하는 정情이 촌보寸步를 떠나지 아니하니"(『창란』2권, 183면), "한씨(한천희) 향한 마음은 제어制御하기 어려워"(『창란』2권, 188면) 등의 구절에서도 잘 나타난다.

93)『창란』5권, 578~579면.

94)『창란』10권, 414면.

95)『창란』19권, 441면.

한천희의 오라비인 한창영이 장희 부부의 침실을 엿보고는 장희가 한천희에게 쩔쩔매는 가관을 치소하며 "장희가 일생—生 사색辭色을 지어 참된 체 하더니 규방閨房에 들어서는 세세細細하고 용렬庸劣함이 짝이 없으니 어찌 우습지 아니하리오? 누이(한천희)가 그 가부家夫의 간을 보고 실로 실체失體함이 잦으니 진실로 나로 당當하면 어이 처자妻子의 버릇을 그처럼 하고 잠시나 견디리오?"96)라고 말하는 것을 통해서도 볼 수 있듯, 장희가 실체失體함에 한천희가 버릇없이 구는 양상이 펼쳐지게 되는 것이다. 즉 이들 부부갈등에서는 남편이 아내에 대한 애정에 치우쳐 정대한 모습을 보여주지 않기에 아내가 남편을 가볍게 여기게 되는 양상이 주로 펼쳐진다.

이처럼『창란』에서는 남주인공의 아내에 대한 애정이 강조되는 가운데 효의 문제가 깊이 있게 형상화되지 않고 있다. 자기 부친을 해치려 했던 한제의 딸임에도 불구하고 장희의 한천희에 대한 애정은 주체할 길 없어 그녀에게 동침하기를 간절히 청하는 양상이 반복되고 있는 것이다.

한천희 또한 부모를 멸시하는 남편에 대한 분한忿恨으로 토혈하기도 하지만, 자신과 남편 둘만의 애증의 문제로 인해 토혈하는 측면도 적지 않다. 장희는 한천희에 대한 애정으로 일방적으로 친합親合을 강요하지만, 한천희는 평소에는 자신을 협제코자 하다가 풍정이 일어나면 억지로 동침하는 것은 자신을 천기賤妓처럼 경멸하는 것이라 생각하여97) 함분含憤한 나머지 토혈하는 경우가 빈번하다. 장희가 비록 한천희에 대한

---

96)『창란』8권, 140면.

97) 다음과 같은 대목에서 이를 확인할 수 있다. "소저小姐는 자기를 끝끝내 경멸輕蔑히 여겨 위엄威嚴으로 관수코자 하다가 풍정風情이 일어나면 위력威力으로 협제脅制 화락和樂함을 각골통한刻骨痛恨하여 실로 은애恩愛를 전부터 구수舊讐같이 여기나 과연 생生의 제어制御한 바가 되어 매양每樣 분한忿恨하고 괴로운 뜻이 가슴 속에 울화鬱火 되었는지라"(『창란』10권, 412~413면), "연소춘정年少春情으로 나의 흰 낯을 인하여 부부夫婦의 정이 있다 하나 그 마음에 우리 집을 미온未穩하여 풀 날이 멀어 나로 외친내소外親內疎하니 내 살아 욕됨이 죽음만 못한지라."(『창란』2권, 192면)

애정이 지극하나 그녀의 가슴에 못을 박는 말들을 서슴지 않거나 장인을 여지없이 비난하고 나서 곧바로 그녀와의 잠자리를 강요하기에 한천희의 입장에서는 자신에 대한 장희의 관심을 진실한 애정이 아니라 일시 욕정으로 판단하기 때문이다. 이는 자신의 부친을 냉대하는 남편에 대한 원망뿐만 아니라 남편의 애정의 진실됨에 대한 의구심이 쌓여 마음의 병이 되고 있음을 잘 보여준다.

자신이 남편에 대한 절개를 지키기 위해 남복男服하고 떠돌았던 일을 도리어 남편이 비웃자 자존심에 큰 상처를 입어 토혈하기도 하고, 신어사의 계교로 인해 남편이 부부 사이의 은밀한 대화를 남들에게 말한 것으로 착각하고는98) 남편이 자신을 경멸하는 것이라 여겨 토혈하기도 한다. 한천희에게는 남편의 애정의 진실함이 중요한 문제가 되는 것이다.

이들의 갈등이 불완전하게나마 종결되는 부분 또한 이들 불화의 원인이었던 여주인공의 부친과는 별다른 관련을 가지지 않고 두 사람만의 일인 점 또한 이를 잘 증명한다. 남편 장희가 규방에서의 밀담을 다른 사람에게 옮겼다고 한천희가 착각했었던 일이 실은 신어사가 꾸민 일임이 밝혀지면서, 또 설태우가 장희에게 청혼하는데 장희가 이를 거절함으로써 부부간의 갈등이 불완전하나마 해결되는 것이다. 이는 일종의 애정싸움을 보는 듯한 느낌을 준다. 애정의 문제가 표면화되는 가운데 효의 문제가 퇴색되어 버리는 감이 적지 않다.

이처럼 『창란』에서 남녀 주인공 간의 갈등은 남편은 자기 부모를 해치려 했던 장인 때문에, 아내는 자기 부모를 멸시하는 남편 때문에 갈등을 일으킴에도 불구하고 그러한 효의 문제가 애정 문제에 가려 잘 드러나지 않는다. 자기 부모에 대한 효의 문제로 인해 갈등을 일으킴에도

---

98) 장희의 외사촌인 신어사가 장희 부부의 대화를 몰래 엿듣고는 자신의 아들 신윤문을 시켜 마치 장희가 부부 사이의 은밀한 대화를 다른 사람들에게 다 옮긴 것처럼 꾸미는 일이 발생한다. 이에 한천희는 남편 장희가 부부간의 일을 다른 사람에게 함부로 말하는 것은 자신을 경멸하는 것이라 오해하고는 남편에 대한 분한으로 토혈하게 된다.

불구하고 그 진행과정에서 서로에 대한 자존심과 애증의 문제가 또 다른 변수로 작용하는 가운데 효에 관한 문제가 깊이 있게 다루어지지 못하고 있는 것이다.99)

『창란』에서 이와 같은 애정으로의 경사는 세부적인 국면에서도 잘 드러난다. 장희의 부친 장두가 둘째 아들 장우의 결혼식 날, 큰 며느리인 한천희가 정절을 지켰던 일을 여러 사람에게 소개하자 좌중이 그 빼어남을 감탄하게 된다. 이때 장희 또한 눈주어 아내를 자주 바라본다. "학사學士의 침엄沈嚴함으로도 간간이 눈을 보냄이 잦으니 한생이 신생으로 더불어 눈 주어 웃더라"100)라는 표현을 통해 볼 수 있듯, 장희의 아내에 대한 애정을 솔직하게 보여주고 있다.

『옥원』·『완월』에서는 여주인공이 뭇사람들에게 소개되어 그 빼어남을 인정받는 동일한 대목에서 이런 구절을 전혀 볼 수 없다. 『옥원』·『완월』 뿐만 아니라, 대부분의 대하장편에서 남편이 여러 사람이 모인 가운데 아내에게 눈길을 보내며 바라보는 대목을 거의 볼 수 없다. 비록 결혼 전에는 호탕한 인물로 탐색貪色한다 할지라도 결혼 후에는 이런 면모가 나타나지 않는다. 이런 모습은 대부분의 작품에서 남주인공을 사모하여 첩으로 들어온 여성반동인물의 행위로서 형상화된다. 남편의 잘난 모습을 보고 기쁜 마음을 억제하지 못해 좌중이 모인 가운데서도 힐끗힐끗 쳐다보게 되는 것이다.101)

그런데 『창란』에서는 서사진행상 굳이 필요하지 않은데도 뭇 사람들이 자신의 아내를 칭찬하자 남주인공 또한 자신의 아내가 사랑스러워 간간이 바라보는 구절을 끼워 넣고 있다. 이러한 양상은 남녀 간의 애

---

99) 이에 대해서는 송성욱(앞의 글, 2001a), 204~211면에서 이미 논의한 바 있다. 본고에서는 선행연구를 바탕으로 하되 남녀 주인공의 독특한 인물형상에 주목하여 이를 좀 더 세밀하게 분석하였다.

100) 『창란』 5권, 583면.

101) 이에 대해서는 장시광, 「대하소설의 여성반동인물 연구」(서울대 박사논문, 2004)에서 상론한 바 있다.

정을 가감 없이 그려내려는 작가의 서술의식의 일단을 살펴볼 수 있게
한다.

『창란』에서 애정이 중시되는 점은 또 다른 핵사건의 경우를 보면 더
욱 선명하게 드러난다. 자기 집안의 절체절명의 은인인 이운의 딸 이운
혜를 장우가 양난주에 대한 애정 때문에 배신하는 상황이 펼쳐진다.
"네 어미를 여의고 아비를 귀중貴重할진대 그러하리오? 원간 배종背腫이
났을 적 양씨(양난주) 빌미로 그렇듯 중重하여 아비 간장을 썩히니 네 말
을 꾸민들 내 어찌 곧이 들으리오? 네 마음 씀이 없으므로 이 등창 나리
오? 네 날 향한 마음이 일로 아니 봄이 소원所願이오"102)라고 장우의 부
친인 장두가 말하는 대목에서 볼 수 있듯, 장우는 홀로 있는 부친을 먼
저 생각하기보다는 한 여자에 대한 상사병으로 사경을 헤매기까지 함
으로써 부모를 애타게 하며 불효를 끼친다.103)

더욱이 이로 말미암아 부친으로 하여금 자식을 잘못 둬 신의를 지키
지 못하고 가문의 명예가 떨어지게 된 것을 근심케 만든다. 장우의 일
로 말미암아 남주인공 가문은 대외적으로 상당히 체면이 깎이게 되기
때문이다. 소인인 한제가 장우에 관한 일을 알고 이 일을 빌미 삼아 장
씨 가문도 자신의 가문과 별반 다를 바 없음을 피력하기 위해 부리나케
달려온 대목에서도 볼 수 있듯, 이 일은 남주인공 가문의 자긍심에 상
당한 흠집을 내는 사건으로 형상화된다.

우연히 길에서 만난 양난주를 못 잊어 상사병에 걸리게 된 장우가 이
운혜를 박대하자, 이운은 사위의 행동을 규시窺視하여 사위가 양난주를

---

102) 연경도서관본 『창란』 7권, 15면. 장두가 그간 차남次男 장우가 길에서 만난 양난주를
  사모해서 병에 걸렸던 일과 양난주 때문에 정실正室 이운혜를 박대했던 일 등을 한제
  의 고자질로 알고 장우를 치죄治罪하는 대목은 국립중앙도서관본에는 빠져 있다. 따라
  서 이 부분은 연경도서관본을 인용하기로 한다. 이하 동일하다.

103) 이외에도 장두가 아들들 때문에 괴로워하는 마음은 다음 대목에서도 잘 드러난다.
  "두 아들의 괴로움이 만첩萬疊하니 때때 풍파風波를 부처내어 나의 가슴을 놀랠 적 연
  년年年 감수減壽하리니 실로 괴로움이 많은지라."(『창란』 10권, 423면)

사모하여 상사병에 걸린 것을 알아낸다. 이후 이운은 사실대로 말하면 사돈인 장두가 장우와 양난주를 맺어주지 않을 것을 짐작하고 사위를 살리기 위해 거짓말을 꾸며 양난주와 장우와의 혼사를 주선한다. 자신이 일전에 귀양 간 양공의 딸 양난주를 거두어 이운혜와 쌍으로 장우와 혼약하였는데 그간 양공이 적거謫居하고 있는 상황이라 말을 꺼내지 못했으나 지금 양공이 해배되어 돌아왔으니 이제 장우와 양난주를 혼인시켜야 한다고 장두에게 말을 꺼내게 되는 것이다. 장우와 이운혜가 혼약할 당시 귀양 가 있었기에 자세한 상황을 잘 모르는 장두는, 이운의 말을 그대로 믿고 어쩔 수 없이 아들 장우와 양난주를 혼인시키려 한다. 내막을 모른 채 장우와 양난주와의 혼사를 허락한 것이다.

그런데 아들 내외로부터 이런 사실을 전해들은 한제는 그 옹졸한 성정에 "마음이 십분 흔흔欣欣하여"104) 장두에게 한시바삐 이 일을 알리려 한다. 그렇게 하면 사위 장희와 다시 불화할지도 모르니 그만두라는 아내 오씨의 만류에도 불구하고 한제는 부리나케 장씨 가문에 이르러 "향래嚮來 소제小弟가 형의 집 은혜를 저버림이 많은 고로 군자총중君子叢中에 참예參禮치 못할러니 우리 형兄의 대덕大德을 입어 제군자諸君子의 용납容納함을 얻으니 이제는 지심知心하는 붕우朋友가 되었으니 이 다 우리 형의 줌이 아니냐"105)라고 말하면서 이전 자신의 배은으로 면목이 없었던 일과 그럼에도 장두의 대덕으로 용서를 받았던 일을 굳이 장두 앞에서 끄집어낸다. 이에 장두는 웃으면서 "형이 어찌 뒤늦은 말을 하느뇨? 그런 말을 다시 말라"106)고 만류한다.

그러자 갑자기 한제는 장우가 양난주 때문에 이운을 저버렸던 일을 은근히 떠벌리면서 그 말끝에 "세상이 일컫되, 한제는 보신지책保身之策으로 마지못한 일이어니와 장우는 호색탐음好色貪淫하여 그 악공岳公을

---

104) 연경도서관본 『창란』 6권, 616면.
105) 연경도서관본 『창란』 6권, 617면.
106) 연경도서관본 『창란』 6권, 618면.

저버리다 하니 나 같은 용렬庸劣한 자者가 어찌 자연('장우'의 자字) 같은 명유名儒에게 낫다 할 이 있으리오마는 반드시 과언過言인가 하노라"[107]라고 덧붙인다. 비록 자신이 한 때 은혜를 입은 남주인공 가문을 저버렸으나 보신지책保身之策으로 어쩔 수 없었던 일인데, 장우는 호색탐음好色貪淫하여 은혜를 입은 악공을 저버렸으니 오히려 자신이 장우보다는 나은 것이 아니냐는 논리이다. 결국 한제는 전에는 자신이 비록 장씨 가문의 은혜를 저버리고 면목이 없는 상황에 처했었지만, 지금 장우가 악공인 이운을 저버린 행위를 보니 오히려 자신보다도 더 심하고, 그에 따라 장씨 가문도 자신의 가문에 비해 더 나을 것이 없다는 것을 은근히 지적하고 있는 것이다.

기실 여타의 대하소설에서도 남주인공이 여색에 취해 방탕한 행동을 하는 사건이 나타나지 않는 것은 아니다. 우연히 만난 여인을 사모하여 상사병을 앓는다든가, 마음에 드는 여인을 억지로 겁탈하는 등의 양상은 대하소설에서도 심심찮게 등장하는 화소이다. 그러나 그것으로 인해 가문의 위신이 떨어지는 일은 거의 발생하지 않는다. 젊은 시절 한 때의 객기 정도로 형상화될 뿐이다.

그런데, 『창란』에서는 장우가 단지 여색에 빠지는 상황 자체로만 그치는 것이 아니라, 이로 인해 자기 가문의 절대적인 은인을 배신하는 국면에 처하게 된다는 점에서 문제적이라 할 수 있다. 이는 가문 간의 신의를 중시하는 당대의 풍토를 생각할 때 남주인공 가문의 자긍심에 상당한 타격을 주는 사건이 아닐 수 없다. "이공의 불세지은不世之恩을 만분지일萬分之一이나 갚을까 하였더니 점점 이런 심우心憂를 끼치거늘 어찌 또한 불평不平함을 끼치리오?"[108]라는 장두의 탄식처럼, 아들이 이운의 크나큰 은혜를 배신함으로써 참으로 면목을 잃게 되는 것이다. 물론 그럼에도 종국에는 장우의 양난주에 대한 애정은 실현된다.

---

107) 연경도서관본 『창란』 6권, 618면.
108) 연경도서관본 『창란』 6권, 624면.

『옥원』·『완월』을 비롯한 여타의 대하소설에서 애정 때문에 남주인공 가문이 체면을 잃을 만한 사건이 거의 발생하지 않는데 반해,『창란』에서는 남주인공 가문이 그 때문에 가문의 위신에 큰 손상을 입는 사건이 펼쳐지고 있는 것이다.『완월』에서도『창란』에서처럼 소인형 장인이 남주인공 가문에 관한 좋지 않는 소문을 듣고는 이 일을 기화로 실추된 자신의 명예를 조금이라도 회복해 볼까 해서 남주인공 가문으로 달려가는 대목이 나오지 않는 것은 아니다. 그러나『창란』에서와는 정반대의 상황으로 전개됨으로써 전혀 다른 의미를 지니게 된다.

장헌의 아들인 장세린과 정염의 딸인 정성염의 사건과 관련해서 소인형 장인 장헌의 채신머리없는 행동이『창란』에서와 동일하게 드러난다. 여원홍의 간계로 인해 장헌은 자신의 아들 장세린과 정성염이 이미 정을 통한 사이인 것으로 오해하고 이 일을 기화로 정염에게 달려가 자신의 아들과의 혼사를 주선하는 한편 그간 자신을 경멸하던 정염을 욕보이려 한다.109)

그러나 결과는『창란』과는 정반대이다. 장헌은 정염에게 가서 "은백(정염의 자字) 형兄의 일교—嬌(정성염)가 하마 도요桃夭의 시詩를 읊고 또 성질性質이 봄을 사랑하여 양음陽淫함에 가까오냐?"110)라고 하면서 장세린과 정성염이 정을 통한 후 신물로써 화상畵像을 주고받았다는 소문을 전한다. 이 말을 들은 정염은 비례흉음지사非禮兇淫之事를 말하는 장헌을 엄책嚴責하는 한편 자신의 딸이 만약 그런 음황淫荒한 일을 저질렀다면 딸을 죽일 것이라 하면서 장헌에게 자세한 수말을 명백히 말하라 한다.

---

109) 여원홍은 자신의 딸을 장세린에게 시집보냈으나, 그 딸 여씨가 워낙 박색이기에 장세린에게 심한 박대를 받는다. 그러던 차에 장세린이 정성염 때문에 상사병이 걸린 것을 알게 되자 여씨 일당은 장세린이 정성염을 재취할까 두려워한다. 이에 정성염이 장세린과 화간和姦한다는 거짓 소문을 정염에게 흘리면 과격한 성품의 정염이 그 딸을 죽일 것이라 짐작하고는, 성정이 허박虛薄한 장헌에게 장세린과 정성염이 이미 정을 통하였다는 거짓 정보를 준 것이다. 장헌은 여씨 일당의 계략대로 자신이 들은 그대로 정염에게 가서 알려주게 된다.

110)『완월』56권, 4책, 342면.

그러나 자세한 내막을 알지 못하는 장헌은 주저주저한다. 정염이 그 과도한 성품으로 자신의 딸의 결백함을 알면서도 장헌과 같은 인물에게서 다시는 이런 흉음한 말이 나오지 않도록 하기 위해 자신의 딸을 죽이려 하자, 장헌은 그 추상같은 기세에 질려 도망치다시피 집에 돌아온다. 이후에 자신이 여원홍의 간계에 속아 실상을 잘못 안 것임을 알게 된 장헌은, 정씨 가문에 가서 관을 벗고 허리띠를 푼 뒤 무릎으로 기면서 자신의 잘못을 빈다. 이에 정부에 있는 허다한 문인들과 소년 제생들이 그 기괴함을 냉소하게 된다.

소인형 장인이 남주인공 가문의 실책을 잡아 남주인공 가문의 명예를 떨어뜨리고 상대적으로 자기 가문의 실추된 명예를 조금이나마 만회하려는 흡사한 대목이 펼쳐짐에도, 『창란』에서는 소인형 장인의 의도대로 적중하고 『완월』에서는 소인형 장인의 의도와는 정반대의 상황이 벌어지게 되는 것이다.

이렇게 다르게 형상화된 데에는 다양한 원인이 있겠으나, 개인의식 대 가문의식과 관련시켜 볼 때 『창란』에서는 가문의 명예보다는 애정이라는 개인적인 욕망을 부각시키려 하고 『완월』에서 남주인공 가문의 명예를 중시하려는 의도와 깊은 관련이 있다고 보아야 할 것이다. 남주인공 가문을 중심에 놓고 보았을 때, 『창란』에서는 남주인공의 아우인 장우가 애정에 이끌리는 행동을 하는 것과는 달리 『완월』에서는 남주인공의 사촌누이인 정성염이 이와 같은 행동을 전혀 하지 않은 점,111) 『창란』에서 장우가 자신만의 애욕을 위해 가문의 저버리는 것과는 달리 『완월』에서 정염이 가문의 명예를 위해 죄 없는 딸마저도 죽이려 하는 점은 개인의식을 중시하는 『창란』과 가문의식을 중시하는 『완월』이

---

111) 물론 장헌의 셋째 아들인 장세린은 정성염을 사모하여 상사병에 걸릴 정도이다. 그러나 그는 남주인공 가문구성원이 아닌 여주인공 가문구성원이다. 그렇기에 남주인공 가문의 명예는 전혀 떨어지지 않는다. 남주인공 가문구성원 가운데는 애정 때문에 가문의 명예를 실추할 만한 행동을 보이는 인물은 나오지 않고 있다.

좋은 대조를 이루고 있음을 잘 보여준다.

이러한 제 양상을 통해 볼 때『창란』에서는 효보다 애정에 대한 강한 지향성을 드러내고 있음을 알 수 있다.112) 수직적 질서 체제의 근간인 효에 기반하여 가문전체의 번영을 꾀하는 집단의식을 추구하기보다는, 수평적 질서 체제인 애정에 기반하여 개개인의 사사로운 욕망을 중시하는 쪽으로 작품의 축이 기울고 있는 것이다.

2) 가문의식의 존중

『옥원』과『완월』에서는 남주인공이 일찍 돌아가신 모친을 늘 그리워하며 제삿날에는 통곡하다가 혼절할 정도로 모친에 대한 그리움이 짙게 형상화되어 있다. 이러한 대목에서는 그 구체적인 구절까지도 유사한 양상을 보인다.『옥원』의 소세경은 어미닭이 병아리를 품고 있는 것을 보고는 "저 닭은 어이 어미를 데리고 날개 속의 품기되, 나는 닭만 못하여 우리 모친母親은 어디로 가신고?"113)라고 말하며,『완월』의 정인성114)은 어미 제비가 새끼에게 먹이를 주는 모습을 보고는 "저 무지한

---

112) 김기동(『한국고전소설연구』, 교학사, 1983, 219면), 정종대(『염정소설 구조연구』, 계명문화사, 1990, 20면), 양영찬(「『창란호연록』의 애정갈등」, 고려대 석사논문, 1984, 6면) 등이『창란』을 '애정소설'로 분류한 것도『창란』에서 애정이 주로 부각되고 있는 점에 초점을 맞춘 해석이라 할 수 있다. 최길용(「『창란호연록』 연작 연구」,『고전문학연구』7, 한국고전문학회, 1992, 334~337면)의 '자유혼自由婚의 수용'에 관한 논의, 양민정(「『창란호연록』에 나타난 양반가문의 애정혼 고찰」,『고소설연구』2, 한국고소설학회, 1996, 261~292면)의 '애정혼愛情婚의 성취'에 관한 논의 또한『창란』이 변화하는 세태를 반영하면서 애정을 중시하고 있음을 잘 보여준다.

113)『옥원』14권, 474면.

114)『완월』에서『옥원』의 소세경에 대응되는 인물은 정인광이다. 그런데 지극한 효심을 보이는 대목과 관련해서만 보았을 때는『옥원』의 소세경에 필적할 만한『완월』의 인물은 정인광이기보다는 또 다른 남주인공인 정인성이라 할 수 있다. 정인광도 효성이 지극하지만 돌아가신 모친을 그리워하는 대목 등에서 소세경과 정인성이 상통하는 부분이 더 많다. 소세경과 정인성은 둘 다 각각의 작품의 남주인공이라는 점에서 서로

조수鳥獸도 어미 귀한 줄 알거늘 사람이 세상에 있어 저 정情을 끊은 지 세재구의歲載久矣라 하일하시何日何時에 우리 자정慈情에 어루만져 포휵抱慉하시는 사랑을 받자오리오?"[115]라고 말한다. 이처럼 『옥원』과 『완월』에서는 남주인공의 돌아가신 모친에 대한 그리움이 강조되어 있다.

위기에 처한 부모를 구하기 위해 맨발로 피나도록 달려오는 장면 또한 흡사하다. 『옥원』의 소세경이 이주 통판으로 부임 중 "홀연忽然 마음이 놀랍고 몸이 떨려 황황遑遑하니 대경大驚하여",[116] 부친이 병환이 있음을 짐작하고 하룻밤 사이에 삼백 리를 "다리와 발에 피 가득하"[117]도록 달려온다. 소송이 아들 소세경의 구호로 깨어나 보니 "단순丹脣이 여해하여 터져 피 흐르고 오건烏巾이 뜯기었고 몸에 단위단고單衣單袴 뿐"[118]인 모습을 하고 있다.

『완월』에서 정인성은 그 모친 소교완이 그 죄가 친정부모에게 탄로나 죽임을 당할 것을 짐작하고 맨발로 달려와 소교완을 구하게 되는데, 그때도 "머리에 관冠이 없고 몸에 믜어진('헤진') 의복을 매어 왔고 허리에 띠 없으며 발에 신이 없을 뿐 아니라(…중략…) 옥玉 같은 발에 깁 같은 가죽이 상傷하여 창황蒼惶 급급急急한 바와 혈적血蹟이 낭자狼藉"[119]한 모습이다.

이러한 장면들은 『옥원』과 『완월』 모두 효를 매우 중시하는 가운데 가문의식을 존중하고 있음을 잘 보여준다. 물론 『창란』에서처럼 남주인공 가문의 구성원 가운데 애정 때문에 가문의 명예에 먹칠하는 인물 또한 등장하지 않는다. 그런데 『옥원』과 『완월』은 가문의식을 형상화함에 있어서 약간의 차이를 보인다. 이에 대해 구체적으로 살펴보기로 한다.

비교가 가능하기에 이 둘을 함께 살펴보기로 한다.
115) 『완월』 113권, 8책, 118면.
116) 『옥원』 18권, 213면.
117) 『옥원』 18권, 217면.
118) 『옥원』 18권, 225면.
119) 『완월』 98권, 7책, 162면.

(1) 가문과 개인의 조화

『옥원』에서 남주인공 소세경은 앞서 살펴본 것처럼 지극한 효자로 등장한다. 그럼에도『옥원』에서는 효만을 일방적으로 드러내지 않는다. 남주인공의 여주인공에 대한 애정도 깊이 있게 형상화되어 되어 있다. 소세경은 자신이 이현영의 시비로 있는 동안 비록 교만하고 사치하긴 하지만 자신에 대한 절개를 굳건히 지키려는 여주인공을 곁에서 지켜보면서 감동했을 뿐만 아니라, 객점에서 신분을 명확히 밝히지 않고 희롱한 일로 말미암아 이현영이 투신자살한 일을 늘 가슴 아파한다.

그리하여 소세경은 불효가 되는 줄 알지만 자신은 이현영에 대한 신의를 지키기 위해 독신으로 살겠다고 부친 소송에게 말하게 된다.

> 해아孩兒가 구구區區한 뜻이 있사오니 비록 창졸倉卒하오나 부자유친父子有親을 빌어 감히 기휘忌諱치 못하고 품정稟定코자 하나이다. 초初의 이씨(이현영) 한번 절사節死함에 이 곧 소자小子를 말미암아 충년冲年의 긴 명命을 경요輕擾함이 되니 백인伯仁이 유아이사由我而死라 (…중략…) 때에 대인大人이 환사還事를 입으실 지속遲速이 없으니 조선祖先이 해아를 의탁依託하여 계시고 집이 없으므로 인륜人倫을 정定하옴이 하루가 급하오니 불의不義가 될지언정 불효不孝 되지 않으려 하였사오니 도금到今하여 이씨 해아를 위하여 세 번 죽어 명命 버리기를 홍모鴻毛같이 하거늘 아해兒孩가 능히 이신보명以身保命을 하지 못하오나 실로 타인他人을 취하여 인륜낙사人倫樂事를 취하고 염념念念 심상尋常함은 인정人情의 막연漠然하온지라 참지 못하옵는 바이오, 요행僥倖 대인大人이 은사恩赦를 입으시고 부자父子가 평안平安하오니 행倖여 소자小子의 몸을 빼어 필부匹夫의 신을 지키어도 전자前者의 나음이 있사오니 만일 성의성의誠意誠意 윤허允許하심을 얻자온즉 평생平生을 독로獨老하여 저를 만분萬分의 일一이나 갚고자 하나이다.
>
> —『옥원』4권, 379~380면

이현영이 자신을 위해 몇 번씩이나 자살을 시도했고 결국 자기 때문에 죽었으니 자신도 이현영에 대한 신의를 지키기 위해 홀로 늙겠다는 것이다. 더욱이 소세경이 삼대독자이고, 그 부친 소송 또한 이미 불혹을 넘어선 상황 속에서 이런 말을 하고 있기에 더욱 문제적이라 할 수 있다. 소세경 자신 또한 불효임을 알면서도 독로獨老하겠다는 강한 결심을 부친에게 내비치게 되는 것이다.

소송이 "장부丈夫가 일녀一女를 위하여 독거불취獨居不娶하고 무후절사無後切嗣하여 막중인륜莫重人倫을 폐廢"120)하는 일을 해서는 안 된다 깨우치며, "네 유시幼時에 이씨(이현영)를 이미 보고 마음에 흡연洽然하여 차마 잊지 못하는 바가 되어 평생 사모思慕하여 절사絶嗣를 감심甘心하고 평생을 독로獨老하여 갚고자 하니 (…중략…) 노부老父가 누굴 의지依支하여 여생餘生을 부치리오?"121)라고 탄식하자, 소세경은 다른 여자를 취하더라도 "이씨를 원비元妃를 삼고 자식이 있어도 한가지로 어미로 하게"122)하겠다고 말함으로써 독신으로 살겠다는 강한 결의를 한 풀 접긴 하지만, 이러한 의도를 내비친 것 자체가 매우 중요한 의미를 지닌다 할 수 있다. 자신이 삼대독자일 뿐만 아니라 부친이 늙으신 몸으로 취처娶妻할 의사가 없음을 아는 상황에서 자신의 죽은 약혼녀123)를 위해 독거불취獨居不娶하겠다고 선언하는 이 대목은, 효자의 전형으로 등장하는 소세경에게도 때론 자식을 낳아 부모에게 효도하고 가문을 번창케 하는 욕망보다는 한 여자에 대한 신의를 지키겠다는 욕망이 강할 수도 있음을 보여주고 있기 때문이다.

물론 소세경 부자가 투신한 이현영을 강에서 건져 살려낸 이후에는 소세경이 이러한 태도를 보이지 않지만, 『옥원』에서 효만을 일방적으로 내세우지 않고 때론 애정도 중요하게 부각시키고 있음을 잘 보여준다.

---

120) 『옥원』 4권, 382면.
121) 『옥원』 4권, 387면.
122) 『옥원』 4권, 393면.
123) 물론 이후에 소세경 부자가 이현영을 건져내어 살려낸다.

이처럼 『옥원』에서는 효를 상당히 비중 있게 다룰 뿐만 아니라 애정 또한 진지하게 형상화하고 있다. 이런 가운데 『옥원』에서는 효와 애정을 사이에 두고 번민하는 남주인공의 내면이 심도 있게 형상화된다.

이는 결혼 후의 양상에서도 마찬가지이다. 소세경은 부모에 대한 효를 생각하면 자신의 부모를 해치려 했던 장인을 용납할 수 없기에 장인을 박대하고 이로 인해 아내와 불화하나, 그러한 불화 속에서도 장성한 장년의 몸으로 아내를 두고 홀로 지냄에 병이 날 것 같다고 토로할 정도로 아내에 대한 애정을 풀길 없어 고심한다. 더욱이 『창란』에서처럼 일시 풍정이 일어나면 힘으로 아내와 동침을 하는 장희와는 달리, 진중한 소세경은 아내에게 동침을 일방적으로 강요하지 않기에 이런 고통은 더욱 절실히 표현된다.

이렇듯 소세경은 부모에 대한 효를 다하고자 하면 아내와 불화하게 되고, 장인을 용서하고 아내와 화목하고자 하면 부모에 대한 효를 다하지 못하게 되기에 고심을 하게 된다. 그러나 이후 그는 자신이 부모에 대한 효 때문에 장인을 박대함으로써 아내와 불화하는 것이 도리어 불효가 됨을 절실히 체득하고 진실된 애정으로 아내를 감복시키는 것만이 진정한 효가 될 수 있음을 깨닫게 된다.

장인 이원외가 대병이 났을 때 사위 소세경은 전일 장인이 자기 집안을 해하려 했던 일 때문에 찾아가 보지도 않는다. 그런데 꿈속에서 고향에 있는 아내가 자신의 부친이 큰 병이 난 것을 짐작하고 식음을 전폐하는 가운데 젖 달라고 우는 아이마저 방치한 채 엎드려 있는 모습과 그 옆에서 "네 차마 늙은 아비가 애쓰는 마음과 저 고고孤孤한 자식들을 돌아 생각지 않으니 불효부자不孝不慈함이 이 같으냐?"124)라고 말하는 부친을 보게 된다.

이에 소세경은 자신의 아내가 "성性이 편협偏狹하여 대체大體를 알지

---

124) 『옥원』 9권, 462면.

못하고(…중략…) 만일 그 아비(이원외)를 보아 천성天性을 입지 못하고 유명幽明을 격隔한즉 반드시 살지 못함이 괴이怪異치 아니니 연즉然則 이씨 망亡함은 이르지 말고 오가吾家의 근심이 또 극極하지 않으랴?"125)라고 생각하여 장인과의 화해를 시도하는 한편 진실한 애정으로 이현영을 감화시키기 위해 노력한다. 더욱이 소세경은 자신의 모친이 일찍 돌아가셔서 한 평생 모친을 그리워하였으므로 자식들이 자신과 똑같은 입장이 되지 않기를 바라기에 아내의 존재는 더욱 절실하게 다가오게 된다. 그리하여 소세경은 이현영 앞에서는 그 장인의 잘못을 절대 말하지 않을 뿐만 아니라 친정의 일로 고심하는 아내를 곡진히 위로하며 감화시키기 위해 노력한다.

더욱이 애정에만 치중하여 정대한 모습을 보여주지 못함으로써 아내에게 꼼작 못하는 『창란』의 장희와는 달리, 『옥원』의 소세경은 "만일 생生이 방탕경박放蕩輕薄하고 호색탕음好色蕩淫한즉 소저小姐를 마침내 굴복하기 어려울 것이로되, 정대正大하고 광명직백光明直白하여 효행孝行이 출천出天하니 소저가 자못 경복敬服하고(…중략…) 스스로 손순遜順함이 되니"126)라는 대목에서 볼 수 있듯, 그 정대함으로 아내마저도 순종케 하고 부모에 대한 효심까지도 일깨운다. 이를 통해 애정은 효로 승화된다.

이처럼 『옥원』에서 소세경의 이현영에 대한 애정은 그 진실됨이 핍진하게 형상화되어 있을 뿐만 아니라 그 기저에는 효의식이 짙게 깔려 있다. 그렇기에 『창란』에서는 애정과 효의 문제가 따로 노는 가운데 애정만이 강조된다면, 『옥원』에서는 애정과 효가 상호 조화를 이루며 통합되는 과정이 핍진하게 형상화되어 있다. 이렇듯, 『옥원』에서는 애정과 효를 다 중시하면서도 효의식을 밑바탕에 둔 진실한 애정으로써 그 둘의 조화를 꾀하고 있다.

애정과 효 둘 다를 중시하는 가운데 양자의 조화를 꾀하는 양상은 후

---

125) 『옥원』 9권, 463면.
126) 『옥원』 5권, 567면.

반부의 이현윤에 관한 사건에서도 잘 드러난다. 비록 이현윤이 자신의 부모를 경시했던 일 때문에 경태사를 장인으로 받아들이지 않으려 겉으로는 경빙희에 대한 강한 거부의사를 나타내지만, 경빙희와의 혼인 첫날밤 그는 그녀에 대해 지니고 있었던 절절한 애모의 정을 토로하게 된다.

이현윤이 자기 부모를 증오했던 경태사의 딸 경빙희를 아내로 맞이하지 않기 위해 위기에 처한 경빙희를 구해주고도 남매지의를 맺는 모습에서는 부모에 대한 효의식이 상당함을 알 수 있다. 그런데 신혼 초일 자신의 완강한 혼사 거부에 마음의 상처를 입고 반신불수가 된 경빙희를 보고 그간 억눌러왔던 자신의 애정을 토로하는 모습에서는 그의 내면의 진실된 애정을 엿볼 수 있다. 소세경의 지극한 간호로 경빙희는 이미 병이 나은 상태인데도 이현윤은 그것을 모르고 사지를 쓰지 못하는 병인인 줄 알고 이를 애석히 여기면서 "이 사람이 어찌 이 병病을 얻으뇨? 이 실로 염백우冉伯牛의 기질氣質이 아니랴. 자(子, 2인칭)를 보아 아낌에 생生의 심할여산비心割如散飛하니 자子의 옥질玉質로 스스로 통석痛惜지 아니랴"127)라고 하면서 "세세천단細細擅斷을 은근간곡慇懃懇曲"128)한 말이 끊이지 않는다. 경빙희가 자신 때문에 병인이 된 것을 생각하고는 "마음에 돌 흐르는 듯하고 몸에 실이 걸린 듯하"129)여 눈물까지 흘린다. 이렇듯 이현윤은 실제로는 효와 애정 둘 다를 중시하는 모습을 보인다. 이후에도 그는 부모에게 불효를 끼치지 않기 위해 췌거贅居하여 장인을 존중하고 경빙희를 감화시키려는 곡진히 애쓴다.

이처럼 『옥원』은 효를 중시하면서도 애정에 대한 진실함 또한 보여주고 있는 작품이다. 효로써 애정의 문제까지 감싸 안고 있는 작품이라 할 수 있다. 그리하여 가문의식과 개인의식이 분리되어 한 쪽만이 강조되는 것이 아니라 이 둘이 조화를 이루고 있다.

---

127) 『옥원』 21권, 558면.
128) 『옥원』 21권, 559면.
129) 『옥원』 21권, 557면.

(2) 가문 중심의 세계

『완월』에서 남주인공 정인광은 엄동설한임에도 불구하고 부친이 있는 곳으로 가다가 중병에 걸리고, 또 다른 남주인공인 정인성은 부친을 살리기 위해 눈이 가득 쌓인 산에 올라가 자기 목숨으로써 부친의 목숨을 대신하기를 빌 정도로 효가 두드러지게 부각된다. 이러한 대목은 장성완이 그 시어머니의 목숨을 구하기 위해 산에 올라가 자신의 목숨으로 대신하기를 비는 장면에서도 되풀이된다.

반면 남녀 간의 애틋한 정은 거의 형상화되지 않는다. 『창란』·『옥원』과는 달리 혼전 남녀 간에 접촉의 기회가 없을 뿐만 아니라, 고집 센 남주인공과 온순한 여주인공 사이에 애정이 끼어들 여지가 거의 없기 때문이다.

『창란』·『옥원』에서는 남주인공이 여주인공의 시비가 되는 사건을 통해 여주인공의 교만하고 사치한 면모를 통탄하면서도 자기에 대한 절개만은 굳건히 지키려는 모습을 직접 지켜보면서 감동하게 된다. 더욱이 우연히 객점에서 만났을 때 자신의 실수로 인해 여주인공이 투신자살하게 된 일로 말미암아 여주인공에 대한 짙은 연민과 애정을 쌓아가게 된다.

『창란』의 장희는 한천희의 강렬함을 알면서도 희롱한 자신의 소활함을 통탄하면서 "뼈 쓰리고 일신—身이 녹는 듯"130) 슬퍼하고, 『옥원』의 소세경은 자신이 독자임에도 불구하고 여주인공에 대한 신의를 지키기 위해 독신으로 살 것을 결심한다. 혼전 남녀 간의 잦은 만남은 기본적인 예절에서 벗어난 측면이 있으나 이를 통해 서로를 잘 알게 되는 기회를 갖게 되는 것인데, 『완월』에서는 이런 부분이 설정되지 않음으로써 남녀 간의 정을 쌓아갈 개제가 마련되어 있지 않다.

또한 『창란』·『옥원』에서 남주인공이 여주인공이 자신의 가문을 배

---

130) 『창란』 2권, 142면.

신한 자의 딸임을 알고도 결혼하는 것과는 달리,『완월』에서 정인광은 속아서 결혼을 하기에 아내를 더욱 못 마땅하게 여기게 된다. 정인광이 장헌을 꺼려 장성완과 절대 혼인하지 않을 것이라는 것을 알고 집안 식구들이 장성완을 연공의 딸이요 소공의 양녀라 하여 혼인시킨다. 속아서 결혼한 것을 알게 된 정인광은 "저 장공(장헌)이 자기自己를 속여 사위 삼고 쟁그라움('기뻐함')이 가려운 데를 긁는 듯함을 생각함에 분기憤氣 더욱 철골徹骨하"131)여 아내를 돌아보지도 않게 되는 것이다.

더욱이 정인광은 "태강준고太剛峻固"132)한 인물이기에 아내에 대해 매몰차기 그지없다. 자기 부친을 해치려 했고 만단으로 질욕叱辱하였던 빙부모에 대한 연좌로 장성완의 처소를 잘 찾지도 않을 뿐만 아니라 결혼 후 반년이 지나서야 이성지친을 이룬다. 그것도 부친의 명령에 의해 어쩔 수 없이 이루어지게 된다.

또 『창란』·『옥원』에서는 부친과 남편이 반목하는 가운데 괴로워하면서 토혈吐血하기까지 하는 아내를 보고는 놀라서 살려내려고 애를 쓰는 것과는 달리,『완월』에서 정인광은 병이 든 아내에게 부모 몰래 세 번씩이나 자결을 명령하기까지 한다. 물론 여기에는『창란』·『옥원』등에서 장인만이 사위와 불화했던 것과는 달리『완월』에서는 장모마저도 사위와 불화함으로써 처가식구들과 사위의 갈등이 더욱 극대화되는 점과도 관련이 있지만, 이는 애정보다는 부모에 대한 효를 중시하는 모습을 여실히 보여준다 할 수 있다.

여주인공의 모친이 자신의 집을 극도로 질욕하는 말133)을 우연히 듣게 된 정인광은 분기탱천하여 장성완의 시비 설란 등을 목벤 뒤에 "원수怨讐의 씨를 일시도 부부夫婦라 못하리니 빨리 빙채문명聘采問名을 내어보내며 지은 죄罪 팔좌八座에 언연偃然히 있지 못하리니 급히 자결自決하

---

131)『완월』35권, 3책, 149~150면.
132)『완월』55권, 4책, 311면.
133) 이에 대해서는 3장 2절 '일상과 이념'에서 이미 살펴본 바 있다.

여 속죄贖罪하라"134)고 명령한다. 장성완이 이런 극단적인 상황을 이기지 못하고 혼절했다가 깨어나자, 정인광은 다시 "일기—器 짐주鴆酒와 삼척三尺 흰 깁과 요하腰下의 패도佩刀를 끌러"135) 장성완에게 보낸 후 이 가운데 하나를 택해 자살할 것을 명령하게 된다. 이후에도 정인광은 다시 두 낱 환약을 시비를 통해 보내어 "칼과 노에 목숨을 끊지 못하거든 이 두 낱 환약丸藥을 삼켜 바삐 죽어 죄를 만일萬—이나 속贖하라"136)라고 명령한다. 남편이 자결을 명령하지 않더라도 장성완은 이미 부모를 냉대하는 남편과의 갈등 속에서 온통 마음이 상해 병들어 위태로운 상황인데도, 정인광은 이런 아내에게 가혹한 처분을 내린 것이다.

이처럼 정인광에게는 아내에 대한 애정은 거의 찾아볼 수 없다. 부모에 대한 효만이 중시되고 있다. 심지어 중병이 든 아내를 출거黜去시킨 뒤 장성완의 주성土星에 검은 기운이 가득함을 보고 잠시 아내를 걱정하다가도 부형父兄보다 아내를 먼저 생각하는 자신을 자책할 정도이다.

정삼은 아들 정인광이 아내에게 자결을 명령했던 사실을 뒤늦게 알고는 정인광을 꾸짖는 한편, 아들 부부 사이의 심각한 갈등을 해결할 방법이 없자 일단 장성완을 친정으로 보낸다. 그러나 "금번 돌아감이 이름은 근친近親이로되, 기실其實은 출거黜去로 다름이 없으니"137)라고 장성완이 한탄하는 대목을 통해 볼 수 있듯, 이는 공식적인 출거黜去는 아니었지만 이 또한 일종의 출거였던 것이다.

그런데 장성완의 출거 뒤 정인광은 출정出征한 백부伯父와 형을 생각하며 별자리를 살피다 우연히 장성완의 주성이 매우 위태로운 것을 목도하게 된다. 정인광이 비록 준고한 인물이긴 하나 장성완과 같은 현철한 인물이 이와 같은 처지에 놓이게 된 것을 안타까워한다. 정인광 또

---

134) 『완월』 43권, 3책, 413면.
135) 『완월』 43권, 3책, 425면.
136) 『완월』 43권, 3책, 434면.
137) 『완월』 43권, 3책, 443면.

한 장성완이 나무랄 데 없을 정도로 빼어남 인물임을 잘 알고 있기에 부모를 잘못 만난 탓으로 그녀가 이렇듯 고초를 겪는 것을 애처롭게 여겼던 것이다. 그러나 이도 잠시 곧 "내 바야흐로 백부伯父와 형장兄丈의 만리위봉萬里危峰을 근심하고 대인大人의 원정구치遠征驅馳를 초민焦悶하거늘 어느 겨를에 염려念慮가 장씨(장성완)에게 미치리오. 이 또한 나의 효孝의 천박淺薄함이라"138)라고 부끄러워한다. 자신이 백부와 형을 생각하기도 전에 장성완을 먼저 떠올린 것을 자책하는 것이다. 이처럼 『완월』에서는 애정 등의 사사로운 감정을 절제하면서 부형父兄에 대한 효 즉 수직적인 질서를 존중하고 있다.

이는 이들의 갈등이 해결되는 국면에서 더욱 분명히 드러난다. 정인광이 빙부모에 대한 연좌로 아내를 줄곧 냉대하다가 마음의 변화를 보이게 되는 것은, 장성완이 사경을 헤매는 시어머니 화부인을 위해 목숨을 걸고 기도하여 살려낸 일 이후부터이다. 장성완 또한 남편이 중병에 걸린 자기 부친을 살려낸 일 이후로 남편에 대한 서운한 마음을 풀게 된다. 정인광이 자기 부모를 살려준 아내에 대한 보답으로 장헌이 중병이 들었을 때 그전에는 가는 것조차 꺼렸던 처가에 가서 장인을 지극정성으로 치료하여 살려낸 일에 장성완이 감동을 받았기 때문이다. 즉 이들의 갈등은 서로가 상대방의 부모를 죽을 위기에서 살려낸 일에서부터 해결의 실마리를 찾게 되는 것이다. 이는 『창란』에서 서로에 대한 애정을 확인하는 일로 부부 사이의 갈등이 해결되는 양상과 좋은 대조를 이룬다.

『완월』에서 효가 중시되는 점은 또 다른 핵사건의 경우를 보면 더욱 선명하게 드러난다. 정인성은 지극한 효심으로써 계모인 소교완을 개과하게 만드는 인물로, 계모를 위해서 아내를 희생한다. 아내 이자염이 시어머니를 독살하려 했다는 누명을 씀에도 불구하고 계모의 악행이 드

---

138) 『완월』 48권, 4책, 79면.

러날까 사실을 밝히지 않고 급기야는 계모의 명을 좇아 죄 없는 아내를 출거시킬 정도이다. 또 계모가 자신의 아내를 초옥草屋에 가두고 불태워 죽이려 하거나 얼굴의 가죽을 벗긴 뒤 강물에 던져버려도 정인성은 계모의 패악이 드러나지 않도록 이를 모른 체 한다.139)

이러한 정인성의 모습을 보고 동생인 정인광은 "소제小弟 만일 여자女子 같을진대, 성현군자聖賢君子의 아내 되느니 차라리 궤벽험찰詭僻險戕한 자者의 아내 됨이 나을소이다"140)라고 말할 정도이다. 정인광은 자기 또한 부모를 해치려 했던 빙부모에 대한 연좌로 아내를 박대하지만 형인 정인성과 같은 성현군자의 아내가 되어서는 더욱더 갖은 고초를 겪으니 오히려 자신과 같은 "궤벽험찰"한 자의 아내가 되어 고생하는 것이 더 순편順便할 것이라고 농담을 건네게 되는 것이다. 이처럼 정인성은 계모에 대한 효를 절대적으로 중시하는 가운데 아내 이자염을 외면하고 있다.

이러한 점들은 『완월』에서 이성에 대한 애정보다는 부모에 대한 효가 훨씬 더 부각되어 있음을 잘 보여준다. 이는 곧 효를 기반한 수직적 질서를 바탕으로 가문을 공고히 지켜나가려는 의식을 잘 보여주고 있는 것이라 할 수 있다.

---

139) 물론 이자염은 정인성의 마음을 다 알고 있기에 이 때문에 부부가 불화하는 양상은 전혀 나타나지 않는다.

140) 『완월』 135권, 9책, 258~259면.

제4장 가문 외적 갈등과 정치의식

앞서 『창란』·『옥원』·『완월』 세 작품에서의 가문 내적 갈등을 중심으로 윤리의식의 차이에 대해 검토해 보았다. 이 장에서는 가문 외적 갈등을 중심으로 세 작품의 정치의식의 차이를 살펴보기로 한다. 크게 정치적 기반, 정치적 부침浮沈, 정치적 성향 세 가지 측면에서 이를 살펴보기로 한다.

1. 정치적 기반

『창란』·『옥원』·『완월』 세 작품에서의 정치적 기반을 비교하기 위해서는 남주인공 가문의 정치적 위상에 대해서뿐만 아니라, 학문적·혈연적·경제적 입지에 대해서도 면밀히 살펴볼 필요가 있다. 학문적·혈연적·경제적 기반은 정치적 기반의 토대가 되기에 한 가문의 정치적 위상과 긴밀하게 맞물려 있기 때문이다. 특히 이들 작품이 창작된 조선 후기에 문생門生 관계에 따른 학연學緣, 인척姻戚 관계에 따른 혈연血緣은 한 가문의 정치적 당색을 결정할 만큼 중요한 역할을 했던 점을 감안할 때,1) 한 가문의 정치적 위상과 관련한 제반여건들을 모두 포괄해서 정치적 기반에 대해 검토할 필요가 있다.

그런데 대하소설에서 주인공 가문의 정치적 기반이란 주인공 당대의 문제라기보다는 주인공의 선조先祖와 관련된 문제라 할 수 있다. 주인공 가문이 어떠한 정치적 연원을 거쳐 현재의 위치에 놓이게 되었는가의 문제로, 대부분의 소설에서 주요 사건이 펼쳐지기 전, 그 가문의 배경에 대해 언급하는 대목 즉 선조에 관한 서술 대목에서 이를 확인할 수 있다.

선조에 관한 대목은 그 시조始祖에 대한 간략한 언급 뒤,2) 주로 조부祖父의 사적事跡에 관한 내용이 대부분을 이룬다. 본격적인 서사 진행은 남주인공의 부친대父親代에서부터 펼쳐지고, 조부祖父에 관한 내용은 그러한 사건이 펼쳐지기 위한 배경으로서 비교적 짧게 서술된다. 그중 조부의 대외적 사적은 그 집안의 정치적 기반을 설명해주는 배경으로서의 성격을 지닌다.

『창란』·『옥원』·『완월』 세 작품에서도 마찬가지로 주인공의 선조에 관한 내용들은 주로 과거의 사건으로 처리되는 가운데 주인공 가문의 기반 설정으로서의 역할을 담당하고 있다.3) 그런데 세 작품에서는 선조에 관한 대목이, 특히 주인공과 직접적인 관련이 있는 조부의 정치적 위상에 관한 대목이 상당히 다르게 형상화되고 있다. 이는 단지 표면적인 차이뿐만 아니라 서술방식의 차이와도 관련된다. 이에 대해 구체적으로 검토해 보기로 한다.

---

1) "조선 후기 붕당형성의 가장 중요한 요인은 문생門生 관계에 의한 학연學緣, 벌열閥閱을 중심으로 한 혈연血緣이었다."(차장섭, 『조선 후기 벌열연구』, 일조각, 1997, 168면)
2) 물론 이 부분이 빠져 있는 작품도 있다.
3) 『완월』에서는 『창란』·『옥원』에 비해 남주인공의 조부가 차지하는 비중이 크다. 『창란』·『옥원』에서는 이미 남주인공 조부의 사후死後로부터 이야기가 시작되는데 반해, 『완월』에서는 그 생전의 모습이 잠시나마 형상화되고 있기 때문이다.

1) 선대 사적事跡의 부재不在와 명실名實의 상치

『창란』에서는 남주인공 가문의 정치적 기반과 관련해서 선조의 사적에 관해 언급한 대목을 거의 찾아볼 수 없다. 시조始祖에 대해서는 물론 남주인공의 바로 윗조상이라 할 수 있는 조부에 관해서도 거의 언급이 없다.

조부의 이름은커녕 생전의 구체적인 정치적 사적에 대해서도 언급이 없다. "장상서尙書"4)라는 말이 나오는 것으로 보아 명목상으로 상당히 권위 있는 가문을 이루어야 타당하지만, 실제로는 조부인 장상서가 일찍 죽은 것으로 처리되는 가운데 그 지위에 걸맞은 영광스런 모습은 전혀 보이지 않는다.

대부분의 소설에서 서술되는 조부의 대외적인 위상에 관한 대목, 즉 조정에서의 혁혁한 업적과 뛰어난 행실로 인해 명망이 드높다거나 하는 등의 전형적인 구절마저도 빠져 있어 조부 대에서 가문의 위상을 짐작할 만한 대목을 찾기 어렵다. 다만 사적인 측면에서의 선행, 즉 부모 둘 다 죽고 홀로 남겨진, 여주인공의 부친 한제를 남주인공의 조부가 거두어 입신케 했다는 대목이 잠시 나올 뿐이다. 이를 통해 어느 정도의 경제력을 지닌 가문이라 추정할 수 있을 따름이다.

그렇기에 남주인공의 부친 장두는 상서尙書 부친을 둔 혁혁한 가문의 후예라기보다는 "일찍 부모가 구몰俱沒하고 형제가 없어 일신一身이 영정고고零丁孤孤"5)한 인물로 형상화되어 있다. 더욱이 아내마저도 요절하여 더욱 쓸쓸한 처지가 된다. "일조一朝에 부모를 여의고 한낱 현숙賢淑한 부인에게 의지하여 세월을 보내더니 문득 현인賢人이 세상을 버리니 천하궁인天下窮人이 소제小弟(장두) 하나뿐인가 하노라"6)라고 그가 그 처형

---

4) 『창란』 1권, 52면.
5) 『창란』 1권, 3면.
6) 『창란』 1권, 3~4면.

妻兄인 신공에게 탄식하고, 신공 또한 "형兄의 몸이 영화榮華롭고 다복多福한 사람이 아냐"[7]라고 장두에게 말하는 대목에서 이를 확인할 수 있다.

이렇듯 『창란』에서는 남주인공의 조부에 관한 사적이 매우 소략하며 정치적 위상과 관련된 대목은 거의 부재不在한 가운데 남주인공의 부친은 명망 있는 집안의 후예이기보다는 부모가 다 죽고 형제도 없이 일신이 고고孤孤한 인물로서 그려져 있다. 대하장편에서 그 조부에 관한 대목이 이처럼 소략하게 처리되어 있는 작품이 드물 정도로, 『창란』에서는 '장상서'라는 구절 이외에는 남주인공의 조부에 대한 언급, 특히 대외적인 명망에 관한 대목을 찾아볼 수 없다. 그렇기에 『창란』에서 조부대에서의 가문의 위상은 명실名實이 상치相馳되는 듯한 느낌을 주게 된다. 명목상으로는 상서 벼슬을 지닌 혁혁한 가문이어야 함에도 불구하고 실제로는 그와 관련한 서술이 거의 전무한 것이다.

『소현성록』 등에서 볼 수 있듯, 대하소설에서는 선조의 사적에 관한 내용이 구체적이고 상세하다.[8] 뿐만 아니라 주로 하층에 의해 향유되었

---

7) 『창란』 1권, 5면.

8) 대하소설에서는 그 가문의 기반을 설명하는 대목이 작품마다 각기 다를 뿐만 아니라 매우 상세하다. 일례로 『소현성록』의 예를 들어보기로 한다. 『소현성록』은 소광─소현성─소운성 삼대에 걸친 이야기가 전개되는데, 소광에 관한 대목은 작품의 도입부에서 주인공 가문의 기반에 대해 설명해주는 배경으로서의 역할을 담당한다. 소광은 비록 소현성의 부친이긴 하지만 작품의 초반에 죽는 것으로 설정되어 있다는 점에서, 다른 작품에서의 조부와 같은 역할을 맡고 있다고 볼 수 있다. 이에 대해 자세히 살펴보면 다음과 같다.

"화설話說 변경汴京 남문南門 밖 사십 리里에 한 뫼가 있으니 호왈號曰 자운산紫雲山이오 주위 삼백 리오, 산형山形이 팔장八障을 꽂은 듯하고 폭포瀑布가 전후前後로 나는 곳이 칠십여 처處라. 잔완潺湲한 물이 모여 큰 못이 되었으니 주위가 삼십여 리오 깊이가 일천 척尺이니 이르기를 와룡담臥龍潭이라. 못과 산이 남북으로 둘렀고, 그 가운데 한 골이 있으니 이르기를 장현동이라. 주위가 일백 리오 평탄平坦하기 유리琉璃를 밀친 듯하더라. 자운산 사면四面에 창송녹죽蒼松綠竹이 사시四時로 봄빛을 띠었으니 심수深邃하고 화려華麗하며 봉만峰巒이 열둘이니 천지天地 조판肇判할 제, 맑은 정기精氣와 신이神異한 기운起運이 오로지 와룡담과 자운산에 잠겨 수출秀出함이라. 그 골 속의 한 처사處士가 있으니 성姓은 소요 명名은 담이라. 교목세가喬木世家요 팔백년八百年 구족舊族이러라. 그 조상祖上이 한당漢唐 이대二代를 섬겨 대대代代로 명문재상名門宰相이러니 오계五季적 천하天下가 대란大亂하니 소담이 시절을 피하여 이 속의 은거隱居하니 (…중략…)

다고 하는 영웅소설에서도 남주인공 가문은 세가거족世家巨族의 혁혁한 가문으로서, 이와 관련하여 그 선조의 정치적 사적에 관한 대목이 등장한다.9) 이런 점을 감안하더라도, 『창란』에서 남주인공 조부의 정치적 사적에 관한 부재는 이례적인 대목이라 할 수 있다.

물론 영웅소설에서 선조에 관한 대목은 간략한 가운데 구체적인 정치적 사적을 담고 있기보다는 하나의 관습화된 것으로 정형화되어 있다.10) 이는 대부분의 대하소설에서 그 선조에 관한 구체적이고 상세한

차시此時 문덕황제文德皇帝 덕정德政이 가작하시어('성대하시어') 만민萬民이 항복하되, 처사가 마침내 나지 아니니 승상丞相도보와 석수신 등이 천자께 천거薦擧하니 태조太祖가 안거사마安車駟馬로 부르시니 처사가 사명詞名을 대對하여 왈曰, '당요唐堯가 지성至聖이시나 소허巢許가 있으니 이제 성상聖上의 은택恩澤이 부족不足함이 아니라 내 스스로 뜻이 낙락樂樂하여 환욕宦慾에 뜻이 없으니(…중략…)' 사관使官이 이대로 회주回奏하니 천자가 차탄嗟歎하시고 그 뜻을 앗지 못하시어 호號를 소소부巢父라 하여 그 정개淨介함을 표표表表하시더라. 처사가 곡중谷中에 한가閑暇히 있어 학鶴을 춤추이고 오현금五弦琴으로 세월을 보내어 공명功名을 헌신 보듯 하고, 혹 나귀 타고 천하天下를 유람遊覽하며(…중략…) 부인이 잉태孕胎함에 처사가 대희과망大喜過望이러니 처사가 홀연忽然 득병得病하여 상석牀席에 위돈委頓하니 백약百藥으로 치료하되, 촌효寸效가 없는지라." (서울대 규장각 소장본 『소현성록』 1권, 1장 앞면~4장 뒷면)

한 가문의 터전이 되는 거주지에 대한 구체적인 설명에서부터 시작해서 누대 명문거족의 후예로 명망을 떨치다가 시절을 피해 은거하고, 비록 평화로운 시절이 되었지만 번잡함을 꺼려 임금의 부름을 사양하고 유유자적하게 살아가다가 죽음을 맞이하는 장면에 이르기까지 소광의 일생을 상술하고 있다. 그렇기에 이런 가문의 기반에 관한 설명은 구체성과 실재성實在性을 담보하게 된다. 특히 대하소설에서는 각각의 작품에서 그 선조에 대해 서술하는 대목이 각각 다르기 때문에 더욱 개별적이고 구체적이다.

9) 이에 대해서는 서대석, 『군담소설의 구조와 배경』(이화여대 출판부, 1985)에서 상론한 바 있다. 서대석은 군담소설 전체의 분석을 통해 대부분의 군담(영웅)소설에서 남주인공 가문은 누대 거족의 명문으로 설정되어 있고, 『장경전』 등에서만 예외적으로 한미한 가문으로 설정되어 있음을 검토하였다.

10) 영웅소설에서 선조의 사적과 관련한 가문의 정치적 기반에 대해 서술한 대목은 그 구절까지도 거의 흡사할 만큼 유사하다. 구체적인 예를 들어보면 다음과 같다. 이 부분은 표현의 유사성을 보기 위해 원문을 그대로 인용하기로 한다.

『유충렬전』: "디명국大明國 영종황제英宗皇帝 직위卽位 초初의(…중략…) 조정朝廷의 한 신하臣下가 있으되, 성姓은 유요 명名은 심이니 젼일前日 션조先祖 황뎨皇帝 기국공신開國功臣 유기의 십삼디三十代 손孫이요 젼前 병부상셔兵部尚書 유현의 자子라 셰디명가世代名家 후예後裔로 공후작녹公侯爵祿이 쩌나지 안이ᄒ더니 유심의 벼살리 졍은주부正言主簿의 잇난지라 위인爲人이 졍직正直ᄒ고 셩졍性情이 민쳡敏捷ᄒ여 일심一心이 충셩忠誠ᄒ

서술과 비교가 된다. 대하소설에서는 각각의 작품에서 선조의 사적에 관한 내용이 다를 뿐만 아니라 매우 상세함으로써 구체성과 실재성實在性을 담보하게 된다. 이와 달리, 영웅소설에서 선조에 관한 대목은 정형적이고 일반화되어 있기에 남주인공 가문의 정치적 기반과 관련한 서술은 구체성과 실재성을 갖기보다는 소설을 시작하기 위한 하나의 관습적 장치에 불과하다는 느낌을 준다. 영웅소설과 대하소설에서 주인공 가문이 똑같이 누대 명문거족으로 설정되어 있다 하더라도 두 작품에서 서술되는 방식과 그 구체성의 정도에 따라 그 느낌이 다를 수 있는 것이다.

이처럼 영웅소설과 대하소설에서 선조에 관한 대목이 소략한가 혹은 상세한가, 도식적인가 혹은 개별적인가는 중요한 문제라 할 수 있는데, 『창란』은 그 선조에 대한 대목이 매우 소략하다는 점에서 영웅소설과

<hr>

야 국녹國祿이 중″重重ᄒ니 셰상공명世上功名은 일ᄃᆡ一代의 졔일第一이오 인간부귀人間富貴난 만인萬人이 층숑稱頌ᄒ되 다만 실ᄒ膝下의 일졈一點 혈육血肉이 업시미 일노 혼툰恨歎ᄒ야"(김동욱金東旭 소장본 『유충렬젼』(『영인 고소설판각본젼집』 2, 연세대 인문과학연구소), 335면)

『이대봉젼』: "셩화成化 년간年間의 효종황졔(孝宗皇帝, 연호年號로 볼 때는 '헌종황졔憲宗皇帝'여야 함) 직임職任 삼년三年이라 잇ᄯᅵ 기주ᄯᅡ 모란동의 한 명환名宦이 잇스되 셩姓은 니요 명名은 익이라 좌승상佐丞相 영준의 장손長孫이요 이부상셔吏部尙書 덕연의 아돌리라 셰ᄃᆡ명가지자손世代名家之子孫으로 일직 쳥운靑雲의 올나 벼사리 이부시랑吏部侍郎의 처處ᄒ미 명망名望이 조졍朝廷에 진동振動하나 다면 실하膝下의 일졈一點 혀륙血肉이 업셔 션영향화先塋香火을 ᄯᅳᆫ케 되야(…중략…) 하날을 우러러 탄식歎息ᄒ시미"(백순재白淳在 소장본 『이대봉젼』(『영인 고소설판각본젼집』 5, 나손서옥), 665면)

『장백젼』: "원元나라 시졀時節의 능쥐 ᄯᅩ히 일위一位 지상宰相이 ″스니 셩姓은 댱이요 명名은 튱이요 ᄌ字은 문경이라 본디 한인漢人 댱양의 후녜後裔로 공후장상公侯將相이 ᄯᅳᆫ츠지 안니ᄒ야 디″代代로 공명功名이 현달顯達ᄒ고 튱회忠孝 겸젼兼全ᄒ더니 공公의게 이르러는 벼슬이 좌복야左僕射의 거居ᄒ미 우흐로 나라의 튱셩忠誠이 지극至極ᄒ고 아리로 만민萬民의게 덕德이 만ᄒ되 년긔年紀 오십의 후ᄉ後嗣을 니을 기리 업고"(대영박물관大英博物館 소장본 『장백젼』(『영인 고소설판각본젼집』 5, 나선소옥), 753면)

이처럼 영웅소설에서는 대부분 주인공 가문이 누대 명문가로 설정된 점뿐만 아니라 그 표현방식에서조차 매우 흡사하다. 이러한 대목들은 각각의 작품들이 구체성을 확보하지 못한 채, 하나의 정형화된 관습구로서 읽혀질 가능성이 높기에 그 실재성을 담보하기 어려운 측면이 있다.

동궤에 있을 뿐만 아니라 영웅소설에서 보이는 전형적인 대목마저도 빠져 있다는 점에서 특이한 면모를 보인다 할 수 있다.

물론 현전하는 『창란』이 원본이 아니라 이본이기에 후대로 가면서 축약되었을 가능성을 배제할 순 없다.[11] 처음에는 선조의 대외적 사적에 관한 내용이 있었는데 이런 부분들이 점차 삭제되었을 수 있는 것이다. 그런데 선조의 정치적 사적에 관한 대목이 처음부터 부재하였든 혹은 후대로 가면서 삭제되었든 간에, 이러한 부분들은 이 작품의 정치의식 나아가 향유층의 의식을 살피는 데 중요한 대목이라 할 수 있다.

조선시대 명문사족으로서의 기반을 유지하기 위한 중요한 방책 가운데 하나로 조상숭배를 들 수 있고, 조상숭배의 대표적인 사례가 조상 행적行績의 발굴이다. 당대 명문가의 양반들은 조상의 사적을 담은 문집을 간행하고 조상이 교유했던 인물의 집안을 찾거나 유배지나 의병을 일으켜 싸움했던 장소를 찾아 행장기를 짓는 등, 조상과 관련된 역사적 세계를 끊임없이 재생하였다.[12] "조상숭배는(…중략…) 종족 공동체 형성의 핵심적 문화장치이다"[13]라고 할 만큼, 조상의 업적에 대한 발굴은 조선시대 양반 사회에서 상층으로서의 명문을 유지하기 위해 필수적인 일이었다.

그런데 『창란』에서는 당대 상층 사회에서 이렇듯 중요시되었던 선조의 사적에 관한 언급이 빠져 있다. 특히 대외적인 사적에 관한 내용은 전무하다. 만약 처음부터 이런 부분이 부재했다면 『창란』은 그 창작에서부터 상층 사대부 가문의 정치적 세계를 충실하게 재현하려는 의도와는 거리가 있었다고 볼 수 있을 것이고, 후대로 가면서 점차 이런 부분이 삭제되었다면 『창란』은 그 독자층이 조상의 정치적 사적을 중시

---

11) 『창란』이 축약되었을 가능성에 대해서는 송성욱, 「『옥원재합기연』과 『창난호연록』 비교 연구」(『고소설연구』 12, 한국고소설학회, 2001a, 204면)에서 논한 바 있다.

12) 문옥표 외, 『조선양반의 생활세계―의성김씨 천전파 고문서 자료를 중심으로』(한국학중앙연구원 편), 백산서당, 2004.

13) 위의 책, 92면.

하는 계층과는 일정 정도 거리가 있었음을 보여주는 것이라 할 수 있다.

시대적 배경도 명 영종대로 거의 흡사하고 조부의 벼슬도 거의 흡사한 『완월』에서는 처음부터 그 조부인 정한에 대해 "진국공 정한의 자字는 계원이오 호號는 문청이니 송현宋賢 명도明道 선생先生의 후예後裔라"14)라고 그 구체적인 가문의 내력을 밝히는 대목에서 시작해서 정한이 문황제文皇帝, 영종英宗 등 여러 임금에 걸쳐서 명망이 드높은 양상에 대해 몇 장에 걸쳐 상세히 형상화하고 있는 대목과 대조해 볼 때, 『창란』에서의 조부에 관한 대목은 상당히 독특한 부분인 것이다.

요컨대, 『창란』에서는 주인공의 선조에 관한 내용이 매우 소략한 가운데 그 정치적 기반에 관한 내용이 거의 부재하다. 따라서 그 조부가 상서 벼슬을 한 인물임에도 불구하고 대외적으로 영광스런 모습을 확인할 수 없다. 그렇기에 명실이 상치하는 듯한 느낌을 준다.

2) 선대 사적事跡의 약술略述과 실세失勢 가문

『옥원』에서는 『창란』과는 달리 남주인공의 정치적 기반과 관련한 선조의 사적이 구체적으로 명시되어 있다.

> 선공先公이 진종眞宗 말년末年에 득죄어장헌태후得罪於章獻太后하여 촉지蜀地에 폄貶하니 인묘간仁廟間에 은벽隱僻할세, 드디어 통용通用하시되 즉 다시 조朝의 나지 아니하고 은경隱耕으로 □□의 해도함에 미산眉山에 길지吉地를 점복卜하였더라.
>
> —『옥원』 1권, 3~4면

윗대목에서 볼 수 있듯, 『옥원』에서 남주인공의 조부15)는 장헌태후章

---

14) 『완월』 1권, 1책, 29면.

15) 『옥원』에서는 남주인공의 조부의 이름이 나와 있지 않다. 『송사宋史』 「열전列傳」 53

獻太后에게 죄를 지어 촉지에 폄적貶謫당하고, 이후 나라에서 벼슬을 주려 하나 사양한 채 은거隱居하다가 죽음을 맞이하게 된다. 비록 길지는 않지만 조부의 사적이 매우 구체적으로 서술되고 있다는 점에서 영웅소설에서 흔히 볼 수 있는 전형적인 관습구와도 확연한 차이가 있으며, 『창란』에서 조부의 정치적 사적이 부재했던 점과도 좋은 대조를 이룬다. 조부대祖父代의 사적이 구체성을 확보하는 가운데 약술略述되고 있는 것이다.

특히 『옥원』에서는 대부분의 소설에서 흔히 볼 수 있듯 그 조부가 혁혁한 벼슬을 지내거나 비록 물러나 있다 하더라도 스스로 자원해서 그만둔 것과는 달리, 그 조부가 죄를 입어 폄적당한 채 은거하다가 죽었다는 대목에서 주목할 만하다. 남주인공 가문이 정치적으로 집권 가문의 핵심을 이루기보다는 실세失勢함으로써 정치권의 핵심에서 상당히 벗어난 가문으로 설정되어 있다.

이러한 정치적 기반은 남주인공 가문과 여주인공 가문과의 관계에서도 잘 드러난다. 『창란』과 『완월』에서 남주인공 가문이 여주인공 가문을 도와주는 것과는 달리, 『옥원』에서는 남주인공의 조부가 정치적으로 위기에 처했을 때 여주인공의 조부가 구해주고 남주인공의 부친을 제자로 삼아 입신케 하는 양상이 펼쳐진다. 남주인공 집안이 여주인공 집안보다 정치적·경제적 측면에서 여러 모로 열세에 처하면서 여주인공 가문의 은덕을 입는 집안으로 형상화되고 있는 것이다.

한편 학연·혈연에 있어서도 『옥원』에서 남주인공 조부는 별다른 학통을 형성하지 못하고 다른 가문과의 인친 관계도 맺지 못한다. 이러한 가문의 위치로 말미암아 남주인공 조부의 죽음 또한 매우 쓸쓸하게 형상화되어 있다. 남주인공의 조부는 은거한 채 홀로 죽어가는 것으로 형상화되어 있다. 이는 이후 살펴볼 『완월』에서 남주인공의 조부 정한이

권을 참고했을 때 남주인공의 조부에 해당하는 인물은 소신蘇紳이다.

죽자 임금이 슬퍼하여 "옥체玉體에 대시던 두어 가지 옷을 보내시어 선생의 몸에 가까이 쓰라 하시고",16) "기구機具의 장려壯麗함이 국장國葬 버금"17)일 정도인 모습과 상당히 대조적인 국면이라 할 수 있다.

이처럼 『옥원』에서는 정치적 기반과 관련한 선조에 대한 사적이 약술되어 있지만 구체적이다. 주인공의 조부가 죄를 입어 폄적당한 은사隱士로 나옴으로써 남주인공 가문의 정치적 기반은 정치권의 주변부에 위치한 실세失勢 가문임을 알 수 있다.

3) 선대 사적事跡의 상술詳述과 집권執權 가문

『완월』에서 남주인공의 조부 정한은 앞서 살펴본 바 있듯, 송나라 현사賢士인 정명도程明道의 후예로 성문聖門의 여풍餘風이 그에 이르러서는 더욱 드높아져 벼슬이 "황태부皇太傅 수각노首閣老 진국공"에 이르게 된다. 문황제 때에는 삼고초려三顧草廬하여 정한을 맞이하여 "예경禮敬하심이 고금古今에 대두對頭할 이 없고",18) 영종에 이르러서는 "일찍 그 이름을 부르지 아냐 정상부라 하시고 조회朝會에 칼 차고 신 신고 다니게 하시며 태자太子로 정부程府에 왕래往來하여 학행學行을 본받게" 할 정도로, "산두중망山斗重望과 위덕현행威德賢行이 해내海內를 드레"19)인다.

물론 『완월』에서도 남주인공의 조부 대에서 정치적 위기를 겪지 않는 것은 아니다. 정한의 아우인 정선이 한왕漢王의 모함을 입어 원사寃死를 당하는 내용이 나온다. 그러나 이후 곧 한왕은 죽고 지원至寃은 신설伸雪된다.20) 『옥원』과 『완월』 모두 남주인공의 조부대에서 정치적 위기

---

16) 『완월』 3권, 1책, 107면.
17) 『완월』 3권, 1책, 111면.
18) 『완월』 1권, 1책, 29면.
19) 『완월』 1권, 1책, 30면.
20) "태부의 일제一弟 한림翰林 선이 석년昔年에 한왕漢王 고후高煦에 모함을 입어 삼십 전

를 겪는 장면이 나오지만, 『옥원』에서는 남주인공의 조부가 정치적 위기를 맞아 곧바로 정치권에서는 소외된 채 한사寒士로 살아가는 것과는 달리, 『완월』에서는 조부가 아닌 조부의 아우가 사사賜死당하는 위기를 겪으며 이런 위기에도 남주인공 가문은 계속해서 건재하고 명망이 드높다. 이는 주인공 가문이 누대 명문가로서 정치적 기반이 확고함을 보여주는 부분이라 할 수 있다.

이런 혁혁한 가문으로 그 가문의 터전이 되는 세거지世居地에 대한 형상화 또한 구체적이다. 도성에서 삼십 리를 떨어져 "남문 밖 태운산 취연항에 복거지지卜居之地를 정하였는데",21) 비록 사치를 꺼려 검소하게 꾸몄으나 그 좌우를 둘러싼 자연풍광이 매우 빼어나다. "좌左는 와룡탄臥龍灘이요 우右는 완월대玩月臺"가 위치해 있는데 "천암만학千巖萬壑이 연봉첩장連峰疊嶂하며 완연完然이 도관道觀이며 지세地勢가 평탄平坦하여 유리琉璃 밀친 듯"하니 "천지 조판肇判할 제 별유건곤別有乾坤을 내시어 기특奇特한 곳을 만들어 정각로閣老의 복거지지卜居之地를 위하심이라"22)라고 서술될 정도로 아름다운 곳으로 그려져 있다. 이는 『소현성록』 등에서도 "자운산 장현동"이라 하고 하여 한 가문의 근본이 되는 터전에 대해 상술한 대목과 일치한다.

승경지勝景地에 위치한 이러한 세거지世居地는 조선시대 명문거족에게는 중요한 의미를 지닌다. 단지 고루거각高樓巨閣을 이루는 것뿐만 아니라 경치가 빼어난 곳을 취해 풍류의 공간으로서 활용하였던 것이다. 일례로 18세기 명사 가운데 한 사람인 이계耳溪 홍양호洪良浩의 경우에는 우이동牛耳洞에 거주하면서 그곳을 사랑하여 우이구곡牛耳九曲을 선정하고 「우이동구곡기牛耳洞九曲記」를 지었다. 우이동의 명옥탄鳴玉灘 서쪽에 연미천燕尾川이라는 작은 시내가 천관봉 아래로 시작하여 언덕을 따라 동쪽

원사冤死하고 기자其子 흠과 겸이 있어 지원至冤을 신설伸雪한 후 고후를 죽여 원수를 갚으나"(『완월』1권, 1책, 50면)

21) 『완월』1권, 1책, 30면.

22) 『완월』1권, 1책, 30면.

으로 나오는 곳에 소귀당小歸堂이라는 작은 집을 지었고, 북쪽에 겸산루兼山樓를 얽었으며, 동쪽 수십 보에 육면각六面閣을 세워 수재정水哉亭이라 하였다. 그곳에서 그는 만경폭萬景瀑・적취병積翠屛・찬운봉攢雲峰・진의강振衣岡・옥경대玉鏡臺・월영담月影潭・탁영암濯纓巖・명옥탄鳴玉灘・재윤정在潤亭을 우이구곡牛耳九曲이라 부르며 글을 지었다.23)

삼연三淵 김창흡金昌翕 이후 시의 대가로 꼽히는 사천槎川 이병연李秉淵도 백악 아래 순화방順化坊 대은암동大隱巖洞에서 살면서 취록헌翠麓軒을 얽었다. 겸재謙齋 정선鄭歚도 젊어서 순화방에 거처하였으므로, 이병연과 자주 모임을 가졌다. 그런 가운데 이 근방의 취미대翠微臺라는 반석盤石을 소재로 그림을 그리기도 하였다.24) 이처럼 당대 상층 사대부들은 세거지에 위치한 이런 승경지에서 모임을 가지면서 시를 짓고 그림을 그리는 등 다양한 문화적 공간으로 활용하는 가운데 인맥을 쌓아갔던 것이다.

『완월』에서도 남주인공 가문의 세거지에 대한 이러한 상세한 묘사는 당대 명문거족들의 취향과 흡사하다. 주인공의 조부 정한이 친척친우들과 '완월대玩月臺'에 위치한 '완월루玩月樓'에 모여 잔치를 베푸는 가운데 풍류를 즐기고 서로 간의 맹약盟約을 하는 모습에서 이는 더욱 잘 드러난다. 조선 후기 세족勢族의 거주지는 단순히 거주 공간으로서의 의미뿐만 아니라 유상遊賞과 문화 활동을 겸할 만큼 여러 모로 중요한 의미를 가졌는데, 『완월』에서 이러한 모습을 확인할 수 있는 것이다.

이처럼 『창란』에서는 가문의 터전이 되는 거주지에 관한 대목이 아예 빠져 있고, 『옥원』에서는 소략하게 언급되고 있는 것과는 달리,25) 『완월』에서는 이에 대해 상세하게 묘사되어 있다. 이는 당대 명문거족의 취향과 밀접한 관련이 있으며, 남주인공 가문이 기반이 잘 갖추어져

---

23) 심경호, 「조선 후기 시사와 동호인 집단의 문화활동」, 『민족문화연구』 31, 고대 민족문학회, 1998, 38~139면.

24) 위의 글, 106면.

25) 물론 『옥원』에서도 남주인공의 부친대에 이르면 그 거주지에 대한 형상화가 어느 정도 구체적으로 이루어진다.

있음을 보여준다.

또한 『완월』에서는 남주인공 가문이 여주인공 가문을 비롯한 많은 빈한한 사람들에게 은덕을 베푼다. 자비自費로 구빈관救貧館을 차려 무수한 백성들을 먹여 살리게 된다.26) 이는 『옥원』에서 남주인공 집안이 여주인공 집안보다 정치적·경제적 측면에서 여러 모로 열세에 처하면서 여주인공 가문의 은덕을 입는 것과 대조되며, 『창란』에서 남주인공의 조부가 단지 여주인공의 부친만을 거두어 기르는 것과도 비교된다. 이처럼 뭇사람들을 먹여 살릴 정도로 풍부한 자산資産을 지니고 있다는 점에서 남주인공 가문의 경제적 기반이 튼실함을 엿볼 수 있다.

한편 학연·혈연에서도 『창란』·『옥원』에서 남주인공 조부가 별다른 학통을 형성하지 못하고 인척 관계 또한 미미한 것과는 달리, 『완월』에서는 다음과 같이 남주인공 조부가 거대한 학통學統의 중심에 서 있고 인척관계 또한 성대하다.

> 태부太傅(정한)가 문장文章을 자허自許함이 없고 제자弟子를 모으려고 한 바가 아니로되, 친우親友의 자질子姪과 공맹孔孟을 학행學行하는 무리가 태부의 문장文章을 흠앙欽仰하여 각각 자손을 교학敎學함을 청청請하여 간절함에 능히 물리치지 못하여 교학한 바가 되어 문생門生이 백여 인에 미치다. 공문孔門 칠십자七十者 같아 문장이 탁월卓越하고 사행辭行이 정숙靜肅하니 섬궁蟾宮에 월계月桂를 꺾어 용방龍榜에 봉익鳳翼을 붙들고 위차位次가 재열宰列한 자가 칠십여 인이오 운계(정삼)의 도학을 흠선欽羨하여 불구문달不求聞達하고 청평세계淸平世界에 한가閑暇한 유사儒士가 되기를 즐기는 자가 삼십여 인이니 개개箇箇이 사부師傅의 훈학訓學을 명심銘心하여 도학道學이 초세超世하니
>
> —『완월』 1권, 1책, 35~36면

---

26) "적선음공積善陰功을 자유로 극진極盡이 하여 장원牆垣 밖에 동서로 집을 이뤄 호왈號曰 구빈관救貧館이라 하고 유리행걸流離行乞하는 자者와 환과고독鰥寡孤獨이며 반백빈곤자半白貧困者를 의식衣食을 공급供給하여 기갈飢渴을 면兔케 하니 남녀노유男女老幼 없이 서로 이끌어 태운산 정부鄭府로 좇아오는 자가 적자赤子가 자모慈母를 우러름 같더라."(『완월』 1권, 1책, 34면)

정한의 문하생이 백여 인에 달하는데, 이들 가운데 칠십여 인은 재상 반열에 오르고, 삼십여 인은 벼슬을 사양한 채 도학을 닦기를 힘쓴다. 이들은 "공문孔門 칠십자七十子"에 비견될 정도로 큰 세력을 형성하고 있다.

뿐만 아니라 인척 관계를 통한 혈연관계에서도 남주인공 가문은 중심을 이루고 있다. 『완월』에서는 정한의 생일날, 정잠의 아들인 정인성과 이빈의 딸 이자염, 정잠의 딸 정명염과 조현의 아들인 조세창, 정잠의 딸 정월염과 이빈의 아들인 이창린(장창린),27) 정삼의 아들인 정인광과 장헌의 딸 장성완 등 많은 자손들이 혼약을 한다.28) 완월대에서 이루어지는 이러한 맹약은 상층 벌열가문 간에 인친姻親 관계로 맺어지는 양상을 형상화한 것이라 할 수 있다. 이는 『창란』·『옥원』에서 남주인공의 조부대에서 그 부친에 이르기까지 고고孤孤한 모습과 대조를 이룬다. 특히 삼대에 걸쳐 독자獨子로 설정됨으로써 남주인공대에서까지 소세경과 이현형이 단출한 혼약을 하는 『옥원』과는,29) 더욱 대조적이다.30)

이처럼 『완월』에서 남주인공 조부는 가장 혁혁한 지위를 누리는 집권세력의 핵심인물로 나옴으로써 남주인공 가문은 누대 명문의 혁혁한 벌열閥閱31)로 형상화되어 있다.

---

27) 후에 이빈의 아들이 아니라 장헌의 아들임이 밝혀진다.

28) 이빈·장헌 등은 정한의 제자이며, 조현은 이빈과 사돈지간이고 정한과도 사돈지간이 된다. 학연과 혈연관계가 복합적으로 작용하면서 상층 벌열 간에 맺어지는 양상을 볼 수 있다. 『완월』에서 남주인공 가문은 이러한 학문적·혈연적 기반을 바탕으로 당대 당파의 핵심을 차지하게 된다.

29) 소세경과 이현영의 혼인은 소세경의 조부대에서가 아니라 소세경의 부친대에서 이루어지는 일이다. 그러나 『완월』에서의 혼약과 비교하기 위해 남주인공의 조부대에 넣어 함께 비교하기로 한다.

30) 『옥원』은 대하소설 가운데 그 구성원이 가장 소략한 가문으로 설정되어 있다면, 『완월』은 대하소설 가운데 가장 방대한 가문으로 설정되어 있다.

31) 벌열은 양반에서 분화된 최상급 계층으로 지속적으로 관인을 배출함으로써 정치적·사회적 특권을 세습하는 가문을 말한다. 벌열의 형태는 주로 벌열귀족閥閱貴族으로서 지칭되었는데, 지배층으로서의 특권을 부여받아 정치적 권력과 경제적 부를 지녔고 상당히 폐쇄적인 통혼권을 지니며, 이러한 것을 세습할 수 있고, 아울러 당대에 자타가 공인하는 문벌의식을 자기고 있었던 귀족을 말한다. 특히 부父, 조祖, 증조曾祖

요컨대, 『창란』·『옥원』·『완월』은 그 가문의 기반에서부터 현격한 차이를 보인다. 『창란』에서 남주인공 가문은 조부의 대외적 사적에 관한 구체적 언급 없이 평범한 가문으로 그려져 있고, 『옥원』에서는 처음부터 정권에서도 소외되어 있고, 학맥에서도 중심을 차지하지 못하며, 인척 관계 또한 미미한 가운데 주변부로 밀려난 실세失勢 가문으로 그려지고 있으며, 『완월』에서는 정치권의 실세實勢일 뿐만 아니라, 학맥에서도 중심을 차지하고, 인척 관계에서도 상당한 세력을 형성하는 권력층의 핵심 가문으로 그려져 있다.

2. 정치적 부침浮沈

1) 위기 국면

(1) 고난 체험

『창란』과 『옥원』을 보면, 두 작품은 남주인공 부친의 정치적 위기와 그에 따른 남주인공의 유리流離 국면이 매우 흡사하게 전개된다. 남주인공의 부친이 반대당파의 패정悖政을 상소하다 귀양 가자, 남주인공은 잠시 외삼촌댁에 의탁한다. 그런데 반대당파에서 외삼촌마저 모해하여 귀양 보내고 남주인공마저 죽이려 하자, 남주인공은 여자로 변장하여 도망가게 된다. 그런 과정에서 남주인공은 이곳저곳을 떠돌며 구걸하기도

가운데 1인이 당상관堂上官 이상의 관인官人일 때 그 가문을 벌열로 분류할 수 있었다고 한다. 이러한 벌열로는 노론 벌열, 소론 벌열, 남인 벌열, 북인 벌열, 훈무세가勳武世家 벌열 등이 있었다(차장섭, 앞의 책 참조).

하고, 여주인공의 시비가 되기도 하며, 도적의 무리에 휩싸이기도 한다.

『창란』에서는 영종의 친정親征을 주장하는 왕진의 패행을 직간直諫하다 남주인공의 부친 장두가 귀양 가자, 남주인공 장희는 외삼촌인 신어사집에 머물게 된다. 그러나 왕진이 곧 신어사마저 참소하여 유배 보내고 몰래 장희를 해치려 한다. 다행히 전에 장두에게 큰 은혜를 입었다가 지금은 왕진의 가신家臣이 된 고충이란 자가 이런 기미를 알려주어 장희는 여장女裝한 채 간신히 피신한다. 이에 왕진은 "방榜을 붙여 이전 어사태우御使大夫 장두의 자子들을 잡아드리는 자者가 있으면 천금상千金賞을 아끼지 아니리라"32) 하고, 영종이 야선(也先, 오이라트의 엣센)에게 잡혀 있는 동안 새로 등극한 경제는 자신이 우림장군 때 장두가 자신을 논핵한 일로 "장어사(장두)를 미워하사 성지聖旨를 내리오사 민간民間에 반포頒布하여 장두의 자녀子女 망명亡命하였거든 찾아 죽이라"33)고 하는 상황 속에서 장희는 위기의식을 느끼며 신분을 숨기고 유리하게 된다.

그 구체적인 유리 행각을 보면, 장희는 유모와 더불어 유모의 딸인 양 가장하여 이곳저곳을 다니면서 "근래近來 참흉慘凶을 만나 의지 없어 사처四處로 유리流離하여 다니로라" 하고 구걸求乞함에 사람들이 "불쌍히 여겨 쌀도 주며 밥도 주니 기갈飢渴을 면免하"게 된다.34) 유모마저 죽자 "의탁依託할 곳 없는 일신一身"35)이 된 장희는 시골 노파 밑에서 잔심부름을 하기도 하고, 시골 노파의 부탁으로 여주인공의 시비 노릇을 하기도 하며, 이후 여주인공 부친이 여장한 그를 겁탈하려는 일로 성별性別이 발각되자 다시 이곳저곳을 떠돌다가 도적의 무리에 합류하기도 한다.36)

이러한 양상은 『옥원』에서도 마찬가지이다. 남주인공의 부친 소송이

---

32) 『창란』 1권, 47면.
33) 『창란』 1권, 55면.
34) 『창란』 1권, 46면.
35) 『창란』 1권, 103면.
36) 남주인공의 남동생인 장우 또한 이곳저곳을 전전하다가 이운의 지인지감에 의해 간신히 의탁할 곳을 찾는다.

신법당인 여혜경·왕안석 등의 패정을 상소하다 귀양 가자, 소송의 유일한 혈육인 남주인공 소세경은 잠시 외삼촌인 경태사집에 머물지만 여혜경이 경태사마저 참소하여 귀양 보내고 소세경을 몰래 죽이려 한다. 다행히 전에 소송의 은혜를 입었다가 지금은 여혜경의 수하에 있는 자의 도움으로 소세경은 여장한 채 간신히 피신하게 된다. 여혜경 일파가 소세경을 잡아들이기를 악독히 하여 "소세경을 규포糾捕하는 기찰譏察이 사방四方에 성盛하"37)고, "그윽한 주점酒店과 고요한 암자庵子에 규규赳赳한 사람을 다 잡아 소공자蘇公子라 하여 모아가는 전문傳聞이 풍파風播하고 또 천금千金을 봉俸하여 소아蘇兒를 바치는 이 있으면 금으로써 상償하고 대가對價로 발적拔籍하리라 한다"38)는 상황 속에서 소세경은 위기의식을 느끼고 몸을 숨겨 떠돌게 된다.

그 구체적인 유리 행각을 보면 소세경은 몸을 보존키 위해 남화위녀男化爲女하여 경태사의 유모인 당파의 집에서 잔심부름하면서 "몸이 혈혈무탁孑孑無託하여 비록 머리를 밀지 않았으나 음양陰陽을 변체變體하고 성명姓名을 바꾸어 천賤한 차두蒼頭의 종 되기를 면치 못하"39)는 처지가 되기도 하고, "기아飢餓함이 심하되 한 그릇 밥을 얻어먹을 길이 없고 기운氣運이 진盡하여 걸음을 옮기지 못하니 만단곡경萬端曲境이 일필난기一筆難記"40)인 상황에 처하기도 하고, "수중手中에 한낱 돈이 없는지라 옷을 벗어주어 한 그릇 밥을 구하"41)기도 한다. 이후에도 도적의 무리에 합류하기도 하는 등 온갖 고난을 겪게 된다.

『창란』·『옥원』에서 이처럼 흡사하게 형상화되고 있는 남주인공의 고난의 형상은 『유충렬전』 등의 영웅소설에서 볼 수 있는 전형적인 유

---

37) 『옥원』 1권, 50면.
38) 『옥원』 1권, 27면.
39) 『옥원』 1권, 27면.
40) 『옥원』 1권, 134면.
41) 『옥원』 1권, 133면.

리 모티프와 흡사하다. 남주인공 부친의 정치적 실각에 따라 집안이 풍비박산하는 가운데 남주인공이 유리걸식하는 상황이 전개되고 있는 것이다. 이렇듯, 『창란』과 『옥원』에서는 남주인공 가문이 정치적 위기로 인해 온 가족이 뿔뿔이 흩어지는 양상으로 나타난다.

그런데 이러한 유사성에도 불구하고 이 두 작품을 좀 더 면밀히 검토해 보면, 그 의식성향에서 차이를 보인다. 이에 대해 살펴보기로 한다.

가. 하층 체험

『창란』에서는 남주인공의 유리하는 모습 자체만을 강조하여 보여주고 있을 뿐, 그러한 유리 국면에서 반대당파에 대한 비판을 거의 찾아볼 수 없다. 또 남주인공이 이러한 어려움 속에서도 백성들을 돕는다거나 교화하는 등의 내용도 전혀 찾아볼 수 없다. 오히려 백성들로부터 구걸하여 먹고 입는 등 그들로부터 일방적으로 도움을 입는 양상만이 펼쳐진다. 『창란』에서는 유리 모티프를 통해 남주인공의 어려움 자체만을 부각시키고 있다.

고난을 강조하는 남주인공의 유리 체험 양상은 특히 남주인공이 도적떼를 만나는 장면에서 잘 드러난다. 『창란』에서 이곳저곳을 유리하던 남주인공은 종국에는 자신의 부친이 적거謫居하는 곳을 찾아가는 도중42) 도적을 만난다. 이때 남주인공이 행한 처신을 보면 다음과 같다.

> 뱃사공이 다 수적水賊떼로 아무나 후려다가 저의 유類에 넣는 고로 공자公子의 얼굴이 기묘奇妙하고 효용驍勇이 준매俊邁함을 보고 강하江河로 배를 띄우

---

42) 『창란』에서 남주인공의 부친 장두는 진가숙의 도움을 받아 남의 시신으로 자신의 주검인양 위장하고 자신은 안전하게 피신하나, 남주인공 장희는 부친이 죽은 것으로 알고 부친 묘소에 가 통곡하게 된다. 그런데 그 무덤의 주인이 자신이 도둑질하다가 길가에 죽어 오작烏鵲의 밥이 될 뻔하였는데 장희의 부친 덕에 좋은 관곽에 묻히게 된 것을 감사하면서 장희에게 그 부친이 조주 태행산에 살아 있다는 것을 현몽現夢해 준다. 이에 장희는 부친이 살아계시리라는 희망을 가지고 그곳으로 가게 된다.

지 아니하고 십여 일을 행行하여 한 섬 중에 이르니 비로소 생生을 저의 동류
同類에 들라 하니 듣지 않으면 죽일 것이라 하니 죽기는 차마 못하여 속여 왈
曰 "내 나이 어려 세사世事를 알지 못하니 일일이 가르치면 명名대로 하리라"
하니 제적諸賊이 기꺼이 여겨 그 중적重積과 의식衣食을 후厚히 주고 온갖 흉사
凶事를 가르치니 생이 아무리 도망逃亡코자 하나 어디로 향하여 가리오 괴로
이 일월日月을 천연遷延하여 칠팔 월을 당하니 차시此時는 상고商賈가 물화物貨
를 교역交易하는 때라, 제적이 재물財物을 겁탈劫奪하러 나가더라. 생이 자청自
請하여 왈 "나도 한가지로 가자" 하니 모든 적이 기꺼워 배의 얹어 가더니
—『창란』 2권, 144면

  도적들이 장희의 빼어난 풍채를 보고 자신의 무리가 되지 않으면 죽일
것이라 함에 장희는 살기 위해 어쩔 수 없이 도적들이 가르치는 온갖 흉
사凶事를 배우는 척하며 세월을 보내게 된다. 그러고는 실제로 도적떼와
함께 배를 털러 가는 길에 동참하게 된다.[43] 도적들을 감화시키는 일과는
하등의 상관없이 목숨을 보전키 위해 그들과 함께 도적질까지 하는 등
남주인공의 유리 체험은 고생하는 국면 자체에 초점이 놓여 있는 것이다.
  이처럼 『창란』에서의 유리 모티프는 남주인공의 고난 자체만을 보여
주는 데 강조점을 두고 있을 뿐, 상대당파의 정책을 비판한다거나 백성
들을 교화하는 것과는 상당한 거리가 있다. 따라서 『창란』에서의 유리
모티브는 남주인공의 고난 즉 '하층 체험'에 초점이 놓여 있는 것이라
할 수 있다.

나. 고난 속의 '교화'

『옥원』에서는 유리 모티프를 통해 남주인공의 고난과 더불어 반대당
파인 신법당의 정책으로 백성들이 온갖 고난을 겪고 있는 모습을 강조
하여 보여준다. 남주인공 소세경이 유리하면서 목도하게 되는 광경은

---

43) 물론 남주인공 장희는 도적떼의 흉사에 동참하는 척하면서 기회를 보아 달아나고자
    하는 마음이긴 했지만, 일단 도적떼의 흉사에 참여했다는 점은 사실이다.

"백성이 청묘전靑苗錢 받기에 갈력竭力하여 이역궁진以役窮盡하고 인심이 휴산虧散하며 부민浮民이 사산四散이오 궁구窮寇가 길에 깔렸는지라. 서로 자비慈悲의 뜻이 망삭忘索함은 이르지도 말고 도리어 잔해殘害하고 노략하니 처처處處에 도적이 무리지어 행인行人을 죽이"44)는 참상이다.

신법당이 제정한 청묘법靑苗法의 폐해로 인해 백성들의 삶이 파탄나게 되는 상황이 핍진하게 형상화되어 있다. 이처럼 『옥원』에서의 유리 모티프에는 남주인공의 고난을 형상화하려는 것과 더불어 반대당파의 실정失政을 비판하려는 의도가 강하게 개입되어 있다.

더욱이 『창란』에서는 남주인공이 어쩔 수 없이 백성들에게 도움을 입는 일방적인 상황만이 전개되는데 반해, 『옥원』에서는 남주인공 자신마저 굶주리고 있는 상황에서도 수중에 가지고 있는 푼돈을 굶주리고 있는 노인에게 모두 주는 등 백성들을 도와주는 상황이 강조되어 나타난다.45) 남주인공의 어려움 자체만을 드러내는 『창란』과는 달리, 『옥원』에서는 어려움 속에서도 백성들을 보살피는 남주인공의 모습을 강조하고 있는 것이다.

이러한 차이는 남주인공이 도적떼를 만나는 장면에서 잘 나타난다. 『옥원』에서도 『창란』과 마찬가지로 이곳저곳을 유리하던 남주인공은 종국에는 자신의 부친이 적거謫居하는 곳을 찾아가는 도중 도적을 만나는 장면이 『창란』과 흡사하게 나온다. 그럼에도 여기에서 그려지는 양상은 『창란』과는 상당히 다르다.

어시於時에 백성이 청묘전靑苗錢 받기에 갈력竭力하여 (…중략…) 처처處處에

---

44) 『옥원』 1권, 150면.

45) "한 노인이 머리를 풀어 낯을 덮고 슬피 통곡慟哭하니 누수淚水가 백수白鬚에 젖고 원혹寃惑하는 소리가 귀신鬼神을 느끼게 하되, '(…누락…) 앞길이 멀었거늘 양자糧資를 남기지 않으시고 어찌하려 하시나이까?' 생생(소세경)이 탄왈歎曰 '사람의 급난急難을 보고 구救치 아니함은 비인정非人情이라. 한신韓信은 영웅이로되 기식어표모寄食於漂母하고 감심甘心하여 도중소년道中少年의 과하過下하며, 광무光武는 천자天子로되 두죽맥속豆粥麥粟이 빈 것을 혐의치 아니니 네 어찌 무식한 말을 하느뇨?'"(『옥원』 1권, 131~133면)

도적盜賊이 무리지어 행인行人을 겁략劫掠하는지라. 일일一日은 심산협처深山峽處에 수십數十 대적大賊을 만나니(…중략…) 주밀周密한 의론과 신기神奇한 풍채風采가 능히 도적을 감동시키니 제적諸賊이 아껴 죽이지 아니하고 슬하膝下에 두니 공자公子가 순종順從하여 그 사령使令을 감수甘受하고 수고를 피避避치 아니되 오직 불의不義를 동참同參치 아니니 제적이 또 그 정직正直함을 핍박逼迫치 못하고 인의仁義를 감동하여 좋은 지 수월數月에 태반殆半이나 감화感化한 자가 있어 적賊의 흉의兇意를 쓰지 아니니 군자소거君子所居에 교화敎化가 일월日月에 빛난지라. 가히 차인此人으로써 정취正取하여 검수(黔首, 백성)를 부탁하면 사해四海를 근심 없이 진복震服할 줄 알리라.

—『옥원』 1권, 150~151면

『창란』에서 남주인공 장희가 우연히 도적떼를 만나게 되었을 뿐 왜 이들이 도적이 되었는가에 대한 설명이 없는 것과는 달리, 『옥원』에서 소세경이 만난 도적들은 실은 청묘법의 폐해로 굶주리던 백성들이었던 것으로 형상화되어 있다. 또한 소세경은 비록 도적떼에 합류하긴 하나 『창란』의 장희와는 달리 흉사凶事에 동참하지 않는다. 도적들도 그 정직함을 핍박하지 못하여 흉사를 하도록 강요하지 않기 때문이다. 뿐만 아니라 소세경의 인의仁義에 감동하여 몇 달이 지나자 이들 가운데 흉의兇意를 두지 않는 자가 태반이나 되고, 이로 인해 군자의 교화가 빛나게 된다.

심지어 소세경의 효성에 감동한 도적 두목 안정의는 부친을 찾아가라고 하면서 자신의 부하 가운데 한 명을 소세경에게 딸려 보내 그 부친을 찾는 것을 도와주기까지 한다. 이는 『창란』에서 장희가 도적떼와 함께 남의 배를 빼앗으려는 흉사에 동참하였다가 진가숙의 지감知鑑으로 그 부친을 만나게 되는 장면과는 대조적이다. "가히 차인此人으로써 정취正取하여 검수黔首(백성)를 부탁하면 사해四海를 근심없이 진복震服할 줄 알리라"라는 서술자의 품평대로, 고난 속에서도 백성들을 구제하겠다는 선비의식을 잃지 않고 있는 것이다.[46]

유리 모티프를 통해 남주인공의 하층 체험을 중점적으로 드러내고 있는 『창란』과는 달리, 『옥원』에서는 그와 더불어 남주인공의 백성에 대한 구제 및 교화의 측면에도 강조점을 두고 있음을 보여준다. 굶주린 백성들을 구제하고 도적질하는 백성들을 교화함으로써 반대당파에 의한 실정失政을 바로잡으려는 모습이 은연중 드러나 있는 것이다.

이처럼 두 작품은 유사한 유리 모티프를 형상화하고 있으면서도 드러내고자 하는 의식은 상당한 차이를 보인다. 그렇다면 이러한 차이가 나타나게 되는 까닭은 무엇일까? 이는 일상적 세태에 충실한 『창란』과 도덕적 이념에 충실한 『옥원』과의 차이이기도 하지만, 두 작품에서 형상화하고자 하는 혹은 지향하고자 하는 계급의식의 차이에서 기인하는 것일 수도 있다.

이러한 차이가 지니는 의미를 단편의 영웅소설과 관련해서 생각해 볼 필요가 있다. 하층 혹은 몰락양반층이 주로 향유한 단편의 영웅소설에서는 남주인공의 유리 모티프가 『창란』과 마찬가지로 남주인공의 고난 자체에만 초점이 맞추어져 있다.

몰락양반층의 경우는 이미 몰락하여 재기再起할 가능성이 없는 계층으로 그 경제적 조건은 거의 평민과 흡사한 처지에 놓여 있기에 백성들을 교화한다거나 잘못된 정치를 바로잡는다거나 하는 등의 구체적인 정치적 국면에 관심을 가지기가 어렵고, 평민층의 경우에는 자신들과 동일 계급인 평민(백성)들을 교화한다는 생각을 가지기 어려울 것이다. 따라서 이러한 계급적 잠재의식 즉 아비튀스47)에 따라 단편의 영웅소설에서는 주인공의 고난에 강조점을 두게 되었을 것이라 생각한다. 『창

---

46) 이후 소세경이 이주통판으로 부임했을 때, 안정의가 도적질을 그만두도록 교화하는 양상이 구체적으로 펼쳐지게 된다.

47) '아비튀스'는 '개인적' 생각, 인성, 태도를 가리키는 것이 아니라, 주관적 사고, 인성, 의식을 제한하는 '집단적' 경험 및 인지의 틀이다. 그러므로 아비튀스는 전통적 의미에서의 집단적 계급의식이라기보다는 오히려 계급적 잠재의식의 표현이라 할 수 있다. 현택수 외, 『문화와 권력—부르디외 사회학의 이해』(2판), 나남출판, 2002, 91면 참조.

란』에서 단편의 영웅소설과 흡사하게 남주인공의 고난만이 강조되고 있는 양상은 이 작품이 실제로 그려내고자 하는 계급의 의식을 생각할 때 한 번쯤 상기할 필요가 있는 중요한 대목이라 할 수 있다.

반면, 『옥원』에서는 남주인공이 극도의 고난을 겪으면서도 백성들을 구제하거나 교화하고자 하는 양상을 강조하여 드러냄으로써, 이 작품이 반대당파에 몰려 한두 번의 실세失勢를 경험했으나 다시 정치에 복귀하는 것이 가능한 계층의 의식과 맞닿아 있음을 보여준다고 할 수 있다. 복귀할 가능성이 있기에 반대당파에 의한 폐단을 바로잡을 수 있다는 의식적 지향성을 가지고 있으며, 이러한 의식적 지향성이 반대당파에 의해 극도의 고난을 겪는 상황 속에서도 백성들에 대한 교화라는 형식으로 발현되어 나오고 있는 것이라 할 수 있다. 이러한 점은 『창란』과 『옥원』이 흡사한 유리 모티프를 형상화하면서도 그 저변에 깔린 의식이 상당히 다름을 보여준다. 『창란』에서는 단순히 하층 체험이 강조되고 있다면, 『옥원』에서는 고난 속에서도 백성들에 대한 교화를 실현함으로써 선비로서의 의식을 잃지 않고 있는 것이다.

(2) 준비된 피난

『완월』에서는 『창란』・『옥원』에서 남주인공의 부친이 독자인 것과는 달리, 남주인공의 부친대에 이르면 정잠・정삼・정흠・정겸・정염 등으로 가문구성원이 확대되어 번성한 가문을 이룬다.[48] 이런 번성한 가문을 바탕으로 남주인공 부친의 정치적 실각이 곧바로 남주인공 가문의 정치적 위기와 직결되는 『창란』・『옥원』과는 달리, 『완월』에서는

---

48) 물론 정잠・정삼・정흠・정겸・정염 모두 형제지간은 아니다. 정잠과 정삼은 형제, 정흠과 정겸도 형제이지만, 정잠과 정흠은 사촌형제 간이고 정잠과 정염은 육촌형제 간이다. 그럼에도 이들은 한솥밥을 먹으며 형제처럼 밀접하게 지내고 있기에 형제지간으로 보아도 무방하다.

남주인공 부친대에서 정치적 위기를 겪긴 하지만 그것이 곧바로 가문 전체의 위기로 연결되지 않는다.

『완월』에서도 『창란』과 흡사하게 남주인공 부친의 사촌형인 정흠이 영종의 친정을 부추기는 권간權奸 왕진의 패행를 직간하다 원사당하는 가운데 위기를 겪는 장면이 나온다. 더욱이 "송청공(정선)의 원앙참사冤怏慘死함과 문계(정흠)의 포통죄사抱慟罪死함이 대代를 이었으니"49)라는 대목에서 잘 나타나듯, 정흠은 한왕의 모함으로 죽은 정선의 아들이기에 그 위기감은 자못 심각하게 그려진다.

그럼에도 정흠 이외에 다른 가족구성원들은 직접적인 피해를 입지 않는다. 정흠이 위기에 처했을 때 공교롭게도 정잠·정삼은 한식을 맞아 선산先山에 내려가 있었고, 정겸·정염 등은 강서와 남월을 안무按撫하러 간 상태이기에 정흠의 일에 연루되지 않는다. 정흠도 비록 사사당하긴 하나 그녀의 딸 정기염의 읍혈간언泣血諫言에 의해 곧 신원伸冤되며, 정기염은 그 지극한 효성으로 인해 표창까지 받는다.50)

즉 『창란』·『옥원』에서는 남주인공 부친의 정치적 위기가 가문 전체의 위기로 이어지는 것과는 달리, 『완월』에서는 남주인공 가문의 방계傍系에 위치하는 인물의 위기로 끝나고 가문 전체의 위기로까지는 확산되지 않고 있는 것이다. 특히 남주인공의 부친만을 대비했을 때, 『창란』·『옥원』에서는 남주인공 부친인 소송이 귀양 가는 것과는 달리 『완월』에서 정잠은 귀양 가지 않는다는 점에서 뚜렷이 구별된다.51)

---

49) 『완월』 8권, 1책, 277면.

50) "특은特恩으로 복관작復官爵ᄒ고 치상범백治喪凡百을 재상宰相의 예禮로 하여 효녀孝女의 지통지애至痛之哀를 더하지 말라. 뿐 아니라 정녀程女(정기염)의 효를 문려門閭에 정표旌表하여 그 성효덕행誠孝德行을 후세後世에 알게 하라."(『완월』 8권, 1책, 273면)

51) 이에 따라 소인형 장인의 일말의 양심을 볼 수 있는 야행夜行 모티프 또한 『완월』은 『창란』·『옥원』과는 다르게 형상화된다. 『창란』·『옥원』에서 소인형 인물인 한제/이원외는 장두/소송이 귀양 가는 도중 머물고 있는 객점에 밤늦게 미복으로 찾아간다. 그곳에서 혹 왕진/여혜경이 이 일을 알게 되지 않을까 걱정하며 낮은 목소리로 말하는 등 비루하게 행동하여 주변사람들의 비웃음을 산다. 그럼에도 장두/소송은 한제/

따라서 『창란』·『옥원』에서는 부친의 귀양으로 인해 집안이 풍비박산하는 가운데 남주인공이 거처할 곳도 없이 떠돌며 도적떼에 뒤섞이기도 하는 등 온갖 고난을 겪는데 반해, 『완월』에서는 정흠이 사사되어서도 별반 타격을 입지 않는다.

이후 정씨 가문을 질오娭惡하는 경제景帝가 등극함에 따라 불안감을 느꼈을 때도 남주인공의 조부 정한이 마련해 놓은 은신처로 가서 집안 식구들이 안존安存하게 된다. 『창란』에서와 흡사하게 『완월』에서도 남주인공 가문은 새로 등극한 경제에게 미움을 받는다. 경제는 즉위하기 전 경왕이었을 때 남주인공 가문에서 자신을 논핵한 일을 통한해하다가 즉위하게 되자 "정가程家의 무리를 불열지不悅之하고 지어至於 정청계(정잠) 등에 다다라는 욕살지欲殺之하"52)고자 한다. 이에 정씨 가문은 심각한 위기에 처하게 된다. 그러나 이런 정치적 위기상황에서도 남주인공의 조부 정한이 생시에 마련해 놓은 "천태산 은천동"의 "벽한정"으로 안전하게 피신한다. 정한은 이미 앞일을 예측하고 이곳을 자신의 서제庶弟 정천으로 하여금 지키게 했던 것이다. 이러한 철저한 준비에 의해 가족들은 정치적 위기의 순간에서도 다음과 같이 안정된 삶을 영위하게 된다.

태부인太夫人을 붙들어 내사內舍에 들어가 수간數間 정실淨室이 겨우 키를 용납하고 삼간三間 청사廳舍가 한 마로 바탕을 둘렀으나 정원庭園이 고활高活하며 팔경八景이 소쇄瀟灑하니 조금도 진애塵埃가 머물지 아니하였거늘 곳곳이 띠로 이룬 방과 흙을 묻힌 청사廳舍가 유한정쇄有閑精灑할 뿐 아니라 천(정천)의 부처夫妻가 소쇄掃灑키를 지극히 하여 창호窓戶에 반점半點 진애가 쌓임이 없더라. (…중략…) 누대累代 사묘祠廟를 봉양奉養하고 다례茶禮를 파罷한 후

이원외의 처지를 이해해 주고 환대한다. 반면 『완월』에서는 남주인공의 부친 정잠이 귀양 가는 대목이 빠져 있기에 이와 흡사한 부분이 남주인공의 숙부 정흠의 장례식과 관련되어 나타난다. 정흠의 장례식에 장헌은 왕진이 알게 될까봐 차마 낮에 가지 못하고 밤에 월장越牆하여 간다. 이때 하인 경산으로부터 도둑으로 몰리면서 매를 맞는 등 주변사람들의 조롱을 받게 되나, 정잠 등은 장헌의 진심을 알아주고 환대해 준다.

52) 『완월』 10권, 1책, 326면.

별사別舍에 문계공(정흠) 묘위墓位를 봉안奉安하며 대大화부인(정흠의 처妻) 처
소處所를 그 곁에 정하고(…중략…) 삼공과 제부인諸夫人이 일택지내一宅之內
에 모여듦이 의외意外임을 일컬어 담화談話할새

—『완월』11권, 1책, 356~357면

비록 규모는 작지만 극히 정결한 초려草廬에서 서태부인을 비롯한 온
가족이 함께 모여 사묘四廟를 모시고 사사당한 정흠의 묘위를 봉안하면
서 가족들이 한 집 아래 모이게 된 것을 감사하는 한편 지난 일을 위로
하며 보내게 된다. 세거지世居地로의 피신을 통해 가족 전체가 안존하는
장면은 『창란』·『옥원』에서 가족 전체가 이산하면서 유리하게 되는 국
면과는 상당한 차이가 있음을 여실히 보여준다.

더욱이 『창란』·『옥원』에서는 남주인공의 부친이 귀양 가자마자 반
대당파에 의해 곧바로 남주인공을 잡아들이라는 방을 공공연하게 붙이
는데 반해, 『완월』에서는 경제가 정씨 가문의 세력이 만만치 않고 또
드러난 죄과가 없기에 몰래 심복 맹추를 보내서 그들을 잡아들이려 한
다.53) 이 또한 『완월』에서는 『창란』·『옥원』과는 남주인공의 가문의
위치가 다름을 잘 보여준다.

『완월』에서 『창란』·『옥원』에서와 마찬가지로 남주인공이 유리流離
하는 동일한 모티프가 나옴에도 불구하고 그 원인이 다르게 나타나는
점 또한 이러한 양상들과 동일선상에서 이해할 수 있을 것이다. 흡사한
‘유리 모티프’가 나옴에도 불구하고 『창란』·『옥원』에서는 부친의 정치
적 몰락이 주된 원인인 것과는 달리, 『완월』에서는 계백모繼伯母의 모해
가 직접적인 원인으로 작용하고 있다.

『창란』·『옥원』에서 남주인공의 부친이 반대파를 공격하다 귀양 가
자마자 남주인공이 반대파의 독수를 피해 유리하게 되는 양상이 펼쳐

---

53) “경태景泰가(…중략…) 정청계 등에 다다라는 욕살지欲殺之하되, 난방亂邦을 당當하
　여 처음으로 무죄자無罪者를 사험私嫌으로 죽이지 못하고”(『완월』10권, 1책, 326면)

지는 것과는 달리, 『완월』에서 남주인공 정인광은 계백모 소교완이 보낸 도적떼들로 인해 표류하게 된다. 소교완은 전실前室 자식인 정인성을 해치기 위해 골몰하다가 마침 시부媤父 정한의 죽음으로 가족들이 고향으로 내려가게 되자 이때를 틈타 도적떼를 보내 정인성 등을 해친다. 이 과정에서 정인광 또한 표류하여 조주 태행산에 이르게 되는 것이다.

물론 『완월』에서도 이후 정씨 가문을 좋게 보지 않는 경제가 등극함에 따라 위기를 겪고, 이 또한 남주인공 정인광이 유리하는 중요한 이유가 된다. 큰어머니의 독수毒手로 인해 유리하던 정인광은 숱한 위기를 겪고 간신히 조주 낙성촌에 도달하여 마침 이곳에 진무사로 온 장헌을 만나게 된다. 장헌은 정인광을 알아보고 돌려보내려 했으나 때마침 경제의 심복인 맹추가 이르자 그를 두려워하여 정인광을 옥에 가두고 죽이려 한다. 맹추는 경제에게서 "경卿이 문양에 머물러 군량軍糧이 족足하거든 수천군數千軍을 정잠이 있는 곳에 나아가 짓치고 돌아오면 중상重賞하리라"54)라는 밀지를 받은 인물로, 정인광이 낙성촌에 이르렀다는 기미를 탐지하고 찾아왔기 때문이다. 다행히 이전에 정씨 가문의 하인이었다가 현재는 장헌의 수하로 있는 최언선의 도움으로 간신히 탈옥함으로써 간신히 이런 위기를 모면한다. 이렇듯 정치적 위기와 관련한 남주인공의 고난 역시 자못 심각하게 펼쳐진다.

그럼에도 근본적인 원인은 큰어머니 소교완의 모해로 설정되어 있다. 소교완의 모해가 없었다면 정인광 또한 가족들과 함께 천태산의 은신처에서 안존하였을 것이기 때문이다. 또한 소교완의 계략 이외에도 정인광의 유리 모티프에는 장손확·운화선 등의 요도妖道에 의한 작해作害도 상당 부분을 차지하는 가운데 『창란』·『옥원』과는 달리 전적으로 정치적 위기와 관련시키지 않고 있다.

이처럼 정인광이 유리하게 되는 주된 원인이 계백모의 모해로 설정

---

54) 『완월』 16권, 2책, 26면.

되어 있는 점은 『완월』에서의 유리 모티프가 『창란』·『옥원』에서 볼 수 있는 정치적 위기에 따른 전폭적인 몰락과는 상당한 거리가 있음을 잘 보여준다. 『완월』에서는 정치적 위기와 가문 내적 모해가 교묘하게 결합되어 있는 가운데 보다 근본적인 원인을 가문 내적 갈등에 둠으로써 『창란』·『옥원』에서 보이는 전형적인 유리 모티프와는 차이가 나는 것이다.55)

또 다른 남주인공인 정인성의 경우는 계모인 소교완의 독수로 인해 사해四海 오랑캐나라를 떠돌게 되는데 단순히 유리하는 모습만이 아니라 뭇 오랑캐들을 교화하는 양상이 극대화되어 그려지고 있다.56) 몽고·금·등나부 등의 소국을 돌면서 기근과 전염병을 없애주고, 정치적 분쟁을 해결하며, 그곳 백성들을 인의윤리로 감화시키는 등 그는 뭇 오랑캐들의 영웅으로 떠오른다. 이러한 양상들은 『완월』에서의 남주인공의 유리체험이 『창란』과는 상당한 차이가 있으며 『옥원』과도 일정 정도 차이가 있음을 보여준다.

요컨대, 『창란』·『옥원』에서 정치적·경제적으로 가문의 기반이 허약하기에 남주인공 부친의 정치적 몰락이 집안 전체의 몰락으로 이어지는데 반해, 『완월』에서는 이미 남주인공의 조부대祖父代에서의 철저한 준비와 가문의 탄탄한 기반에 의해 정치적 위기를 겪어도 안전하게 피신함으로써 가문이 쉽사리 무너지지 않는다. 비록 정치적 위기를 겪는

---

55) 상층의 계층의식을 반영하고 있다고 평가받는 『육미당기』의 경우에도 남주인공의 유리 모티프는 전적으로 가문 내적 갈등에 기인한다(김종철, 「19C 중반기 장편 영웅소설의 한 양상－『옥수기』, 『옥루몽』, 『육미당기』를 중심으로」, 『한국가문소설연구논총』(이수봉 외), 경인문화사, 1992, 74~82면). 이러한 부분은 『완월』과 상통하는 지점이라 할 수 있다. 물론 5장에서 후술하겠지만 이런 특징들이 상층 전체의 의식을 대변하는 것은 아니다. 이는 상층 가운데 집권층의 의식과 긴밀하게 조응한다.

56) 정인성이 사해를 돌며 오랑캐들을 교화하는 기간은 정씨 가문이 경제의 독수를 피해 천태산 은신처에서 지내고 있는 시기와 겹치기에 이 또한 정치적 위기와 어느 정도 관련을 지닌다. 그럼에도 정인성이 유리하게 된 주된 원인은 정인광과 마찬가지로 계모의 작해作害로 설정되어 있어 정치적 위기와 직접적으로 관련되지는 않는다.

장면이 자못 심각하게 나타나지만 세가거족世家巨族의 위치로 말미암아 가문의 전폭적인 몰락은 나타나지 않고 그 기품을 유지하고 있는 것이라 할 수 있다.

2) 복귀 국면

세 작품 모두 간신이 득세하는 상황에서 남주인공 가문이 극도의 위기를 겪다가 간신의 무리가 열세에 처하자 복귀하는 국면이 형상화되는 기본 구조에서는 일치한다. 『창란』・『완월』에서는 명明 영종조英宗朝의 반친정파反親征派였던 남주인공 가문이 친정파親征派가 열세에 처함에 따라, 『옥원』에서는 송宋 신종조神宗朝의 구법당파舊法黨派였던 남주인공 가문이 신법당파新法黨派의 위세가 주춤함에 따라 복귀하는 양상이 펼쳐진다. 그런데 이러한 복귀 국면을 면밀히 살펴보면 세 작품은 상당한 차이를 보인다. 특히 복귀 국면의 핍진성과 복귀 수준의 정도에서 많은 차이를 보인다.

복귀 국면에서는 완전한 복귀인가 아니면 불완전한 복귀인가도 관건이 되지만, 그보다 앞서 복귀 국면의 형상화 수준이 매우 중요하다. 여기에서 단편의 영웅소설에서의 복귀 국면을 한번 생각해 볼 필요가 있다. "『유충렬전』뿐만 아니라 다른 군담소설들도 대체로 전반부의 주인공 일가의 실세과정과 수난양상은 현실감을 가지는데 비해 후반부의 주인공의 활약과 실세한 인물의 복권과정은 비현실적으로 서술되어 있다"57)는 지적대로, 정치적 위기 국면은 비교적 핍진하게 그리면서도 그 복귀 국면에서는 때를 기다리던 남주인공이 필마단기匹馬單騎로 나가 수많은 적군을 일거에 물리치고 위기에 처한 임금을 순식간에 구해내는

---

57) 서대석, 앞의 책, 100면.

식의 매우 비현실적인 면모를 보인다.

따라서 정치적 복귀의 장면에서는 액면 그대로의 내용을 살펴보는 것
도 중요하지만, 그러한 정치적 복귀의 과정이 얼마나 핍진하게 그려져
있는가 하는 점 또한 관건이 된다 할 수 있다. 특히 『창란』·『옥원』은
단편의 영웅소설에서 주로 볼 수 있는 유리 모티프가 등장하고 있기에
이러한 국면에서 벗어나 복귀하는 장면을 더욱 주목해서 살펴볼 필요가
있다.58) 이런 점들에 유의하여 세 작품의 복귀 국면의 차이를 검토하기
로 한다.

(1) 정치현실과의 거리

『창란』에서는 남주인공 가문의 복귀가 별다른 어려움 없이 손쉽게
이루어지며, 그 이후에도 아무런 장애 없이 승승장구하며 살아가게 된
다. 남주인공 가문뿐만 아니라 소인형 장인의 경우에도 영종의 복위 후
곧바로 장두를 신원토록 하는 상소를 올려 상을 받는 가운데 순탄한 삶
을 영위한다.

이는 흡사한 정치적 위기 국면을 보여줬던 『옥원』에서 남주인공 가
문의 복귀가 완전하게 이루어지지 않은 채 많은 어려움을 겪는 것과는
상당히 다르다. 『옥원』에서는 소인형 장인인 이원외가 남주인공 가문이
복귀한 이후에도 여혜경 일파의 사주를 받아 지속적으로 남주인공 가
문을 모해하려 한다.

특히 남주인공의 부친이 해배解配되어 돌아왔을 때의 상황에서 『창
란』은 『옥원』과 대조적이다. 『창란』에서는 남주인공의 부친 장두가 적
소謫所에서 돌아왔을 때 억울하게 유배 간 신하들이 모두 신원되면서 장

---

58) 비록 단편의 영웅소설과 똑같은 방식으로 복귀가 이루어지는 것은 아니지만 남주인
　공이 유리하는 등 집안전체가 몰락하는 극도의 정치적 위기를 겪은 후 복귀한다는 점
　에서는 매우 유사하기 때문이다.

두 또한 완전한 복귀를 이룬다. 그가 잠시 말미를 얻어 간 고택古宅은, "물색物色이 의구依舊하여 당년當年으로 다름이 없으니 예관禮官이 상명上命을 받아 미리 수리하고 옥계玉階에 방초芳草를 예같이 심고 누대창합樓臺閶闔이 백배百倍나 화려"59)하다.

그러나 『옥원』에서는 소세경의 부친 소송이 해배되어 돌아왔을 때도 그의 당파 사람들이 신원되지 않았기에 그 또한 벼슬을 사양한다. 그리고 그는 고택에서 "정전庭前에 황초荒艸가 어지럽고 퇴훼頹毀하여 물색物色이 자못 처량凄凉한지라 감창感愴함을 이기지 못"60)한다. 즉 『창란』에서는 '완전한 복귀'가 이루어지는데 반해, 『옥원』에서는 '불완전한 복귀'가 이루어지는 것이다.

그런데 『창란』의 복귀 국면을 제대로 이해하기 위해서는 표면적으로 드러나는 복귀 수준이 아니라 이러한 복귀 국면을 형상화하는 수준을 살펴볼 필요가 있다. 복귀 국면의 핍진성 즉 복귀 국면에서 당대 정치현실을 얼마나 그럴 듯하게 그려내고 있는가의 문제를 살펴보기 위해서는 작품이 창작된 조선 후기 정치현실에 대한 인식뿐만 아니라 작품의 배경이 되는 시대에 대한 인식, 즉 역사적 현실에 대한 인식까지도 함께 고구할 필요가 있다. 대하소설에서는 당대 현실을 직접적인 배경으로 삼지 않고, 중국의 특정 시대를 빌려와 조선 후기의 시대를 간접적으로 형상화한다. 그렇다면 작품의 배경이 되는 특정 시대에 대한 정확한 형상화가 이루어지고 있는가를 살펴보는 일은 매우 중요하다.

배경이 되는 특정 시대에 대한 정확한 인식 없이 대충 끌어온 것이라면, 그 작품에서 그려지는 역사적 인식은 매우 불완전한 것이고 결국 이러한 역사적 사실을 바탕으로 전개되는 당대 정치현실에 대한 인식 역시 불완전하게 그려질 수 있기 때문이다. 따라서 정치현실에 대한 형상화의 핍진성의 측면을 살펴보기 위해서 작품의 배경이 되는 역사적

---

59) 『창란』 5권, 485~486면.
60) 『옥원』 2권, 261면.

현실에 대한 인식까지도 아울러 고려할 필요가 있다.

우선 『창란』에서는 정치적 논변 혹은 상소문 등이 매우 소략하다. 몇십 장에 걸쳐 정치적 논변 혹은 상소문에 관한 내용이 실려 있는 『옥원』·『완월』과는 달리, 『창란』에서는 이런 대목들이 거의 없을 뿐만 아니라 간혹 나타난다 하더라도 매우 소략하게 처리되어 있다.

또 『창란』에서는 배경이 되는 명 영종대 정치 현실이 매우 소략하게 서술되어 있다는 점도 『옥원』·『완월』과 대비했을 때 주목할 만하다. 역사소설이라고 논의될 정도로 송 신종대의 역사적 상황에 충실한 『옥원』,[61] 명 영종대의 역사적 사실을 구체적으로 서술하고 있는 『완월』과는 달리,[62] 『창란』에서는 역사적 사실이 매우 소략하게 처리되어 있다.

『옥원』은 이미 선행연구에서 논한 바 있듯, 송 신종대의 정치현실을 충실히 재현하고 있다. 그런데 기존의 연구에서는 소송蘇頌·사마광司馬光·왕안석王安石·이정李定·채확蔡確 등 대부분의 인물이 실존인물인데 반해 남주인공인 소세경은 가상의 인물로 보았으나, 남주인공 소세경마저도 당대 명사인 소식蘇軾을 재형상화한 인물이라 할 만큼 그 둘은 많이 닮아 있다. 소세경과 소식의 고향이 미산眉山으로 동일한 점, 둘 다 구법당 일원으로서 정치적 위기를 많이 겪는 점, 위기에 처했을 때 인종태후仁宗太后의 도움을 받는 점,[63] 왕안석과 어느 정도 친분이 있는 점,[64] 둘 다 개봉부추

---

61) 『옥원』이 역사적 사실에 충실한 점에 대해서는 이지하, 「『옥원재합기연』 연구」, 서울대 박사논문, 2001; 지연숙, 「『옥원재합기연』의 역사소설적 성격 연구」, 『고소설연구』 12, 한국고소설학회, 2001에서 논한 바 있다. 지연숙은 위의 글에서 『옥원』을 '역사소설'로 규정하였다.

62) 정병설, 「조선 후기 정치현실과 장편소설에 나타난 소인의 형상─『완월회맹연』과 『옥원재합기연』을 중심으로」, 『국문학연구』 4, 국문학회, 2000.

63) 소식은 문자옥文字獄으로 심문을 받아 거의 죽을 위기에 처했을 때 인종왕후의 도움으로 목숨을 구하게 된다(임어당林語堂, 진영희 역, 『소동파 평전』, 지식산업사, 1987, 365면). 이는 『옥원』에서 남주인공 소세경이 채확 등의 신법당 세력과 대립하여 위기에 처했을 때 신종이 인종왕후의 말을 듣고 그를 구해준 면과 상통한다.

64) 소식은 비록 왕안석과 정치적으론 대립했지만, 왕안석이 늙어 은퇴해 있던 금릉金陵을 찾아 3일간 그와 수창酬唱하며 노닐 정도로 사적으로는 어느 정도 친분관계를 유지

관開封府推官을 역임한 점 등을 통해 이를 확인할 수 있다.65) 가상의 인물인 소세경마저도 당대 실존인물인 소식과 흡사할 정도로,『옥원』은 송 신종대의 정치적 현실을 충실히 재현하고 있는 것이다.

한편 『완월』에서는 영종이 토목土木이라는 지역에서 야선也先에게 패하여 볼모로 붙들리는 토목지변土木之變, 영종이 야선에게 온갖 고초를 겪다가 야선이 병들고 그 아우가 집권함에 따라 다시 명으로 돌아오게 되는 사건, 영종이 자기가 야선에게 붙들려 있는 등극한 경제를 내몰고 다시 복벽復辟하는 탈문지변奪門之變의 전 과정이 몇 권에 걸쳐 매우 상세하게 재현되어 있다.

이에 반해 『창란』에서는 『완월』과 동일하게 명 영종대를 배경으로 하고 있으면서도, 토목지변과 그에 따른 경제의 즉위에 대해서는 "어시於時에 왕진王振이 북경北境에 가 대패大敗하고 영종황제英宗皇帝가 야선也先에게 곤困함을 받으시니 종실宗室의 경패景霸를 세워 위位에 즉卽한 지 삼년三年이라"66)라는 간략한 대목으로, 탈문지변에 대해서는 "어느 사이 삼춘三春이 되었고 영종英宗 이미 복위復位하였고 옛날 직신直臣 유사儒士를 탁용擢用하사 쓰신다 하니"67)라는 짧은 대목 이외에는 별다른 언급이 없다.

또 『옥원』·『완월』에서는 당대의 실존인물들이 많이 나오는 것과는 달리, 『창란』에서는 실존인물들이 거의 나오지 않고 있다. 『옥원』에서는 왕안석王安石·여혜경呂惠卿·구양수歐陽脩·사마광司馬光·이정李定·채확蔡確 등 당대의 인물들이, 『완월』에서는 왕진王振·우겸于謙·광야鄺埜·장보張輔·석형石亨·소정蕭鼎·서유정徐有貞 등 당대 인물들이 많이 등장

했다. 이는 『옥원』에서 소세경 가문이 정치적으로는 왕안석과 대립하지만, 사적으로는 일정 정도 친분 관계를 유지했던 면과 상통한다.

65) 『옥원』에서 소식이 나오지 않는 것은 아니다. 그런데 구양수·사마광 등에 비해서 소식의 역할은 매우 미미하다. 이는 소세경이 소식의 역할을 대신하고 있기에 그의 역할이 대폭 축소되고 있는 것이라 생각된다.

66) 『창란』 1권, 49~50면.

67) 『창란』 4권, 329면.

하는 것과는 달리, 『창란』에서는 왕진, 우겸 이외에는 별다른 정치적 인물이 등장하지 않고 있다. 『창란』에서 명 영종조의 정치적 상황은 단순한 배경 이상의 의미를 지니고 있지 않다. 이처럼 『창란』에서는 정치적 현실을 형상화한 대목이 매우 소략하게 처리되어 있다는 점에서 『옥원』·『완월』과 주목할 만한 차이를 보인다.

뿐만 아니라 위기 국면에서는 어느 정도 현실성을 지니고 사건이 전개되는 것과는 달리, 복귀의 국면에서는 남주인공 가문이 손쉽게 복귀하는 가운데 반대당파에 속해 있던 여주인공의 부친이 갑자기 태도를 돌변하여 남주인공의 부친을 변호하자 상까지 타고, 이전의 적대세력들이 역사적 사실과는 달리 역적의 무리로만 규정되는 등 역사적 사실 혹은 정치적 구도와 상치相馳되는 부분들이 눈에 띈다.

이러한 문제와 관련해서 먼저 영종이 복위할 때의 소인형 장인의 정치적 처변處變에 관한 대목에 대해 살펴보기로 한다. 소인형 장인인 한제는 남주인공 가문의 큰 은덕을 입었음에도 불구하고 남주인공 가문이 위기에 처하자, 처음에는 왕진에게 빌붙고 경제가 등극한 뒤에는 다시 경제에게 빌붙는다. 그렇기에 영종이 복위했을 때 그 또한 처벌을 받아야 함에도 불구하고, "호부상서戶部尙書로 황후皇后께 금을 바친 일이 있어 큰 공이 되어 우겸于謙 등은 내치되 한공은 복직復職으로 계양후에 봉封하"68)게 된다.

그런데 당대의 역사적 상황을 보면 매우 청렴하고 강직한 인물인 우겸于謙마저도 경제를 옹립했다는 이유만으로 죽임을 당하는 등 그 처벌이 매우 엄격했다. 영종이 위기를 극복할 수 있었던 점 또한 상벌賞罰을 엄정히 하였기 때문이었다.69) 따라서 한제가 단지 뇌물을 준 이유로 처벌을 면하고 도리어 더 큰 벼슬에 봉해진다는 것은 역사적 사실에도 맞지 않을 뿐더러 정치적 현실과도 거리가 멀다.

---

68) 『창란』 4권, 318면.
69) 『명사明史』 79~91권 참조.

더욱이 한제는 아들 한창영의 말을 좇아 장두를 신원토록 하는 상소를 올려 상을 받기까지 한다. 영종이 전행前行을 뉘우치며 억울하게 파직당한 신하들을 복직시키자, 한제는 그간 장두를 질욕하던 태도를 금세 바꾸어 장두를 신원토록 하는 상소를 올림으로써 영종으로부터 상을 받는다. 그런데 이전에 왕진에게 아첨하기 위해 장두의 시신屍身[70]이 고향으로 돌아오는 것조차 막는 일을 서슴지 않았으며,[71] 영종이 야선에게 붙들려 있는 동안 등극하게 된 경제가 장씨 가문을 미워한다는 말을 듣고는 "장상서尙書 문생門生이라 할까 황급遑急하여 사람을 본즉 장두 나무라기를 여지없이"[72] 했던 한제가, 갑자기 태도를 바꾸어 장두를 신원하는 상소를 올렸다고 해서 큰 보상을 받는다는 것은 그리 개연성 있는 설정이 아니다.

"한공이 장두의 시신屍身을 고향에 못 돌아오게 하던 말을 뉘 아니 들었으리오?"[73]라는 대목에서 볼 수 있듯, 한제의 장씨 가문에 대한 배은망덕한 행위는 이미 조정에 파다하게 소문이 나 있는 상태이다. 이런 상황에서 한제가 장두를 신원하기 위한 상소를 한 장 올렸다고 해서 상을 받는다는 것은, 정치현실을 고려하지 않는 무리한 상황설정이다. 더욱이 해배되어 돌아오는 장두를 맞이하러 가는 사신 또한 한제의 아들 한창영으로 설정되어 있다. 장두에 대한 비난을 여지없이 하였던 한제의 집안에서 장두를 신원하고 맞이하러 가는 일을 전담하고 있는 것이다.

이러한 무리한 상황설정은 『완월』·『옥원』 등과 비교해 보았을 때 여실히 드러난다. 『창란』과 동일 시대를 배경으로 하는 『완월』의 경우,

---

70) 이는 실제로는 장두의 시신이 아니라, 그의 죽음을 가장하기 위한 다른 사람의 시신이다.

71) "한제가 반열班列에 섰다가 왕진王振에게 아첨코자 하여 여쭈옵되, '장두가 죄명罪名을 신원伸寃치 못하고 죽었으니 타일 사문赦文이 내리어 복관작復官爵함은 가可하거니와 복직復職 전前은 주검이라도 사赦할 바가 아닐 듯하여이다.'"(『창란』 1권, 36면)

72) 『창란』 1권, 52~53면.

73) 『창란』 1권, 36면.

장헌은 영종이 복위하자 그간의 일을 생각하곤 두려움에 떨며 어찌할 줄 모른다. 자신이 빌붙었던 우겸·왕문범·단양성 등이 다 처형당하자 의지할 곳이 없어 태산이 무너지는 듯할 뿐만 아니라, 자신이 그간 정씨 가문에 지은 죄가 너무나 큼에 넋 나간 사람마냥 멍하게 된다.74) 단지 자신이 "터럭끝도 방실邦室에 간섭干涉함이 잇지 아니하고 전후사前後事가 다 사사私事라" 조정에 죄를 입지 않기를, "정공程公이 비록 자기를 통해痛駭히 여김이 있어도 딸과 사위 안면顔面을 거리껴 애자睚眦를 필보必報치 못할"75) 것을 바랄 따름이다.

『옥원』의 경우 소인형 장인 이원외는 남주인공 부친 소송이 해배되어 돌아온 뒤에도 계속해서 신법당인 여혜경 세력에 빌붙어 소송 등을 모해한다. 이원외는 소송이 산속의 요도妖道와 결탁하여 모반을 꾀했다고 참소하려 하는 등 계속해서 남주인공 가문과 정치적으로 대립하게 된다.

이처럼 『완월』·『옥원』에서는 한번 정치적으로 반대편에 서게 되었을 때 되돌아오는 일이 쉽지 않음을 잘 보여준다. 이와는 달리, 『창란』에서 손바닥 뒤집듯 남주인공 부친을 배신하고 반대당파에 빌붙었던 소인형 장인이 갑자기 남주인공 부친의 편이 되어 주도적으로 남주인공 부친의 복귀를 위해 힘쓰는 양상이 펼쳐지고 있는 것이다. 이를 통해 모든 정치적 갈등이 일거에 해결되고 있다.

『창란』에서 정치적 갈등을 형상화하는 데 있어서의 이러한 미숙함은 남주인공의 적대세력이었던 왕진을 반역을 꾀했던 무리로 단순화시켜 형상화하는 대목에서도 드러난다. 왕진이 반역을 꾀했다는 것은 협객俠客인 진가숙의 고변告變을 통해서 형상화된다. 왕진이 이전에 진가숙을

---

74) "당금지세當今之世에 위고권중자位高權重者를 우러러 섬기고자 하나 능히 뜻 같기를 기필期必치 못하고 우(우겸)·왕(왕문범)·단(단양성) 등이 복주伏誅함으로부터 (…중략…) 태산泰山과 교악喬嶽이 무너지니 천하天下가 공연空然하여 위름危懍한 듯하거늘 또 정문程門에 죄 얻음에 터럭을 빼서 헤아려도 진盡치 아닐 듯 스스로 여얼여취如蘖如醉하여 중심이 요뇨寥寥하니"(『완월』 33권, 3책, 82면)
75) 『완월』 33권, 3책, 69면.

자객으로 고용했던 일이 있었는데, 이때 왕진의 역심을 알아차린 진가숙은 왕진이 죽고 영종이 복위하자 그 사실을 고했던 것이다. 이에 "만조滿朝 새로이 통해痛駭하고 천안天顔에 참색慘色이 만안滿顔하"76)게 된다.

그런데 왕진은 비록 영종의 친정親征을 주장하여 영종으로 하여금 야선의 포로가 되게 하는 등의 굴욕을 겪게 했지만 그 자신도 그런 과정에서 야선에게 죽임을 당하게 된다. 따라서 반드시 불충不忠한 인물이라고만 단정 지을 수 없다. 그 결과가 불충할 뿐 그 의도까지도 불충하다고 볼 수는 없는 것이다. 기실 역사적 사실을 토대로 했을 때, 영종이 야선을 친정하러 가게 된 계기가 명분이 없는 것은 아니다.

영종의 시대로 접어들면서 오이라트의 야선이 점점 세력을 확장하자 명나라에서는 야선을 회유하기 위해 그들이 보내는 조공朝貢에 후한 값을 쳐주게 된다. 송나라 시대의 세공歲貢과 비슷한 것으로 일종의 평화를 사들이는 대금이었던 것이다. 그런데 이러한 관계가 점차 악화되어 정통 13년(1448), 야선은 실제 인원보다 천 명을 불려서 2천 5백 명의 사절단이 북경에 도착하였다고 부풀린다. 숫자를 불리는 일은 지금까지 흔히 있었던 일로 명나라에서도 속는 줄 알면서도 눈을 감아 은상을 내려 적당히 돌려보내는 것이 연례행사처럼 되어 있었으나, 이처럼 엄청난 숫자를 부풀리게 되자 왕진은 실제 인원에 한정해서만 은상을 내리고 말 값도 야선이 제시한 값의 5분의 1로 깎아 버렸다. 이에 야선은 명나라 국경을 침범하여 서쪽 감숙성에 이르기까지 전 국경에 걸쳐 노도처럼 공격해 들어오게 된다.77) 이런 상황에서 왕진이 영종의 친정까지 주장한 것은 경솔한 측면이 있으나 야선을 정벌해야 한다는 주장 자체는 타당성 있는 의론이었다.

그런데 『창란』에서는 왕진을 반역을 꾀했던 무리로 단순화시켜 형상화하고 있다. 역사적 사료를 통해서 볼 때 왕진의 재산이 동진 시대 석

---

76) 『창란』 4권, 347면.
77) 『명사明史』 79~91권 참조.

숭石崇보다도 많았던 점을 근거로 그 부패상을 통탄하고는 있으나 왕진이 실제로 반역을 꾀했던 흔적은 보이지 않는다.[78]『창란』과 동일한 시대를 배경으로 하고 있는『완월』의 경우에도 왕진이 그 요언妖言으로 임금을 현혹하게 친정親征케 했던 점에 대해서는 강력하게 비판하고 있으나, 반역을 꾀했던 무리로까지는 형상화하고 있지 않다.

　"『유충렬전』의 현실적 불합리는 바로 정한담을 역적으로 형상화시키기 위한 작자의 졸속적 작품 전개에 기인하는 것으로 보이며 이는 유심과 유충렬을 긍정적 영웅으로 만들기 위해 취해진 조치라고 본다"[79]는 지적대로,『창란』에서도 단편의 영웅소설과 흡사하게 남주인공의 반대당파를 무조건 역적으로 몰아붙이려는 단순한 구도를 보이고 있는 것이다.

　뿐만 아니라『창란』에서 왕진이 반역을 꾀하려 했다는 대목의 설정이 개연성을 얻지 못한다는 점에서도 문제가 있다. 앞서 논한 바 있듯 왕진의 역모에 대한 고변은 진가숙을 통해 이루어진다. 전에 왕진은 남주인공의 부친인 장두를 "제 어미를 겁칙劫飭하여 죽이고 그 불측不測한 행실과 나라를 도모圖謀하는 도적"[80]이라고 속여 진가숙으로 하여금 암살하도록 시킨다. 진가숙도 "인륜人倫을 정正히 하고 조정朝廷을 맑게 하자"[81]고 마음먹고 장두를 죽이는 일에 동참하게 된다. 이처럼 왕진은 장두가 불인不仁하고 불충不忠한 인물이라며 그를 죽이게 하고는 성공하면 그 대가로 진가숙을 중용重用할 것이라는 서약을 하는데, 이때 왕진이 이 글을 "친필親筆로 썼으되 만일 공功을 이루면 중重히 쓸 줄로 언약言約하여 제 이름을 두고 조서詔書를 벌겋게 써"[82] 놓게 된다. 이에 진가숙은 이후 왕진의 역심逆心을 영종에게 알리게 되는 것이다.

---

78) 『명사明史』 304권 열전列傳 192권; 백수이白壽彝, 임효섭·임춘성 역, 『중국통사강요中國通史綱要』, 이론과실천, 1991 참조. 영종은 복위한 이후에도 왕진을 그리워하며 '충신 중의 충신(정충精忠)'이라 칭하기도 했다고 한다(백수이, 위의 책, 286면).

79) 서대석, 앞의 책, 102면.

80) 『창란』 1권, 21면.

81) 『창란』 1권, 21면.

82) 『창란』 4권, 347면.

그런데 여기에는 앞뒤가 잘 맞지 않는 부분이 있다. 왕진은 진가숙에게 장두가 충성스럽지 못한 인물이란 전제로 그를 죽이게 했는데 자신이 천자天子인양 행세하는, 반역에 가까운 행위를 과연 진가숙에게 보여주려 했겠는가가 의문이 든다. 자신이 충신으로서의 자격을 지니지 못한다면 장두를 불충한 인물이라며 죽이도록 하는 정당성도 확보할 수 없을 텐데 왕권을 남월濫越하는 행위를 진가숙에게 보여줬을 리 만무하기 때문이다.

이러한 양상들은 『창란』에서 왕진을 일방적으로 역적으로 몰아세우기 위해 졸속적으로 사건을 형상화하다 보니 앞뒤 사건이 모순되는 지점이 발생하는 것이라고 볼 수 있다. 이처럼 『창란』에서는 복귀 국면의 정치적 갈등을 형상화하는 데 있어 실제 현실과는 거리가 먼, 단순하고 즉자적인 사고로 이루어짐으로써 그 미숙함을 드러내고 있다.

『창란』에서 정치적 현실을 형상화함에 있어서 역사적 사실 혹은 실제 정치현실과는 달리 현실감이 떨어지는 점은 이 작품을 이해하는 데 있어 중요한 부분이다. 여기에서 단편 영웅소설의 정치적 갈등을 형상화하는 수준과 한번 비교해 볼 필요가 있다. 단편의 영웅소설에서도 그 복귀의 국면이 비현실적으로 형상화된 부분에 대해, "평민이 되었던 많은 전시대의 권귀층權貴層은 선대의 영화와 부귀를 동경했을 것이고 현실적으로 권좌 만회가 불가능함을 알고 하나의 꿈으로 소설에 투영시켜 허구로써 정계에 재진출을 성취하려 했던 것으로 해석할 수 있다"[83]고 보기도 하였고, 혹은 주인공의 시련과 그것의 환상적 극복과정이라는 거시적 구조는 영웅소설의 주담당층인 평민층의 환상과 꿈을 반영하는 한편 전문적인 작가층이 소설적 흥미를 위해 꾀하기 위해 공식화한 구도로 평가되기도 하였다.[84]

---

83) 서대석, 앞의 책, 100면.
84) 박일용, 「영웅소설의 작자층과 향유층 논의」, 『영웅소설의 소설사적 변주』, 월인, 2003, 98면.

『창란』에서도 이와 흡사하게 정치적 갈등을 하나의 홍밋거리로서 비현실적으로 형상화하는 가운데 정치적 갈등이 일시에 해결된다. 비록 여타의 대하장편에 비해서는 정치적 갈등이 비교적 많은 비중을 차지하고 전개되나, 그럼에도 불구하고 그러한 갈등의 형상화가 실제 상층의 정치현실을 구체적으로 재현再現하기보다는 오히려 칼로 무 베듯 한 순간에 모든 일이 종결되는 단순한 복귀의 구도로 나타난다. 이러한 구도는 일종의 홍미 차원에서 기능하는 측면이 강하며, 그 저변에는 오히려 상층 이하 계층의 불가능한 소망을 대변하는 의식과도 맞닿아 있을 가능성을 엿볼 수 있다.

이처럼 『옥원』·『완월』과는 달리, 『창란』에서는 복귀 국면이 비현실적으로 이루어짐으로써 당대 정치 현실을 핍진하게 재현하는 것과는 거리가 멀다. 이는 곧 실제로 정치에 참여하고 있는 상층의 의식을 재현하는 것과는 『창란』이 상당한 거리가 있음을 보여주는 것이라 할 수 있다. 이를 통해 『창란』은 당대 정치권력과 별반 관계없는 계층의 의식이 투영되었을 가능성이 높음을 생각해 볼 수 있다. 즉 정치적 복귀 국면의 비현실성은 이 작품이 정치권력과는 거리가 먼 계층과 연관되어 있음을 은연중 드러내고 있는 것이라 할 수 있다.

(2) 정치현실의 반영

『창란』이 명 영종대를 배경으로 하면서도 그 구체성을 확보하지 못하고 있기에 조선 후기 정치현실과는 거리가 먼 것과는 달리, 『옥원』과 『완월』은 배경이 되는 시대를 핍진하게 그려냄으로써 당대 정치현실과 긴밀하게 상응하고 있다.

대하소설 가운데 『옥수기』·『옥루몽』 등에서도 신진세력과 권문세가의 대립양상,[85] 왕도王道와 패도覇道에 관한 논란,[86] 가문의 연대를 통한 정치적 모순 및 국가적 위기 해소[87]와 같은 정치적 쟁점들이 등장하

고 있다. 또 이러한 요소들은 19세기 정치현실과도 일정한 관련을 지닌
다. 그러나 "정치적 갈등양상이 구체적 현실성을 결여"한 채 "파편적인
에피소우드에 지나지 않는다"[88])는 김종철의 지적대로, 이러한 부분들
이 이들 작품의 핵심을 차지하고 있지는 못하다. 『옥수기』의 경우를 보
아도 『완월』에서와 마찬가지로 토목지변에 관한 내용이 나오지만, 『완
월』에서처럼 갈등의 핵심을 차지하지 못하고 주변적인 사건으로 그치
고 있다. 따라서 이들 소설의 배경 세계는 "명·당이 아니라 송이어도
관계가 없는, 개별성이 뚜렷한 것이 아니라 보편적인 세계로서의 중국
일 뿐"이며, 그것은 곧 "헤겔이 이른 바 지속의 나라로서의 중국"과 흡
사하다.[89])

이와는 달리 『옥원』·『완월』은 정치적 갈등양상을 서사의 중심에 놓
고 있으며 배경이 되는 역사 현실을 구체적으로 충실히 재현하고 있다
는 점에서 주목할 만하다. 따라서 이들 작품에서 그려지는 세계는 "보
편적인 세계"로서의 중국이 아니라 '구체적인 세계'로서의 중국이며,
이는 곧 조선 후기의 정치적 현실과도 밀접하게 관련을 맺고 있음을 의
미한다. 막연한 중국이 아니라 구체적인 중국을 충실히 재현한 것에는
이미 중국의 역사에 빗대어 조선의 현실을 충실히 반영하려는 의도가
내재되어 있다고 볼 수 있기 때문이다. 이미 선행연구에서 『옥원』·『완
월』이 조선 후기 정치적 실상에 밀착되어 있음을 논의한 바 있듯,[90]) 상

---

85) 서대석, 「『옥루몽』의 갈등구조」, 『한국학논집』 1, 계명대 한국학연구소, 1973.

86) 강상순, 「『옥루몽』에 나타난 남영로의 정치의식」, 『송암정교환박사화갑기념논총』, 창
원대, 1995; 조광국, 「『옥루몽』에 나타난 왕도패도 병용의 정치이념과 구현 양상」, 『고전
문학연구』 15, 한국고전문학회, 1999.

87) 조광국, 「『옥수기』의 벌열적 성향―작품세계·향유층을 중심으로」, 『한국문화』 30,
한국문화연구소, 2002.

88) 김종철, 앞의 글, 82면.

89) 위의 글, 83면.

90) 정병설, 『『완월회명연』 연구』, 태학사, 1998; 정병설, 앞의 글, 2000; 이지하, 앞의 글,
2001.

층 사대부로서 초미의 관심사였을 당쟁의 문제가 밀도 있게 전개되고 있는 것이다.91)

그럼에도 두 작품은 복귀 국면이 상당히 대조적이다. 이에 따라 남주인공 가문이 정치권력에서 차지하는 위치가 각각 다르다. 이에 대해 살펴보기로 한다.

가. 권력의 주변

『옥원』에서의 복귀 국면을 보면 남주인공 부친의 경우 해배되어 돌아와서도 실세實勢를 차지하지 못한 채 낙향落鄕하고, 남주인공대代에 이르러서는 일정 정도의 영화를 누리지만 집권한 세력들과 갈등하면서 계속해서 위기에 처하는 상황을 보여준다. 정치적 기반이 취약한 가운데 계속해서 당쟁에 휘말려 위기에 처하는 등 불안한 모습이 그려지고 있는 것이라 할 수 있다. 물론 남주인공대에서는 어느 정도 정치권의 핵심세력에 근접하는 모습이 그려지긴 하나, 그럼에도 정치권의 '주변부'에 속한 세력으로서 겪을 수밖에 없는 불안감에 깊이 침윤되어 있다.

우선 남주인공의 부친인 소송은 비록 해배되어 복귀하지만, 다음과 같이 자신의 당파인 구법당원들이 제대로 신원되지 않았기에 벼슬을 사양한다.

> 옛 벼슬로 행공行公하라 하시니 공公이 천은天恩을 감격感激하여 눈물을 나리오고 상표청죄上表請罪하며 벼슬을 사양辭讓하여 동류同類 죄루罪累한 직신直臣이 다 불운不運하거든 홀로 이수(異數, 특별한 대우)를 감승堪勝치 못함을 고사부동固辭不動하니 상上이 그 염우廉隅와 기절奇節을 아름답게 여기시나 일변一邊 기색氣索함이 되어 은명恩命이 불차(不次, '불차탁용不次擢用'의 준말)에 미치지 못하더라.
>
> ―『옥원』 2권, 256면

---

91) 물론 『옥원』·『완월』 이외에 『범문정충절언행록』·『난학몽』·『양현문직절기』 등에서도 당쟁의 양상이 비중 있게 다루어지고 있다.

그 뒤에도 여전히 자신의 당파 사람들이 은사를 입지 않거나 등용되지 않고 있기에 벼슬을 사양하며 신법당과 대립하는 등 순탄치 않은 생활을 지속한다. 특히 그는 벼슬을 사양하면서 자신의 당수黨首인 사마광을 중용重用하지 않는 것을 문제 삼기도 한다. 이는 소송이 복귀된 이후에도 여전히 신법당이 집권하고 있는 가운데 구법당이 실세에서 밀려나 있는 상황을 잘 보여주는 대목이라 할 수 있다.

또한 소송이 귀양 갔을 때 여혜경의 독수를 피해 화신진인이 사는 곳으로 피신한 일이 있는데, 이 일에 대해 신법당에서는 소송이 적소謫所에서 벗어나 산중 요도妖道와 결탁하여 반역을 꾀하려 했다고 모해하는 일까지 발생하게 된다. 비록 그 아들 소세경이 자신의 부친은 신법당의 독수를 피하기 위해 어쩔 수 없이 피신했을 뿐이라며 강력하게 변호함으로써 소송이 비난의 화살을 피하긴 하지만, 이 장면 또한 그가 해배되어 돌아온 뒤에도 소송에 대한 반대당파의 공격이 여전히 존재하고 있음을 보여준다.92) 비록 작품의 말미에서 소송은 개봉부윤에 임명되어 복귀하긴 하지만,93) 이는 그 아들 소세경이 출사出仕하고 난 이후의 일로, 실질상 남주인공 부친대에서는 해배된 이후에는 관직에 나가지 않은 채 낙향하여 한사寒士로 지내게 된다.

특히 고향인 미산으로 내려갔을 때의 정황을 보면, "정사亭榭가 퇴비頹圮하고 전사田舍가 황량荒凉하여 백훼百卉가 구비具備하니 부자父子가 한가지로 창도愴悼함을 금禁치 못하"94)게 된다. 그곳에서 아들인 소세경은 "나무를 져 팔아 쌀을 바꾸"95)고 "초립草笠을 들어 벌을 받아 돌아와 밀

---

92) 물론 임금이 소세경 부자의 상소를 좇아 신법당인 여혜경 일당을 처벌하고 구법당원들을 반 넘게 해배시키기도 한다. 그러나 이후에도 다시 신법당인 채확 등이 중용됨으로써 구법당은 실권을 차지하지는 못한다.

93) 소송이 개봉부윤에 임명되는 것은 소세경이 혼란스런 이주 지역을 잘 다스린 공적을 치하하는 과정에서 이루어진다. 즉 아들의 공적으로 인해 개봉부윤이 되는 것이다.

94) 『옥원』 5권, 493면.

95) 『옥원』 6권, 3면.

蜜을 치”96)며, “채초위업採草爲業하여 눈오는 날이라도 폐廢치 아니하고 겨울밤에 (…중략…) 얼음을 깨고 고기잡”97)고, 며느리인 이현영은 “섬섬纖纖한 옥지玉指가 (…중략…) 낱낱이 부르터 상傷하”도록 “뜰 가운데서 이삭을 잘라 손으로 부비”98)고 “수선방적修繕紡績으로 가사家事를 힘쓰고”99) 절구질하고 물 긷는 “천역賤役을 감심甘心하”100)면서 빈곤한 삶을 영위하게 된다.

이현영이 남편인 소세경이 생계를 위해 애쓰다가 공부도 제대로 하지 못하는 것을 보고는 안타까워하면서 생계는 자신이 책임질 테니 공부에만 전념하라고 말하는 것에서 볼 수 있듯, 친척집의 잔치에 이현영이 “작은 죽교자竹轎子에 소차환小叉鬟으로 좇고 유모乳母가 따라 이르”렀을 때 “위의威儀가 초초草草하고 거동擧動이 간략簡略하여 먼저 청빈淸貧한 맵씨가 부가복부富家僕夫의 경輕히 여김을 이루더라”101)고 형상화된 대목을 통해 볼 수 있듯, 소씨 일가의 빈한한 삶이 핍진하게 형상화되어 있다.

물론 이런 곤궁한 상황 속에서도 소세경의 부모에 대한 효성은 극진할 뿐만 아니라 이현영은 가난한 이웃백성들까지도 구제하는 가운데 사족士族으로서의 품위를 잃지 않지만, 미산에서의 곤궁한 삶의 모습은 정치권의 핵심에서 밀려난 주변세력의 고달픈 처지를 잘 형상화한 부분이라 할 수 있다.

다음으로 남주인공대를 살펴보기로 한다. 대부분의 작품에서 남주인공대는 대외적으로 가장 영화로운 시기로 설정된다. 『옥원』 또한 남주인공대에 이르면 어느 정도 혁혁한 가문을 형성하게 되나, 남주인공대에서도 소세경 한 명뿐으로 그 부친대와 같이 외로운 처지는 마찬가지

---

96) 『옥원』 6권, 13면.
97) 『옥원』 5권, 573면.
98) 『옥원』 5권, 519면.
99) 『옥원』 6권, 30면.
100) 『옥원』 6권, 9면.
101) 『옥원』 6권, 49면.

이다. 소세경은 영웅소설의 남주인공과 흡사하게 소송이 뒤늦게 간신히 얻은 만득자晩得子로서, 소송은 항시 소세경에게 명철보신하고 후사後嗣가 끊기지 않도록 할 것을 당부한다. 부인의 경우에도 『옥원』의 소세경은 이현영 한 명뿐이다. "내 집이 사대독신四代獨身이라 지엽枝葉이 소단少單하거늘 며느리 이같이 병약病弱하니 나의 손자 바람은 여사餘事이오 누대조선累代祖先의 사祀를 염念하여 근심이 어디 미치리오?"102)라는 소송의 탄식에서 볼 수 있듯, 소세경 가문은 매우 단출하다.103)

이러한 점들은 단지 가족구성원이 단출하다는 표면적인 의미 이상의 뜻을 함의하고 있다고 볼 수 있다. 가족구성원의 수 또한 가문의 위상을 보여주는 주요한 지표가 될 수 있는데,104) 『옥원』에서 독자獨子로 대를 이어 내려오는 것 또한 가문의 기반이 허약한 가운데 그 입지가 계속해서 불안함을 형상화한 것이라 할 수 있다.

대외적인 측면에서도 『옥원』에서는 소세경의 출사出仕로 인해 비로소 집안이 영화를 누리는 양상이 전개된다. 그런데 소세경이 출사하여 조정에서 중요한 위치를 차지하나 신법당인 채확 등의 무리가 집권하는 가운데 위기에 처하게 된다. 비록 여혜경 등은 실각하였으나 여전히 채확 등의 신법당의 무리가 집권하고 있는 것이다. 이에 소세경이 채확 등을 탄핵하는 상소를 올리고 거듭 사직을 청한다. 여기에서 그 부친 소송과 마찬가지로 소세경 또한 반대당의 중용으로 인해 삭직하기를

---

102) 『옥원』 5권, 555~556면.

103) 작품의 말미에서 소세경이 연거푸 세 번씩이나 쌍둥이를 낳는 것 또한 이런 고고한 가문의 출신인 점과 밀접한 관련이 있다. 『완월』과 『옥원』 모두 남주인공이 쌍둥이를 낳는 기이한 출생 장면이 나오는 점에서는 흡사하나, 『완월』의 정인광의 경우에는 쌍둥이를 낳는 장면이 한 번으로 그치는데 반해, 소세경은 쌍둥이를 낳는 장면이 세 번씩이나 나온다. 이는 절손絶孫에 대한 불안감과 더불어 가문의 번성에 대한 욕망이 잠재되어 있는 것이라 볼 수 있다.

104) 가문구성원의 수 또한 한 가문의 기반을 이루는 데 무시할 수 없는 요건이다. 학통을 형성하거나 인친 관계를 형성하는 데, 가문구성원의 수가 많아야 그 세력이 커질 수 있기 때문이다. 더욱이 독자로서 만약 그 대代가 끊어진다면 가문 자체의 존립이 위험할 수도 있다.

청하는 대목은 주목할 만하다. 소세경이 쓴 사직 상소문이 십여 면에 걸쳐 서술될 정도로 많은 분량을 차지하고 있는 가운데 반대당인 신법당에 대한 비판이 강력하게 제기되고 있다.

비록 채확 등은 탄핵되고 소세경은 이주통판으로 가게 되지만, 이주 지방은 역병疫病, 해수海獸, 도적逆盜의 "삼위사三危事"105)가 있는 땅이기에 채확 등의 무리들은 소세경이 죽을 땅에 갔다고 좋아하며 자득하고, 명사名士들은 이를 차석해하게 된다. 물론 소세경은 이 삼위사를 다 해결함으로써 영화롭게 복귀하기는 한다. 그럼에도 이러한 장면은 남주인공 소세경이 계속해서 당파 간의 분쟁에 휘말리면서 위기를 겪는 모습을 형상화한 것이라 할 수 있다. 특히 이주통판으로 가는 것이 소세경의 자원自願이 아닌 임금의 명령에 의해 이루어지는 점, 탄핵된 채확이 이후 다시 등용되는 점 등은 이주로 가는 일이 일종의 좌천左遷에 해당함을 보여준다.

한편 『옥원』의 소세경은 남주인공으로서는 이례적으로 정치적 단명短命에 관한 불길한 언급마저 자주 눈에 띈다. "국운國運이 점쇠漸衰하니 군자君子가 오래지 아닐지라. 군평(소세경의 자字)의 대략大略을 어찌 길이 펴리오?"106)라는, 소세경의 스승이자 구법당의 당수인 사마광司馬光의 말에서 볼 수 있듯, 반대당과의 대립 속에서 남주인공이 그 뜻을 펼칠 수 없다는 불안감이 깊이 내재되어 있다.107) 이처럼 『옥원』은 한미하고 고

---

105) 이주는 "여환癘患이 대치하여 십가구사十家九死하"고 "해수海獸가 있어 비룡비어非龍非魚하고 비서비표非鼠非豹하"며, "대도大盜가 산중에 둔취屯聚하여 자주 범군전투犯軍戰鬪하"는 지역으로 설정되어 있다(『옥원』 13권, 281∼282면).

106) 『옥원』 8권, 235면.

107) 이외에도 사마광이 "군평(소세경의 자字)의 기량器量이 비록 침완沈完하고 성도性度가 진중鎭重하나(…중략…) 너무 청정淸淨하여 화미華美하고 수려秀麗하니 장원長遠할 자者가 아니라"(『옥원』 8권, 238면)라고 말하는 대목, 태후가 임금에게 "그릇이 너무 크고 때 맞지 아니니 가생(賈生, 가의賈誼를 말함)의 뜻이 일어나지 못함과 주유周瑜의 장수長壽하지 못할 탄歎이 없을런가?"(『옥원』 12권, 256면)라고 말하는 대목 등을 통해 이를 볼 수 있다.

고한 가문이 정치판의 주류를 차지하기 어렵다는 위기감을 심도 깊게 형상화하고 있다.

물론 『완월』에서도 단명에 관한 내용이 나온다. 그러나 정인광이 아닌, 그 사촌동생 정인웅이 단명할 것이라는 언급이 나오며, 이것은 정치적 위기와 관련한 불안감과는 거리가 멀다. 그 모친 소교완의 죄과로 말미암아 그 아들인 정인웅이 요절할 것이라는 대목이 나올 뿐이며, 소교완의 개과로 인해 이러한 일은 곧 해결된다.

즉 『옥원』에서는 남주인공대에서도 고고한 가문을 이루면서 정치적 위기를 겪는 가운데 불안한 모습이 자주 드러난다. 남주인공대에서의 양상 또한 남주인공 부친대의 연장선상에서 '불완전한 복귀'의 모습을 형상화함으로써 정치권의 핵심세력으로 편입되기 어려운 상황을 핍진하게 담아내고 있다.

이러한 양상은 『옥원』에서 북송北宋 신종조神宗朝의 구법당舊法黨과 신법당新法黨이 대립하는 시기를 배경으로 설정한 점과도 밀접한 연관이 있다. 신종대 신법과 구법 세력 사이의 다툼은 신법 세력이 전 기간 동안 주도적인 입장을 유지했으며, 이후에도 원우元祐 연간(1086~1093)의 짧은 기간을 제외하고는 신법 세력이 북송말까지 거의 지속적으로 정계의 중심부를 차지했다.

『옥원』에서 주로 형상화되는 시기인 신종대에는 신법당의 집권으로 구법당이 위기에 몰리다가 신법당의 폐해가 밝혀지면서 왕안석 등이 지방수령으로 폄적되나 곧 복직되고 이후에도 구법당의 복귀는 쉽게 이루어지지 않는다. 신종 이후에도 신종이 죽고 어린 철종哲宗 대신 선인태후宣仁太后가 수렴첨정할 때인 원우 연간에는 신법당을 물리치고 구법당을 중용하지만 철종哲宗이 친정親政하자 신법당이 다시 등용되고, 철종 사후 황태후皇太后 향씨向氏가 집정할 때에는 신법당과 구법당의 절충을 모색하다가 휘종대徽宗代에는 다시 신법당이 정권을 잡는 등 신법당과 구법당의 관계는 끊임없는 대립의 양상이 지속된다. 즉 신종대 신법과 구법 세력 사이의 다툼은 신법 세력이 전 기간 동안 주도적인 입장을 유지했으며, 이후에도 원우 연간의 짧은 기간을 제외하고는 신법 세력이 북송말까지 거의 지속적으로 정계의 중심부를 차지했던 것이다.108)

『옥원』에서 북송 신종 연간을 배경으로 구법당에 속한 인물을 남주인공으로 설정한 것 또한 당쟁의 위기를 심각하게 겪은 계층의 의식을 효과적으로 표출하기 위한 의도였을 수 있다. 이러한 시대적 배경의 설정은 이미 『옥원』에서 불완전한 복귀를 그리려는 의도가 내재되어 있음을 보여준다 할 수 있으며, 그것은 곧 『옥원』에는 기반이 미약한 가문이 집권세력에 편입되기 어렵다는 비극적 인식이 그 밑바탕에 깔려 있음을 확인시켜 준다.109)

요컨대, 『옥원』에서 남주인공 부친은 해배되어 돌아와서도 실권을 차지하지 못한 채 낙향하고, 남주인공대에 이르러서는 일정 정도의 영화를 누리지만 집권한 세력들과 갈등하면서 계속해서 위기에 처하는 상황을 보여준다. 정치적 기반이 취약한 가운데 계속해서 당쟁에 휘말려 위기에 처하는 등 불안한 모습이 그려지고 있는 것이라 할 수 있다. 물론 남주인공대에서는 어느 정도 정치권의 핵심세력에 근접하는 모습이 그려지긴 하나, 그럼에도 '정치권의 주변부'에 속한 세력으로서 겪을 수밖에 없는 불안한 의식을 밀도 있게 노정하고 있다.

나. 권력 중심으로의 진입

『완월』에서의 복귀 국면을 살펴보면, 남주인공의 백부伯父인 정잠은 『창란』의 한제, 『옥원』의 소송이 유배 갔다가 은사를 입어 단순히 복귀하는 것과는 달리, 야선也先에게 사로잡혀 있는 영종 대신 볼모로 잡히

---

108) 양종국, 『송대사대부사회연구』, 삼지원, 1996, 258~357면; 제임스 류, 이범학 역, 『왕안석과 개혁정책』, 지식산업사, 1991, 15~145면 참조.

109) 물론 『옥원』의 마지막에서는 어느 정도 정치적 주류 계층에 다가가는 모습이 형상화되어 있으나, 그 국면에서도 반대당파와의 대립이 완전히 해결되지는 않고 있다.

고 영종을 환국還國하게 하는 등의 혁혁한 공로를 통해 이전보다도 더욱 번성한 가문으로 거듭난다.

특히 동시대를 배경으로 하고 있는 『창란』과 비교했을 때 『창란』에서 유배 갔던 남주인공의 부친이 별다른 공로 없이 곧바로 풀려나 복귀하는 것과는 달리, 『완월』에서는 정잠이 영종을 보필하는 등의 활약상이 두드러지며 이러한 공로에 대한 보답으로 영광스런 복귀를 한다. 정잠은 영종이 야선에게 사로잡혀 있다는 소식을 듣고는 임금을 구하기 위해 북지北地로 가서 자신의 목숨을 걸고 영종을 보필하였던 것이다.

야선은 이미 "정공程公의 명문名聞을 귀에 우레雨雷 같이 들어"110) 잘 알고 있기에 정잠을 자신의 신하로 삼으려 한다. 그러나 정잠은 협문夾門으로 들어오라는 야선의 명을 물리치고 정문正門으로 들어와 야선을 꾸짖기도 하며, 야선의 갖은 회유에도 불구하고 야선이 주는 음식조차 먹지 않는 등 명나라 대신大臣으로서의 기개를 굽히지 않는다. 이런 과정에서 감옥에 갇히기도 하고 병이 나 죽을 위기에 처하기도 하지만 끝내 뜻을 굽히지 않고 위기에 처한 영종을 지극한 정성으로 보필하게 된다. 영종이 명으로 돌아오게 된 것도 마침 야선이 병이 나 마음이 약해진 원인도 있지만, 정잠이 영종 대신 야선에게 볼모로 잡혀 있기에 가능했을 정도로 정잠은 목숨을 걸고 충성을 다한다. 이후 정잠은 영종이 명으로 돌아온 뒤에도 수년간 야선에게 고초를 겪다가 야선이 죽고 나서야 환국한다.

따라서 『창란』에서는 영종이 복위하자마자 남주인공 부친이 영화롭게 복귀하는 장면이 다소 급작스럽다는 느낌을 주지만, 『완월』에서는 남주인공 가문의 영화로운 복귀 장면이 자연스럽다는 느낌을 준다. 영종이 자신을 살리기 위해 수년간 고초를 겪은 정잠의 공로를 치하하는 한 방편으로 정씨 가문에 영광을 베풀기 때문이다. 이처럼 『완월』에서

---

110) 『완월』 27권, 2책, 350면.

는 정치적 복귀 국면이 현실성을 가지고 형상화된다.[111]

특히 남주인공 가문이 위기에 처한 영종을 목숨을 걸고 보필한 공로를 인정받아 화려하게 복귀하는 국면이 상세하게 묘사되고 있다. 정잠 일행이 북지로부터 귀국하여 돌아오는 날, "만세황야萬歲皇爺가 옥교玉轎를 재촉하야 궐문闕門을 나실 새, 문무文武가 미처 조회朝會를 파罷치 못하였던 고로 일시一時에 어가御駕를 호위하여 나[112]"와 맞이하고, 영종은 정잠의 "불세지공不世之功"을 일컬으며 "공덕功德을 범연泛然이 열토봉왕列土封王함으로는 갚지 못하리니 오직 국조國朝 마치도록 우고환락憂苦歡樂을 일체一體로 하여 세세世世로 그 자손을 저버리지 말 따름이라"[113]라며 그 공을 높이 치하한다. 이후에도 황자 진왕이 옥지玉指를 받들어 서태부인에게 정잠을 태교한 공을 치하하러 내림來臨하고, 천자가 태자에게 "정경程卿(정잠)은 덕행德行과 충렬忠烈이 세대世代에 희한할 뿐 아니라 너의 은인이니 범연한 신하로 알지 말라(…중략…) 자금自今 이후로 태부太傅로서 사부師傅를 겸兼하여 앎을 짐朕으로 달리 말라"[114]고 하교할 정도로 큰 영광을 누리게 된다.

---

111) 복귀 국면에서 정치현실을 핍진하게 반영하는 점은 조세창의 경우에도 잘 드러난다. 정잠의 사위인 조세창은 영종의 친정을 반대하다 북지로 귀양 가게 된다. 북지에서 귀양살이를 하던 조세창은 영종이 야선에게 사로잡히게 되었다는 소문을 듣고는 필마단기로 나가 오랑캐들에게 둘러싸여 있는 영종을 일시적으로 위기에서 구해낸다. 영웅소설류에서 흔히 볼 수 있듯, 간신의 패정을 상소하다 귀양 갔던 충신이 적군에게 둘러싸인 임금을 필마단기로 나가 구해내는 장면이 등장하는 것이다. 그러나 조세창의 경우에는 단편 영웅소설의 남주인공처럼 적군을 다 물리친 뒤 임금을 모시고 영화로운 복귀를 하는 것이 아니라, 잠시 급박한 위기에 처한 영종을 구해내지만 곧 야선의 병사들에게 포위되어 영종과 마찬가지로 볼모로 사로잡히게 된다. 이는 『완월』이 단편의 영웅소설류와는 정치적 복귀 국면의 형상화 수준이 다름을 단적으로 보여주는 대목이라 할 수 있다. 단편의 영웅소설에서 적군에 둘러싸여 위기에 처해 있는 임금을 남주인공이 단칼에 구해내고 적들을 일거에 물리치는 비현실적인 구도와는 달리, 『완월』에서는 흡사한 상황임에도 불구하고 임금을 구해내려던 인물마저도 볼모로 잡힘으로써 현실적인 면모를 드러내고 있다.

112) 『완월』 29권, 2책, 405면.

113) 『완월』 29권, 2책, 408면.

114) 『완월』 144권, 10책, 196면.

이러한 장면은 『옥원』의 소송이 복귀한 뒤에도 반대당으로부터 공격을 받거나 반대당과 대립하는 양상을 보이는 것과는 상당한 거리가 있음을 잘 보여준다. 『완월』에서는 이미 영종의 친정을 주장했던 왕진 등의 친정파는 모두 죽임을 당한 상태이고, 정씨 가문을 질오하던 경제도 폐위되었기에 정잠은 정치권의 '핵심세력'으로서 당당히 재진입하게 되는 것이다. 『옥원』에서 '불완전한 복귀'가 이루어지는 것과는 달리, 『완월』에서는 '완전한 복귀'가 이루어지고 있는 것이다.

남주인공대에서도 이러한 상황은 마찬가지이다. 우선 『옥원』에서 소세경뿐으로, 그 부친대와 마찬가지로 외로운 처지인 것과는 달리, 『완월』에서는 남주인공대에 이르면 정인성·정인광·정인중·정인웅·정인경·정인유·정인의·정인명·정인필·정인홍·정명염·정월염·정성염 등의 많은 인물들이 존재함으로써 서실書室에 누운 사람들이 "고기 엮은 듯"115) 빼곡할 정도이다. 부인의 경우에도 『옥원』의 소세경은 이현영 한 명뿐으로 단출한데 반해, 『완월』의 정인광 등은 장성완·소채강 등 두 명 이상의 아내가 있다.116)

『옥원』에서도 남주인공의 자식대에 이르면 독자獨子인 소세경과는 달리 항렬이 번성하고 여러 가문들과 인친 관계를 이루는 가운데 고고한 가문에서 탈피하기는 한다. 하지만, 『완월』은 남주인공의 자식대에 이르면 다음과 같이 『옥원』과 비교할 수 없을 만큼 번성한 가문을 이루게 된다.

---

115) 『완월』 40권, 3책, 305면.

116) 물론 『옥원』의 소세경 가문과 『완월』의 정인광 가문은 모두 엄정嚴正한 가문으로 자식에게 일처一妻만을 허용한다. 그럼에도 『완월』에서는 어쩔 수 없는 사정에 의해 정인광은 두 처를 두게 된다. 『완월』에서와 같이, 비록 집안에서는 일처만을 허용하나 어쩔 수 없는 상황에 의해 다처多妻하게 되는 것은 대부분의 대하소설에서 흔히 나타나는 구도이다. 이는 가문의 도덕적 기품을 손상 받지 않으면서 동시에 가문의 번영을 꾀하기 위한 장치이다. 이러한 양상은 상층 벌열의 세계를 구현하려는 의도와 맞물려 있다. 이와 관련해서 조광국(「『옥수기』의 벌열적 성향」, 『한국문화』 30, 한국문화연구소, 2002, 89면)은 벌열의 조건 가운데 "벌열 구성원 중 누군가는 다첩多妾 혹은 축첩蓄妾의 형태를 지닌다"라는 항목을 넣고 있다.

진공 삼곤계三昆季와(…중략…) 소한림翰林 부자父子가 오십여五十餘 명名 재열재상宰列宰相과 공후백작公侯伯爵이랑 신진명사新進名士가 출적외당出適外堂하니 너르던 청사廳舍가 앉을 터가 없어지니 제객諸客이 다 차탄칭지嗟歎稱之왈曰 "존문尊門 음공활명陰功活命 혜택惠澤이 아니리오 내당內堂으로부터 나오시는 연숙緣叔과 제형諸兄이 다 외객外客이 아니시고 골육친척骨肉親戚이시니 부러워하나 미치랴."

─『완월』177권, 12책, 251면

정인성의 아들인 정몽창과 문창공주의 혼인식 풍경을 보면, 내당으로부터 나오는 오십 여명의 재열재상宰列宰相과 공후백작公侯伯爵과 신진명사新進名士가 모두 골육친척이다. 정월염이 "연혼連婚에 요두증搖頭症이나"117)게 될 것 같다고 말할 정도로, 정씨 가문은 인친姻親 관계로 여러 가문과 겹겹이 맺어지면서 큰 혼벌婚閥을 형성하고 있다. 이에 손님들 또한 모두 이를 부러워한다.

정치적인 진출에서도『옥원』에서는 남주인공 소세경의 출사로 인해 비로소 집안이 영화를 누리는 양상이 전개되는 것과는 달리,『완월』에서는 남주인공 정인광이 이미 그 부친이 혁혁한 지위를 차지하고 있는 가운데 출사를 하는 양상이 펼쳐진다. 그것도 천자가 자신을 북지에서 구해준 남주인공의 부친의 은공에 보답하기 위해 특별히 과거를 열어 그 자식들을 등용하는 방식으로 벼슬길에 나가게 된다. 따라서 정인광 등은 정치적 위기를 겪는 장면이 나오지 않으며, 대내외적으로 혁혁한 공로를 세우며 승승장구한다.『옥원』에서의 소세경의 출사가 가문의 영화를 회복하기 위한 절체절명의 과제라면,『완월』에서의 정인광의 출사는 단지 가문의 영화를 덧보태는 작은 사건일 따름이다.

물론『완월』에서도 남주인공대에 위기를 겪지 않는 것은 아니다. 정잠의 막내아들이자 정흠의 양아들인 정인웅 등이 왕진의 여당餘黨이자

---

117)『완월』175권, 12책, 208면.

요도妖道인 진경 등에 의해 역모죄로 참소되어 위기에 처하는 사건이 작품의 끝부분(179권)에 나온다. 정씨 가문의 방계傍系라 할 수 있는 정선―정흠―정인웅이 삼대에 걸쳐 위기를 겪는 모습이 펼쳐짐으로써 자못 위기감을 자아낸다. 그것도 정인웅이 위기에 처하게 되는 것이 그 부친 정흠이 원사한 일에 불만을 갖고 모역을 꾀했다는 누명을 쓰는 양상으로 전개되기에 위기감은 순식간에 고조된다.

그러나 곧 정잠 등이 이들 요도를 잡음으로써 위기는 금세 극복되고 이후 천자는 정씨 가문을 더욱 우대한다. 더욱이 정인웅이 역모죄로 나옥拿獄된 동안에도, 천자는 정잠을 하룻밤 대궐에서 머물게 하여 "군신君臣이 산수득의山水得意함이 엄자릉嚴子陵이 광무光武의 배에 발 얹음에 비比치 못"118)할 정도로 정씨 가문을 극진히 대접한다.

한편 정인웅에 대한 대목만을 놓고 보았을 때 이러한 반전은 대부분의 대하소설에서 대미를 장식하기 위해 흔히 사용하는, '안정 후의 위기'에 해당하는 서사장치이다.119) 따라서 『완월』에서만 나타나는 특징이라 할 수 없다. 설혹 이 장면을 주목한다 하더라도 간인에 의한 일방적인 참소와 이러한 누명으로부터의 즉각적인 신원이라는 구도는, 『옥원』에서 소세경이 반대파가 중용되자 스스로 사직서를 제출하며 벼슬하기를 그만두려 하는 장면과는 큰 차이가 있는 것이다.

『옥원』에서는 남주인공대에서도 고고한 가문을 이루면서 정치적 위기를 겪는 가운데 불안한 모습이 자주 드러나는데 반해, 『완월』에서는 방대한 가족을 이루면서 "출정대장出征代將과 사직동량지재社稷棟梁之材는 거의 그 집에서 좇아 나"120)게 되고, "서태부인太夫人 여년餘年이 임박서

---

118) 『완월』 179권, 12책, 289면.

119) 임치균(「연작형 삼대록 소설 연구」, 서울대 박사논문, 1992, 131~132면)은 삼대록계 소설에서 이러한 특징이 나타남을 논한 바 있고, 송성욱(「혼사장애형 대하소설의 서사 문법 연구」, 서울대 박사논문, 1997, 136~139면)은 대단원에서의 이러한 작은 반전은 삼대록계 소설뿐만 아니라 여타의 대하소설에서도 통용될 수 있는 서사적 특징임을 고찰한 바 있다.

일臨迫西日하다 하시어 오일五日에 소연小宴하고 일삭一朔에 대연大宴하여 날을 즐기라 하시어 사연사악賜宴賜樂을 종종 하"121)는 정도로 혁혁한 가문을 형성하고 있는 것이다.

『완월』에서의 시대적 배경이 명 영종대인 점 또한 이러한 혁혁한 가문의 형성화와 밀접한 관련이 있다. 토목지변으로 말미암아 친정親征을 주장했던 왕진 등은 그 자리에서 야선에게 죽임을 당하며 그 여당餘黨도 이에 대한 책임으로 모두 숙청당하고, 이후 탈문지변이 일어났을 때도 매우 청렴하고 강직한 인물인 우겸마저도 경제를 옹립했다는 이유만으로 죽임을 당하는 등 당대에는 그 처벌이 매우 엄격했다. 당파 간의 분쟁이 매우 확실하게 판가름나는 시대였던 것이다.『완월』에서 반친정파反親征派이자 반경제파反景帝派를 남주인공 가문으로 설정한 것은 '완전한 복귀'를 통해 '권력 중심으로의 진입'을 형상화하려는 의도가 내재되어 있음을 보여준다 하겠다. 여기에는 은연중 특권을 누리는 집권세력으로서의 선민選民의식이 반영되어 있다고 볼 수 있다.

3. 정치적 성향

정치적 성향에 대해서는 여러 가지 측면을 고려해 볼 수 있겠으나 그 가운데 지배층에 대한 태도에 대해 집중적으로 검토하기로 한다.『창란』·『옥원』·『완월』 세 작품의 정치적 성향차를 고구하기 위해서는 각 작품에서 동일한 층위의 정치세력을 어떻게 달리 형상화하고 있는가를 살펴보는 것이 필요한데, 그중 정치권의 핵심권력인 지배층에 대

---

120)『완월』 72권, 5책, 340면.
121)『완월』 178권, 12책, 254면.

한 태도를 검토하는 것이 그 차이를 가장 선명하게 확인할 수 있기 때
문이다.

지배층이라 하면 천자를 정점으로 하여 권력의 핵심을 잡고 있는 고
관高官 계층을 말한다 할 수 있다. 이는 크게 왕실과 고위관료층으로 나
눌 수 있다. 이들에 대한 형상화의 차이를 구체적으로 살펴봄으로써 각
작품의 정치적 성향의 차이를 고찰해 보기로 한다.

1) 왕실에 대한 시각

(1) 권위에 대한 도전

『창란』에서 천자를 위시한 왕실을 어떤 시선으로 바라보고 있는가를
잘 엿볼 수 있는 대목으로, 영종이 탈문지변奪門之變으로 복위했을 당시
한제의 처변處變을 형상화한 부분을 주목할 필요가 있다. 한제는 영종이
복위하였을 때 그간 경제에게 복종했던 일 때문에 처형되어야 마땅함
에도 불구하고 오히려 더 높은 벼슬에 봉해지게 된다. 그것은 "호부상
서戶部尙書로 황후皇后께 금을 바친 일이 있어 큰 공公이 되어 우겸于謙 등
은 내치되 한공은 복직復職으로 계양후에 봉封하"122)여지기 때문이다.

이는 당대의 정치현실을 핍진하게 형상화하지 못하고 있음을 보여줄
뿐만 아니라 『창란』에서 왕실을 어떠한 시선으로 바라보고 있는가를
간접적으로 보여준다. 지배세력의 정점에 자리하고 있는 왕실이란 곳도
더 이상 원리원칙이 지켜지는 신성한 영역이 아니라, 그곳 또한 황금이
면 귀신도 통하는 세속적 원칙에 의해 돌아가고 있는 곳이라는 인식을
엿볼 수 있다. 또한 장두의 시신이 돌아오는 것조차 막을 정도로 그에
대한 비난을 서슴지 않았던 한제가 재빨리 손을 써서 장두를 신원하는

---

122) 『창란』 4권, 318면.

상소를 한 장 올리자 상을 타는 대목도, 조정이라는 곳이 원리원칙에 의해 돌아가는 곳이 아니라 기회주의적인 세태에 호응하는 곳이라는 인식을 간접적으로 반영해 준다.

조정에 대한 이러한 인식은 한창영의 말에서도 잘 드러난다. 한창영은 장희 형제 등에게 청루에서 놀고 가자고 종용하면서 "국중國中도 호색好色하니 하물며 말세末世 서생書生을 이르며"123)라고 말한다. 이 대목에서 "국중도 호색하니"라는 말을 단순히 궁궐에서도 풍류를 즐긴다는 말로 지나칠 수도 있지만, 그 문맥을 좀 더 깊이 있게 들여다보면 국중이 호색하기에 자신들도 호색한다는 논리로, "말세"라는 단어와 호응하여 왕실 또한 더 이상 특별한 도덕적 우월성을 지닐 수 없으며, 그렇기에 백성들에게 그러한 도덕적 원칙을 강요할 수 없다는 의미가 숨어 있다고 볼 수 있다.

이처럼 『창란』에서는 왕실의 권위를 그리 높이 인정하지 않는 가운데 왕실 또한 세속적 공간과 별반 다를 바 없음을 보여준다. 이는 『창란』의 현실지향적인 의식을 보여줄 뿐만 아니라, 왕실의 권위를 인정하지 않는 인식을 엿보게 한다. 이러한 인식은 왕실의 녹祿을 먹고 충성을 다짐하는 관료의 입장과는 거리가 멀다. 주로 하층이 향유한 영웅소설에서 왕실이나 지배세력에 대한 적나라한 폄하를 하는 양상과 비슷하게 『창란』에서 왕실에 경시輕視의 태도가 은연중 드러나고 있는 것이다. 이는 왕실의 권위에 대한 일종의 도전이라 할 수 있을 것이다.

(2) 비판적 시각

『옥원』에서는 『창란』·『완월』과 비교했을 때 왕의 정책에 대한 강력한 비판이 제기되고 있어 주목된다. 『창란』·『완월』에서 남주인공 가문

---

123) 『창란』 5권, 519면.

이 한 번 위기를 겪고 난 뒤에 복귀해서는 별다른 정치적 갈등을 겪지 않는 것과는 달리, 『옥원』에서는 남주인공 부친 소송이 해배되어 돌아온 뒤에도 자기 당파의 사람들의 복귀가 제대로 이루어지지 않는 가운데 반대당파와 대립하게 된다. 그렇기에 『창란』의 장두, 『완월』의 정잠이 임금이 야선을 친정하려 하자 그것이 옳지 못함을 고하는 대목 이외에는 임금에 대한 직접적인 비판의 언사를 드러내지 않는 것과는 달리, 『옥원』에서 소송은 신법당의 패정을 상소하여 귀양 갔다가 해배되어 돌아온 뒤에도 다음과 같이 벼슬을 사양하면서 계속해서 임금에 대한 강력한 비판의 상소를 올리게 된다.

> 성상聖上이 매양 사마광司馬光을 불러 이르기를 간절懇切히 하시나 및 이르면 그 말씀을 쓰지 아니시니 이는 폐하陛下의 말씀과 일이 상합相合치 아니심이라. 천하天下의 현사賢士가 비록 있으나 폐하가 용현用賢할 뜻이 없으심을 밝히 알고 구언求言하시는 성교聖敎를 믿지 않으리이다.
>
> —『옥원』 8권, 305면

윗대목은 임금이 늘 사마광의 의견을 듣기를 간절히 원하는 듯하나 사마광이 의견을 말하면 그 의견을 쓰지 않으니 임금의 말과 행동이 일치하지 않는 것으로, 천하의 현사賢士들이 있어도 임금이 자신들의 의견을 쓰지 않을 것을 알고는 비록 구언求言한다는 성교를 내려도 아무도 믿지 않을 것이라고 소송이 임금에게 간하는 내용이다. 임금의 언행이 일치하지 않기에 현사들이 그 말을 믿지 않을 것이라는 강력한 비판이 제기되고 있는 것이다. 이에 대해 신법당파인 상서좌승尙書左丞 이정李定은 "공公의 상소上疏 뜻이 사연肆然히 나라를 포원抱寃하여 (…중략…) 조정朝廷을 기롱譏弄하여 문자간文字間이 심甚히 평상平常치 아니하니 사마공司馬公이라도 이러하기는 아니하오니 진신縉紳의 처변處辨이 많이 무상無常하여이다"124)라는 비판을 제기한다. 비록 반대당파에 의해 제기된 비판이

긴 하지만, 이는 소송의 말에 임금을 비롯한 반대당파에 대한 강력한 비난이 담겨 있음을 짐작케 한다.

임금에 대한 강력한 비판적 언사는 남주인공에게서도 마찬가지로 볼 수 있다. 『창란』·『완월』에서는 임금의 정책에 대한 비판적 언사가 전혀 없는 것과는 달리, 『옥원』에서는 주변사람들이 모두 경악할 만큼 임금에 대한 강력한 비판적 상소를 올리게 된다.

소세경은 비록 조정에서 어느 정도 입지를 얻지만 여전히 신법당인 채확 등의 무리가 중용되는 가운데 세력 다툼에서 밀려 이주통판으로 떠나게 된다. 이때, '이장주'라는 여인이 소세경을 사모하여 임금을 통해 소세경과의 혼사를 이루고자 한다.125) 그런데 이장주의 부친은 신법당의 일원으로서 소송과 여러 번 대립한 적이 있으며,126) 상서좌승으로서 "권중權重함이 거조擧朝를 휘요輝耀"127)하는 이정李定으로 설정되어 있다. 그 고모 또한 "당시 주상主上 행희幸姬"128)인 서궁 낭랑이다. 그렇기에 이장주는 고모를 통해 임금에게 말을 넣게 된다. 천자는 이주통판으로 떠나는 소세경에게 사혼賜婚하게 되는데, 이때 소세경이 임금에게 올린 글을 보면 다음과 같다.

> 일 이후로 주상主上이 신臣을 견마犬馬로 보심을 깨닫겠노라(…중략…) 성상聖上이 어떤 연고緣故로 이런 음란淫亂한 일로 욕하시리오? 소신小臣이 죄罪 있거든 당당堂堂히 유사有司에 논열論列하여 관형官刑에 두셔도 가可하고 해외海外에 귀향 보내셔도 가可하니 어찌 여차如此 비의非義한 일로 신하臣下를 핍박逼迫하여 죽을 땅에 두시리오 하물며 왕명王命이 재촉하시어 일군一郡의 위

---

124) 『옥원』 8권, 308면.
125) 심지어 이장주는 사혼賜婚이 성사되지 않은 뒤에도 소세경을 사모하여 남장男裝하고 좇아가 자신의 사모하는 마음을 고백하기까지 한다.
126) 소송은 이정이 중용되는 것을 반대하는 상소를 올리다가 귀양 갔으며, 이정은 소송이 해배되어 돌아오자 소송을 탄핵하는 상소를 올렸다.
127) 『옥원』 12권, 267면.
128) 『옥원』 12권, 267면.

려危戾를 진정鎭定하라 하시니 부탁이 적은 곳에 멍에하나 소임所任이 차대且大하니 (…중략…) 성색연희聲色演戲로 긍자矜恣하여 방면가사지인方面駕馭之人을 주어 정사政事의 황난荒亂한 근저根柢를 삼으시니 풍화風化는 예의禮儀에 창昌하고 사류士類는 국당國堂의 종宗이니 남녀가취지사男女嫁娶之事가 어떠하관데 성세聖世에 음풍패속淫風敗俗하는 계집을 죄 주어 율령律令을 정正히 아니시고 과장誇獎하여 여리閭里에 들리시리오? 이 실로 주상主上의 조지詔旨가 진실眞實하실진대 내 마땅히 금문禁門에 나아가 유황硫黃에 던져져도 갖추어 실덕失德하시믈 간諫하고 (…중략…) 면전面前에서 음녀淫女를 주誅하여 폐인嬖人의 권행勸行하는 길을 막고 성상께 주달奏達하여 손무孫武가 강비姜妃를 주誅함과 원앙袁盎이 신부인愼夫人을 절제節制함[129]을 효칙效則하리라. 군군신신君君臣臣은 주신지례主臣之禮라. 내 비록 미명未明하나 비례非禮의 조서詔書를 받지 아니리니 내 망령妄靈되게 자존自尊함이 아니라 주상이 진신縉紳 대접待接하시는 예의禮儀가 아니심이라.

―『옥원』 13권, 286~288면

소세경은 이주통판으로 떠나는 자신에게 이장주로 사혼하려 하는 것에 대해, 음풍패속淫風敗俗하는 계집을 엄하게 다스려야 함을 고하는 한편, 자신이 죄가 있으면 벌을 주거나 귀양 보내는 것이 마땅하거늘 성색연희聲色演戲를 임지로 떠나는 신하에게 사급하여 정사政事의 어지러운 근본을 삼는 일은 주상이 진신縉紳을 대접하는 예가 아니며 자신을 견마犬馬로 보고 음란淫亂한 일로 욕하는 것이라면서 노여워한다. 더욱이 자신과 이장주와의 혼사를 주선한 서궁 낭랑을 임금은 손무가 강비를 목 벤 것처럼 준엄히 처단해야 한다고 말하기까지 한다. 소세경의 이러한 행위는 "좌객座客이 경해驚駭하여 혹 이성실체離性失體하여 촉범권위觸犯權威함을 이르고 (소세경을) 위하여 위태危殆이 여"[130]길 정도로 왕실 즉 임

---

129) 한漢 문제文帝가 신부인을 총애함에 신부인이 항상 황후와 동좌同坐하였다. 이에 원앙袁盎이 간하여 신부인의 자리를 황후의 자리 아래로 내리게 하였다 한다. 이에 관해 '원앙각좌袁盎卻坐'라는 말이 전한다.

130) 『옥원』 13권, 288면.

금과 그 총희에 대한 직접적인 비판이 두드러지는 부분이다. 이에 어제御弟인 형왕이 와서 천자가 깊이 자회自悔하고 있는 사실을 전하며 소세경의 노여움을 풀게 한다. 여타의 작품에서도 늑혼勒婚 모티프가 나오긴 하지만 대부분 거절하다가 어쩔 수 없이 받아들이는 정도일 뿐, 『옥원』에서처럼 이로 말미암아 임금의 잘못을 직접적으로 언급하고 임금의 사과까지 받는 장면은 보이지 않는다.131)

또한 하필 소세경을 사모하여 좇아오게 된 이장주의 부친이 소세경 가문과 반대당파인 인물로 설정된 점도 주목할 필요가 있다. 이장주에 대한 강력한 비판은 순전히 이장주 개인에 대한 것이라기보다는 반대당파에 대한 비난으로 읽을 수 있기 때문이다. 『옥원』에서 이처럼 천자에 대한 그리고 구혼하는 여성에 대한 비판적인 언사가 눈에 띄는 것은, 당쟁의 폐해를 직접적으로 경험한 계층의 의식과 일정 정도 관련이 있다 할 수 있을 것이다.

『창란』·『완월』에서도 『옥원』과 마찬가지로 남주인공에게 구혼하는 여성들이 등장하고 남주인공이 이를 물리치는 대목이 나온다. 『창란』의 장희는 사도 진숙의 청혼을 물리치고, 『완월』의 정인성132)은 자신을 사모하여 남장男裝하고 좇아오는 석순영·만초란 등의 여인들을 꾸짖어 돌려보낸다. 『창란』에서는 장희가 구혼을 거절함으로써 아내 한천희로 하여금 부부간의 믿음을 회복케 하는 계기가 되며, 『완월』에서는 정인성이 이들 여성들을 훈계함으로써 정인성의 뛰어난 풍모와 단정한 인품이 확연히 드러나게 된다.

---

131) 심재숙, 「고전소설에 나타난 늑혼 삽화의 양상과 그 의미」, 『한국고소설사의 시각』, 국학자료원, 1996 참조.

132) 『완월』에서 『창란』의 장희, 『옥원』의 소세경에 대응되는 인물은 정인광이다. 그런데 정인광의 경우에는 구혼을 물리치는 장면이 나오지 않고, 정인성의 경우에만 이러한 장면이 나온다. 정인성은 『완월』에서 정인광보다도 더 많은 비중을 차지하고 있는 남주인공으로, 비록 그 역할은 다르나 남주인공이 구혼하는 여성을 물리친다는 점에서는 『창란』과 『옥원』의 남주인공과 별반 다르지 않다. 따라서 함께 논의해도 큰 무리는 없을 것이다.

이처럼 남주인공에 대한 구혼 모티프가 동시에 나오고 있음에도 불구하고, 『창란』·『완월』에서는 사적인 차원에서의 문제로 그치는데 반해, 『옥원』에서는 그것이 왕실에 대한 직접적인 비판으로 연결되고 있다는 점에서 주목할 만하다. 특히 이러한 비판이 『창란』에서 보이는 단순한 희화화와는 달리, 천자의 정치적 처변에 대한 실질적인 비판으로 나타나고 있다는 점에서 더욱 주의를 요한다. 이는 실제 정치에 참여하고 있는 계층에서의 임금에 대한 비판적 태도를 반영하는 것이라 할 수 있다.

(3) 절대적 충성

『완월』에서는 작품 초반부에 왕진의 종용으로 인해 영종이 친정親征하고자 할 때 천자에게 상소하는 대목 이외에는 『창란』·『옥원』에서처럼 천자를 비롯한 왕실에 대해 비아냥거리거나 비판하는 모습 등은 보이지 않는다.

오히려 천자의 잘못을 최소화하기 위해 애쓴 흔적이 엿보인다. 일례로 영종이 야선에게서 풀려나 명에 돌아온 뒤 경제를 내몰고 복위하는 탈문지변奪門之變을 형상화한 대목을 보면 형제간의 갈등을 부각시켜 그리기보다는 요녀妖女의 작화作禍라는 또 다른 변수를 설정함으로써 아우를 밀어내고 복위하는 영종의 체면을 많이 살려 주고 있다. 29권에서는 역사적 사실에 맞게 탈문지변의 내용이 소개되어 있다. 경제가 영종의 태자를 폐하고 자신의 친자親子를 태자로 세우려 하자 신하들이 통한하고 비분해 하다가 양선·이시랑 등이 경제가 병이 든 틈을 타서 내응하여 영종이 복위하고 경제는 서해로 쫓겨나게 된다는 내용이다. 이는 명 영종대의 역사적 사실에 상응한다.

그런데 31권에서는 이러한 탈문지변을 요녀를 끌어들여 재형상화하고 있다. 박교랑이라는 후궁後宮이 정궁正宮을 해치려고 요괴로운 술수를 쓰다가 도리어 잘못되어 경제가 병이 나게 된다. 경제가 괴질에 걸리자 황태후는 어쩔 수 없이 대의를 생각하여 경제를 폐하고 상왕인 영종을 복위시키게 된다. 영종은 복위 후에 박교랑을 비롯한 경제를 시해한 간당들을 모두 처형하거나 유배를 보낸다. 황태후는 박교랑의 염통을 가져와 경제의 영궤에 제祭하고 참통慘痛함을 이기지 못하며 영종 또한 슬퍼하여 장례를 치루기를 친왕과 같이 한다.133) 영종이 아우를 끔찍이 생각하고 그 죽음을 아파하고 있음을 보여주고 있는 것이다.

이 장면에서는 영종이 경제를 강제로 폐위시키고 왕위에 복귀한 것이 아니라 박교랑의 요술妖術로 경제가 괴질이 들어 왕위에서 물러날 수밖에 없기에 어쩔 수 없이 영종이 복위한 것으로 설정되어 있다. 왕위 자리를 두고 형제간에 반목하는 양상보다는 후궁의 작화를 부각시켜 형상화함으로써 형제간의 갈등이 거의 드러나지 않고 있는 것이다. 물론 영종이 본래 임금의 자리에 있었다가 야선에게 볼모로 잡혀 있는 동안 경제가 임시로 등극한 것이기에 영종의 복위는 당연한 것일 수도 있다. 그럼에도 버젓이 왕위에 있는 동생을 내몰고 상왕에 있던 영종이 다시 임금이 되는 것은 그리 아름다운 일일 수만은 없다. 『완월』에서는 이러한 껄끄러운 대목에서 박교랑이라는 요녀妖女를 등장시킴으로써 영종의 결점이라면 결점일 수 있는 부분을 가려주고 있는 것이라 할 수 있다.

동일한 시대를 배경으로 하는 『창란』의 경우, 탈문지변에 관한 역사적 사실을 압축해서 서술할 뿐 거기에 요녀와 같은 제 삼자의 인물을 개입시켜 영종과 경제 간의 형제 갈등을 희석시키는 대목은 전혀 보이지 않는다. 따라서 『완월』에서의 이들 형제간의 갈등에 요녀의 작화라는 대목을 끼어 넣은 것은 이 작품의 정치적 성향을 살펴보는 데 중요

---

133) "황태후皇太后가 교랑의 염통을 가져 경태景泰의 영궤靈几에 제祭하고 참통慘慟함을 이기지 못하시니 상上이 또한 슬퍼하사 장렴葬殮하기를 친왕親王같이 하시고 왕王을 시호諡號하여 갈오대 여라 하고 종통대리사宗統代理事에 추증追贈하야 그 일자一字를 응응應하다."(『완월』 31권, 3책, 13면)

한 지점이 될 수 있는 것이다.

이처럼『완월』에서는 지배세력의 정점을 차지하고 있는 임금에 대한 시각이『창란』·『옥원』과는 사뭇 다르다. 임금의 결함을 극소화하는 가운데 오히려 그 결함마저도 미화하고 있다. 이를 통해 임금에 대한 '절대적 충성'을 은연중 드러내고 있다.

2) 집권층에 대한 형상

『창란』·『옥원』·『완월』세 작품에서는 대부분의 작품에서와 마찬가지로 집권층의 핵심을 차지하는 주요인물들의 경우, 군자형 인물은 현신賢臣으로, 악인형 인물은 간신奸臣으로 정형화되어 있다. 이는 대하소설의 기본구도로서 대개의 소설에서도 흡사하게 나타난다. 그렇기에 이러한 인물들의 형상을 통해서는 집권층에 대한 시선의 차이를 감지할 수 없다.

그런데 소인형 장인의 경우에는 인격적 결함을 지닌 점에서는 동일하나 관리 혹은 상층으로 형상화되는 부분에서는 상당한 차이를 보인다.『창란』의 한제,『옥원』의 이원외,『완월』의 장헌은 고관高官이라는 점에서 집권층에 속하는 인물인데, 이들이 사적史的 영역에 있을 때와 공적公的 영역에 있을 때 그 형상화 방식이 각기 다르다. 따라서 소인형 장인을 집중적으로 비교함으로써 세 작품의 집권층에 대한 태도 차이 즉 정치적 의식성향의 차이를 검토해 볼 수 있다. 악인형 인물의 경우에도 비록 정형화되어 있긴 하나 작품에 따라 약간의 차이를 보이기에 함께 고려하기로 한다.

(1) 조롱과 풍자

소인형 장인인 한제는 상하 간의 구별이 없을 정도로 상층으로서의 권위를 지니지 못 한다. 온갖 추비한 행동을 할 뿐만 아니라 "원래 한공은 흐린 사람이라 노복奴僕으로 더불어 벗 같더니"134)라는 대목에서 볼 수 있듯, 그는 비복들과 벗을 삼아 어울림으로써 상층으로서의 권위를 지니는 인물과는 거리가 멀다. 그렇기에 "하배下輩들에게도 견모見侮함"135)을 입는다. 이처럼 그는 집안 즉 사적 영역에서 상층으로서의 존경을 전혀 받지 못하고 있다.

이는 한제가 불교 혹은 무속을 무조건적으로 숭상하는 대목에서도 마찬가지이다. 한제는 집안의 좋지 않은 일이 생기거나 바라는 바가 있을 때면 항상 청운사 부처에게 가서 기도한다. 아들 한창영이 화려함을 피해 고기를 먹지 않자 한제는 그 부인과 함께 자식이 탈날까 "청운사에 자손子孫의 만당滿堂함"136)을 기도하고, 우겸이 공사 일이 밀리어 있는 관계로 파직했던 한제를 복직시키자 "부처의 영험靈驗이 여차如此하"137)다고 감탄하며, 며느리 장난희가 자식을 낳게 되자 발 구르고 손뼉 치면서 "이 손자孫子 얻기는 내 덕이라 원조元朝에 청운사 수륙水陸하고 기도하였더니 아이 생겼으니 끝끝내 내 공功이라"138)라고 좋아한다. 심지어 아직 태어나지도 않은 손자를 위해 선친先親이 생전에 "동표서박東漂西泊"139)해야 했던 설움을 위로해야만 한다 하면서 무당을 불러 온갖 잡술雜術을 행하기까지 한다. 즉 자신이 잘 되기만을 바라며 불교 혹은 무속에 의존하는 즉자적인 차원에서 이들 종교를 숭상하고 있기에 그

---

134) 『창란』 3권, 264면.
135) 『창란』 4권, 312면.
136) 『창란』 3권, 265면.
137) 『창란』 3권, 265면.
138) 『창란』 12권, 603~604면.
139) 『창란』 12권, 606면.

수준이 일반 백성들의 소박한 민간신앙의 수준을 벗어나지 못하고 있다. 이러한 부분은 당대의 기본질서에서 벗어난 국면일 뿐만 아니라 매우 경박하고 신중치 못한 면모를 보이고 있기에 주목된다.

『완월』에서도『창란』에서와 마찬가지로 집안의 화복禍福에 관련된 일이면 모두 부처에게 의지하고자 하는 인물이 나온다. 그런데 이는 여주인공의 부친이 아닌 모친에 해당한다. 여주인공의 모친 박씨는 불교의 교리를 진정으로 이해하고 믿기보다는 다른 사람을 모해하기 위한 계책으로 이용하는 가운데 종국에는 가짜 중에게 속기까지 한다. 그런데 여타의 대하소설에서도 아녀자들의 경우에는 불교 혹은 무속에 탐닉하거나 가승假僧 혹은 요도妖道에 미혹되어 실수를 하는 경우가 종종 있기에『완월』에서 박씨가 불교에 침혹하는 대목은 큰 문제가 되지 않는다. 이는 속 좁은 아녀자의 처신을 형상화한 것일 따름이다. 그런데『창란』에서는 상층 사대부인 장헌이 불교를 경박하게 맹신하고 있다는 점에서 문제적이다. 대부분의 대하소설에서 상층 남성이 불교를 맹신하는 양상은 거의 볼 수 없기 때문이다.

물론『완월』에서도 소인형 인물인 장헌이 원사寃死한 며느리 여씨가 극락왕생하도록 불사佛舍에 축원하는 대목이 마지막에 한 번 나오긴 한다. 그러나『완월』의 장헌은『창란』의 한제처럼 즉자적으로 불도를 숭상한다거나 잡술을 행하는 등의 모습을 전혀 보이지 않는다. 장헌은 억울하게 죽은 여씨의 넋을 위로하는 한편 자신의 지난 날 잘못을 회과하면서 불교의 예식에 참여한다. 따라서 불교 예식을 치루는 과정은 엄격한 절차를 거치는 가운데 비장미마저 느끼게 한다. 자기 자신을 구제함은 물론 업을 쌓고 죽은 여씨마저도 구원하면서 진정한 불법의 진리를 실천하고 이에 일반 백성들까지도 감화시키게 된다.140) 인간의 죽음과

---

140) "공이 가정家丁을 명하여 고중庫中의 누만재산累萬財産을 내어 수레에 싣고(…중략…) 자가自家의 과악過惡을 참회懺悔하여 마음을 고쳐 행실行實을 닦음을 경계警戒하고 여씨의 혼백魂魄을 제도하여 극락정토極樂淨土에 왕생往生함을 축원祝願함에 사의辭

관련해서 행해지는 특별한 불교적 의례에 관한 대목에서만 장헌이 불교에 귀의하는 모습이 보이며 이러한 장면이 매우 엄숙하게 형상화되고 있다.

이처럼 『완월』에서의 장헌의 모습은 『창란』에서 자기 일신의 안위를 위해 일상사의 모든 일마다 경거망동하게 불교 혹은 무교에 무조건적으로 매달리는 한제의 모습과는 좋은 대조를 이룬다. 『완월』에서의 장헌은 불교의 깊은 교의를 진정으로 이해하는 수준 높은 모습으로 형상화되어 있다면, 『창란』의 한제는 불교에 귀의하기보다는 즉자적인 형태로 불교에 매달리는 수준 낮은 형태로 형상화되고 있는 것이다.

이는 공적 영역과 관련해서도 마찬가지이다. 한제는 다음과 같이 상소문을 쓰기는커녕 거기에 쓰이는 기본적인 상투구조차도 잘 알지 못할 정도로 무지한 인물로 형상화되어 있다.

> 장두를 독당獨當하여 신원伸寃하면 상급賞給이 있을 듯한지라 흔연欣然히 왈曰 "내(한제) 문채文彩 너만 못하니 네 초草 잡으라." 생(한창영)이 기꺼(이) 필연筆硯을 나와 경각頃刻의 초草하니 초의 왈 "(…중략…) 엎드려 바라옵나니 신의 가자加資와 벼슬을 다 드려 장두의 원사寃死함을 갚으리이다." 한공이 보다 일오되, "글은 문채 좋거니와 그다지 나의 가자 드리도록 하리오?" 생이 그 부친의 거동 우스운지라 강잉强仍 대왈對曰 "본대 상소上疏 중 예사말이니 과도過度할 바가 아니니다."
>
> ─『창란』 4권, 321~322면

한창영이 부친 한제로 하여금 장두를 신원토록 상소를 올릴 것을 청

意가 십분 비절悲絶하니 (…중략…) 본암本庵에 이르러 혜심에게 뜻을 부탁하니 즉시 택일擇日하고 정심치재貞心致齋하여 일자日字를 기다려 이미 다다름에 장공의 준 바 금은金銀을 내어 수륙도장水陸道場하니 (…중략…) 법좌法座를 높이 베풀고 손으로 온주溫州를 두루며 입으로 존서尊書를 추념追念하며 삼차三次의 정법正法을 증명證明함에 제천제일祭天祭日은 도관道觀으로 더불어 한가지로 밝았으며 보개자운寶蓋紫雲은 덕화를 널리 덮었으니 (…중략…) 원근遠近이 분좌分坐하여 (…중략…) 법지法志를 구하는 자者가 수풀 같더라."(『완월』 172권, 12책, 144면)

하니 한제는 상을 받을까 하여 상소를 올리려 한다. 그러나 자신이 문채가 좋지 못하다면서 그 아들 한창영에게 쓰게 한다. 이에 한창영이 그 글을 초잡아 쓰고 나자, 한제는 말미 부분의 "가자加資와 벼슬을 다 드려"라는 대목을 보고 놀라서 자신의 벼슬을 다 바쳐야 할까 두려워 아들에게 그렇게까지 쓸 필요가 있겠느냐고 묻는다. 이에 한창영은 부친의 거동을 우스워하며 상소 중에 흔히 쓰이는 말이니 염려할 바 없다고 대답한다.

이러한 대목들은 한제가 벼슬에 대한 욕심이 지대함을 보여주는 한편, 상소문의 기본적인 관용구조차 제대로 알고 있지 못하는 무지한 인물임을 단적으로 보여준다. 상층으로서의 기본적인 학식을 갖춘 인물과는 거리가 먼 것이다.[141]

이러한 제 양상들을 통해 볼 때 한제는 상층으로서의 품위와 격식을 지키는 인물이기보다는 평범한 백성들의 의식수준을 벗어나지 못하는 인물이다. 이는 『창란』에서 상층의 인물들을 존경해야 할 대상으로서 형상화하기보다는 일반 백성들과 거의 동일한 인물로서 형상화하고 있음을 엿볼 수 있게 한다. 이러한 모습을 통해 상층으로서의 지각 있는 모습은 사라지게 된다. 사적 영역, 공적 영역 모두를 통틀어서 말이다.

물론 한제가 소인형 장인이라는 인물이기 때문에 이렇게 그려졌을 것이라는 점은 간과할 수는 없지만, 같은 소인형 장인이라 하더라도 『옥원』·『완월』에서의 소인형 장인과는 상당한 차등을 지니게 되기에 이를 주목할 필요가 있는 것이다. 이러한 한제의 모습을 통해 볼 수 있듯, 『창란』에서는 집권층의 상층으로서의 자격을 좀처럼 인정하지 않는 가운데 고위관료에 대한 '조롱과 풍자'가 생생하게 드러나고 있다.

---

141) 이러한 무지한 인물로 형상화되어 있기에 "한공은 본대 국사國事에 부지런하고 권변權變이 있어 (…중략…) 태학사太學士 우겸于謙이 경패京霸에게 주달奏達하여 요긴한 벼슬을 다 맡기니"(『창란』 1권, 51면)라는 대목은 한제의 요령 있는 처세술을 보여주는 것으로 상층으로서의 한제의 품격을 인정하는 것과는 상당부분 거리가 있다.

(2) 소인당에의 경계

『옥원』에서 소인형 장인인 이원외에 대한 형상을 살펴보면, 『창
란』의 한제처럼 상층으로서의 권위가 아예 무시되고 있지는 않다. 다음
과 같이 집안에서는 그 권위를 어느 정도는 인정받는다.

> 차공此公이 일단 장처長處가 있으니 및 취렴聚斂하는 사이에 기탁寄託한 사
> 람을 신용信用하여 출입유무出入有無를 가벼이 책망責望치 아니하니 비록 난종
> 지청難從之請이라도 문득 윤종允從하여 자기 살을 베여도 아끼지 아니하는 성
> 정性情이 있으니 가히 오기吳起의 임진臨陣하여 군사軍士를 창구瘡口 연저吮疽
> 하여 중심衆心을 진정鎭定하는 병법兵法과 슬기 있는지라. 고故로 비복婢僕이
> 혈충성력血忠誠力하니 거산만재巨産萬財를 이룬지라.
>
> ―『옥원』 11권, 80~81면

윗대목에서 볼 수 있듯, 이원외는 수하인을 신뢰하고 그들의 의견을
잘 수용하는 장점을 지니고 있기에 비복들 또한 충성하게 된다. 『창
란』의 한제와는 달리『옥원』의 이원외는 집안에서는 즉 사적 영역에서
는 상층으로서의 권위를 인정받고 있다.

그러나 집안에서의 이러한 모습과는 달리 대외적인 영역에서는 전혀
그 권위를 인정받지 못한다. 그는 글 하나 제대로 짓지 못하는 무능한
관리로 형상화되어 있다.

> 어시於時에 이공公이 흥興을 띠어 반강으로 향함에 멀리 눈을 드니 춘색春色
> 이 담담淡淡하여 강수江水가 깁을 편 듯한데, 양류楊柳는 금사金絲를 드리우고
> 꽃은 수장繡帳을 친 듯 풍색風色이 요조窈窕함에 토장(土臟, 토목심장土木心臟
> 의 준말)이 우흥寓興하여 시詩를 짓고자 하나 선공先公의 문재文才가 다 소멸消
> 滅하여 한 조각도 이르지 않았으니 본대 일자一字를 부지不知하고 이욕利慾에
> 탱중撑中하였으니 비록 좋은 경景을 본들 무엇으로 글을 지으리오? 거짓 입으
> 로 흥얼거리되 한 짝도 생각지 못하고
>
> ―『옥원』 5권, 465면

위의 대목에서는 좋은 경치를 보고 시를 지으려 해도 일자무식一字無識
이기에 한 구절도 짓지 못하고 입으로 흥얼거리는 체만 하는 이원외의
가식적인 모습이 잘 형상화되어 있다. 이러한 모습은 상소문을 짓는 대
목에서도 되풀이된다. 여혜경이 소세경을 자신의 사위로 맞이하는 일을
이원외에게 주선하게 한다. 그러나 소송이 이를 거절하자 이원외는 여
혜경에게 야단맞을까 두려워 거짓으로 소송이 산중의 요도와 결탁하여
역모를 꾸몄으니 그런 집안과 사돈을 맺는 것이 불가하다고 한다. 여혜
경은 이원외의 말이 믿을 만하지 못하다는 것을 알면서도 이러한 소문
으로 소송을 참소키 위해 자신이 대략적인 글을 지어 이원외에게 주면
서 소송을 고변하는 상소문을 지어오게 시킨다. 그런데 이때에도 이원
외는 "글을 지어 가지고 명일明日의 상소上疏하려 (하나) 제 글을 못함에
문의文義를 모르고 하여 이 위불위爲不爲 날까 여겨 소초疏草를 가져 흥얼
거리"142)기만 할 뿐, 글 하나 제대로 짓지 못한다.143)

글 하나 변변히 짓지 못하는 이러한 모습은 이원외의 소인됨을 강조
하여 그려내기 위한 하나의 수단이라고 볼 수도 있다. 그런데 앞서 살
펴본『창란』에서도 이런 모습이 드러나기는 하지만,『옥원』에서만큼 두
드러지게 형상화되지는 않고 있다. 한편『완월』의 경우에는 소인형 장
인의 어진 관리로서의 모습이 두드러지게 나타난다.144) 이와는 달리
『옥원』에서 유독 이원외가 관리로서의 능력이 떨어지는 부분에 대한
대목이 많이 드러나고 있다. 이는『옥원』에서 비록 상층으로서의 이원
외의 모습은 어느 정도 인정하지만, 관리로서의 자격은 거의 인정하지
않고 있음을 잘 보여준다.

특히 주목해야 할 부분은『창란』의 한제,『완월』의 장헌이 처음에는

---

142)『옥원』7권, 170면.

143) 이원외가 문리가 트이게 되는 것은 개과한 뒤에 그 아들 이현윤에게 글을 배우게
된 뒤의 일이다.

144)『완월』에서 소인형 장인이 어진 관리의 전형으로서 그려지는 부분에 대해서는 바로
뒤에서 자세히 살펴보기로 한다.

매우 빈궁한 가문의 출신으로 출세한 후 이전의 처지로 전락하지 않기 위해 소인행을 일삼는 것과는 달리, 『옥원』의 이원외는 처음부터 매우 혁혁한 집안의 출신임에도 불구하고 탐욕에 물들어 소인형 인물로 전락하는 것으로 형상화되어 있다는 점이다.

『창란』과 『완월』의 소인형 인물인 한제/장헌은 그 부모가 비록 양반이나 생계를 이어나갈 수조차 없어 구걸하면서 떠도는 유민流民으로 등장한다. 다행히 남주인공 가문에서 이들을 구해주고 그 아들인 한제/장헌도 잘 길러 입신시켜 주지만, 한제/장헌은 한미한 가문 출신이 지니는 소심함을 계속해서 지니고 있게 된다. 그것이 곧 이들을 소인으로 만드는 주된 원인으로 작용한다. 부모가 일찍 죽고 형제도 없는 고로여생孤露餘生으로 위기에 처하면 구해줄 사람이 없을 뿐만 아니라 후사後嗣가 끊어지게 됨에 어쩔 수 없이 소인행을 할 수밖에 없는 것으로 설정되어 있다.

이에 반해 『옥원』의 소인형 인물인 이원외는 명문가 자제임에도 불구하고 소인형 인물로 전락하는 인물로 형상화되어 있다. 당대의 명사名士인 이문정공이 그 아들 이원외가 노둔한 인물임에도 욕심을 내어 겉으로는 과도하게 책하며 안으로는 자애가 심하여 자신은 청검淸儉하면서도 자식에게는 절검節儉치 못하였기에 이원외는 비뚤어지게 되는 것이다. 더욱이 이문정공 문하의 가신家臣들이 기리는 첨사詔事에 물들어 이원외는 문식文識이 무너지고 탐욕에 물들게 된다. 특권층이 지닌 그 특유의 안일주의와 물욕, 그리고 지나친 기대심리에 의해 문제가 발생하는 양상을 잘 보여주고 있다.

이원외뿐만 아니라 당대의 실권자인 왕안석의 아들 왕방 또한 부모의 지나친 사랑과 주변 사람들의 떠받듦에 의해 버릇없고 탐욕에 물든 인물로 전락해 가는 인물로 나온다. 그 버릇없기가 "아비 나룻을 잡고 입 맞추며"145) 말을 할 정도이다. 이는 고위직을 차지하고 있는 집권세력의 기본적인 자질을 문제 삼는 부분이라 할 수 있다.

이처럼 『옥원』에서는 집권층의 관료로서의 자질에 대해 강력하게 비판하고 있는 가운데 그것이 지배층 내부의 근본적인 문제와 맞닿아 있음을 선명하게 보여주고 있다. 세 작품의 소인형 인물 가운데 특히 이원외는 권력을 차지하기 위한 과정에서 가장 비루한 인물로 형상화된 점 또한 이와 관련된다. 그는 좀 더 높은 자리를 얻기 위해 왕방 앞에서 굽실거리다가 똥이 든 음식까지도 마다하지 않고 먹는다. 기본적인 인격도 갖추지 못한 채, 탐욕과 비리에 물들어 있는 집권층의 모습을 여지없이 보여주고 있는 것이다. 마찬가지로 당대 정계의 핵심인물인 여혜경 등도 한 치의 인간적인 매력도 없는, 전형적인 권간權奸의 이미지로 그려지고 있다.

물론 『옥원』에서 집권세력에 대한 일방적인 비난의 시선만을 던지는 것은 아니다. 『옥원』은 여타의 소설과는 달리 왕안석에 대한 긍정적인 측면을 부각시킴으로써 주목을 받은 작품이다. 그런데 왕안석이 긍정적인 인물로 형상화될 때에도 사적인 차원에서의 모습일 뿐, 관리로서 그려질 때는 그가 주장하는 신법에 대한 강력한 비판이 제기되는 데서 알 수 있듯 문제적 인물로 등장한다. 따라서 이는 집권층에 대한 옹호적인 시선과는 거리가 멀다. 이는 선행연구에서 지적한 바 있듯, 사적인 차원에서의 허용일 따름이다.146)

뿐만 아니라 왕안석에 대한 긍정적인 평가는 남주인공 가문이 복귀하는 과정에서 어쩔 수 없이 그의 신세를 지는 것과 일정 정도 관련이 있기에 이를 지배세력에 대한 긍정적인 시선이라고 보기는 어려운 감이 적지 않다. 남주인공의 부친 소송이 복귀하게 되는 것은 같은 당파인 구법당파의 힘에 의해서가 왕안석의 주선에 의해 이루어진다. 즉 남주인공 가문이 속한 세력이 미약하기에 어쩔 수 없이 반대당파의 신세를 질 수밖에 없는 상황과 관련되는 것이라 할 수 있다.

---

145) 『옥원』 3권, 132면.
146) 이지하, 앞의 글, 2001, 27~32면.

이처럼 『옥원』에서는 소인형 장인이 집안에서는 어느 정도 권위 있는 인물로 형상화되지만, 고관으로서의 모습일 때는 전혀 자격미달인 인물로 형상화되고 있다. 사적인 영역에서는 그 권위를 인정받지만 공적인 영역에서는 전혀 그 권위를 인정받지 못하는 것이다. 따라서 『창란』에서처럼 상층으로서의 자격 자체를 아예 인정하지 않는 것은 아니지만 집권층으로서의 행정 능력이 미달됨을 적나라하게 보여줌으로써 집권층에 대한 강한 비판이 제기되고 있다.

단지 이원외뿐만 아니라 왕방을 비롯한 가식적이고 버릇없는 소인형 인물들이 집권층의 한 자락을 차지하고 있는 모습을 적나라하게 형상화함으로써 이들 계층에 대한 비판적 태도를 드러내고 있는 것이다. 비록 집권층 전체를 소인당으로 규정하는 것은 아니지만 이런 소인형 인물의 형상이 부각되는 가운데 『옥원』에서는 이들에 대한 비판적 시선이 강도 있게 형상화되고 있다. 이에 따라 집권층은 소인당으로의 경사傾斜를 보이고 있다. 『옥원』은 소인형 인물들이 득실대는 집권층에 대한 경계의 시선을 보내고 있는 것이다.

(3) 군자당의 세계

『완월』에서 집권세력에 빌붙어 그 한 자리를 차지하고 있는 장헌과 집권세력의 최상위를 차지하고 있는 여원홍 등에 대한 형상화를 살펴보면, 이들은 비록·소인형 혹은 악인형 인물로 등장하고 있긴 하지만 집안에 있을 때의 모습과 중책을 맡은 고관으로서 그려질 때의 모습은 확연히 다르다.

먼저 소인형 인물인 장헌에 대해 살펴보면, 그는 온갖 비루한 행실을 일삼는 인물로 여러 대목에 걸쳐 희화화되고 있으면서도 지방관으로 나갔을 때는 놀라울 만큼 뛰어난 인물로 형상화되고 있다.

① 그대는 진실로 중청폐목重聽廢目이로다. 예부상서禮部尙書 태학사太學士 집금오執金吾 장노야老爺시니 기강紀綱이 흉한兇悍하므로 인하여 도적을 정征하며 백성을 안무按撫코자 자원自願하여 이르셨으니 한갓 소소小小한 안찰사按察使가 아니라 진유자眞儒者시니 아직 이 땅을 디디지 못하셨으되, 덕대천지德大天地하고 명합일월明合日月하여 은급고골恩及枯骨하며 의급근충義及近忠하시니 존성대명尊姓大名을 뉘 모르리오, 휘자諱字가 헌이라.

—『완월』 16권, 2책, 15면

② 장공公이 치송결옥治訟決獄함을 듣건대 과연 밝고 자상仔詳하여 각박刻薄하며 가찰苛察함이 없이 너그럽고 유덕有德하니 높이 이를진대 위덕威德이 병행倂行에 청망淸望이 울연蔚然하여 족足히 화이華夷라도 진복震服할 바이오 낮게 이를진대 군읍郡邑 현관賢關이 되어 황패黃覇의 애민선정愛民善政을 효칙效則할 바이니 치정治政인즉 밝은 군자君子와 착한 장부丈夫라도 이에 더할 것이 없는지라. 반일지내半日之內에 뫼 같이 밀린 공사公事를 처결處決하되, 이민里民이 다 한가지로 복복服服 흠앙欽仰하니 거의 형벌刑罰에 나아가며 이에 내리는 유類라도 한恨하고 원怨할 것이 없더라.

—『완월』 16권, 2책, 21면

①은 정인광이 조주 낙성촌에 새로 올 안찰사에 대해 묻자 그곳 백성 가운데 한 사람이 안찰사로 부임하게 될 장헌에 대해 설명하는 대목으로, 백성들의 장헌에 대한 평가를 엿볼 수 있다. 장헌이 안찰사로 부임하여 공사公事를 처리하기도 전에 이미 그간의 선정善政이 백성들 사이에 널리 알려져 있기에 백성들은 그를 "진유자眞儒者"로서 떠받든다.

②는 장헌이 실제로 조주의 백성들에게 선정을 베풀자 백성들이 그 덕을 칭송하는 대목으로, 장헌의 공명정대함과 유덕함을 유감없이 보여주고 있다. 은혜를 저버리고 자신의 안위와 출세만을 위해 갖은 비루한 행실을 서슴지 않았던 장헌이 어진 관리의 전형으로서 등장하고 있는 것이다. 이러한 대목들은 대부분의 대하소설에서 남주인공의 부친 혹은 남주인공이 안찰사로 나갔을 때 백성들이 그 덕을 흠앙하는 대목과 흡사할

정도로, 장헌의 선관善官으로서의 모습을 극대화하여 보여주고 있다.

실제로 장헌은 백탁설·백무설 형제와 관련된 소송을 처리하는 장면에서 그 유덕한 모습을 유감없이 보여준다. 백탁설·백무설 형제가 가난으로 인해 형제끼리도 서로 반목하여 작은 재화財貨를 놓고 형이 동생을 고소하는 지경에까지 이르렀는데, 장헌은 이들 형제에게 먹을 양식을 주고 형제끼리 우애 있게 지낼 것을 당부한다. 기아로 인해 형제끼리도 반목할 수밖에 없는 상황을 이해하고 이들의 송사를 관대하게 처리한 것이다. 작품의 말미에서 이들이 우애 깊은 형제로 변해 있는 모습을 보여줌으로써 장헌의 판결이 옳았음을 잘 보여준다.

『옥원』에서도『완월』과 흡사하게 기아로 인해 반목하는 오소일·오소이 형제에 관한 사건이 나온다. 그런데 이들 형제에 대해 남주인공인 소세경은 오소이를 처형處刑하는 등 가혹한 판결을 내림으로써 후에 스스로 자신의 처결에 대해 후회를 하게 된다. 자신만 혼자 먹고 늙은 형 오소일에게 먹을 것을 주지 않는 동생 오소이를 죽여 백성들에게 귀감을 보여주려 했는데, 이 일로 말미암아 오소이의 아들이 소세경에게 원수를 갚으려 하는 등 좋지 않은 일들이 발생하게 된다. 이에 소세경은 자신이 백성들의 처지를 제대로 이해하지 못하고 가혹한 처사를 내린 것을 후회한다.

『옥원』에서는 소세경이 남주인공임에도 불구하고 미숙한 판결을 내리는 것과는 달리,『완월』에서는 소인인 장헌마저도 이처럼 명철한 판결을 내리는 것으로 형상화된 점은 매우 대조적인 국면이라 할 수 있다. 이처럼『창란』·『옥원』과는 달리,『완월』에서는 소인형 인물이 관리로 등장할 때는, 집안에 있을 때와 전혀 다른 모습으로 일종의 '변신'을 하는 양상을 눈여겨볼 필요가 있다.

이는 내면적 자질의 측면뿐만 아니라 외면적 형상에서도 마찬가지이다. 장헌이 관리로 등장했을 때의 모습은 평소의 모습과 매우 다르다. 정인광의 친우親友인 한수전이 "어깨를 으쓱이고 눈썹을 춤추며 턱을 높이 들고 순협脣頰을 크게 열며 나룻을 어루만져 절절節節이 어리석고 눈치를 모르는 말을 그치지 아니"147)하며 장헌의 모습을 흉내내는 것에서 볼 수 있듯, 장헌은 그 외양 또한 평소에는 경박하고 비루하기 그지없다. 정인광이 한수전에게 "졸연猝然이 풍증風症에 들렸느냐, 어이 어깨를 가만히 두지 못하느뇨? 그 거동이 한번 보기도 절통切痛 가해可駭하거늘 어찌 다시 입내내어('흉내내어') 두 번 보고자 뜻이 있으리오? 진실로 비위脾胃가 좋다 하리로다"148)라고 말할 정도로 장헌의 비굴하고 가식적인 모습은 차마 보기 민망할 정도이다. 그런데 장헌이 관리로 등장할 때에는 다음과 같이 전혀 다른 모습으로 형상화된다.

> 장상서尙書가 거상車上에 단좌端坐하였으니 풍화豊華한 용의容儀는 화란춘성花爛春城에 만화萬花가 쟁발爭發함이오, 늠름凜凜한 신채神彩는 일만一萬 버들이 동풍東風에 휘두르니 언건偃蹇하야 장자長者의 체體요, 기려奇麗하여 재상宰相의 위의威儀라. 화기和氣 만면滿面하고 복기福氣 성인成人하니 풍만豊滿한 양협兩頰은 채화彩花와 오악五嶽을 상像한 얼굴이 족足히 부귀富貴를 누리며 녹祿이 자손子孫에 미칠 상격相格이라.
>
> —『완월』 16권, 2책, 16면

위의 예문에서 볼 수 있듯, 장헌이 관리로서 등장할 때는 가장 이상적인 외모를 지닌 인물로서 형상화되고 있다. 품격 있고 복된 인물의 전형으로서 그려지고 있는 것이다. 『창란』・『옥원』에서는 이러한 장면이 전혀 보이지 않는다. 더욱이 『완월』에서는 비록 겉으로 드러나는 행실은 비루하지만 위의 예문을 통해 볼 수 있듯 그 인물은 준수한데 반해, 『창란』・『옥원』에서는 그 행실이 비루할 뿐만 아니라 그 못생긴 외면으로 인해 소인형 장인의 모습이 더욱 희화화되어 있다.149)

---

147) 『완월』 58권, 4책, 405면.
148) 『완월』 58권, 4책, 405면.
149) 『창란』과 『완월』 모두 소인형 장인은 못 생긴 인물로 그려져 있는데 특히 『옥원』의

이러한 장면은 일차적으로 『완월』이 외모는 준수한데 그 행동이 비루한 인간을 그려냄으로써 대부분의 소설에서 볼 수 있는, 내면과 외면을 일치시키는 단순구도에서 벗어나고 있음을 보여준다고 볼 수 있다.150) 그런데 소인형 인물의 군자형 인물로의 변신이 유독 관리로 등장할 때만 이루어진다는 점에 주목할 때, 이러한 대목들은 또 다른 의미를 함의한다고 볼 수 있다. 이는 외면적 모습에서의 '변신' 뿐만 아니라 앞서 살펴본 바대로 내면적 자질에서의 '변신'도 마찬가지이다.

이러한 대목들은 『완월』에서의 집권세력에 대한 인식의 한 지점을 읽을 수 있는 부분이 아닌가 생각한다. 평소 사적인 자리에서는 장헌을 소인형 인물의 전형으로 그릴지라도 그가 고관으로서 등장할 때는 그 품격을 조금도 손상시키지 않는다.

이는 권간權奸인 여원홍이란 인물의 형상화에서도 마찬가지이다. 여원홍은 비록 암험한 인물의 전형으로 그려지고 있으나, "공(여원홍)이 비록 암험暗譣하나 당당堂堂한 기실其實 명공名公으로 거천하지광지居天下之廣地하고 행천하지대도行天下之大道하는 장부丈夫니 어찌 부인의 말을 들어 조지詔旨를 거역하고 정공의 의기義氣를 저버리리오?"151)라는 대목에서 볼

___

이원외의 경우에 이런 모습이 잘 드러난다. 이원외를 보면 "이공(이원외)이 (…중략…) 주묵朱墨 돋친 낯이 마치 번주홍燔朱紅 칠한 장승같으며 높은 가슴에 부른 배를 내밀고 (…중략…) 진주용문수珍珠龍紋繡 안장에 산호채를 잡고 반만 엎드려 앉았으니 광대도 같고 토지신土地臣도 같"(『옥원』 5권, 461면)다고 묘사한 대목에서 볼 수 있듯, 못 생긴 인물로 형상화되어 있다.

150) 『완월』은 인물 형상화 혹은 모티브 활용에서 이분법적인 구도를 벗어난 작품으로서 평가받고 있는 작품이다. 『완월』의 대표적인 악인형 인물인 소교완은 비록 악인이긴 하나 미모와 행실이 매우 빼어난 인물로 등장한다(정병설, 앞의 책, 1998). 또 미혼단迷魂丹, 개용단改容丹 등의 요약妖藥 모티프의 활용에서도 여타의 작품에서는 악인형 인물만이 이를 사용하는데 반해, 『완월』에서는 선인형 인물도 요약을 적극적으로 활용하여 범인을 찾아내고 악인형 인물을 골탕먹이는 데 활용하고 있다(졸고, 「『완월회맹연』의 모티프 활용 양상 연구」, 『성심어문논총』 26, 성심어문학회, 2004b). 이런 점들은 『완월』이 인물과 모티프를 형상화화는 데 이분법적인 구도에서 벗어나 현실감 있는 설정을 하고 있음을 보여주고 있다. 소인형 장인의 경우도 비록 못난 인물로 등장하긴 하나 관리로 등장할 때는 인품과 외모가 빼어난 인물로 형상화되는 점 또한 이런 점과도 상통한다 할 수 있다.

수 있듯, 나라의 큰 관리이기에 도량이 큰 인물로 형상화되어 있다.

이처럼 『완월』에서는 소인형 혹은 악인형 인물이라 할지라도 그들이 고관으로서의 위치와 연계되어 있을 때는 그들에 대한 형상화가 매우 긍정적으로 바뀐다. 비록 사적 영역에서는 결함을 지닌 인물이라 할지라도 공적 영역에서는 모두 군자로 바뀌는 것이다. 이는 공적 영역 즉 정치적 영역에서는 집권층을 군자로 가득한 '군자당의 세계'로 그려내려는 의도를 보여주는 대목이라 할 수 있다. 이를 통해 집권층에 대한 우호적인 시선을 엿볼 수 있다.

요컨대, 『창란』에서는 왕실의 권위를 인정하지 않거나 고위관료에 대해 그 품위를 인정하지 않고 희화화함으로써 지배세력에 대한 만모侮慢의 태도를 강하게 드러내고, 『옥원』에서는 임금의 정국 운영 능력과 고위관료의 관리로서의 자격에 대한 가혹할 만한 불만과 냉소를 담아냄으로써 지배세력에 대한 강력한 비판을 제기하고 있으며, 『완월』에서는 임금에 대해 그 결함을 최소화하고 소인형 장인마저도 관리로 등장할 때는 현관賢官으로 그려냄으로써 지배세력에 대해 우호적 태도를 견지하고 있다.

---

151) 『완월』 169권, 12책, 67면.

제5장 의식성향과 향유층위

이 장에서는 『창란』·『옥원』·『완월』의 윤리의식과 정치의식을 총
괄해서 세 작품의 의식성향을 종합적으로 고찰해 보기로 한다. 앞서 살
펴본 것처럼 세 작품은 윤리의식과 정치의식에 있어서 상당한 차이를
보이고 있다. 내용이 다른 작품들 간에 이와 같은 차이가 존재한다면
이는 당연한 일일 수도 있으나, 흡사한 내용을 지닌 작품들 간에 이런
차이가 존재하기에 흥미롭다 할 수 있다.

이처럼 세 작품은 대하소설의 '유형성類型性'에 대한 의미 있는 전범典
範을 제시하는 작품군이라 할 수 있다. 유사한 이야기 구조를 지니고 있
으면서도 각각의 독자적인 경지를 구축한 작품들인 것이다. 더욱 중요
한 점은 이들 세 작품을 통해 대하소설의 다양한 의식성향을 한 자리에
서 조망할 수 있다는 점이다.

그렇다면 세 작품에서 이러한 의식성향의 분화가 일어나게 된 원인
을 숙고해 볼 필요가 있다. 『사씨남정기』·『창선감의록』·『소현성록』
등의 17세기 장편소설에서는 가문의식의 강화, 예교주의의 강화 등 상
층 집단의 단일한 세계관을 보여준다. 예학禮學의 성숙과 예송禮訟 논쟁
등의 정치상황, 친족구조의 변화와 문벌의식의 강화, 정표旌表정책과 교
훈서의 보급 등이 이들 작품의 출현 배경이 되었던 것이다.[1] "17세기
장편소설에 이르러 소설은 '지배 이데올로기' 유포의 유력한 수단으로

탈바꿈하게 되었다”[2]는 최근의 논의에서도 볼 수 있듯, 대하소설의 형성기라 할 수 있는 17세기에 대하소설은 최상층 사대부인 상층 집권층의 의식을 주로 담아내게 된다.

이에 반해 18세기에 창작된 것으로 추정되는 『창란』·『옥원』·『완월』 세 작품에서는 유사한 구조를 지님에도 그 의식층위가 다변화되고 있다. 그런 가운데 이전의 소설에서는 보이지 않던, 주로 하층이 향유한 영웅소설에서나 볼 수 있는 '유리 모티프'까지 도입되고 있다. 그렇다면 그 이유는 무엇일까? 흥미를 배가하기 위한 소재의 다변화, 영웅소설과의 교류의 가능성 등 다양한 원인을 생각해 볼 수 있겠으나 가장 중요한 원인은 향유기반의 차이와 밀접한 관련이 있으리라 생각한다. 작품의 내용과 향유층을 일대일로 대응시키는 것은 위험한 일일 수 있으나, 향유층의 의식이 어떠한 형태로든 작품 속에 녹아들 가능성까지 배제할 수는 없는 것이다.[3]

이처럼 17세기 대하소설과는 달리 『창란』·『옥원』·『완월』 등의 18세기 대하소설이 질적인 변화를 보이고 있다면, 거기에는 그 기저에서의 변화 즉 향유층의 변화라는 큰 흐름을 간과할 수 없다. 다행히 『창란』·『옥원』·『완월』 세 작품 각각은 아주 확실하진 않지만 그 향유기반을 추적할 만한 흥미로운 단서들이 존재한다. 이러한 단서들을 토대로 세 작품의 향유층에 대해 검토해 보기로 한다. 작가층 혹은 독자층

---

1) 이수봉, 「가문소설연구」, 『동아논총』 15, 동아대, 1978; 송성욱, 「가문의식을 통해 본 한국고전소설의 구조와 창작의식」, 서울대 석사논문, 1990; 진경환, 「『창선감의록』의 작품구조와 소설사적 위상」, 고려대 박사논문, 1992; 박영희, 「『소현성록』 연작 연구」, 이화여대 박사논문, 1993; 이승복, 「조성기와 창선감의록」, 『고전소설과 가문의식』, 월인, 2000; 정길수, 「『구운몽』의 독자는 누구인가」, 『고소설연구』 13, 한국고소설학회, 2002.

2) 정길수, 「17세기 장편소설의 형성 경로와 장편화 방법」, 서울대 박사논문, 2005, 243면.

3) 대하소설의 다층적 분화 또한 점차 시간이 흐르면서 계급적 의식만을 반영하기보다는 하나의 유형으로서 반복적으로 생산되었을 가능성도 없지는 않다. 하지만 적어도 세 작품처럼 매우 닮아 있으면서도 상당한 의식적 지향의 차이를 보인다면, 여기에는 향유층의 차이를 간과할 수는 없을 것이다.

에 대해서 고찰할 뿐만 아니라, 작품에서의 의식성향과 향유계층의 의식세계가 조응하는 양상까지 검토함으로써 그 둘 사이의 상관관계까지 구체적으로 고찰하기로 한다.

1. 의식성향

1) 여항인적閭巷人的 의식과 세태 묘사

『창란』의 가문 내적 갈등을 보면 주요인물들의 솔직한 본성뿐만 아니라 그 인간적 결함까지 여과 없이 드러나 있다. 이런 인물들을 중심으로 남녀 간의 노골적인 접촉을 그린 부분 등 예법에서 벗어난 부분들이 많이 나타나며, 도덕적 인과율에 긴박되어 있는 기존의 대하소설들과는 달리 이념성에서도 상당히 벗어나 있다. 결함을 지닌 인물이 결함을 지닌 채로 살아가는 점, 은원恩怨에 반비례해서 돌아가는 세태 등 탈이념적인 면을 드러내고 있는 것이다. 그런 가운데 가문 전체의 번영을 추구하기보다는 개인의 욕망을 더 부각시켜 형상화하고 있고, 가문에 대한 자긍심 또한 『옥원』·『완월』에 비해 현저히 저하되어 있다.

이는 『창란』이 관념적인 도덕률에 긴박되지 않고 일상적인 삶의 모습에 기울어 있으며, 가문의식을 고취하는 등의 집단적인 의식보다는 개개인의 욕망 쪽으로 경사되고 있음을 보여준다고 할 수 있다. 이처럼 『창란』은 이념적인 지향보다는 일상적인 세태 자체에 충실하면서 변화하는 사회상을 잘 반영하고 있는 작품이라 할 수 있다.

주인공 혹은 그에 버금가는 주요 인물들이 많은 결함을 노정露呈하고 있는 점 또한 일상성의 가치를 인정함으로써 이상형의 인물들 말고도 역사의 문면에 드러나지 않고 삶을 살아가는 대다수의 뭇 인간들이 소설의 주인공이 될 수 있다는 점을 실증하고 있으며, 실리實利에 따라 추세이욕趨勢移慾하며 애정의 이끌림에 따라 방황하는 인물들의 양태 또한 세정世情의 성쇠盛衰에 따른 인정人情의 반복反覆을 형상화함으로써 일상적 세태의 재현에 주력하고 있는 것이다.

이러한 일탈적 국면들을 통해 볼 때『창란』은 교훈성보다는 오락성을 추구하는 쪽으로 기울고 있음을 알 수 있다.『창란』에서 예법에서 벗어난 일탈적 국면을 통해 이성 간의 접촉을 그려내는 점 또한 통속적인 흥미를 자아내기 위한 의도가 녹아 있다고 할 수 있다.

『창란』의 이런 특징은 필사기를 통해서도 확인할 수 있다. 먼저 복선화음의 인과구도에서 벗어난 점은 다음의 필사기에 잘 드러나 있다.

> 디져大抵 칙冊이란 거시 션악善惡이 분명分明히야 보난 니로 하여금 경계警戒롤 홀 거시라 이 칙으로 말ᄒ면 훈시(한천희)를 비록 열부烈婦라 칭稱ᄒ나 가부家夫의기 불순불공不順不恭ᄒ야 학사學士(장희)로 ᄒ여 미양 중벌重罰이 이라기 ᄒ여 시부媤父(장두)로 방샤放肆ᄒ 근심을 깃쳐 홰과지심悔過之心의 이래지 못ᄒ니 엇지 유순졍디柔順正大ᄒ 슉녀淑女의 밋차리오 장공(장두)ᄋ('의'의 오기) 디셩쳥졀大聖淸節노 엇지 그 자부子婦의 □독불순□毒不順과 한공의 불학무도不學無道으로 그르리오마는 □□
>
> —서대석 소장본『창란호연록』6권[4]

장두의 높은 인덕으로도 그 며느리인 한천희의 불순불공不順不恭함과 그 사돈인 한공의 불학무도不學無道함을 개과시키지 못하고 작품이 끝나고 있으니 안타깝다고 필사자는 토로하고 있다. 당대 독자들 또한『창란』의 탈인과적 구조를 정확히 간파하고 있었던 것이다.[5]

---

4) 아직 소개되지 않은 자료이기에 원문을 그대로 인용하기로 한다. 이는 이후 다른 작품 혹은 다른 이본의 필사기에 관한 내용에서도 마찬가지이다. 영인影印되지 않은 자료의 경우, 원문을 그대로 인용하기로 한다.

5) 물론 이 독자는 이러한 인과구조의 탈피를 매우 못마땅하게 여기고 있다. 그러나 많

또 "자초自初부터 설화說話 우습고 또 미묘微妙한 고로 민멸泯滅함을 아
껴 특별히 전傳을 지어 후세인後世人이 보기를 힘써 후세의 전하노라"[6]
라는 연경도서관본 필사기, "추칙此冊 셜화說話 즉히 우습고 보암작ᄒ나
듕간中間니 권슈卷數 만니 업고 긋도 업셔 이둘"[7]다는 계명대본 필사기
등은 『창란』이 교훈보다는 흥미를 추구하고 있는 작품임을 보여준다.
　한편 가문 외적 갈등, 즉 정치적 갈등양상을 보면, 정치적 기반과 관
련하여 선조先祖의 대외적 사적이 거의 부재不在한 가운데 표면적으로는
최상층 가문이지만 그 이면은 고고孤孤하고 평범한 가문으로 그려져 있
었다. 특히 남주인공 조부에 대해 '장상서'라는 언급 이외에는 대외적
사적에 관한 언급이 전혀 없는 것은 대하소설에서 매우 이례적인 양상
이라 할 수 있다. 당대 상층으로서의 명문을 유지하기 위해 조상 행적
의 발굴을 중시했던 사대부 양반의 삶을 고려할 때, 이는 『창란』이 상
층의 의식을 형상화하는 것과는 거리가 멂을 잘 보여준다.
　정치적 부침 양상을 통해 드러나는 의식 또한 마찬가지이다. 위기 국
면에서는 단편의 영웅소설에서 주로 볼 수 있는 유리 모티프가 등장하
고 있었다. 그런데 유리 체험의 고난 속에서도 선비의식을 잃지 않는
『옥원』과는 달리, 『창란』에서는 고난 그 자체만이 강조됨으로써 '하층
체험'이 강조되고 있었다. 이 또한 작품이 그려내고자 하는 의식의 층
위가 혁혁한 상층 벌열의 의식세계와는 상당한 차이가 있음을 말해준
다 하겠다.
　복귀 국면에서도 당대 현실을 핍진하게 형상화하고 있는 『옥원』·『완
월』과는 달리 매우 피상적으로 형상화되어 있다. 이는 정치적 위기 국면
은 현실성을 지니나 그 복귀 국면은 비현실적인 단편의 영웅소설과 닮아

은 독자들은 오히려 이런 부분을 통해 『창란』에 매혹되었으리라 생각한다. 바로 뒤에
『창란』이 너무나 재미있다는 필사기의 기록을 통해 이를 확인할 수 있다.
　6) 연경도서관 소장본 『창란호연』 10권, 772면.
　7) 계명대 소장본 『창란호연록』 24권.

있다. 단편 영웅소설에서 남주인공 가문이 비록 표면적으로는 일시적으로 몰락했다가 화려한 복귀를 통해 상층가문으로 부활하는 모습을 보이고 있지만 그 이면의 모습을 꼼꼼히 살펴보면 실제로는 몰락 양반 혹은 평민층의 의식이 굴절되어 형상화된 것이라고 선행연구에서 논한 바 있듯,[8] 『창란』의 복귀 국면에서의 피상성 역시 이 작품이 실제로 상층가문의 정치적 복귀를 핍진하게 그리려는 의도와는 거리가 있음을 보여준다. 즉 이 작품에서 지향하고자 하는 정치의식은 실제 정치권력을 차지하고 있는 계층의 의식과는 그다지 관련이 깊지 않음을 말해준다 하겠다.

이러한 특징은 지배세력에 대한 시선에서도 계속해서 나타난다. 왕실이나 집권층의 정치적 처변處變에 대한 실질적인 비판보다는 단순히 그들을 조롱하거나 그 권위를 인정하지 않는 등 지배세력에 대한 모멸侮蔑적인 태도가 드러난다. 이러한 점들 또한 『창란』의 의식 층위가 실제 정치에 참여하고 있는 계층의 그것과는 다르다는 것을 은연중 말해주는 것이라 할 수 있다.

이처럼 가문 내적 갈등에서 보여지는 통속적이고 탈규범적인 세계의 재현과 애정에 기반한 개인의식으로의 경사, 그리고 가문 외적 갈등에서 드러나는 하층 체험의 부각, 정치 체험의 부재, 혹은 지배세력에 대한 모멸적 시선의 형상화는, 『창란』이 상층의 의식보다는 그 이하의 계층 즉 여항인閭巷人[9]의 의식에 경도되어 있는 작품임을 보여준다. 작품의 표면적 형태는 사대부 가문의 모습을 그리고 있지만 그 안에 담겨진 내용은 온전한 상층 양반의 모습이라기보다는 상층 이하의 의식에 가까운 부분이 많기 때문이다. 즉 『창란』은 일상적 세태의 재현을 통한 여항인적閭巷人的 의식의 재현에 충실한 작품이라 할 수 있다.

---

8) 서대석, 「군담소설 출현동인 반성」, 『고전문학연구』 1, 한국고전문학회, 1971; 박일용, 「영웅소설의 유형변이와 그 소설사적 의의」, 서울대 석사논문, 1983.

9) 서론에서 논한 바 있듯, 여항인閭巷人이란 서울의 중인층을 주로 지칭하면서도 이들과 같은 문화를 공유했던 유녀遊女, 부상富商, 일부의 몰락양반층도 포함하는 개념이다.

2) 상층上層 실세층失勢層의 방황과 고민

　『옥원』은 그 가문 내적 갈등을 살펴보면, 예법에서 일탈한 국면을 통해서 자극적 흥미를 강조하는 『창란』과는 달리, 예법에서 벗어난 행동을 보이던 인물들이 내적 성숙을 통해 이후 예법을 지켜나가는 과정을 형상화함으로써 예법에 대한 각성을 진지하게 표출하고 있다.

　이는 일상 대 이념의 관계에서도 마찬가지이다. 탈인과적인 구조를 통해 일상적 세태를 형상화하는 『창란』과는 달리, 『옥원』은 복선화음의 완정한 구조를 통해 도덕적 이념을 제시한다. 이는 『완월』과도 흡사한 부분이다. 그런데 선악갈등을 주로 형상화함으로써 이념적 확신確信을 형상화한 『완월』과는 달리, 『옥원』에서는 하나의 사건을 집중적으로 다루는 가운데 이념과 이념 간의 상충, 이념과 현실 간의 상충을 보여주면서 이상적인 대안을 찾아가는 형태로 갈등구조가 짜여 있다.

　개인 대 가문의 문제에서도 남주인공이 지극한 효자로 그려져 있기에 효를 통해 가문을 중시하는 의식을 담아내곤 있으나, 단지 효만을 강조하는 것이 아니다. 효와 애정이 상충相衝하기도 하고 상생相生하기도 하는 양상이 핍진하게 형상화되는 가운데 바람직한 대안을 찾아가는 양상으로 전개된다. 즉 『옥원』은 추수하는 이념에 대한 확고한 자신감을 보여주는 작품이기보다는 이념에 대한 반성과 성찰省察을 주로 형상화한 작품이다. 이를 통해 『옥원』은 진지한 문제의식을 함축하는 가운데 삶에 대한 깊이 있는 고민을 담아내게 된다.

　한편 가문 외적 갈등에서는 정치적 부침浮沈이 핍진하게 그려지는 가운데 정치적 실세失勢에 따른 방황과 불안이 섬세하게 형상화되어 있다. 우선 남주인공 가문은 그 조부대에서 혈연, 학연에 의해 별다른 세력을 이루지 못한 권력 주변부의 가문으로 설정되어 있다. 이에 따라 정치적 위기에 처하게 되자 남주인공 가문은 가족이 이산離散하고 유리流離하는 상황까지 겪게 된다.

그런데 가족이 유리분찬流離奔竄하는 흡사한 상황 속에서도 남주인공의 ‘고난’만이 강조되는『창란』과는 달리,『옥원』에서는 남주인공의 고난과 더불어 백성들에 대한 ‘교화’의 측면도 부각되고 있었다. 남주인공이 극도의 고난을 겪으면서도 백성들을 구제하거나 교화하는 양상이 뚜렷하게 드러나고 있는 것이다. 이는 이 작품이 반대당파에 몰려 한두 번의 실세失勢를 경험했으나 다시 정치에 복귀하는 것이 가능한 계층의 의식과 맞닿아 있음을 보여준다고 할 수 있다. 떠돌면서 구걸하는 상황 속에서도 백성들을 교화하겠다는 선비로서의 의식을 잃지 않고 있는 것이다.

정치적 복귀가 쉽게 이루어지지 않는 점 또한 몰락한 양반계층의 꿈을 투영한 비현실적 구도가 아니라 실제 정치에 참여하고 있는 계층의 의식과 관련된다 할 수 있다. 정치적 기반이 취약한 가운데 계속해서 당쟁에 휘말려 위기에 처하는 등 정치세력의 핵심으로 편입하기 어렵다는 불안한 인식이 핍진하게 묻어나고 있었고, 이는 정치적 단명短命에 관한 비극적 인식으로까지 형상화되고 있었다. 이처럼 정치적 부침에서는 정치권력의 주변 세력으로서 겪어야 하는 방황과 고민이 핍진하게 형상화되고 있다.

이는 정치적 성향에서도 마찬가지이다. 왕의 정치적 운영 능력에 대한 실질적인 비판이 매우 강도 높게 전개되고 있을 뿐만 아니라, 집권층에 대해서도 그 관료로서의 능력에 대한 강한 문제제기를 하고 있다.

이러한 제 국면들은『옥원』이 최상층 집권층의 혁혁한 의식을 담아내는 대부분의 작품과는 확연한 차이가 있음을 보여준다.『옥원』은 정치적으로 실세를 경험한 상층 사대부의 방황과 불안을 현실적으로 그려내고 있는 것이라 할 수 있다

따라서『옥원』은 ‘상층上層 실세층失勢層’의 의식을 주로 형상화한 작품이라 할 수 있다. 앞서 서론에서 논한 바 있듯, 그간 대하소설과 관련해서 상층 사대부라는 막연한 틀로서 상층을 규정했으나 상층도 집권

세력의 핵심을 차지하는 최상층 그룹 즉 '상층 집권층'과 집권세력의
주변을 차지하는 그룹 즉 '상층 실세층'으로 양분할 수 있다. 물론 상층
실세층은 몰락양반층과도 확연히 구분된다. 몰락양반층이 거의 평민과
흡사한 처지로 전락한 계층이라면, 상층 실세층은 여전히 상층으로서의
입지를 지니고 있으며 실질적으로도 상층에 속한 계층이다.

　이러한 계층의 층위에 근거할 때, 『옥원』은 상층 집권층도 아니고,
몰락 양반층도 아닌 그 사이에 속한 계층 즉 상층 실세층의 의식을 잘
담아내고 있는 작품인 것이다. 이념적 성찰 또한 이러한 계층의 특성과
밀접한 관련을 지닌다. 조선 후기 문인들의 작품이 대부분 사직하거나
유배 가서 지어진 것에서 볼 수 있듯, 상층 실세층은 시간적으로 여유
가 있을 뿐만 아니라 자신이 놓인 불우한 처지로 인해 삶에 대한 성찰
을 깊이 있게 하기 때문이다. 이처럼 『옥원』은 상층 실세층의 방황과
고심을 주로 형상화한 소설이라 할 수 있다.

3) 상층上層 집권층執權層의 안정과 자부

　『완월』에서 가문 내적 갈등을 통한 윤리의식을 보면 예법을 철저히
고수함으로써 격식을 상당히 중시하고 있으며, 시비是非가 분명한 선악
갈등으로 치환되는 경향을 보임으로써 주요인물들이 자신이 추구하는
이념에 대한 강한 확신을 드러내고, 애정보다는 효孝를 훨씬 더 중시함
으로써 가문중심의 세계를 강조하고 있다. 이렇듯 『완월』은 도덕적 이
념을 철저히 고수함으로써 가문의 안정을 꾀하고 나아가 기존사회체제
의 안정을 기하는 작품이다.

　이는 특히 예법에서 일탈하여 통속적인 흥미를 추구하고, 권선징악
적 이념이 통용되지 않는 일상적인 세태를 재현하며, 가문의 위신에 상
당한 손상을 가져올 정도로 애정에 집착함으로써 개인의식에 경도되어

있는『창란』과 대조적인 국면이라 할 수 있다. 이처럼 상층의 의식에서 상당히 벗어나 있는『창란』과는 달리,『완월』은 18세기 당대의 상층의 지배담론을 고스란히 재현하고 있는 작품이라 할 수 있다.

이는 가문 외적 갈등을 통해 드러나는 정치의식에서도 마찬가지이다. 우선『완월』의 정치적 기반을 보면 정치적으로도 권력의 핵심을 차지하고 경제적으로도 매우 부유할 뿐만 아니라 혈연·학연으로 맺어진 거대 벌열閥閱의 정점에 위치하고 있다. 이러한 가문의 정치적 기반에 따라 정치적 부침의 양상 또한 방대한 가족구성원을 바탕으로 조祖, 부父, 자子 삼대에 걸쳐 집권하는 안정된 모습을 보여준다.

비록 가문 내의 구성원 가운데 일부가 정치적 분쟁에 휘말려 사사賜死되기도 하는 등의 위기를 겪지 않는 것은 아니지만 그럼에도 불구하고 주인공 가문은 건재한 가운데 계속해서 실권實權을 차지하며 영화를 누리게 된다.『창란』·『옥원』과는 달리, 남주인공 부친이 귀양 가는 장면 대신 위기에 처한 임금을 보필하는 장면으로, 남주인공이 부친의 정치적 패배와 직결되어 유리하게 되는 상황 대신 가족구성원의 모해로 인해 유리하게 되는 상황으로, 남주인공 가족 전체가 이산離散하는 가운데 집안이 풍비박산하는 모습 대신 미리 마련해 놓은 은신처에서 가족들이 안존安存하는 등의 모습으로 형상화되고 있는 데서 이를 확인할 수 있다.『완월』에서 비록 주인공 가문이 정치적 위기를 겪는 장면이 자못 심각하게 나타나지만, 세가거족世家巨族으로서의 위치로 말미암아 그 기품을 유지하고 있는 것이라 할 수 있다.

이에 따라 지배세력에 대한 태도 또한 매우 우호적인 가운데 기존의 정치체제를 옹호하는 입장을 취하고 있다. 왕의 결함을 최소화하기 위해 애쓴 흔적이 엿보이며, 소인형 인물마저도 관료로서 등장할 때는 현관賢官으로 변신한다. 이를 통해 왕실에 대한 절대적인 충성을 드러내고 집권층을 군자가 가득한 세계로 형상화한다.

이를 통해 볼 때『완월』은 '상층上層 집권층執權層'의 이념적 확신과 선민選民으로서의 자부심을 주로 형상화한 소설이라 할 수 있다. 이러한 점은 『완월』에 관한 문헌기록들과 관련해서도 생각해 볼 수 있다. 『매일신보』에 실린 「설대서說大書」란 기사에서 "가장 문아하고 유식한 작품은 『미소명행』이오 그 다음이 『완월회맹』이오[其書曰之最文雅有識者이 首曰眉蘇名行이오 次月(曰의 오기)玩月會盟이오]"10)라고 논한 구절에서 볼 수 있듯, 『완월』은 품격 높은 작품으로 손꼽힌다. 이런 문아하고 유식한 내용 또한 상층 집권 세력의 지배담론과 밀접한 관련이 있다.

요컨대, 『완월』은 집권층의 안정과 자부를 형상화하는 가운데 지배계급의 담론을 충실하게 재현하고 있다. 비록 그 속에서 작은 불안과 갈등이 없는 것은 아니지만 가문 내적으로나 외적으로나 『완월』에서는 기존의 윤리이념과 정치체제를 그대로 고수하는 가운데, 집권세력으로서의 안정된 기반과 드높은 자부심을 한껏 드러내고 있는 작품이라 할 수 있다.

2. 향유층위

1) 여항인閭巷人과 『창란호연록』

『창란』은 앞서 살펴본 것처럼 작품에서 지향하는 의식세계가 상층의 의식세계라기보다는 상층 이하의 의식세계와 맞닿아 있다. 그렇다면 『창란』은 그 향유층이 순전히 상층만이 아니라 여항인으로까지 내려갔을

---

10) 『매일신보』 1916년 7월 20일자. 이 글은 우당于堂 윤희구(尹喜求, 1867~1926)가 쓴 글이다. 「설대서說大書」에 대해서는 강명관(「「설대서」 소개」, 『문헌과 해석』 14, 문헌과해석사, 2001 봄, 191~194면)이 이미 자세히 소개한 바 있다.

작품이라 추정할 수 있다.

물론 상층 내부에서도 이미 이념적 지향성에서 벗어나 『창란』과 같은 일상적 세태의 모습에 경도된 부류도 있을 수 있다. 이들 부류 또한 『창란』을 매우 흥미롭게 읽었을 것이다. 중요한 점은 이념적 지향성이 높은 『옥원』·『완월』과는 달리 『창란』은 이러한 특징에서 벗어나 일상의 새로운 면모를 신선하게 그려냄으로써 단지 상층만이 아니라 상층 이하의 독자까지 끌어안을 수 있는 영역을 확보할 수 있었던 점이라 할 수 있다. 이에 대해 구체적으로 검토해 보기로 한다.

(1) 『창란호연록』의 향유층

가. 독자층

『창란』의 독자층과 관련하여, 선행연구에서 그 후편인 『옥란기연』의 필사자 '청계천 수표교 신소저'가 유녀遊女임을 밝힌 바 있다.11) 『창란』과 『옥란기연』은 전·후편이 긴밀한 연작으로, '청계전 수표교 신소저'가 『옥란기연』을 읽었다면 『창란』 또한 읽었을 가능성이 상당히 높다. 그렇다면 『창란』은 여항인에 의해서 향유되었을 가능성이 농후한 작품이다.12)

조선 후기 수표교水標橋는 광통교廣通橋와 더불어 서울의 중촌中村 즉 운종가雲從街에 위치한 지역으로, 이 수표교의 청계천 남북쪽 일대는 기술직 중인인 역관譯官과 의관醫官이 주로 거주하였다. 또 이 부근은 번화하고 술집이 많아 도시적 유흥의 중심지를 이루었다.13) 이러한 점을 고려

---

11) 이상택, 「『창란호연 연작』의 텍스트 교감학」, 『고전문학연구』 15, 한국고전문학연구회, 1999, 236~237면.

12) 이에 대해서는 송성욱, 「『옥원재합기연』과 『창난호연록』 비교 연구」(『고소설연구』 12, 한국고소설학회, 2001a, 220면)에서 논한 바 있다.

13) 심경호, 「조선 후기 시사와 동호인 집단의 문화활동」, 『민족문화연구』 31, 고려대 민족문학회, 1998, 131~226면.

할 때 수표교 일대에 속한 유녀 또한 그 지리적·문화적 조건을 감안한
다면, 여항인의 유흥문화의 자장 안에 들어가는 인물이다.

　비단 '수표교 신소저'뿐만 아니라 당대에 유녀 계층 전반은 여항인층
의 문화와 밀접한 관련이 있었다. 여항인 즉 서울의 중간계층은 조선
후기 도시 유흥을 주도하였으며, 이러한 유흥문화와 밀접한 관련이 있
는 기방妓房 또한 이들과 깊은 관련을 맺게 된다. 특히 서울의 일부 중인
층은 합법화된 '기부妓夫'의 권력으로 기녀와 관계 맺으면서 시정에서
기방을 운영하는 영업권을 가지게 됨으로써 과거 관官이 담당했던 기녀
의 관리 기능과 후원 기능을 대행하기도 하였다. 이에 따라 기부妓夫는
서울의 각 전殿의 별감別監, 포교捕校, 정원사령政院使令, 금부나장禁府羅將,
궁가인척의 겸인傔人 및 무사 등의 여항인층에서 맡았고, 기방의 주고객
도 양반 무반직을 일부 포함하여 별감, 포교, 왈자曰字 혹은 부를 축적한
상인계층이 주를 이루었다.14) 그런데 가례·진연·진찬에 여령女伶을
동원할 경우 좌우 포도청에서 서울 시내의 주상酒商과 함께 '유녀遊女'를
거느리고 대령하였다는 기록을 통해 볼 수 있듯,15) 유녀는 당대 유흥문
화와 밀접한 관련이 있었고, 결국 유녀 또한 여항인들의 유흥문화의 자
장 안에 놓이게 된다. 따라서 유녀는 단순한 하층이라기보다는 그 문화
적 층위로 볼 때 오히려 여항인층에 속한다고 볼 수 있다.

　이와 같이 여항인층에는 경아전 중인 계층들이 주를 이루나 이들의
주된 문화향유 공간이 시정市井16)이었음을 감안한다면, 경제적·시간적

---

14) 김화진, 『한국의 풍사와 인물』, 을유문화사, 1973; 김종철, 「무숙이타령(왈자타령) 연
　　구」, 『한국학보』 18, 일지사, 1992; 이우성, 「18세기 서울의 도시적 양상」, 『한국의 역
　　사상』, 창작과비평사, 1982; 정우봉, 「강이천의 「한경사漢京詞」에 대하여」, 『한국학보』
　　75, 일지사, 1994; 강명관, 「조선 후기 서울의 중간계층과 유흥의 발달」, 『조선시대 문
　　학예술의 생성공간』, 소명출판, 1999 참조.

15) "女伶, 兩捕廳以京內酒商遊女率侍, 嘉禮·進宴·進饌時, 本曹該色書吏與首奴習
　　敎差備節次."(『육전조열六典條列』 5권 「형전刑典」)

16) 시정인이란 용어가 최근에는 '시민'이란 개념으로까지 확대되어 쓰이고 있으나, 『조
　　선왕조실록』 등의 사료 등을 통해 볼 때 시정인이라 함은 서울의 시전상인에 한정되어

여유가 있는 부상(富商, '시전상인'을 말함)17) 혹은 이들의 유흥문화에 동참했을 유녀, 그리고 이런 시정 공간에서 방황했던 일군의 몰락양반층의 경우에도 여기에 포함될 수 있다 하겠다. 즉 여항인층이란 서울의 중인층을 중심으로 하면서도 이들과 긴밀한 관련이 있는, 이들 주변의 부류들도 포섭될 수 있는 개념인 것이다.18)

이처럼 수표교 신소저가 '유녀'임을 밝힌 선행연구는『창란』의 독자층을 추정하는 데 좋은 지침을 마련해 주고 있다. 그런데 이 밖에도『창란』의 여러 이본들을 검토한 결과 이 작품이 여항인층에 의해 향유되었을 여러 단서들을 찾을 수 있었다.『창낭전』의 존재와 경상대본, 단국대본에 남겨진 낙서 등을 통해 그 향유층이 여항인의 시정 공간으로 내려갔음을 구체적으로 살펴보기로 한다.

쓰이는 용어이다(임형택 외,「중인문학, 위항문학의 개념과 성격 토론 요지」,『한국한문학연구』17, 한국한문학회, 1994, 424면). 이와 관련시켜 본다면 시정이란 장사를 하는 공간이란 뜻으로 여항인들의 유흥문화 공간이 이런 시정 공간이었다는 점을 감안할 때, 여항인층과 더불어 시정 공간에서 경제적·시간적으로 여유가 있는 부유한 시정아치의 경우에도 대하소설을 읽었을 가능성을 생각해 볼 수 있는 것이다. 물론 이런 부류들의 대하소설을 읽기와 관련해서, 전아한 문체와 고급스러운 내용을 담은 소설과는 다른, 투박한 문체와 세속적인 내용을 담은 대하소설이 탄생했으리라 생각해 볼 수 있다.

17) 최남선(『조선상식 제도편』, 동명사, 1948, 191면)은 "상商·공工 계급은 본래 하류로 치는 것이지만, 오직 서울에 있는 육의전六矣廛과 일반 좌고坐賈는 서리사회胥吏社會와 '넘나드는 지위'였다"고 논한 바 있다. 강명관의 경우도 서울의 경아전과 기술직 관리가 여항인의 주된 계층이라는 점을 인정하면서도 이들과 동등한 부류에 있는 시전상인의 경우에도 여항인층으로 보고, "여항인을 기술직중인·경아전층·상인(시전상인)을 중심으로 한 서울의 중간계층"(강명관,「여항, 여항인, 여항문학」,『한국한문학연구』17, 한국한문학연구회, 1994, 411면)으로 정의함으로써 넓게는 시전상인 또한 여항인층에 포함될 수 있음을 논한 바 있다.

18) 김학성(「18·19세기 예술사의 구도와 시가의 미학적 전환―여항/시정 문화의 관련 양상을 중심으로」,『한국시가연구』, 한국시가학회, 2002)은 조선 후기 예술의 구도를 ① 궁정―관각문화, ② 여항―시정문화, ③ 향촌―촌락문화의 세 영역으로 나눈 뒤, 여항―시정 문화에 대해 집중적으로 조명한 바 있다. 조선 후기 문화를 살펴보는 데 이런 구분은 매우 유효하다고 생각한다. 그런데 이 논문에서는 여항인이란 개념을 '대중'이라는 개념으로까지 확대하여 사용했지만, 본고에서는 사료에 쓰인 어휘적 용례들을 근거로 하여 주로 중인층을 중심으로 하되, 이들과 관련 있는 주변인물들을 포함하는 개념으로만 사용하기로 한다.

가) 『창낭전』의 존재

『창란』은 『완월』· 『옥원』에 비해 남아 있는 이본수가 상당히 많다. 현재 발굴된 자료만을 토대로 했을 때, 『창란』의 경우에는 건국대본· 경상대본· 강전섭본· 연대본· 서울대본· 국립중앙도서관본· 연경도서 관본· 김광순본· 단국대본· 사재동본· 여승구본 등등 총 34편의 이본 이 남아 있다. 이는 단지 서울대본· 연대본· 정문연본 총 3편의 이본이 남아 있는 『완월』이나[19] 서울대본· 연대본· 이대본· 한국학중앙연구 원본 등 총 4편의 이본이 남아 있는 『옥원』과 그 수적인 면에서 대비가 된다.

『창란』이 여타의 대하소설보다 이본이 더 많다고 할 순 없지만, 적어 도 『완월』· 『옥원』에 비해서는 더 인기가 있었던 작품임을 짐작케 한 다. 특히 독자들이 『창란』에 매우 흥미를 느꼈던 사실을 알 수 있다. 단 국대본 『창란호연록』 3권에는 "이 끚치 업스니 절통切痛코 익답도다 세 샹 스롬드라 이 흉필兇筆노 칙 써 남보기도 히참駭慚 ᄒ고 붓그럽도다 그 럴지르도 아모나 이 끚 조곰 구경시기면은 은혜恩惠 빅골난망白骨難忘이 올소이다"라는 필사기가 있다.[20] 『창란』의 끝을 알 수 없어 안타까우니 만약 그 끝을 알게 해 준다면 그 은혜는 백골난망일 것이라는 필사기를 통해 『창란』이 당시 독자들에게 매우 흥미로웠던 작품임을 알 수 있다.

한편 이본이 많다는 사실을 통해 『완월』· 『옥원』보다는 향유층의 폭 이 넓었을 가능성을 조심스럽게 상정해 볼 수도 있다. 먼저 『창란』의 독자층에 대해 살펴보기 위해서는 『창낭전』의 존재에 주목할 필요가

---

19) 조희웅(『고전소설 이본목록』, 집문당, 1999, 435면 참조)은 이대본도 있다고 하였으 나, 조사해본 결과 이대본은 그간 분실되었는지 남아 있지 않았다. 따라서 『완월』은 총 3편의 이본이 전해지는 셈이다.

20) 단국대본 『창란호연록』 9권에도 "이 끚 업손 일은 싱각홀사록 익답고 졀통〃切痛切 痛이 끚치 업스니 슬노 익들병이 될 듯 세상 스롬들이 그 끚 어더 구경시긔면 은혜恩 惠 디중至重홀듯(…중략…)이 필지筆才로 벗긴 쓰진 끚 볼가 벗겨시니 웃지 말고 부 터〃 아모나 끚 구경시긔시옵"이라는, 흡사한 내용의 필사기가 다시 등장한다.

있다. 『창낭전』은 김일성대학에 소장되어 있으며 1책(冊)으로 되어 있다. 『창란』의 1권 정도에 해당하는 분량이다. 그 내용은 결말 부분을 제외한다면 인명(人名)까지 동일할 정도로 『창란』과 거의 똑같다. 따라서 『창란』의 이본으로 볼 수도 있겠다.[21] 그러나 결말 부분을 생각한다면 오히려 『창란』의 일부를 잘라 '전(傳)'으로 만든, 또 다른 작품으로 보는 것이 옳을 것이다.

『창낭전』의 결말 부분을 보면, 한제(여주인공의 부친)가 한천희(여주인공)의 시비 노릇을 하고 있는 장희(남주인공)를 겁탈하려 하자 장희가 한제를 대들보에 묶어 놓고 달아나는 내용은 『창란』과 똑같다. 그런데 『창란』에서는 장희가 자신의 신분을 밝히지 않은 채 도망하는데 반해, 『창낭전』에서는 장희가 자신의 정체를 밝힌 뒤 배은망덕한 한제를 죽여 한을 풀면 좋겠으나 부친의 유언을 생각해서 그냥 간다면서 결연히 그 집에서 나가게 된다.

즉 『창란』에서 이 대목은 작품의 서두 부분으로 갈등이 한참 조성되는 국면이라면, 『창낭전』에서는 갈등이 불완전하나마 종결되는 단계이다. 그렇기에 『창란』에서는 남주인공이 신분을 밝히지 않음으로써 이후에 남녀 주인공 간에 또 옹서간에 갈등이 첨예하게 펼쳐지는데 반해,[22] 『창낭전』에서는 그 신분을 밝히고 한제를 한번 꾸짖음으로써 갈등이 해결되는 국면으로 접어들게 된다. 더욱이 남주인공이 한제를 꾸짖은 뒤 방문을 나서면서 세태를 한탄하고 담을 넘어 표연히 사라지는 대목은 이 부분이 결말 부분임을 더욱 분명히 보여준다.[23]

---

21) 조희웅(『고전소설 줄거리집성』 2, 집문당, 2002, 1,407면)은 줄거리의 흡사함을 토대로 『창낭전』이 『창란』의 이본이라 한 바 있다.

22) 일례로 남녀 주인공 간의 갈등양상을 보면, 한천희는 자신의 시비 노릇을 한 여장남자(장희)가 자신의 정혼자인 줄도 모르고 자신의 절개에 흠집을 냈다고 절치부심하게 되고, 이후 장희와 객점에서 우연히 만나게 되었을 때 그를 피해 투신자살하게 된다. 즉 남주인공이 여주인공의 집에서 달아나는 이 대목에서 남주인공의 신분이 밝혀지지 않기에 다양한 사건들이 꼬리를 물고 펼쳐지게 되는 것이다.

23) 물론 『창낭전』의 첫 장에 '창낭지권지초'라는 글이 있기에 이 글이 한 책짜리 소설

이처럼 『창낭전』은 『창란』의 이본이라기보다는 『창란』의 앞부분을 잘라 만든, 별개의 단편으로 보아야 할 것이다. '창란호연록'과 '창낭전'이라는 제목에서 확실히 차별되듯, 『창란』은 녹책류錄冊類의 긴 작품이라면, 『창낭전』은 전책류傳冊類의 짧은 작품인 것이다.

중요한 점은 『창란』과 똑같은 내용이 '전傳'이라는 형식으로 새롭게 만들어졌다는 점이다. 이는 『창란』의 내용이 시정市井에서 주로 향유된 '전'으로 만들어질 수 있을 만큼, 그들의 의식에 부합할 수 있음을 잘 보여준다. 『옥원』·『완월』의 경우에도 기본적인 뼈대는 동일한데, 하필 그 가운데 『창란』을 선택해서 그 앞부분만으로 전을 만들었다면 그것은 전의 형식으로 만들어지기에 『창란』이 가장 적합했음을 보여주는 것이라 할 수 있는 것이다.

이런 점을 토대로 한다면, 『창란』은 이미 여항인에게까지 널리 읽히고 있었고, 그렇기에 그 부분 가운데서도 흥미로운 앞부분만을 떼어 간략하게 만든 작품임을 짐작할 수 있다. 상층에 비해 시간적 여유가 그리 많지 않았을 여항의 독자를 위해 그 분량을 줄여 손쉽게 읽도록 한 것이라 추정할 수 있는 것이다.

물론 가능성이 낮긴 하지만 역으로 『창낭전』이 『창란』으로 만들어졌을 확률도 없는 것은 아니다. 『창란』의 옹서갈등담은 『옥원』·『완월』 등과 매우 흡사하기에 이런 유형의 장편 이야기가 먼저 존재했을 가능성이 높고 따라서 『창란』에서 『창낭전』이 나왔을 가능성이 많으나, 『창낭전』과 같은 단편소설에서 『창란』과 같은 장편소설이 나왔을 가능성

인지 아니면 두 권 또는 그 이상의 것인지 앞으로 더 밝혀보아야 할 것이라는 논의도 있으나(조선문학창작사 고전문학실 편, 『한국고전소설해제집』 하, 1997, 347면), 앞서 살펴본 것처럼 『창낭전』에서는 『창란』과는 달리 남주인공이 자신의 신분을 밝힘으로써 사건이 종결되는 국면으로 전개되기 때문에 1책일 가능성이 높다. 혹 이 뒤에 이야기가 전개된다 하더라도 남주인공의 신분이 이미 밝혀졌기에 『창란』과는 다른 내용이 전개될 것이고, 전傳이라는 형식상의 특징으로 볼 때 그리 길지 않을 것이기에 한두 권 정도가 더 있을 것이라고 추정된다.

도 아예 배제할 수는 없다.

이럴 경우에도『창낭전』은『창란』의 향유층을 살펴보는 데 중요하다. 여항의 시정 공간에서 주로 향유했던 전책류의 내용을 그대로 따와서 『창란』과 같은 장편이 나왔다면 거기에는 단순히 상층의 사대부만이 아니라 여항인까지도 포섭하려는 작가의 의도가 개재되어 있다고 볼 수 있기 때문이다.

『창란』에서『창낭전』이 나왔든『창낭전』에서『창란』이 나왔든 간에, 『창낭전』의 존재는『창란』의 향유층이 여항인으로까지 내려갔음을 보여주는 좋은 자료라 할 수 있다.

　나) 세책본의 낙서

『창란』의 향유층이 아래로까지 내려갔을 가능성은 남아 있는 여러 이본들의 필사기 혹은 상태를 통해서 알 수 있다. "글시 넉〃지 못ᄒ나 칙벽은 보암즉ᄒ니 앗기고 편히 볼지어라"[24] "등화燈火의 필셔筆書ᄒ여 오즈낙셔誤字落書 만ᄒ니 보시나 비웃지 마시고 즉〃 환송還送하라 칙주冊主 홍소계"[25] 등에서 볼 수 있듯, 세책본일 가능성이 높은 것들이 상당 부분 있다.

그 가운데 경상대학교 소장본의 경우와 단국대학교 소장본의 경우에는 여러 가지 낙서가 조잡한 형태로 실려 있는 것을 볼 수 있다. 경상대본에는 꽃과 여러 가지 문양이 조잡하게 그려져 있고,[26] 단국대본의 경우에도 남자의 성기가 조잡하게 그려져 있다.[27] 그렇다면 이러한 예는 과연 무엇을 보여주는 것일까? 후기 세책에 관한 선행연구를 통해 이러한 낙서가 지니는 의미에 대해 살펴보고자 한다.

---

24) 영남대본『창란호연록』12권.

25) 영남대본『창란호연녹』2권.

26) 경상대본『창란효열록』21권. 낙질본으로 이 1책밖에는 남아 있지 않다. 맨 뒷장에 그려져 있다.

27) 단국대본『창란호연록』9권. 낙질본이다. 이 책의 뒷표지 안쪽에 그려져 있다.

대곡삼번大谷森繁은 말기(19세기 말)에 이르러서는 지식층 여성들은 세책으로부터 이탈하여 새로운 독서 경향을 갖게 되어 세책가貰冊家에도 변화가 일어나게 된다고 보았다. 어떤 세책은 헌 책사로 넘어가기도 하고, 어떤 세책은 교양수준이 낮은 사람들의 독서의 대상으로 전락하기도 하여, 독서가 고급의 오락이었던 시대에는 생각조차 할 수 없는 졸렬한 낙서나 책 주인에 대한 욕설 등이 책 속에 여기저기 등장하게 된다고 논하였다. 즉 19세기 말부터 세책을 통해서 만족을 얻던 독자들도 점차 세책에 대한 관심이 사라지게 되고, 그에 따라 세책을 이용하는 독자층도 자연히 변모하지 않을 수 없게 되었다고 보았다.[28]

이 논의를 따른다면『창란』의 이본 가운데 낙서 등이 그려져 있는 것은 그 독자층이 "교양수준이 낮은 사람들"로 내려갔을 가능성을 방증하는 것이라 할 수 있겠다. 경상대본의 경우 19세기 말의 이본으로 추정되는데,[29] 『옥원』·『완월』의 경우에는 이런 낙서가 없다. 이런 점들은 『창란』이『옥원』·『완월』과 그 독자층에서 차이가 있음을, 곧 상층 이하로까지 내려갔을 가능성을 말해준다 하겠다.

이는 비단 19세기 말의 상황은 아닐 것이다. 이런 정황을 통해 볼 때 『창란』은 이미 18·19세기경에도 여항인으로까지 내려가 읽혔을 것이고, 그런 흔적들이 19세기 말의 후기 세책본을 통해 드러나고 있는 것이라 볼 수 있다.『창란』이 그전부터 여항인에게 인기가 없는 작품이라면 굳이 하층을 주로 담당했던 후기 세책가에서『창란』을 취급했을 리가 없다. 이미 어느 정도 여항인의 정서에 부합할 수 있는 요소들이 많다는 것을 인정하는 상황이기에 이윤을 추구하는 것을 주목적으로 하

---

28) 대곡삼번大谷森繁,『조선 후기 소설독자 연구』, 고려대 민족문화연구소, 115면.

29) 경상대본에는 "을묘乙卯 원월元日 이십구일二十九日 충는효열녹昌蘭孝烈錄 번역飜譯ᄒ니 아모느 보느 니 낙서를 마압소셔"라는 필사기가, 단국대본에는 '병오丙午 ᄉ월四月 초숨일 初三日 필셔筆書ᄒ다'라는 필사기가 있다. 단정할 순 없지만, 낙서와 외설이 가득한 후기세책이 19세기 말의 상황임을 생각할 때, 을묘년은 1879년, 병오년은 1846년으로 추정된다.

는 후기 세책가에서 이를 받아들인 것이라 할 수 있다. 『옥원』·『완월』
등의 이본 가운데는 후기 세책가의 소장저서였을 가능성이 있는 작품
이 전혀 없는데, 유독 『창란』에서만 이런 낙서가 나타나고 점은 이를
방증해 주고 있는 것이라 하겠다.

　이처럼 『창란』과 관련된 자료들을 살펴본 결과, 『창란』의 독자층이
아래로까지 내려갔음을 알 수 있는 근거들을 찾을 수 있었다. 이는 『창
란』이 단순히 상층의 향유물이 아니라 그 이하의 계층, 적어도 여항인
에게까지는 읽혔음을 보여준다고 할 수 있다.

　기실 대하소설이 상층이 아닌 여항인에게도 읽혔던 상황은 앞서 「언
서서주연의발諺書西周演義跋」을 통해서도 살펴본 바 있다. 이 기록은 이미
학계에서 널리 알려진 바 있듯, 좌의정을 지낸 조태억(趙泰億, 1675~1728)
이 모친 윤씨尹氏가 필사한 『언서서주연의諺書西周演義』에 대한 발문을 쓴
것이다. 자신의 모친 윤씨가 『서주연의』 십수 편을 국문으로 베껴 놓은
것 가운데 한 책을 잃어버려 아쉬워하다가 우여곡절 끝에 찾아서 완질
을 이루게 되었다는 사연이다. 여기에서 윤씨는 여항의 여자가 『서주연
의』를 보기를 청하자 즉시 그것을 허락하는 내용이 나오는데, 이런 상
황 등은 당대 여항인들이 대하장편을 읽는 것이 그리 낯설지만은 않은
문화임을 보여주고 있다.

　이렇듯, 대하소설이 18세기 이후에 상층 이하의 계층 즉 여항인에게
까지 읽혔을 가능성은 다분하다. 『창란』은 그 가능성을 충분히 보여주
는 작품이라 할 수 있다.

나. 작가층

　『창란』의 작가는 누구였을까? 작가에 대해 추적할 만한 기록이 남아
있지 않기에 이에 대해 쉽게 논단할 수는 없다. 막연한 추론이 될 수도
있겠지만 여러 가지 기록들과 선행 연구를 토대로 다양한 가능성들에
대해 생각해 보고자 한다.

　『창란』과 같은 작품이 태동하게 된 배경에는 조선 후기의 급변하는 현실이 놓여 있으리라 생각한다. 먼저 조선 후기 여항인 가운데 부의 축적에 따라 경제적으로 풍요를 누리게 된 부류가 있었음은 주지의 사실이거니와, 특히 이들의 경제적 풍요와 관련해서 당대 조선왕조실록 등의 사료에서는 그 사치 풍조에 대한 비판의 목소리가 높다. 이는 대개 이들이 너무나 화려하게 꾸미거나 궁중 혹은 상층의 양식을 그대로 답습함으로써 상층과의 구분이 없어져 법도가 문란해졌다는 내용과 관련된다.30) 이처럼 외적인 측면에서 여항인들은 상층과의 폭을 차츰차츰 좁혀가게 된다.

　그런데 이들의 물질적 풍요는 단순히 외적인 것으로 그치는 것이 아니라, 내적인 측면 특히 문화적인 측면에서도 상층의 문화를 닮아가려는 쪽으로 확산되었으리라 생각된다. 물질적 풍요에 따른 시간적·경제적 여유는 이들에게 새로운 문화에 대한 욕구를 심어주었고, 이는 이들이 동경했던 상층 문화에 대한 갈망으로 전환되었을 것이라 생각된다. 조선 후기 여항인들 가운데 시사를 조직하여 집단적으로 한시를 창작하고 향유하는 등 사대부 문화에 근접해가려 했던 점에서도 이를 확인할 수 있다.

　이러한 경향은 비단 한시 등에 국한된 것은 아니라고 생각한다. 소설

---

30) 여항인들의 사치한 풍조로 인해 계급 간의 질서가 깨어지고 있다는 것에 우려를 표명한 기록에는 여항閭巷 여인들의 개두蓋頭의 제도가 본래 궁중의 모양과는 달랐었는데, 요즈음은 궁중의 것과 흡사하니 이를 금해야 한다는 내용(숙종 19년 2월 25일, 『숙종실록』 25권), 여항의 사치 풍조가 극도에 달하여 혼례에 반드시 침장寢帳을 사용하는데, 어떤 사람은 금수錦繡로 만들기도 하면서 은금銀金·주패珠貝·사릉紗綾 등속을 반드시 하고 가득 채운 뒤에야 그만두니 이를 막아야 한다는 내용(숙종 41년 9월 6일, 『숙종실록』 56권), 여항인들이 그 분수에 맞지 않게 의복과 음식을 참람하게 사치하기를 다투어 하고 있으니 이를 금해야 한다는 내용(영조 3년 3월 17일, 『영조실록』 11권), 여항에서 사치를 서로 숭상하여 공교하게 만들고 기이하게 꾸미면서 번번이 궁가宮家의 양식樣式이라고 일컫고 있으니 이를 금해야 한다는 내용(영조 8년 7월 3일, 『영조실록』 32권), 시정의 무뢰배들이 재상의 이름을 함부로 부르고 여항의 사람들의 복식이 분수에 넘는다는 내용(정조 원년 11월 19일, 『정조실록』 2권) 등을 들 수 있다.

에서도 단지 여항의 시정에서 널리 읽혔던 『유충렬전』·『소대성전』 등의 단편소설뿐만 아니라, 상층에서 주로 향유한 대하소설 등으로까지 그 영역을 넓혀갔을 가능성을 배제할 수 없는 것이다. 그런데 대하소설이 소설 가운데는 고급한 장르이긴 하지만 소설이라는 점에서 한시에 비해서는 상대적으로 대중적인 장르이다. 따라서 그 향유층이 뛰어난 학식을 지닌 몇몇 여항인에 국한되는 것으로 그치는 것이 아니라 여항인층 일반을 대상으로 했을 수 있다. 그렇다면 그 내용 또한 여항인층 일반의 취향에 맞게 변개되었을 가능성을 생각해 보게 된다. 이는 시조의 향유에서도 여항인들이 사대부 시조를 그대로 답습하기보다는 그들의 취향에 맞게 사설시조 등을 새롭게 창안해 내었던 점에서도 볼 수 있다.31)

이처럼 여항인층에서 상층의 대하소설이라는 양식을 받아들이면서도 그들 일반의 취향과 수준에 맞게 이들을 변개시키는 지점에 『창란』이 놓여 있으리라 생각된다. 『창란』과 같은 작품은 구성상으로도 간단하고 그 언어도 구어체로 쉬우면서도 일상적 세태를 적나라하게 그려냄으로써 여항인들의 구미에 잘 맞는다. 그렇기에 이들 여항인들의 문화 속으로까지 파고들 수 있었을 것이다. 이는 작가 또한 여항인 계층에서 나왔을 가능성을 말해준다 하겠다.

그런데 『창란』과 같은 대하소설의 작가로는 단순히 여항인 남성뿐만 아니라 여항인 여성의 경우도 생각해 볼 수 있다. 여항인 여성들은 「언서서주연의발」에 관한 기록을 통해 볼 수 있듯 상층 여성들로부터 대하소설을 빌려 향유하기도 하고, 당대 궁중에 출입하면서 궁인과 소통하기도 하는 등,32) 그 문화적 활동 영역이 상층과도 비교적 긴밀한 관련

---

31) 강명관, 「사설시조 창작 향유층에 대하여」, 『조선시대 문학예술의 생성공간』, 소명출판, 1999.

32) "도제조都提調 서명균徐命均이 상소하기를 '(…중략…) 궁금宮禁을 엄하게 하는 도리를 소홀히 해서는 안 됩니다. 근래 여항의 여인들이 혹 관비宮婢와 교결交結하여 궁중에 출입하는 경우가 있다 들었습니다. 만약 통렬하게 금지하지 않으면 그 폐단은 말하

을 맺고 있었다. 이렇듯 대하소설을 접하게 된 여항인 여성층에서 대하
소설을 창작하게 되었을 가능성을 생각해 볼 수 있다. 여항인 여성의
경우에는 역사적 사실에 대해 그리 해박하지 않기에 『창란』에서처럼
이런 부분들이 극히 소략하게 처리되거나 혹은 사실과 다르게 서술되
었을 수 있다.

다음으로 빈한한 양반의 후예인 몰락양반층이 이들 작품을 창작했을 가
능성에 대해 생각해 보기로 한다. 조선 후기 양반 가운데는 이미 상층으로
서의 입지를 거의 상실한 몰락양반층 즉 잔반층殘班層이 탄생하게 된다.

이러한 몰락양반층에는 양반으로서의 마지막 자존심을 지키기 위해
허세를 부리는 양반이 있었던가 하면, 한편으로는 시정에서 유일한 밑
천인 지식을 팔아 서생書生·책객冊客·의원·풍수 등 이런저런 직을 유
지하면서 생계를 유지하는 경우도 허다했다. 특히 후자의 경우에는 흔
히 '삿갓시인'이라 불리며 일정한 터전 없이 유리걸식하는 과객過客으로
서의 방랑문인도 등장하게 된다. 이들 또한 시정 문화의 한 자락을 차
지하게 된다. 특히 서울에 거주했던 몰락양반층의 경우에는 여항인 부
류에 넣을 수 있다.

이들은 불우한 자신의 처지를 해소하기 위해 희작하는 경향을 보여
준다. 이러한 희작화의 정신적 과정은 "분세憤世적 의식의 굴절로서의
궤휼詭譎과 농세弄世적 태도의 반영으로서의 해소"와 관련된다. 그 가운
데 김립金笠의 시를 보면 한시의 규범을 무시하고 심한 상소리와 노골적
감정까지 시구에 마구 집어넣고 있다. 생활과 정감의 구체성을 용감히
추구한 결과 "희작화에 의한 대중적·통속적 지향"을 보이는 것이다.33)

이는 한시에서 보이는 경향이지만 몰락양반층은 소설의 창작에도 관

기 어렵게 될 것입니다. 마땅히 엄히 신칙하여 그 길을 끊어야 합니다.'"(영조 9년 12
월 7일, 『영조실록』 36권)

33) '서민적 지식인'에 대해서는 임형택, 「이조 말 지식인의 분화와 문학의 희작화 경향
─김립金笠 연구 서설」(『전환기의 동아시아 문학』(임형택·최원식), 창작과비평사, 1985)
을 참조하였다.

여했다.34) 특히 낙선재본 소설에 대해서 "그 작자는 대체로 한문에 능통한 시골선비, 지체의 상하上下를 다 알고 세상풍정에 밝은 이름 없는 선비가 슬그머니 세책방에 판다"35)는 윤백영 여사의 증언을 고려할 때도, 대하소설의 작가로 가난한 선비의 존재 또한 무시할 수 없다.36)

이러한 몰락양반층이 쓴 작품들이 모두 희작화의 경향을 보였다고 할 순 없지만, 자기 분세적 굴절로서의 희작화 경향과 푼돈을 벌기 위해 진지한 문제의식 없이 작품이 급조되는 풍조가 만난다면 대하소설 가운데서도 『창란』과 같은 통속적이고 파격적인 내용을 담은 작품이 나올 가능성을 충분히 생각해 볼 수 있다. 또 이들이 세책방을 염두에 두고 이런 글을 썼다면 여항인의 구미에 맞추어 복잡한 정치적 갈등들은 삭제하고 간략하게 썼을 가능성이 있는 것이다.

아직까지 『창란』의 작가층을 확정할 수는 없지만 여러 가지 가능성들을 고려할 때, 이 작품은 중인 혹은 몰락양반 등의 여항인층에서 창작되었을 가능성이 높다 하겠다.

(2) 여항인의 의식세계와 『창란호연록』

『창란』의 작가로 여항인층이 가능성이 높다면 과연 여항인의 세계와 의식은 『창란』과 어떻게 조응하는가를 살펴보기로 한다. 앞서 논한 바

---

34) "소설문학이 성립한 것이 숙종肅宗 이전이고, 이때 한글 사본寫本은 양반 가정에 전전轉轉하면서 그네들의 욕망을 충족시켰던 것이다. (…중략…) 이들 사본 필사筆寫는 물론 창작도 남북촌南北村의 빈한한 양반의 후예나 서리들의 손으로 이루어진 것이니, 여기에 이러한 창작이나 서사書寫에 대한 보수報酬가 나가다 다시 세책貰冊을 놓는 집이 생기게 되었던 것이다."(김동욱, 「한글소설 방각본의 성립에 대하여」, 『향토서울』 8, 1960, 40면)

35) 『중앙일보』 1996년 8월 25일자, 5면.

36) 이 기사는 20세기 것이기에 이를 18세기 당대 상황과 그대로 연결시키는 것은 무리일 수도 있다. 당대에는 주로 상층의 향유물이었던 대하소설이 그 폭을 점차 넓혀가면서 가난한 선비들의 참여가 이루어졌을 가능성도 없는 것은 아니다. 그럼에도 오랫동안 궁궐에서 지내왔던 윤여사의 처지를 고려한다면 그 가능성을 배제할 수는 없다.

있듯 조선 후기 서울 시정에는 소비적·유흥적 분위기가 조성되었으며, 그것을 주도한 것은 주로 중간 계층의 여항인들이었다. 물론 여항인층에도 다양한 부류의 인물들이 존재하고 있다. 유흥 공간에서 질펀한 풍류를 향유한 부류가 있는가 하면, 이들 가운데는 사대부 못지않은 학식과 인격을 가지고 여항인으로서의 자존의식을 드러내려는 부류도 존재한다.37) 『창란』과 관련이 깊은 여항인층이라 함은 주로 전자의 향락적인 문화를 향유한 부류를 말한다 할 수 있다.

여항인들이 풍류 혹은 성애性愛를 강조하는 향락주의적인 문화에 익숙했던 사실은 이들이 향유한 사설시조를 통해 잘 드러난다. 이들이 짓고 읊은 사설시조는 대개 유교의 금욕주의와 자기절제에 순치되지 않는 면을 보이면서 현세적 향락주의로 기울고 있다.38)

이처럼 유흥 등의 감각적 욕구로의 경사는 『창란』에서 예의격식에서 벗어나 남녀 간의 접촉을 강조하여 보여준다거나 애정 등을 강조하여 보여주는 면과 상통한다 할 수 있다. 『창란』에서 남녀 간의 애정 문제가 신의信義에 기반한 진실성을 담보하기보다는 일종의 흥밋거리로서 가볍게 형상화되고 있는 점 또한 여항인들의 의식과 상통하는 것이다.

둘째, 여항인들의 생활양식과 의식은 대개 현실적이고 이해타산적인 면모를 보인다. 「김령金令」이란 글에서 볼 수 있듯, 양반으로서의 체면을 지키려 하는 채노인을, 역관譯官 김령이 치밀한 계산으로 자신의 의도대로 변모시킨다. 청상과부가 된 외동딸을 둔 천하 갑부 김령은 채생과 자신의 딸을 몰래 맺어준 후, 가난한 양반 채노인을 재물로써 현혹하여 결국은 자신의 딸이 채씨 가문의 떳떳한 며느리가 되도록 한다. 이처럼 김령의 치밀한 계획과 기민함은 매우 현실적이고 이해타산적인 면모를

---

37) 박희병, 「중인층 전기작가로서의 호산 조희룡―『호산외기』의 분석」, 『한국인물전연구』, 한길사, 1992.

38) 위에서 언급한 여항인들의 삶과 의식에 대해서는 강명관, 『조선 후기 여항문학 연구』, 창작과비평사, 1997; 허경진, 『조선 위항문학사』, 태학사, 1997; 정후수, 『조선 후기 중인 문학연구』, 깊은샘, 1990; 강명관, 앞의 글, 1999)를 참조하였다.

보인다.39) 이덕무가 『사소절土小節』에서 "겸인傔人으로서 편녕便佞한 자를 희압戱押하지 마라. 먼저는 모욕을 당하고 뒤에는 속임을 당한다"40)라고 지적한 내용도 이와 상통한다.

이러한 이해타산적인 현실적 면모는 『창란』에서 은원恩怨이나 덕악德惡에 반비례해서 돌아가는 일상적인 세태를 형상화한 것과 맞닿아 있는 부분이라 할 수 있다. 이처럼 여항인들의 윤리의식은 대체로 『창란』에서 형상화하는 윤리의식과 상통하는 면이 크다.

셋째, 여항인들은 신분적 제약으로 인해 갈등을 겪으면서도 자신들의 불평등한 사회적 위치를 자각하지 못하거나, 자각하더라도 그것을 구조적으로 해결할 정치적 전망과 실력을 갖추는 단계에까지는 도달하지 못하였다.41) 이러한 전망의 부재는 백성들에 대한 형상화에서도 드러난다. 이들은 자신의 계층뿐만 아니라 백성들의 비참한 현실을 동정하고 안타까워하는 시를 많이 지었으나, 신분적 제약에 발이 묶여 별다른 전망을 제시하고 있지는 못하다.

人有朝夕憂	백성들은 아침저녁 끼니 걱정하는데
國無時年積	나라에는 올해에도 비축한 것이 없구나.
(…中略…)	
公賦仗鞭撻	관가의 세금 독촉 채찍으로 이루어지니
民食恃交易	백성들이 살아가기에 믿을 건 장사뿐이네.
來春坐可推	내년 봄 정경을 환히 내다볼 수 있으니
十室九蕩析	열 집에 아홉 집은 파산해서 흩어지겠지.
願爲偓佺言	다만 신선 악전偓佺이 하는 말처럼
逢人勸松栢	사람을 만나면 솔잎 먹는 법이나 권할 밖에.42)

---

39) 이우성·임형택 편역, 「김령金令」, 『이조한문단편집』 중中, 일조각, 1973, 3~19면.
40) 『국역 청장관전서』 6권, 민족문화추진회, 1980, 70면.
41) 강명관, 앞의 글, 1999, 244면.
42) 『추재집秋齋集』 5권 「봉천추일鳳川秋日, 차도시운팔수次陶詩韻八首」 제4수.

윗글은 추재秋齋 조수삼趙秀三이 서기 혹은 군참 따위의 말단직으로 호남지방에 가게 되었을 때 백성들의 비참한 삶에 대해 읊은 시의 일부이다. 백성들이 아침저녁 끼니를 걱정할 정도로 빈한한 삶을 살아가는데 거기에다 무자비한 세금 징수로 인해서 남은 것이 없으니 내년 봄 춘궁기가 되면 집이 다 몰락해 이리저리 떠돌아다니게 될 백성들이 태반이라는 내용이다. 이는 막다른 골목에 몰린 백성들의 유리분찬하는 궁핍한 현실을 그려내고 있다는 점에서 일단 주목할 만하다. 추재는 비단 이 작품만이 아니라 「강진이수康津二首」, 「동둔성추東屯省秋」, 「옥강도중沃江道中」 등에서도 백성들의 비참한 모습을 절창하고 있다.

그런데 단지 자신이 할 수 있는 일이란 만나는 민초들에게 솔잎 따먹기를 권하는 일일 뿐이라고 말하는 대목은, 일반 평민과 다를 바 없는 신분상의 처지로 인해 그들의 의식이 백성들을 구제할 근본적인 대책을 세우는 등의 단계로까지는 미치지 못하고 있음을 보여준다. 이는 『창란』에서 유리분찬流離奔竄하는 등의 궁핍한 삶을 반영하면서도 지배세력의 근본적인 문제를 꼬집고 대안을 마련하기보다는 단순히 그들을 희화하면서 경멸하는 태도를 보이는 점과 상통한다 할 수 있다

넷째, 여항인 부류 가운데는 많은 재산을 축적한 부류도 있었는가 하면, 유녀 혹은 몰락양반층처럼 일정한 터전 없이 이곳저곳을 떠도는 부류도 허다했다. 이는 『창란』에서 형상화되는 유리 모티프와 상응한다 할 수 있다. 특히 몰락양반층의 경우에는 이런 떠돌이 생활 속에서 지난 날 권귀층權貴層으로서의 영화로웠던 삶에 강한 향수를 느꼈을 것이다. 이는 『창란』의 복귀 국면이 비현실적인 점 즉, 단편의 영웅소설과 흡사하게 몰락양반층의 불가능한 꿈을 소설에 투영시키고 있는 점43)과 상응하는 지점이라 할 수 있다.

또 당대 여항인들 가운데는 시사詩社를 조직하여 한시를 짓는 등 상당

---

43) 서대석, 『군담소설의 구조와 배경』, 이화여대 출판부, 1985, 100면.

한 교양을 갖춘 인물도 있었지만 거개의 여항인들, 특히 여항 부녀자들의 경우에는 복잡한 역사적 사건 혹은 정치적 상황을 제대로 알고 있지 못했다. 따라서 이들은 복잡한 실제 정치 현실과는 그리 관련이 깊지 않다. 『창란』에서는 정치적 복귀 국면을 형상화함에 있어 칼로 무 베듯 단순구도로 나타냄으로써, 실제 상층의 정치 현실을 반영하기보다는 일종의 흥미 차원에서 기인하는 면 또한 이러한 여항인의 의식세계와 조응한다.

　이처럼 여항인층의 의식성향은 『창란』과 긴밀하게 맞닿아 있다. 이는 『창란』과 같은 작품이 여항의 공간에서 창작되고 향유되었을 가능성을 더욱 높여준다 할 수 있다.

2) 경화京華 실세失勢 사족士族과 『옥원재합기연』

『옥원』은 앞서 살펴본 바 있듯, 상층上層 실세층失勢層의 방황과 고민을 잘 담아내고 있다. 그렇다면 과연 이 작품은 어떤 기반 하에서 창작되고 읽혔던 것일까? 이 작품이 창작되었던 18세기에 이들 대하소설의 주된 향유공간이 근기를 비롯한 서울 중심의 공간이라는 점을 감안한다면, 이 작품은 '경화京華 실세失勢 사족士族'에 의해서 주로 향유되었을 가능성이 높은 작품이다. 경화 실세 사족은 앞서 논한 바 있듯, 경화사족 가운데 정치권에 참여하지만 그 핵심을 차지하지 못하고 주변에 위치하거나 혹은 심각한 정치적 위기를 겪기도 하는, 상층의 제2계층이라 할 수 있는 사족층을 말한다. 과연 『옥원』은 어떤 사람들에 의해 창작되었고 주로 향유되었는가를 구체적으로 살펴보기로 한다.

(1) 『옥원재합기연』의 향유층

가. 독자층

『옥원』은 다른 작품에 비해 필사자에 관한 구체적인 기록이 남아 있어 그 독자층을 살펴보는 데 여러모로 유리하다. 서울대 규장각 소장본 『옥원』과 그 보유작補遺作인 『옥원전해』, 그리고 연세대본 『옥원재합』에는 이 작품을 향유했던 인물들에 관한 기록이 남아 있다.

먼저 규장각본 『옥원』과 『옥원전해』의 경우에는 이미 선행연구에서 상세히 밝힌 바 있듯, 이들 작품을 향유했던 구체적인 인물 즉 전주이씨全州李氏 덕천군파德泉君派 가문의 여성인 이영순李永淳의 부인인 온양정씨溫陽鄭氏, 이면승李勉昇의 부인인 반남박씨潘南朴氏,[44] 이목원李穆遠의 부인인 기계유씨杞溪兪氏, 이종원李種遠의 부인인 해평윤씨海平尹氏 등에 관한 기록이 구체적으로 실려 있다.[45]

규장각본 『옥원』은 1786~1790년에, 그 보유작인 『옥원전해』는 1794년과 1796년에 걸쳐 필사되었고, 온양정씨가 속한 전주이씨 덕천군파

---

44) 필사를 도운 온양정씨 자부子婦에 대해 선행연구에서는 "면항勉恒의 부인 반남박항원녀潘南朴恒源女이거나, 넷째 아들 면승勉昇의 부인 반남박정엄녀潘南朴廷淹女, 연령상으로 보아 후자일 가능성이 높다"(심경호, 「낙선재본 소설의 선행본에 관한 일고찰―온양 정씨 필사본 『옥원재합기연』과 낙선재본 『옥원중회연』의 관계를 중심으로」, 『정신문화연구』 38, 한국학중앙연구원, 1990, 184면)라고 보았다. 이러한 추측은 『옥원전해』 4권 뒷표지 안쪽의 "슉모叔母의 아롬다온 필획筆劃을 ᄌ녀뷔子女婦 비슷흔 니도 업ᄉ되 슉모(온양정씨)의 졔ᄉ부第四婦 박부인朴夫人(박정엄朴廷淹의 여女)과 졔삼ᄌ第三子 참판공參判公(이면긍李勉兢) 총부冢婦 윤시尹氏와 큰 오라버님(이면항李勉恒) 총부 유시兪氏 글지 ᄀ장 눈이 씌이더라"(이 부분은 구절의 내용을 명확히 하기 위해 원문을 그대로 인용하기로 한다)라는 기록을 통해 볼 때 후자임이 확실함을 알 수 있다. 그간 이 기록에 대해 심경호(앞의 글, 180면)는 "슉모* 재자부子婦"라 읽었고, 이지하(「『옥원재합기연』 연구」, 서울대 박사논문, 2001, 16면)는 이 부분을 아예 빼고 "큰오라버님 총부 유씨"라는 대목부터 읽었으나 찾아본 결과 "졔ᄉ부第四婦 박부인朴夫人"으로 명확히 기록되어 있었다.

45) 이에 대해서는 심경호, 앞의 글에서 상세히 논한 바 있다. 물론 여기에는 "서울대감 친필"(『옥원전해』 4권)이란 대목 등을 통해 볼 때 단순히 여자뿐만 아니라 남자의 경우도 참여했음을 알 수 있다. 그러나 대체로 이 작품의 필사에 참여했던 인물들은 여자들로 이 집안의 며느리가 주를 이루며 간혹 딸들도 끼어 있다.

가문은 서울에서 거주하는 집안이었음은 이미 선행연구에서 밝힌 바 있듯,[46] 이런 기록들은 우선 이 작품이 18세기 말 서울에서 읽히고 있던 정황을 구체적으로 보여주고 있다는 점에서 중요하다. 이 당시 경화사족京華士族에 의해서 『옥원』이 향유되었던 실상을 명확히 보여주고 있는 것이다.

그렇다면 이 작품을 향유했던 온양정씨·기계유씨·해평윤씨 등은 과연 상층 가운데서도 어떤 계층에 속하는가를 생각해 볼 필요가 있다. 그간 밝혀진 기록들 이외에도 이들 작품의 필사기 혹은 배접지 이면의 기록 그리고 족보 등을 면밀히 살펴본 결과 이 집안과 친밀한 교류가 있었던 이영순의 종질從姪인 이면휘李勉輝·이면익李勉翼 등에 대한 기록도 찾을 수 있었고, 명확히 밝혀지지 않았던 기계유씨(이목원의 부인)의 친딸 박남평댁은 반남박씨潘南朴氏 박인수朴麟壽의 부인임을 알 수 있었다.[47] 이런 기록들까지 함께 고려하면서 이에 대해 검토해 보기로 한다.

먼저 온양정씨가 속한 전주이씨 덕천군파 가문은 선행연구에서도 밝힌 바 있듯, 그 집안 자체로만 놓고 본다면 온양정씨의 시아버지와 남편 그리고 아들 모두 높은 벼슬을 하였다. 따라서 『옥원』이 경화 집권 사족에 의해서 향유되었음을 보여준다 할 수 있다. 그런데 이 집안 또한 면勉자 항렬까지는 높은 벼슬을 하였으나 그 후대인 원遠자, 상象자 항렬에 오면 별다른 벼슬을 하지 못하게 된다.[48] 점차 가세가 기울기 시작하면서 핵심집권층인 경화 집권 사족에서 밀려나기 시작함을 알 수 있다.

---

46) 심경호, 앞의 글.

47) 그간 기계유씨(이목원李穆遠의 부인)의 친딸 박남평댁에 대해 상고할 수 없다고 했으나(심경호, 앞의 글, 185면) 족보를 자세히 검토해 본 결과, 기계유씨에게는 두 딸이 있었는데 맏딸은 반남박씨潘南朴氏인 박인수朴麟壽에게 시집갔고, 둘째딸은 해평윤씨海平尹氏인 윤명선尹明善에게 시집갔음을 확인할 수 있었다.

48) 원遠자 항렬에서 이종원李種遠이 유일하게 음직蔭職으로 현감호縣監戶가 되었을 뿐 그밖에 다른 인물들은 벼슬이 없었고, 상象자 항렬에서는 이상준李象準이 현감縣監을 하였을 뿐 다른 사람은 별다른 벼슬이 없었다.

『옥원』 3권의 배접지 이면을 보면 이 집안과 친밀한 교류가 있었던 온양정씨의 삼종질三從姪인 이면휘(李勉輝, 1740~1816), 이면익(李勉翼, 1743~1801) 등이 "을유년(1765) 2월 22일에 구촌 조카 면휘·면익이 올립니다[乙酉二月二十二日, 三從姪免輝·免翼, 拜上]"라고 하여 안부편지를 올린 글이 있다. 그런데 이면휘·이면익 형제의 집안도 별다른 벼슬을 하지 못한 한사였다. 좀 더 범위를 넓혀서 생각한다면 전주이씨 덕천군파 가문은 이광사, 이광신 가문의 경우를 통해서도 볼 수 있듯,49) 18세기 후반 이후 전체적으로 심각한 정치적 위기를 겪은 가문이었다.50)

한편 박남평댁에 대해 살펴보면 "우리 선비先妣 수필手筆을 뵈오니 반갑고 슬픈지라. 차생此生에 느꺼운 정은 후세後世에나 세세생생世世生生 슬하膝下에 뫼시리라"51)라는 대목을 통해서 그녀 또한 이 작품을 읽었음을 알 수 있는데, 그녀의 시집인 반남박씨 가문도 그 남편인 박인수가 별다른 벼슬을 하지 않은 것에서도 볼 수 있듯 한미한 가문이었다. 그녀의 여동생 시집인 해평윤씨 집안 또한 해평윤씨의 남편인 윤명선尹明善이 별다른 벼슬을 하지 않은 것에서 볼 수 있듯, 그리 권세 있는 집은 아니었다. 비단 이들뿐만 아니라 『옥원』 연작의 필사에 적극적으로 참여했던 전주이씨 덕천군파 며느리들인 온양정씨·기계유씨·해평윤씨의 경우에도 그 친정은 지체가 그리 높지 않았다.52)

이처럼 온양정씨가 속한 전주이씨 덕천군파 가문은 그 집안 자체만을 놓고 본다면 윗대에서는 높은 벼슬을 한 적도 있으나 점차 아래로 갈수록 가세가 기울었고, 그 주변을 둘러싼 가문들은 대부분 심각한 정

---

49) 이광사 가문에 대해서는 경화실세사족의 대표적인 예로서 서론에서 상론한 바 있다.

50) 조선 후기 가문과 가문 간에 혈연·학연 등에 의해 긴밀한 관련을 지녔던 것이 주지의 사실이듯, 한 가문 자체의 층위도 중요하지만 그 가문을 둘러싸고 있는 주변 가문 또한 그 가문이 속한 계층적 층위를 살펴볼 때 고려해야 할 부분이다.

51) 서울대 규장각 소장본 『옥원전해』 5권.

52) 전주이씨 덕천군파 며느리들인 온양정씨·기계유씨·해평윤씨의 친정이 지체가 그리 높지 않았음은 이미 선행연구(심경호, 앞의 글, 186면)에서 논한 바 있다.

치적 위기를 겪었거나 한미한 가문이었다. 따라서 이 집안 자체만을 그 것도 그 윗대인 온양정씨·기계유씨 등만을 놓고 본다면 경화 집권 사족에서 『옥원』 연작을 읽었다는 점을 보여준다고 할 수 있으나, 그 아랫대나 이 집안을 둘러싼 가문들과 관련해서는 경화 실세 사족에 의해서 『옥원』 연작을 이 읽혔음을 보여주는 근거가 될 수 있는 것이다.

또 다른 이본인 연세대본 『옥원재합』에는 궁향의 노파가 이 글을 읽었다는 내용이 들어 있다. 향반층鄕班層에 의해서도 이 작품이 읽혔음을 보여준다. 그런데 "궁향窮鄕에 앉아 책 얻어 보기도 극난極難하기"53)라는 대목을 통해 볼 수 있듯, 당시 지방에서 이 작품을 비롯한 여타의 소설 등을 읽는 것이 그리 흔치 않았던 일임을 알 수 있다. 이 작품의 필사연 대인 신묘辛卯년을 1831년이나 1891년으로 추정한 선행연구를 통해 볼 수 있듯,54) 19세기에도 시골에서 책보는 것이 어렵다면 18세기는 더욱 그러했으리라 미루어 짐작할 수 있다. 연세대본 『옥원재합』은 예외적으로 지방에서 이 작품이 읽혔던 기록을 보여주는 예라 할 수 있다.

또 이와 관련해서 향반층 즉 재지사족在地士族에 대해 생각해 본다면, 18세기 이후 경향 분기가 가속화되면서 이들이 경화 집권 사족과는 달리 정치적으로 문화적으로 열등한 상황에 놓이게 됨은 주지의 사실이다. 따라서 일단 이런 재지사족의 경우에는 최상층 사대부층인 상층 집권층에 포함되기보다는 그 아래 층위라 할 수 있는 상층 실세층에 속한다고 볼 수 있다. 궁향에 거주하는 노파라는 점에서 벌열 가문이었을 것이라고는 여겨지지 않으며, 아들이 과거에 급제하여 도문到門 일자가 가까워졌다는 내용을 볼 때는 아예 몰락양반층은 아님을 알 수 있다. 단정하긴 어려우나 이 내용 또한 상층 실세 계층에서 이 작품을 읽었음을 보여주는 사례로 볼 수 있지 않을까 생각한다.

이처럼 연세대본 『옥원재합』은 시골에서 어렵게 이 작품을 구해 읽

---

53) 연세대 소장본 『옥원재합』 2권.
54) 이지하, 앞의 글, 2001, 18면.

었던 상황을 보여줌으로써 역으로 『옥원』을 비롯한 대하소설의 주된
향유지가 서울이었음을 방증하며, 그 향유층위도 최상층 사대부 계층과
는 거리가 있다는 점에서 넓게 보면 상층의 제2계층인 상층 실세층임을
보여준다 할 수 있다.

나. 작가층
가) 창작저변

『옥원』과 같은 작품은 어떤 기반에서 나온 것일까? 『옥수기』 등에서
영웅의 일대기 구조를 근간으로 하면서도 '분리 모티프'가 탈락된 것은
상층 사대부의 세계관 즉 계층적 입장을 반영한 것이라 평가하였으
나,[55] 17세기 말엽 예송 논쟁을 계기로 당파 간의 공존의 시대에서 공
격의 시대로 바뀌고 18세기에 들어서면 상대당에 대한 가혹한 공격이
증폭됨에 따라 당쟁에서 패한 뒤 가족 모두가 이산離散하거나 관기官奴가
되는 상황을 역사기록에서 흔히 볼 수 있다. 그 가운데 『옥원』과 흡사
하게 남성이 집안의 정치적 위기를 피해 여장女裝한 채 달아나 여종 노
릇을 한 예를 이재李縡가 쓴 「유인완산이씨묘지孺人完山李氏墓誌」[56]에서 살
펴볼 수 있다.[57]

---

55) 대하소설 가운데 영웅의 일대기 구조가 반영된 『옥수기』의 등의 경우에도 남주인공
의 분리 모티프는 빠져 있다. 『옥수기』 등에서 영웅의 일대기 구조를 근간으로 하면서
도 '분리 모티프'가 탈락된 것은 상층 사대부의 세계관 즉 계층적 입장을 반영한 것이
라 평가하고 있다(김종철, 「『옥수기』 연구」, 서울대 석사논문, 41~50면; 송성욱, 「가문
의식을 통해서 본 한국고전소설의 구조와 의미」, 서울대 석사논문, 1991, 1~101면; 김
종철, 「19C 중반기 장편 영웅소설의 한 양상」, 『한국가문소설연구논총』, 경인문화사,
1992, 74~82면).
56) 이재李縡, 『도암집陶菴集』 45권(『한국문집총간』 195권, 민족문화추진회) 「유인완산이
씨묘지孺人完山李氏墓誌」, 435~438면.
57) 완산이씨(1677~1739)는 이사명李師命의 딸이자 김용택金龍澤의 부인이며, 김만중의
손자 며느리이다. 남편 김용택이 임인년(1722)에 당파싸움에 연루되어 죽고 그 큰아들
마저도 반대당파에 의해 죽게 된 뒤, 남아 있는 둘째아들을 살리기 위해 여종으로 변
신시켜 숨게 하고 죽었다는 소문을 냄으로써 그 목숨을 살렸던 내용을 볼 수 있다. 이

이처럼 이 작품이 창작된 18세기는 끊임없는 격변의 시기였기에 대부분의 가문은 당쟁의 폐해를 한두 번은 입지 않을 수 없는 상황이고 비록 용케 이러한 위기를 비껴갈 수 있다 하더라도 그들의 의식 속에는 언제 이런 정치적 격변에 휘말릴지 모른다는 불안감이 내재해 있던 시기이다. 정치적 위기를 겪으며 가족이 이산한 채 홀로 유리하는 상황은 단지 하층민의 궁핍한 체험의 반영만이 아니라 상층의 체험 속에 존재하는 혹은 의식 속에 잠재된 현실의 반영일 수도 있는 것이다. 그 가운데『옥원』은 실제로 이런 위기를 심각하게 경험했을 계층에 의해 씌어진 작품이라 생각해 볼 수 있다.

『옥원』은 "문식文識과 총명이 진실로 규중閨中에 침몰하야 한갓 무용無用한 잡저雜著를 기술記述하고 세상에 쓰이지 못함이 가석가탄可惜可歎이로다"58)는 필사기에 근거했을 때 여성이 작가임을 알 수 있다. 그런데 문헌기록을 통해 보면『옥원』이 창작된 18세기는 워낙 정치적 격변기였기에 여성들 또한 부득이 대외적인 정치활동에 참여한 경우를 종종 볼 수 있다.59) 특히 당쟁으로 화를 입은 집안의 경우, 집안을 지키기 위해 정치적 판세를 잘 파악하면서 여러모로 적극적인 활동을 전개한 인물이 있는가 하면, 남편 혹은 자식을 신원하기 위해 상소문을 올리는 인물도 있고, 혹은 대외적으로 기록물을 남기진 않지만 사적으로 자기 집안과 관련한 정치적 사건을 상세히 기록해 놓은 경우도 볼 수 있다. 이러한 여성들에 대해 구체적으로 살펴보기로 한다.

　　　(가) 완산이씨完山李氏

완산이씨(1677~1739)60)는 이사명李師命의 딸이자 김용택金龍澤의 부인이

에 대해서는 바로 뒤에서 살펴보기로 한다.

58)『옥원』21권, 620면.

59) 물론 여성이 상소를 올리는 등 부득이한 사정으로 정치적인 일에 개입하는 것이 이 시기 이전에도 없었던 것은 아니지만 18세기에 오면 이런 양상이 더욱 증가하는 경향을 보인다. 이는 당대의 시대 상황과 무관하지 않으리라 생각한다.

며 김만중金萬重의 손자며느리이다. 이재李縡가 쓴 「유인완산이씨묘지孺人
完山李氏墓誌」에서 다음과 같은 기록을 볼 수 있다.

임인년(1722) 봄, 흉악한 무리가 무고한 옥사를 크게 일으켰는데 남편이 맨
먼저 연루되었다. 유인孺人은 어린 아이를 같은 마을의 시댁식구에게 맡기고
직접 서울로 올라갔다. 매일 밤 목욕하고 하늘에 절하면서 화가 풀어지길 기
원했다. 화색이 더욱 급해져서 마침내 남편이 4월 11일 옥중에서 죽었다. 흉악
한 무리가 옥사가 이루어지지 않을까 두려워하여 수일이 지난 뒤 (유인의 남
편이) 자백하는 글이라고 거짓으로 꾸며 조보朝報에 냈다. 유인은 몰래 그 실
상을 알아내어 정확한 제삿날을 잃지 않게 했다. (…중략…) 흉악한 무리가 수
사의 법을 사용하고자 하여 금군 기마대를 이끌고 유인의 거처를 에워싸면서
장자를 급하게 찾았다. 유인은 행동거지를 편안하게 하며 평소의 태도를 잃지
않았다. 흉악한 무리들은 이미 장자를 죽이고 사천과 하동 땅에 유인과 장자
의 처를 따로 정배시켰다. (…중략…)
귀양살이 하는 집에 제연을 차리고 아침저녁으로 피눈물을 흘리면서 하늘
을 부르짖으니 이웃사람들까지 감동하여 울었다. 이때 둘째 아들의 나이가 14
세였다. 국법에 나이가 차기를 기다려 연좌해야 한다는 조항은 없었으나 흉악
한 무리가 멋대로 행동하며 나이가 찼으니 체포해야 한다고 혹 말하는 자도
있었다. 유인은 근심하고 두려워하면서 어찌할 바를 몰라 하다가 둘째 아들을
변장시켜 여종처럼 만들어 송씨에게 보내서 다른 곳에 숨게 하고는 둘째 아
들이 염병에 걸려 죽었다고 소문을 냈다. 현에 나가 고하고 임기응변으로써
조사를 벗어났으니 다른 사람은 알지 못했다. 유인은 여자 홀몸으로 비복들과
함께 이런 지극히 어렵고 위험한 일을 행했던 것이다. 은혜와 의로움이 평소
두터워 마음 놓고 일을 맡길 수 있는 사람을 얻었기에 모두 죽을 힘을 다하였
고, 비록 변고가 있고 위급한 때에 이르러도 마침내 배신하는 사람이 없었다.
(…중략…) 을사년 이후 세상의 도가 비록 잠시 밝아졌지만 많은 억울한 자
들이 오히려 다 신원되지 않았다. 유인은 일찍이 남편의 진심과 사건이 밝혀
지지 않고 죽은 날짜조차 위조되자 북을 쳐 억울함을 호소하려 했으나 사람

---

60) 완산이씨는 곧 전주이씨이나, 『완월』의 작가로 추정되는 전주이씨(안겸제의 모친)와
구분하기 위해 완산이씨라 호칭하기로 한다.

들이 말렸다. 유인이 죽은 다음 해 화가 또 일어나 둘째 아들이 잡혀갔다. 유인이 아뢰고자 했던 것으로써 조정의 물음에 답하여 아뢰니 임금님께서 측은하게 여기시어 죽이는 대신 해도에 유배시켰다. 아, 옛날 왕원미王元美가 「전탕절부전傳湯節婦傳」에서 말하길, "이것은 이른바 화를 당하는 일이 갖가지로 일어나 만 번 죽어도 마침내 아비 없는 자식을 살려낸다는 것이다"라고 했다. 또 문신공에게 비하면 절부가 이룬 것이 낫다고 하겠다. 하물며 유인은 이룬 것이 절부보다도 더욱 어려움이 있었음에랴. 유인은 일찍이 제갈무후가 온 정성으로 몸을 바치다가 죽은 뒤에야 그만두었다는 것을 들어 말하길, "내가 김씨 집안에 본래 뜻을 둔 것이 또한 이와 같도다"라고 말했다고 한다.[61]

위의 글에서는 남편 김용택이 임인년(1722) 당쟁으로 인해 죽게 된 뒤 가문을 지키기 위한 완산이씨의 노력이 잘 드러나 있다. 반대당파의 흉책凶策 때문에 남편이 죽는 날짜까지 위조되었으나 이를 잘 살펴 남편이 죽는 날짜를 정확히 알아내어 제대로 제사지내고, 비록 장자長子를 살리진 못했지만 차자次子를 여종으로 변장시켜 숨게 함으로써 가문의 명맥을 유지하게 하며, 후에도 남편을 신원하기 위해 노력하는 가운데 둘째 아들이 임금 앞에서 대답해야 할 말을 알려주기까지 했다. 비록 상소문을 직접 올리는 등의 기록물을 남기지는 않았으나, 남편이 당쟁에 연루

---

61) 壬寅春, 凶黨大起誣獄, 夫子首及焉, 孺人託幼稚於同里夫黨, 而身入京, 每夜沐浴拜天, 以祈紓禍, 禍色益急, 夫子竟以四月十一日死於獄中, 群凶恐獄不成, 過數日, 僞以承款書出朝紙, 孺人偵得其實狀, 使忌辰不失正日, (…中略…) 群凶將用收司之律, 發緹騎圍孺人所居, 索長子急, 孺人擧止安詳, 不失常度, 群凶其殺長子, 遂分配孺人及長子婦於泗川河東地. (…中略…) 設几筵於謫舍, 朝夕泣血號天, 隣里爲之感泣, 時仲子年十四, 國法無待年從坐之文, 而群凶恣行胸臆, 或云年滿將收之, 孺人憂懼不知所爲, 乃以仲子變服爲女奴, 送于宋氏, 使匿之他所, 聲言仲子遘癘死, 詣縣告而設機制變, 得免檢驗, 人無知者, 孺人以一女子獨與婢僕, 行此至難至危之事, 而恩義素孚, 任使得人, 故皆盡其死力, 雖變故危急之時, 終無反心焉. (…中略…) 乙巳之後, 世道雖乍明, 而羣枉猶未盡伸, 孺人嘗以夫子心事之未白, 死日之見誣, 慾擊鼓訟寃, 而人或止之, 孺人歿之明年而禍又作, 仲子被逮, 以孺人之所欲陳者, 陳之於廷問之下, 上爲之惻然, 命貸死流海島, 嗚呼! 昔王元美之傳湯節婦曰, "是所謂嬰百罹出萬死而卒以其孤濟者也," 且比之交信公而以節婦之有成爲勝之, 況孺人之所成, 尤有難於節婦者耶, 孺人嘗擧諸葛武候鞠躬盡瘁死而後已之語曰, "吾於金氏, 素志亦如此云."(이재, 『도암집』 45권(『한국문집총간』 195권, 민족문화추진회) 「유인완산이씨묘지」, 436~438면)

되어 죽고 난 뒤 여성이 당대 정세를 조심스럽게 파악하여 위기 국면을 헤쳐 나갔던 실상을 알 수 있다. 이처럼 완산이씨는 여성이 가장 노릇을 할 수밖에 없는 위기적 상황에서 직간접적으로 정치적 국면에 개입했던 사례를 잘 보여준다.

(나) 광산김씨光山金氏

광산김씨(1655~1736)는 김만중의 딸이자 이이명(李頤命, 1658~1722)의 부인이다. 광산김씨는 자신의 손자와 시동생을 변호하기 위해 국왕 영조에게 언문으로 글을 올린다.

신임옥사에서 남편 이이명과 아들 이기지李器之가 역모죄에 적용되어 이이명은 남해로 유배 갔다가 그 이듬해인 1722년에 죽임을 당하고, 이기지도 같은 해 의금부 감옥에서 혹형으로 죽게 된다. 광산김씨와 자부 그리고 손부(이봉상李鳳祥의 부인)도 전라도 부안 땅으로 귀양을 가게 되는데, 그 와중에서 광산김씨의 손자인 이봉상이 상대당파인 소론의 독수를 피해 국법을 어기고 귀양지를 벗어나 도주하게 되는 사건이 발생한다. 이에 사헌부에서는 국법을 어기고 도주한 이봉상을 극형에 처해야 하며, 그 일을 사주한 이익명(李益命, 광산김씨의 시동생)도 함께 처벌해야 한다고 탄핵하게 된다. 경종이 죽고 영조가 즉위하면서 광산김씨는 유배지에서 향리인 부여로 귀환하게 되는데, 이때 다시 1차, 2차에 걸쳐 상소를 올리게 된다.

그 내용은 사헌부에서 탄핵하는 데 맞서, 손자 이봉상을 도주시킨 것은 오로지 광산김씨 자신의 일로 시동생 이익명과도 무관하니 그 일에 대한 모든 죄과는 자신이 받아야 사리에 마땅하다는 주장이다. 비록 광산김씨의 상언이 받아들여지지는 않았지만, 당대의 혼란한 정국 속에서 여성이 임금에게 글을 올리는 등 정치에 직접적으로 관여한 사실을 보여준다는 점에서 주목할 만하다.

그것도 '언서상언諺書上言'이라는 흔치 않은 방식이기에 광산김씨의 상언은 더욱 의미를 갖는다. 글이 언문으로 되어 있다는 점은 광산김씨가 직접 지은 글임을 짐작케 한다. 성은을 언급하면서도 당당함을 잃지 않은 품격적인 면과 날카로운 '정치성'이 숨겨진 내용적인 면을 그 특징으로 하는 이 글은, 치열했던 당쟁의 소용돌이 속에서 일개 아녀자였던 광산김씨 또한 자신의 손자와 시동생을 구하기 위해 정치적인 영역에 참여할 수밖에 없었던 상황을 잘 보여준다.[62] 이처럼 광산김씨는 격동기의 시대 상황 속에서 여성이 정치적인 일에 관여하게 되고 그에 따라 공적 기록물을 남긴 사례를 잘 보여준다.

(다) 경주이씨慶州李氏

경주이씨(1707~1742)는 이장오李章五의 딸이자 조영석趙榮晳의 부인이다. 그 시아버지인 조관빈(趙觀彬, 1691~1757)이 그녀에 관해 쓴 행장 가운데 다음과 같은 부분을 볼 수 있다.

숙인(경주이씨)은 일찍이 시아버지의 소싯적 일과 조정에서의 일을 언문으로 기록하여 두었는데 자못 자세하고 그 본말을 다 갖추었다. 항상 옛 상자에 담아 두었는데, 딸들이 그 힘들인 정성을 본받아서 계속해서 지어 책을 완성했다.[63]

경주이씨가 시아버지에 관한 일을 언문으로 기록하면서 그 소싯적 일뿐만 아니라 조정에서의 일 등 정치적 사건까지도 상세히 다루었다는 내용이다. 경주이씨가 이 일을 다 끝내지 못하자, 딸들이 그 나머지를 뒤이어 완성하게 된다. 이러한 기록을 통해 볼 때 당대 여성들 또한 자신의 집안과 관련될 때는 조정의 일에도 많은 관심을 지녔음을 알 수

---

62) 이에 관한 내용은 임형택, 「김씨부인의 국문상언-그 역사적 경위와 문학적 읽기」(『민족문학사연구』 25, 민족문학사학회, 2004, 358~381면)에서 상세히 논한 바 있다.

63) 淑人嘗聞舅少時事及立朝大關, 以諺字記置, 頗纖悉, 尙留舊箱, 女兒輩體其苦誠, 續而成卷.(조관빈趙觀彬, 『회헌집悔軒集』 19권(『한국문집총간』 212권, 민족문화추진회) 「자부경주이씨행장子婦慶州李氏行狀」, 536면)

있게 한다.

조관빈(1691~1757)은 노론 4대신인 조태채趙泰采의 아들로 숱한 정치적 굴곡을 겪었던 인물이다.64) "갓 결혼하여 시부모를 뵙는 예식 즉 현구고지례見舅姑之禮을 행하기도 전에 시아버지께서는 이미 폄적貶謫을 입어 장차 해도로 떠나려 하셨다[新婚, 未及禮現, 舅被謫, 將赴海島]65)는 대목에서 볼 수 있듯, 경주이씨가 1731년에 시집왔을 때 시부媤父인 조관빈은 대정현大靜縣 해도海島로 유배 가기 직전이었다. 시집오자마자 시아버지가 유배지로 떠나는 형국을 접하게 된 경주이씨는 시댁이 처한 정치적 상황에 민감할 수밖에 없었을 것이다.

경주이씨가 그 시아버지의 소싯적 일뿐만 아니라 조정에서의 일도 함께 상세히 기록했다는 사실을 통해서, 경주이씨는 결국 시댁과 관련된 정치적 국면들을 소상하게 잘 알고 있었고 그렇기에 이를 글로 남길 정도였음을 짐작케 한다. 그 딸들까지도 어머니를 따라 그 글을 완성했다는 점을 통해 볼 때, 당대 정치적 격변의 상황 속에서 여성들 또한 정치적 국면에 상당한 관심을 지니고 있었음을 알 수 있는 것이다. 이처럼 경주이씨는 자신의 집안의 정치적 사건과 관련해 사적 기록물을 남긴 여성의 한 사례를 보여준다.

---

64) 조관빈은 1723년 신임사화로 화를 당한 아버지에 연좌되어 홍양현興陽縣에 유배되었다가, 1725년 영조 즉위 후 노론이 집권하자 풀려나와 홍문관제학 등을 역임하고, 대사헌으로 신임사화를 논핵한다. 1727년 동지돈녕부사로 임명되자 노론 4대신인 김창집金昌集·이이명李頤命 등이 죄적罪籍에 있으므로 의리상 취임할 수 없다고 그 삭제를 상소하였다가 그 해 정미환국으로 파직된다. 1731년 대사헌에 있으면서 다시 신임사화의 전말을 상소하여 소론의 영수인 이광좌李光佐를 탄핵하였다가, 당론을 일삼고 사감으로 대신을 논척했다는 죄로 대정현大靜縣 해도海島에 유배된다. 이듬해 풀려났으나 등용되지 못하고 있다가 1736년 도승지에 임명된다. 1744년 호조판서로 있으면서 영의정 김재로金在魯와의 불화로 면직되었다가 다시 그해 우참찬·홍문관제학에 다시 기용된다. 1753년 대제학으로 죽책문竹冊文의 제진製進을 거부하여 성주목사로 좌천되었고, 이어 삼수부三水府에 유배되었다가 곧 단천端川으로 이배되었다. 그해 풀려나와 이후 좌빈객左賓客·지중추부사가 되었다.

65) 조관빈, 앞의 글, 535면.

전통사회에서 여성의 정치참여는 극히 금기시되는 것이었지만, 18세기가 워낙 격동의 시대였던 만큼 여성이 정치적 일에 관여하게 되고 그러는 과정에서 정치적 사건과 관련해서 자신의 집안에 관한 일을 기록해두거나 자신 집안의 억울함을 하소연하기 위해 상언을 하는 등의 일이 빈번해졌던 것이라 할 수 있다.

이러한 시대적 분위기를 감안할 때, 여성이 정치적 사건을, 그것도 『옥원』에서처럼 실세를 경험한 집안에서의 정치적 사건을 소설로 형상화하는 것이 그리 어려운 일은 아닐 것임을 짐작케 한다. "시아버지의 소싯적 일과 조정에서의 일을 언문으로 기록하여 두었는데 자못 자세하고 그 본말을 갖추었다"라는 대목에서 볼 수 있듯, 경주이씨가 자신의 시아버지에 관한 일들을 기록한 것을 좀 더 부연해서 혹은 우의적으로 각색해서 꾸민다면 소설로 될 수 있는 가능성을 생각해 볼 수 있다.

나) 작가로의 접근

당대의 이런 분위기와 관련해서 『옥원』의 작가 문제를 좀 더 깊이 탐색해 볼 필요가 있다. 그간 『옥원』의 작가에 관한 다양한 추론들이 있었다. 이광사李匡師설,66) 중인층中人層설,67) 온양정씨溫陽鄭氏설,68) 강화학파江華學派 여성女性설,69) 전주이씨(全州李氏, 안겸제安兼濟의 모친)와 동일집단同一集團 창작創作설70) 등이 있다.

먼저 이광사설의 경우에는 『명행록』과 『소씨명행록』을 같은 것으로 보고 논의를 전개했으나 두 작품을 동일한 것으로 볼 수 있는 증거가

---

66) 최길용, 「『옥원재합기연』의 작자고」, 『조선조 연작소설 연구』, 아세아문화사, 1992, 430~458면.
67) 양민정, 「『옥원재합기연』 연구」, 『고전문학연구』 8, 한국고전문학회, 1993, 322면.
68) 정창권, 「조선 후기 장편 여성소설 연구」, 고려대 박사논문, 1999, 60면.
69) 이지하, 앞의 글, 2001, 155~168면.
70) 정병설, 「『옥원재합기연』 작가 재론」, 『관악어문연구』 22, 서울대 국문과, 1997, 317~332면.

존재하지 않으며, 『옥원』 필사기의 작가에 관한 내용 가운데 "규방에 침몰하여"라는 구절을 통해 볼 때 『옥원』의 작가를 남성으로 보는 것은 아직까지는 무리가 있다고 본다.[71]

중인층설의 경우에는 주인공들이 의술醫術에 밝다는 점을 근거로 하였다. 그런데 조선 시대 부모에게 봉양을 극진히 하고 또 부모로부터 물려받은 신체를 보호해야 한다는 유가儒家의 입장에서 유학자들이 의서醫書를 공부하는 것은 보편적인 일이었다. 심지어 의서 강독을 위한 계회契會를 조직하여 공동으로 공부하기까지 하였다.[72] 이처럼 의약 혹은 의술에 관해 박식한 것은 당대 양반가에서 흔한 일이기에 이를 근거로 중인층설을 논하는 것은 무리가 있다.

온양정씨설의 경우에는 필사筆寫를 저술著述과 동일한 개념으로 파악하고 이러한 설을 주장하였으나, 필사와 저술을 동등한 개념으로 보는 것은 상당한 무리가 있다. 따라서 온양정씨설은 현재로서는 거의 가능성이 없다고 할 수 있겠다.

강화학파 여성설은 작가 일개인이 아닌 작가가 속해 있는 집단을 규명함으로써 작가연구의 새로운 활로를 열었다 할 수 있다. 그런데 이는 최길용이 『옥원』의 작가로 논의한 이광사가 강화학파라는 사실과 그러면서도 '규방에 침몰하여'라는 대목을 통해 볼 때 『옥원』의 작가는 여성이라는 점, 이 두 가지 전제가 합쳐져 강화학파 여성설이 주장된 것으로 보인다. 강화학파와 『옥원』의 내용이 유사한 점을 들어 이런 논의를 폈으나 아직까지 이를 뒷받침할 만한 확실한 단서는 보이진 않는다. 집단 전체의 성향을 통해 작가에 다가간 것은 작가에 대한 확실한 자료가 없는 상황에서 의미 있는 작업이긴 하나, 그럼에도 불구하고 구체적

---

71) 『옥원』의 작가를 이광사로 보는 데 많은 문제가 있음은 정병설의 위의 글에서 상론한 바 있다.

72) 김호, 「『동의보감』 편찬의 역사적 배경과 의학론」, 서울대 박사논문, 2000, 107~129면. 중인층설이 무리한 추론임은 엄기영, 「『옥원재합기연』의 작품세계와 연작관계 연구」(고려대 석사논문, 2001)에서도 논한 바 있다.

인 작가의 정체에 관해서는 언급이 없기에 다소 막연한 추론이라는 생각이 든다.[73]

마지막으로 전주이씨와 동일한 집단 창작설에 대해 살펴보기로 한다. 『옥원』 14권 말미의 소설목록의 배열방식, 『옥원』과 『완월』 두 작품의 혹사酷似한 유사성, 전주이씨와 온양정씨(『옥원』의 필사자)가 사돈 관계라는 점을 토대로 이 두 작품이 동일한 작가에 의해 창작되었을 가능성을 가정한 뒤, 그러나 부분적인 차이가 감지된다는 점을 토대로 두 작품이 동일집단에서 창작되었을 가능성을 다음과 같이 조심스럽게 논한 바 있다.

> 규장각본 소설목록의 배열 방식, 전주이씨와 온양정씨와의 관계, 『옥원재합기연』과 『완월회맹연』의 관계 등을 고려할 때 전주이씨를 『옥원재합기연』의 작가로 볼 수 있는 가능성은 적지 않다. 그러나 이런 근거에도 불구하고 전주이씨 작가설을 주장하기에는 주저되는 점 또한 없지 않다. 그 이유는 다음과 같다. 첫째, 규장각본 『옥원재합기연』의 다른 필사기나 작품 내적 진술에 '완월'이 언급되지 않고 있다. 둘째, 『옥원재합기연』과 『완월회맹연』은 세부적 문체에 있어서 부분적인 차이가 감지된다. (…중략…) 『옥원재합기연』과 『완월회맹연』이 매우 긴밀한 연관 관계를 지니고 있지만, 동일인의 작품으로 간주하기는 어렵다는 일견 모순되어 보이는 견해를 어떻게 받아들일 것인가? 비슷하기는 하지만 같지는 않다는 데서, 우리는 두 작품이 동일인이 아니라 **동일집단의 창작일 가능성**을 조심스럽게 제기할 수 있을 듯하다.[74]

작품이 배열된 순서만을 토대로 그 작가를 탐색한다는 것은 일견 가능성이 낮아 보이기도 한다. 그런데 『옥원』 14권 말미의 소설 목록 전체의 배열방식을 고려한다면, 이러한 접근 방식은 상당히 근거 있는 논

---

73) 물론 앞으로 강화학파의 여성 가운데 『옥원』을 창작했을 가능성이 높은 여성에 관한 구체적인 기록이 발견된다면, 이러한 주장 또한 상당히 설득력이 있을 수도 있다. 하지만 구체적인 기록이 없기에 이 논의는 아직까지 실증적인 근거를 확보하기 어렵다.

74) 정병설, 앞의 글, 1997, 328~329면.

의임을 알 수 있다. 『옥원』·『완월』 이외의 다른 작품들도 모두 '뉴효
공, 뉴시삼디록', '현씨냥웅, 명듀기봉' 등에서 볼 수 있듯, 서로 관련이
높은 작품끼리 연달아서 배치되고 있기 때문이다. 물론 이외에도 전주
이씨와 온양정씨가 상당히 친밀한 관련을 지닌 점, 작품의 내용이 흡사
한 점까지 고려한다면 이는 근거 있는 추론임을 알 수 있다.75)

　그런데 실제로 전주이씨의 친정인 영해군파寧海君派 가문에서 전해오
는 『이가세고李家世稿』·『완산이씨가승完山李氏家乘』을 살펴본 결과,76) 그
녀의 바로 후대에 전주이씨 가문은 심각한 정치적 위기를 겪었는데, 그
와중에서 그녀의 친정질부親庭姪婦인 해평윤씨(海平尹氏, 1731~1813), 기계
유씨(杞溪俞氏, 1725~1782) 등은 상당한 저술활동을 하였음을 확인할 수
있었다.77)

　전주이씨 대에는 그 부친과 오라버니가 모두 대사간을 역임하는 등

<hr>

75) 물론 이러한 추론은 완월의 작가가 『송남잡지』의 기록대로 전주이씨(안겸제의 모친)
　　라는 확실한 전제 위에서 가능한 것이다. 『송남잡지』의 기록의 신빙성에 대해서는 바
　　로 뒤에 『완월』의 향유기반을 논하는 대목에서 상론하기로 한다.

76) 『이가세고李家世稿』는 전주이씨 영해군파寧海君派 가운데서도 강녕군파江寧君派에서
　　전해오는 선조들의 유고遺稿를 묶어 만든 책이다. 여기에는 이정린李廷麟의 「죽와유고
　　竹窩遺稿」, 이언경李彦經의 「천유재유고天游齋遺稿」, 이춘제李春躋의 「중은재유고中隱齋
　　遺稿」, 이창급李昌伋의 「일와옹유고一臥翁遺稿」, 이창임李昌任의 「신천옹유고信天翁遺稿」,
　　이선정李宣鼎의 「수목수초水目收草」, 이헌정李憲鼎의 「필천수습泌泉收拾」, 이돈기李敦器
　　의 「삼재유고三齋遺稿」, 이석팔李錫八의 「오당유고五堂遺稿」 등 총 9편의 문집이 실려
　　있다. 『완산이씨가승完山李氏家乘』은 『이가세고』에서 그 집안에 관한 주요내용만을 골
　　라 엮은 책으로, 대부분 『이가세고』와 중복된다. 따라서 본고에서는 『이가세고』를 주
　　된 자료로 하고, 『이가세고』에 없는 부분은 『완산이씨가승』을 참조하기로 한다. 이 문
　　헌들에는 조선 후기 사회문화사를 살펴보는 데 중요한 기록들이 많이 실려 있다. 우선
　　전주이씨 영해군파 가문은 3대에 걸쳐 대사간을 역임한 집안으로, 이들 문헌에는 다
　　량의 산문 혹은 한시가 실려 있다. 또한 사천槎川 이병연李秉淵, 이계耳溪 홍양호洪良浩,
　　겸재謙齋 정선鄭歚 등의 당대 명사들과 절친한 관계를 유지했던 집안으로, 이 문헌들에
　　는 이들과 교류했던 기록들이 남아 있다. 앞으로 다방면에서 이들 문헌에 대한 연구가
　　진행되기를 바란다. 아울러 이 자리를 빌려 세상에 공개되지 않은 소중한 자료들을 열
　　람하고 복사할 수 있도록 배려해 주신 이광철李侊澈 회장님께 진심으로 감사드린다.

77) 앞으로 살펴볼 전주이씨 영해군파 가문 여성들의 어문생활에 대해서는 졸고, 「『백
　　계양문선행록』의 작가와 그 주변-전주이씨 가문 여성의 대하소설 창작가능성을 중
　　심으로」, 『고전문학연구』 27, 한국고전문학회, 2005에서 이미 상론한 바 있다.

별다른 위기 없이 삶을 누리게 된다.[78] 그
런데 그녀의 바로 후대로 오면, 전주이씨의
조카이자 해평윤씨의 남편인 이창임李昌任이
역모죄에 걸리고, 그 형인 이창급李昌伋마저
동생의 일에 연루되어 삭탈관직削奪官職되는
가운데 가문 전체가 폐족廢族당하는 불행을
겪는다. 더욱이 이들의 신원伸寃이 금방 이
루어지지 않고 30여 년의 긴 세월이 지난
뒤 이루어지기에 이 가문은 당쟁에서 밀려
나 오랫동안 곤핍한 삶을 영위하게 된다.

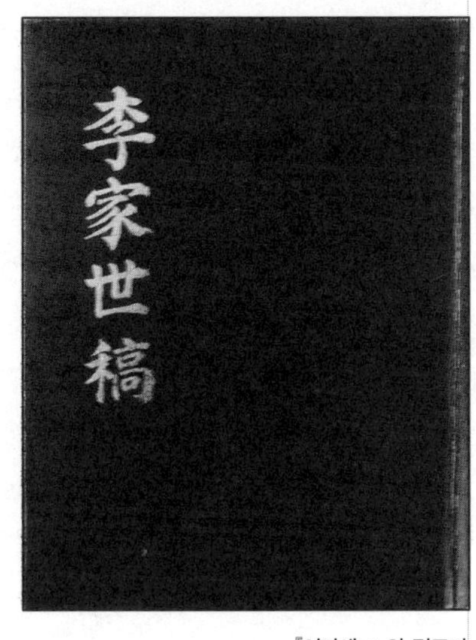

『이가세고』의 겉표지

이러한 가난家難을 겪으면서 그녀들은 공
적인 혹은 사적인 저술활동을 하게 된다.
해평윤씨를 보면, 남편의 신원을 위해 세 차례에 걸쳐 상소문을 올렸을
뿐만 아니라, 대하소설로 볼 수 있는『백계양문선행록伯季兩門善行錄』거
질巨帙을 창작하기도 하였다. 기계유씨의 경우에는 특별한 저술 작품이
언급되고 있진 않지만 그 남편이 한묵지벽翰墨之癖이 있다고 평할 정도로
상당한 저술활동을 하였다.

이러한 정황에 근거할 때『옥원』의 작가로는 전주이씨가 아니라 그
녀의 친정질부인 해평윤씨, 기계유씨로 상정해 볼 수 있지 않을까 생각
한다. 물론 이를 확언할 수는 없으나『옥원』의 작가로서 가능성 있는
대상을 구체적으로 검토해 보고자 하는 것이다.

앞서 살펴본 바 있듯『옥원』과『완월』두 작품은 윤리의식에서는 어
느 정도 비슷한 측면도 많으나 정치의식에서는 상당한 차이를 보여주
고 있다.『옥원』은 주로 상층 실세층의 방황과 고심을,『완월』은 상층
집권층의 안정과 자부를 주로 담아내고 있다.

---

78) 이에 대해서는 정병설,『『완월회맹연』연구』(태학사, 1998)에서 논한 바 있다. 이에
   관한 자세한 내용은 다음 절에서 구체적으로 살펴보기로 한다.

물론 동일한 작가라 하더라도 그녀가 처한 상황이 어떻게 달라졌는가, 혹은 그녀가 누구를 독자로 설정했는가에 따라 각각의 작품의 내용이 달라질 수도 있겠지만, 계층적 의식이 확연히 달라진다는 것은 고려해 볼 문제이다. 특히 『완월』의 작가인 전주이씨 대代에서는 정치적으로 큰 변화를 겪지 않기에 그녀가 『옥원』과 같은 작품을 썼다고 보는 것은 무리이다.

대하소설 가운데 상층 실세층의 의식이 가장 잘 녹아있는 작품이라고 할 수 있는 『옥원』의 경우 작가의 삶과의 관련성을 배제할 수 없을 것이기에, 전주이씨의 바로 후대인 해평윤씨, 혹은 기계유씨를 『옥원』의 작가로 상정한다면 지금까지의 문헌기록 및 연구성과에 기반해 보았을 때 무리한 추론만은 아니라 생각한다. 그녀들의 삶과 저술활동을 좀 더 면밀히 검토하면서 이러한 가능성을 구체적으로 검토해 보기로 한다. 설혹 이들이 『옥원』의 작가가 아니라 하더라도 이들에 관한 기록은 경화 실세 사족 여성의 대하소설 창작 실례를 살펴볼 수 있다는 점에서 그 의의를 가질 수 있다.

(가) 해평윤씨海平尹氏

해평윤씨(1731~1813)는 윤택현尹澤顯의 딸이자 이창임(李昌任, 1730~1775)의 부인이다. 그녀의 삶을 간략히 살펴보면, 이창임의 첫째부인인 남양홍씨南陽洪氏가 1756년에 죽자 1757년에 재취로 들어가게 된다. 그런데 1775년 을미년乙未年에 남편 이창임이 병사病死하는 변고를 겪는다.[79] 게다가 그 이듬해인 1776년 병신년丙申年에는 이창임이 역모죄에 소급되고, 그 형인 이창급李昌伋마저 동생의 일에 연루되어 삭탈관직削奪官職는 가운

---

[79] "갑오년에 안주목사에 제수됐는데 그 다음해에 병환으로 집에 돌아오셨다가 7월 22일 신시에 장동집에서 작고하셨다[甲午拜安州牧使, 翼年以病歸, 七月二十二日辛時, 卒于壯洞第]."(『완산이씨가승完山李氏家乘』「십이세신천옹공사적약기十二世信天翁公事績略記」, 302장 앞면)

데 가문 전체가 폐족廢族당하는 불행을 겪는다. 이창임은 환관宦官 김수현金壽賢 등과 결탁하여 역모를 꾀했다는 죄목으로 대사간직大司諫職을 삭탈당하고, 이창급 또한 이에 연루되어 정주목사직定州牧使職을 삭탈당하게 되는 것이다.80) 물론 전주이씨 집안에서는 이를 홍국영洪國榮, 정원시鄭元始 등의 모함으로 보고 원통해한다.81) 해평윤씨 또한 남편을 따라 죽을 결심까지 하나, 다행히 이창임이 생전 계후繼後로 삼은, 이창급의 장자인 이선정李宣鼎의 효성에 힘입어, 또 남편을 신원伸冤하겠다는 일념으로 마음을 추스르고 한 많은 세월을 보내게 된다.82)

그녀는 남편이 원사당한 이후 30여 년의 세월을 보내면서 남편을 신원키 위해 「을축상언乙丑上言」83) · 「병인상언丙寅上言」84) · 「정묘상언丁卯上言」85)

---

80) 정조 1년 4월 26일, 『정조실록』 3권. 이덕사李德師 · 조재한趙載翰 · 박상로朴相老 · 최재흥崔載興 등은 임오년 일을 징토한다는 핑계로 환관宦官 이흥록李興祿, 김수현金壽賢 등과 비밀히 결탁한 후 정조가 춘저에 있을 때부터 이 사실을 알렸는데, 정조는 그 때 어린 나이였지만 그들의 간악상을 알고는 마음속으로 미워하였다. 영조가 승하하자 이들은 시골 유생 이일화李一和를 시켜 상소하여 임오년 일을 다시 말하게 하고, 이덕사도 상소를 올리게 된다. 정조는 이들이 "이는 선왕(영조)을 무함한 역적이다"라고 하며 친국하기에 이르는데, 이때 김수현의 초사招辭에서 이창임이 관련되었다는 말이 나옴에 따라 이창임 또한 이 일에 연루된다(『정조실록』 「정조대왕행장②」).

81) "병신년 봄 환옥시에 평일 홍국영에게 미움을 받은 일로 인해 무고를 당하고 독수에 걸리게 되었다. 또한 정원시 일파가 이 기회를 타 함정에 밀어 넣음에 추국당하는 형국에 이르게 되었다[丙申春, 窘獄時, 以平日積忤於洪國榮, 被誣罹毒. 又爲鄭元始輩, 乘機擠陷, 至蒙追勘之典]."(『완산이씨가승』 「십이세신천옹공사적약기」, 302장 뒷면)

82) "병신년에 가화를 만나자 후비인 윤부인께서는 그날부터 물도 드시지 않고 맹세코 죽어서라도 남편의 무고함을 신원할 것을 계획하셨다. 호흡이 위태롭게 되시자 부군(이선정李宣鼎)께서는 눈물을 흘리며 힘써 만류하여 말씀하시기를 '우러러 믿을 분은 위에 계신 성명군주이시니 오직 천심天心이 회과하시기를 기다려야 합니다. 화를 입은 집안이 회운하면 큰 복을 얻는 곳이 됩니다. 의리로 볼 때 이것이 십분 도리에 맞습니다'라고 밤낮으로 읍혈간언하자 윤부인께서 이에 감동하고 깨우쳐 죽을 마음을 그치셨다[丙申遭家禍, 所后妣尹夫人, 自其日不進勺水, 誓死伸誣爲計, 氣息凜綴. 府君涕泣力挽曰, '仰恃者, 聖明在上, 惟俟天心悔, 禍家運回, 泰律之處, 義此爲十分道里.' 晝宵血懇, 尹夫人乃感悟而止]."(『완산이씨가승』 「참판공유사參判公遺事」, 340장 뒷면〜341장 앞면)

83) 『이가세고李家世稿』 「수목수초水目收草」, 1,784면.

84) 위의 글, 1,786면.

등 수차례에 걸쳐 상소문을 올리는가 하면, 그 슬픔을 이겨내기 위해 지속적으로 글을 쓰는 과정에서 『백계양문선행록』 거질巨帙이란 대하장편을 저술하기까지 하였다. 먼저 그녀가 올린 상소문에 대해 살펴보기로 한다.

신은 여자의 몸으로서 망부亡夫가 죄를 입은 일로 수십 해 동안 한을 품었으면서도 아직도 감히 한 번 폭백할 계책도 없었습니다. 지금 나이가 팔십으로 거의 수명이 다해 가는데, 장차 죽게 된다면 눈을 감지 못하는 귀신이 될 것입니다. 그런 까닭에 작년(을축년) 가을에 감히 거의 죽어가는 목소리로 죽음을 무릅쓰고 임금님께서 행행幸行하시는 길에 하소연하였습니다. (…중략…) 다만 엎드려 생각건대 망부의 죄명은 불과 두 가지 뿐인즉 환관(김수현金壽賢)의 초사招辭로 말하자면, 이 초사에 거론되어 끌려온 공경대부가 한두 사람이 아니었으나 살아서 이승에 있던 자들은 모두 다 관작이 예전과 같이 되어 목숨과 명성이 모두 온전합니다. 그러나 망부는 비록 그것을 믿을 수 없다는 은교恩敎가 있었으나, 끝내 다른 사람의 모함을 입음을 면할 수가 없었습니다. 다만 죽은 사람은 다시 살 수 없고 폭백할 여지도 없어 죄가 무덤에까지 미치게 되었으니, 이것이 천고의 원통함을 낳은 실마리입니다. (…중략…) 신은 여자의 몸으로 명도가 궁박하며 허물이 많고 진실로 믿음직하지 못하니 오히려 누구를 원망하겠습니까? 성스럽고 밝은 시대에 장차 살아서는 원통함을 품고 죽어서는 한스러움을 면할 수 없습니다. 이것이 또 감히 지극한 고통을 반드시 호소해야 하는 뜻입니다. 우러러 임금님 아래에서 울면서 하소연합니다.[86]

이 글은 1806년 순조가 원릉元陵으로 행행幸行할 때 올린 것으로, 해평 윤씨가 팔십에 가깝도록 남편의 신원이 이루어지지 않은 상황에서 남

---

85) 위의 글, 1,788면.

86) 云云 臣女矣身, 以亡夫被罪辜, 積年抱恨, 尙不敢爲一暴之計矣. 今至八十垂盡之境, 將作九泉不暝之鬼, 故乃於昨秋敢以臨絶之音 冒死哀籲於幸行之路矣. (…中略…) 第伏念亡夫罪名, 不過二條, 則至於宦招, 其所援引之公卿大夫, 非止一二人, 而生在地上者, 擧皆爵秩如故, 身名俱全, 亡夫則當日雖有予不信之之恩敎, 而終不免爲人擠陷者, 只緣死者, 不可復生, 辨暴無地, 罪及泉壤, 是爲千古至冤之端. (…中略…) 臣女矣身, 命窮釁深, 誠未格孚之致, 尙誰怨尤, 而聖明之世, 將不免生而抱冤, 死而飮恨, 又敢以疾痛, 必呼之義, 仰首泣訴於黈纊之下.(『이가세고』「수목수초」「병인상언丙寅上言」, 1,786면)

편이 신원되기를 바라는 간절한 읍소泣訴를 담고 있다. 이미 1805년 을축년에 글을 올렸음에도 별다른 소식이 없자, 한 해 뒤인 병인년에 다시 글을 올린 것이다. 자신의 남편이 김수현金壽賢의 초사招辭에 이름이 들어간 연고로 역모죄에 휘말렸는데, 그 당시 살아 있던 사람들은 대부분 다시 벼슬이 전과 같아져 영화를 누리는데 반해, 자신의 남편은 당시에 이미 죽은 사람으로 폭백할 기회도 갖지 못한 채 누명을 쓴 원통함을 호소하고 있다.

그런데 이 글이 해평윤씨의 양자養子인 이선정李宣鼎의 문집 「수목수초水目收草」에 실려 있는 점, 그밖에 그녀가 임금에게 올린 다른 글에 관한 내용에서도 "해평윤씨를 대신하여 짓다[代叔母淑夫人海平尹氏作]"[87]라는 구절이 있는 점 등을 통해 볼 때, 그녀가 직접 한문으로 썼다기보다는 그녀가 구술하거나 언문으로 쓴 것을 자식 혹은 조카들이 한문으로 옮겼다고 보는 것이 옳을 것이다. 혹은 처음부터 그들 스스로 한문으로 썼을 수도 있다.

중요한 점은 해평윤씨의 이름으로 임금에게 글을 세 번씩이나 올렸다는 사실이다. 자신의 이름으로 글이 임금에게 올라가는 상황에서 비록 자신이 쓰지 않았다 하더라도 그 글의 내용을 모를 리 없었을 것이다. 더욱이 자신의 남편이 역모죄에 소급된 후 30년 동안 남편이 신원되기를 간절히 바랐던 해평윤씨로서는 당대의 정치적 상황에 촉각을 기울이지 않을 수 없었을 것이다. 폐족당한 집안을 다시 일으키기 위해 팔십 노친인 그녀가 여성으로서는 예외적으로 임금에게 상소를 올리는 등의 대외적인 일에 관여하게 되는 것이다.

이러한 기록들은 해평윤씨가 『옥원』과 같은 정치적 위기를 겪은 가문의 일원임을 보여주는 동시에 정치적 시국에 대해 퍽 관심이 많았을 인물임을 잘 보여준다. 이러한 점들은 『옥원』에서 형상화되는 치밀한

---

87) 이헌정李憲鼎, 『이가세고』「필천수습泌泉收拾」「정주사서문籌司書」, 1,805면.

정치적 갈등의 형상화가 단지 남성뿐만이 아니라 여성과도 관련이 있을 수 있음을 짐작케 한다.

한편 그녀는 『백계양문선행록伯季兩門善行錄』 거질巨帙을 저술하기도 하였다. 이에 대해 구체적으로 검토하기 위해 그녀에 관한 제문祭文 두 편을 살펴보기로 한다. 먼저 조카인 이헌정李憲鼎이 쓴 글을 보면 다음과 같다.

오호! 을미년(1775)의 변이 있고 얼마 안 되어 병신년(1776)의 화에 연달아 걸렸으니 애통함은 성이 무너지는 듯하고 원한은 온 집안에 맺혔습니다. (남편이 원사한 뒤) 부인의 40년 세월 동안, 어느 하루인들 빨리 죽고자 하는 날이 아니었으며, 어느 일인들 울면서 (남편을 신원시키지 못한 일에 대해) 자신을 허물하는 일이 아니었겠습니까? 신원되기를 간절히 바람에 척서尺書가 대궐에 이르고 진실된 마음이 귀신을 감동시킨즉, 조정에서 공변된 의론이 크게 일어나 저승에서의 지극한 그릇됨이 쾌히 바르게 되었습니다. (…중략…)

오호! 부인의 인자한 덕으로도 마침내 후사가 없으니 이는 운명입니다. 그러나 형의 아들로써 아들을 삼았으니 어찌 친자식과 차이가 있겠습니까? 다만 품에 안은 어린 자손들이 일찍 죽은 자가 많아 여년에 오랫동안 근심을 끼쳐 드리지 않을 수 없었습니다. 그러나 재롱을 떨던 어린 아이가 관례를 행할 정도로 쑥 자라서 또 이미 아내를 취하게 되었으니 어찌 다행한 일이 아니겠습니까? 그 며느리 또한 진실로 시문과 예법을 아는 집안의 딸로 부인을 돌보는 정성이 지극하였으니 이는 진실로 부인이 이전에는 기약할 수 없었던 일이었습니다. 이에 그 돌아가신 날 밤과 발인하기 전날 저녁에 조문하러 온 사람들이 그 아들이 흰머리로 곡하고 가슴을 치며 슬퍼하는 모습과 손자들이 상여 끈을 붙들고 그 뒤를 따르는 모습을 보고 기뻐하였으니 부인이 어찌 연연함과 유감이 있겠습니까? (…중략…)

오호! 부인은 성품이 총명하고 지혜로워 틈틈이 글 쓰시는 일을 즐기셨기에 상자에 담긴 글이 가득했습니다. 슬프고 우울하거나 수심이 일고 쓸쓸할 때면 매번 흥을 일으켜 간단히 적고 마음에 깃들인 것을 저술하셨으니, 노년에 일분 소견할 계획을 삼고자 하신 것이었습니다. 저는 그 곁에 있었는데, 간혹 붓과 벼루를 잡아 글을 쓰신 뒤 저로 하여금 읽어보도록 하셨고, 술이 있으면 저를 불러 수작하셨으니 외람되이 마음을 알아주는 이로서 대접받았던 것입니다. 나이를 잊은 의탁이 삼십 년간 이루어졌습니다. (…중략…)

　근래 이래 자손들이 번성하여 집이 좁은즉 혹 집을 넓히고자 하는 의론이 없는 것이 아니었습니다. 그러나 부인은 문득 정색하며 기뻐하지 않아하시면서 말씀하시길 "내 몸이 죽기를 좀 더 기다린 후에라도 오히려 늦지 않을 것이다"라고 하셨고, 일찍이 강호에서 표박하던 일들에 대해서 말씀하셨습니다.[88]

　이 글은 이헌정이 해평윤씨의 기제사忌祭祀 때 쓴 글이다. 해평윤씨가 병신년丙申年의 가화家禍를 만나 통한해하던 모습, 척서尺書 즉 상소를 올리는 등의 지극한 정성으로 남편을 신원하기까지의 모습이 잘 드러나 있다. 제문의 저자인 이헌정은 해평윤씨가 비록 남편이 원사冤死당하고 후사後嗣도 없는 불행을 겪었지만 남편이 신원되었고 조카를 양자로 삼아 아들, 손자, 며느리의 봉양을 받았으니, 이 세상에 연연함과 유감이 없을 것이라 보고 있다. 그러나 오히려 그 이면에는 남편이 원사당한 뒤 34년 동안 남편을 신원하기 위한 처절한 절규絶叫와 집안이 거의 몰락한 뒤 힘겹게 살아야 했던 한스런 심회心懷가 역력히 배어 있다. 비록 문면에서는 해평윤씨가 이 세상에 유감이 없었을 것이라고 말하고 있지만, 오히려 세상에 유감이 많았을 해평윤씨의 한 많은 생애가 고스란히 드러나고 있는 것이다.

---

88) 嗚呼! 乙未之變未幾, 而丙申之禍繼罹, 則慟纏崩城, 冤結閨門. 夫人四十年日月, 何日非夭死之日, 何事非泣愆之事, 而耿耿至願, 願切雪暴, 尺書籲天, 寸衷格神, 則廟堂之公議大行, 泉壤之至枉快伸. (…中略…) / 嗚呼! 以夫人之仁之德, 終無嗣續, 則此命也. 然而以兄之子子之, 何異血胤. 惟是在抱之孫, 夭傷者多, 不得不貽戚於餘年久矣. 何幸眇小之阿, 能乃能頭角嶄然, 而亦旣娶婦, 婦又以詩禮家子, 粗盡扶將之誠, 則此固夫人之未能期者, 而乃易簀之夜, 啓輤之夕, 吊者悅其白首號擗, 而兒又持纊而隨其後, 則夫人有何餘戀, 有何餘憾. (…中略…) / 嗚呼! 夫人性聰慧, 喜翰墨間事, 而多巾衍之藏矣. 若値悲鬱愁寂之時, 則每起興簡編, 寓心識述, 使崦嵫暮景爲一分消遣之計, 則我實左右於其間, 而又或把筆硯而命我佔畢, 遇盃樽而招我酬酌, 猥受知心之許, 忘年之託, 垂三十星霜矣. / 近年以來, 子姓繁衍, 堂宇狹窄, 則或不無分張之議, 而夫人輒愀然不怡曰, "少待吾身後, 尙不晩矣." 曾謂江湖漂迫之擧.(이헌정李憲鼎, 『이가세고』「신천옹유고信天翁遺稿」「제숙모숙부인해평윤씨연제叔母淑夫人海平尹氏筵」, 1,710~1,711면)

특히 이 제문에서 그녀의 저술활동과 관련해 중요한 부분은, 말년에 마음이 울적할 때면 매번 글을 쓰는 것으로써 소일했다는 대목이다. 조카 이헌정이 그 곁에서 그녀가 글쓰는 것을 돕기도 했는데 그와 해평윤씨와의 이런 관계가 30년에 걸쳐 이루어졌다는 내용으로 볼 때, 해평윤씨는 남편이 원사당한 뒤부터 그 한스런 감정들을 풀 수 있는 방편으로 글쓰기를 선택했을 가능성이 높다 하겠다. 이처럼 그녀는 남편이 원사당한 후 그 슬픔을 이겨내기 위해 지속적으로 저술활동을 하였음을 알 수 있다.

해평윤씨의 저술활동의 결과물 가운데 하나가 『백계양문선행록』이란 글이다. 이는 그 외손 송지긍宋持兢[89]이 쓴, 다음의 제문에 잘 나타나 있다.

현숙하고 덕스러운데도 박명하셨던 것은 이치상 참으로 헤아리기 어렵습니다. 미망인이 된 것만으로도 심히 애통한 일인데 또 어찌 혈육마저 없으셨습니까? 말년에 춥고 배고픈 고통을 견딜 수 없을 때 위로를 삼으실 수 있었던 것은 돌아가 고하실 말씀이 있다는 것이었습니다. 상자 속의 책(돌아가신 할머니께서 저술하신 『백계양문선행록』 거질)은 먼지가 가득하여 이미 묵은 자취가 되었습니다. 아름다운 범절과 통달한 식견을 어디에서 다시 볼 수 있겠습니까? 보면 슬퍼지니 어찌 차마 말할 수 있겠습니까? 슬프게도 우리 외삼촌(이선정)께서는 흰머리에 수척한 모습으로 상례를 치르는 데 그 삼감을 다하고 능히 정성과 예의를 다하여 효성스런 마음에 유감이 없게 하셨으니 외할머니께서 저승으로 가시는 길에 거의 위로가 되었을 것입니다. 잔을 올려 영결하노니 글이 마음을 다 표현할 수 없어서 오직 마음으로 슬퍼할 따름입니다. 영령께서는 돌아보시어 상향하소서.[90]

---

89) 송지긍은 남양홍씨와 이창임 사이에서 난 딸이 송일재宋日載에게 시집가서 낳은 아들이다. 그는 모친이 일찍 죽은 뒤 외할머니인 해평윤씨를 많이 의지하게 된다.

90) 淑德薄命, 理固難測, 未亡深慟, 又胡無育. 晚境寒餓, 不堪其苦, 所可慰者, 歸告有辭. 箱冊盈塵(祖妣所著述, 伯季兩門善行錄巨帙, 已成陳迹). 懿範達識, 於何更覿, 觸目愴傷, 尙復忍言. 哀此舅氏, 白首欒欒, 自喪曁愼, 克盡誠禮, 無感孝思, 庶慰長逝. 侑觴告訣, 文不盡心, 維其哀衷, 靈庶鑑臨, 嗚呼向嚮.(송지긍宋持兢, 『이가세고』 「신천옹유고」 「제외왕모숙부인해평윤씨祭外王母淑夫人海平尹氏」, 1,712면)

위의 대목은 제문의 말미 부분으로, 해평윤씨가 『백계양문선행록』 거질을 저술하였다[祖妣所著述, 伯季兩門善行錄巨帙]는 구절이 세주細註로 실려 있다. 『백계양문선행록』이란 작품이 어떤 성격의 글인지를 이 대목만으론 알 수 없지만, 사대부가 여성이 저술한 작품명이 그 집안사람의 글을 통해 직접적으로 제시되고 있다는 점에서 이례적인 대목이라 할 수 있다.

이 대목은 해평윤씨의 저술 활동의 구체적인 실체를 확인할 수 있는 부분으로, 앞의 이헌정이 쓴 제문과 관련시켜 볼 때, 이 글 또한 그녀가 말년에 쓴 저서 가운데 하나일 것으로 추정된다. 남편이 원사하는 등 한 많은 세월을 보내면서 수심이 일 때면 이런 글

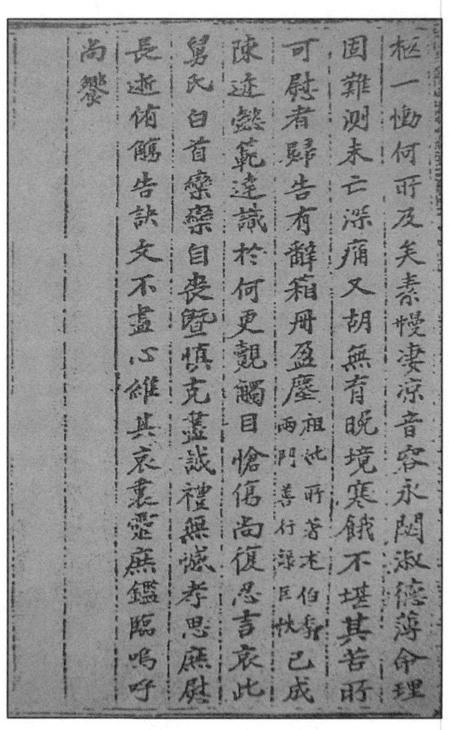

『백계양문선행록』에 관한 기록

을 씀으로써 심회를 풀었고, 그 곁에는 간혹 자식 혹은 조카가 그 글을 보아주곤 했던 정경을 그려볼 수 있다. 그렇다면 해평윤씨가 저술했다는 『백계양문선행록』은 과연 어떤 성격의 글일까?

제문에 나온 내용만을 토대로 했을 때 해평윤씨가 저술한 『백계양문선행록』은 실기實記일 수도 있고 소설小說일 수도 있다. 혹은 실기를 바탕으로 한 소설일 수도 있겠다. 그런데 '―선행록善行錄' 혹은 '―효행록孝行錄' 등의 실기류 자체가 그리 길지 않음을 감안할 때, '거질巨帙'이라는 대목은 이 작품을 일반적인 실기류로 단정하는 것을 주저하게 만든다.

만약 『백계양문선행록』이 소설이라면 거질이라는 대목을 통해 볼 때 대하장편일 가능성이 높다고 하겠다. 실제로 대하소설 가운데는 『부장

양문열효록傳張兩門烈孝錄』91)에서 볼 수 있듯, 두 가문의 윤리적 덕행에 관한 내용을 제목으로 한 작품이 있다. 또 '-양문선행록'이라는 동일한 형태의 제명題名을 가진 작품이 존재하진 않지만, 『하진양문록』·『화정선행록』 등과 같이 '-양문록兩門錄' 혹은 '-선행록善行錄'의 제목을 가진 작품들을 흔히 볼 수 있다. 물론 이 밖에도 『화씨충효록』·『쌍성봉효록』 등 주인공의 윤리적 행실에 근거하여 제목을 지은 경우가 대하소설 중에는 허다하다.

그런데 이러한 소설들은 특정인물의 이름 혹은 특정인물의 성姓을 제목으로 삼고 있기에 '백계伯季-'라는 다소 모호한 제목은 이 작품을 소설로 단정하는 것을 어렵게 만드는 점도 없지 않다. 또한 제문의 전후 맥락과 연결시켜 볼 때, 『백계양문선행록』은 이 가문의 이야기였을 느낌을 주기도 한다.

그렇다면 『백계양문선행록』은 한 집안의 맏형과 막내에 관한 실기일까? 먼저 '백계양문선행록伯季兩門善行錄'이라는 제목에 대해 검토해 보기로 한다. '백계伯季'가 어떤 뜻으로 쓰였는지를 살피기 위해서는 그 뒤의 '양문兩門'이란 단어를 반드시 고려해야 한다. '양문'이란 용어는 성이 다른 두 가문에 주로 쓰이고 형제간의 경우에는 흔히 쓰이지 않는다. 현전하는 양문록 계열의 소설도 『곽장양문록』·『유이양문록』·『하진양문록』 등에서 볼 수 있듯, 모두 성이 다른 두 가문의 이야기로 되어 있다. 실기이든 소설이든 '양문록'이라는 제목으로 형제에 관한 이야기를 다룬 경우는 거의 찾아볼 수 없다. 따라서 '양문'이라는 용어를 고려할 때, '백계伯季'를 각각의 다른 성으로 보는 것이 옳다.

양문록 계열의 소설들은 대부분 중국을 배경으로 하는데, 실제로 중

---

91) 규장각본의 경우에는 『부당양문열효록』으로, 개인소장본(천안의 고도서상)의 경우에는 표제는 『傳張兩門忠烈錄』으로 내제는 『부장양문열효록』으로 되어 있다. 두 이본에 동시에 나오는 제목을 취해 『부장양문열효록傳張兩門烈孝錄』이라 하였다. 이 작품의 서지書誌에 대해서는 정병설(「여성영웅소설의 전개와 『부장양문록』」, 『고전문학연구』 19, 한국고전문학회, 2001, 219~222면)이 상세히 검토한 바 있다.

국에는 백종伯宗, 백비伯嚭 등에서 볼 수 있듯 백씨伯氏도 있고,92) 계포季布, 계지창季芝昌 등에서 볼 수 있듯 계씨季氏도 있다.93) 이들 성이 많이 쓰이는 것은 아니지만, 대하소설에서는 중국의 희귀성이 쓰이는 경우가 적지 않기에 이들을 각각 성으로 볼 수 있는 가능성이 있다.

한편, 이 작품이 대부분의 대하장편처럼 한글로 쓰였다고 가정할 경우, 중국에서 흔히 쓰이는 백씨白氏 가문과 계씨(桂氏 혹은 季氏)94) 가문의 이야기였을 가능성도 있다. 혹은 작품의 내용으로는 두 가문이 어떤 성씨였는지 불확실했을 가능성도 있다. 그런데 외손자인 송지긍이 이를 한문으로 옮기는 과정에서 무심코 '백계伯季—'라고 썼을 수 있다. 이 작품이 부녀자들이 주로 향유했던 한글소설이라면 그가 그 내용을 주의 깊게 보지 않았을 가능성도 있고, 그 내용을 잘 안다 하더라도 한글로 되어 있어 성이 불확실하기에 '백계—'라는 한글 제목을 손쉽게 '백계伯季—'로 옮겼을 수도 있기 때문이다.

이렇듯 '양문'이라는 단어와 연결지어 생각했을 때 '백계伯季'가 옳은 표기이든 그른 표기이든 간에 백씨 성과 계씨 성으로 볼 수 있는 가능성이 있다. 이는 곧 『백계양문선행록』이 소설일 가능성과 연결된다. 성이 다른 두 가문의 이야기라면, 일반적인 양문록 계열의 소설과 흡사한 형식을 갖추게 되기 때문이다.

실제로 규장각본 『언문고시諺文古詩』의 「언문칙목녹」을 살펴본 결과 '빅계양문녹'이라는 책제목을 발견할 수 있었다. 이 『언문고시』는 국문 노래책으로 주로 가사가 실려 있으며, 권말에 「언문칙목녹」이 있다. 소설 제명題名이 거의 대부분인 「언문칙목녹」은, 목록작성시기인 1872년

---

92) 『중국인명대사전中國人名大辭典』 상上, 경인문화사, 1974, 283~284면.

93) 위의 책, 556~558면.

94) 양문록 계열의 소설들은 대부분 중국을 배경으로 한다. 이런 점을 고려해서 중국의 성씨를 살펴보았을 때, 백씨 성의 경우 '백씨白氏'가 가장 많으며 그 밖에 백씨伯氏, 백씨柏氏 등이 있고, 계씨 성의 경우에는 계씨桂氏 혹은 계씨季氏가 대부분이며, 그 밖에 계씨計氏, 계씨啓氏 등이 있다.

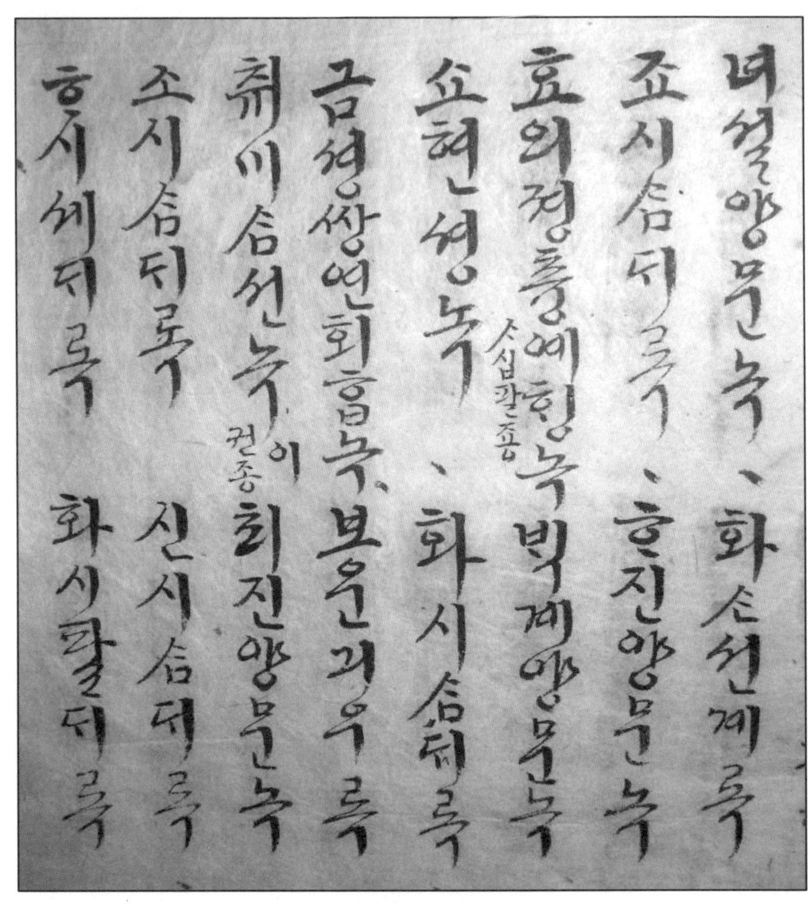

「언문칙목녹」의 일부

당시 국문소설 또는 국역 한문소설이 여염집 규방에서 널리 읽히고 있었던 정황을 보여주는 문헌자료이다.[95]

이 「언문칙목녹」은 비슷한 형식을 지닌 작품끼리 모아놓고 있는데,

---

95) 이에 대해 강전섭, 「「언문칙목녹」 소고」, 『한국서사문학사의 연구』 5(사재동 편), 중앙문화사, 1995, 2109~2140면; 고정희, 「언문고시」, 『규장각 소장 어문학자료 문학편 해설』 1, 서울대 규장각, 2001, 34~35면에서 상세히 검토한 바 있다.

‘빅계양문녹’의 좌우 혹은 상하에는 “소현셩녹, 죠시습더록, 화손션계록, 후진양문녹, 보운긔우록” 등이 배열되어 있다. 이들은 현재 학계에 잘 알려진 대하소설 제목이다. 이러한 점을 통해 볼 때 ‘빅계양문녹’이 소설일 가능성은 매우 높다고 하겠다.

물론 『이가세고』에서는 ‘백계양문선행록’인데 반해 「언문칙목녹」에서는 ‘빅계양문녹’이라고 되어 있어 제목이 완전히 일치하지는 않는다. 그런데 책제목의 한두 구절이 빠진 채로 사용되는 것은 일반적인 일이기에 두 작품은 동일 작품이라 할 수 있다. 「언문칙목녹」 속에 실린 다른 작품들의 경우에도 『하씨팔룡자녀별전』은 ‘하시팔룡’으로, 『옥원재합기연』은 ‘옥원지홉’으로 한두 구절이 빠진 예를 볼 수 있다. 이런 점을 통해 볼 때, 해평윤씨가 저술한 ‘백계양문선행록’을 「언문칙목녹」의 ‘빅계양문녹’과 동일한 작품으로 보는 것은 큰 무리가 없으리라 생각한다.

다음으로 제문의 맥락 속에서 『백계양문선행록』을 과연 실기로 볼 수 있는지의 여부에 대해 검토해 보기로 한다. 만약 『백계양문선행록』이 실기라면 해평윤씨의 한 많은 생애를 언급하는 가운데 이 내용이 끼어있기에 이 가문의 형제 이야기라고 보아야 할 것이다. 그런데 앞서 살펴본 바 있듯 『백계양문선행록』에 관한 기록은 협주로 작게 실려 있다. 비록 제문에서 여성이 쓴 글에 대해 쉽게 언급을 하진 않지만, 만약 이 글이 이 가문에 관한 글이라면 이렇듯 조심스럽게 다룰 필요는 없으리라 생각한다. 협주란 앞선 기사에 대한 검증과 객관화를 염두에 두기도 하지만, 대범하게 처리한다면 생략하고 넘어가도 될 부분이 되기 때문이다. 또 실기였다면 『이가세고』·『완산이씨가승』 등에도 실릴 법한데, 앞서 살펴본 제문에서의 짧은 언급 이외에는 이들 문헌에서 『백계양문선행록』에 관한 내용을 찾아볼 수 없었다. 이런 점들은 『백계양문선행록』이 실기이기보다는 소설일 가능성을 말해준다고 하겠다. 소설이기에 조심스럽게 협주로서 처리했을 가능성이 있는 것이다.

설혹 ‘백계伯季―’라는 제목 자체의 의미를 살려 양문록 가운데 이례적으로 두 형제의 이야기가 존재했을 가능성을 상정한다 하더라도, 『백계양문선행록』은 실기를 바탕으로 하되 이미 소설의 수준으로 형상화되어 있고 당대에 소설로서 읽히고 있는 작품으로 볼 수 있다. 『백계양문선행록』이 『빅계양문녹』과 동일 작품이라는 점에 근거할 때, 이 작품은 여타의 소설들과 함께 같은 목록(「언문칙목녹」) 속에 존재하고 있으며, 이 목록은 당시 아녀자들에게 널리 읽히는 작품들을 모아 놓은 것이기 때문이다. 당대의 소설 가운데 실제 역사를 연의하여 쓰인 작품을 흔히 볼 수 있듯, 또 가사 가운데도 자신의 생애를 바탕으로 쓰인 작품이 있듯,[96] 『백계양문선행록』도 자기 집안의 특정 사건을 토대로 그것에 살을 붙여 혹은 우의적으로 소설화한 작품으로 추정할 수 있는 것이다. 따라서 이 집안의 형제 이야기라 하더라도 『백계양문선행록』을 소설로 볼 수 있는 가능성은 여전히 존재한다.

이처럼 『백계양문선행록』이 성이 다른 두 가문에 관한 이야기든 혹은 맏형과 막내에 관한 이야기든 간에 소설일 가능성은 상당히 높다. 아니 소설로 보는 것이 타당하리라 생각한다. 이런 논의를 토대로 할 때, 『백계양문선행록』은 남편이 원사당하고 난 뒤 곤핍한 생활을 하는 과정에서 그 슬픔을 잊기 위한 방편으로 쓰인 소설로, 대하소설의 향유층을 검토하는 데 중요한 작품이라 할 수 있다. 집권한 가문의 여유 있고 풍족한 삶을 살았던 여성이 아니라, 당쟁의 폐해를 입은 가문의 어렵고 곤핍한 삶을 살았던 여성이 대하장편을 창작한 예를 보여주고 있기 때문이다.[97] 특히 경화 실세 사족층에서의 대하소설 창작의 실례를

---

96) 박혜숙·최경희·박희병, 「한국여성의 자기서사(1)」, 『여성문학연구』 7, 한국여성문학학회, 2002, 342~346면; 박애경, 「조선 후기 장편가사의 생애담적 기능에 대하여—「이정양가록」과 「소수록」을 중심으로」, 『열상고전연구』 18, 열상고전연구회, 2003, 229~253면.
97) 대하소설의 작자층이 상층 사대부일 가능성에 대해서는 이미 이상택(「조선조 대하소설의 작자층에 관한 연구」, 『고전문학연구』 3, 한국고전문학회, 1983)에 의해 심도 있게 논의된 바 있다. 그런데 상층 사대부 또한 앞서 살펴본 대로 상층 집권층과 상층 실세층으로 나눌 수 있다. 해평윤씨의 경우에는 후자의 사례를 보여주고 있다는 점에서 주목할 만하다.

구체적으로 보여주고 있기에 중요하다 할 수 있다.98)

한편 그녀가 지은 『백계양문선행록』이 완전한 허구이든, 실기實記에
바탕한 허구이든 간에 어떤 식으로든 거기에는 당쟁의 폐해를 입은 가
문의 슬픔과 이를 극복하려는 의지가 녹아들었으리라 짐작할 수 있다.
남편이 원사한 뒤에 한 많은 세월을 보내면서 그 슬픔을 달래기 위해
저술한 작품이라면 그녀의 삶이 반영되었을 가능성을 충분히 생각해
볼 수 있기 때문이다. 이런 정황을 고려한다면 그녀가 『옥원』 또한 저
술했을 가능성이 있다.

더욱이 해평윤씨는 그 친정과 시댁이 서로 당파가 달랐다. 해평윤씨의
친정 가문은 그 오빠인 윤면동尹冕東을 통해 볼 수 있듯 노론이고, 시댁은
"우리당의 큰 노인 명재 윤증尹拯 선생[吾黨大老, 明齋尹先生]"99)이라는 대
목을 통해 볼 수 있듯 분명한 소론이다. 친정과 시댁의 당파가 다르기에
해평윤씨가 시댁에서 친정에 대한 원죄의식으로 괴로워했을 수 있고, 그
런 설움이 옹서갈등을 통해 형상화되었을 수 있다. 이러한 제 양상을 근
거로 했을 때, 해평윤씨를 『옥원』의 작가로 상정해 볼 수 있다.

　　　(나) 기계유씨杞溪兪氏

해평윤씨와 더불어 『옥원』의 작가로 상정해 볼 수 있는 사람은 그녀
의 손윗동서인 기계유씨(1725~1782)이다. 기계유씨는 유언집兪彦集의 딸이
자 이창급李昌伋의 부인이다. 그녀는 해평윤씨의 손윗동서이자 전주이씨
의 조카며느리이다.

---

98) 경화 실세 사족의 문화활동과 관련해서 서론에서 서유본徐有本의 부인인 빙허각憑虛
閣 이씨李氏가 『규합총서閨閤叢書』를 저술한 점을 고찰한 바 있는데, 이 빙허각 이씨 또
한 전주이씨 영해군파 가문에 속한다. 이처럼 전주이씨 영해군파 가문 여성들은 다양
한 저술활동을 했는데, 그 가운데 해평윤씨와 빙허각 이씨는 경화 실세 사족 여성으로
서 특정 저서를 지었다는 점에서 공통의 의의를 지닌다.

99) 이창급李昌伋, 『이가세고』「일와옹유고―臥翁遺稿」「동주기행東舟記行」, 1,629면. 전
주이씨 가문의 성향이 소론임은 이미 정병설, 앞의 책, 1998, 237~241면에서도 정후
겸 일파와의 관련을 통해 상론한 바 있다.

기계유씨의 경우에는 뚜렷한 저술목록을 볼 순 없으나, 저술활동과 관련한 많은 기록들이 존재하고 있다는 점에서 주목해서 살펴볼 필요가 있다. 비록 그녀가 소설을 썼다는 기록을 볼 순 없지만, 한묵지벽翰墨之癖이 있다고 그 남편이 평할 정도로 상당히 글쓰기를 즐겼던 인물이다. 더욱이 『옥원』의 작가와 흡사한 면모가 많이 보인다.100)

첫째, 다음과 같은 수준 높은 어문생활101)과 통달한 식견을 통해 볼 때, 그녀는 『옥원』과 같은 소설을 지을 수 있는 역량을 지닌 인물임을 알 수 있다.

> 어려서부터 믿을 곳(모친의 죽음)을 잃고 몇 해가 지나서 할머니도 돌아가시자 이때부터 종조모인 박씨는 그 어여쁨과 유순함을 가상히 여기시고 그 외로운 처지를 불쌍히 여겨 진실로 그 어루만지고 가르치는 일을 다 맡으셨다. 선대의 봉작이나 친척들의 이름 같은 것은, 한 번 깨우치면 잊지 않았다. 기상이 심히 높고 굳어 장식하는 일(여자의 일)에 국한되는 것을 원망하였다. 집안사람들이 기꺼이 가르쳐주진 않았으나 곁에서 오빠들이 읽는 소리를 귀에 듣기만 해도 이미 깨달을 수 있었다. 바느질하는 솜씨 또한 민첩하고 야무지기가 남들보다 배나 하였던 고로 간간이 (틈을 내어) 내훈 등의 책을 찾아보고, 역대 치란治亂과 인물 현우賢愚를 널리 보고 들어 그 가운데 청탁을 밝게 알았다. 자라서는 서적을 좋아하여 격어를 손수 베껴 상자에 간직해 둔 것이 많았다. 박씨 또한 기계유씨를 여사女士라 여겨 이를 허락한 것이다.102)

---

100) 앞서 살펴본 해평윤씨의 경우 그녀가 『백계양문선행록』을 썼다는 내용은 그 외손자인 송지긍이 쓴 제문에 실려 있다. 전주이씨 가문 내의 구성원들은 이 사실을 언급하진 않고 있다. 그런데 저술활동에 관한 기록들은 해평윤씨보다도 기계유씨에게서 훨씬 더 많이 나온다. 이런 사실을 토대로 했을 때, 비록 기계유씨가 특정 작품을 저술했다는 확실한 기록이 없다 하더라도 그녀 또한 소설을 창작했을 가능성을 생각해 볼 수 있다.

101) 이경하(「여성문학사 서술의 문제점과 해결방안」, 서울대 박사논문, 2004, 97~101면)는 "'어문생활'이란 어문활동의 주체가 기존의 텍스트를 소비하고 새로운 텍스트를 생산하는 과정 전체이며 동시에 그 텍스트들이다"라고 정의한 바 있다. 이 용어는 전주이씨 가문 여성들의 글읽기와 글쓰기 혹은 그들이 향유한 텍스트에 대해 다루고자 하는 본고의 논의에 부합하기에 차용借用하기로 한다.

102) 幼而失恃, 間數歲, 皇妣又捐背, 自此從祖母朴氏, 嘉其婉嫕, 憐其零丁, 實任其撫誨

위의 글을 통해 기계유씨는 어렸을 때부터 총명했을 뿐만 아니라 모친이 일찍 돌아가신 뒤 종조모의 가르침을 받으면서 상당한 교양을 습득했음을 알 수 있다. 기상이 굳건하여 한낱 장식만을 하는 등의 여자의 일에 국한되는 것에 만족하지 않고, 집안에서 가르쳐 주지 않는데도 스스로 틈을 내워 배우기를 힘썼다. 역대 치란治亂과 인물 현우賢愚를 널리 보고 들어 잘 알았을 뿐만 아니라 서적을 좋아해서 손수 격어를 베껴 상자에 넣어둔 것이 많았다. 종조모인 박씨가 그녀를 여사女士라 생각해서 이를 허용하였기에 가능한 것이었다. 그렇기에 부친인 유언집 또한 "식견의 뛰어남이 혹 장부보다도 나은 데가 있고 그 재주 역시 대를 이어 가사家事의 크고 작은 일을 맡을 만하다"라고 항상 말하곤 하였다.103)

이러한 사실은 스스로의 부단한 노력을 통해 교양을 습득하고 글쓰기를 행했던 기계유씨의 모습을 잘 보여준다. 기계유씨의 이러한 삶은 시집온 뒤에도 여전히 이어진다.

① 여공의 여가에 한묵에 심취하였으며, 한밤 잠이 오지 않을 때는 자녀와 더불어 서사書史를 강설하셨습니다. 혹 고금인 가운데 마음에 맞는 글을 들으면, 반드시 편집하여 베꼈다가 볼 수 있도록 준비해 놓으셨습니다.104)

② 아! 나는 글 쓰는 것을 좋아하여 무릇 슬픈 일을 만나면 글로써 그것을 옮겨 적었다. 전후에 지극한 슬픔으로 오히려 눈물을 훔치며 글을 완성하였다. 부인은 반드시 그 초고를 찾아보고 뜻이 처절한 대목에 이르면 눈물을 주르륵

之功. 如先世封爵族戚名字, 一諭皆不忘. 氣想甚高伉, 自怨其局於巾幗, 家人寧適不教, 傍聽乃兄讀聲摽耳者, 已能領會. 縫紉之工, 敏銳倍他, 故間索內訓諸書, 以博聞見歷代治亂人物賢愚, 瞭然涇渭於中, 及長而嗜書籍, 手草格語, 留藏巾衍者多. 朴氏亦許以女士焉.(이창급, 『완산이씨가승』「숙부인기년록淑夫人紀年錄」, 248장 앞면~뒷면)

103) 嚴君常曰, "吾女, 奚獨以誠孝言哉, 見識之偉, 或有過於丈夫者, 且其才亦足幹蠱, 而家事巨細委昇之."(이선정李宣鼎, 『완산이씨가승』「숙부인유사이십오칙淑夫人遺事二十五則」, 258장 앞면)

104) 女紅之暇, 癖於翰墨, 深夜無寐之時, 與子女講說書史, 或聞古今人, 可意之文, 則必編簡而膽之, 以備考閱.(위의 글, 261장 앞면~뒷면)

흘리면서 베껴 적어 상자에 가득 담아두니 대개 이 또한 규중의 글쓰기를 좋아하는 버릇이다.[105]

①은 그 아들 이선정이 쓴 글이고, ②는 남편 이창급이 쓴 글이다. 한가할 때면 한묵에 심취하고 자녀들과 함께 서사書史를 강설한 점, 그러다가 마음에 드는 인물이 있으면 반드시 적어 놓은 점, 심지어 남편이 쓴 초고까지도 훑어보고 슬픈 내용이 있으면 그것을 베껴 놓은 점 등은 이창급이 '한묵지벽翰墨之癖'이 있다고 논할 정도로 기계유씨의 남다른 어문생활의 면모를 잘 보여준다.

이런 어문생활을 통해 그녀가 『옥원』과 같은 작품을 지을 만한 교양 수준을 지니고 있음을 알 수 있다. 더욱이 그녀가 서사를 강설하다가 마음에 드는 인물이 있으면 기록해 둔 부분에서 알 수 있듯, 이런 인물들이 작품 속의 소재로 인용되었을 가능성을 생각해 볼 수 있다.

한편 기계유씨가 대장부 못지않은 통달한 식견을 지녔다는 내용이 제문 곳곳에서 드러난다. 특히 그 남편인 이창급이 "크게는 임금을 섬기고 작게는 사람들을 사귐에 무릇 근심되고 두렵고 의심나고 난처한 일이 있으면 반드시 상의를 많이 했는데 모두 높은 의론이고 곧은 식견이었다. 이는 규중의 의론이 아니니 심복從服하는 바이다. 아! 누가 내조가 없으리오마는 나 같은 자는 실로 거기에 더함이 있도다. 다만 이것은 대장부 된 자로서 부끄러울 따름이다"[106]라고 토로하는 대목에서 볼 수 있듯, 그녀는 단지 규방에서의 일뿐만 아니라, 대외적인 일에 대해서도 상당히 조예가 깊었음을 알 수 있다.

---

105) 嗚呼! 翁嗜筆硯, 凡遇可哀, 轉以文洩之, 前後功懷之慽, 猶能扐涕成篇. 夫人必覓草以覽, 意到凄切處, 泫泫泣下, 仍謄作巾衍之莊, 蓋亦閨閤間, 翰墨之癖也.(이창급, 『이가세고』 「일와옹유고」 「제망실유부인빈祭亡室兪夫人殯」, 1,468면)

106) 大而事君, 小而交人, 凡有憂畏疑難, 必多詔議, 蓋高論直見, 不可以閨閤論, 此翁所悅服也. 噫! 人誰無內助, 若翁實有加焉, 只是所愧, 爲丈夫者.(이선정, 앞의 글, 259장 앞면)

둘째, 기계유씨의 경우에는 글읽기 혹은 글쓰기를 상당히 즐겼으나, 여성으로 태어나 자신의 뜻을 마음껏 펼 수 없었던 것을 한탄하는 인물로 나온다.

> 말년에 숙환으로 오랫동안 위중하실 때 불초자로 하여금 읽도록 하여 들으시면서 말씀하시기를 "너희들은 용렬할 따름이다. 만약 내가 대장부가 되었다면, 경학도 했을 것이고 문장도 지었을 것이다. 불행히 규중 여인이 되어 맡은 바 일이라곤 음식을 만드는 일일 따름이니 이것이 나의 지극한 한스러움이다"라고 하셨습니다.[107]

그녀가 말년에 자식들 앞에서 여성으로 태어나 경학도 하고 문장도 짓는 등 그 뜻을 펼치지 못한 설움에 대해 토로하는 대목으로, 여자로 태어나 그 뜻을 펴지 못한 설움이 잘 드러나 있다. 이는 『옥원』의 필사기의 "문식文識과 총명이 진실로 규중閨中에 침몰하여 한갓 무용한 잡저雜著를 기술記述하고 세상에 쓰이지 못함이 가석가탄可惜可歎이로다"[108]는 필사기의 내용과 상당부분 일치한다.

셋째, 『옥원』에서는 당쟁에 폐해를 입은 가문의 집안 이야기가 주로 형상화되어 있는데, 기계유씨 또한 자신의 남편 이창급이 그 아우 이창임에 관한 일에 연루되어 삭탈관직되는 등 설움을 겪는다. 그렇기에 『옥원』에서 남주인공 가문이 시골로 물러나 궁핍한 생활을 해야 했던 것과 마찬가지로 "산천에 유리하면서 눈과 서리에 젖어 초췌해졌다"[109]라는 대목을 통해 볼 수 있듯, 정치적 위기를 피해 과천果川의 두릉杜陵에 있는 농가로 옮기면서[110] 강호에서 표박하는 설움을 겪어야 했다.[111]

---

107) 末年以宿患, 長在奄奄中, 令不肖讀而廳之曰, "汝等碌碌耳, 使我爲丈夫人, 若可以經學也, 若可以文章也. 不幸爲閨閤中人, 職事不過酒食而已, 是吾至恨也."(위의 글, 261장 앞면~뒷면).

108) 『옥원』 21권, 620면.

109) 山澤流離, 雪霜潤摧.(이창급, 앞의 글, 1,468면)

110) 기해己亥

넷째, 『옥원』에서는 남주인공 소세경이 모친을 일찍 여위었기에 모친에 대한 간절함이 상세하게 그려져 있다. 평소에 아기새가 엄마 품에 파고드는 모습을 보면 모친을 떠올리며 그리워하고, 해마다 모친의 제삿날이 되면 지극한 슬픔 때문에 혼절하기도 하는 등 모친이 일찍 돌아가신 뒤의 처절한 슬픔을 잘 형상화하고 있다.

"돌아가신 어머니(기계유씨)께서는 어렸을 때부터 효성이 극진하셨습니다. 나이 겨우 6세에 모친을 잃자 의지할 곳을 잃은 슬픔에 오로지 날마다 눈물을 흘려 마를 날이 없었고, 아침저녁의 제사에 어른의 뒤를 따라 반드시 몰래 들어가 절하였습니다"112)라는 대목을 통해 볼 수 있듯, 모친을 일찍 여위었으며, 그 슬픔으로 날마다 눈물이 마르지 않았고 어른들 몰래 조석 제사에 꼭 참석할 정도로 모친에 대한 효성이 극진한 인물이었다. 이런 유사성 또한 기계유씨를 『옥원』의 작가로 상정해 볼 수 있는 한 근거가 될 수 있다.

다섯째, 시댁 가문과 비교했을 때 친정이 매우 한미하다는 사실을 지적할 필요가 있다. 기계유씨의 부친 유언집이 '동정처사東汀處士'라고 불리는 데서 볼 수 있듯, 그는 별다른 벼슬을 하지 않았다. 그녀의 남자형제인 유한정俞漢正·유한영俞漢永·유한성俞漢盛 가운데도 벼슬을 한 인물이 없다. 그녀의 친정이 한미하다는 것을 그녀가 임종시에 자식들에게 남긴 말에서도 잘 드러난다.

"고양에 있는 대자산大慈山은 유씨 집안이 대대로 장사지내던 땅이다. 그런데 돌아가신 친정어머님께서 몸소 묻힌 선산에는 조그마한 비석 하나도 없으

- 십이월육일, 과천 두릉의 농가를 찾아 살피다[十二月六日, 往審果川杜陵之田舍].
- 십이일, 관정을 보내서 두릉에 들어가 거처하게 하다[十二日, 送官鼎入處杜陵].
- 이십일일, 신천옹 사우를 두릉으로 옮기고 글을 지어 그 연유를 고하다[二十一日, 送信天翁祠宇於杜陵, 操文告由].(『이가세고』 「일와옹유고」 「일와옹연보一臥翁年譜」, 1,687면)

111) 이에 대해서는 그녀의 남편 이창급의 생애를 살펴보는 부분에서 상술하기로 한다.
112) 先妣自孩提時有至孝. 年纔六歲, 遭失恃痛, 惟日涕泣淚無乾時, 朝晡之奠, 隨長者後, 必潛行拜禮.(이선정, 앞의 글, 258장 앞면)

니 이것이 내가 눈을 감지 못하는 지극한 슬픔이다. 여러 형제들과 힘을 합쳐 재물을 모았으나 미치지 못했다.” 모친(기계유씨)께서 오랫동안 병이 들어 위독해지자 우시면서 또 말씀하시기를, “친정아버님의 장례를 치른 지도 몇 해가 지났으나 무덤에 비석을 세우지도 못했구나. 지아비(이창급)는 바야흐로 관직을 그만두었고, 나 또한 죽을 것이니 끝난 일이다. 장차 이것을 누구에게 부탁하겠는가. 너희들이 장차 이것을 해서 눈을 감게 해 주겠느냐?”라고 하셨다.[113]

기계유씨의 어머니가 돌아가신 뒤 몇 십 년이 지나도록 그 묘에 비석 하나 없고 또 아버지가 돌아가신 뒤에도 몇 년이 지나도록 묘 주위에 비석 하나 변변히 세우지 못하는 처지를 통해 그 친정이 영락했음을 잘 알 수 있다. 자신이 자식으로서 이를 제대로 해드리지 못한 한스러움을 죽어가면서까지 자식들 앞에서 토로하는 대목을 통해 볼 때, 기계유씨에게는 친정이 한미하다는 콤플렉스가 있었을 가능성을 생각해 볼 수 있다. 친정에 대한 이러한 콤플렉스가 『옥원』에 나오는 옹서갈등으로 형상화되었을 가능성을 생각해 볼 수 있다.

아직 확증할 만한 기록을 발견하진 못했지만, 상기한 제 논의를 토대로 했을 때 해평윤씨 혹은 기계유씨를 『옥원』의 작가로 상정해 볼 수 있다. 『옥원』 말미의 소설목록을 통해 볼 때 『완월』과 『옥원』은 동일 집단에서 나왔을 가능성이 높은데, 평탄한 시대를 영위했던 전주이씨 대와는 달리 정치적 위기를 겪어야 했던 그 후대에서 『옥원』이 지어졌다고 가정한다면, 두 작품이 정치적 국면 이외에는 사건, 문체 등에서 혹사한 면모를 보이는 점에 대한 하나의 해답이 되지 않을까 생각한다.

더욱이 해평윤씨·기계유씨가 속한 전주이씨 영해군파 가문은 앞서 살펴보았던 온양정씨(『옥원』의 필사자) 등이 속한 전주이씨 덕천군파 가문

---

113) “高陽大慈之山, 兪氏世葬之阡, 而吾先妣親山, 獨無一片石, 以是爲不瞑之痛, 與諸兄弟合力鳩材未及就.” 而宿患已革泣且語曰 “吾先人之葬閱數紀, 而可無所樹乎, 夫子方謝官矣, 吾亦長逝矣, 已矣, 將奈何付之, 汝輩而其將瞑目乎?”(위의 글, 261장 뒷면)

과 친밀한 관계를 지니고 있었다. 온양정씨의 남편인 이영순李永淳의 막내 여동생은 양주조씨楊州趙氏인 조강규趙康逵에게 시집을 가게 된다. 그런데 조강규의 부친인 조영연趙榮衍은 그 부인이 이언유李彦維의 딸이다. 이언유는 전주이씨 영해군파로 해평윤씨(이창임의 부인)의 시조부媤祖父인 이언경李彦經과는 8촌 형제이다. 게다가 이창임의 부친인 이춘제李春躋의 둘째아들인 이창좌李昌佐가 당숙堂叔인 이성제李誠躋의 계자系子로 가게 되는데, 이성제는 바로 이언유의 조카이다. 이처럼 이 두 집안은 절친한 사이였다. 만약 해평윤씨 혹은 기계유씨가 『옥원』을 썼다면 이 작품이 조강규의 부인(이영순의 막내 여동생)을 통해 온양정씨(이영순의 부인)에게로 흘러 들어갔을 가능성을 생각해 볼 수 있다.

또 전주이씨(안겸제安兼濟의 모친)의 손녀이자 안대제安大濟의 딸이 전주이씨全州李氏 덕천군파 가문의 며느리가 되었음은 선행연구에서 밝힌 바 있다.114) 그런데 해평윤씨의 남편인 이창임, 기계유씨의 남편인 이창급은 전주이씨의 아들인 안겸제·안대제 등과 사촌지간으로 절친한 관계를 유지했다.115) 해평윤씨 혹은 기계유씨가 『옥원』을 썼다면 안대제의 딸을 통해 전주이씨 덕천군파 가문의 온양정씨에게 전해졌을 가능성도 있다. 이처럼 해평윤씨·기계유씨는 온양정씨 주변의 인물이라는 점에서도 이들이 『옥원』을 지었을 가능성이 존재한다.

물론 이들이 『옥원』의 작가가 아닐 수도 있다. 그러나 이들이 『옥원』의 작가가 아니라 하더라도 이들은 경화 실세 사족에서의 대하소설 창작의 실례를 보여주고 있다는 점에서 중요하다. 그리고 이들의 삶의 모습과 『옥원』에서 그려지는 여주인공의 삶의 모습과의 유사함 또한 『옥원』이 경화 실세 사족 여성에 의해 창작되었을 가능성을 보여줄 수 있는 근거가 될 수 있다.

---

114) 정병설, 앞의 글, 1997, 326~327면.
115) 이창급, 『이가세고』「일와옹유고」「외형대사헌안공겸제유범外兄大司憲安公兼濟遺範」, 1,342~1,344면.

(2) 경화 실세 사족의 의식세계와 『옥원재합기연』

　『옥원』의 작가로 해평윤씨 혹은 기계유씨일 가능성이 높다면, 『옥원』에서 형상화되는 남주인공 가문의 이야기는 이들 가문의 일을 바탕으로 했을 수 있다. 그렇다면 『옥원』의 내용과 이들 가문의 삶이 어떻게 상응하는가를 고찰할 필요가 있다. 그런데 대부분의 소설과 마찬가지로 『옥원』 또한 남주인공이 서사의 중심에 놓여 있기에 기계유씨의 남편인 이창급(李昌伋, 1727~1803)의 생애를 살펴볼 필요가 있다.116) 앞서 해평윤씨 혹은 기계유씨의 삶과 『옥원』이 조응되는 면을 통해서도 그 관련성을 어느 정도 살펴보았는데, 본 절에서는 이창급을 중심으로 이들 가문의 삶과 『옥원』의 의식성향과의 상관관계를 좀 더 본격적으로 검토하기로 한다.117)

　설령 해평윤씨 혹은 기계유씨가 『옥원』의 작가가 아니거나 혹은 이들이 염두에 둔 대상이 이창급이 아니라 하더라도 경화 실세 사족으로서의 삶을 살았던 이창급의 삶과 『옥원』에서의 상층 실세층에 속했던 남주인공 가문의 모습을 비교해 봄으로써 양자가 상응하는 양상을 찾을 수 있기에 이러한 작업은 의미를 지닐 수 있다.

　이창급은 혁혁한 경화세족京華世族인 이춘제李春躋118)의 셋째아들로 태어나 처음에는 경화京華 집권執權 사족士族으로서 삶을 살아가게 된다. 그

---

116) 해평윤씨가 『옥원』을 지었다면 자신의 남편을 중심에 두고 글을 썼을 수 있으나, 앞서 살펴본 대로 그녀의 남편인 이창임은 이미 병신년의 화를 당하기 전에 세상을 떠났다. 따라서 당쟁의 위기를 겪고 난 뒤 상층 실세층으로서의 삶을 살았던 인물은 기계유씨의 남편인 이창급이다. 또 해평윤씨는 병신년의 가난家難 이후에 기계유씨 등과 함께 같은 공간에서 살아가게 된다. 따라서 해평윤씨·기계유씨가 『옥원』의 작가라면 그 주인공의 모델로는 이창급이 적합하다 할 수 있다. 이창급의 삶을 주로 살펴보고 그 아들들의 삶도 함께 고려하면서, 이들의 삶과 『옥원』과의 조응양상에 대해 살펴보기로 한다.
117) 당대 여성들이 쓴 작품에는 자기 자신의 삶의 내력도 투영되어 있지만 작품에서 주로 형상화되는 것이 남주인공이기에 그 남편 혹은 아들의 삶을 더 염두에 두고 썼을 가능성이 있기 때문이다.
118) 이춘제에 대해서는 바로 다음 절에서 상론하기로 한다.

러나 앞서 살펴본 바 있듯, 병신년에 동생 이창임이 역모죄에 소급되는
관계로 이창급 또한 하루아침에 정주목사직定州牧使職을 삭탈당한 뒤 어
려운 삶을 살아가게 된다.

　그런데 병신년의 정변政變에 대해 『정조실록』에서는 역모를 도모하는
김수현金壽賢의 초사招辭에 이창급의 동생인 이창임의 이름이 끼어 있기
에 이 집안이 역모죄에 휘말린 것으로 서술되어 있으나, 전주이씨 가문
에서는 병신년의 화에 얽매이게 된 원인을 홍국영 세력의 모함으로 보
고 있다.

> 　매번 서유신徐有臣 · 이의봉李義鳳 · 이의준李義駿 등과 더불어 교제하며 힘써
> 권면하기를 "세자를 보도하는 일에 정성을 다하여 일에 따라 선을 힘쓰시고
> 악을 멀리하시도록 하는 것이 어찌 우리의 책임이 아니겠는가?"라고 말씀하셨
> 다. 논의와 출처가 서로 뜻이 같았다. 이때 간신 홍국영이 동료로서 총애를 믿
> 고 세력을 팔아 청요직淸要職을 공을 위해서 힘써 주선하고자 하였으나 공이
> 답변하지 않았다. 홍국영이 후에 과연 권력을 잡았으나 공은 서주에 있으면서
> 또한 한 번도 편지로 안부를 묻지 않았다. 홍국영이 마음으로 매우 분해하였
> 다. 병신년의 화가 일어남에 미쳐 공과 서공(서유신), 이공(이의봉 · 이의준) 등
> 이 서로 이어서 쫓겨났다. (…중략…) 옥당 정원시鄭元始 · 엄사만嚴思晚의 무리
> 들이 그 뜻(홍국영의 뜻)을 이어 모씨(이창임)의 형이 된 자로서 편안히 관직
> 에 있을 수 없다 하여 삭직하기를 청하였다.119)

　여기에서 홍국영에 대해 생각해 볼 필요가 있다. 홍국영은 정조의 절
대적인 신임을 얻고 당대 최고 실권자로서 군림하였다. 이러한 홍국영
은 『옥원』에서 남주인공 가문의 반대당인 신법당의 영수로서 신종에게
절대적인 신임을 얻고 국정을 좌지우지했던 왕안석을 떠올리게 한다.

---

119) 每與徐公有臣 · 李公義駿 · 義駿, 互相交勉曰, "殫誠輔導, 隨事獻替, 豈非吾輩之責
　　乎?" 言議出處, 相與之同, 時倖臣洪國榮, 以僚寀怙寵賣勢, 淸要之職, 欲爲公宣力, 公
　　不答之, 其後果秉國, 而公在西州, 亦不爲一書相問, 國榮心甚術之, 及至丙申禍作, 公
　　與徐 · 李諸公, 相繼擯逐. (…中略…) 玉堂鄭元始 · 嚴思晚輩, 承其志以爲某之兄, 不可
　　晏然在官, 請削版.(이선정, 『완산이씨가승』「일와옹공행장一臥翁公行狀」, 269장 뒷면)

홍국영과 왕안석 둘 다 당대 최고 실권자로서 젊은 임금의 절대적인 신임을 얻고 개혁정치를 펴려 했다는 점에서 흡사한 면모를 보이고 있는 것이다.[120] 성급한 추론일 수도 있으나 만약 해평윤씨 혹은 기계유씨가 『옥원』을 지었다면 홍국영을 왕안석에 빗대어서 썼을 가능성이 있다. 비록 서로 대립하고 있지만 처음에 홍국영이 이창급에게 요직要職을 주려 한 점에서 볼 수 있듯, 이 둘 사이가 아주 적대적인 관계만은 아니다. 이는 이창급이 삭직당한 뒤 위태로운 상황에 놓였을 때, 그를 아끼는 사람들이 홍국영에게 청원하여 신원되기를 구하라고 권하는 대목에서도 드러난다.[121] 이런 점은 『옥원』에서 왕안석과 남주인공 가문이 비록 정치적으론 대립하지만, 사적으론 어느 정도 우호적인 관계를 유지했던 점과 상통한다 할 수 있다.

이러한 병신년의 가난家難 이후 이창급을 비롯한 전주이씨 가문은 4년 동안 이곳저곳을 떠돌게 된다. 이에 관한 기록들을 모아보면 다음과 같다.

① 아! 병신년(1776년)의 일을 어찌 차마 말할 수 있을까! 창망히 관직(정주목사定州牧使)을 버리니 관아의 추종들도 오열하였고, 험한 길을 가면서 자주 바퀴에 기름칠을 하니 길가의 사람들도 애석히 여겼다. 파주 객점에서 머물렀는데 변고(역모죄로 삭탈관직된 일)가 있는 관리가 객점에서 지내는 것을 꺼리는 까닭에 두릉의 집을 찾으니 도롱이를 입고 일하는 무식한 자들도 모두 내가 전락하여 더부살이하는 것을 불쌍하게 여겼다. 나는 실로 한 번 듣고 흘려버렸다. 조화옹이 나를 곤궁하게 만든 것을 달게 받아들여 먼지 낀 책상, 찢어진 책갈피 사이에서 마음을 넉넉하게 먹었다. 그러나 그대(이창급의 부인인 기계유씨)의 어질고 높은 식견으로도 또한 역시 종종 눈물을 흘렸고 심하면 몇 숟가락의 밥조차도 거르는 것이 다반사였다. 그대가 몸이 약해짐에도 한 첩 인삼도 끝내 시험할 수 없었다.[122]

---

120) 물론 인격적인 면이나 학문적인 면에서는 왕안석이 훨씬 더 빼어나며 홍국영에 대해서는 그런 언급들을 볼 수 없다는 점에서 차이를 보이기도 한다.

121) 余之情, 踪畸危, 惴惴待勘, 時値洪國榮爲世所重, 相愛者皆勸送言求伸.(이창급, 『이가세고』「일와옹유고」「둔야미집遯野迷執」, 1,648면)

② 우리집은 난難을 만난 이후 창황히 동쪽으로 돌아가 파주의 산 아래에서 두문불출하였다. 왕래하는 관리가 드물었다. 방문하는 사람 또한 오직 사진士鎭(홍경인洪景仁의 자字)뿐으로 험한 길, 무성한 수풀을 헤치고 두 번, 세 번 이르곤 하였다. 또 몇 개월이 지나자 남쪽 깨끗한 한강의 물가로 거처를 옮겨갔다. 사진은 금오金吾로 경성에서 공무로 매우 바쁘니 어찌 잠시라도 겨를이 있었겠는가마는 또한 반드시 술병을 끼고 걸어 와서는 객점 주막에서의 고통을 위로하였다. 등을 켜고 앉아 말을 하며 강루江樓의 빼어남을 수작하여 기인畸人(자기 자신을 말함)으로 하여금 슬픔과 고통을 잊게 하였다. 또 몇 년이 지나 동남쪽으로 옮겨 두릉의 오두막에서 살게 되었다. 대개 그 자취가 위태로워질수록 마음이 점점 더 슬퍼져서 근교에서 밭 갈고 누에를 치면서 그 계획을 바꾼 것이다.123)

①은 이창급이 아내 기계유씨에 대해 쓴 제문이다. 정주목사직을 파직당한 후 험한 길을 내달려 살 곳을 찾는 모습이 잘 드러나 있다. 파주 객점에서 잠시 머물렀으나 객점 주인이 변고 있는 관리가 객점에서 지내는 것을 꺼리는 까닭에 다시 길을 나서게 되고, 간신히 정착하게 된 과천 두릉의 오두막집에서도 무식한 촌로村老들에까지 동정을 받으면서 빈한한 삶을 영위하게 된다. 심려를 많이 하여 병이 난 아내에게 약 한 첩 쓸 수 없는 상황에까지 이른다.

②는 이창급이 자신의 친구이자 사돈인 홍경인洪景仁124)에 대해 쓴 글이다. 병신년의 난을 만난 이후에 창황히 파주의 객점에 가서 두문불출하였는데, 아무도 찾아오는 사람이 없었으나 오직 홍경인만이 험한 길

---

122) 嗚呼! 丙年之事, 尙忍言哉! 蒼黃棄符, 官驂嗚咽, 間關脂轊, 路人咨嗟, 坡山旅店, 冠盖之有故者, 嫌其歷, 敲杜陵僑墅. 簑翁之蔑識者, 憫其跉贅, 俺實一聽, 造化自甘窮約, 寬遣於塵床破籤之間, 而以君之賢且高, 亦或有徔徔下淚, 甚則數匙饔飧, 尙多廢闕, 一帖蔘木, 終未嘗試.(이창급, 『이가세고』 「일와옹유고」 「재제유부인빈再祭兪夫人殯」, 1,471면)

123) 我家遭難, 章皇東歸, 杜門于坡平山下, 徔來冠盖尠, 與過存惟士鎭之間關苞茸者, 至再至三, 又數月 而南遷于淸漢之濱, 士鎭金吾也, 京兆也, 劇務滾滾, 烏能暫暇, 而亦携壺, 步出慰旅廚之艱, 張燈坐語, 酬江樓之勝, 使畸者欲忘其悲苦, 又數歲而東南卜杜陵之廬, 盖其跡愈詭, 而情愈愥, 畊桑近郊, 改其圖也.(이창급, 『이가세고』 「일와옹유고」 「제홍석성경인빈祭洪石城景仁殯」, 1,473~1,474면)

124) 홍경인洪景仁은 이창급의 아들 이선정李宣鼎의 장인이다.

의 무성한 수풀을 헤치고 와서 위로해주었고, 이후 파주의 여점旅店을 떠나 남쪽의 한강 물가로 옮겨왔을 때도 공무로 바쁨에도 불구하고 술을 들고 찾아오는 등 가는 곳마다 홍경인이 와서 불우한 그의 삶을 위로해주었던 일화가 잘 그려져 있다. 그런데 홍경인이 이창급이 객점 주막에서 지내는 고통을 위로해 주었다는 대목에서 볼 수 있듯, 이창급은 계속해서 터전을 마련하지 못하고 떠도는 삶을 영위하였음을 알 수 있다. 또 몇 년 후에는 두릉의 오두막으로 옮겨가게 되는데 그 자취가 점점 더 위태로워졌기 때문이었다.

위의 두 글을 종합해 본다면, 이창급은 처음에는 파주 객점에서 머물다가 객점 주인이 역모죄에 걸린 관리를 자기집에 두기를 꺼리는 고로 다시 남쪽의 한강 물가로 옮긴다. 그러나 홍경인이 이곳에 와서 여점에서 보내는 이창급의 슬픔을 위로한 대목에서 볼 수 있듯, 이때 역시 안식처를 마련한 것이 아니라 객점 주막에서 간신히 삶을 영위한 것임을 알 수 있다. 이후 정세가 더 위태롭게 되자 농사를 짓고 살 결심을 하고 과천 두릉의 오두막에 안식하게 된다. 그러나 이때에도 병든 아내에게 약 한 첩 쓰지 못할 정도로 가난한 생활은 여전히 마찬가지이다.

비록 『옥원』에서처럼 가족이 모두 풍비박산하는 가운데 남주인공이 홀로 유리하는 상황이 펼쳐지진 않지만, 가족이 정치적 위기를 느끼는 가운데 객점에서 머무는 등 여기저기를 떠돌아다니는 상황은 『옥원』과 상통한다 할 수 있다. 실제로 해평윤씨에 관한 제문에서 "일찍이 강호에서 표박하던 일들에 대해서 말씀하셨습니다"125)라는 대목, 기계유씨에 관한 제문에서 "산천에 유리하면서 눈과 서리에 젖어 초췌해졌다"126)라는 구절 또한 『옥원』에서의 정치적 위기에 따른 유리 체험과

---

125) 曾謂江湖漂迫之擧.(이헌정, 『이가세고』「신천옹유고」「제숙모숙부인해평윤씨연祭叔母淑夫人海平尹氏筵」, 1,711면)

126) 山澤流離, 雪霜潤摧.(이창급, 『이가세고』「일와옹유고」「제망실유부인빈祭亡室兪夫人殯」, 1,469면)

상통한다 할 수 있다.

특히 벼슬에서 물러난 뒤의 빈한한 삶은『옥원』에서 남주인공의 부친이 사직하고 미산으로 내려갔을 때의 상황과 흡사하다. "가도家道가 손상되고 추락함이 날마다 심해짐에 어느새 따를 시동 하나 없고 나갈 수레 하나 없는 지경에까지 이르렀다"127)라는 이창급의 탄식, "오호! 저의 삶은 예전과 같으니 목석에 새긴 것같이 확연하여 예전 일도 오히려 기록할 수 있을 정도입니다. 혼백이 놀랐으니 여러 해 동안 자주 기근이 들고 한 세대에 걸쳐 전염병이 돌아 죽어나가는 흉사가 계속해서 이어졌습니다"128)라는 이헌정(李憲鼎, 1767~1839)의 하소연 등에서 볼 수 있듯 이들의 빈한한 삶은『옥원』에서 남주인공의 부친인 소송이 사직한 후 미산에 곤궁한 삶을 영위하던 모습과 닮아 있다.

물론 이런 빈궁한 생활 속에서도 이들 가문은 도덕적 기품을 잃지 않는다.

두릉에 있을 때에 여름이 되면 강물이 문 앞에까지 쳐들어오곤 하였다. 마침 한 마리 대어를 잡았는데 차마 먹을 수 없어서 부모님이 계신 용호의 부엌에 보내려고 하였으나 강물이 크게 넘쳐 강을 건널 수가 없었다. 촌민들이 그 지극한 효성에 크게 감복하여 스스로 그것을 가지고 가기를 자원하는 사람이 있었다. 아침에 큰 상을 주어 그것을 보내면서 그 사람에게 경계하기를 "이와 같은 무더위에 상하기가 쉬우니 너는 반드시 몸으로써 고기를 덮어 햇빛을 막도록 하라"라고 하였다. 과연 상하지 않아 용호의 부엌에 보내 부모님께 공양할 수 있었다. 와옹공臥翁公(이창급)이 그 효심을 가상히 여기고 이웃사람들과 부모님 모두 칭찬하지 않는 사람이 없었다. 물품이 없는 때에 하늘에 닿을 정도로 장마로 물이 불었는데도 십리까지 가서 (대어를 잡은 뒤) 먹지도 않고 보냈던 것이다.129)

---

127) 家道剝落日甚, 一日至於膺無童而出無軺.(이창급,『이가세고』「일와옹유고」「제유부인갑연祭兪夫人甲延」, 1,475면)

128) 嗚呼! 我生依舊, 頑石木若, 尙記前秩, 驚魂懼魄, 頻年饑饉, 一世癘瘧, 死兒相續.(이헌정,『이가세고』「수목수초」「제문祭文－가제헌정家弟憲鼎」, 1,800면) 이헌정이 죽은 형 이선정의 제사를 지내면서 그에게 하소연하는 대목이다.

129) 在於杜陵時, 當夏江水漲入門前. 適捉得一大魚, 不能呑下, 欲送龍湖親廚, 而大漲

이 글은 이창급의 큰아들인 이선정(李宣鼎, 1759~1814)에 관한 일화이다. 비록 먹을 것이 변변치 않아 장마철 위험한 상황 속에서도 십리에까지 나가 손수 고기를 낚으러 가니 마침 큰 고기를 잡을 수 있었다. 그런데 강물이 넘쳐 집에까지 운반하는 것이 힘들었는데, 촌민 가운데 한 사람이 그 효성에 감동해서 그것을 이선정의 부모가 있는 두릉의 농가로 옮기는 것을 자원하였다. 이선정은 그에게 고기가 상하지 않도록 조심하라는 당부도 잊지 않는다. 이에 무사히 부모님께 고기를 공양할 수 있게 되자 이웃사람들과 부모님 모두 칭찬하게 된다. 물품이 없는 곤핍한 때에 큰 비가 내렸는데도 십리까지 가서 고기를 잡고, 배가 고픈 와중에서도 그 고기를 조금도 먹지 않고 통째로 보냈던 것이다. 『옥원』에서도 이와 흡사한 장면이 나온다. 남주인공 소세경이 손수 낚시를 하고 벌을 치고 나무를 하는 등 그 지극한 효성으로 주변사람들을 감동시킨다. 뿐만 아니라, 소세경의 지효至孝에 하늘이 감동한 것인지 나무하러 갔다가 우연히 금덩이를 발견하게 되는데 노력 없이 허황된 재물을 취할 수 없다 하여 그것을 그냥 두고 오는 장면이 나온다. 비록 곤핍하나 도덕적 양심을 버리지 않는 것이다.

이렇듯, 기계유씨가 속한 전주이씨 가문과 『옥원』의 소세경 가문은 실각한 뒤 살아가는 방식이 매우 유사하다. 비록 정치권의 실세實勢에서 밀려나 곤핍한 생활로 연명하면서도 도덕적 자존감을 잃지 않으려는 모습이 흡사하게 형상화되어 있다.[130)

有難越江矣. 村民伏感其至孝, 能有自願往來者, 且給重賞送之, 飭其人曰, "如此盛炎 易致腐傷 汝必以身掩魚遮陽也." 果不傷而傳供親廚, 臥翁公嘉其孝, 鄕隣親堂, 莫不稱嘆, 非其在物, 而接天潦水, 之十里, 不食而送也.(이선정, 『완산이씨가승』「참판공유사參判公遺事」, 341장 앞면~뒷면)

130) 이러한 대목은 빈곤한 삶 속에서도 형제간에 우애 있게 지낸 다음의 대목에서도 잘 드러난다. "두릉에 있을 때 하절기에 저호에 사는 둘째형님이 식량이 떨어졌다는 소식을 여러 번 들었다. 그때 집에는 단지 여섯 되의 양식만이 있었는데 다 보내면서 말하기를 '형님이 굶주리시는데 아우가 어찌 배부를 수 있겠습니까?'라고 말했다[在杜陵時, 夏節聞楮湖仲氏屢空之報, 其時家儲只餘六斗租, 而傾送曰, "豈有兄飢而弟飽

그런데 한편으로는 정치적으로 위기를 겪으며 은거하면서 고달픈 삶을 살아가기에 이창급에 관한 글에는 당대 현실에 대한 비판이 묻어난다.

신하가 된 몸으로 불초하여 임금께 견책을 입었으니, 살아도 죽는 것과 같은 죄인이어서 4년 동안 떠돌아 다녔다. 높고 가파른 용산의 집은 작은 배와 같았는데 처음에는 너와 함께 있었으나 끝내는 떠나게 되었다. 한 골짜기를 두고 네가 있는 사당을 바라보다가 병이 나 가슴앓이로 고통스럽고 가려움증까지 생겼다. 항상 보고자 하여 스스로 짧은 지팡이를 짚고 나섰다가 발자취가 잠시 험한 곳에 이르게 되곤 하였다. 그러나 너의 혼은 항상 곁에 있는 것만 같았다. 몇 번 죽게 된 것을 허물하기도 하였으나 맑은 강물은 유유히 흘러갔다. 친구들의 편지도 끊기었고, 서리들은 찾아와 욕을 보이기도 하였다. 방문을 닫고 깊이 고요히 있으니 위태로움과 비방으로부터 거의 멀리 있을 수 있었다. 경성을 오히려 내왕하고자 하였으나, 때가 위태로워 꿈에서나 상상할 수 있었다. 밭 갈고 뽕을 치는 것을 마음에 두고 오랫동안 계획하였다. 하물며 또한 밤과 같이 어려운 상황 속에서 물러나 은둔함에랴. 어찌 시 짓는 고통을 꺼리겠는가? 구양수歐陽脩가 은거한 화방재畵舫齋를 생각하고 왕유王維가 은거했던 망천輞川을 도모하고자 힘썼으나 서쪽 기슭과 동쪽 골짜기에 적당한 곳이 없었다. 궁벽한 삶의 길에서 간신히 밥을 먹었고, 집안일도 날마다 막혀만 갔다. 조석으로 황황함에 쌀이 든 단지는 마치 비로 씻은 듯이 텅 비었다. 우연히 한 곳에서 이곳(두릉의 정사)을 얻었으니 분창진이 서울과 격해 있고, 묘는 세장지世葬地에 가까웠다. 두릉의 정사에는 판판한 포구와 기름진 땅이 있어 남자는 물고기 잡고 나무할 만했고, 여자는 누에치고 방적하기에 마땅했으니 진실로 안돈할 곳이었다.[131]

也"]."(위의 글, 342장 뒷면)

131) 爲臣不肖 獲譴于上, 生死同罪, 四載淪放, 巉巉龍山, 屋小如舫, 始合終離, 一壑相望, 通于喘息, 關以痛癢 常常欲見, 自有短杖 縱暨貽阻 魂若在傍, 數詟存沒 滄浪滉滉, 親朋斷書, 胥吏靳訪, 閉室深靖, 庶遠危謗, 市朝猶通, 時惕夢想, 畊桑宿計, 與心商量, 矧又宵診退遯, 何妨詩苦, 思穎畵勤圖輞, 西坡東峽, 靡有適當, 窮塗艱食, 家事日尫, 遑遑朝夕, 飯石掃蕩, 偶占一區, 得之, 浻滄津隔京華, 墓近先葬, 杜陵精舍, 盤浦沃壤, 男可漁樵, 女宜蠶紡, 苟能安頓.(이창급, 『이가세고』「일와옹유고」「신천옹묘고이택두릉信天翁廟告移宅杜陵」, 1,528면)

윗글은 병신년의 화변으로 살아도 죽은 것과 같은 죄를 입고 4년 동안 떠돌아다니는 생활을 하다 보니 죽은 동생의 신주가 용산에 홀로 있어 늘 그곳을 바라보며 슬퍼하다가 4년 뒤 두릉에 와 간신히 정착하게 되자 동생의 신주를 가져온 뒤, 두릉으로 집을 옮기게 된 사연을 알리는 대목이다. 친구들의 편지도 끊기고, 서리들은 찾아와 욕을 보이는 상황 속에서 위태로움을 느끼다가 과천의 두릉 한 구석에서 은신처를 마련한 대목이 잘 형상화되어 있다.

특히 당대의 정치적 상황을 밤에 빗대고 자기 자신을 구양수 혹은 왕유에 빗대고 있는데 이러한 대목들은 정치적 위기를 겪고 권력에서 물러난 실세층의 세상에 대한 비판적 시각을 잘 보여준다. 세상의 어두운 현실 속에서 은둔하고자 하는 의식을 드러내고 있는 것이다. 이러한 의식은 이창급이 자신의 호를 '일와옹—臥翁'이라고 지은 대목에서도 잘 드러난다.

> 나의 사정은 자취가 가파르고 위태로워 두려워하면서 국문받기를 기다리더니 이때에 홍국영이 세상에 중히 쓰이게 되자, 나를 아끼는 자들이 모두 나에게 홍국영에게 말을 넣어서 신원되기를 구하라고 권하였다. 나는 자정지도自靖之道가 아니라고 배척하고 '일와—臥'라는 글자를 취해 정자를 이름 짓고 반드시 종신토록 칩거하고자 하였다. 이것은 두보杜甫가 청쇄문靑瑣門을 연모한 것일 뿐만 아니라 또한 획일劃—의 의미를 우의한 것이다.[132]

이창급의 사정이 위태로움에 그를 생각하는 사람들은 모두들 홍국영에게 청원하여 신원되기를 구하라 하지만 자신은 조용한 도가 아니면 그것을 배척한다 하면서 한 칸 정자를 마련해서 '일와—臥'라 이름 짓고 그곳에서 칩거하고자 한다. 여기에는 당대 상층 집권층이라 할 수 있는

---

132) 余之情, 踪畸危, 惴惴待勘, 時値洪國榮爲世所重, 相愛者皆勸送言求伸, 余以非自靖之道斥之, 取一臥字名亭, 必欲終身蟄處 此不但杜工部靑瑣 之戀, 亦寓意劃一之義也.(이창급, 『이가세고』「일와옹유고」「둔야미집遯野迷執」, 1,648면)

홍국영과의 타협을 거부하고 자신의 소신을 굽히지 않겠다는 의지가 드러나 있는 부분이라 할 수 있다. 이러한 모습은 『옥원』에서 반대당파가 득세하는 현실 속에서 사직하기를 바랐던 소송, 소세경의 모습과 닮아 있다. "간신 홍국영이 동료로서 총애를 믿고 세력을 팔아 청요직을 공을 위해서 힘써 주선하고자 하였으나 공이 답변하지 않았다"라는 이전의 기개에서도 볼 수 있듯, 당대의 잘못된 정치현실에 편승하지 않으려는 의식이 드러나고 있으며 이는 곧 당대정치현실에 대한 비판과 상통한다 할 수 있다.

이처럼 이창급과 그 자식인 이선정 등의 의식세계를 살펴보면 『옥원』에서 형상화하고자 하는 윤리의식·정치의식과 흡사함을 알 수 있다. 『옥원』의 작가로 해평윤씨 혹은 기계유씨를 상정해 볼 수 있는데, 그 바로 주변에 있었던 인물의 삶과 의식이 『옥원』과 조응하고 있는 것이다.

또 설혹 전주이씨 가문이 아니라 『옥원』의 또 다른 작가로 언급되는 이광사李匡師 집안에서 이 작품을 창작했다 하더라도, 이광사 가문은 앞서 살펴본 바 있듯 그 부친대부터 아들대에 이르기까지 삼대三代에 걸쳐 귀양을 가면서 "종가가 뒤집혀 망하고, 자질이 유리분찬한다[宗家覆滅, 子姪流竄]"는 가난家難을 입은 집안으로 대표적인 경화 실세 사족이다. 이광사는 임금에게 바른 말 하는 곧은 성품으로 유명하며, 그가 남긴 작품들에는 귀양지에서의 애통한 슬픔과 현실에 대한 비판의식을 담은 것들이 많다.133) 이러한 점은 『옥원』에서 지향하고자 하는 의식과 흡사하다.

이렇듯 『옥원』은 아직까지 작가가 확실하게 밝혀지지 않고 있지만, 지금까지의 기록 혹은 연구들을 토대로 여러 가지 가능성들을 따져 보았을 때, 경화 실세 사족에 의해 창작되었을 가능성이 상당히 높다. 『옥원』에서 이러한 계층의 의식이 잘 반영된 점 또한 이러한 향유기반과 무관하다 할 수 없는 것이다.

---

133) 심경호, 「조선 후기 소설고증 (1)」, 『한국학보』 15, 일지사, 1989 가을; 장효현, 「이광사론」, 『조선 후기한문학작가론』(정양완 외), 집문당, 1994 참조.

3) 경화京華 집권執權 사족士族과『완월회맹연』

『완월』은 앞서 살펴본 바 있듯 상층 집권층의 안정과 자부를 주로 형상화한 작품이다. 그런데 이 작품 또한『옥원』과 마찬가지로 18세기에 창작되었다는 사실을 감안할 때, 이 작품은 서울의 최상층 사대부 계층이라 할 수 있는 '경화京華 집권執權 사족士族'에 의해서 주로 향유되었을 가능성이 높은 작품이다.『완월』의 향유기반에 대해 구체적으로 살펴보기로 한다.

(1)『완월회맹연』의 향유층

『완월』은 남아있는 이본 가운데 작가나 독자를 추정할 수 있는 기록은 존재하지 않으나, "완월은 안겸제의 어머니가 지은 것인데, 궁중에 흘려보내 명성과 영예를 넓히고자 했다[翫月, 安兼濟母所著, 欲流入宮禁, 廣聲譽也]"[134]는『송남잡지松南雜識』의 기록이 전해지고 있어 그 향유층을 살펴보는 데 매우 유리한 작품이다.

만약『송남잡지』의 기록이 사실이라면『완월』은 처음부터 '궁중'이라는 최상층의 독자층을 염두에 두고 쓴 작품임을 알 수 있다. 전주이씨 또한 한 평생을 혁혁한 경화거족京華巨族으로서의 삶을 살았기에 작가인 그녀 또한 최상층 사대부 계층인 경화 집권 사족의 일원임을 알 수 있다.

현재『송남잡지』의 기록을 토대로 전주이씨 작가설이 심도있게 논의되고 있으며 여기에 심중이 모아지고 있다.[135] 그러나『완월翫月』이라는

---

134) 조재삼趙在三,『송남잡지松南雜識』「남정기南征記」조條.

135) 전주이씨 작가설은 임형택(「17세기 규방소설의 성립과『창선감의록』」,『동방학지』57, 연세대 국학연구원, 1988, 164면)에 의해 처음 거론되었고, 이후 최길용(「가문소설계 장편소설의 형성과 전개」,『국어국문학연구』, 연거제신동익박사정년기념논총 간행위원회, 1995, 568면)과 정병설(앞의 책, 1998, 172~223면)에 의해 다시 제기되었다. 정병설은『송남잡지』기록의 신뢰도, 전주이씨의 생애, 당대의 소설문화 수준, 집단창작

것이 과연 『완월회맹연玩月會盟宴』인지가 계속해서 의문거리로 남아 있다.136) 그렇다면 과연 어떠한 식으로 이러한 의문을 풀 수 있을까?

조선 후기 여성의 소설 창작은 가문의 성향과 밀접한 관련을 지닌다.137) "부녀자의 소설 독서가 규방 내에서 은밀하게 이루어졌다 하더라도 남성 사대부의 묵인 없이 독자적으로 이루어질 수 없었다"138)는 논의대로 소설 읽기조차 개인적인 문제가 아니라 가문 전체의 성향과 관련될 수 있다는 점을 고려한다면, 단순히 소설을 읽는 것이 아니라 창작하는 단계에 이르렀을 때는 그 가문의 성향을 고찰하는 것이 더욱 필요하다. 조선 후기 여성의 소설 창작은 가문의 성향과 밀접한 관련을 지니기 때문이다.

설 등의 근거를 바탕으로 그 가능성을 심도 있게 검토한 바 있다.

136) 김진세, 「낙선재본 소설의 특징」, 『정신문화연구』 44, 한국학중앙연구원, 1991, 5~6면; 임치균, 「조선 후기소설의 전개와 여성의 역할」, 『경산사재동박사화갑기념논총』, 1995, 1,599면; 성영희, 「『완월회맹연』의 서사구조와 의미」, 부산대 석사논문, 2002, 4면; 이은경, 「『완월회맹연』 인물 연구」, 충북대 박사논문, 2004, 5면. 더욱이 전주이씨(안겸제의 모친)의 친정인 전주이씨 영해군파 집안에서 그간 자료공개를 꺼린 까닭에 『완월』의 창작저변을 고찰하는 데 상당한 애로가 있었다.

137) "'금지'가 전통사회에서 여성의 공동문어활동에 대한 공식적 입장이라면, '승인'은 계층과 집안과 지역에 따라 많은 편차를 지닌 비공식적 입장이다. (…중략…) 글읽기보다 글쓰기에서, 일상적·사적 글쓰기보다 문예적·공적 글쓰기에서 그 '금지'의 수위가 높고 엄했다고 일반화할 수 있다"(이경하, 앞의 글, 116면)는 논의 또한 여성이 '소설'이라는 문예적·공적 글쓰기를 할 수 있는 것은 집안의 풍토와 밀접한 관련이 있음을 잘 보여주고 있다.

138) 박영희, 「장편가문소설의 향유집단 연구」, 『문학과 사회집단』, 집문당, 1995, 321면. 박영희는 주로 17세기를 대상으로 이런 논의를 전개하였으나 18세기에도 이는 크게 다르지 않으리라 생각한다. 일례로 황종림黃鍾林이 돌아가신 양어머니 여산송씨(廬山宋氏, 1759~1821)에 대해 쓴 『영세보장永世寶藏』 「선부인어록先夫人語錄」(정양완 역주, 태학사, 1998, 228면)에 의하면 여산송씨는 소싯적 "열 줄을 한 번의 나리 외오사 하루 문득 수십 권을 보시고 매양 책을 덮으면 몸소 외이시듯" 할 정도로 소설읽기를 즐겼으나 친정오라버니가 "글이 말이 설만褻慢함이 많으니 여자의 마땅히 익힐 바가 아니"라는 훈계를 듣고는 평생 소설을 가까이하지 않게 된다. 그러다가 말년에 자식들이 소일거리를 하도록 소설을 구해드리자 다시 약간씩 읽긴 하나, 이때에도 친정오라버니의 말을 빌려 여자의 소설읽기 혹은 소설짓기의 폐단에 대해 경계하게 된다(황종림의 「선부인어록」에 관련된 내용은 이미 정병설, 「조선조소설과 여성작가」(『덕성어문학』 10, 덕성여대 국어국문학과, 2000, 381~384면)에서 상세히 소개하고 검토한 바 있다).

물론 여성의 소설읽기는 어느 정도 보편화된 현상이었을 가능성도 배제할 순 없으나,[139] 여성의 소설짓기의 경우에는 "인가人家의 여편네 반은 알고 반은 모르는 일로써 문자文字를 지어 여러 사람 가운데 돌리되 유식有識한 이의 가만히 웃음을 돌아보질 아니하니 심히 아름다운 일이 아니라"[140]라는 대목을 통해 볼 수 있듯 퍽 불미不美한 일로 여겨졌기에 가문의 용인 없이는 쉽게 이루어질 수 없었으리라 생각된다.

이처럼 여성의 소설짓기는 가문의 문화적 풍토와 밀접한 관련을 지닌다. 따라서 『완월』의 작가에 관한 분명한 기록이 밝혀지지 않은 현시점에서 역으로 가문의 성향을 통해 그 창작가능성을 가늠해 보는 작업은 지금의 단계에서 가장 유효한 방법이라 할 수 있다.

전주이씨의 친정인 영해군파寧海君派 가문에서 전해지는『이가세고李家世稿』·『완산이씨가승完山李氏家乘』 등에는 앞서 살펴본 해평윤씨·기계유씨 이외에도 이 가문에서 전해오는 이 집안 여성들의 어문생활에 관한 많은 기록들이 들어 있다. 전주이씨 가문 여성들을 집중적으로 살펴보고 이를 통해 이 가문 여성들의 교양수준 및 어문생활을 고구함으로써, 전주이씨 가문 여성의 대하소설 창작 가능성을 면밀히 검토해 보기로 한다.

이를 위해 전주이씨(안겸제의 모친)와 가까운 인물을 중점적으로 고찰하기로 한다. 앞서 살펴본 전주이씨(안겸제의 모친)의 조카며느리인 해평윤씨·기계유씨 이외에도 전주이씨(안겸제의 모친)의 올케언니인 풍양조씨豊壤趙氏, 전주이씨(안겸제의 모친)의 넷째언니인 전주이씨(한사덕韓師德의 부인) 등을 중심으로 이 집안 여성들의 어문생활을 고구함으로써 전주이씨 집안에서의 『완월』의 창작가능성에 대해 검토하기로 한다.

---

139) 임형택, 앞의 글, 103~175면.
140) 황종림, 「선부인어록」, 앞의 책, 228면. 이 부분은 여산송씨가 자신의 친정오라버니의 말을 빌려 여성의 소설짓기의 문제점에 대해 자식들에게 경계하고 있는 부분이다.

가. 풍양조씨豊壤趙氏

풍양조씨(1692~1767)는 조원명趙遠命의 딸이자 이춘제李春躋의 부인으로, 전주이씨(안겸제의 모친)의 올케언니에 해당한다. 아들 이창급이 쓴 행장을 통해 그녀의 교양수준 및 도덕적 자질 등에 대해 살펴보기로 한다.

> 돌아가신 어머니께서는 외가와 친가의 아름다운 점들을 이어받고 보모의 가르침을 받아 지극한 덕과 아름다운 행실이 혼연이 갖추어져 있고 하늘로부터 부여받은 풍부한 지식과 높은 식견은 혹 장부보다도 나은 점이 있으셨습니다.(…중략…)(풍양조씨의 여동생인 윤상국 부인께서) 또 말씀하시길, "선친께서는 매번 언니가 독서하는 소리 듣기를 좋아하셨다. 대개 선비께서 일찍 아들이 없으셨기에 언니에게 『시경詩經』·『예기禮記』 등을 전수하셨고 규방에서의 일상생활에서도 경전을 선용하도록 하셨던 것이다"라고 하셨습니다.[141]

윗글에 의하면 풍양조씨는 어려서부터 친가와 외가의 빼어남을 이어받아 풍부한 지식과 높은 식견이 장부丈夫보다도 뛰어났다. 특히 풍양조씨의 부친인 조원명은 처음에 아들이 없었기 때문에 그녀에게 직접 『시경』·『예기』 등을 주어 일상생활에서도 이를 활용하도록 했다. 이는 그녀의 학문적 소양이 남달랐음을 보여준다. 풍양조씨의 이러한 학문적 소양과 도덕적 자질을 통해 볼 때, 대하소설에서의 전아한 문체와 품격 높은 내용이 여성작가에 의해서도 충분히 가능함을 짐작할 수 있다.

> 정부인(풍양조씨)께서 불평한 기색이 있으시면 부군(이창임)께서는 언서諺書와 이언俚言을 취하여 높은 소리로 읽으셨다. 혹 배우의 형상을 짓기도 하고 혹 어린아이의 희롱을 하기도 하여 정부인께서 입을 열어 웃게 하셨다. 만약 부군이 공무公務로 집에 없을 때면 여러 자식들이 그 앞에 가득하더라도 정부인께서는 반드시 "큰 무당이 언제 당도하려는가?"라고 말씀하셨다.[142]

---

141) 先妣襲因內外之美, 服姆保之訓, 至德懿行, 渾然得之, 天賦達識高見, 或超于丈夫. (…中略…) 且曰, "先考每思聞吾兄讀書聲, 盖先考妣, 早而無子, 授兄詩禮, 簾幃日用之間善用經傳."(이창급, 『이가세고』 「일와옹유고」 「선비정부인행장先妣貞夫人行狀」, 1,360면)

윗대목은 풍양조씨가 언서와 이언 곧 소설을 향유했던 실상을 잘 보여준다. 풍양조씨가 혹 기색이 좋지 않을 때면 그 아들 이창임이 온갖 몸짓을 하면서 큰 소리로 소설을 읽음으로써 풍양조씨로 하여금 웃음을 자아내게 했던 모습이 잘 그려져 있다. 이창임이 조정일로 집에 없을 때면 풍양조씨가 아들이 얼른 와서 소설을 읽어주기를 바라곤 했던 모습에서 볼 수 있듯, 풍양조씨는 소설 듣기에 익숙해 있다. 이러한 대목들은 전주이씨 집안에서 소설에 대해 관대한 풍토를 지니고 있음을 엿볼 수 있게 한다. 더욱이 이창임은 앞서 살펴본 해평윤씨의 남편이기에 이런 대목은 더욱 의미를 갖는다.

나. 전주이씨全州李氏

전주이씨(1682~1750)는 이언경의 넷째딸이자 한사덕韓師德의 부인으로, 전주이씨(안겸제의 모친)의 넷째언니이다. 다음은 그 조카 이창급이 쓴 제문이다.

> 전일에 선친(이춘제)께서는 "내 누이는 효우孝友의 행실이 천성으로 근본하고 통달한 헤아림은 장부보다도 뛰어나니 자녀를 가르치고 종들을 부리는 데 있어 크게 볼 만한 것이 있고 저술할 만한 것이 있다"고 말씀하셨다. 또 이어서 "타일 내가 진실로 힘써서 기록할 만한 일이다"라고 말씀하셨다. (…중략…) 오랜 병으로 시탕 중일 때에도 오히려 예를 차려 방비하기를 신신당부하셨으며 삼사三司의 견책을 입어 정황과 자취가 불안한즉 전사田舍로 돌아가 조용히 때를 기다릴 것을 권하셨으니 이것은 이미 부녀자의 소견이 아니다.
>
> 일찍이 성현의 격어를 모아 기록하여 때때로 며느리들로 하여금 이것을 읽도록 하고 들으면서 말씀하시기를 "이것을 가지고 있다가 손자며느리가 처음 시집올 때 주려 한다"고 하셨다. 그 아름다운 계획의 넉넉함이 또한 크지 않겠는가?143)

---

142) 貞夫人有不平色, 府君取諺書或俚語, 高聲讀奏, 或作俳優狀, 或作嬰兒戲, 期於
開口笑. 若值在公, 則諸子固滿前, 而貞夫人必曰, "大巫何當來?"(『완산이씨가승』「신
천옹공유사이십오칙信天翁公遺事二十五則」, 304장 뒷면)

위의 제문을 통해 볼 때, 전주이씨는 효우가 극진할 뿐만 아니라 통달한 헤아림이 장부보다도 뛰어나 그 오빠인 이춘제가 그녀에 관해 기록할 만한 일이 많다고 칭송할 정도로, 여사女士로서의 품격을 충분히 갖춘 인물이다.

이러한 풍모와 더불어 일찍이 성현의 격어를 모아 기록하였다가 이것을 며느리들에게 읽게 하여 듣곤 하였다는 대목은 그녀의 교양 수준을 잘 보여줄 뿐만 아니라, 이 가문 여성들의 어문생활의 일면을 엿볼 수 있게 한다는 점에서 중요하다. 잠언 등을 모아 기록했다가 이것을 여성들끼리 함께 읽으면서 공유했던 문화를 잘 보여주고 있다. 시어머니가 며느리들에게 읽게 하여 같이 향유했을 뿐만 아니라 앞으로 들어올 손자며느리에게까지 이를 전해주려 함으로써 집안 대대로 여성들이 고급한 격어를 접했음을 알 수 있다.

물론 이러한 고급한 어문생활은 전주이씨의 친정에서가 아니라 그 시댁인 청주한씨淸州韓氏 집안에서 향유된 일이다. 하지만 전주이씨의 이러한 어문활동은 친정의 풍토와도 적지 않은 연관이 있으리라 생각한다. 여성의 어문활동에 관한 기록들을 보면, 대부분 어린 시절 친정에서 비교적 자유로웠다면 시집간 후 시댁에서는 상당한 제약을 받게 된다. 그렇기에 친정에서 행했던 어문활동이 시댁에서도 그대로 행해지는 경우는 드물며 그 폭이 훨씬 감소하거나 아예 활동 자체가 중단되기도 한다. 물론 말년에는 다소 여유가 있어 여성의 어문활동이 활발해지는 경향을 보이기도 한다. 그러나 이때도 시댁에서 새롭게 익힌 어문생활의 양식을 구현하기보다는 이미 어렸을 때 친정에서 익혔던 어문생활의

---

143) 昔先子有誄曰, "我姊氏, 孝友之行, 根於天性, 通達之度, 邁於丈夫, 以至訓飭子女董率僕, 蔚然有可觀可述," 且系之曰, "他日自書誠力於記行之事."(…中略…) 久病侍湯之中, 亦將禮防申警, 見其獲譴三司, 情踪不安, 則勸令歸守田舍, 靜而竣時, 此已非閨閤之見. 而嘗哀錄聖賢格語, 時使婦女讀而聽之曰, "欲持此, 遺孫婦初來也." 其徽猷之垂裕者, 尤豈不奕奕(이창급,『이가세고』「일와옹유고」「사고증정경부인묘四姑贈貞敬夫人墓 경자배명更子拜銘」, 1,398면)

양식을 뒤늦게나마 구현하는 경우가 대부분이다. 이처럼 여성들은 어문생활과 관련한 문화를 대체로 친정에서 체득하며, 시댁에서 새로 습득하는 경우는 드물다.

이러한 사실을 토대로 했을 때 전주이씨는 친정에서부터 성현의 격언을 적어 두었다가 읽곤 하는 문화에 익숙했음을 짐작할 수 있다. 이는 곧 전주이씨 가문에서 여성들이 명구를 적었다가 함께 그것을 읽으면서 공유하는 문화가 존재했음을 말해준다고 하겠다.[144] 이런 정황들은 전주이씨 가문에서 여성의 어문활동이 비교적 자유로웠음을 알 수 있게 뿐 아니라, 대하장편을 창작하게 될 때 이러한 기본적인 소양이 소설 속의 품격 높은 어휘로 녹아들게 되었을 가능성을 생각해 볼 수 있게 한다.

이 밖에 앞서 살펴본 전주이씨의 조카며느리로서 한묵지벽이 있다고 평가될 정도로 저술활동을 즐긴 기계유씨, 대하장편이라 할 수 있는 『백계양문선행록』 거질을 지은 해평윤씨 또한 이 가문 여성들의 어문생활을 잘 보여준다.

한편 장식을 하거나 음식을 하는 등 여성의 일에 국한되어 그 뜻을 펼 수 없었던 서글픔이 기계유씨 본인 스스로의 말을 통해 직접적으로 드러나고 있는 대목도 주목할 필요가 있다. 여성으로 태어난 한스러움을 여성 스스로의 발화 형식을 통해 토로하는 대목은 일반적인 제문에서는 흔치 않은 부분으로,[145] 그 서글픔이 여과 없이 노출되어 있는 것이다.

---

144) 앞서 살펴본 기계유씨의 경우에서 이와 연관된 예를 찾을 수 있다. "한밤 잠이 오지 않을 때는 자녀와 더불어 서사書史를 강설하였다. 혹 고금인 가운데 뜻이 맞는 사람을 들으면, 반드시 편집하여 베꼈다가 볼 수 있도록 준비해 놓았다"는 대목을 통해 볼 때, 전주이씨 가문에서는 가족들이 경전經典 혹은 사서史書를 함께 읽고, 이러한 글 등에서 중요한 부분들을 기록해 놓았다가 다시 보곤 하는 문화가 존재했음을 알 수 있다.

145) 김창협의 셋째 딸 김운에 관한 묘지명, 김수증의 아내 창녕조씨에 관한 행장 등을 통해 볼 수 있듯, 여성으로 태어나 그 능력을 펼 수 없었던 한스러움이 여성 스스로의 발화형식을 통해 드러나는 예가 없는 것은 아니다(강혜선, 「아버지의 글로 남은 딸의 삶」, 『문헌과 해석』 19, 문헌과해석사, 2002 여름, 25~37면; 고연희, 「김창협—여성인식의

이러한 기계유씨의 삶의 행적을 통해 볼 때 전주이씨 집안은 여성의 글쓰기를 억압하거나 남성 중심적인 입장에서 "언행의 착함과 재덕의 높음만을" 강조하는 전형화된 여성상146)만을 지향한 것이 아니라, 여성의 글쓰기를 용인해주고 여성의 입장에서 여성으로 태어난 아픔까지도 이해하려는 열린 시각을 지니고 있음을 알 수 있다.

이창급이 부인 기계유씨의 내조에 관해 서술한 대목을 보면, "아! 누가 내조가 없으리오마는 나 같은 자는 실로 거기에 더함이 있도다. 다만 이것은 대장부 된 자로서 부끄러울 따름이다"147)라고 토로할 정도로 아내의 지대한 공로를 인정해 주고 있다. 제문들 가운데 관습적으로 부인의 내조에 관해 언급한 대목들은 많이 볼 수 있으나, 자신이 대장부로서 부끄러울 정도로 부인의 절대적인 영향을 받았다고 토로하는 대목은 그다지 흔치 않다. 이는 기계유씨의 높은 식견을 보여줄 뿐만 아니라 남성중심적인 태도에서 벗어나 여성의 능력을 인정해 주는 열린 태도를 잘 보여준다.

이러한 기록들을 토대로 전주이씨 가문은 여성들 개개인의 교양수준

틀, 그리고 틈새」, 『우리 한문학사의 여성인식』(이혜순·임유경 외), 집문당, 2003, 298면; 황수연, 「17세기 '제망실문祭亡室文'과 '제망녀문祭亡女文' 연구」, 『한국한문학연구』 30, 한국한문학회, 2002, 65면). 그러나 대부분의 여성 전장류傳狀類·비지류碑誌類에서는 여성으로 태어난 서글픔에 관한 내용을 쉽게 드러내지 않는다. 설혹 그러한 부분이 있다 하더라도 그것은 여성 스스로의 발화 형식을 통해서가 아니라 그 주변 남성들의 발화 형식을 통해 드러난다. 부친 혹은 오빠가 자신의 딸 혹은 누이가 남자로 태어났으면 큰 뜻을 폈을 것이라는 논조로서 그 안타까움을 표현한다. 따라서 여성 전장류·비지류에서 여성 스스로의 발화 형식을 통해 여성으로 태어난 서글픔을 직접적으로 토로하는 대목은 거의 보기 드물다고 할 수 있다.

146) 박무영(「18세기 제망실문祭亡室文의 공적 기능과 글쓰기」, 『한국한문학연구』 32, 한국한문학회, 2003, 317~350면)은 18세기 후반에 이르면 제망실문이 제문의 진정성을 훼손시킬 정도로 비대해지면서 정형화되는 양상을 보이는데, 이런 매너리즘화는 조선 후기 가정 내 규훈서 편찬의 일반화와 맞물려 있다고 보았다. 결국 "언행의 착함과 재덕의 높음만을 장황하게 말"하는 제망실문 속에는 당대 남성들의 시각에서 가장 전형화된 여성상이 투영되어 있는 것이라 볼 수 있다.

147) "噫! 人誰無內助, 若翁實有加焉, 只是所愧, 爲丈夫者."(이선정, 『완산이씨가승』「숙부인유사이십오칙淑夫人遺事二十五則」, 259장 앞면)

이 매우 높을 뿐만 아니라, 그녀들의 능력을 인정해주고 어문활동을 용인해주는 관대한 문화적 풍토를 갖추고 있었음을 알 수 있었다. 아울러 소설을 함께 향유하는 문화, 혹은 여성이 소설을 쓰는 문화도 존재했음을 살펴볼 수 있었다.

전주이씨 집안과 친분이 깊은 주변가문의 경우에도 "공의 휘諱는 재욱이고, 자字는 명서이며, 본관은 평산이다. (…중략…) 일찍이 『진대방전』 언문책을 사서 어리석은 사내들로 하여금 보거나 듣게 하여 그 효도와 우애의 마음을 감발하도록 하셨다"[148]라는 대목에서 볼 수 있듯, 소설과 친숙한 문화를 지녔음을 알 수 있다.

이러한 논의를 토대로 했을 때 안겸제의 모친 전주이씨가 지었다는 『송남잡지』의 『완월翫月』이 『완월玩月』일 가능성은 매우 높다고 하겠다. 비록 『이가세고』 등에는 전주이씨의 어문활동에 관한 구체적인 내용이 존재하지 않아 전주이씨가 『완월』을 창작했다고 단언할 수는 없다. 하지만 상기한 내용들을 토대로 했을 때, 전주이씨 집안은 『완월』과 같은 거대장편을 산출할 수 있는 가문적 역량과 풍토를 충분히 지니고 있기에 이런 문화적 풍토에서 자란 전주이씨 역시 대하장편을 창작했을 가능성을 상정해 볼 수 있겠다. 더욱이 『완월』은 집단창작설이 논의되고 있는 작품인 만큼,[149] 전주이씨와 그 주변 여성들이 이 작품을 지었다고 가정한다면 『완월翫月』이 『완월』일 가능성은 상당히 높다고 하겠다.[150]

---

148) 公諱在旭, 字明瑞, 系出平山, (…中略…) 嘗買陳大方諺冊, 使愚夫觀聽, 感發其孝悌之心.(이돈기李敦器, 『이가세고』 「삼재유고」 「동돈녕신공묘지명同敦寧申公墓誌銘」, 1,975~1,976면) 이 글은 신재욱(申在旭, 1824~1894)에 관한 것이다. 신재욱의 맏아들인 신석권申錫權과 이창임의 증손자인 이돈기가 삼십년 동안 깊은 친분을 맺을 정도로, 평산심씨平山申氏 가문은 전주이씨 가문과 절친한 관계를 유지했다. 물론 신재욱은 앞서 살펴본 해평윤씨, 풍양조씨 등보다 후대의 인물이긴 하지만, 전주이씨 주변 가문의 소설 향유 모습을 보여준다는 점에서 주목할 필요가 있다.

149) 정병설, 앞의 책, 1998, 215~219면.

150) 물론 만약 전주이씨가 『완월』을 지었다면 그 장소는 친정이 아닌 시댁이었을 것이다. 따라서 시댁인 순흥안씨 가문의 여성들에 대해 고찰하는 것이 바람직하겠지만, 앞서 논한 바 있듯 순흥안씨 가문에는 남아 있는 자료들이 거의 없다. 따라서 현재로서는

이러한 제 논의에 근거해 보았을 때, "완월은 안겸제의 어머니가 지은 것인데, 궁중에 흘려보내 명성과 영예를 넓히고자 했다"는『송남잡지』의 기록이 상당히 믿을 만한 것임을 알 수 있었다. 그렇다면『송남잡지』의 기록에 따라『완월』은 궁중이라는 최상층의 독자층을 대상으로 지어진 작품이고 작가 또한 전주이씨나 혹은 그녀주변의 인물이었음이 거의 확실하다 할 수 있다.

특히『옥원』과는 달리 상층 집권층의 의식이 잘 녹아 있는『완월』의 경우에는 평탄한 삶을 영위했던 전주이씨(안겸제의 모친) 대에서 씌어졌다고 보는 것이 옳을 것이다. 이처럼『완월』은 경화 집권 사족에 의해 창작되고 향유되었던 실례를 보여주는 작품이라 할 수 있다. 180권이나 되는 거대장편을 향유하려면 시간적·경제적으로 상당한 여유가 있어야 한다는 점에서도『완월』의 주된 향유층은 경화 집권 사족이었음을 짐작할 수 있다.

(2) 경화 집권 사족의 의식세계와『완월회맹연』

전주이씨가 혹은 전주이씨 대의 이 가문 여성이『완월』을 썼을 경우, 자기 집안 특히 자신과 매우 가까운 인물을 대상으로 해서 창작했을 가

<hr>

친정 관련 기록들을 통해 그녀와 그녀 주변 여성들을 검토해 나가는 수밖에 없다. 또한 전주이씨가 그녀의 친정오라버니인 이춘제와 여타의 형제 중에도 매우 절친한 사이였던 점(이춘제李春躋,『이가세고』「중은재유고中隱齋遺稿」「제계매안씨부문祭季妹安氏婦文」, 459~460면. 이 제문에 대해서는 정병설, 앞의 책, 1998, 181~191면에서 자세히 고찰한 바 있다). 이춘제가 그 자매들을 여러 모로 돌봐주었던 점(이창급,『이가세고』「일와옹유고」「선고판서부군행장先考判書府君行狀」, 1,358면), 전주이씨의 아들 안겸제가 전주이씨의 친정 조카인 이창급 등과 어렸을 때부터 자주 어울렸던 점(이창급,『이가세고』「일와옹유고」「외형대사헌안공겸제유범外兄大司憲安公兼濟遺範」, 1,342~1,344면) 등을 통해 볼 때, 전주이씨는 친정과의 교류가 적지 않았음을 짐작케 한다. 이런 점을 고려할 때, 친정 가문 여성 가운데서도『완월』의 창작에 참여했을 가능성이 아예 없는 것은 아니다. 여하튼 중요한 점은 전주이씨 주변의 여성들을 통해 볼 때, 그녀를 둘러싼 문화적 풍토가 대하소설 창작의 가능성을 충분히 시사하고 있다는 점이다.

능성을 생각해 볼 수 있다. 설혹 『완월』의 작가가 전주이씨가 아니거나 그녀가 대상으로 삼은 인물이 이춘제李春躋가 아니더라도, 경화 집권 사족으로서의 삶을 살았던 이춘제의 삶과 『완월』과 비교해 봄으로써 『완월』에서 지향하는 의식세계와 경화 집권 사족의 의식세계가 상응함을 검토해 볼 수 있을 것이다.

이춘제(1692~1761)는 도승지·이조판서·호조판서·형조판서·대사간 등의 벼슬을 역임했으며, 1731년에는 진향사進香使가 되어 청나라에 다녀오기도 하였다. 그의 부친인 이언경李彦經 또한 대사간·충청도 관찰사·황해도 관찰사·도승지 등을 지냈고 청나라에 다녀온 경험이 있다. 비록 소론 가문이긴 하지만 경화세족京華世族의 핵심을 차지하는 가문이었다.151)

이춘제의 세거지世居地 또한 "공은 휘諱가 춘제로(…중략…) 순화방順化坊 장의동壯義洞 집에서 태어나셨다",152) "너(이창임)는 숭정 두 번째 경술년에 (…중략…) 한성 북부 순화방 집에서 태어났다"153)는 기록 등을 통해 볼 수 있듯, 순화방 장의동으로 당대 경화 집권 사족의 세거지와 일치한다.154)

북촌北村 가운데 백악산 서쪽의 인왕산 기슭에서부터 북촌의 윗부분인 삼청동에 이르는 지역, 즉 왕가의 사묘였던 육상궁毓祥宮에서부터 옥

---

151) 이에 대해서는 정병설, 앞의 책, 1998에서 상론한 바 있다.

152) 公諱春躋(…中略…) 生于順化坊壯義洞第.(『완산이씨가승』「십일세중은재공사적기략十一世中隱齋公事蹟紀略」, 157면)

153) 君以崇禎再庚戌(…中略…) 生于漢城北部順化坊之第.(이창급, 『이가세고』「일와옹유고」「망제신천옹행록亡弟信天翁行錄」, 1,362면) 이춘제의 넷째 아들인 이창임에 관한 내용이다.

154) 이춘제의 부친인 이언경의 세거지는 "부군(이언경)께서는 한성 서부 황화방 정릉대릉에서 태어나셨다. 신덕왕후께서 일찍이 여기에 묻히셨다. 동이름이 처음에는 취현동이었으나 신덕왕후의 능이 여기로 옮겨온 뒤에는 대소정릉동이라 부르게 되었다[府君生于漢城西部, 皇華坊, 貞陵大洞. 神德王后, 曾葬於此, 洞初稱聚賢洞, 移陵後, 稱大小貞陵洞]"(이춘제, 『이가세고』「중은재유고」「천유재부군연보天游齋府君年譜」, 890면)라는 기록을 볼 수 있듯, 황화방 정릉대동이다. 비록 서부에 위치하긴 하지만 이곳 또한 왕실의 능이 있다는 점에서 혁혁한 가문들이 거주하던 곳이었음을 알 수 있다.

류동玉流洞·장의동壯義洞·순화방順化坊·누각동樓閣洞·준수방俊秀坊·소대동小帶洞·매화동梅花洞·의통방義通坊·인달방仁達坊에 이르는 지역은 노론 명가名家의 세거지로 유명하였다.155) 전주이씨 집안은 비록 소론 가문이긴 하지만 당대 노론 명가와 같은 지역에 거주하고 있었던 점으로 보아 경화 집권 사족임을 분명히 알 수 있다.

특히 이 순화방은 4장에서 살펴본 바 있듯, 삼연 김창흡 이후 시의 대가로 꼽히는 사천槎川 이병연(李秉淵, 1675~1735)과 당대 화가의 대표적 인물인 겸재謙齋 정선(鄭歚, 1676~1759)이 거처했던 곳으로, 이들은 사천이 거주했던 취록헌翠麓軒에 자주 모여 시와 그림을 즐겼다. 이춘제 또한 순화방에 거주하면서 이들과 교유하였다.

> 부군(이춘제)께서는 다른 사람의 무고를 입은 뒤로부터 벼슬길에 나아가려는 뜻을 접고, 집 서쪽에 조금만 정자를 이루어 그 속에서 거문고와 책으로 소일하셨다. 그 정자에 편액하기를 '사구당四九堂'이라 하셨는데, 대개 이 당이 완성되었을 때 마침 부군의 연세가 49세였던 까닭이다. 겸재 정선이 그림을 그려주셨고, 사천 이병연이 시를 지어주셨다.156)

이러한 점들은 승경지에 위치한 세거지인 완월대玩月臺에서 남주인공 가문이 여러 가문과 회합會合하면서 돈독한 관계를 맺는 『완월』의 내용과 관련된다 할 수 있다. 전주이씨 가문의 정치적·문화적 입지가 『완

---

155) 심경호, 「조선 후기 시사와 동호인 집단의 문화활동」, 『민족문화연구』 31, 고려대 민족문학회, 1998, 105면.

156) 府君自遭人言, 絶意從宦, 結小亭于屋西 琴書其中以自遣, 扁之曰 '四九堂' 蓋以堂之成, 適當四十九歲也. 謙齋鄭歚爲之畫圖, 李槎川秉淵贈之以詩.(이창급, 『완산이씨가승』 「중은재공행장中隱齋公行狀」, 199장 앞면) 이외에도 이춘제가 이들과 교유했던 것은 이춘제, 『이가세고』 「중은재유고」 「자지自誌」, 910면 등을 통해서도 확인할 수 있다. 이춘제뿐만 아니라 그 아들인 이창좌(李昌佐, 1725~1772), 이창급의 경우에도 이들과의 교류를 계속한다. 이에 대해서는 이창급, 『이가세고』 「일와옹유고」 「순흥이적기順興異蹟記」, 1,285면; 이창급, 『이가세고』 「일와옹유고」 「중씨수서공행적仲氏水西公行蹟」, 1,309면; 이창급, 『이가세고』 「일와옹유고」 「수서공사적발水西公事跡跋」, 1,544면 등에서 확인할 수 있다.

월』과 흡사한 것이다.

그 밖에 이 집안은 소론의 문화적 거두라 할 수 있는 이계耳溪 홍양호(洪良浩, 1724~1802)와도 교유하는 등,157) 당대 경화의 명사들과 절친한 관계를 유지했다. 이춘제는 당대 서울의 세련된 문화의 정수를 직접적으로 향수享受한 인물임을 알 수 있다.

이처럼 이춘제는 경화 집권 사족의 전형적인 삶의 모습을 보여주는 인물이다. 그의 사적事跡 가운데 먼저 가문 내적 삶을 토대로 윤리의식에 대해 살펴보기로 한다.

첫째, 평소에 효성이 지극했던 모습을 보기로 한다. 이춘제에 관한 행장 또는 제문 등에는 부모에 대한 효를 형상화한 대목들이 곳곳에서 눈에 띈다. 그 가운데 한 예를 들면 다음과 같다.

> 돌아가신 할머니(안동권씨)께서는 살구를 좋아하셨다. 집 정원에는 오래된 살구나무가 있었는데, 매번 살구가 익는 계절이 오면 부군(이춘제)께서는 친히 아이들이 가서 따는 것을 금하시고 날마다 사람으로 하여금 익는 것을 살피도록 하셨다. 그리고 가묘家廟에 살구를 올릴 때에는 번번이 슬퍼하시며 눈물을 머금으셨다. (…중략…)
>
> 말년에는 손자들이 우연히 햇밤 중에서 가장 빨리 열린 것 몇 알을 얻어서 드리자, 부군께서 말씀하시기를 "늙고 병이 들었을지라도 어찌 차마 가묘에 올리지 않고 맛볼 수 있겠는가? 만약 온전하게 제기祭器를 갖추기 어렵다면 너희들은 모름지기 이것을 가지고 가묘에 가서 신주에 바치고 와야 할 것이다"라고 하셨다. 대개 선조께 먼저 제향祭享을 드리는 정성이 칠십년 동안 한결 같으셨다.158)

---

157) 이에 대한 기록은 이창급, 『이가세고』 「일와옹유고」 「선조문경공시연시첩先祖文景公謚筵詩帖」, 1,268면; 이창급, 『이가세고』 「일와옹유고」 「제이계홍공문祭耳溪洪公文」, 1,504면; 홍양호洪良浩, 『이계집耳溪集』 33권(『한국문집총간』 242권, 민족문화추진회) 「사간원대사간이공묘지명司諫院大司諫李公墓誌銘」, 30~32면에서 확인할 수 있다. 전주이씨 집안과 홍양호 가문과의 교류는 주로 이춘제 대에서보다는 그 아들인 이창급·이창임 대에서 더 많이 이루어졌다.

158) 先夫人嗜杏子, 家園有舊種樹, 每當節, 府君親禁兒曹往摘, 日日使人監熟, 臨薦輒疚

　모친인 안동권씨가 생전에 살구를 매우 좋아하였는데, 돌아가시고
난 뒤에도 가묘에 살구를 올리기 위해 아이들이 살구에 손대는 것을 손
수 금하면서 정성껏 햇살구를 올렸던 이춘제의 모습이 잘 그려져 있다.
단지 살구뿐만이 아니라 다른 햇과일이 있을 때도 자신이 먼저 먹기 전
에 항상 가묘에 올리도록 하였는데, 이런 점들을 통해 부모님 생전의
효성도 가히 짐작할 수 있다. 『완월』에서 효를 중시하는 점과 상통한다.
　둘째, 자기 자신에 대한 절제가 엄격한 가운데 상층으로서의 기품을
유지하기 위한 노력들이 잘 드러난다.

　　부모를 모시고 계실 때 일찍이 술을 가까이 한 적이 없으셨다. 우연히 자형
　인 장공(장진한張進煥)의 집에 갔을 때, 주인이 술 권하기를 자못 힘써 하였다.
　숙부인 판서공이 함께 앉아 있다가 마실 것을 허락하니, 부군이 억지로 술을
　마셨다. 서너 번 잔이 돌도록 조금도 취기가 없었으니 주량이 대개 이와 같았
　다. 판서공께서 돌아오셔서 가르치시기를 "너는 우리 집안의 종손이니 결코
　술 마시기를 숭상해서는 안 될 것이다. 너의 주량을 보니 내가 염려가 된다"
　고 하셨다. 부군께서는 다시는 술을 가까이 하지 않으셨다. 중년에 자제들을
　훈계하시면서 때때로, "내가 일찍이 이러이러한 일이 있었다. 그 후 연경에 갔
　을 때 홍로주紅露酒가 수레에 가득 차 넘쳐흐르며 연이어 있는데, 중국(제나라
　와 등나라)에서 돌아오는 길에도 실로 한 번도 술을 입에 대지 않았다. 이것
　(술)을 어찌 굳게 절제하는 것이 어렵겠는가?"라고 하셨다. 집안에서는 술을
　드시지 않으셨으나 정말로 주객을 만났을 때는 또한 완전히 술을 폐하는 것
　을 꺼려 작은 잔에 따라 술을 마셨다.159)

　愴飮涕. (⋯中略⋯) 在末年, 兒孫偶得軟栗最早結者, 數顆供之, 府君曰, "雖老病, 何忍
　不薦而嘗之, 如難覓備四器, 則爾須將此入廟, 奠于楹間而來." 槩其享先之誠, 七十年
　如一日.(이창급, 『완산이씨가승』 「중은재공행적中隱齋公行蹟」, 163장 뒷면～164장 앞면)
159)　侍下未曾近杯酌, 偶赴姊壻張公第, 主人勸酒頗勤, 叔父判書公同坐許飮, 府君强
　　之, 至三四巡, 少無醉氣, 酒量盖如是也, 判書公歸教, "以汝以吾家宗子, 決不當崇飮,
　　見汝之量, 吾甚慮之", 府君遂不更近, 中年戒子弟, 時教"以余曾有如許如許事, 其後
　　燕行也, 紅露滿車, 津津相仍, 返齊滕之路, 實不一接口, 此豈難以剛制者耶." 家中廢
　　酒, 政然遇酒客, 則亦嫌全闕, 以小鐘行觴.(위의 글, 179장 뒷면～180장 앞면)

평소 부모님을 모시고 있을 때에는 전혀 술을 마시지 않다가 우연히 누이의 집에 가서 자형 장진환의 권유로 술을 마시게 된다. 그러나 몇 잔을 마셔도 전혀 술에 취하지 않자 함께 갔던 숙부는 이춘제에게 그의 종손으로서의 막중한 위치를 다시 한 번 확인시켜 주면서 술 마시기를 자제할 것을 훈계하게 된다. 이에 이춘제는 마음을 다잡고 이후 연경을 다녀올 때 술이 거마에 가득함에도 그 먼 여정 동안 한 번도 술을 입에 대지 않는다. 집에서도 술을 드시지 않다가, 혹 주객이 찾아왔을 때는 아예 술을 폐할 수는 없기에 작은 잔에 술을 따라 마셨다.

이런 부분들은 『완월』의 남주인공들이 과거에 급제하여 삼일유가三日遊街를 내렸을 때 사급한 창기娼妓들에게 한 번도 눈길을 주지 않는 모습을 떠올리게 한다. 주색에 빠져 방탕하기 쉬운 것을 경계하는 것이라 할 수 있다. 이처럼 이춘제의 삶에는 상층으로서의 도덕적 기품을 유지하기 위한 자기절제가 두드러지게 나타난다.

셋째, 신의를 중시하는 가운데 인간이 지켜야 할 기본적인 윤리에 충실한 모습이 잘 드러난다.

> 경술년의 옥사에 사돈인 부제학副提學 오공(오명신吳命新)이 모함을 입어 국문을 받음에 매우 위태로웠고 밤낮으로 석고대죄하고 있었다. 부군이 창유昌儒(이춘제의 맏아들)에게 명하여 때때로 오공에게 문안인사를 드리도록 했는데 오공은 만날 때마다 번번이 힘써 물리치면서 오지 말라 하였다. 그러자 부군께서 또 말씀하시기를 "비록 옥에 갇힌 몸이지만 그 죄가 없다면 사위가 된 몸으로 어찌 문안인사를 폐할 수 있겠는가?"라고 하셨다. 근세의 인가를 보면 변을 당함에 거의 다 윤리가 손상되고 의리가 없어졌으니, 어찌 우뚝히 숭상할 바가 있지 않다 하리오?160)

---

160) 庚戌之獄, 査親副學吳公, 被誣招幾危晝, 夜在席藁中, 府君命昌儒, 以時就問吳公, 逢輒力斥, 不使之來, 然府君且曰, "雖在縲絏, 非其罪 則爲女壻何可廢問乎?", 觀於近世人家, 處變率多傷倫蔑義者, 豈不卓然有可尙乎?"(위의 글, 172장 앞면)

이춘제의 사돈인 부제학 오명신이 무고를 입어 매우 위태로운 상황에 처하게 되었다. 그럼에도 자신의 맏아들인 이창유로 하여금 오명신을 찾아가 문안인사를 폐하지 않도록 시킨다. 이창유는 곧 오명신의 사위로, 아무리 위태로운 상황이라 하더라도 사위로서 장인에 대한 기본적인 예의를 지켜야 한다는 논리이다. 이러한 이춘제의 의연함은 당대 사람들이 변란을 당하면 윤리가 손상되고 의리가 없어지는 것과는 대조적인 모습을 보여준다.

이는 『완월』에서 윤리규범을 중시하는 모습과 상통한다 할 수 있다. 특히 당대 사람들이 정치적 변란 등에 처했을 때 윤리가 손상되고 의리가 없어지는 점은 『완월』에서 남주인공 가문이 정치적으로 위태로운 상황에 처하자 이를 배신하는 장인 장헌의 모습을 떠올리게 하고, 감옥에 갇혀 있는 장인에 대해서까지 아들 이창유로 하여금 사위로서의 예를 다하게 하는 이춘제의 모습은 『완월』에서 남주인공 정인광으로 하여금 온갖 비굴한 행위를 일삼는 장인에게까지도 사위로서의 예를 다하도록 훈계하는 정삼(혹은 정잠)의 모습을 떠올리게 한다.

넷째, 시집간 누이들을 극진히 보살피는 가운데 우애가 깊었음을 알 수 있다.

> 부군께는 여덟 누이가 있어 그들을 아끼고 사랑하셨으니 일상생활 및 죽었을 때도 그들을 대하기를 부모님 생전과 한결같이 하셨다. 크게는 혼례·상례 喪禮·의약 등을 도왔고, 작게는 기름·소금·종이·붓 등을 나누었으니 몸소 관리하지 않는 일이 없으셨다.161)

이춘제에게는 누이가 여덟 명이 있는데 그들을 도와주면서 형제간에 우애 있게 지냈던 모습을 볼 수 있다. 이는 기본적인 물질적 바탕이 있기에 가능한 것으로, 이춘제의 생전에는 전주이씨 집안이 비교적 풍족

---

161) 府君有八妹, 與之愛好, 固出常及永感, 待之一如親在時, 大而婚喪醫藥之助, 小而油鹽紙筆之分, 無不躬自管攝.(위의 글, 165장 뒷면)

했음을 보여주는 동시에 형제간에 우애가 깊었음을 잘 보여준다. 『완월』에서 시집간 딸들도 비교적 자유롭게 친정에 왕래하면서 친정식구들과 어울리는 모습이 형상화되어 있는데, 이런 기반 위에서 가능했으리라 추정할 수 있다.

물론 이런 대목들을 액면 그대로 다 믿을 수는 없다. "지돈령知敦寧 이춘제가 졸하였다. 이춘제는 사람됨이 경망하고 천박하며 일을 행함이 야비하고 잗달아서 길거리의 아이와 여졸輿卒들이 그를 보면 손가락질하고 비웃으면서 '춘제 대감'이라고 지칭하였으니, 그가 사람들에게 수모를 당한 것을 알 만하다"162)라는 실록의 기록을 통해 볼 수 있듯, 이춘제는 매우 비루한 인물로 평가되고 있다.163)

실록에 실린 내용도 상대당파에 의해 쓰일 경우 왜곡될 수도 있기에 이를 전적으로 신뢰할 수는 없지만 근거가 없는 것은 아니다. 실록의 내용대로라면 오히려 이춘제는 『완월』에 나오는 소인형 장인인 장헌과 흡사하다 할 수 있다.164) 중요한 점은 이러한 실상이 아니라 제문, 행장 등을 통해 드러내고자 하는 의식의 지향이라 할 수 있다. 최상층 가문의 일원인 이춘제에 관한 행장 혹은 제문 등을 통해 형상화하고자 하는 윤리의식은 부모에 대한 효를 중시하고, 형제간에 우애 있게 지내며, 친척동기간에 기본적인 신의와 윤리를 충실히 하고, 자기 자신에 대한 절제를 통해 도덕적 품위를 유지하는 것이다. 이는 『완월』에서 주인공 가문을 통해 보여주고자 하는 윤리의식과 같다.

물론 이는 단지 이춘제에 관한 글에서만 드러나는 것은 아니다. 대부

---

162) 영조 37년 10월 9일, 『영조실록』 98권.

163) 이러한 내용은 다음의 기록에서도 볼 수 있다. "도승지 이춘제가 처음에 홍호인洪好人과 합사로 진청할 것을 약속했었는데, 홍호인이 죄를 얻게 되자 입을 다물고 한마디 말도 없이 물러나왔으므로, 사람들이 대부분 그를 비루하게 여겼다."(영조 10년 1월 5일, 『영조실록』 15권)

164) 실록의 내용이 사실이라면 어쩌면 전주이씨는 자기 오라버니의 비루함 때문에 친정에 대한 원죄의식을 지니게 되고 이러한 원죄의식이 옹서갈등으로 형상화된 것일 수도 있다.

분 상층 집권 가문의 사람들에 관한 글에서도 이러한 내용들을 볼 수 있다. 단, 이춘제는 『완월』의 작가라 할 수 있는 전주이씨의 오라버니이기에 이러한 작업은 의미를 지닐 수 있다. 이춘제에 대한 글을 통해 상층 집권층의 윤리의식과 『완월』에서 드러내고자 하는 윤리의식이 상통함을 검토할 수 있었다.

다음으로 이춘제의 가문 외적 활동을 바탕으로 정치의식에 대해 살펴보기로 한다. 이춘제가 속한 전주이씨 가문은 앞서 살펴본 바 있듯, 소론이다. 그런데 소론 가운데서도 소론 강경파인 김일경金一鏡 등에 대해 비난을 가하고,165) 소론 온건파인 조현명趙顯命,166) 조태억趙泰億167) 등과도 친분을 유지했던 것을 보면 소론 온건파 즉 소론 완론緩論에 속함을 알 수 있다.

영조 대에 이르면 4색 붕당의 명칭 대신에 각 붕당 안에서의 견해차를 의미하는 완론이니 준론峻論이니, 탁론濁論이니 청론淸論이니, 시론時論이니 벽론僻論이니 하는 호칭들이 사용된다. 정파의 입장이 대단히 다양하고 차이점도 많게 된다. 이를 전반적으로 보면 행동이 온건하고 부드럽다는 뜻인 완론, 더러운 세상도 받아들인다는 뜻인 탁론, 시류에 그대로 따른다는 뜻인 시론이 대체로 탕평파에 속했다. 반면 행동이 준엄하고 과격하다는 뜻인 준론, 사대부 공론에 따라서 맑고 투명한 견해를 지킨다는 뜻인 청론, 시류에 따르기를 거부한다는 뜻인 벽론은 탕평을 추진하는 군주의 뜻을 거역하고 자신의 견해를 고집한 반대파에 속했다.

그 가운데서도 소론 완론은 박세채朴世采의 탕평론에 공감하여 조선의 현실에 맞는 새로운 탕평정치 시대를 창조적으로 개척해야 한다고 주

---

165) 경종 4년 4월 24일, 『경종실록』 14권.

166) 귀록歸鹿(조현명趙顯命의 호)이 재상에 있을 때 말하기를 "이춘제는 내가 어렸을 때부터 사귄 친구이다. 하물며 내 종형의 사위이니 정애의 간절함이 어떠하겠는가?"[歸鹿在元輔常曰, "某台卽我慈竹交也, 況爲從兄壻, 情愛願何如"](이창급, 『완산이씨가승』 「중은재공행적」, 185장 뒷면).

167) 이춘제, 『이가세고』 「중은재유고」 「천유재부군연보天游齋府君年譜」, 894면.

장한 이들도, 중심인물로는 조문명趙文命・송인명宋寅明 등의 인물이 있었다.168) 이춘제 또한 소론 완론에 속한 인물이다. 이러한 당파적 입장은 『완월』에서 당파가 나뉜 사돈까지도 포용하는 가운데 탈이분법적인 붕당관을 넘어서 파붕당의 논리를 보여주었던 내용과 상응하는 부분이라 할 수 있다.169)

또한 당대 정치판국이 쉴 새 없이 뒤바뀌는 형국 속에서 이춘제 주변에는 『완월』에서 볼 수 있는 소인형 인물 또한 적지 않게 있었다. 그 대표적인 예로 이징李徵이란 인물을 들 수 있다.

전 첨사僉使였던 이징李徵은 재주와 슬기는 있으나 성품이 매우 편협하였다. 부군이 수십 년에 걸쳐 써서 부림에 매양 일마다 감싸서 그 모난 곳을 드러나지 않도록 하셨다. 경신년庚申年의 변170)에 미쳐서 온통 과거의 곤액을 뒤집어쓰자 갑자기 헐뜯고 비방하며 유감을 드러냈다. 그가 우리 가문의 재앙에 대해 말하는 것이 다시 뒷날을 기약할 수 없을 정도였다.

부군께서 겸손한 말로 사과하였으나 끝내 발끈 화를 내며 일어서서 허둥지둥 가버렸다. 부군께서 말씀하시기를 "저 사람을 어찌 족히 목 벨만 하겠느냐?" 다음날 아침 몸소 거마를 타고 방문하여 이치에 근거하여 이징을 깨우쳤다. 드디어 감동하고 부끄러워하면서 죽을 때까지 복종하고 배반하지 않았다. 사람들이 모두 타인을 용납하는 도량에 감탄하였다.171)

---

168) 박광용, 『영조와 정조의 나라』, 푸른 역사, 53~156면 참조.

169) 『완월』에서의 탕평적 정치관에 대해서는 정병설, 「조선 후기 정치현실과 장편소설에 나타난 소인의 형상-『완월회맹연』과 『옥원재합기연』」을 중심으로」(『국문학연구』 4, 국문학회, 2000)에서 논한 바 있다.

170) 1740년, 이춘제의 아들 관례식에 참석했던 사람 가운데 10명이 중독되어 죽고, 이 관례를 준비한 이하제는 심문을 받다가 죽는 사건을 말한다.

171) 前僉使李徵有才諝, 而性甚褊狹. 府君累十年任使, 而每隨事掩庇不露圭角. 及至庚年之變, 混被過去之厄, 忽因言端, 訴訕逞憾, 蓋謂吾家禍釁, 無復後望也. 府君遜辭以謝, 而終勃然怒起, 望望而走, 府君曰, "渠輩何足誅也, 無所被惠徒經橫逆, 豈令任其告絶乎" 朝日枉駕親訪, 據理誨諭, 李徵遂感愧, 至死服勞而靡變, 人皆仰容物之量.(이창급, 『완산이씨가승』 「중은재공행적」, 175장 앞면)

경신년의 변을 당해 전주이씨 가문이 다소 안 좋은 형국에 처하고 자신도 불리하게 되자, 이징은 그간 입은 은혜에도 불구하고 이 가문을 헐뜯기를 다시 뒷일을 기약할 것이 없을 만큼 심하게 한다. 그럼에도 이춘제는 넓은 마음으로 친히 이징을 깨우치고, 이징은 이춘제의 도량에 감화 받아 그 잘못을 뉘우치게 되었다는 내용이다. 마치 이징과 이춘제의 모습은 『완월』에서 소인형 인물인 장헌과 그의 소인됨을 감싸 안는 정잠을 보는 듯한 느낌을 준다. 시류에 따라 추세이욕하는 소인과 이러한 소인을 포용하는 군자의 모습이 『완월』에서와 흡사하게 그려지고 있다.

또한 이춘제는 소론이긴 하지만 영조의 탕평적 노선을 잘 따르는 가운데 당대의 정권 핵심을 차지한 인물이다. 그렇기에 비록 반대당파에 의해 비난을 받고 잠시 삭직되기도 하지만 곧 다시 임명되어 계속해서 당상관의 고관직을 차지한다. 또 영조로부터 여러 번 하사품을 받기도 하였다. 원자元子가 수두에서 회복된 공로로 여러 사람들에게 상을 내리게 되는데 부제조 이춘제에게도 숙마熟馬를 하사하였다. 이때 "가자加資한 것이 자그마치 5인에 이르고 원역과 액속으로서 상사를 받은 자도 전에 비하여 갑절이 많으니, 식자들이 이를 걱정하였다"172)라는 사신의 평대로 이례적으로 임금의 총애를 받았음을 알 수 있다.

이춘제에게 가장 결정적인 위기라 할 수 있는 경신년(1740)의 변고를 치른 뒤에도 오히려 임금의 보필을 받으며 이후에도 대사간 등의 관직을 제수 받는다. 1740년에 이춘제가 아들의 관례를 치르기 위해 집에서 연회를 베풀고 조정의 대신들을 두루 청하였는데 연회가 파하고 나서 연석에 참여했던 사람들 가운데 중독되어 죽은 사람이 10여 인에 이르렀다. 이광세李匡世의 아들도 이 연회에 갔다가 중독되어 갑자기 죽게 되자, 이광세는 진상을 철저히 밝혀줄 것을 상소한다. 이에 이춘제의 서제

---

172) 영조 11년 4월 13일, 『영조실록』 40권.

庶弟 이하제李夏躋와 계집종 소정 등이 신문을 받는 과정에서 죽게 된다. 그러나 사건의 자세한 내막은 밝혀지지 않게 되는데, 영조는 이에 대해 포청의 죄인 가운데 이하제의 일로 인하여 체포되어 갇힌 사람들을 모두 석방하도록 하는가 하면,173) 이후 이하제의 원통한 죽음을 생각하고 영조는 다음과 같이 하교를 내린다.

> 선비는 죽일 수 있어도 욕을 보일 수는 없다. 이하제는 일찍이 성균관의 유생으로 유관儒冠을 쓰고 이 대궐의 뜰에 들어온 자인데, 이를 포도청으로 송치하여 도둑을 다스리는 율을 시행하였으니, 마침내 중도에 지나친 데 관계된다. 포도청에서 선비를 다스리는 구례가 나로부터 처음 열리게 되면, 차례로 계승하는 임금이 어찌 본받지 않겠는가? 지금 강독하는 유생을 보니 마음에 느끼는 바가 있다. 지금부터 유생이라고 이름이 붙여진 자에게 다시는 도둑을 다스리는 율을 시행하지 말도록 하라.174)

성균관에서 유생이 글 읽는 것을 보고는 문득 경신년 관회지변冠會之變으로 도둑을 다스리는 형률에 의거하여 처형당한 이하제를 떠올리면서 다시는 유생들에게 이런 형률을 쓰지 말 것을 하교였다. 이는 표면적으로는 유생들의 지위를 보장해 주는 것이기도 하지만 여기에는 이하제의 죽음이 억울한 것이었다는 것을 영조 자신의 생각을 은근히 내비치고 있는 것이라 할 수 있다.

또 관회지변과 관련해서 이춘제도 비난을 입게 되나, 영조의 은총으로 다행히 위기를 모면한다. 노론인 박성원朴盛源은 이하제의 일 이후 이춘제가 스스로 처신하는 도리에 있어서도 진실로 문을 닫고 가만히 엎드려 사람들과의 교접을 자제해야 하는데, 도리어 그 수치를 참고 평인처럼 스스로 조신들이 주행周行하는 사이에 서서 경재卿宰의 반열에 있는 것은 옳지 않다며 사판仕版에서 영구히 간삭刊削할 것을 청하게 된다.

---

173) 영조 16년 12월 30일, 『영조실록』 52권.
174) 영조 12년 3월 15일, 『영조실록』 41권.

이에 대해 영조는 "이춘제의 일은, 아! 지난날 그가 당한 일을 돌이켜 보면 위에 있는 사람으로서 신하를 위하여 딱하게 여기고 있다. 서제를 위하여 문을 닫고 출입하지 않아야 한다는 등의 의리는 이것이 어느 글에 보이는가? 나는 일찍이 왕첩을 열람한 적이 있었지만, 유하혜柳下惠가 문을 닫고 출입하지 않았다는 것을 알지 못하겠다. 이러한 풍습은 참으로 돈후敦厚한 것이 아니다"라고 비답批答함으로써 상대당파로부터 공격받은 이춘제를 보호해 주고 있다.175) 이런 내용들은 이춘제가 임금으로부터 상당한 총애를 입었음을 잘 보여준다.

이 집안의 가승家乘에서는 이때 영조가 이춘제에게 조칙을 내려 서제를 잃은 슬픔을 위로했다는 내용이 적혀 있다.

> 부군께서 비록 여러 집안의 많은 변고와 상사喪事에 마음 아파하셨을지라도, 서제의 참사를 지나치게 근심하셔서 오래도록 병환으로 고생하셨다. 그러나 예측할 수 없는 재앙을 면할 수 있었던 것은 부군께서 힘써 바르게 한 데에서 많이 힘입었다. 얼마 지나지 않아 상께서 들으시고 크게 놀라 여러 번 조칙詔勅을 내려 애통해하기를 그치지 않으셨으니 거의 서제의 마른 뼈와 억울한 혼백으로 하여금 황천에서 감읍하도록 하였다.176)

이처럼 이춘제는 정치적 위기의 순간에서도 별 탈 없이 이를 극복하며 공조판서, 대사간 등에 역임되는 등 혁혁한 지위를 누리게 된다.

이에 따라 "왕명을 순순히 받드는 이춘제를 오래도록 근밀近密에 두는 것이 마땅치 않습니다"177)라는 이석표李錫杓의 상소에서 볼 수 있듯, 이춘제는 특권을 누리는 세력으로서 임금의 정치적 처변에 별다른 비판을 보이지 않는다. 이러한 점들은 『완월』에서 임금에 대한 비판 없이

---

175) 영조 24년 9월 27일, 『영조실록』 68권.

176) 府君雖積傷於諸家之變喪, 過慽於庶弟之慘死, 幾乎久而成疾, 而得免禍之不測者, 多賴其正力焉, 未幾自上有聞大驚, 動累降絲綸, 慇盡不已, 庶使朽骨怨魂, 感泣泉塗.(이창급, 『완산이씨가승』「중은재공행적」, 172장 뒷면)

177) 영조 11년 11월 23일, 『영조실록』 40권.

옹호적인 태도를 유지하면서 정치적 위기에 처해도 그 기반이 튼튼한 가운데 쉽사리 무너지지 않는 남주인공 가문과 흡사하다 할 수 있다. 특히 서제가 독살죄毒殺罪로 죽음을 맞이하는 상황 속에서도 이춘제가 계속해서 임금으로부터 총애를 받는 점은『완월』에서 정잠의 막내아들이자 정흠의 양아들인 정인웅이 역모죄에 걸려 국문을 받는 상황에서도 천자가 정잠을 하룻밤 대궐에서 머물게 하여 "군신君臣이 산수득의山水得意함이 엄자릉嚴子陵이 광무光武의 배에 발 얹음에 비比치 못"178)할 정도로 정씨 가문을 극대하고 있는 대목과 상응한다 할 수 있다.

　한편 이춘제에게는 상층 집권층으로서 고통받는 백성들을 교화하는 모습 또한 잘 드러난다. 이춘제가 갑술년甲戌年에 지방관으로 가게 되었을 때 그곳의 백성들의 모습을 보면 다음과 같다.

　　형제숙질 중에 혹 서로 반 이랑밖에 안 되는 밭을 두고 송사하기도 하고, 사돈친척 간에 혹 몇 되의 조를 두고 다투기도 하며, 까닭 없이 아내를 내쫓고 다른 데 시집가는 것을 허락하는가 하면, 개가改嫁하려고 감히 관부의 증명서를 청하는 자도 있었다. (…중략…) 몇 해를 연달아 흉년이 들어 배고픔과 추위가 몸에 사무치자, 심성 또한 변하여 염치를 돌아볼 마음의 여유가 없었던 것이다.179)

　위의 예문에는 몇 해간 흉년이 들자 형제숙질, 사돈친척 간에도 작은 재물을 두고 다투는 등 사람들이 예의염치가 무너져 버린 상황이 잘 형상화되어 있다. 이에 이춘제는 「응행절목應行節目」을 언문諺文으로 써서 백성들을 교화하게 된다. 이러한 양상들은『완월』에서 몇 해간의 흉년으로 인해 형제간에도 서로 반목하여 소송하는 조주 낙성촌 사람들의

---

178)『완월』179권, 12책, 289면.

179) 兄弟叔姪, 或訟半畝之田, 姻婭鄕黨, 或爭數斗之粟, 無故出妻, 而許令適他者, 有之欲爲改嫁而 敢請立旨者.(…中略…) 因荐歲凶歉, 飢寒切身, 心性俱變, 不暇念及於 廉恥.(이춘제,『이가세고』「중은재유고」「읍중효유문邑中曉諭文」, 953면)

모습과 이곳에 관찰사로 온 장헌이 이들이 기아로 인해 본성이 변하게 된 딱한 처지를 생각하고 관대하게 송사를 처리하는 모습과 상통한다 할 수 있다.

이러한 제 양상을 통해 보았을 때 이춘제의 삶을 통해 지향하고자 하는 의식은 『완월』에서 형상화하고자 하는 의식과 매우 흡사하게 닮아 있음을 알 수 있다. 이러한 점들은 『완월』의 향유기반이 경화 집권 사족에 근거하고 있음을 잘 보여준다 하겠다.

3. 일반화의 가능성

『창란』·『옥원』·『완월』 세 작품을 통해 대하소설의 의식성향의 다양한 국면들을 한 자리에서 조망할 수 있었다. 『창란』은 여항인층의 일상적 세태를, 『옥원』은 상층 실세층의 방황과 고민을, 『완월』은 상층 집권층의 안정과 자부를 형상화한 작품이었다. 특히 이 작품의 창작시기가 18세기라는 것을 감안한다면 『옥원』은 경화 실세 사족의 의식과, 『완월』은 경화 집권 사족의 의식과 조응하는 면이 많음을 고찰할 수 있었다.

이들 작품을 통해 추출해낸 의식성향 층위를 대하소설 일반에 적용시켜본다면, 대하소설 가운데는 『완월』과 흡사하게 상층 집권 계층의 규범적 세계관과 선민의식에 바탕한 안정과 자부를 형상화한 작품이 가장 많은 비중을 차지한다. 『소현성록』·『성현공숙렬기』·『이씨삼대록』 등 대다수의 대하소설이 이에 속한다.

일례로 『성현공숙렬기』를 보면 『완월』에서의 핵사건인 정인성—정인중—소교완 사이의 계모와 전실 자식 간의 갈등, 이복 형제간의 갈등이 거의 흡사하게 그려져 있다. 『완월』의 반쪽이 『창란』·『옥원』과 흡사하다면, 『완월』의 또 다른 반쪽은 『성현공숙렬기』와 흡사하다 할 수 있다. 이 작품에서는 적장자嫡長子를 둘러싼 종통宗統의 문제를 심각하게 다루고 있는데, 자식에 대한 애정보다도 가문을 중시하는 의식을 잘 보여준다.

임한주는 아들이 없어 동생 임한규의 아들 임희린을 양자로 삼아 적장자로 삼는다. 이후 임한주의 부인 성부인이 죽고 새로 맞이한 여부인이 임유린을 낳는다. 동생인 임한규는 형의 친생자 임유린을 적장자로 삼아야 한다고 하나, 임한주는 한 번 정한 종통을 바꿀 수 없을 뿐만 아니라 자신의 친아들 임유린이 가문을 이끌어나기에는 부족하고 양자인 임희린이 적합하다고 여기기에 이를 극력 반대한다. "한주의 희아兒(임희린)를 입장立長코자 함은 소친자所親者에 박薄하고 소박자所薄者에 후厚하여 인륜人倫이 난亂함이 아니라 당당堂堂한 공의公義로써 어진 것으로 세워 문호門戶를 붙들고자 함"180)이라는 임한주의 모친의 말대로, 임한주는 부자간의 사적인 애정에서 벗어나 가문을 이끌어가기에 가장 적합한 인물로 종통을 세우고자 한다. 이는 가문 중심의 세계관을 잘 드러낸다.

새로 맞아들인 여부인 또한 전형적인 악인으로 형상화되면서 자신의 아들이 차지할 적장자의 자리를 선점하고 있는 임희린을 온갖 방법으로 모해하게 된다. 그러나 여부인과 임유린은 결국 임희린 등의 선한 마음에 감동하여 자신의 잘못을 깨닫고 개과한다. 인물들 간의 갈등이 시비가 분명한 선악갈등으로 형상화되는 가운데 주인공은 자신이 추수하는 이념에 대한 강한 확신을 드러낸다. 이처럼 『성현공숙렬기』에서는 상층 가문을 제대로 이끌어가기 위해서는 사적인 감정을 버리고 법도를 중시해야 한다는 당대 지배이념을 강하게 드러내고 있다. 이를 통해 주자학적 이념에 바탕한 기존 질서 체제의 안정을 꾀하려 한다.

한편 『소현성록』·『성현공숙렬기』·『이씨삼대록』 등은 『완월』과 같

---

180) 서울대 규장각본 『성현공숙렬기』 1권, 31장 앞면~뒷면.

이 정치적 갈등이 비중 있게 펼쳐지지는 않지만, 남주인공 가문은 상층 집권 가문으로서 한두 번 작은 정치적 위기를 겪음에도 불구하고 큰 문제없이 최상층 가문으로서의 자부심을 한껏 드러낸다는 점에서 동일하다. 이처럼 상층 집권층의 안정과 자부를 형상화한 작품들은 17세기 『소현성록』으로부터 비롯되어 18,19세기에 이르기까지 대하소설의 주요한 층위를 형성하게 된다.

『옥원』과 같이 상층 실세층의 방황과 고심을 담아낸 소설로는 『편옥기우기片玉奇遇記』181)·『난학몽』·『범문정충절언행록』 등의 작품을 들 수 있다. 이들 모두 『옥원』과 동일하게 송宋 신종대神宗代 구법당舊法黨에 속한 주인공 가문의 정치적 위기를 그려냄으로써 상층 실세층의 정치적 위기위식을 잘 형상화하고 있다.

『편옥기우기』·『난학몽』 등에서는 『옥원』만큼 심각하게 위기의식이 심도 있게 드러나진 않지만 당쟁에서 밀려나 위기를 겪는 장면이 심각하게 형상화되어 있다. 『편옥기우기』를 보면, 이 작품에서는 송 신종조를 배경으로 구법당인 부친이 신법당과 대립하다가 자결하고 그 모친도 따라죽자 여주인공이 화禍를 피해 변복하고 떠돌다가 간신히 안존하게 되는 양상을 그리고 있다. 주인공이 여자인 만큼 주로 편옥片玉을 매개로 짝이 맺어지는 데에 더 초점이 놓여져 있으나, 초반부에서는 정치적 위기에 처한 한 가족의 몰락상이 심도 있게 형상화되어 있다.

여주인공의 부친 이건은 비록 명망 높은 재상이나, 그의 부친 즉 여주인공의 조부는 왕안석의 핍박을 받아 관직을 버리고 낙향하여 죽을 때까지 벼슬을 하지 않은 인물로 나온다. 이는 『옥원』에서 남주인공의 조부가 태후에게 죄를 입고 은거하면서 종신토록 벼슬을 하지 않은 점과 상통한다.

이러한 가문의 기반에 따라 그 부친 이건이 비록 명망은 높으나 기반

---

181) 『편옥기우기』는 국민대 성곡도서관에 있는 한문장편소설로, 『편옥기우기』에 대해서는 역주본인 『편옥기우기』(조희웅 외, 박이정, 2002)를 참조하였다.

이 탄탄하지 않은 채, 왕안석과의 당쟁에서 패해 자결을 하는 상황에까지 이른다. 그의 부인 민씨도 "사람들의 분노가 아직 다 씻어지지 않았으니, 남은 화가 두렵구나. 뒤집힌 둥우리의 알이 완전하기를 바랄 수 없으니, 지금의 계책은 삼가 피함만 못하다"[182]라고 하면서 노복들에게 집을 떠나 피하도록 하고는 자신은 남편을 따라 자결한다. 홀로 남게 된 이영효는 "같은 무덤에 나와 네 어미를 장사지내고 이 땅을 피해 살기를 도모하여라"[183]라는 부친의 유언을 기억하고는 부모의 장례를 치른 후 남은 재앙을 피해 남장男裝하고 떠돌게 된다. 하루에 몇 십리를 걸어가면서, 혹은 주막에서 기숙하고 혹은 가게에서 구걸하는 상황이 펼쳐진다. 『옥원』에서와 마찬가지로 정치적 위기 국면에서 가족의 이산離散과 주인공의 유리 모티프가 재현되고 있는 것이다. "당파 싸움에 넌더리를 낸 작자군이 이러한 정치적 상황을 직설할 수는 없어, 먼 옛날의 중국 역사를 차용한 것이 아닌가 한다"[184]라는 지적대로 상층 실세층의 의식이 잘 드러난다.

『난학몽』에서도 『편옥기우기』와 마찬가지로 가문 내적 갈등 즉 부친이 귀양 간 뒤 전처소생이 계모에게 구박받는 내용이 주를 이루기에 『옥원』에서만큼 정치적 갈등이 심각하게 형상화되어 있지는 않다. 하지만 이 작품 또한 상층 실세층으로서의 의식을 드러나고 있다. 부친 한언범이 왕안석 등과 대립하다 죽을 위기에 처했을 때 그 딸이 상소를 올려 자신의 목숨으로써 부친의 목숨을 대신하기를 청한다. 이에 한언범은 간신히 목숨을 구하나 악주로 귀양 가고 이후에도 왕안석과 등과 대립하며 정치적인 위기를 겪게 된다.

『범문정충절언행록』의 경우에는 삼대에 걸쳐 반대당파와의 갈등에서 패배하는 순환의 구조를 보임으로써 그 비극적 인식이 『옥원』과 마찬

---

182) 『편옥기우기』 원문 16면(역주본 66면).
183) 『편옥기우기』 원문 13면(역주본 63면).
184) 조희웅, 「하나. 한문고전소설 『편옥기우기』 고」, 앞의 책, 13면.

가지로 심도 있게 형상화되고 있다.185) 먼저 범중엄의 부친이 벼슬을 버리고 은거하는 범윤보라는 인물인 점은 『옥원』에서 남주인공 조부 혹은 부친이 정치적 위기를 맞아 은거하거나 낙향하는 점과 관련된다.

이러한 취약한 기반에 바탕한 남주인공 가문이 이후 삼대에 걸쳐 당쟁에서 패배하는 순환의 구조를 보면, 범중엄(1대)은 인종대에 개봉부의 옥사를 해결하기 위해 순무어사로 파견되는데, 이때 그는 부정을 저지른 채식을 징계하게 된다. 이에 원한을 품은 채식은 태후의 세력을 등에 업고 범중엄을 논핵하여 그를 귀양 가게 만든다. 이후 범중엄은 다시 등용되지만 그의 아들 범순인(2대)과 함께 왕안석, 여혜경과 대립하다가 범중엄도 찬적당하고 범순인마저 조정에서 환영받지 못하게 된다. 다시 범순인의 아들인 범성, 범진(3대) 또한 왕안석, 여혜경 등의 세력에 밀려 치사致仕하고 낙향하게 된다.

이러한 장면은 『옥원』에서 남주인공의 조부, 남주인공의 부친, 남주인공이 삼대에 걸쳐 정치적 위기를 겪는 장면과 흡사하다고 할 수 있다. 더욱이 남주인공인 범중엄이 종국에는 반대당파와의 싸움에서 승리하지 못한 채 세상을 떠나게 됨으로써 상층 실세층의 비극적 인식은 더욱 깊이 드러난다. 상층 실세층으로서 권력 핵심부로 편입되기 어렵다는 불안한 인식이 『옥원』에서는 남주인공이 단명할 것이라는 암시를 통해 은근히 드러나는데 반해, 이 작품에서는 실제로 이것이 명백한 현실로서 그려지고 있는 것이다. 이처럼 상층 실세층의 방황과 고심을 형상화한 작품들이 다수 존재한다.186)

---

185) 남주인공 범중엄은 결국 반대당파와의 싸움에서 승리하지 못한 채 세상을 떠나게 된다. 이에 대해서는 이경희, 「『범문정충절언행록』 연구」(경기대 석사논문, 1993), 김준범, 「『범문정충절언행록』 연구」(서울대 석사논문, 2001)에서 상세히 논한 바 있다.

186) 소식을 주인공으로 하고 있는 『문장풍류삼대록』의 경우에도 상층 실세층의 인식이 잘 드러나나 분량이 짧아 대하장편소설로 볼 수 없기에 여기에서 제외하였다. 이 밖에도 중국소설이긴 하지만 『인봉소』의 경우에도 『옥원』과 상통하는 내용이 많다. 송 신종조를 배경으로 남주인공 부친 백양이 어지러운 조정을 피해 낙향하자 왕안석 무리들이 백양을 잡아다가 감옥에 가두나, 협객인 유소에 의해 구출되어 피신한다. 남주인

『창란』과 같이 여항인으로까지 그 향유층이 확산되는 가운데 변화하는 시대상을 반영한 세태소설로는 『보은기우록』·『낙천등운』·『옥란기연』 등을 들 수 있다. 『보은기우록』에서는 놀보형 인물과 흡사한 위지덕이라는 인물을 통해 물질주의적인 가치가 중시되는 세태를 부각시키고 있고,[187] 『낙천등운』도 『창란』에서처럼 주동인물에 의한 것은 아니지만 주변인물들에 의해 화폐경제적 제 현상과 가치관, 경제능력에 따른 신분구조의 재편, 성性의 노출 등을 적나라하게 드러냄으로써 대하소설 가운데 변화하는 세태를 잘 반영하고 있다.[188]

『창란』의 후편인 『옥란기연』도 이에 포함된다 할 수 있는데, 특히 이 작품에서는 남녀 간의 성적 교합의 장면이 너무나 노골적으로 형상화되어 있다.[189] 장현성이 '벽앵'이라는 시녀[190]를 겁탈하는 장면에서 이는 잘 드러난다. 다른 작품에서도 재상가의 자제가 시녀 혹은 신분이 불명확한 처자를 겁탈하는 장면이 나오기도 하지만, 대부분 남녀 간의 성적 교합을 다루는 부분은 "무산지몽巫山之夢" 등의 은근한 비유어로서 넘어가게 된다. 이에 반해 『옥란기연』에는 "나의 신경腎經이 곧 너의 속에 들면 음양陰陽이 동動컨대 생사生死가 미분未分하리라",[191] "앵(벽앵)이 이미 음양진陰陽津에 곤困함에 오장五臟이 다 흔들려 요동搖動하고 일신一身이 심히 떨이고 아픈지라(…중략…) 생生(장현성)의 황음荒淫함을 당當하여는 또한 (앵이) 혼절昏絶하되, 수찬修撰(장현성)이 또한 호탕豪宕한 음심淫心

공의 부친이 정치적 위기에 처했을 때 이를 도와주는 협객이 설정되어 있다는 점에서 『옥원』과 상통한다. 또 백양이 탈출하자 왕안석 일행이 곧 그의 아들 즉 남주인공 백미선을 잡으러 오는 위기국면도 그려져 있는데, 이 대목 또한 『옥원』에서 소송이 귀양 간 뒤 여혜경 등이 소세경을 잡아들이려 하는 부분과 같다.

187) 정병욱, 「이조말기소설의 유형적 특징」, 『문화비평』 창간호, 아한학회, 1969.
188) 이에 대해서는 이상택, 「『낙천등운落泉登雲』고」, 『한국고전소설의 탐구』, 중앙출판, 1981.
189) 이에 대해서는 이상택, 앞의 글, 1999에서 논한 바 있다.
190) 이후 상층 여성임이 밝혀진다.
191) 연경도서관본 『옥란기연』 4권, 22면.

이 동動함에 어찌 놓아줄 뜻이 있으리오? 점점 기운이 황홀하고 정신이 씩씩하여 홍광紅光이 취醉토록 동침同寢함에192) 등의 대목이 나올 정도로 이성 간의 교합을 적나라하게 표현하고 있다. 이러한 과감한 성적 노출은 이 작품이 『창란』보다도 더 오락적이고 통속적인 면에 경사되어 있음을 보여준다.

요컨대, 『완월』·『옥원』·『창란』 세 작품에서 각각 독특하게 나타나는 의식성향은 여타의 대하소설에도 적용할 수 있는 것으로, 대하소설은 크게 상층 집권층의 안정과 자부를 형상화한 작품, 상층 실세층의 방황과 고민을 형상화한 작품, 여항인층의 일상적 세태를 형상화한 작품으로 구분할 수 있다.

---

192) 연경도서관본 『옥란기연』 4권, 22면.

제6장 결론

　　본고에서는 대하소설에 다양한 의식성향 층위가 있음을 검토하고, 이러한 층위의 분화 원인을 향유기반과의 관련 하에서 해명하고자 하였다. 이를 위해 기존의 '단위담' 유형 연구에서 한층 더 세부적으로 들어가 유사한 단위담 '안'에서의 차이에 주목하였다. 선행연구에서 유사한 단위담 간의 '공통점'을 추출해냄으로써 대하소설 전반의 유형성을 총체적으로 규명하였다면, 본고는 유사한 단위담 간의 '차이점'을 밝혀냄으로써 대하소설의 다양성을 체계적으로 고찰하고자 하였던 것이다.

　　그런데 대하소설의 의식성향 층위를 밝히기 위해서는 대하소설 전반을 비교 분석하는 것이 바람직하겠으나 워낙 방대한 작업인 만큼 이를 밝히기에 적합한 특정 작품을 대상으로 논의를 진행했다. 『창란』·『옥원』·『완월』 세 작품의 '옹서翁壻갈등담'은 거시적으로 보면 흡사하지만 미시적으로 보면 상당한 차이를 드러낸다. 따라서 대하소설의 의식성향 층위를 한 자리에서 고찰하기에 적합한 대상이다. 더욱이 옹서갈등담은 "18세기 장편소설에서 가장 공을 들여 고안한 이야기"라고 평가될 정도로 문제적인 단위담이기에 이 세 작품의 비교는 더욱 의미를 가질 수 있었다. 물론 본고는 닮아 있는 이들 단위담을 주로 비교하면서도 그 밖의 단위담까지도 포괄하여 세 작품 전체의 비교연구로까지 나가는 것을 목표로 하였다.

2장에서는 세 작품을 비교 연구할 수 있는 기반을 마련하기 위해 단위담의 유사성, 창작시기의 동시대성, 의미와 기법상의 공통점에 관해 검토하였다. 먼저 세 작품 모두 소인형 장인과 군자형 사위의 대립을 다룬 '옹서갈등담'이 공통으로 등장하고 있는 점, 세 작품은 아니지만 두 작품 간에 흡사한 단위담이 존재하고 있는 점, 그리고 모티프 등의 소재 차원에서 흡사한 면이 보이는 점 등을 검토함으로써 세 작품이 매우 닮아 있음을 확인할 수 있었다.

다음으로 창작연대가 불확실한 『창란』을 『완월』과 비교함으로써 『창란』이 『완월』보다 선행작先行作일 가능성이 높음을 검토하였고, 이를 통해 세 작품 모두 18세기에 창작된 작품으로 볼 수 있음을 밝혀내었다. 이러한 창작시기의 근접성을 밝혀냄으로써 이 세 작품은 18세기라는 시대 안에서 대하소설의 다양한 국면들을 한 눈에 조망하기에 적합한 대상임을 살펴볼 수 있었다.

이러한 창작시기와 관련해서 세 작품은 18세기 정치적 격변상과 탕평사상, 여성의 친정에 대한 원죄原罪의식 등 당대의 현실을 심도 있게 반영하고 있다는 점, 그리고 가문 내적 영역과 외적 영역의 통합, 이분법적 구도의 탈피 등 기법상의 세련을 꾀하고 있다는 점에서 공통의 의의를 지님을 검토하였다.

3장에서는 2장의 논의를 토대로 가문 내적 갈등에서 나타나는 윤리의식의 차이에 대해, 크게 예법禮法의 일탈과 준수, 일상과 이념, 개인과 가문의 세 범주로 나누어 살펴보았다. 먼저 '예법'의 문제를 보면, 『창란』에서는 혼전婚前 남녀 간의 접촉이 심하고 결혼 후에도 부부간의 적나라한 몸싸움이 드러나는 반면, 『옥원』에서는 처음에는 남녀 간 혹은 부부간에 예의에서 벗어난 행위들을 보이지만 『창란』에 비해 강도가 낮을 뿐만 아니라 점차 이러한 면모에서 벗어나 격식을 갖춰가는 모습이 강조되고 있으며, 『완월』에서는 처음부터 끝까지 남녀 간에 지켜야할 기본적인 예의규범 자체를 충실하게 재현하고 있었다. 『창란』은 예법에서 일탈함으로써 흥미를 창출하고 있다면, 『완월』은 예법 자체에 대한 흥미를 유발하려 하고 있으며, 『옥원』은 예법을 각성해 나가는 국면의 진정성에 그 흥미의 초점이 놓여 있음을 알 수 있었다.

'일상과 이념'의 문제에서는 『창란』이 권선징악의 구도에서 벗어난 탈인과적 구조를 보임으로써 일상 세태를 재현하는 쪽으로 기울고 있다면, 『옥원』과 『완월』은 이러한 인과구조를 철저히 지킴으로써 도덕적 이념을 충실히 환기하고 있었다. 그런데 『옥원』에서는 주요 인물들의 이념적 고심과 자기반성을 통해 이념적 성찰을 주로 형상화한다면, 『완월』에서는 이념갈등이 선악갈등으로 치환되는 가운데 이념적 확신을 주로 형상화한다는 점에서 또 다른 차이를 보이고 있었다.

'개인과 가문'의 문제에 대해서는 애정과 효의 문제를 중심으로 살펴 보았다. 『창란』에서는 가문의 명예에 심각한 손상을 입힐 정도로 이성異性에 대한 애정이 부각되어 있으며, 『옥원』과 『완월』에서는 부모에 대한 효를 중시하고 있었다. 그런데 『옥원』에서는 효를 중시하면서도 애정의 문제도 외면하지 않고 그 둘이 조화를 이루어내는 과정을 형상화하고 있다면, 『완월』에서는 자기 부인을 희생하면서까지 부모에 대한 효만을 일방적으로 강조하고 있었다. 이를 통해 『창란』은 개인의식으로 경도되고 있으며, 『옥원』에서는 개인의식과 가문의식이 조화를 이루고 있고, 『완월』은 가문의식을 주로 현현顯現하고 있음을 검토할 수 있었다.

4장에서는 가문 외적 갈등을 중심으로 세 작품의 정치의식을 비교하였다. 크게 정치적 기반, 정치적 부침浮沈, 정치적 성향 세 개의 범주로 나누어 살펴보았다. 먼저 '정치적 기반'을 살펴보면, 『창란』에서는 한 가문의 정치적 기반을 보여준다고 할 수 있는 선조先祖의 대외적 사적에 관한 모습이 거의 부재不在한 가운데, 표면적으로는 상서벼슬을 한 최상층 가문으로 설정되어 있으나 그 이면의 모습은 고고孤孤하고 평범한 가문으로 형상화되어 있었다. 『옥원』에서는 선조에 관한 대목이 비록 소략疏略하지만 그 정치적 사적이 정확하게 서술되어 있는 가운데, 남주인

공 가문은 그 선조대로부터 정권에서 소외되어 있고, 학맥에서 중심을
차지하지 못하며, 인척 관계 또한 미미한 가운데 주변부로 밀려난 가문
으로서 설정되어 있었다. 한편『완월』에서는 선조의 사적이 상술詳述되
는 가운데 정치권의 실세實勢일 뿐만 아니라, 학맥에서도 중심을 차지하
고, 인척 관계에서도 상당한 세력을 형성하는 권력층의 핵심 가문으로
그려져 있었다.

　이러한 가문의 기반과 관련하여 남주인공 가문의 '정치적 부침浮沈'
양상 또한 다르게 나타나고 있었다. 정치적 위기 국면을 살펴보면,『창
란』과『옥원』에서 남주인공 가문은 정치적 위기에 따라 가족이 이산離散
하고 남주인공이 유리流離하는 양상을 형상화하고 있었다. 그런데 이러
한 양상 속에『창란』에서는 하층 혹은 몰락양반층이 주로 향유한 단편
의 영웅소설과 흡사하게 남주인공의 '고난'만이 드러나는데 반해,『옥
원』에서는 남주인공의 고난과 더불어 백성들에 대한 '교화'의 측면도
부각되고 있었다. 즉『창란』에서는 남주인공의 고난을 통해 '하층 체험'
만이 강조된다면,『옥원』에서는 고난 속에서도 선비로서의 의식을 잃지
않는 '사의식士意識'을 강조하고 있었다. 이러한 점은『창란』과『옥원』이
흡사한 유리 모티프를 공유하면서도 그 저변에 깔린 의식은 차별적임
을 보여준다.

　한편『완월』에서는『창란』과『옥원』과는 달리 은신처로의 안전한 피
신을 형상화하고 있었다.『창란』이나『옥원』에서 남주인공 부친이 당쟁
에 휘말려 유배를 감으로써 집안 전체가 이산하는 등의 위기를 겪는데
반해,『완월』에서는 비록 가문 구성원 중 일부가 정치적 분쟁에 휘말려
사사賜死되는 등의 위기를 겪기도 하지만, 주인공 가문은 건재한 가운데
안존安存하게 된다. 그렇기에『창란』·『옥원』과는 달리, 남주인공 부친
이 귀양 가는 장면 대신 위기에 처한 임금을 보좌하는 장면으로, 남주
인공이 부친의 정치적 패배와 직결되어 유리하게 되는 상황 대신 가족
구성원의 모해가 주된 원인이 되어 유리하는 상황으로, 남주인공 가족

전체가 이산하는 대신 세거지世居地에서 가족들이 안존하는 모습으로 형상화되고 있었다. 세가거족世家巨族으로서의 위치로 말미암아 가문의 전폭적인 몰락은 나타나지 않고 '준비된 피난'의 양상으로 나타나고 있는 것이다.

정치적 복귀 국면을 보면, 『창란』에서는 복귀 국면이 매우 피상적으로 형상화되고 있었다. 역사적 사실이 매우 간략하게 처리되어 있을 뿐만 아니라 역사적 사실 혹은 정치적 구도와 상치相馳하는 부분들도 종종 등장한다. 단편의 영웅소설에서도 위기 국면은 현실성을 지니나 복귀 국면이 비현실적인 점에 대해, 몰락양반 혹은 평민층의 환상과 꿈을 반영하는 한편 전문적인 작가층이 소설적 흥미를 꾀하기 위해 공식화한 구도로 평가된 바 있듯, 『창란』에서 칼로 무 베듯 한순간에 정치구도가 뒤바뀌는 단순한 도식이 나타나고 있는 것은 실제 상층의 정치현실을 재현하기보다는 일종의 흥미 차원에서 기능하는 측면이 강하며 그 저변에는 오히려 상층 이하 계층의 불가능한 소망을 대변하는 의식과도 맞닿아 있다 할 수 있다. 이러한 점은 『창란』이 실제 정치권력과는 거리가 먼 계층의 의식을 반영하고 있음을 보여주는 실례가 될 수 있다.

한편, 『옥원』과 『완월』은 역사적 사실 및 정치적 상황을 충실히 재현함으로써 당대 정치현실을 긴밀히 반영하려 한다는 점에서는 공통점을 지니지만, 정치적 복귀를 통해 남주인공 가문이 정치권력에서 차지하는 위치에서는 상당한 차이를 보이고 있었다. 『옥원』에서는 남주인공의 부친이 해배되어 돌아와서도 실세實勢를 차지하지 못한 채 낙향落鄕하고, 남주인공대에 이르러서는 어느 정도 영화를 누리지만 집권한 세력들과 갈등하면서 위기에 처하는 상황을 보여준다. 이는 정치적 기반이 취약한 가운데 계속해서 당쟁에 휘말려 위기에 처하는 등 불안한 모습이 그려지고 있는 것이라 할 수 있다. 이처럼 『옥원』은 불완전한 복귀가 이루어지는 가운데 '권력의 주변 세력'으로서 겪을 수밖에 없는 불안한 의식에 깊이 침윤되어 있었다.

이와는 달리 『완월』에서는 남주인공의 부친이 임금을 위기에서 구해
내는 혁혁한 공로를 통해 복귀할 뿐만 아니라 복귀한 이후에는 반대당
파로부터 전혀 공격을 당하지 않는다. 비록 남주인공대에서 또 한 번
정치적 위기를 겪긴 하지만 곧 이를 극복하고 더욱 번창한 가문을 이루
게 된다. 즉 『완월』에서는 완전한 복귀를 통해 '권력의 핵심으로의 진
입'을 형상화하고 있다. 이는 집권 계층의 선민選民의식과도 긴밀하게
맞물려 있다 할 수 있다.

이러한 가문의 위차位次와 관련해서 '정치적 성향' 또한 차이를 보인
다. 『창란』이 왕실 혹은 집권층을 희화하거나 그 권위를 인정하지 않는
가운데 그들에 대한 모멸侮蔑적인 태도를 보인다면, 『옥원』은 임금 혹은
특권세력의 정치적 처변處變에 대해 실질적인 문제제기를 하면서 그들
에 대한 비판적 태도를 견지한다. 한편 『완월』에서는 탈문지변奪門之變을
변용하여 왕의 체면을 살려주고, 소인형 인물도 고관으로 등장할 때는
현관賢官으로 변모시키는 등 지배세력에 대해 옹호적인 태도를 보이고
있었다.

5장에서는 윤리의식과 정치의식을 총괄해서 세 작품의 의식성향을
종합적으로 고찰하고, 이러한 의식성향의 차이를 향유기반과 관련해서
검토하였다. 먼저 『창란』은 변화하는 세태를 충실히 반영하는 가운데
상층 이하의 계층, 그중에서도 '여항인閭巷人'의 의식에 경도되어 있는
작품임을 알 수 있었다. 실제로 『창란』이 상층 이하의 여항인에 의해
읽혔을 가능성을 『창란』의 후편인 『옥란기연』의 필사자가 유녀遊女라는
사실 이외에도 『창낭전』의 존재, 세책본의 낙서 등을 통해 검증하였고,
이들 여항인의 의식세계와 『창란』의 의식세계가 조응하는 점을 통해
『창란』의 작가도 여항인일 가능성에 대해 검토하였다.

『옥원』은 윤리의식과 정치의식을 총괄해서 살펴본 결과 '상층上層 실
세층失勢層'의 방황과 고심을 형상화한 작품임을 알 수 있었다. 그렇다면
이 작품이 창작된 18세기에 대하소설의 주된 향유공간이 서울이었음을

고려할 때, 이 작품은 '경화京華 실세失勢 사족士族'과 관련이 깊을 수 있다. 실제로 서울대 규장각본『옥원』과 그 보유작補遺作인『옥원전해』의 필사기 및 배접지 이면의 기록을 검토한 결과 이 작품이 경화 집권 사족에 의해서뿐만 아니라 경화 실세 사족에 의해서도 향유되었음을 밝혀내었고, 여성에 의해 쓰여진 것이 확실한『옥원』과 같은 작품이 18세기 현실에서 창작될 수 있었던 기반을 당대 정치적 격변기 속에서의 여성의 정치 참여 및 그에 따른 문필활동 등을 통해 고구해 볼 수 있었다.

그리고『옥원』과『완월』이 동일한 집단에서 창작되었다는 선행연구를 토대로 전주이씨 영해군파寧海君派 가문에서 전해오는『이가세고李家世稿』·『완산이씨가승完山李氏家乘』 등의 문헌을 검토한 결과,『옥원』의 작가로는 이 가문 며느리인 해평윤씨海平尹氏·기계유씨杞溪兪氏가 가능성이 높음을 고찰하였다. 더욱이 해평윤씨는 경화 실세 사족 여성으로서『백계양문선행록』이라는 대하소설의 작가라는 점,『옥원』의 필사자인 온양정씨가 속한 전주이씨 덕천군파德泉君派 가문과 해평윤씨 등이 속한 영해군파 가문이 긴밀한 연관을 지닌 점에서도 이런 추론은 가능성이 높음을 검토하였다. 나아가 기계유씨의 남편 이창급李昌伋의 삶이『옥원』의 세계와 긴밀히 조응하고 있음을 검토함으로써,『옥원』은 경화 실세 사족과 관련이 높은 작품임을 재확인할 수 있었다.

『완월』은 윤리의식과 정치의식을 총괄해서 검토한 결과, '상층上層 집권층執權層'의 안정과 자부를 형상화하고 있음을 알 수 있었다. 특히『완월』이 창작된 시기가 18세기라는 점을 감안할 때 이 작품은 '경화京華 집권執權 사족士族'과 관련이 깊음을 검토하였다.『완월』의 작가로 심중이 모아지고 있는 전주이씨(안겸제安兼濟의 모친) 혹은 그 주변여성이『완월』의 작가일 가능성이 높음을『이가세고』·『완산이씨가승』 등에 전하는 전주이씨 가문 여성의 어문활동을 통해 재확인하고, 혁혁한 경화세족京華世族으로서의 삶을 살았던 전주이씨의 친정오라버니인 이춘제李春躋의 삶과『완월』과의 조응 양상을 토대로『완월』이 경화 집권 사족과 관련이 깊음을 다시 한 번 검토하였다.

　세 작품을 통해 추출해낸 세계관적 층위를 대하소설 일반에 걸쳐 적용시켜본다면, 대하소설 가운데는『완월』과 흡사하게 상층 집권층의 규범적 세계관과 선민의식에 기반한 안정과 자부를 형상화한 작품이 가장 많은 비중을 차지한다.『소현성록』·『성현공숙렬기』·『이씨삼대록』등 대다수의 대하소설이 이에 속한다 할 수 있다.

　『옥원』과 같이 상층 실세층의 방황과 고심을 담아낸 소설로는『편옥기우기』·『난학몽』·『범문정충절언행록』등의 작품을 들 수 있다. 이들 모두『옥원』과 동일하게 송宋 신종대神宗代 구법당舊法黨에 속한 주인공 가문의 정치적 위기를 그림으로써 상층 실세층의 정치적 위기위식을 잘 형상화하고 있다.『편옥기우기』와『난학몽』에서는『옥원』만큼 심각하게 위기의식이 드러나진 않으나,『범문정충절언행록』의 경우에는 삼대에 걸쳐 반대당파와의 갈등에서 패배하는 순환의 구조를 보임으로써 그 비극적 인식이 심도 있게 형상화되고 있다.

　『창란』과 같이 여항인층의 독자까지도 포섭할 수 있을 만큼 통속적 세계관을 보이며 변화하는 세태를 반영한 소설로는『보은기우록』·『낙천등운』·『옥란기연』등을 들 수 있다.『보은기우록』에서는 놀보형 인물과 흡사한 위지덕이라는 인물을 통해 물질주의적인 가치가 중시되는 세태를 부각시키고 있고,『낙천등운』에서도『창란』에서처럼 주동인물에 의한 것은 아니지만 주변인물들에 의해 화폐경제적 제현상과 가치관, 경제능력에 따른 신분구조의 재편, 성性의 노출 등을 적나라하게 드러냄으로써 대하소설 가운데 변화하는 세태를 잘 반영하고 있는 작품이라 할 수 있다.『옥란기연』또한 이성 간의 교합을 적나라하게 형상하는 가운데 세속화되는 당대의 흐름을 반영하고 있다.

　이상의 제 논의를 통해 대하소설의 다양한 의식성향과 향유층위에 대한 일반론에 접근할 수 있었다. 먼저 대하소설은 크게 ① 여항인閭巷人적 의식을 담아냄으로써 변화하는 세태를 반영한 작품, ② 상층上層 실세층失勢層의 방황과 고심을 담아낸 작품, ③ 상층上層 집권층執權層의 안정과 자부를 담아낸 작품의 세 층위가 존재함을 밝혀낼 수 있었다.

이를 대하소설이 주로 서울에서만 향유되었던 18세기 당대에 한정해서 논한다면 다시 ① 여항인층閭巷人層의 변화하는 세태를 담아낸 작품, ② 경화京華 실세失勢 사족士族의 방황과 고심을 담아낸 작품, ③ 경화京華 집권執權 사족士族의 안정과 자부를 담아낸 작품 세 층위로 나눌 수 있음을 밝혀낼 수 있었다.

이처럼 본 논문은 대하소설의 다양한 의식성향과 향유층위를 세밀하면서도 실증적으로 조명했다는 점에서 의의가 있다. 그간에 산발적으로만 논의되었던 대하소설의 의식성향을 미시적인 관점에서 체계적으로 분류하였으며, 구체적인 향유기록을 토대로 의식성향 에 상응하는 각각의 향유층위를 검증해 낼 수 있었다.

이러한 논의는 차후 다음과 같은 연구를 통해 더욱 심화되고 확장되어야 할 것이다. 첫째, 본고에서는 대하소설 전반의 의식성향을 총괄하여 체계화하려고 하였으나, 대하소설 전체를 다루지는 못하였다. 시론試論격인 논문이라 할 수 있기에 앞으로 더 많은 작품을 대상으로 대하소설의 의식성향 층위를 정밀하게 밝혀내는 작업이 필요할 것이다.

둘째, 본고에서는 향유기반에 관한 여러 가지 가능성들을 제시하긴 하였으나 확론은 아니라는 점에서 미비한 점이 없지 않다. 특히『옥원』에 대해서는 가능성이 높지만 그 작가를 명확히 밝힐 수 없어 안타까운 점이 적지 않다. 앞으로 더 많은 자료의 발굴을 통해 대하소설의 향유층위에 관한 논의를 보완해 나가야 할 것이다.

셋째,『창란』·『옥원』·『완월』세 작품간의 선후관계를 밝히고 싶었으나, 의욕과는 달리 이를 밝힐 만한 명확한 단서를 찾을 수는 없었다. 다만『창란』과『완월』간의 선후 관계를 추정할 수 있는 단서를 발견했을 따름이다. 앞으로 세 작품의 선후 관계를 분명히 밝혀 작품 간의 대응양상을 선명하게 고찰해야 할 필요가 있다. 이를 통해 이들 소설이

창작되고 향유되었던 실상을 좀 더 구체적으로 탐색해 들어갈 수 있을 것이고, 나아가 18세기라는 시대 안에서도 전·후반기 혹은 초·중·후반기 등 시기별로 세분해서 대하소설의 변화 흐름을 밝혀내는 데도 일조할 수 있을 것이다.

넷째, 본고에서는 주로 세 작품의 의식성향에 초점을 맞추다 보니 문체와 구조 등 서사문법적인 측면에 대해서는 본격적인 논의를 펼칠 수 없었다. 내용 자체도 향유계층에 따라 차이가 날 수도 있지만, 이러한 내용을 표현하고 전개하는 문체와 구조에서도 향유층의 취향에 따라 상당한 차이가 날 수 있다. 『창란』의 경우 욕설 등이 적나라하게 드러나는 등 비속하고 일상적인 어휘가 사용된다는 점에서 격식 있고 고급한 어휘를 사용하는 『옥원』·『완월』 등과 차이가 난다는 점은 이미 고찰한 바 있으나, 이러한 식의 비교는 매우 일천한 것으로 당대 계층별로 사용되었던 어휘들을 검토하면서 각 작품의 문체상의 특징을 좀 더 깊이 있게 고찰할 필요가 있다. 또 구조적으로도 『창란』은 하나의 사건을 간략히 처리하는 '간결한 구도'를, 『옥원』은 하나의 주제와 관련한 사건을 반복해서 다각도로 조명하는 '집중적 구조'를, 『완월』은 하나의 중심 사건에 기타의 다양한 사건들이 끼어드는 '확산적 구조'를 보이는 등 상당한 차이를 보인다. 앞으로 이러한 서사문법적인 측면에서도 세 작품의 차이를 면밀히 검토해야 할 것이다.

다섯째, 본고에서는 주로 18세기에 국한해서 논의를 진행한 감이 적지 않다. 17세기와 19세기까지 포괄하여 대하소설의 의식성향이 시기별로 어떻게 달라지는가를 면밀히 검토할 필요가 있다. 일례로 정치의식에 대해 살펴본다면 17세기에 대하소설에서는 정치적 갈등이 그다지 두드러지지 않는 가운데 별다른 문제의식이 보이지 않고, 18세기에는 정치적 갈등이 첨예하게 다루어지는 가운데 다양한 정치의식들이 병존하게 되며, 19세기에는 정치적 갈등을 다루기보다는 풍류적인 공간으로 도피하면서 정치적 문제를 회피하려는 듯한 인상을 준다.

　대하소설의 형성기인 17세기에는 대하소설의 틀을 잡아가는 시기이기에 그 주된 틀인 가문 내적 갈등을 형상화하는 데 주력했으며, 정치적으로도 큰 격변기는 아니었기에 정치적 갈등의 형상화가 미약한 가운데 그에 대한 문제의식 역시 크게 심각하지 않았을 수 있고, 18세기에는 이미 대하소설의 틀이 잡혀진 단계로 이를 바탕으로 다양한 형식의 실험이 가능했으며, 당파간의 심각한 정치적 갈등이 지속되면서 집권층과 실세층이 번복되는 정치적 격변기였기에 정치적 갈등에 대한 형상화 비중이 높아지면서 그에 따라 다양한 정치의식을 담아냈을 수 있다. 그리고 17세기에는 대하소설의 주향유층이 상층 집권층이 중심이었다면, 18세기로 접어들면서 상층 실세층을 포함한 상층 전반으로 그 향유층이 확산되는 측면도 이와 관련이 있을 수 있다. 한편 19세기에는 세도정치로 인해 상층 집권층과 상층 실세층이 거의 고착화되는 시기로 이미 정해진 정치구도에서 별다른 변화와 대응을 모색하기 어려웠기에 유흥의 공간 속으로 도피하는 식의 내용이 전개되는 등 정치적 문제의식이 약화되었을 수 있다. 이는 가설이기에 앞으로 좀 더 다듬어질 필요가 있겠지만, 시대별로 대하소설의 의식성향이 어떻게 달라지는가를 당대 현실과 관련해서 좀 더 면밀히 검토해 볼 필요가 있다.

1. 자료

1) 『**옥원재합기연**玉鴛再合奇緣』
서울대 규장각 소장본 『玉鴛再合奇緣』 21권 21책(『필사본고전소설전집』 27~30
　　　(김기동 편), 아세아문화사, 1980).
서울대 규장각 소장본 『玉鴛箋解』 5권 5책.
연세대 소장본 『玉鴛再合』 10권 10책(內題「玉鴛再合奇逢緣」·「玉鴛再合重會」).
이화여대 소장본 『玉鴛再合奇緣』 낙질 3권(11~13권).
한국학중앙연구원 낙선재 소장본 『玉鴛重會緣』 21권 21책(1~5권 缺落).

2) 『**완월회맹연**玩月會盟宴』
김진세 독해, 규장각 소장본 『玩月會盟宴』 180권 93책(전 12책), 서울대 출판부,
　　　1987~1995.
서울대 규장각 소장본 『玩月會盟宴』 180권 93책.
연세대 도서관 소장본 『玩月會盟宴』 5권 5책.
한국학중앙연구원 낙선재 소장본 『玩月會盟宴』 180권 180책(고려서림영인 총 8책).

3) 『**창란호연록**昌蘭好緣錄』
경상대 소장본 『昌蘭孝烈錄』 낙질 1권(21권).
계명대 소장본 『昌蘭好緣錄』 낙질 2권(3권, 6권).
계명대 소장본 『昌蘭好緣錄』 낙질 6권(1권, 4~7권, 24권).

국립중앙도서관 소장본『昌蘭好緣錄』13권 13책(『필사본고전소설전집』 9~10(김
          기동 편), 아세아문화사, 1980).
국립중앙도서관 소장본『昌蘭好緣錄』낙질 1권(?권).
김광순 소장본『창란호연의』낙질 1권(?권)(『한국고소설전집』 30, 경인문화사, 1994).
단국대 소장본『昌蘭好緣錄』낙질 1권(?권).
단국대 소장본『昌蘭好緣錄』낙질 1권(?권).
단국대 소장본『昌蘭好緣錄』낙질 2권(1권, 9권).
단국대 소장본『昌蘭好緣錄』낙질 7권(1~3권, 5~6권, 말권).
박순호 소장본『昌蘭好緣錄』낙질 1권(?권)(월촌문헌연구소 편,『한글필사본고소
          설자료총서』 96, 오성사, 1986).
사재동 소장본『昌蘭好緣錄』낙질 3권(1권·3권·23권).
서대석 소장본『昌蘭好緣錄』낙질 2권(3권·6권).
서울대 소장본『昌蘭好緣錄』낙질 1권(10권).
서울대 소장본『昌蘭好緣錄』낙질 1권(24권).
연경도서관 소장본『昌蘭好緣』10권 10책(이상택 편,『海外蒐佚本 한국고소설총
          서』 9~11, 태학사, 1998).
연세대 소장본『昌蘭好緣錄』낙질 2권(2~3권).
연세대 소장본『昌蘭孝烈錄』낙질 7권(2~7권·11권).
燕亭국악원 소장본『昌蘭好緣錄』낙질 4권(1~2권, 9권, 11권).
영남대 소장본『昌蘭好緣錄』낙질 2권(2권·12권).

4) 기타

국민대 소장본『片玉奇遇記』(조희웅 외 譯註,『片玉奇遇記』, 박이정, 2002).
金東旭 소장본『劉忠烈傳』(『영인 고소설판각본전집』 2, 연세대 인문과학연구소, 1975).
大英博物館 소장본『張伯傳』(『영인 고소설판각본전집』 5, 나선소옥, 1975).
『陶菴集』(李縡,『한국문집총간』 195권, 민족문화추진회).
류탁일 편,『韓國古典小說批評資料集成』, 아세아문화사, 1994.
白淳在 소장본『李大鳳傳』(『영인 고소설판각본전집』 5, 나선소옥, 1975).
서울대 규장각 소장본『聖賢公淑烈記』25권 25책.
서울대 규장각 소장본『蘇賢聖錄』21권 21책.
서울대 규장각 소장본『楊賢門直節記』24권 24책.
『演慶堂諺文冊目錄』(한국학중앙연구원 소장).
『完山李氏家乘』(全州李氏 寧海君派).
『李家世稿』(全州李氏 寧海君派).
李建昌, 이민수 역,『黨議通略』, 을유문화사, 1972.
『耳谿集』(洪良浩,『한국문집총간』 242권, 민족문화추진회).

이우성·임형택 편역, 『李朝漢文短篇集』 上·中·下, 일조각, 1973.
巴里東洋語學校 소장본 『玄壽文傳』(『영인 고소설판각본전집』 5, 나선소옥, 1975).
한국학중앙연구원 소장본 『錦香亭記』 3권 3책.
한국학중앙연구원 소장본 『明珠奇逢』 24권 24책(문화재관리국장서각 귀중본총
　　　　서 영인 총 2책, 1978).
한국학중앙연구원 소장본 『范文正忠節言行錄』 31권 31책.
한국학중앙연구원 소장본(樂善齋本) 『落泉登雲』(『影印 校註 한국고대소설총서』
　　　　1, 이화여대 한국어문화연구소, 1971).
한국학중앙연구원 소장본(樂善齋本) 『報恩奇遇錄』(『影印 校註 한국고대소설총
　　　　서』 5~6, 이화여대 한국어문화연구소, 1972).
한국학중앙연구원 소장본(樂善齋本) 『泉水石』(『影印 校註 한국고대소설총서』 2,
　　　　이화여대 한국어문화연구소, 1972).
『悔軒集』(趙觀彬, 『한국문집총간』 212권, 민족문화추진회).

2. 논저

1) 국내 논저

강명관, 「여항, 여항인, 여항문학」, 『한국한문학연구』 17, 한국한문학연구회, 1994.
＿＿＿＿, 『조선 후기 여항문학 연구』, 창작과비평사, 1997.
＿＿＿＿, 『조선시대 문학예술의 생성공간』, 소명출판, 1999.
＿＿＿＿, 「「說大書」 소개」, 『문헌과 해석』 14, 문헌과해석사, 2001.
강상순, 「『옥루몽』에 나타난 남영로의 정치의식」, 『송암정교환박사환갑기념논총』,
　　　　창원대, 1995.
＿＿＿＿, 「구운몽의 상상적 형식과 욕망에 대한 연구」, 고려대 박사논문, 2000.
강전섭, 「언문칙목녹 소고」, 『한국서사문학사의 연구』 5(사재동 편), 중앙문화사, 1995.
강혜선, 「아버지의 글로 남은 딸의 삶」, 『문헌과 해석』 19, 문헌과해석사, 2002 여름.
곽지윤, 「『창란호연』 연구」, 서울대 석사논문, 2001.
고동환, 『조선 후기 서울상업발달사 연구』(3쇄), 지식산업사, 2001.
고순희, 「18세기 정치현실과 가사문학-「별사미인곡」과 「속사미인곡」을 중심으
　　　　로」, 『어문학 연구』 78, 한국어문학회, 2002.
고연희, 「김창협-여성인식의 틀, 그리고 틈새」, 『우리 한문학사의 여성인식』(이
　　　　혜순·임유경 외), 집문당, 2003.
고정희, 「언문고시」, 『규장각 소장 어문학자료 문학편 해설』 1, 서울대 규장각, 2001.
구본기, 「유가의 출처관과 『옥호빙심』의 구조적 이원성」, 『한국 고전소설과 서사
　　　　문법』 上(양포이상택교수회갑기념논총), 집문당, 1998.
김경미, 「조선 후기 소설론 연구」, 이화여대 박사논문, 1993.

김기동, 『한국고전소설연구』, 교학연구사, 1983.
김동욱, 『증보 춘향전 연구』, 연세대 출판부, 1985.
______, 『춘향전 비교연구』, 삼영사, 1979.
김두헌, 『한국가족제도연구』, 서울대 출판부, 1968.
김병국, 「국문소설의 문체와 구성」, 『한국문학연구입문』(황패강 외 편), 지식산업사, 1982.
______, 『춘향전 어떻게 읽을 것인가』, 서광학술자료사, 1993.
______, 『한국 고전문학의 비평적 이해』, 서울대 출판부, 1995.
김석배, 「춘향전 이본의 생성과 변모 양상 연구」, 경북대 박사논문, 1992.
김성윤, 『조선시대 탕평정치 연구』, 지식산업사, 1997.
김연숙, 『고소설의 여성주의적 연구』, 서강대 박사논문, 1995.
김영진, 「兪晩柱의 한문단편과 기사문에 대한 일고찰―조선 후기 경화벌열 문인
        의 문예 취향의 한 단면」, 『대동한문학』 13, 대동한문학회, 2000.
김용숙, 『조선조 궁중풍속 연구』, 일지사, 1987.
김인걸, 「조선 후기 신분사 연구현황」, 『한국중세사회 해체기의 제문제(下) 경
        제·사회편』(근대사연구회 편), 한울, 1987.
김일렬, 「조선조 소설에 나타난 효와 애정의 대립」, 서울대 박사논문, 1983.
______, 『조선조 소설의 구조와 의미』, 형설출판사, 1984.
______, 『『숙영낭자전』 연구』, 역락, 1999.
김재용, 『계모형 고소설의 시학』, 집문당, 1996.
김종철, 「19세기 장편소설 연구」, 『한국학보』 41, 일지사, 1985.
______, 「『옥수기』 연구」, 서울대 석사논문, 1985.
______, 「무숙이타령(왈자타령) 연구」, 『한국학보』 18, 일지사, 1992.
______, 「장편소설의 독자층과 그 성격」, 『고소설의 저작과 전파』, 아세아문화사, 1993.
김준범, 「『범문정충절연행록』 연구」, 서울대 석사논문, 2001.
김진세, 「『완월회맹연』 연구(1)」, 『관악어문연구』 2, 서울대 국어국문학과, 1977.
______, 「『완월회맹연』 연구(2)」, 『관악어문연구』 4, 서울대 국어국문학과, 1979.
______, 「『완월회맹연』 연구(3)」, 『관악어문연구』 5, 서울대 국어국문학과, 1980.
______, 「낙선재본 소설의 특성」, 『정신문화연구』 44, 한국학문화연구원, 1981.
______, 「낙선재본 소설의 국적문제」, 『한국문학사의 쟁점』, 집문당, 1986.
______, 『한국고전소설작품론』(완암김진세선생회갑기념논문집 간행위원회 편),
        집문당, 1990.
______, 「완월회맹연」, 『황패강교수정년퇴임기념논총』, 일지사, 1993.
김탁환, 「사씨남정기계 소설 연구」, 서울대 석사논문, 1993.
______, 『한국소설창작방법연구』, 문경출판사, 2002.
김태준, 『증보 조선소설사』(박희병 교주), 한길사, 1990.
김학성, 「18·19세기 예술사의 구도와 시가의 미학적 전환―여항/시정 문화의 관
        련양상을 중심으로」, 『한국시가연구』, 한국시가학회, 2002.

김현숙, 「『유씨삼대록』 연구」, 이화여대 석사논문, 1989.

김　호, 「『동의보감』 편찬의 역사적 배경과 의학론」, 서울대 박사논문, 2000.

김홍균, 「복수주인공 고전장편소설의 창작방법연구」, 한국학중앙연구원 박사논문, 1990.

______, 「'못마땅한 사위'형 소설의 형성과 변모양상」, 『정신문화연구』 27, 한국학
　　　중앙연구원, 1985 겨울.

김흥규, 「19세기 전기 판소리의 연행 환경과 사회적 기반」, 『어문론집』 30, 고려대
　　　국어국문학연구회, 1991.

남정희, 「18세기 경화사족의 시조 향유와 창작 양상에 관한 연구」, 이화여대 박사
　　　논문, 2001.

류준경, 「한문본『춘향전』의 작품 세계와 문학사적 위상」, 서울대 박사논문, 2003.

______, 「고전소설 연구방법론과 관점」, 『국문학연구』 12, 국문학회, 2004.

문옥표 외, 『조선양반의 생활세계-義城金氏 川前派 고문서 자료를 중심으로』(한국
　　　정신문화연구원 편), 백산서당, 2004.

문용식, 「정신문화연구원본『금향정긔』 연구」, 『한국학논집』, 한양대 한국학연구
　　　소, 1990.

문현아, 「19세기 중엽 조선의 정치통합과 저항에 관한 동태적 분석」, 한국학중앙
　　　연구원 박사논문, 2000.

민　찬, 「여성영웅소설의 출현과 후대적 변모」, 서울대 석사논문, 1986.

박경룡, 『개화기 한성부 연구』, 일지사, 1995.

______, 『한성부 연구』, 국학자료원, 2000.

박광용, 『영조와 정조의 나라』, 푸른역사, 1998.

박명희, 「고소설의 여성중심적 시각연구」, 이화여대 박사논문, 1990.

박병완, 「『창란호연록』의 구조와 작가의식」, 단국대 석사논문, 1985.

______, 「『창란호연록』의 존재론적 고찰」, 『국어국문학』 94, 국어국문학회, 1985.

박순임, 「『사씨남정기』와『소씨전(장학사전)』의 대비」, 『고전문학연구』 3, 한국고
　　　전문학연구회, 1986.

박애경, 「조선 후기 장편가사의 생애담적 기능에 대하여-「이정양가록」과 「소수
　　　록」을 중심으로」, 『열상고전연구』 18, 열상고전연구회, 2003.

박영희, 「『성현공숙렬기』에 나타난 계후갈등의 의미」, 『한국고전연구』 2, 한국고
　　　전연구회, 1996.

______, 「『소현성록』 연작 연구」, 이화여대 박사논문, 1993.

______, 「장편가문소설의 향유집단 연구」, 『문학과 사회집단』, 집문당, 1995.

박일용, 「영웅소설의 유형변이와 그 소설사적 의의」, 서울대 석사논문, 1983.

______, 「『유충렬전』의 서사구조와 소설사적 의미」, 『고전문학연구』 8, 1993.

______, 「『유효공선행록』의 형상화 방식과 작가의식 재론」, 『관악어문연구』 20,
　　　서울대 국어국문학과, 1995.

______, 「『유씨삼대록』의 작가의식 연구」, 『고전문학연구』 12, 한국고전문학회, 1997.

박일용, 「『사씨남정기』의 이념과 미학」, 『고소설연구』 6, 한국고소설학회, 1998.
_____, 「『창선감의록』의 구성 원리와 미학적 특징」, 『고전문학연구』 18, 한국고
    전문학회, 2000.
_____, 『영웅소설의 소설사적 변주』, 월인, 2003.
박재연, 「조선시대 중국 통속소설 번역본의 연구―낙선재본을 중심으로」, 한국외
    대 박사논문, 1993.
_____, 「윤덕희의 소설경람자」, 『문헌과 해석』 19, 문헌과해석사, 2002.
_____, 「녹우당에서 읽었던 중국소설에 대하여」, 『해남 녹우당의 고문헌』 1(송일
    기 외), 태학사, 2003.
박종성, 「지배담론과 저항담론 사이의 틈새 읽기」, 『영어영문학』 49(2호), 한국영
    어영문학회, 2003.
박찬기 외, 『수용미학』, 고려원, 1992.
박혜숙 · 최경희 · 박희병, 「한국여성의 자기서사(1)」, 『여성문학연구』 7, 한국여성
    문학학회, 2002.
박무영, 「18세기 祭亡室文의 공적 기능과 글쓰기」, 『한국한문학연구』 32, 한국한
    문학회, 2003.
박희병, 『조선 후기 전의 소설적 경향 연구』, 성균관대 대동문화연구소, 1983.
_____, 「한국 고전소설 발생 및 발전단계를 둘러싼 몇몇 문제에 대하여」, 『관악
    어문연구』 17, 서울대 국어국문학과, 1992.
_____, 「조선 후기 예술가의 문학적 초상」, 『대동문화연구』 24, 성균관대 대동문
    화연구원, 1990.
_____, 『한국 고전인물전 연구』, 한길사, 1992.
_____, 『한국 전기소설의 미학』, 돌베개, 1997.
_____, 『운화와 근대―최한기 사상에 대한 음미』, 돌베개, 2003.
상기숙, 「『홍루몽』과 『완월회맹연』에 나타난 여성상」, 『동방학』 8, 한서대 동양고
    전연구소, 2002.
서경호, 『중국 문학의 발생과 그 변화의 궤적』, 문학과지성사, 2003.
서대석, 「군담소설 출현동인 반성」, 『고전문학연구』 1, 한국고전문학회, 1971.
_____, 「『옥루몽』의 갈등구조」, 『한국학논집』 1, 계명대 한국학연구소, 1973.
_____, 「고전소설의 행복한 결말과 한국인의 인식」, 『관악어문연구』 3, 서울대
    국어국문학과, 1978.
_____, 『군담소설의 구조와 배경』, 이화여대 출판부, 1985.
_____, 「『하진양문록』 연구」, 『한국고전소설작품론』, 집문당, 1990.
서인석, 「고전소설의 결말구조와 그 세계관」, 서울대 석사논문, 1984.
서지영, 「조선 후기 중인층 풍류공간의 문화사적 의미―서구 유럽 '살롱'과의 비
    교를 통하여」, 『진단학보』 95, 진단학회, 2003.
성현경, 『한국소설의 구조와 실상』, 영남대 출판부, 1981.

성현경, 「고전소설과 가문」, 『인문연구논집』 20, 서강대 인문과학연구소, 1989.
성영희, 「『완월회맹연』의 서사구조와 의미」, 부산대 석사논문, 2002.
손유경, 「최인훈·이청춘 소설에 나타난 텍스트의 자기반영성 연구」, 서울대 석사
　　　논문, 2001.
송성욱, 「고전소설에 나타난 父의 양상과 그 세계관」, 『관악어문연구』 5, 서울대
　　　국어국문학과, 1990.
　　　　, 「가문의식을 통해본 한국고전소설의 구조와 의미」, 서울대 석사논문, 1991.
　　　　, 「『명주기봉』에 나타난 규방에 대한 관심」, 『고전문학연구』 7, 한국고전문
　　　학연구회, 1992.
　　　　, 「혼사장애형 대하소설의 서사문법 연구－단위담의 전개양상과 결합방식
　　　을 중심으로」, 서울대 박사논문, 1997.
　　　　, 「조선조 대하소설의 유형성과 그 의미」, 『개신어문연구』 14, 개신어문학
　　　회, 1997.
　　　　, 「『옥원재합기연』과『창난호연록』 비교 연구」, 『고소설연구』 12, 한국고소
　　　설학회, 2001a.
　　　　, 「대하소설의 양식적 특성과 의미구현 방식」, 『국문학연구』 6, 국문학회, 2001b.
　　　　, 『한국 대하소설의 미학』, 월인, 2002.
　　　　, 「18세기 장편소설의 전형적 성격」, 『한국문학연구』 4, 고려대 민족문화연
　　　구원 한국문화연구소, 2003a.
　　　　, 『조선시대 대하소설의 서사문법과 창작의식』, 태학사, 2003b.
신경숙, 「초기 사설시조의 性인식과 市井的 삶의 수용」, 『한국문학논총』 16, 한국
　　　문학회, 1995.
　　　　, 「18·19세기 한·일 시정문학 비교－사설시조와 센류川柳를 중심으로」,
　　　『한국언어문학』, 52, 한국언어문학회, 2004.
신동흔, 「『춘향전』 주제의식의 역사적 변모양상」, 『판소리연구』 8, 판소리학회, 1997.
　　　　, 「평민독자의 입장에서 본 춘향전의 주제」, 『판소리연구』 6, 판소리학회, 1995.
　　　　, 「『운영전』에 대한 문학적 반론으로서의『영영전』」, 『국문학연구』 5, 국문
　　　학회, 2001.
신연우, 「「바보사위」 설화의 神話的 素因」, 『연민학지』, 연민학회, 2001.
심경호, 「조선 후기 소설고증(1)」, 『한국학보』 15, 일지사, 1989.
　　　　, 「낙선재본 소설의 선행본에 관한 일고찰－온양정시 필사본『옥원재합기
　　　연』과 낙선재본『옥원중회연』의 관계를 중심으로」, 『정신문화연구』 38,
　　　한국학중앙연구원, 1990.
　　　　, 「조선 후기 시사화 동호인 집단의 문화활동」, 『민족문화연구』 31, 고려대
　　　민족문화연구소, 1998.
심재숙, 「고전소설에 나타난 늑혼 삽화의 양상과 그 의미」, 『한국 고소설사의 시
　　　각』, 국학자료원, 1996.

양민정, 「『옥원재합기연』 연구」, 『고전문학연구』 8, 한국고전문학연구회, 1993.

______, 『조선조 기봉류 소설 연구』, 이회문화사, 1995.

______, 「『창란호연록』에 나타난 양반가문의 애정혼 고찰」, 『고소설연구』 2, 한국
고소설학회, 1996.

______, 「고소설에 나타난 조선조 후기 사회의 성차별 의식 고찰-『방한림전』을
중심으로」, 『한국어연구』 9, 한국외대 한국어문학연구회, 1998.

______, 「『창란호연록』에 나타난 翁-壻, 舅-婦間 갈등과 사회적 의미」, 『한국가
문소설 연구논총』 2(이수봉 외), 경인문화사, 1999.

______, 「18세기 후반 대하장편 가문소설의 한 유형적 특징-『옥원재합기연』, 『옥
원전해』를 중심으로」, 『한국학보』 5, 일지사, 1999.

양영찬, 「『창난호연록』의 애정갈등」, 고려대 석사논문, 1984.

양종국, 『송대 사대부사회 연구』, 삼지원, 1996.

엄기영, 「『옥원재합기연』의 작품세계와 연작관계 연구」, 고려대 석사논문, 2001.

우쾌제, 『한국 가정소설 연구』, 고려대 민족문화연구소, 1988.

유봉학, 『연암학파 북학사상 연구』, 일지사, 1996.

______, 『조선 후기 학계와 지식인』, 신구문화사, 1998.

윤경아, 「『양현문직절기』 연구」, 서울대 석사논문, 2003.

이경하, 「여성문학사 서술의 문제점과 해결방향」, 서울대 박사논문, 2004.

______, 「17세기 상층여성 국문생활에 관한 문헌적 고찰-傳狀文・碑誌文을 중
심으로」, 『한국 문학논총』, 한국문학회, 2005.

이경희, 「『범문정충절언행록』 연구」, 경기대 석사논문, 1993.

이광규, 『한국가족의 구조분석』, 일지사, 1975.

이능화, 『조선여속고』, 한남서림, 1927.

이상택, 「『명주보월빙』 연구」, 『한국 고전소설의 탐구』, 중앙출판, 1981.

______, 「『윤하정삼문취록』 연구」, 『한국고전산문연구』, 동화문화사, 1981.

______, 「『보월빙』 연작의 구조적 반복원리」, 『백영정병욱선생화갑기념논총』, 신
구문화사, 1982.

______, 「조선조 대하소설의 작자층에 대한 연구」, 『고전문학연구』 3, 한국고전문
학회, 1986.

______, 「연경도서관본 한국 고소설에 관한 일연구」, 『관악어문연구』 16, 서울대
국어국문학과, 1991.

______, 「낙선재본 소설의 문학사적 의의」, 『고소설사의 제문제』, 집문당, 1993.

______, 「『창난호연』 연구」, 『진단학보』 75, 진단학회, 1993.

______, 「『옥란기연』의 이본 연구」, 『진단학보』 78, 진단학회, 1994.

______, 「문헌학적 기초 연구의 필요성과 현황・전망」, 『관악어문연구』 20, 서울
대 국어국문학과, 1995.

이상택, 「『창난호연 연작』의 텍스트 교감학」, 『고전문학연구』 15, 한국고전문학연구회, 1999.

______, 『한국 고전소설의 이해』, 새문사, 2003.

이상택 외, 『고전소설의 기초연구』(한국학중앙연구원 편), 태학사, 2001.

이성무 외, 『조선 후기 당쟁의 종합적 검토』, 한국학중앙연구원, 1992.

이수봉, 「가문소설 연구」, 『동아논총』 15, 동아대, 1978.

______, 『가문소설연구』, 경인문화사, 1992.

이순구, 「조선 후기 宗法의 수용과 여성지위의 변화」, 한국학중앙연구원 박사논문, 1995.

이승복, 「처첩갈등을 통해본 가정소설과 가문소설의 관련 양상」, 서울대 박사논문, 1995.

이우성, 「18세기 서울의 도시적 양상」, 『한국의 역사상』, 창작과비평사, 1982.

이원수, 「계모형 소설 유형의 형성과 변모」, 『국어교육연구』 17, 경북대 출판부, 1985.

______, 「가정소설 작품세계의 시대적 변모」, 경북대 박사논문, 1991.

______, 「고전소설 독자의 성향―경북 북부 지역을 중심으로」, 『한국학논집』 3, 계명대 한국학연구소, 1980.

이인경, 「구비설화에 나타난 여성의 '性的 主體性' 문제」, 『구비문학연구』 12, 한국구비문학회, 2001.

______, 「구비설화에 나타난 '出嫁外人' 담론과 여인의 정체성」, 『한국고전여성문학연구』 5, 한국고전여성문학회, 2002.

이은순, 『조선 후기 당쟁사연구』, 일조각, 1988.

이주영, 『구활자본 고전소설 연구』, 월인, 1998.

이종묵, 「조성기의 학문과 문학」, 『고전문학연구』 7, 한국고전문학회, 1992.

이지영, 「한문본 『창선감의록』의 변이와 독자의 소설향유방식」, 『고소설연구』 14, 한국고소설학회, 2002.

이지하, 「『현씨양웅쌍린기』 연작 연구」, 서울대 석사논문, 1992.

______, 「『옥원재합기연』 연작 연구」, 서울대 박사논문, 2001.

______, 「『창란호연록』의 갈등 구조와 의미」, 『한국문화연구』 4, 고려대 민족문화연구원 한국문화연구소, 2003.

______, 「인물형상화 방식을 통해본 『창란호연록』의 통속성」, 『한국문화』 34, 서울대 한국문화연구소, 2004.

이창헌, 「고전소설의 혼사장애구조와 유형에 관한 연구」, 서울대 석사논문, 1987.

______, 「경판방각본소설 판본연구」, 서울대 박사논문, 1995.

______, 『경판방각소설 춘향전과 필사본 남원고사의 독자층에 대한 연구』, 보고사, 2004.

이태진, 『조선시대 정치사의 조명』(개정판), 태학사, 2003.

이희환, 『조선 후기 당쟁연구』, 국학자료원, 1995.

임치균, 「연작형 삼대록 소설 연구」, 서울대 박사논문, 1992.

______, 「『영이록』 연구」, 『고전문학연구』 8, 한국고전문학회, 1993.

임치균, 「『양현문직절기』 연구」, 『이수봉교수정년기념논총-고소설연구논총』, 경인문화, 1994.

______, 「『한조삼성기봉』 연구」, 『정신문화연구』 26, 한국학중앙연구원, 2003 가을.

임형택, 「여항문학과 서민문학」, 『한국문학사의 시각』, 창작과비평사, 1984.

______, 「이조말 지식인의 분화와 문학의 희작화 경향-金笠 연구 서설」, 『전환기의 동아시아 문학』(임형택·최원식), 창작과비평사, 1985.

______, 「17세기 규방소설의 성립과 『창선감의록』」, 『동방학지』 57, 연세대 국학연구원, 1988.

______, 『실사구시의 한국학』, 창작과비평사, 2000.

______, 「김씨부인의 국문상언-그 역사적 경위와 문학적 읽기」, 『민족문학사연구』 25, 민족문학사학회, 2004.

장시광, 「『쌍천기봉』 연작 연구」, 서울대 석사논문, 1996.

______, 「대하소설의 여성반동인물 연구」, 서울대 박사논문, 2004.

장효현, 「장편 가문소설의 성립과 존재양태」, 『정신문화연구』 44, 한국학중앙연구원, 1991.

______, 「국문 장편소설의 형성과 가문소설의 발전」, 『민족문학사강좌』, 민족문학사연구, 1993.

______, 「이광사론」, 『조선 후기 한문학작가론』(정양완 외), 집문당, 1994.

전성운, 「『현봉쌍의록』 연구(1)」, 『한국 고소설사의 시각』(석헌정규복박사고희기념논총간행위원회 편), 국학자료원, 1996.

______, 「장편 가문소설의 변모와 영웅소설의 형성」, 고려대 박사논문, 2000.

______, 「장편국문소설에 나타난 몽유양식과 그 의미」, 『고소설연구』 8, 한국고소설학회, 1999.

전영숙, 「北宋의 詩畵一律觀 연구」, 연세대 박사논문, 1997.

정규복, 「『임화정연』 논고」, 『대동문화연구』 3, 성균관대 대동문화연구원, 1966.

______, 「『제일기언』에 대하여」, 『중국문학논총』 1, 고려대 출판부, 1984.

______, 『한중문학 비교의 연구』, 고려대 출판부, 1987.

정길수, 「17세기 장편소설의 형성 경로와 장편화 방법」, 서울대 박사논문, 2005.

정대진, 「『옥루몽』 연구」, 서울대 석사논문, 1994.

정병설, 「고전소설의 윤리적 기반에 관한 연구」, 서울대 석사논문, 1993.

______, 「『옥원재합기연』 작가 재론」, 『관악어문연구』 22, 1997.

______, 「『옥원재합기연』 해제」, 『고전작품 역주·연구』, 서울대 한국문화연구소, 1997.

______, 「장편 대하소설과 가족사 서술의 연관 및 그 의미」, 『한국고전연구』 12, 1997.

______, 「『옥원재합기연』의 여성소설적 성격」, 『한국문화』 21, 서울대 한국문화연구소, 1998.

______, 『『완월회맹연』 연구』, 태학사, 1998.

______, 「조선시대 부부싸움의 역학-『옥원재합기연』」, 『문헌과 해석』 5, 태학사, 1998.

______, 「『옥원재합기연』-탈가문소설적 시각 또는 시점의 맹아」, 『한국문화』 24, 서울대 한국문화연구소, 1999.

정병설, 「조선 후기 정치현실과 장편소설에 나타난 소인의 형상-『완월회맹연』과 『옥원재합기연』을 중심으로」, 『국문학연구』 4, 국문학회, 2000.
______, 「조선조 소설과 여성작가」, 『덕성어문학』 10, 덕성여대 국어국문학과, 2000.
정병욱, 「조선조말기소설의 유형적 특징」, 『문화비평』 1, 아한학회, 1969.
정우봉, 「강이천의 「漢京詞」에 대하여」, 『한국학보』 75, 일지사, 1994.
정인영, 「『옥수기』 연구-'가문소설', '군담소설', 『구운몽』과의 비교를 중심으로」, 가톨릭대 석사논문, 2003.
정운채, 「『유생전』의 이본적 특성과 부녀 대립 양상」, 『선청어문』 24, 1996.
정종대, 『염정소설 연구』, 계명문화사, 1990.
정주동, 『고대소설론』, 형설출판사, 1966.
정창권, 「조선 후기 장편 여성소설 연구」, 고려대 박사논문, 1999.
______, 「장편 여성소설의 글쓰기 방식」, 『여성문학연구』 2, 한국여성문학학회, 1999.
정하영, 「낙선재본 소설의 소설문체 서설-천수석을 중심으로」, 『정신문화연구』 44, 한국학중앙연구원, 1991.
정후수, 『조선 후기 중인문학 연구』, 깊은샘, 1990.
조광국, 「『옥루몽』에 나타난 왕도패도 병용의 정치이념과 구현 양상」, 『고전문학연구』 15, 한국고전문학회, 1999.
______, 「『옥수기』의 벌열적 성향」, 『한국문화』 30, 한국문화연구소, 2002.
조남현, 『소설원론』, 고려원, 1982.
______, 『소설신론』, 서울대 출판부, 2004.
조성윤, 「조선 후기 서울시민의 신분구조와 그 변화-근대 시민형성의 역사적 기원」, 연세대 박사논문, 1992.
조용호, 「『조씨삼대록』 연구」, 서강대 석사논문, 1988.
______, 「삼대록소설 연구」, 서강대 박사논문, 1995.
조동일, 「영웅의 일생 그 문학사적 전개」, 『동아문화』 10, 서울대 동아문화연구소, 1971.
______, 『한국설화와 민중의식』, 정음사, 1985.
______, 『한국문학통사』(제3판) 3, 지식산업사, 1994.
______, 『한국소설의 이론』, 지식산업사, 1997.
______, 『소설의 사회사 비교론』 1~3, 지식산업사, 2001.
조태흠, 「이정보 시조에 나타난 도시시정의 풍류」, 『한국문학논총』 38, 한국문학회, 2004.
조혜란, 「소설의 유형성과 독서과정」, 『이화어문논집』 11, 1990.
조희웅, 「하나, 한문고전소설『편옥기우기』攷」, 『片玉奇遇記』(조희웅 외), 박이정, 2002.
지연숙, 「『옥원재합기연』의 역사소설적 성격 연구」, 『고소설연구』 12, 한국고소설학회, 2001.
지연숙, 「『소현성록』의 주변과 그 자장」, 『한국문학연구』 4, 고려대 민족문화연구원 한국문화연구소, 2003
진경환, 「창선감의록의 작품구조와 소설사적 위상」, 고려대 박사논문, 1993.

차봉희 편, 『수용미학』, 문학과지성사, 1985.
차장섭, 『조선 후기 벌열연구』, 일조각, 1997.
천정환, 「한국 근대소설 독자와 소설 수용양상에 대하 대한 연구」, 서울대 박사논문, 2002.
천혜봉·윤병태, 『장서각의 역사와 자료적 특성』, 한국학중앙연구원, 1996.
최강현, 『한국문학의 고증적 연구』, 고려대 출판부, 1996.
최길성, 『한국인의 한』, 예전사, 1991.
최길용, 「연작형 고소설 연구」, 전북대 박사논문, 1989.
______, 「『창란호연록』 연작 연구」, 『고전문학연구』 17, 한국고전문학회, 1992.
______, 「『옥원재합기연』 연작의 작자고」, 『조선조연작소설연구』, 아세아문화사, 1992.
______, 「가문소설계 장편소설의 형성과 전개」, 『한국가문소설연구논총』 3(이수
봉 외), 경인문화사, 1999.
최승희, 『고문서를 통해 본 조선 후기 사회신분사 연구』, 지식산업사, 2003.
최영준, 「18·19세기 서울의 지역분화」, 『민족문화연구』 31, 고려대 민족문화연구소, 1998.
최재석, 『한국가족제도사 연구』, 일지사, 1983.
최호석, 「옥린몽 연구」, 고려대 박사논문, 2000.
______, 「『옥원재합기연』에 나타난 윤리적 갈등」, 『고소설연구』 15, 한국고소설학회, 2003.
______, 「『옥원재합기연』의 남과 여」, 『고전문학연구』 23, 한국고전문학회, 2003.
한길연, 「『창란호연』과 『완월회맹연』 비교 연구─가정 내적 갈등을 중심으로」,
『관악어문연구』 28, 국문학회, 2003a.
______, 「소인형 장인이 등장하는 옹서대립담 연구」, 『고소설연구』 15, 한국고소
설학회, 2003b.
______, 「『옥원재합기연』과 『완월회맹연』 비교 연구」, 『국문학연구』 11, 태학사, 2004a.
______, 「『완월회맹연』의 모티프 활용 양상 연구」, 『성심어문논총』 26, 성심어문
학회, 2004b.
______, 「『백계양문선행록』의 작가와 그 주변─전주이씨 가문 여성의 대하소설
창작 가능성을 중심으로」, 『고전문학연구』 27, 한국고전문학회, 2005.
현택수 외, 『문화와 권력─부르디외 사회학의 이해』, 나남출판, 2002.
황수연, 「17세기 '祭亡室文'과 '祭亡女文' 연구」, 『한국한문학회』 30, 한국한문학
회, 2002.
황패강, 「소설 이해를 위한 문체론적 시각」, 『한국 고소설의 조명』, 아세아문화사, 1990.
한국고소설연구회 편, 『춘향전의 종합적 고찰』, 아세아문화사, 1991.
황패강교수정년퇴임기념논총 간행위원회 편, 『고전소설연구』, 일지사, 1993.
大谷森繁, 『조선 후기 소설독자 연구』, 일지사, 1983.
山田恭子, 「『완월회맹연玩月會盟宴』과 『겐지 모노가타리源氏物語』의 구조적 특징
과 결혼형태에 관한 비교연구」, 『비교문학』 30, 한국비교문학회, 2003.

2) 국외 논저

白壽彛, 임효섭·임춘성 역,『중국통사강요』, 이론과실천, 1991.
林語堂, 진영희 역,『소동파 평전』, 지식산업사, 1987.
루시앙 골드만Goldmann, lucien, 송기형·정과리 역『숨은신』, 연구사, 1986.
모리스 쿠랑Courant, Maurice, 박상규 역,『한국의 서지와 문화』, 신구문화사, 1976.
미셸 제라파Ze raffa, Michel, 이동렬 역,『소설과 사회』, 문학과지성사, 1983.
바흐친Bakhtin, M. M., 김근식 역,『도스또예프스끼 시학』, 정음사, 1988.
_________________, 전승희 외역,『장편소설과 민중언어』, 창작과비평사, 1988.
반 데이크Teun A. van Dijk, 정시호 역,『텍스트학』, 민음사, 1995.
빅토르 쉬클로프스키Sklovsky, Victor, 한기찬 역,『러시아 형식주의 문학이론』, 월인제, 1980.
앤드루 플랙스Plaks, Andrew, 김진곤 편역,『이야기 小說 Novel』, 예문서원, 2001.
엘런 스윈지위드Swingewood, Alan, 정혜선 역,『문학의 사회학』, 한길사, 1984.
월터 J. 옹Ong, W. J, 이기우·임명진 역,『구술문화와 문자문화』, 문예출판사, 1995.
제라르 제네트Genette, Gerade, 권택영 역,『서사담론』, 교보문고, 1992.
조르즈 뒤비Duby, Georges, 성백용 역,『세 위계-봉건제의 상상 세계』, 문학과지성사, 1997.
채트먼Chatman, Seymour Benjamin, 김경수 역,『영화와 소설의 서사구조』, 민음사, 1990.
토도로프Todorov, Tzvetan, 최현무 역,『바흐찐-문학사회학과 대화이론』, 까치, 1987.
피에르 부르디외Bourdieu, Pierre, 최종철 역,『구별짓기·문화와 취향의 사회학』, 새물결, 1995.
_____________________, 하태환 역,『예술의 규칙-문학장의 기원과 구조』,
　　　동문선, 1998.
Bakhtin, M. M., "Slovo v romane", *Voprosy literary i éstetiki*, Moscow, 1975.
Bakker, E. J. & F. Fabbricotti, *Peripheral and Nuclear Semantics in Homeric Diction the Case
　　　of Dative Expressions for 'spear'*, Mnemosyne 44, 1991.
Genette, Gerade, *Palimpsests : Literature in the second degree*, trans. by Channa Newman &
　　　Claude Doubinsky, Lincoln and London : University of Nebraska Press, 1997.
M. Riffaterre, *Text Production*, trans. by Terese Lyons, NY : Columbia University Press, 1988.
Ong, W. J., *Orality, Literacy and Medieval Textualization*, NLH 16-1, 1984.
Scholes R. & R. Kellogg, *The Nature of Narrative*, Oxford : Oxford University Press, 1966.

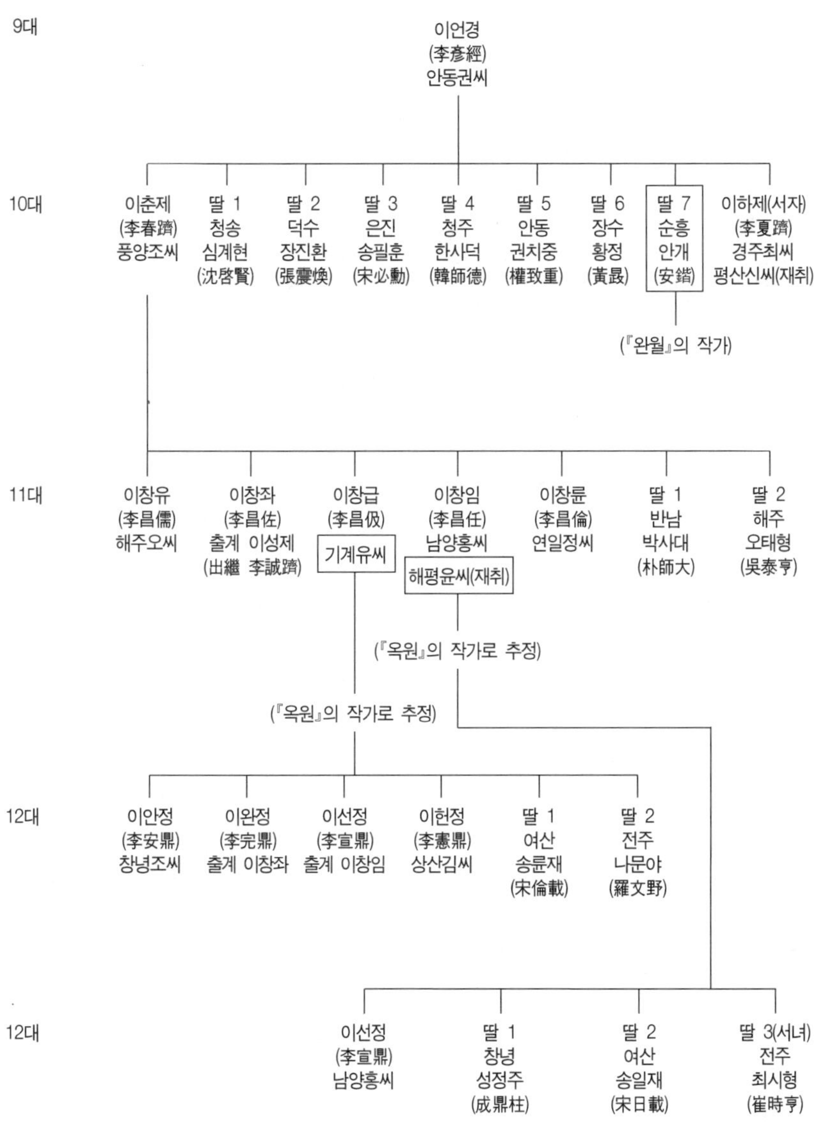
9대
이언경
(李彦經)
안동권씨

10대
이춘제
(李春躋)
풍양조씨

딸 1
청송
심계현
(沈啓賢)

딸 2
덕수
장진환
(張震煥)

딸 3
은진
송필훈
(宋必勳)

딸 4
청주
한사덕
(韓師德)

딸 5
안동
권치중
(權致重)

딸 6
장수
황정
(黃晸)

딸 7
순흥
안개
(安鎧)

이하제(서자)
(李夏躋)
경주최씨
평산신씨(재취)

(『완월』의 작가)

11대
이창유
(李昌儒)
해주오씨

이창좌
(李昌佐)
출계 이성제
(出繼 李誠躋)

이창급
(李昌伋)
기계유씨

이창임
(李昌任)
남양홍씨
해평윤씨(재취)

이창륜
(李昌倫)
연일정씨

딸 1
반남
박사대
(朴師大)

딸 2
해주
오태형
(吳泰亨)

(『옥원』의 작가로 추정)

(『옥원』의 작가로 추정)

12대
이안정
(李安鼎)
창녕조씨

이완정
(李完鼎)
출계 이창좌

이선정
(李宣鼎)
출계 이창임

이헌정
(李憲鼎)
상산김씨

딸 1
여산
송륜재
(宋倫載)

딸 2
전주
나문야
(羅文野)

12대
이선정
(李宣鼎)
남양홍씨

딸 1
창녕
성정주
(成鼎柱)

딸 2
여산
송일재
(宋日載)

딸 3(서녀)
전주
최시형
(崔時亨)

찾아보기